The Lost Flowers of Alice Hart

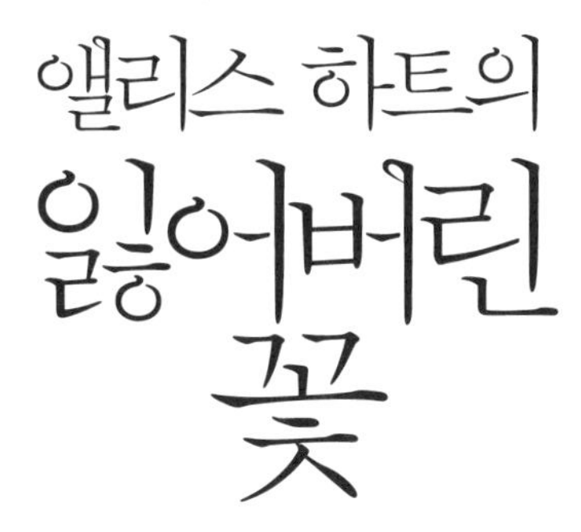

홀리 링랜드 지음 | 김난령 옮김

스토리텔러

[일러두기]

- 이 책에 소개된 오스트레일리아 자생 야생화와 식물들은 대부분 한국에는 알려지지 않은 종이다. 야생화와 식물의 이름은 원문에 나오는 영문 이름을 그대로 번역하거나, 'pearl saltbush'처럼 번역했을 때 의미가 더 모호해지는 경우는 영문 발음 그대로 표기했다.
- 야생화나 식물의 이름이 각 장의 제목을 대신하며, 그 아래에 해당 야생화나 식물의 꽃말, 학명, 서식지, 생태 특징 순으로 간략하게 소개하였다.
- 이 책에 등장하는 오스트레일리아의 음식, 문화, 생활 방식, 제품 등에 관해 독자의 이해를 돕기 위해 옮긴이가 간략하게 주석을 달았다.

자신들의 이야기가 가진 힘과 가치를 의심하는 여성들과

나에게 꽃을 가져다주기 위해 모든 것을 희생했던 나의 어머니,

그리고 내가 평생 꾸었던 꿈을 글로 쓸 수 있도록 해 준 샘에게

이 책을 바칩니다.

차례

문 앞에 있는 시계꽃에서
눈부신 눈물이 떨어졌네.
그녀가 오고 있어, 내 비둘기, 내 사랑.
그녀가 오고 있어, 내 인생, 내 운명.
붉은 장미가 외치네. "그녀는 가까이에 있어, 가까이에 있어."
백장미는 흐느끼네. "그녀는 늦었어."
미나리아재비는 귀 기울이며 말하네. "나는 들려, 나는 들려."
그리고 백합이 가만히 속삭이네. "나는 기다려."

- 알프레드 테니슨

Black fire orchid 검은불난초

소유욕

Pyrorchis nigricans | 오스트레일리아 서부

꽃을 피우려면 들불이 필요하다.
불이 난 뒤에야 휴면기에 있던 알뿌리에서 싹이 트기 때문이다.
꽃잎은 옅은 분홍색 바탕에 짙은 자주색 줄무늬가 있다.
꽃을 활짝 피운 뒤에는 숯덩이처럼 검게 변한다.

길 맨 끝에 비막이널을 댄 집 한 채가 있었다. 그 집에 사는 아홉 살 소녀 앨리스 하트는 창 앞에 앉아 아버지를 불태우는 방법을 생각하고 있었다.

앨리스 앞에는 아버지가 유칼립투스 나무로 짜 준 책상이 있었고, 그 위에는 도서관에서 빌린 책이 펼쳐져 있었다. 그 책은 불에 관한 전 세계의 신화들로 가득했다. 태평양에서 소금기를 흠뻑 머금은 북동풍이 불어왔지만, 앨리스는 흙냄새, 연기 냄새, 깃털이 불타는 매캐한 냄새가 코를 찌르는 것만 같았다. 앨리스는 작은 소리로 책을 읽었다.

> 불사조가 불길 속에 잠겼다. 완전히 타서 잿더미가 된 다음 새로운 모습으로 부활하기 위해서. 예전과 같으면서도 전혀 다른 모습으로 재탄생하기 위해서.

앨리스는 날아오르는 불사조 그림 위에 손가락을 대고 원을 그리듯 빙빙 돌렸다. 은백색 깃털이 눈부시게 빛나는 불사조는 날개를 활짝 펼치면서 목을 뒤로 젖혀 홰치고 있었다. 앨리스는 얼른 손을 치웠다. 황금빛과 주홍빛으로 널름대는 불꽃에 살갗이 데기라도 한 것처럼. 그때 한 줄기 바람이 해초 내음을 싣고 창 안으로 훅 들이쳤다. 앨리스의 엄마가 가꾸는 정원에 매달린 작은 종이 바람이 거세질 거라고 경고했다.

앨리스는 책상 위로 몸을 구부려 작은 틈만 남기고 창문을 닫았다. 그리고 그림에서 눈을 떼지 않은 채 책을 옆으로 밀어 놓고 몇 시간 전에 만든 토스트가 담긴 접시를 앞으로 끌어당겼다. 버터를 바른 삼각형 토스트의 한쪽 모서리를 한 입 베어 물고는 식은 빵조각을 천천히 씹었다. 만약 아버지가 완전히 불타 버린다면 어떻게 될까? 아버지의 좋은 점은 그대로 있고, 아버지 마음속에 사는 괴물들은 모조리 불에 타 잿더미가 되어서 완전히 새로운 아버지로 다시 만들어진다면? 그래서 아버지에게서 가끔 볼 수 있는, 예를 들어 앨리스가 이야기를 쓸 수 있는 책상을 만들어 주는 그런 남자로 새로 탄생할 수 있다면? 그렇게 된다면 얼마나 좋을까.

앨리스는 눈을 감고 파도 소리가 창문으로 들릴 정도로 가까이 있는 바다가 맹렬히 타오르는 불바다라는 상상을 했다. 그 불바다 속으로 아버지를 밀어 넣을 수 있을까? 책에 나오는 불사조처럼 활활 타버리도록? 그리고 잠시 후 아버지가 마치 악몽에서 깨어난 것처럼 머리를 흔들며 불길 위로 솟아오른다면 어떻게 될까? 어쩌면 앨리스를 향해 팔을 활짝 벌리면서, "안녕 버니(bunny)."[1]라고 할지도 모른다. 어

1) 자녀를 부를 때 쓰는 애칭. 줄여서 '번'이라고도 한다.

쩌면 두 손을 호주머니에 찔러 넣은 채 그냥 눈웃음을 지으며 휘파람을 불지도 모른다. 또 어쩌면 앨리스는 아버지의 푸른 눈동자가 분노에 찬 검은빛으로 변하고, 아버지의 얼굴에서 핏기가 가시고 입가에 허연 거품이 끼는 모습을 다시는 보지 않게 될지도 모른다. 그러면 앨리스는 바람이 어느 방향으로 부는지 알아내거나 도서관에서 빌릴 책을 고르거나 책상에서 글을 쓰는 데 온전히 집중할 수 있을 것이다. 불로 새로 탄생한 아버지의 손길은 임신한 아내에게는 늘 부드러울 것이고, 딸에게도 늘 다정할 것이다. 무엇보다 아기가 태어나면 그 손으로 갓난쟁이를 둥둥 얼러 줄 것이다. 그러면 앨리스는 밤새 뜬눈으로 가족들을 보호할 방법을 궁리하지 않아도 될 것이다.

앨리스는 책을 덮었다. 묵직한 쿵 소리가 나무 책상에서 퍼져 나가 침실 벽 전체를 타고 흘렀다. 앨리스의 책상은 큼지막한 창문이 나 있는 벽에 바싹 붙어 있었다. 활짝 열린 창문 너머로 앨리스의 엄마가 견디기 힘들 정도로 입덧이 심해지기 전까지 가꾸던 공작고사리와 박쥐난과 잎사귀가 나비 날개 모양을 한 식물들이 자라는 정원이 펼쳐져 있었다. 그날 아침에도 앨리스의 엄마는 캥거루발톱 모종을 화분에 옮겨 심다가 허리를 접으며 양치식물들 사이로 토사물을 왈칵 쏟아 냈다. 앨리스는 책상 앞에서 책을 읽고 있다가 엄마의 구역질 소리를 듣고는 허둥지둥 창문을 통해서 양치식물밭에 뛰어내렸다. 앨리스는 어찌할 바를 몰라 엄마 손을 꼭 잡았다.

"난 괜찮아." 엄마는 기침하며 딸의 손을 한 번 꼭 잡았다가 놔주었다. "그냥 입덧하는 거야, 번, 걱정하지 마." 엄마가 신선한 공기를 마시려고 고개를 젖히자 옅은 색 머리카락이 얼굴 뒤로 넘어가면서 새 멍자국을 드러냈다. 귀 뒤쪽, 연약한 살갗이 찢어진 곳 주위가 동틀 무렵의 바다색 같은 보랏빛으로 변해 있었다. 앨리스는 재빨리 눈길을 돌리려 했지만 그럴 수 없었다.

"아, 번, 이건 부엌에서 정신을 딴 데 팔다가 넘어져서 생긴 거야."

엄마가 간신히 일어서서 조바심치며 말했다.

그러고는 한 손으로 배를 감싸며 다른 손으로 옷에 묻은 흙을 털어냈다. 앨리스는 엄마 발밑에 깔려 으스러진 어린 고사리들을 빤히 쳐다보았다.

얼마 후, 앨리스의 부모는 함께 외출했다. 앨리스는 아버지의 트럭 뒤로 뿌연 먼지 기둥이 파란 아침 속으로 사라질 때까지 현관문 앞에 서 있었다. 두 사람은 태아 검진을 받으러 도시로 가는 길이었고, 트럭에는 좌석이 두 개밖에 없었다. "다녀올 테니 얌전히 있어야 해." 엄마가 앨리스의 뺨에 입술을 가볍게 대며 애원조로 말했다. 앨리스는 엄마에게서 재스민 향 같은 두려움의 냄새를 맡을 수 있었다.

앨리스는 식은 토스트 한 장을 입에 물고는 도서관 가방을 집어 들었다. 엄마한테는 4학년 과정 시험공부를 할 거라고 말했지만, 통신학교에서 우편으로 보내온 모의고사 시험지는 개봉도 되지 않은 채 며칠째 책상에 놓여 있었다. 도서관 가방에서 책 하나를 꺼내서 표지를 읽는 동안 앨리스의 입이 쩍 벌어졌다. 시험 생각은 완전히 잊혔다.

어둑한 빛 속에서 양각으로 찍힌 '초보자를 위한 불에 관한 모든 것'이라는 책 제목이 마치 살아 있는 생명체처럼 은은하게 빛났다. 표지에 금박으로 찍은 불꽃에서 성난 불길이 일렁였다. 짜릿하고도 위험스러운 느낌이 앨리스의 몸속에서 파문처럼 번졌다. 손바닥이 땀으로 축축해졌다. 앨리스가 책 모서리에 손을 대자마자 마치 마술처럼 뒤에서 토비의 목줄에 달린 이름표가 딸랑거렸다. 토비가 축축한 코를 들이밀면서 앨리스의 다리에 콧물을 묻혔다. 토비의 방해로 긴장이 풀린 앨리스는 얌전히 앉아 있는 토비를 보고 생긋 미소를 지었다. 앨리스가 토스트를 토비에게 내밀자, 토비가 조심스레 받아 물고는 한 걸음 뒤로 물러서서 게걸스럽게 먹었다. 토비의 침이 앨리스의 발 위에 뚝뚝 떨어졌다.

"윽, 토비." 앨리스가 토비의 귀를 헝클어트리며 말했다. 그러고는 엄지를 세워서 좌우로 까딱까딱 움직였다. 토비는 그 대답인 양 꼬리로 마룻바닥을 쓸며 왔다 갔다 하더니 앞발을 들어 앨리스의 다리 위에 척 올려놓았다. 토비는 앨리스가 아버지한테서 받은 선물이자 앨리스와 가장 친한 친구였다. 토비가 강아지였을 때 식탁 밑에서 발을 자주 깨물자, 화가 난 앨리스의 아버지가 토비를 세탁기에 냅다 던져 버렸다. 아버지는 토비를 수의사에게 데려가지 못하게 했고, 결국 토비는 귀머거리가 되고 말았다. 토비의 귀가 안 들린다는 것을 알게 된 앨리스는 손짓을 이용해서 자신과 토비만 알아들을 수 있는 비밀 언어를 만들어 냈다.

앨리스는 토비에게 잘했다는 뜻으로 다시 한번 엄지를 세워서 까딱까딱 움직였다. 토비가 앨리스의 옆얼굴을 널름널름 핥자 앨리스가 뺨을 닦으며 찡그린 얼굴로 웃었다. 토비는 몇 번 빙빙 돌고 나서 앨리스의 발밑에 털썩 앉았다. 이제 성견이 된 토비는 양치기견이라기보다 회색 눈의 늑대처럼 보였다. 앨리스는 발가락을 토비의 북슬북슬한 털옷 속으로 밀어 넣었다. 토비가 곁에 있어 마음이 든든해진 앨리스는 《초보자를 위한 불에 관한 모든 것》을 펼쳐서 순식간에 첫 번째 이야기 속으로 빠져들었다.

머나먼 곳, 독일과 덴마크 같은 나라에서는 사람들이 낡은 것을 없애고 새것을 받아들이기 위해서, 예를 들면 계절, 죽음, 생명 혹은 사랑과 같은 새로운 순환의 시작을 맞이하기 위해 불을 이용한다. 어떤 사람들은 하나의 상황을 매듭짓고 새로운 시작을 알리는 상징으로, 혹은 기적을 빌기 위해 버들가지나 가시덤불로 커다란 꼭두각시를 만들어서 불을 붙이기도 한다.

앨리스는 의자 등받이에 등을 기댔다. 눈동자가 뻑뻑하고 화끈거렸다. 앨리스는 양손을 펼쳐 버들가지로 만든 꼭두각시가 불타는 사진 위에 올려놓았다. 앨리스의 불은 어떤 기적을 가져다줄까? 무엇보다 집 안에서 뭔가가 깨지는 소리는 두 번 다시 나지 않겠지. 집 안에서 더는 공포의 악취가 진동하지 않을 것이고, 텃밭에서 채소를 심을 때 아무 생각 없이 다른 모종삽을 썼다는 이유로 벌 받는 일은 없을 것이다. 행여나 넘어지기라도 하면 아버지가 화가 나서 머리털을 뿌리째 뽑지나 않을까 하는 두려움 없이도 자전거를 배울 수 있을 것이다. 그리고 지금까지는 아버지가 괴물인지 아니면 유칼립투스 나무로 책상을 만들어 주는 자상한 남자인지를 알기 위해 아버지 얼굴 위를 지나는 그림자와 먹구름을 읽어야 했지만, 이제는 하늘빛과 하늘에 떠 있는 진짜 구름의 모습만 읽으면 될 것이다.

앨리스의 아버지가 앨리스에게 책상을 만들어 준 일은, 그가 앨리스를 바다에 빠뜨리고 앨리스 혼자 해안으로 헤엄쳐 오게 했던 사건 이후에 일어났다. 그날 밤, 아버지는 목조 창고로 사라져서 이틀 동안 나오지 않았다. 이윽고 창고에서 나왔을 때, 그는 자기 키보다 더 긴 네모난 책상을 짊어지고 있었다. 아내의 양치식물 정원을 만들 때 베어서 보관하고 있던 유칼립투스 나무로 만든 크림색 책상이었다. 앨리스는 아버지가 자기 방 창문턱 밑에서 볼트로 책상을 벽에 고정하는 내내 방구석에서 서성거렸다. 앨리스의 방 안이 신선한 목재와 기름과 니스의 자극적인 냄새로 가득했다. 아버지는 놋쇠 경첩이 달린 뚜껑을 들어 올려 그 밑에 종이와 연필과 책들로 꽉 찰 야트막한 공간을 보여 주었다. 심지어 그는 유칼립투스 가지를 깎아서, 앨리스가 두 손으로 그 속을 뒤질 때 뚜껑이 닫히지 않도록 고정해 주는 받침대도 만들어 줄 생각을 하고 있었다. "다음에 읍내에 갈 때 연필과 크레용을 사다 주마, 버니." 그 말에 앨리스는 두 팔로 아버지의 목을 얼싸안았다. 아버지에게서 향긋한 커슨즈[2] 비누 향과 테레빈 냄새가 났다. "나의 베이비 번팅."[3] 아버지의 다박나룻이 앨리스의 뺨을 비볐다. 앨리스는 마치 혀에 래커가 칠해진 것처럼 말이 떨어지지 않았다. '아버지의 본래 모습이 아직 거기 있을 줄 알았어요. 계속 머물러 계세요. 제발 바람의 장난에 휘말리지 마세요.' 앨리스의 마음속에서 이 말이 맴돌았지만, 앨리스의 입에서는 "고맙습니다."라는 말밖에 나오지 않았다.

앨리스의 시선이 다시 펼쳐진 책으로 옮겨졌다.

어떤 물질이 연소하려면 연료, 열, 산소 등 3가지 요소가 필요하다.
불이 일어나기 위해서는 이 세 가지 조건이 갖추어져야 한다.

앨리스는 고개를 들어 정원을 바라보았다. 바람이 공작고사리 화분

2) 유럽, 아프리카, 아시아에 글로벌 네트워크를 갖춘 다국적 세제용품 회사.
3) 부모가 칭얼거리는 아기를 달래면서 부르는 애칭. 오래된 영어 동요이자 자장가인 〈안녕, 베이비 번팅(Bye, Baby Bunting)〉에도 나온다.

에 걸린 갈고리를 잡고 밀치락달치락하며 살짝 열린 창문 틈 아래에서 윙윙 울어 댔다. 앨리스는 깊이 숨을 들이쉬어 허파 가득 채웠다가 천천히 허파를 비웠다. '불이 일어나기 위해서는 연료, 열, 산소가 필요하다.' 앨리스는 엄마의 정원에 있는 초록빛 하트를 응시하면서 무엇을 해야 할지를 깨달았다.

폭풍이 서쪽에서 불어오면서 하늘에 검은 커튼을 드리웠을 때, 앨리스는 뒷문 앞에 걸려 있는 바람막이 점퍼를 입었다. 토비는 앨리스 옆을 서성이며 꼬리를 내려 북슬북슬한 제 털 속에 감추었다. 그리고 낑낑대며 제 코를 앨리스의 배에다 비벼 댔다. 귀는 머리 뒤쪽에 납작하게 붙이고 있었다. 바깥에서는 앨리스 엄마가 심은 백장미 꽃잎들이 바람에 뜯겨서 마치 떨어진 별들처럼 온 마당에 흩뿌려져 있었다. 저 멀리 사유지 맨 끄트머리에 자물쇠가 채워진 앨리스 아버지의 창고가 버려진 선체처럼 음울하게 서 있었다. 앨리스는 호주머니를 툭툭 치며 창고 열쇠가 들어 있는지를 확인했다. 잠시 후, 앨리스는 숨을 크게 들이쉰 다음 뒷문을 열고 집을 나와서 토비와 함께 바람 속으로 뛰어갔다.

앨리스는 창고 출입이 금지되어 있었지만 그 무엇도 앨리스의 호기심을 막을 수 없었다. 앨리스는 아버지의 목조 창고 속이 어떻게 생겼는지 너무도 궁금했다. 앨리스의 아버지는 끔찍한 잘못을 저지를 때마다 창고에 들어가서 온종일, 때로는 며칠씩 나오지 않았다. 하지만 창고에서 나올 때는 늘 들어갈 때보다 한결 나은 사람이 되어 있었다. 앨리스는 아버지의 창고가 사람을 변신시키는 마법 같은 걸 부리는 게 틀림없다고 생각했다. 어쩌면 창고 안에 마법의 거울이나 물레가 있을지도 모를 일이었다. 앨리스는 어릴 적, 그러니까 아직 용기가 남아 있었을 때 아버지에게 창고 안에 뭐가 있는지 물어본 적이 있었다. 아버지는 대답하지 않았지만, 앨리스는 아버지에게서 손수 만든 책상을 선물받고 난 후 나름의 결론을 내렸다. 도서관에서 빌린 책에서 연금술에 대해 읽은 적이 있었고, '룸펠슈틸츠헨'[4] 이야기도 알고 있었던 앨리스는 아버지의 창고가 밀짚을 자아서 금을 만들어 내는 곳이 틀림없다고 생각했다.

앨리스는 힘껏 달렸다. 다리와 가슴이 불에 타는 듯했다. 토비가 하늘을 향해 맹렬히 짖다가 머리 위에서 마른번개가 번쩍하자 꼬리를 다리 사이로 감추었다. 창고 문 앞에 도착한 앨리스는 호주머니에서 열쇠를 꺼내 맹꽁이자물쇠의 구멍에 끼워 넣었다. 그때 거센 바람이 앨리스의 얼굴을 후려쳤다. 앨리스는 비틀거리며 쓰러질 뻔했으나 토비의 따듯한 몸이 앨리스를 똑바로 서도록 받쳐 주었다. 앨리스는 다시 시도했다. 열쇠를 돌리려고 힘을 쓰니 손바닥이 열쇠에 짓눌려 찢어질 듯 아팠다. 순간 두려움이 밀려오면서 시야가 부옇게 흐려졌다. 앨리스는 눈물을 닦은 다음 얼굴을 가린 머리카락을 쓸어 넘겼다. 이번에는 마치 열쇠 구멍에 기름칠한 것처럼 열쇠가 부드럽게 돌아갔다. 앨리스는 자물쇠를 비틀어서 빼낸 다음 문손잡이를 돌렸다. 그리고 토비와 함께 창고 안으로 불안한 발을 내디뎠다. 바람이 창고 문을 쾅 닫았다.

창문 하나 없는 창고 안은 칠흑같이 깜깜했다. 토비가 으르렁댔다.

4) 독일 민화에서 짚으로 황금을 만든다는 난쟁이.

앨리스는 어둠 속으로 팔을 뻗어 토비를 달랬다. 귀가 먹먹했다. 피가 솟구쳐 귀청을 두드리고, 밖에서는 거센 바람이 흉포하게 울어 댔다. 창고 옆 불꽃나무에서 꼬투리들이 양철 지붕 위로 우수수 떨어지면서 투다닥투다닥 탭댄스를 췄다.

등유 냄새가 코를 찔렀다. 앨리스는 손으로 더듬으며 조금씩 나아갔다. 작업대 위에 놓인 램프가 손끝에 닿았다. 앨리스는 그 램프가 어떻게 생겼는지 알 것 같았다. 집 안에도 그와 비슷한 램프가 하나 있었다. 그 옆에 성냥갑이 놓여 있었다. 성난 고함이 앨리스의 머릿속에서 왕왕 울렸다. '넌 여기 들어오면 안 돼! 들어오면 안 돼!' 앨리스는 움찔하면서도 성냥갑을 스르르 열었다. 그리고 손끝으로 성냥 알갱이 끝을 감지한 뒤 성냥갑의 거친 마찰 면에 대고 힘껏 그었다. 그 순간 불꽃이 확 피어오르며 유황 냄새가 퍼졌다. 성냥불로 램프 심지에 불을 붙이고 유리 덮개를 다시 씌워서 받침대에 조였다. 불빛이 작업대 위에 쏟아졌다. 바로 앞에 작은 서랍 하나가 살짝 열려 있었다. 앨리스는 떨리는 손가락으로 서랍을 당겼다. 서랍 속에는 사진 한 장과 앨리스가 알 수 없는 물건들이 들어 있었다. 모서리는 누렇게 색이 변하고 닳았지만 사진은 선명했다. 덩굴로 뒤덮인 오래된 농가가 숨 막힐 듯 아름다운 모습으로 꾸불꾸불 뻗어 있었다. 앨리스는 다른 물건을 집으려고 서랍으로 손을 뻗었다. 손끝에 보들보들한 감촉이 느껴졌다. 그 물건을 꺼내 등불에 비춰 보았다. 빛바랜 리본에 묶인 검은 머리카락 한 타래였다.

그때 창고 문이 요란하게 덜컥거렸다. 앨리스는 깜짝 놀라 휙 돌아보다가 그만 머리카락과 사진을 떨어뜨렸다. 문 앞에는 아무도 없었다. 바람뿐이었다. 토비가 몸을 낮추며 으르렁대자 앨리스의 심장이 다시 천천히 뛰기 시작했다. 앨리스는 바르르 떨며 램프를 들어 올려 창고 안을 넓게 비추었다. 그 순간 앨리스의 아래턱이 뚝 떨어지고 무릎의 힘이 스르르 풀렸다.

나무조각 수십 개가 앨리스를 에워싸고 있었다. 크기는 작은 모형에서부터 사람 크기까지 다양했지만, 그 모든 조각상은 딱 두 명의 인물을 조각한 것이었다. 그중 한 명은 나이 든 여인으로 아주 다양한 자세를 취하고 있었다. 유칼립투스 나뭇잎 향을 맡는 모습, 화분에 심은 식물을 살펴보는 모습, 등을 대고 누워서 한쪽 팔은 굽혀 눈 위에 올리고 다른 팔은 위로 들어 올려 손가락으로 위쪽을 가리키는 모습……. 그리고 치맛자락을 넓게 펼쳐서 앨리스가 모르는 꽃들을 가득 담고 있는 모습도 있었다. 또 다른 인물은 소녀였다. 책 읽는 모습, 책상에서 글을 쓰는 모습, 민들레 씨앗을 후 하고 부는 모습이 조각되어 있었다. 아버지의 조각 속에서 자신의 모습을 발견하자 앨리스는 머리가 지끈거렸다.

한 여인과 소녀가 수십 가지 다양한 자세로 벤치 주위를 첩첩이 에워싸면서 창고 안을 가득 채우고 있었다. 앨리스는 제 심장 소리에 귀 기울이며 천천히 숨을 들이쉬었다. 심장 소리가 말했다. '나 여기- 있어. 여기- 있어.' 만일 불길이 무언가를 전혀 다른 것으로 탈바꿈시키는 마법을 부릴 수 있다면, 말도 그렇게 할 수 있지 않겠는가. 앨리스는 그동안 읽었던 많은 책을 통해 말이 마법을 가질 수 있음을 알게 되었다. 말을 주문처럼 여러 번 반복해서 말하다 보면 진짜 그 말대로 이루어질 수도 있다는 사실을. 앨리스는 심장 소리에 맞추어 그 주문을 외웠다.

'나 여기- 있어.

여기- 있어.

여기- 있어.'

앨리스는 천천히 원을 그리며 돌았다. 나무조각상들을 하나하나 눈에 넣으면서. 예전에 책에서 읽었던 나쁜 왕 이야기가 생각났다. 그 왕은 왕국에 적이 하도 많아 돌과 진흙으로 용사들을 빚어서 자기 주위를 에워싸게 했다. 심장도 없고 피도 흐르지 않는 흙 인형들을 말이다. 하지만 결국 왕은 자신을 보호하려고 만든 흙 인형 때문에 죽는다. 백성들이 왕이 잠자는 동안 바로 그 흙 인형들을 이용해서 왕을 처치해 버린 것이다. 그때 책에서 읽었던 글귀가 떠오르자 앨리스는 온몸에 소름이 오싹 끼쳤다. '불이 일어나기 위해서는 연료, 열, 산소가 필요하다.'

"이리 와, 토비." 앨리스는 서둘러 말하면서 나무조각상들을 만져 보았다. 조각상들의 자세를 하나하나 흉내 내면서 티셔츠 자락에다 자그마한 조각상들을 눈에 보이는 대로 주워 담았다. 토비가 초조하게 앨리스 곁을 맴돌았다. 앨리스의 심장이 갈비뼈를 뚫고 나올 듯 벌렁거렸다. 창고 안에는 나무조각상들이 너무 많아서 조그마한 조각상 몇 개쯤 없어진다 해도 아버지가 눈치채지 못할 것 같았다. 그 작은 조각상들은 연습용 불쏘시개로 안성맞춤이었다.

앨리스는 이날을 자기 인생을 돌이킬 수 없을 정도로 변화시킨 날로 영원히 기억할 것이다. 모든 것을 이해하는 데 20년의 세월이 걸릴지도 모른다. 삶을 살아가려면 앞을 향해 나아가야 하지만, 인생을 이해하는 일은 뒤돌아보아야만 가능하다. 소용돌이 속에서 허우적거릴 때는 주변 풍경이 보이지 않는 법이다.

앨리스의 아버지는 사유지 진입로로 들어오면서 아무 말 없이 핸들을 꽉 움켜잡았다. 조수석에 앉은 그의 아내는 맞아서 부풀어 오른 얼굴을 한 손으로 지그시 누르고 다른 손으로는 배를 안은 채 조수석 문에다 몸을 바짝 밀착시키고 있었다. 앨리스의 아버지는 아내가 의사의 팔을 만지는 것을 두 눈으로 목격했다. 그리고 그때 의사의 얼굴에 스치던 표정도 목격했다. 두 눈으로 똑똑히 보았다. 그때 그의 오른쪽 눈 밑이 씰룩거렸다. 사실 그의 아내는 초음파검사를 받고 난 뒤 일어나 앉을 때 어지럼증을 느꼈다. 그가 진료 예약 시각에 늦을까 봐 식당에 들르지 않고 곧바로 병원으로 차를 모는 바람에 아침을 거른 탓이었다. 그래서 아내가 몸을 가누려고 버둥대자 의사가 그녀를 부축해서 일으켜 준 것이다.

그는 손아귀의 힘을 풀었다. 손마디가 아직도 욱신거렸다. 아내를 흘깃 쳐다보았다. 아내는 몸을 잔뜩 웅크리며 둘 사이에 좁은 골짜기를 만들고 있었다. 그는 아내에게 다가가서 자신의 화를 돋우지 않으려면 행동거지를 좀 더 조심하면 된다고 말해 주고 싶었다. 만일 꽃으로 이 말을 전한다면 아내가 그의 마음을 이해해 줄지도 모른다. *끈끈이주걱: 나는 무시당하면 죽어요. 할리퀸푸크시아: 치유와 안도. 웨딩부시: 지조.* 하지만 그는 손필드를 떠난 이래로 되도록이면 아내에게 꽃을 주지 않으려고 했다.

오늘 아내는 그에게 전혀 도움이 되지 않았다. 아내는 집을 나서기 전에 좀 더 일찍 서둘러서 아침 도시락을 싸 놓았어야 했다. 그랬다면 아내가 현기증을 느끼지 않았을 테고, 또 그랬다면 아내가 의사의 팔을 움켜잡는 꼴을 그가 보지 않았을 것 아닌가. 그의 아내는 그가 읍내로 외출하는 걸 얼마나 싫어하는지, 그리고 의사의 손이 아내의 온몸을, 아니 몸속까지 더듬는 것을 얼마나 괴로워하는지 잘 알고 있었다. 이번 임신 기간에, 아니 앨리스를 가졌을 때부터 단 한 번도 무사히 초음파검사나 진료를 받은 적이 없었다. 단 한 번도. 매번 일이 이렇게 되어 버리는 것이 모두 그만의 탓일까? 어떻게 매번 아내는 그의 마음을 헤아려 주지 않는 것일까?

"집에 왔어."

그가 수동 제동장치를 당겨 시동을 끄며 말했다. 그의 아내가 얼굴에서 손을 떼고 문손잡이를 잡았다. 그리고 한 번 당긴 다음 기다렸다. 그는 울컥 화가 치밀었다. 아무 말도 안 할 건가? 그는 잠금장치를 풀고는 아내가 고개를 돌려 자기에게 고맙다는 뜻으로, 아니 그보다 사과의 뜻으로 미소를 지어 주기를 기다렸다. 하지만 아내는 닭장에서 도망치는 닭처럼 차 문밖으로 휙 나가 버렸다. 그는 고래고래 아내의 이름을 부르며 트럭 문을 박차고 나오다가 폭풍우를 맞고 잠시 멈칫했다. 그는 살을 에는 듯한 강풍 속에서 움찔거리며 아내를 쫓아갔다. 이건 반드시 짚고 넘어가야 할 문제라고 생각하면서. 집으로 다가가는 그의 눈에 무언가가 들어왔다.

창고 문이 열려 있었다. 그리고 자물쇠가 풀린 채로 걸쇠에 매달려 있었다. 딸의 빨간색 바람막이 점퍼가 문간에서 섬광처럼 지나가는 모습이 그의 시야를 가득 메웠다.

티셔츠 자락 안에 조각상들을 더는 담지 못하자 앨리스는 창고를 뛰쳐나와 어스름한 빛 속으로 뛰어들었다. 천둥소리가 대기를 흔들었다. 소리가 어찌나 요란했던지 앨리스는 그만 조각상들을 떨어뜨리고 창고 문에 기댄 채 몸을 웅크렸다. 토비도 등줄기를 따라 털을 곤두세우며 몸을 웅크렸다. 앨리스는 팔을 뻗어 토비를 달래면서 일어서려다가 거센 돌풍을 맞고 비틀비틀 뒷걸음질을 쳤다. 앨리스는 조각품들은 잊어버리고 토비에게 손짓을 해 보인 다음 집을 향해 냅다 달렸다. 뒷문에 거의 다다랐을 즈음, 번쩍하는 섬광이 먹구름을 은빛 파편으로 산산조각 냈다. 그 순간 앨리스는 얼어붙었다. 백색 섬광 속에서 아버지를 본 것이다. 아버지가 주먹을 불끈 쥐고 팔을 양쪽으로 들어 올린 채 현관 입구에 서 있었다. 앨리스는 아버지의 눈빛이 검게 변했는지를 알기 위해 밝은 빛도, 더 가까이 다가갈 필요도 없었다.

앨리스는 방향을 바꿔 집 옆을 따라 온 힘을 다해 달렸다. 아버지가 자기를 보았는지는 알 수 없었다. 엄마의 정원에서 자라는 녹색 엽상식물들 사이로 달리는 동안 끔찍한 생각이 앨리스의 뇌리를 스쳤다. 아버지의 창고에 있는 석유램프…… 아버지의 목조 창고……. 앨리스는 깜빡 잊고 석유램프를 끄지 않은 것이다.

앨리스는 토비를 옆구리에 끼고 창문 너머에 있는 책상 위로 몸을 던졌다. 그 둘은 책상 위에 걸터앉아 가쁜 숨을 몰아쉬었다. 토비는 앨리스의 얼굴을 핥았고, 앨리스는 건성으로 토비를 쓰다듬었다. 연기 냄새가 났던가? 걱정과 두려움이 봇물 터지듯 앨리스의 온몸을 덮쳤다. 앨리스는 책상에서 뛰어내려 도서관에서 빌린 책들을 모아 가방 속에 쑤셔 넣고 벽장 깊숙이 숨겼다. 그리고 허둥지둥 바람막이 점퍼를 벗어 벽장 안에 던져 넣고는 창문을 닫았다. '아버지, 어떤 사람이

몰래 아버지 창고에 들어갔나 봐요. 저는 아버지가 집에 오실 때까지 집 안에서 기다리고 있었어요.'

앨리스는 아버지가 자기 방으로 들어오는 소리를 듣지 못했다. 아버지를 재빨리 피하지도 못했다. 앨리스가 마지막으로 본 것은 겁에 질린 토비가 눈을 휘둥그레 뜨고 이를 드러내며 으르렁대는 모습이었다. 흙냄새, 연기 냄새, 깃털 타는 냄새가 났다. 살갗이 따끔거릴 정도로 뜨거운 열기가 앨리스의 얼굴 옆으로 확 퍼지면서 앨리스를 어둠 속으로 끌어당겼다.

Flannel flower 플란넬꽃

잃어버린 것을 찾다

Actinotus helianthi | 오스트레일리아 뉴사우스웨일스

잎과 줄기가 회색빛을 띠며 솜털로 덮여 있다.
플란넬 천 같은 질감을 가지고 있다.
봄에 예쁜 데이지 모양의 꽃을 피우며,
들불이 난 뒤에 만개하기도 한다.

앨리스가 처음으로 알게 된 이야기는 어둠과 빛의 경계선, 앨리스의 첫 울음소리가 엄마의 심장을 다시 뛰게 했던 바로 그 순간에 시작되었다.

앨리스가 태어나던 밤, 동쪽에서 불어온 아열대성 태풍이 제왕 파도(king tide)를 일으켜 강물이 범람했고, 그 바람에 하트 씨의 사유지에서 마을로 가는 도로가 끊어졌다. 도로 한복판에서 오도 가도 못 하는 상황에서 아그네스의 양수가 터지고 허리가 끊어질 듯한 산통과 함께 자궁문이 열렸다. 그녀는 남편의 트럭 뒷좌석에서 한 생명을, 딸의 육신을 자기 몸 밖으로 밀어냈다. 태풍이 사탕수수밭을 쑥대밭으로 만들었을 때 이미 충격에 빠졌던 클렘 하트는 핏덩어리 딸을 받아 포대기로 쌀 즈음에는 완전히 혼이 나간 상태였다. 그래서 아내의 얼굴에서 핏기가 사라지고 있다는 것을 처음에는 알아채지 못했다. 아내의 얼굴이 흰모래처럼 하얘지고 입술은 피피조개[5]색으로 변하자 클렘은 갓난아기는 버려두고 혼비백산하여 아내에게 달려들었다. 그리고 아그네스를 흔들어 깨웠지만 아무 반응이 없었다. 핏덩이 딸이 자지러지게 울어 대자 비로소 아그네스는 번쩍 눈을 떴다. 그때 길 양편, 비에 흠뻑 젖은 덤불에서는 마치 한바탕 눈보라가 지나간 듯 새하얀 꽃들이 화르르 피어났다. 그렇게 앨리스가 처음으로 들이쉰 숨에는 활짝 핀 폭풍우백합(제피란테스)의 짙은 향기가 가득했다.

"앨리스, 너는 내가 저주에서 깨어나는 데 필요했던 진정한 사랑이었어. 너는 나의 동화야."

아그네스는 딸에게 들려주는 이야기를 이렇게 끝맺곤 했다.

앨리스가 두 살이 되자 아그네스는 딸에게 책의 세상을 소개했다. 그녀는 종이 위의 글자를 하나하나 짚어 가며 읽어 주었다. 해변에 가서는 주위에 보이는 것들을 가리키며 반복해서 말했다. "갑오징어 한 마리, 깃털 두 개, 나뭇조각 세 개, 조가비 네 개, 바다유리 다섯 개……." 집 안에는 아그네스가 직접 쓴 쪽지가 온 데에 붙어 있었다. '책, 의자, 창문, 문, 식탁, 컵. 욕조, 침대.'

앨리스가 홈스쿨링을 시작한 다섯 살이 되었을 때는 혼자서 책을 읽었다. 책에 대한 사랑이 즉각적이고 무조건적이긴 했지만, 앨리스는 늘 엄마가 들려주는 이야기를 더 좋아했다. 아그네스는 딸과 단둘이 있을 때면 이야기 보따리를 풀어 놓곤 했다. 하지만 앨리스의 아버지가 들리는 곳에서는 그 보따리를 절대로 펼치지 않았다.

5) 모래 해변이나 항구 내의 깨끗한 물에서 주로 발견되는 식용 바다 조개. 껍질은 잿빛이 도는 흰색이며, 크기는 4~6센티미터.

바닷가까지 걸어가서 모래 해변에 누워 하늘을 바라보는 것은 모녀가 행하는 일종의 의식이었다. 앨리스는 엄마의 나긋나긋한 목소리가 안내하는 대로 유럽 횡단 겨울 열차에 올라타고 꼭대기가 안 보일 정도로 높디높은 산과 새하얀 눈으로 뒤덮여 어디까지가 땅이고 어디서부터 하늘인지 분간할 수 없는 들판이 펼쳐진 풍경들을 통과했다. 모녀는 문신한 왕이 사는 자갈돌 깔린 항구 도시에서 벨벳 코트를 입었다. 항구에 늘어선 건물들은 페인트 통처럼 알록달록했으며, 청동을 녹여 만든 인어는 사랑하는 이를 하염없이 기다리며 바위에 앉아 있었다. 앨리스는 종종 두 눈을 감고 엄마의 이야기에서 실 가닥이 한 올 한 올 풀려나와 누에고치를 만들고, 거기서 나비가 생겨 훨훨 날아가는 상상을 했다.

앨리스가 여섯 살이 되던 해 어느 날 저녁, 아그네스는 딸을 침대에 누인 다음 딸의 귀에다 속삭였다. "이제 때가 됐어, 번." 그러고는 이불을 끌어당겨 덮어 주며 미소를 머금은 채 말했다. "번, 이제 엄마를 도와 함께 정원을 가꿀 수 있는 나이가 됐어." 앨리스는 신이 나서 몸을 들썩였다. 지금까지는 엄마가 정원을 가꾸는 동안 혼자 방에서 책을 보곤 했다. "내일부터 시작하자." 아그네스는 이렇게 말한 다음 불을 끄고 방을 나갔다. 그날 밤 앨리스는 밤새 자는 둥 마는 둥 하며 캄캄한 창밖을 내다보았다. 마침내 하늘에서 한 줄기 새벽빛이 보이기 시작했을 때, 앨리스는 이불을 걷어차고 일어났다.

앨리스의 엄마는 부엌에서 베지마이트[6]와 코티지치즈를 바른 토스트와 꿀을 넣은 홍차 한 주전자를 만들어서, 그것들을 쟁반에 받쳐 들

6) 오스트레일리아 사람들이 즐겨 먹는 짙은 갈색을 띠는 스프레드. 이스트 추출물에 다양한 채소와 향신료로 만들었다.

고 집 외벽과 나란히 있는 자신의 정원으로 나왔다. 그런 다음 쟁반을 이끼로 뒤덮인 나무 그루터기 위에 내려놓고 찻잔 두 개에다 달콤한 차를 부었다. 엄마와 딸은 나란히 앉아서 아무 말 없이 차를 마시고 토스트를 먹었다. 앨리스의 관자놀이에서 맥박이 요란하게 뛰었다. 아그네스는 토스트를 다 먹고 찻잔을 비운 뒤, 양치식물과 꽃들 사이에 쭈그리고 앉아서 마치 잠자는 아이를 깨우듯이 작게 속살거렸다. 앨리스는 어리둥절했다. 정원 가꾸기가 이런 것인가? 앨리스는 엄마처럼 식물들 옆에 쭈그리고 앉아서 엄마를 지켜보았다.

엄마 얼굴에서 근심의 선들이 점점 희미해지고 있었다. 이마에 잡힌 주름살도 펴졌다. 두 손을 비비지도, 손가락을 꼼지락거리지도 않았다. 두 눈은 깊고 맑았다. 엄마는 앨리스가 알고 있던 사람이 아닌 다른 사람이 되어 있었다. 더없이 평온하고 충만했다. 그 광경을 보자 앨리스가 바위 사이의 작은 웅덩이 바닥에서 발견하고는 두 손으로 아무리 퍼 담아 보려 해도 할 수 없었던, 일종의 초록색 희망 같은 것이 온 마음에 가득 차올랐다.

앨리스는 정원에서 엄마와 보내는 시간이 많아질수록 엄마에 대해 많은 것을 알게 되었다. 새싹을 살펴볼 때 엄마의 손목이 살며시 꺾인다는 것에서부터 엄마가 턱을 들어 올릴 때 햇살이 엄마의 눈동자에 닿는다는 것과 새로 난 고사리들을 살살 달래며 캐낼 때 보슬보슬한 흙들이 엄마 손가락을 얇게 에워싼다는 사실까지. 특히 꽃들에게 이야기할 때면 엄마의 두 눈은 유리구슬처럼 빛났다. 그녀는 꽃들을 똑똑 꺾어 호주머니에 넣으면서 여기서 한 마디, 저기서 두 마디, 비밀스러운 말들을 중얼거렸다.

덩굴에서 하얀 메꽃 한 송이를 꺾을 때면 "슬픈 추억."이라고 속삭였다. "돌아온 사랑."이라고 말하며 레몬머틀 가지 하나를 꺾을 때면 공기 속에 감귤 향이 가득했다. 그리고 "기억의 기쁨."이라고 중얼거리면서 진홍빛 캥거루발톱 한 송이를 호주머니에 넣었다.

수많은 질문이 앨리스의 목구멍을 간지럽혔다. 왜 엄마의 말들은 다른 곳, 다른 세상에 관해 얘기할 때만 거침없이 술술 나오는 것일까? 지금 그들 앞에 있는 세상에 대해 말할 때는 왜 그러질 못하는 것일까? 먼 곳을 응시할 때, 엄마는 어디에 가 있는 것일까? 왜 앨리스는 그곳에 엄마와 함께 가지 못하는 것일까?

앨리스가 일곱 살이 되자, 묻지 않은 질문들의 보따리가 무게를 감당할 수 없을 만큼 커져 있었다. 앨리스의 마음속에는 그러한 질문들로 가득했다. 엄마는 왜 그런 수수께끼 같은 말로 꽃들과 말하는 것일까? 아버지는 어째서 완전히 다른 두 얼굴을 가질 수 있는 것일까? 앨리스의 첫울음으로 풀려났다는 엄마의 저주는 무엇이었을까? 비록 앨리스의 마음속에는 이러한 질문들이 빽빽이 들어차 있었지만, 그것들은 마치 잘못 삼켜 식도에 박힌 꼬투리처럼 목구멍에서 넘어오질 않았다. 앨리스는 그저 아무 말 없이 엄마를 따라 호주머니 속을 꽃송이로 가득 채울 뿐이었다.

아그네스는 앨리스의 침묵을 알아챌 때마다 그 침묵을 깰까 봐 아무 말도 하지 않았다. 정원에서는 조용하게 시간을 보내는 것이 둘만의 묵약이었다. "도서관에서처럼." 언젠가 아그네스는 공작고사리들 사이를 미끄러지듯 걸어가며 혼잣말처럼 중얼거렸다. 비록 앨리스는 도서관에 가 본 적이 없었지만, 엄마 이야기를 들으면 마치 가 본 것 같은 착각이 들었다. 앨리스는 엄마가 해 준 설명을 바탕으로 도서관은 이야기들이 꽃처럼 피어나는 책들의 정원일 거라 생각했다.

앨리스는 사유지 너머로는 그 어느 곳도 가 본 적이 없었다. 앨리스의 삶은 사유지의 경계 안에 국한되어 있었다. 다시 말해 엄마의 정원에서 사탕수수밭이 시작되는 곳까지, 그리고 바다가 발밑까지 도르르 밀려오는 해변까지였다. 그 경계선을 넘어 돌아다니는 것은 금지되었다. 특히 사유지 진입로와 읍내로 가는 도로가 만나는 경계선은 절대 넘어가면 안 되었다. 엄마가 앨리스를 읍내 학교로 보내는 게 어떠냐는 말을 꺼낼 때마다 아버지는 접시며 포크며 나이프가 붕 떠오를 정도로 식탁을 주먹으로 탕 내리치며 으르렁대곤 했다. "거긴 여자애가 갈 데가 아니야. 여기 있는 게 더 안전해." 그는 그렇게 대화를 종결시켰다. 모든 것을 종결시키기. 이것은 앨리스 아버지가 제일 잘하는 일이었다.

두 사람이 한낮을 정원에서 보내든 바다에서 보내든 간에 바다제비 한 마리가 끼룩끼룩 울거나 구름이 해를 가리는 시간은 어김없이 오고야 말았고, 그러면 앨리스의 엄마는 마치 여태 꿈속을 돌아다니던 몽유병 환자가 깨어나듯 몸을 부르르 떨곤 했다. 그녀는 재생 버튼을 누른 동영상처럼 갑자기 활기를 띠면서 발꿈치를 딛고 휙 돌아서서는 집을 향해 냅다 달렸다. 그러면서 어깨 너머로 앨리스에게 소리쳤다. "맨 먼저 부엌에 도착하는 사람이 생크림 얹은 스콘 먹기!" 오후의 차 맛은 달콤하고도 씁쓸했다. 얼마 안 있으면 앨리스 아버지가 집으로 돌아올 터이기 때문이었다. 아버지가 도착하기 10분 전, 엄마는 현관문 옆에 서 있었다. 그녀의 입꼬리는 미소를 짓느라 너무 심하게 당겨 올라가 있었고, 목소리는 천장을 뚫을 듯 높아져 있었으며, 손가락은 매듭처럼 배배 꼬고 있었다.

며칠씩 엄마의 혼이 몸에서 완전히 빠져나가는 때도 있었다. 그럴 때면 이야기나 바닷가 산책은 없었다. 꽃들과의 대화도 없었다. 엄마는 창백한 햇빛을 커튼으로 가린 채 침대에 누워 꼼짝도 하지 않았다. 마치 영혼이 전혀 다른 세상으로 떠나 버린 사람처럼.

그런 일이 일어날 때마다 앨리스는 신경을 딴 곳으로 돌리려고 애를 썼다. 온몸을 묵직하게 내리누르는 집안 공기, 마치 집에 아무도 없는 것 같은 끔찍한 고요함, 그리고 침대에 허물어져 있는 엄마의 모습으로부터 잠시라도 벗어나기 위해서. 그런 것들은 숨 쉬기조차 힘들게 만들었다. 그럴 때면 앨리스는 이미 수십 번도 더 읽은 책을 집어 들거나 이미 끝낸 숙제장을 다시 펼쳤다. 바닷가로 뛰쳐나가 갈매기들과 함께 끼룩끼룩 소리 지르고, 해변을 따라 달리며 파도를 좇았다. 그리고 뜨거운 바람에 넘실대는 초록빛 사탕수수 줄기처럼 머리카락을 나부끼고 이리저리 흔들리면서 사탕수수밭 가장자리를 따라 달렸다. 하지만 아무리 애를 써 봐도 소용없었다. 앨리스는 새 깃털과 민들레 홀씨에 대고 새가 되어 바다와 하늘이 만나는 황금빛 수평선까지 훨훨 날아가게 해 달라고 빌었다. 엄마와 함께할 수 없는 우울한 날들은 며칠씩이나 이어졌다. 결국 앨리스는 자기에게 허락된 세상의 끄트머리에서 서성대기 시작했다. 앨리스가 자신도 그 세상에서 사라질 수 있다는 사실을 터득하는 것은 시간문제일 뿐이었다.

어느 날 아침, 아버지의 트럭 소리가 먼 곳으로 사라지고 난 뒤 앨리스는 침대에 가만히 누워서 물 주전자에서 휘파람 소리가 나기를 기다렸다. 좋은 하루의 시작을 알리는 팡파르 같은 소리를. 아무리 기다

려도 그 소리가 들리지 않자 앨리스는 이불을 걷어차고 일어났다. 그리고 부모님 방으로 살금살금 다가갔다. 문틈으로 이불을 뒤집어쓰고 공처럼 웅크린 채 꼼짝하지 않고 있는 엄마의 몸이 보였다. 그 순간 뜨겁고 위태로운 분노의 파도가 앨리스를 덮쳤다. 앨리스는 곧장 부엌으로 가서 빵 두 장에 베지마이트를 발라 척 붙이고 잼 병에다 물을 채웠다. 그리고 그것들을 배낭에 넣은 다음 사탕수수밭 쪽으로 달려갔다. 앨리스는 눈에 뜨일 가능성이 큰 진입로를 통해서는 가지 않을 생각이었다. 그 대신 사탕수수들 사이로 숨어서 간다면 분명 반대편에 있는 장소로 나갈 수 있을 것 같았다. 어둡고 고요한 집보다 더 나은 어딘가로.

머리 위를 날아가는 앵무새 무리의 울음도 거의 들리지 않을 정도로 심장박동 소리가 요란하게 쿵쾅거렸지만, 앨리스는 자기 자신에게 뛰어가라고 다그쳤다. 아버지의 창고와 아버지의 장미 꽃밭을 지나 마당 저 끝까지 가로질러 가라고. 앨리스는 사유지와 사탕수수밭이 만나는 경계에 이르러서야 멈춰 섰다. 키 큰 초록빛 사탕수수 줄기들 사이로 고랑이 끝도 없이 이어져 있었다.

결국 앨리스는 절대 해서는 안 된다고 귀가 따갑게 들어왔던 일을 하고야 말았다. 이렇게나 쉬운 일이었다니! 단지 한 발자국을 떼기만 하면 되었다. 한 발자국, 그리고 또 한 발자국을.

앨리스는 잠시도 쉬지 않고 걷고 또 걸었다. 얼마나 오래 걸었던지 사탕수수밭을 빠져나가면 완전히 다른 나라에 가 있는 게 아닌가 하

는 궁금증이 일기 시작했다. 어쩌면 유럽에 도착해서 엄마가 얘기해 준 설국열차에 올라타게 될지도 모를 일이었다. 하지만 앨리스가 사탕수수밭 끝에 도착했을 때 본 풍경은 이국적이거나 그렇게 낯설지는 않았다. 앨리스가 있는 곳은 읍내 한복판에 있는 교차로 앞이었다.

앨리스는 눈부신 햇살을 손으로 가렸다. 갑자기 눈앞에 너무 많은 색깔과 움직임들과 소음들이 펼쳐졌다. 자동차와 농장 트럭들이 경적을 빵빵 울리며 교차로를 오가고 있었다. 농부들은 햇볕에 탄 팔꿈치를 창밖으로 내민 채 차를 몰고 지나가면서 지친 손을 서로에게 흔들어 주었다. 그때 한 가게가 앨리스의 눈에 들어왔다. 신선한 빵과 설탕옷을 입은 케이크가 넓은 진열장을 가득 채우고 있었다. 앨리스는 그림책에서 봤던 장면을 떠올리며 그곳이 빵 가게일 거라고 짐작했다. 그 가게 입구에 구슬발이 쳐져 있었다. 그리고 바깥에는 줄무늬 차양 아래에 탁자와 의자들이 어지럽게 널려 있었고, 바둑무늬 식탁보가 깔린 탁자마다 밝은색 꽃 한 송이가 꽂힌 작은 꽃병이 놓여 있었다. 앨리스의 입에 침이 고였다. 지금 곁에 엄마가 있었으면 얼마나 좋을까 하고 생각했다.

빵집 양쪽에는 농부의 아내들에게 세련된 도시 감각을 엿보게 해 주는 진열장들이 늘어서 있었다. 잘록한 허리를 강조한 신상품 원피스, 챙 넓은 모자, 술 장식이 달린 핸드백, 그리고 코가 뾰족한 키튼힐……. 앨리스는 샌들 속에서 발가락을 꼼지락거렸다. 앨리스는 엄마가 진열장의 마네킹들처럼 입고 신은 모습을 한 번도 본 적이 없었다. 앨리스의 엄마한테는 읍내에 외출할 때 입는 옷이 딱 한 벌밖에 없었다. 암적색 긴소매 폴리에스터 원피스에 굽 없는 신발. 집에 있을 때는 늘 직접 만든 헐렁한 면 원피스를 입었고, 앨리스와 마찬가지로 대체로 맨발로 다녔다.

앨리스의 시선이 앞쪽에 있는 교차로로 옮겨 갔다. 신호등 앞에서 젊은 여자와 소녀가 길을 건너려고 기다리고 있었다. 여자는 한 손으로는 소녀의 분홍색 배낭을 들고 다른 손으로는 소녀의 손을 잡고 있었다. 소녀는 발목까지 오는 주름 장식이 달린 흰 양말을 신고 반짝반짝 빛나는 검정 구두를 신고 있었다. 두 갈래로 단정하게 땋은 머리에는 딱 어울리는 리본이 묶여 있었다. 앨리스는 소녀에게서 눈을 뗄 수 없었다. 신호등이 바뀌자 여자와 소녀는 길을 건넌 뒤 구슬발을 통과해서 빵집으로 들어갔다. 잠시 후, 두 사람은 크림처럼 새하얀 밀크셰이크와 두툼한 케이크 조각을 들고 나왔다. 그리고 앨리스가 거기 있었어도 선택했을 테이블 앞에 앉았다. 가슴 시리도록 행복한 노란 거베라가 놓여 있는 테이블 앞에. 그리고 그 둘은 밀크셰이크를 한 모금 마시고는 서로의 입술에 묻은 우유 거품 콧수염을 보고 까르르 웃었다.

햇살이 앨리스 머리 위로 쨍쨍 내리쬐었다. 강렬한 햇살에 눈이 따끔거렸다. 앨리스가 마침내 부러운 시선을 거두고 돌아서서 집으로 막 뛰어가려고 할 때, 길 건너편 화려한 대리석 건물 위에 있는 큼지막한 글씨가 눈에 띄었다.

도서관.

앨리스는 헉 소리를 내며 신호등 쪽으로 달려갔다. 그러고는 아까 그 소녀가 했던 것처럼 신호등 버튼을 계속 꾹꾹 눌렀다. 신호등 불빛이 초록색으로 바뀌어 교차로가 텅 빌 때까지. 앨리스는 전속력으로 도로를 건너서 묵직한 도서관 문을 열고 안으로 들어갔다.

앨리스는 로비에서 배를 잡으며 숨을 헐떡였다. 시원한 공기가 땀에 젖은 앨리스의 살갗에 내려앉았다. 앨리스는 햇볕에 그을린 이마 너머로 머리카락을 쓸어 넘기면서 행복한 여자와 소녀, 행복한 노란 거베라를 떠올렸다. 그리고 옷매무새를 고치면서 자기가 아직 잠옷 차림인 사실을 알아챘다. 집을 나서기 전에 옷을 갈아입는 걸 깜박한 것이다. 앨리스는 이제 뭘 해야 할지, 어디로 가야 할지 몰라 그 자리에 꼼짝하지 않고 서서 손목이 빨개질 때까지 꼬집었다. 육신의 고통은 내면의 고통을 잊게 했다. 형형색색의 빛줄기가 눈에 쏟아져 내렸을 때야 비로소 꼬집기를 멈췄다.

앨리스는 발끝으로 살금살금 로비를 가로질러서 중앙 열람실로 들어갔다. 그곳은 위로도 옆으로도 탁 트인 웅장한 공간이었다. 앨리스는 스테인드글라스 창문을 통해 들이치는 형형색색의 햇빛에 이끌려 위를 올려다보았다. 빨간 모자를 쓴 소녀가 숲속을 걸어가고 있었고, 한 소녀가 벗겨진 유리 구두 한 짝을 뒤로하고 서둘러 마차에 오르고 있었으며, 인어 소녀가 바다에서 멀리 떨어진 해안에 서 있는 한 청년을 동경 어린 표정으로 쳐다보고 있었다. 짜릿한 흥분이 앨리스의 온몸을 타고 흘렀다.

"내가 좀 도와줄까?"

앨리스는 창문에서 눈을 떼고 목소리가 들리는 쪽으로 돌아보았다. 부풀린 머리 모양을 한 젊은 여자가 팔각형 책상 앞에 앉아 활짝 웃고 있었다. 앨리스는 살금살금 여자 쪽으로 걸어갔다.

"그렇게 살금살금 걸을 필요 없단다." 여자가 싱긋 웃으며 말했다. "그 정도로 조용히 있어야 한다면, 내가 온종일 이곳에 있을 리 있겠니? 난 샐리야. 너는 도서관에서는 처음 보는 것 같은데……." 샐리의 눈동자는 화창한 날의 바다를 떠올리게 했다. "그렇지?" 샐리가 물었다.

앨리스는 고개를 끄덕였다.

"오, 정말 굉장한 날이네! 새 친구가 생겼으니까!" 샐리가 손뼉을 짝 치며 말했다. 샐리의 손톱에 조가비빛 분홍색 매니큐어가 칠해져 있었다. 잠깐의 침묵이 이어졌다.

"넌 누구니?" 샐리가 물었다. 앨리스는 내리깐 속눈썹 사이로 샐리를 슬쩍 쳐다보았다. "어머, 부끄러워하지 마. 도서관은 누구나 환영받는 곳이란다."

"저는 앨리스예요."

앨리스가 웅얼웅얼 말했다.

"앨리스?"

"앨리스 하트요."

순간 뭔가 이상한 기운이 샐리의 얼굴에 살짝 비쳤다. 샐리가 목청을 가다듬었다.

"앨리스 하트! 정말 멋진 이름이구나! 환영한다. 도서관 구경시켜 줄까?" 샐리는 시선을 앨리스의 잠옷에서 다시 앨리스의 얼굴로 번개처럼 움직이며 말을 이었다. "여기 엄마나 아빠랑 함께 왔니?"

앨리스는 고개를 내저었다.

"그렇구나. 앨리스, 몇 살인지 말해 줄래?"

앨리스의 뺨이 붉게 달아올랐다. 마침내 앨리스는 한 손은 다섯 손가락을 쫙 펼치고, 다른 손은 엄지와 검지만 펼쳐서 들어 올렸다.

"정말 잘 됐다, 앨리스! 일곱 살은 도서관 카드를 가지기에 딱 좋은 나이거든."

그 말에 앨리스는 고개를 들었다.

"어머나, 이것 좀 봐. 네 얼굴에서 햇살이 뿜어져 나와!" 샐리가 찡긋 윙크하며 말했다. 앨리스는 손끝으로 화끈거리는 자기 얼굴을 어루만졌다. '햇살이 뿜어져 나온다고?'

"내가 도서관 카드 신청서를 줄 테니까, 우리 함께 작성해 보자." 샐리가 손을 뻗어 앨리스의 팔을 살짝 쥐며 말했다. "그 전에 나한테 물어볼 거 있니?"

앨리스는 잠시 생각하더니 고개를 끄덕였다.

"예. 저한테 책이 자라는 정원을 보여 주실 수 있어요?" 앨리스가 안도의 미소를 지으며 말했다.

샐리는 잠깐 앨리스의 얼굴을 찬찬히 살펴보더니 숨죽여 킥킥 웃었다. "앨리스! 너 때문에 빵 터졌어. 우리 금세 아주 친해지겠는걸. 너랑 나랑."

앨리스는 영문을 몰라 그냥 웃기만 했다.

그때부터 약 반 시간 동안 샐리는 앨리스에게 도서관 구경을 시켜 주며, 책은 정원이 아니라 서가에서 산다고 얘기해 주었다. 줄지어 늘어선 이야기들이 앨리스를 불렀다. 셀 수 없이 많은 책이. 잠시 후, 샐리는 서가 옆에 있는 커다랗고 푹신한 의자에 앉아 있는 앨리스를 보고 말했다.

"천천히 둘러보면서 네 마음에 드는 책을 골라 보렴. 나는 저기 있을 테니까 뭐든 필요하면 날 찾아와." 샐리가 자기 책상 쪽을 가리키며 말했다. 앨리스는 이미 책 한 권을 무릎 위에 올려놓은 채 고개를 끄덕였다.

전화 수화기를 들어 올리는 샐리의 손이 바르르 떨렸다. 경찰서 전화번호를 누르는 동안 샐리는 앨리스가 따라오는지 확인하려고 몸을 숙여 살펴보았다. 하지만 앨리스는 여전히 때 묻은 잠옷단 밑으로 낡은 샌들을 덜렁거리며 의자에 앉아 있었다. 샐리는 앨리스의 도서관 신청 서류를 만지작대다가 소리 없는 비명을 질렀다. 종이 모서리에 손끝을 베이고 만 것이다. 샐리는 눈물을 글썽이며 입으로 스며 나온 피를 빨았다. 앨리스는 클렘 하트의 딸이었다. 샐리는 그의 이름을 머릿속에서 애써 밀쳐 내며 수화기를 귀에 바짝 붙였다. '제발 받아, 받아, 받아.' 마침내 샐리의 남편이 전화를 받았다.

"존? 나야. 아니. 내 말 잘 들어 봐. 클렘 하트의 딸이 여기 와 있어. 그런데 존, 뭔가 이상해. 애가 잠옷 바람이야." 샐리가 침착함을 잃지 않으려고 애썼다. "옷이 더러워. 그리고……." 샐리는 마른침을 꿀꺽 삼키며 말을 이었다. "아이의 두 팔이 시퍼렇게 멍들어 있어."

샐리는 남편의 차분한 목소리를 듣는 내내 고개를 끄덕이며 눈물을 닦았다.

"응. 그 집 농장에서 내내 걸어온 것 같아. 그러니까, 한 4킬로미터쯤 될까?" 샐리는 소맷자락에서 손수건을 꺼내 코를 닦으며 말을 이었다. "알았어. 그래, 그래. 내가 붙잡아 두고 있을게."

전화를 끊자마자 수화기가 샐리의 땀에 젖은 손바닥에서 스르르 미끄러졌다.

앨리스는 자기 주변에 반원형으로 쌓아 놓은 책 탑 위에 또 한 권을

올려놓았다.

"앨리스?"

"샐리, 저 여기 있는 책 전부를 빌려 가고 싶어요."

앨리스가 팔을 쫙 펼치며 진지하게 말했다.

샐리는 앨리스가 쌓은 책 탑을 해체해서 그중 열댓 권을 다시 서가에 꽂아 주었다. 그러고는 도서관에서 책을 빌리는 방법을 두 번 반복해서 설명해 주었다. 앨리스는 한 번에 빌려 갈 수 있는 책이 몇 권밖에 되지 않는다는 말에 어리둥절했다. 샐리는 시계를 보았다. 환한 햇살이 이야기 창문을 통해 들이쳐서 중앙 열람실에 부드러운 파스텔 색조의 그림자를 드리웠다.

"책 고르는 거 좀 도와줄까?"

앨리스는 고개를 크게 끄덕였다. 사실 불에 관한 책을 읽고 싶었지만 그걸 말할 용기가 없었다.

샐리는 쪼그려 앉아 앨리스와 눈높이를 맞추며 몇 가지를 물어보았다. 제일 가고 싶은 장소는? 바다요. 도서관의 이야기 창문 중에서 제일 마음에 드는 창문은? 인어 창문이요. 샐리는 알겠다며 머리를 한 번 끄덕였다. 그러고는 구릿빛 글씨가 찍혀 있는 얇은 양장본 책등을 둘째손가락으로 톡톡 치더니 그 책을 서가에서 빼냈다.

"넌 이 책을 좋아할 것 같구나. 셀키에 관한 이야기책이야."

"셀키?" 앨리스가 따라 말했다.

"셀키는 바다 요정이야. 껍질을 벗으면 완전히 다른 모습으로 변하지." 샐리의 설명에 앨리스는 온몸의 솜털이 곤두서는 것처럼 흥분되었다. 앨리스는 그 책을 품에 꼭 안았다.

"난 책을 읽으면 배가 고파. 너도 그러니, 앨리스? 나 스콘에 잼 발라서 먹으려고 하는데, 나랑 같이 차 한잔 마시지 않을래?"

스콘 얘기에 앨리스는 엄마가 생각났다. 갑자기 집에 가고 싶은 생각이 간절해졌다. 하지만 샐리는 자기가 도서관에 좀 더 머물기를 바라는 것 같았다.

"저 화장실 가도 돼요?"

"물론이지. 여자 화장실은 저기 복도 끝, 오른쪽에 있어. 내가 따라가 줄까?" 샐리가 말했다.

"아니에요. 괜찮아요." 앨리스가 생긋 웃으며 말했다.

"화장실 갔다가 이리로 오렴. 우리 함께 스콘을 먹자꾸나. 좋지?"

앨리스는 복도를 깡충깡충 뛰어갔다. 화장실 문을 열어젖혀 안으로 들어가려다 말고 멈춰 섰다. 그러고는 머리를 뒤로 살짝 빼서 샐리의 책상 쪽을 엿보았다. 아무도 보이지 않았다. 복도 저 너머에서 접시와 식기 도구가 부딪치는 소리가 짤랑짤랑 들렸다. 앨리스는 황급히 비상구를 향해 달려갔다.

사탕수수밭을 통과해서 집으로 달려가는 내내 원피스 호주머니 속에 든 대출 카드가 마치 엄마의 정원에서 꺾은 꽃처럼 앨리스의 허벅지를 살짝살짝 건드렸다. 바다표범 요정의 이야기책이 등에 멘 가방 안에서 깡충깡충 뛰었고, 앨리스의 뱃속에서는 햇살이 통통 튀어 올랐다. 앨리스는 엄마가 도서관 책을 보고 좋아할 모습을 상상하느라 집에 도착할 즈음엔 아버지도 일터에서 돌아와 있을 거라는 사실을 까맣게 잊고 있었다.

Sticky everlasting 바스라기꽃

내 사랑은 당신을 떠나지 않으리

Xerochrysum viscosum | 오스트레일리아 뉴사우스웨일스, 빅토리아

꽃잎이 종이처럼 바스락거리며 색깔은 레몬색에서부터
황금색, 오렌지색, 청동색에 이르기까지 다양하다.
꽃을 잘라 말려도 오랫동안 선명한 색상이 유지된다.

앨리스가 도서관을 발견한 지 한 달이 지난 어느 날, 아그네스가 자기 방에서 놀고 있는 딸을 불렀다. "번, 잡초를 좀 뽑아야겠다."

평온한 오후였다. 정원은 오렌지색 나비들로 가득했다. 아그네스가 넓은 모자챙 밑으로 앨리스를 올려다보며 미소를 지었다. 아그네스가 일을 마치고 돌아온 남편을 맞이할 때 짓는 그 미소였다. '모든 게 다 좋아요. 모든 게 다 괜찮아요. 모든 게 잘 되고 있어요.' 앨리스는 비록 엄마가 잡초를 잡으려고 손을 뻗을 때 움찔하면서 갈비뼈를 움켜잡는 걸 알아챘지만 엄마에게 미소를 지어 보였다.

앨리스가 도서관에 다녀온 이래로 상황이 좋지 않았다. 앨리스는 아버지한테 벨트로 매질을 당한 뒤로 며칠 동안 의자에 앉지도 못했다. 아버지는 도서관 카드를 뚝 부러뜨리고 도서관에서 빌린 책을 압수했다. 하지만 그때는 앨리스가 한자리에서 책을 다 읽고 난 뒤였다.

앨리스는 마법 같은 피부를 가진 셀키들의 이야기를 마치 혀 위의 설탕처럼 녹여서 자신의 핏속으로 흡수해 버렸다. 앨리스의 몸에 있던 멍은 거의 다 사라졌고, 그 이후로 아버지한테 혼이 난 건 딱 한 번뿐이었다. 그건 앨리스의 엄마가 그의 분노를 온전히 혼자서 견뎌 낸 덕분이었다. 한밤중에 부모님 방에서 나는 거친 소리 때문에 앨리스가 잠에서 깨어난 적이 몇 번 있었다. 그 험악한 소리의 정체를 깨닫자마자 앨리스의 몸은 곧바로 굳어 버렸다. 그런 밤이면 앨리스는 두 손으로 귀를 막은 채 침대에 웅크리고 누워 자신의 꿈속으로 도망쳤다. 대부분 엄마와 함께 바닷가로 달려가서 살갗을 훌훌 벗어던지고 물속으로 뛰어드는 꿈이었다. 둘은 함께 넘실대는 수면 위에서 깐닥깐닥하다가 딱 한 번 뒤를 돌아보고는 함께 물속 깊이 들어갔고, 해변에 벗어놓은 그들의 살갗은 납작하게 눌려서 말린 꽃으로 변해서 조가비와 해초들 사이로 흩어지는 것이었다.

"자, 앨리스." 아그네스는 다시 움찔하면서 잡초 한 다발을 앨리스에게 건네며 말했다. 앨리스의 얼굴은 정원에서 잡초를 남김없이 제거하고 싶은 열망으로 벌겋게 달아올랐다. 그러면 엄마가 온종일 비밀 언어로 꽃들에게 말을 하고 호주머니를 꽃송이들로 가득 채우면서 보낼 수 있을 테니까.

"엄마, 이건요? 이거 잡초예요?" 아그네스는 대답하지 않았다. 그녀의 표정은 순식간에 바뀌어 있었다. 아그네스의 시선은 뽀얀 흙먼지가 일어나는지 확인하느라 끊임없이 진입로 쪽으로 향했다.

결국 진입로에서 흙먼지가 피어올랐다.

클렘이 운전석에서 뛰어내려 거꾸로 뒤집은 아쿠브라[7] 모자를 등

7) 오스트레일리아 농민들이 즐겨 쓰는 챙 넓은 모직 중절모, 혹은 이 모자를 생산하는 회사명.

뒤로 숨긴 채 한껏 거드름을 피우며 걸어왔다. 아그네스는 남편을 맞기 위해 민들레꽃 한 다발을 손에 꼭 쥐고 무릎에 흙을 묻힌 채로 벌떡 일어섰다. 클렘이 아그네스에게 입맞춤하려고 몸을 숙였을 때 민들레꽃 뿌리가 바르르 떨렸다. 앨리스는 얼른 시선을 딴 데로 돌렸다. 클렘의 기분은 금방 좋았다가도 마른하늘에서 소나기가 퍼붓듯 순식간에 변하곤 했다. 그는 결코 겉모습으로 판단할 수 없는 사람이었다. 앨리스와 눈이 마주치자 클렘은 싱긋 웃었다.

"네가 멋대로 집을 나간 날 이후로 우리 가족 모두 힘든 시간을 보냈다. 그렇지?" 클렘은 거꾸로 뒤집은 모자를 등 뒤로 감춘 채 쭈그리고 앉아서 말했다. "하지만 이번 일로 사유지를 떠나면 안 된다는 교훈을 배웠으리라 생각한다."

앨리스는 뱃속이 뒤틀리는 것 같았다.

"그 일에 대해 생각해 봤는데……." 클렘이 부드럽게 말했다. "도서관 카드를 너한테 돌려주기로 했다." 앨리스는 불안한 눈빛으로 아버지를 쳐다보았다. "네가 만약 우리가 정한 규칙을 따르겠다고 약속한다면, 아버지가 너 대신 도서관에 가서 책을 가져다주마. 그리고 네가 약속을 잘 지키도록 하려면 너한테 놀이 친구를 하나 만들어 주는 게 좋겠다는 생각이 들었다." 클렘은 이 말을 하는 동안 딸을 쳐다보고 있지 않았다. 그의 눈은 끊임없이 아내의 얼굴을 살피고 있었다. 아그네스는 눈도 깜박이지 않고 입꼬리를 한껏 당겨 억지 미소를 지은 채 꼼짝도 하지 않고 서 있었다. 이윽고 클렘이 앨리스 쪽으로 돌아보며 모자를 건넸다. 앨리스는 모자를 받아서 무릎 위에 내려놓았다.

모자 속에는 흰색과 검정 솜털 뭉치 같은 작은 생명체가 웅크리고 있었다. 앨리스의 입에서 헉 소리가 새어 나왔다. 강아지는 간신히 눈을 뜨고 있었는데 눈동자가 겨울 바다와 같은 청회색이었다. 강아지는 일어서서 한 번 캉 하고 짖고는 앨리스의 코를 살짝 물었다. 앨리스는 기쁨의 비명을 질렀다. 앨리스에게 처음으로 친구가 생긴 것이다. 강아지가 앨리스의 얼굴을 핥았다.

"강아지 이름은 뭐라고 지을 거니, 번?" 클렘이 벌떡 일어서며 물었다. 앨리스는 아버지의 표정을 읽을 수가 없었다.

마침내 앨리스가 대답했다. "토바이어스요. 하지만 그냥 토비라고 부를 거예요."

클렘은 편안하게 껄껄 웃으며 말했다. "이제부터 넌 토비다."

"엄마, 한번 안아 보실래요?" 앨리스의 물음에 아그네스는 고개를 끄덕이며 토비에게 손을 뻗었다.

"어머, 정말 아기구나." 아그네스는 놀라움을 숨기지 못하고 탄성을 질렀다. "클렘, 이 강아지 어디서 데려왔어요? 어미젖을 떼도 될 만큼 자란 것 맞아요?"

순간 클렘의 두 눈에 불길이 일면서 얼굴빛이 어두워졌다. "물론 충분히 자랐지." 클렘은 이를 악다문 채 대꾸하며 토비의 목덜미를 잡고 번쩍 들어 올렸다. 그런 다음 낑낑대는 토비를 앨리스에게 던졌다.

잠시 뒤에 앨리스는 엄마 정원의 양치식물들 사이에 웅크리고 앉아 강아지를 꼭 끌어안은 채 집 안에서 들리는 소리를 듣지 않으려고 애를 썼다. 바람이 사탕수수밭을 통과해서 달큼한 향기를 바다로 몰고 가는 사이, 토비는 눈물이 모인 앨리스의 턱을 혀로 핥았다.

앨리스 아버지의 기분은 계절이 바뀌듯 바뀌었다. 아버지가 토비를 귀머거리로 만든 뒤, 앨리스는 토비에게 수화를 가르치며 분주하게 지냈다. 앨리스는 이제 여덟 살이 되어 통신 학교의 3학년으로 진학했다. 그리고 도서관에서 빌린 한 무더기 책은 반납일을 2주나 앞두고 모두 읽어 치웠다. 엄마는 꽃들 사이에서 혼자 중얼거리며 정원에서 보내는 시간이 점점 더 많아졌다.

늦겨울 어느 날, 바다에서 돌풍이 연이어 불어왔다. 바람이 어찌나 거세게 불었던지 앨리스는 이러다 동화의 한 장면처럼 집이 바람에 실려 날아가지나 않을까 걱정이 되었다. 앨리스와 토비는 현관 계단 위에 서서 아버지가 차고에서 윈드서핑 보드를 마당으로 끌고 나오는 것을 지켜보았다.

"북서풍 40노트 속도야, 버니." 클렘이 윈드서핑 장비를 농장 트럭 뒤에 서둘러 실으며 말했다. "이건 아주 드문 바람이지." 클렘은 서프보드의 돛에서 거미줄을 쓸어 내며 말했다. 앨리스는 토비의 귀를 어루만지며 고개를 끄덕였다. 지금까지 아버지가 바람을 타고 바다를 가로지를 준비를 하는 모습을 보는 게 손에 꼽을 정도로 드문 일이었다. 그리고 지금까지 클렘은 한 번도 앨리스를 데려가지 않았다. 클렘이 차 시동을 걸었다.

"버니, 같이 가자. 오늘 서핑은 행운의 부적이 필요할 것 같구나. 어서 준비해." 클렘이 운전석 창밖으로 고개를 내밀며 소리쳤다. 비록 아버지의 거친 눈빛이 불안하긴 했지만, 아버지한테서 초대받은 기쁨에 벅찬 나머지 앨리스는 곧바로 행동에 들어갔다. 앨리스는 자기 방으로 뛰어들어 가 수영복으로 갈아입은 다음 엄마 곁을 번개처럼 지나며 다녀오겠다고 소리쳐 인사했다. 토비도 앨리스를 바짝 뒤따랐다. 클렘의 차는 엔진 소리를 요란하게 내며 해변을 향해 출발했다.

해변에 도착한 클렘은 허리에 찬 장비에 밧줄을 묶어서 서프보드를 물가까지 끌고 갔다. 앨리스는 옆에 가만히 서 있었다. 아버지가 따라오라고 소리쳤을 때야 비로소 서프보드의 핀[8]이 모래사장을 긁어서 생긴 깊은 홈을 따라 바다로 걸어갔다. 클렘은 돛이 바람에 흔들리지 않게 단단히 잡고 서프보드를 파도 속으로 밀어 넣었다. 그의 팔뚝에서 혈관이 툭 튀어나왔다. 앨리스는 넓적다리까지 오는 바닷물 속에서 어찌할 줄 몰라 서성거렸다. 클렘이 서프보드 위에 올라간 다음 앨리스를 쳐다보았다. 눈썹을 추켜세우고 위험스러운 미소를 머금은 채. 앨리스의 심장박동 소리가 고막을 두드렸다. 클렘이 서프보드 쪽으로 고개를 까닥였다. 토비가 해변에서 서성거리며 끊임없이 짖어 댔다. 앨리스가 토비를 보며 쫙 편 손바닥으로 내리누르듯 위아래로 흔들었다. '조용히 해.' 아버지한테서 같이 가자는 소리를 들은 건 난생 처음이었기에 아버지의 초대를 감히 거절할 수 없었다.

앨리스가 아버지 쪽으로 첨벙첨벙 걸어가는데 엄마 목소리가 앨리스의 귓전에 닿았다. 고개를 돌려보니 엄마가 모래언덕 위에 서서 한 손에 움켜쥔 앨리스의 형광 주황색 구명조끼를 미친 듯이 휘두르며 앨리스를 소리쳐 부르고 있었다. 그녀의 목소리는 경고 수준까지 높아져 있었다. 토비가 앨리스의 엄마를 만나러 해변을 가로질러 달려갔다. 서프보드 위에 있는 앨리스의 아버지는 아내의 걱정스러운 외침을

8) 서프보드 하단 뒷면에 부착된 지느러미처럼 생긴 부분으로, 방향을 바꾸는 역할을 한다.

얼굴 주위에서 윙윙대는 파리를 내쫓듯 무시했다.

"넌 이제 구명조끼 따윈 필요 없어. 이제 여덟 살이나 먹었잖아. 내가 여덟 살 땐 황제처럼 용맹하고 거침없었어." 클렘이 앨리스에게 고갯짓하며 말했다. "어서 올라타, 버니."

앨리스는 활짝 웃었다. 아버지가 주는 관심은 최면 효과가 있었다.

클렘은 앨리스를 번쩍 들어서 서프보드 맨 앞에 태웠다. 앨리스는 겨드랑이 밑으로 아버지의 단단하고 강한 손힘을 느끼며 맞바람에 기대어 섰다. 클렘은 서프보드에 배를 대고 엎드려서 양팔로 물을 저으며 바다로 나아갔다. 은빛 물고기들이 얕은 물을 가르며 질주했다. 바람은 세찼고, 파도의 비말이 앨리스의 눈을 찔렀다. 앨리스는 한 번 더 보려고 뒤돌아보았다. 둘 사이에 펼쳐진 넓은 바다 때문에 엄마가 한결 더 왜소해 보였다.

깊은 청록색 바다로 나오자 클렘은 벌떡 일어서서 발가락을 발걸이 속으로 밀어 넣었다. 앨리스는 보드의 가장자리를 꽉 잡았다. 손바닥이 거친 면에 쓸려 긁혔지만 꽉 잡은 손을 놓지 않았다. 클렘은 두 다리로 균형을 잡으면서 돛을 들어 올려 똑바로 세웠다. 그의 장딴지에서 힘줄과 근육이 잔물결을 일으켰다.

"내 발 사이에 서." 클렘이 앨리스에게 지시했다. 앨리스는 아버지를 향해 조금씩 다가갔다. "붙잡아." 클렘이 말했다. 앨리스는 두 팔로 아버지의 다리를 끌어안았다.

그때 잠깐 바람이 멈췄다. 온 세상이 청록색으로 정지되었다. 그다음 순간 쉭- 돛에 바람이 가득 실리면서 소금물이 앨리스의 얼굴에 확 뿌려졌다. 바다가 반짝거렸다. 클렘과 앨리스는 지그재그로 바다를 가르며 파도를 헤쳐 나아갔다. 앨리스는 고개를 뒤로 젖히고 눈을 감았다. 햇볕이 앨리스의 살갗을 따스하게 감쌌고, 물보라가 앨리스의 얼굴을 간지럽혔으며, 바람이 앨리스의 긴 머리카락을 빗겨 주었다.

"앨리스, 저것 봐." 클렘이 소리쳤다. 돌고래 무리가 그들과 나란히 헤엄치다가 수면 위로 뛰어올라 포물선을 그리며 물속으로 떨어졌다. 앨리스는 책에서 읽은 셀키 이야기를 떠올리며 기쁨의 비명을 질렀다. "일어서. 그럼 더 잘 보일 거야." 클렘이 말했다. 앨리스는 돌고래의 아름다움에 최면이 걸린 듯 아버지의 다리를 붙잡고 불안하게 일어섰다. 돌고래들은 평화롭고 자유롭게 수면을 활주하고 공중제비를 돌았다. 앨리스는 머뭇대며 아버지의 다리에서 손을 놓고 자신의 몸무게로 균형을 잡고 섰다. 그리고 양팔을 쫙 펼친 채 허리를 빙빙 돌리고 손목을 물결 모양으로 움직였다. 앨리스의 아버지가 바람에 대고 환호성을 질러 댔다. 아버지의 얼굴에서 진정한 행복을 보자 앨리스는 머리가 어찔했다.

클렘은 서프보드를 전속력으로 몰아 만 너머에 있는 해협으로 들어갔다. 거기서 여객선 한 척이 항구로 다시 돌아가기 위해 선회하고 있었다. 여객선 선객들이 클렘 부녀를 향해 카메라 플래시를 터트렸다. 클렘이 손을 흔들었다.

"저 사람들한테 훌라춤을 한 번 더 보여 줘." 아버지가 부추겼다. "저 사람들이 우리를 보고 있어, 앨리스. 어서 해 봐."

앨리스는 훌라춤이 뭔지 몰랐다. '돌고래 춤을 말하는 건가?' 재촉하는 아버지의 목소리에 앨리스는 더욱 당황했다. 앨리스는 보드 앞쪽을 힐끗 보고는 다시 아버지를 쳐다보았다. 그렇게 잠깐 망설인 것이 큰 실수였다. 앨리스가 아버지의 얼굴에 어두운 그림자가 스치는 것을 포착한 것이다. 앨리스는 잠시 지체한 시간을 만회하려고 보드 끝으로 허둥지둥 가서 휘청거리는 다리로 서서는 손목을 흔들고 허리를 빙빙 돌렸다. 하지만 너무 늦은 뒤였다. 배는 이미 방향을 돌려 떠나가고 있었고, 카메라 플래시는 반대 방향의 수면에서 번쩍이고 있었다. 앨리스는 아버지가 기뻐하길 바라며 미소를 지었다. 무릎이 덜덜 떨렸다. 앨리스는 아버지를 슬쩍 훔쳐보았다. 그의 입은 굳게 다물어져 있었다.

클렘은 갑자기 돛의 방향을 휙 바꾸었다. 그 바람에 앨리스는 균형을 잃고 버둥거렸다. 햇살은 눈부시고 살갗은 따끔거렸다. 앨리스는 보드 바닥에 쭈그리고 앉아서 양쪽 모서리를 움켜잡았다. 그들을 태운 서프보드가 해협을 지나 만을 향해 돌아가고 있을 때, 그들을 그악스레 불러 대는 앨리스 엄마의 목소리가 바람에 실려 들려왔다. 파도가 짙은 청록색 원을 그리며 굴러왔다. 아버지는 아무 말도 하지 않았다. 앨리스는 게걸음으로 아버지에게 다가갔다. 앨리스가 다시 아버지의 발 사이에 자리를 잡고 아버지의 두 종아리를 붙잡았을 때 그의 장딴지에서 근육이 씰룩거리는 것이 느껴졌다. 앨리스는 아버지의 얼굴을 올려다보았지만, 그의 얼굴은 빈 종이 같았다. 앨리스는 혀를 깨물며 눈물을 참았다. '내가 모든 걸 망쳤어.' 앨리스는 아버지의 다리를 꽉 붙잡았다.

"죄송해요, 아버지." 앨리스가 기어들어 가는 목소리로 말했다.

그때 뭔가 단단한 것이 앨리스의 등을 훅 밀쳤다. 앨리스는 파도에 휩싸여 비명을 지르며 차가운 바닷속으로 떨어졌다. 앨리스는 수면에 떠오르기 위해 버둥거리다가 소금물이 목에 들어가 폐가 타는 듯한 통증을 느끼며 캑캑, 컥컥 기침과 비명을 토해 냈다. 그리고 엄마가 거센 파도에 휩쓸렸을 때 하라고 가르쳐 준 대로 두 팔을 들어 올렸다.

그리 멀리 떨어지지 않는 곳에서 앨리스의 아버지가 서프보드를 천천히 움직이며 물거품처럼 새하얘진 얼굴로 딸을 응시하고 있었다. 앨리스는 발로 물을 걷어차며 선헤엄을 쳤다. 앨리스의 아버지가 다시 돛의 방향을 획 움직였다. '아버지는 돌아오실 거야.' 앨리스는 안도감을 느끼며 훌쩍거렸다. 하지만 돛이 바람을 받아 아버지가 점점 더 멀어지자 앨리스는 믿기지 않는다는 표정으로 발길질을 멈췄다. 앨리스는 물에 가라앉기 시작했다. 마침내 코가 물에 잠겼을 때, 앨리스는 다시 물 위로 올라가기 위해 출렁이는 파도에 맞서서 팔을 마구 움직이고 발을 힘껏 걷어찼다.

앨리스가 변덕스러운 파도에 실려 솟구쳤다 내던져졌다 하는 동안, 파도 너머로 엄마의 모습이 언뜻 보였다. 엄마가 바다에 뛰어들어 힘차게 헤엄치고 있었다. 앨리스는 엄마 모습을 보자마자 힘이 솟구치는 것 같았다. 앨리스는 젖 먹던 힘을 다해 발을 차고 팔을 휘저었다. 마침내 수온이 아주 약간 달라졌고, 앨리스는 그것으로 이제 얕은 물 쪽으로 다가가고 있음을 알 수 있었다. 아그네스는 물보라를 일으키며 앨리스 곁으로 오자마자 마치 앨리스가 구명조끼인 것처럼 앨리스를 와락 끌어안았다. 조금 지나 발밑에 모래가 닿았을 때, 앨리스는 발을 딛고 일어서서 구역질하며 쓰디쓴 담즙을 게워 냈다. 팔다리에 힘이 빠져 와르르 무너질 것만 같았다. 앨리스는 숨을 헐떡였다. 아그네스의 눈은 유리 조약돌처럼 뿌옜다. 아그네스는 앨리스를 해변으로 데리고 가서 바다로 뛰어들기 전에 벗어 던졌던 원피스로 앨리스의 몸을 감싸 주었다. 그리고 앨리스의 울음이 그칠 때까지 몸을 앞뒤로 흔들며 달래 주었다. 짖느라 목이 쉬어 버린 토비는 앨리스의 얼굴을 핥으며 낑낑댔다. 앨리스는 토비를 힘없이 쓰다듬었다. 앨리스가 몸을 떨기 시작하자 아그네스는 앨리스를 일으켜 세워서 집으로 데리고 갔다. 그러는 내내 아그네스는 한마디도 하지 않았다.

앨리스는 해변을 떠나면서 엄마의 두 발이 해안을 미친 듯이 우왕좌왕했던 흔적들을 돌아보았다. 바다 저 멀리에서는 앨리스 아버지를 실은 서프보드의 화사한 돛이 바람을 가르며 나아가고 있었다.

아무도 그날 일어났던 일을 입에 담지 않았다. 그날 이후 클렘은 사탕수수밭에서 일을 마치고 귀가하면 집 안에 머물려고 하지 않았다. 그 대신 죄책감에서 벗어나고자 할 때마다 했던 행동을 했다. 바로 자신의 창고로 도피하는 것. 식사 때면 마치 낯선 사람을 대하듯 공손하면서도 차갑게 굴었다. 클렘 주변에 있다는 것은 마치 폭풍우가 몰아치는 날에 대피소도 없는 야외에서 불안하게 하늘을 지켜보고 있는 것과 같았다. 손에 땀을 쥐게 하는 긴장된 몇 주를 보내는 동안, 앨리스는 토비와 엄마랑 셋이서 엄마의 이야기 속 나라로 도망치는 상상을 하곤 했다. 온 땅이 흰 설탕 같은 뽀얀 눈으로 덮여 있고, 물 위에 휘황찬란한 고대 도시가 세워진 곳으로. 하지만 시간이 몇 주에서 몇 달로 바뀌고 여름의 끝에서 가을로 넘어갈 무렵이 되자, 언제 폭발할지 모르는 클렘의 화산도 휴지기에 들어갔다. 그는 바람 한 점 불지 않는 수면처럼 잔잔했다. 딸에게 책상도 만들어 주었다. 앨리스는 바다가 짙은 청록색으로 바뀌는 광경을 보았던 바로 그날, 아버지의 깊은 곳에 있던 폭풍우가 떠난 것이 아닐까 하는 생각이 들기 시작했다.

어느 화창한 날, 클렘이 아침 식사 중에 다음 주말 새 트랙터를 사러 남쪽에 있는 도시에 가야 한다고 말했다. 그러면서 앨리스의 아홉 번째 생일을 함께 축하하지 못하게 되었다고, 하지만 이건 불가피한 일이라고 했다. 아그네스는 고개를 끄덕이고는 식탁을 치우러 자리에서 일어났다. 앨리스는 그 말을 온전히 이해할 때까지 머리카락으로 얼굴을 가린 채 의자 밑으로 다리를 앞뒤로 흔들며 아버지의 말을 곱씹었다. 그 말인즉 앨리스가 주말을 통째 엄마와 토비와 함께 지내게 될 거라는 얘기였다. 그들 셋이서만. 평화롭게. 앨리스에게는 그보다 더 완벽한 생일 선물은 없었다.

클렘이 떠나던 날 아침, 모녀는 나란히 현관문 앞에 서서 손을 흔들며 배웅했다. 심지어 토비까지 문간에 앉아서 클렘의 트랙터 뒤로 흙먼지가 자욱하게 피어올랐다가 사라지는 것을 지켜보았다. 아그네스는 텅 빈 진입로를 뚫어져라 바라보았다.

마침내 아그네스가 앨리스의 손을 잡으며 말했다.

"이번 주말은 모두 네 거다, 번. 뭘 하고 싶니?"

"뭐든 다요!"

앨리스가 활짝 웃으며 말했다.

그들은 음악으로 시작했다. 엄마가 오래된 전축을 틀자, 앨리스는 눈을 감고 몸을 이리저리 흔들면서 파도 위를 떠다니듯 음악의 선율 위를 둥둥 떠다니는 상상을 했다.

"뭐든 다 먹을 수 있다면, 점심으로 뭘 먹고 싶니?"

엄마가 물었다.

앨리스는 엄마와 키 높이를 맞추려고 식탁 의자를 주방 조리대 옆으로 끌고 와 그 위에 올라서서는 앤잭비스킷[9] 만드는 것을 도와주었다. 맛도 그만이지만 앨리스는 겉은 바싹하고 속은 골든시럽을 듬뿍 넣어 쫄깃한 식감을 무척 좋아했다. 앨리스는 날반죽의 절반 이상을 나무 주걱으로 듬뿍 퍼서 토비와 나눠 먹었다.

비스킷이 오븐에서 구워지는 동안 아그네스는 발치에 앉아 있는 앨리스의 머리를 빗겨 주었다. 머리빗이 두피를 천천히 스치는 소리는 마치 큰 새가 날갯짓하는 소리 같았다. 아그네스는 빗질을 백 번까지 헤아리고는 몸을 숙여 앨리스의 귀에 대고 소곤소곤 물었다. 앨리스는 그 대답으로 크게 고개를 끄덕였다. 아그네스는 그 방을 나가더니 잠시 후 다시 돌아왔다. 그리고 앨리스에게 눈을 감으라고 말했다. 앨리스는 자기 머리를 땋는 엄마의 손가락 감촉을 느끼며 싱긋 웃었다. 머리를 다 땋은 뒤 아그네스는 딸을 집 안 어딘가로 이끌고 갔다.

"번, 이제 눈을 떠 봐."

아그네스가 미소를 담뿍 머금은 목소리로 말했다.

앨리스는 궁금해서 더는 참을 수 없을 때까지 몇 초를 더 눈을 감고 있었다. 마침내 눈을 떴을 때, 앨리스는 거울에 비친 제 모습을 보고 헉 소리를 냈다. 강렬한 오렌지빛 히비스커스로 엮은 화관이 머리에 얹혀 있었다. 어찌나 예쁜지 앨리스는 잠깐 먼 나라 공주를 보고 있다는 착각이 들었다.

"생일 축하해, 버니." 아그네스의 목소리가 흔들렸다. 앨리스는 엄마

9) 으깬 귀리, 밀가루, 설탕, 버터 등을 이용해서 만든 비스킷. 제1차 세계대전 때 창설된 오스트레일리아 · 뉴질랜드 군단(ANZAC, 앤잭) 소속 군인들에게 군인 가족들이 보낸 것에서 유래되었다.

손을 잡았다. 그렇게 둘이서 나란히 거울 앞에 서 있는데 굵은 빗방울이 지붕 위로 거세게 떨어지기 시작했다. 아그네스는 창문 쪽으로 다가갔다.

"엄마, 왜 그러세요?"

아그네스가 눈물을 훔치며 훌쩍거렸다. "번, 따라와. 너한테 보여 줄게 있어."

그 둘은 먹구름이 지나갈 때까지 뒷문에 서서 기다렸다. 하늘은 보라색이고 햇빛은 은색이었다. 앨리스는 엄마를 따라 잎사귀들이 빗물로 번들거리는 정원으로 갔다. 그리고 최근에 심은 관목 곁으로 다가갔다. 앨리스가 마지막으로 봤을 때는 그냥 밝은 녹색 잎사귀들만 무성한 덤불일 뿐이었는데, 한바탕 비가 지나가고 나니 놀랍게도 덤불이 향긋한 흰 꽃들로 뒤덮여 있었다. 앨리스는 휘둥그레진 눈으로 꽃들을 살펴보았다.

"네가 좋아할 거라 생각했지." 아그네스가 말했다.

"이거 마술이에요?" 앨리스가 손을 뻗어 꽃송이 하나를 만지며 말했다.

"마술 중의 최고, 꽃의 마술이지." 아그네스가 고개를 끄덕이며 말했다.

앨리스는 허리를 굽혀 꽃송이에 최대한 가까이 다가갔다. "이거 무슨 꽃이에요, 엄마?"

"폭풍우백합. 네가 태어난 그날 저녁처럼 활짝 피었구나. 이 꽃은 한바탕 폭우가 내리고 난 다음에야 피어난단다."

앨리스는 몸을 더 숙여서 꽃 모양을 자세히 살펴보았다. 꽃잎이 활짝 열려 중심부를 완전히 드러내고 있었다.

"그럼 비가 안 오면 꽃을 피우지 못하나요?" 앨리스가 몸을 일으키며 물었다. 아그네스는 잠시 곰곰이 생각하더니 고개를 끄덕였다.

"네가 태어나던 날 저녁, 네 아버지 트럭을 타고 있을 때 이 꽃들이 길가에서 활짝 피어났단다. 마치 들불처럼. 폭풍우 속에서 수많은 꽃봉오리가 활짝 열리던 모습이 아직도 생생하구나." 아그네스는 고개를 돌렸지만, 앨리스는 엄마의 눈에 눈물이 고여 있는 것을 보았다.

"앨리스," 아그네스가 말했다. "바로 그 때문에 폭풍우백합을 여기 심은 거란다."

앨리스는 고개를 끄덕였다.

"폭풍우백합은 기대감을 뜻한단다. 고생 뒤에 찾아오는 값진 대가를 의미하지." 아그네스는 이렇게 말하며 손을 자기 배에 얹었다.

앨리스는 아직 엄마의 말뜻을 알아차리지 못한 채 고개를 끄덕였다.

"앨리스, 곧 아기가 태어날 거야. 이제 곧 네가 함께 놀고 돌봐 줄 여동생이나 남동생이 생길 거야." 아그네스가 폭풍우백합 한 송이를 꺾어서 앨리스의 땋은 머리 꽁지 부분에 꽂아 주었다. 앨리스는 가늘게 떨리는 꽃의 심장을, 연약하기 짝이 없는 수술을 내려다보았다.

"좋은 소식이지. 안 그러니, 앨리스?" 아그네스가 물었다. 앨리스는 엄마의 눈동자에 비친 폭풍우백합을 볼 수 있었다.

앨리스는 자기 얼굴을 엄마의 목덜미에 감추고 두 눈을 꼭 감았다. 그리고 울지 않으려고 애쓰며 엄마의 살내음을 들이마셨다. 폭풍우 뒤에 꽃들과 아기들을 탄생시키는 마법이 있다는 사실은 앨리스로 하여금 두려움에 사로잡히게 했다. 그건 자신의 세상에 아버지가 위협을 가할 수 있는 소중한 것들이 더 많이 생긴다는 의미였기에.

밤사이에 날씨가 오락가락하더니 또다시 폭풍우가 몰아쳤다. 다음 날 아침 앨리스와 토비가 깨어났을 때, 폭우가 창문에 기대서는 주룩주룩 눈물을 흘리고 현관문을 마구 두드리고 있었다. 앨리스는 하품하면서 팬케이크를 먹을 수 있을까 하며 집 안을 어슬렁어슬렁 돌아다녔다. 앨리스는 아버지가 집에 돌아오기 전까지 몇 시간이 남았는지 헤아리지 않으려고 애를 썼다. 하지만 부엌은 캄캄했다. 앨리스는 어리둥절하여 더듬더듬 전기 스위치를 찾았다. 그리고 딸깍, 스위치를 켰다. 부엌에는 온기도 인기척도 없었다. 부모님 방으로 후다닥 뛰어가서 눈이 어둠에 적응할 때까지 기다렸다. 이윽고 엄마가 방에 없다는 사실을 깨닫자마자 앨리스는 엄마를 소리쳐 부르며 밖으로 뛰어나갔다. 눈 깜짝할 사이에 비에 쫄딱 젖어 버렸다. 토비가 짖어 댔다. 퍼붓는 빗속에서 엄마의 면 원피스가 앞마당에서 해변으로 이어져 있는 가는갯능쟁이[10] 사이로 사라지는 모습이 흘깃 보였다.

앨리스가 해변에 도착했을 때, 아그네스는 벌써 모래 위에 옷을 벗어 둔 채 사라지고 없었다. 비가 여전히 맹렬히 퍼붓고 있어서 앞이 잘 보이지 않았지만, 앨리스는 물속에 들어가 있는 엄마를 발견할 수 있었다. 아그네스는 벌써 멀리까지 헤엄쳐 나가서 파도 위의 희끗한 점으로밖에 보이지 않았다. 그녀는 잠겼다 쑥 솟았다 하며 마치 이겨야 할 결전을 벌이는 사람처럼 허우적허우적 파도를 헤치며 나아갔다. 오랜 시간이 지나서야 아그네스는 파도를 타고 얕은 해안으로 들어오면서 바다를 향해 악을 쓰며 소리를 질렀다. 마치 바다가 그녀의 몸뚱이

10) 염분이 있거나 알칼리성 토양에서 자라는 명아주과 관목의 총칭.

를 해변으로 다시 뱉어 내기라도 한 것처럼.

앨리스는 엄마의 옷을 엄마가 몸에서 벗겨 낸 살갗인 것처럼 어깨에 둘러쓰고 기운이 빠져 목소리가 잘 나오지 않을 때까지 엄마를 소리쳐 불렀다. 앨리스의 외침이 아그네스의 귀에는 들리지 않는 것 같았다. 아그네스는 알몸의 초췌한 모습으로 가쁜 숨을 몰아쉬며 모래밭 위에서 일어섰다. 엄마의 나신을 보자마자 앨리스는 말문이 막혀 버렸다. 빗줄기가 두 사람을 맹렬히 두들겨 댔다. 토비는 이리저리 왔다 갔다 하며 왕왕 울어 댔다. 앨리스는 엄마의 몸에서 눈을 뗄 수가 없었다. 임신한 엄마의 배는 앨리스가 생각했던 것보다 훨씬 더 거대했다. 그 거대한 배를 둘러싸고 있는 것은, 마치 바위를 질식시키는 바다 이끼처럼 그녀의 빗장뼈에서 피어올라 양쪽 팔까지, 그리고 가슴뼈를 지나서 엉덩이를 타 넘어 허벅지 안쪽까지 번져 있는 시퍼런 멍 자국이었다. 앨리스는 여태껏 집안에서는 폭풍우가 불지 않았다고 생각했다. 하지만 그건 지독한 오해였다.

"엄마." 앨리스는 엉엉 울기 시작했다. 얼굴에서 비와 눈물을 닦아 내려고 애를 썼지만 아무 소용이 없었다. 두려움과 연민으로 이가 딱딱 맞부딪쳤다. "엄마가 안 돌아오실까 봐 걱정했어요."

아그네스는 딸을 똑바로 바라보고 있는 것 같았다. 그녀의 눈동자는 크고 검었으며, 속눈썹은 엉겨 붙어 있었다. 아그네스는 그렇게 한참 동안 딸을 망연히 응시하고 있었다. 그러다 마침내 눈을 깜빡이며 입을 열었다.

"네가 걱정할 줄 알고 있었어. 미안하다." 아그네스는 앨리스가 어깨에 두르고 있는 옷을 벗겨서 젖은 몸 위에 입었다. "번, 집으로 가자." 아그네스가 말했다. 그러고는 앨리스의 손을 잡고 함께 빗속을 뚫고 모래사장 위로 걸어갔다. 아그네스가 아무리 손을 흔들어 빼려 해도 앨리스는 엄마 손을 놓지 않았다.

몇 주 뒤 어느 날, 앨리스가 불사조에 관한 책을 읽던 오후가 시작되기 조금 전에 앨리스와 엄마는 완두콩과 호박 모종들이 널려 있는 정원에 있었다. 그때 지평선에서 검은 연기가 피어올랐다.

"걱정하지 마라, 번." 아그네스가 작은 텃밭을 만들기 위해 흙을 갈아엎으며 말했다. "어느 농장에서 맞불을 피우는 거야."

"맞불이오?"

"온 세상 사람들이 논밭을 일구기 위해 불을 사용하지." 아그네스가 설명했다. 앨리스는 잡초가 뿌리째 뽑히면서 드러난 새 흙 위에 쪼그리고 앉아 믿기지 않는다는 표정으로 엄마가 한 말을 곰곰이 생각했다. "진짜야." 아그네스가 갈퀴에 기대 고개를 끄덕이며 말을 이었다. "산과 들에 있는 나무와 식물을 불에 태워서 곡식이나 식물이 자랄 수 있는 자리를 만들어 주는 거야. 그리고 맞불은 들불의 위험성을 줄여 주기도 하지."

앨리스는 양팔로 무릎을 감쌌다. "그러니까 작은 불이 더 큰불을 막을 수 있다는 거예요?" 앨리스는 책상 위에 있는 도서관에서 빌린 책을 생각하며 물었다. 개구리를 왕자로, 소녀들을 새로, 사자를 양으로 변신시키는 주문에 관한 이야기들을 말이다. "마법의 주문처럼요?"

엄마는 새로 일군 두둑을 따라 호박씨를 심었다.

"그래, 바로 그것과 비슷하지. 무언가를 다른 것으로 탈바꿈시키는 일종의 주문 같은 거 말이야. 심지어 싹을 틔우거나 꽃을 피우기 위해 불이 필요한 씨앗이나 꽃도 있단다. 검은불난초나 사막오크 같은 식물이지." 아그네스는 손에 묻은 흙을 털고 머리카락을 이마 위로 쓸어 넘겼다. 그러고는 앨리스를 바라보며 "우리 딸 똑똑하네." 하고 말했다. 이번에는 미소가 아그네스의 눈까지 번졌다. 잠시 후, 아그네스는 다시 씨앗 심는 일로 돌아갔다.

앨리스도 다시 자기 일로 돌아갔다. 하지만 오후의 햇살을 뒤로한 채 무(無)에서 새로운 것이 자라나기를 바라며 일하는 내내, 한쪽 눈으론 엄마를 지켜보았다. 엄마가 사유지를 둘러보다가 창고를 보자마자 고개를 떨어뜨리는 순간 앨리스는 명확히 알게 되었다. 자신이 딱 맞는 주문을 찾아내야 한다는 것을. 아버지를 다른 것으로 변신시키기 위해서 제때에 딱 맞는 맞불을 피워야 한다는 것을.

Blue pincushion 푸른바늘집

당신이 없어서 슬픕니다

Brunonia australis | 오스트레일리아 전역

툭 트인 숲과 모래 평원에서 발견되는 다년생 식물.
보통 봄에 꽃을 피운다. 기다란 줄기에 여러 개의 작은 꽃이
반구형으로 무리 지어 자라며, 색깔은 파란색이나 짙은 파란색이다.
군락을 이룰 때까지 키우기가 다소 까다로우며 1, 2년 뒤에 죽을 수도 있다.

'앨리스, 내 목소리 들리니? 나 여기 있어.'

목소리가 말했다. 부드럽게.

앨리스는 맞춰지지 않은 퍼즐 조각 같은 환경에 둘러싸인 채 의식의 문턱을 넘나들고 있었다. 강한 소독약과 살균제 냄새. 눈부신 흰 벽으로 둘러싸인 방. 달콤한 장미 향. 빳빳하게 풀을 먹인 침대 시트. 바로 옆에서 들리는 리드미컬한 '삐' 소리. 리놀륨 바닥을 찍찍 끄는 신발 소리. 그리고 부드러운 목소리.

'넌 혼자가 아니야, 앨리스. 나 여기 있어. 내가 이야기 하나 해줄게.'

앨리스의 혓바닥에는 간절함의 더께가 겹겹이 앉아 있었다. 그 목소리에 대답하려고, 장미 향기에 바싹 붙어 있으려고 안간힘을 썼다. 하지만 앨리스의 의식은 또다시 순식간에 어두운 심연 속으로 가라앉

았고, 팔다리는 기억의 퇴적물 밑에서 꼼짝도 할 수가 없었다.

얇은 호박색 빛줄기가 앨리스를 사방에서 에워싸고 있는 무의식의 공간에 스며들었다. 앨리스는 그 빛을 향해 조금씩 움직였다. 발밑에서 단단한 감촉이 느껴졌다. 마치 깊은 물속을 헤엄치다가 바닥에 깔린 모래가 발에 닿는 여울에 다다른 것처럼. 앨리스는 해변에 있다고 생각했다. 하지만 뭔가 이상했다. 은녹색 바다풀의 둔덕마다 불이 나서 연기가 피어오르고 있었다. 모래는 새까맣게 그을었으며, 코앞에서 넘실대던 바다는 사라지고 없었다. 앨리스는 파스텔색에서 숯처럼 까맣게 변해 버린 죽은 병정게와 피피조개 껍질을 발로 걷어찼다. 잉걸불이 별 부스러기처럼 공기 속을 떠다녔고, 소금기를 머금은 재가 앨리스의 속눈썹에 엉겨 붙어 있었다. 저 멀리, 어두운 하늘 아래에서 주황빛 잉걸불의 물결이 일렁이고 있었다. 공기는 뜨겁고 악취가 났다.

'나 여기 있어, 앨리스.'

눈물이 앨리스의 뺨을 달구었다.

'앨리스, 내가 이야기 하나 해 줄게.'

앨리스는 검게 그을린 해안선을 살펴보았다. 입에서 매캐한 맛이 느껴졌다. 앨리스는 뜨거운 열기로 피부가 화끈거리는 것을 느끼며 불바다 쪽으로 돌아섰다.

먼 수평선에서 잉걸불이 폭발하면서 활활 타올랐다. 화염의 파도가 솟구쳤다가 부서지고 다시 솟구치기를 반복하면서 짐승의 무리처럼 그르렁대며 몰려다녔다. 숨 쉴 때마다 따끔거리고 아팠다. 거대한 불바다가 괴성을 지르며 검은 모래밭에 있는 앨리스를 향해 몰려왔다.

뜨거운 공기가 앨리스의 얼굴을 살짝 태웠다. 하지만 이제는 악취 대신 장미 향만 가득했다.

화염의 파도가 둥글게 말렸다 높이 솟았다 하며 앨리스를 향해 달려왔다. 앨리스는 안간힘을 다해 해변 위쪽으로 기어갔지만, 부드러운 모래에 푹푹 빠져서 한 걸음도 나아갈 수 없었다. 이글거리는 화염의 벽이 자신을 향해 굴러오고 있었지만, 앨리스는 꼼짝없이 모래톱에 갇혀 있을 수밖에 없었다. 엄청난 압박감이 온몸을 휩쌌다. 숨을 한 번 깊게 들이쉬자 앨리스의 허파에서 조그마한 흰 꽃들의 소리 없는 비명이 표표히 떨어졌다.

앨리스는 산호색과 금빛 불꽃 위를 떠다녔다. 이제 바다는 소금물이 아니라 이글이글 타오르는 빛의 바다였다. 빛의 바다는 앨리스 주위로 번져 가면서 청록으로 타올랐다가 보랏빛 거품으로 부서지고, 다시 오렌지빛으로 파열하면서 끊임없이 변화했다. 앨리스는 그 화려한 색들을 손가락으로 쓸어내리며 빛의 바닷속으로 잠겨 들었다.

방 안은 어두웠다. 시트는 너무 빳빳했다. 공기를 떠도는 냄새가 너무 강렬해서 코와 눈이 아렸다. 앨리스는 몸을 뒤집어 보려고 했지만 그럴 힘이 없었다. 빛의 리본들이 불타는 굵은 뱀들로 변하더니 앨리스의 몸을 친친 감고 꽉 조이며 활활 타올랐다. 앨리스는 숨이 막혀 헐떡이며 격렬한 기침을 토해 냈다. 두려움이 앨리스의 목소리마저 삼켜 버렸다.

'앨리스, 내 말 들리니? 나 여기 있어.'

앨리스는 자기 몸을 빠져나와서 불뱀들이 자기 몸을 삼키는 광경을 지켜보았다.

'귀를 열고 내 목소리를 들어 봐.'

샐리는 마지막 페이지까지 소리 내어 읽은 다음 책을 덮고 무릎 위에 올려놓았다. 그리고 앨리스의 병상 옆에 있는 의자에 기대앉았다. 앨리스의 창백한 피부와 멍 자국을 보고 있으려니 마음이 무너져 내리는 듯했다. 앨리스는 2년 전 무더운 여름 어느 날, 방치된 아동처럼 더러운 잠옷 바람으로 도서관에 나타났던 그 생기 넘치던 어린 소녀와 너무나도 달라져 있었다. 지금 앨리스는 샐리가 손에 들고 있는 책에 나오는 잠자는 공주처럼 긴 머리카락을 베개와 침대 양쪽으로 늘어뜨린 채 죽은 듯이 누워 있었다.

"내 말 들리니, 앨리스?" 샐리는 다시 물었다. "앨리스, 나 여기 있어. 그냥 내 목소리만 들어 봐." 샐리는 미세한 움직임이라도 찾아내려고 앨리스의 얼굴과 병상 침대보 위에 놓여 있는 두 팔을 살폈다. 하지만 옆에서 삐삐, 윙윙거리는 기계의 도움을 받아 솟았다 꺼졌다 하는 가슴 말고는 아무런 미동도 없었다. 앨리스의 턱은 축 처져 있고, 오른쪽 볼 언저리로 멍이 번져 있었다. 찌그러진 공 모양으로 벌어진 앨리스의 입속으로 인공호흡기 튜브가 삽입되어 있었다.

샐리는 눈물을 닦아 냈다. 머릿속에서 복잡한 생각들이 마치 제 꼬리를 물고 있는 뱀처럼 이어져 빙빙 돌아가고 있었다. 앨리스가 혼자서 도서관에 들어왔던 그날, 아이한테서 시선을 떼지 말았어야 했다. 아니, 좀 더 솔직히 말해서 앨리스를 차에 태워 집으로 데려가서 따듯한 음식을 해 먹이고 욕조에 따듯한 물을 받아 목욕시키고 클렘 하트로부터 아이를 안전하게 지켰어야 했다.

샐리는 후회가 걷잡을 수 없이 밀려들자 의자에서 벌떡 일어나 앨리스의 병상 끝에서 서성거렸다.

당신에게는 법적 권한이 없다고 존이 말했을 때, 샐리는 가만히 듣고 있지 않았어야 했다. 그리고 존이 전해 준 이야기를 곧이곧대로 믿지 말았어야 했다. 존의 설명에 따르면, 그날 도서관에서 샐리가 경찰서에 전화하고 나서 얼마 뒤 순찰차 한 대가 하트 씨 사유지를 찾아갔다. 아그네스가 두 명의 경찰관을 집 안으로 맞아들인 다음 차와 스콘을 내왔다. 그리고 조금 지나 클렘이 집으로 돌아와 말했다. "그냥 제 딸이 장난이 좀 심해서 그런 것뿐이에요. 걱정할 일 하나도 없어요."

존으로서는 다행스럽게도 샐리는 그 문제를 다시 입에 올리지 않으려고 노력했다. 하지만 앨리스와의 만남은 샐리의 삶에 엄청난 영향을 끼쳤다. 샐리는 앨리스 생각을 떨쳐 버릴 수가 없었다. 한 달 정도 지나서 클렘이 뻔뻔스럽게 셀키 책과 테이프로 붙인 앨리스의 도서관 카드를 들고 도서관에 찾아왔다. 마치 모든 권한은 자기한테 있다는 듯이. 샐리는 책더미 뒤에 숨어서 다른 동료에게 클렘을 응대하게 했다. 클렘이 떠난 뒤에도 샐리는 얼마나 몸을 떨었던지 그날 반차를 내고 일찍 귀가해야 했다. 집에 도착하자마자 뜨거운 물에 목욕하고 위스키 반병을 비웠지만 몸은 여전히 떨렸다. 샐리에게 있어 클렘은 늘 그런 존재였다. 삶의 가장 어두운 비밀.

그로부터 몇 년 후, 클렘 하트는 마치 잔혹 동화책에 등장하는 주인공처럼 아름다운 젊은 아내와 호기심 많은 딸을 가두고 사는 신비스러운 젊은 농부로 읍 주민들의 입방아에 오르내렸다. 그의 얘기가 나오면 누구나 혀를 차며 "너무 젊어."라고 했다. 그러면 다른 누군가는 눈길을 돌리며 "정말 비극이지."라고 한마디 덧붙였다.

심박수 측정기가 연속적으로 '삐' 소리를 냈다. 샐리는 발을 멈추고 앨리스의 감긴 눈꺼풀을 바라보았다. 투명한 살갗 밑으로 보랏빛 실개천 같은 핏줄이 보였다. 샐리는 두 팔로 제 어깨를 감쌌다. 샐리는 딸 질리안을 잃은 뒤로 도서관 어린이책 열람실에서 일하면서 수십 명의 아이를 만나 왔지만, 앨리스 하트처럼 그녀의 마음을 흩트려 놓은 아이는 없었다. 물론 그렇게 된 데에는 앨리스가 클렘 하트의 딸이기 때문인 이유가 컸다. 존이 현관문을 들어서면서 그 집에 불이 났다고 했던 그날 밤부터 샐리는 매일 병원으로 와서 앨리스에게 책을 읽어 주었다. 그리고 그사이 병원 밖에서는 경찰관과 아동복지사들이 머리를 맞대고 아이의 운명을 결정하고 있었다. 샐리는 앨리스가 의식의 뒤편 어딘가에서 부디 자기 목소리를 들을 수 있기를 바라며 되도록 부드럽고 분명한 목소리로 말하려고 애썼다.

병실 문이 스르르 열렸다.

"안녕, 샐리. 우리 꼬마 전사는 오늘 어때?"

"잘하고 있어, 브룩. 정말 잘하고 있어."

브룩은 앨리스의 환자 차트를 뒤적이다가 주사액이 떨어지는 속도를 확인하고는 빙긋 웃으며 앨리스의 체온을 쟀다. "너 때문에 병실이 장미 향으로 가득하구나. 평생 똑같은 향수를 뿌리는 사람은 아마 너밖에 없을 거야."

샐리가 오랜 친구의 따듯하고 친숙한 너스레에 위로를 받으며 빙긋 웃었다. 하지만 심박수 측정기의 소음이 샐리의 미소를 곧바로 거둬 갔다. 샐리는 그 소리를 더는 참을 수 없어 아무 얘기나 꺼냈다.

"오늘은 진짜 잘 해내고 있어. 진짜로. 아이가 동화를 무척 좋아해." 샐리가 읽고 있던 책을 들어 올리며 말했다. 샐리의 손이 가늘게 떨렸다. "뭐, 동화를 안 좋아한다면 그게 더 이상할 테지만."

"맞아. 세상에 해피엔딩을 안 좋아할 사람이 어디 있겠어?" 브룩이 싱긋 웃으며 말했다.

샐리의 미소가 흔들렸다. 해피엔딩이 겉보기와 딴판일 수 있다는 것을 누구보다 잘 아는 샐리였다.

브룩이 샐리를 지긋이 바라보았다. "나도 알아, 샐리. 이 일이 너한테 얼마나 힘든지 잘 알아." 브룩이 다정하게 말했다.

샐리가 소맷자락으로 코를 닦았다.

"세월이 이렇게나 흘렀어도 난 하나도 배운 게 없어. 난 이 아이를 구할 수 있었어. 이 아이를 위해 뭔가를 할 수 있었다고. 하지만 지금 이 아이를 봐." 샐리의 턱이 걷잡을 수 없이 흔들렸다. "난 정말 바보 멍청이야."

"아니!" 브룩이 고개를 내저으며 말을 이었다. "난 그렇게 생각하지 않아. 내가 아그네스 하트라면, 주여 그 불쌍한 영혼을 돌보소서. 매일 여기 와서 성심을 다해 앨리스에게 이야기책을 읽어 주며 곁을 지켜 주는 네가 고마워서 큰절이라도 올리고 싶을 거야."

아그네스 얘기가 나오자 샐리는 속이 뒤집히는 것 같았다. 지난 수

년 동안 샐리는 아그네스를 몇 번 본 적이 있었다. 시내에서 클렘 하트의 트럭 옆자리에 타고 가는 모습을 두어 번 보았고, 우체국 대기 줄에서 한 번 보았다. 아그네스는 짚 한 오라기처럼 야윈 여자였다. 눈앞에서 금방이라도 바스러져 사라질 것만 같았다. 아그네스 뒤에 서 있던 샐리는 그 가녀린 어깨를 차마 눈 뜨고 볼 수 없었다. 매일 병원에 와서 앨리스 곁을 지켜 주는 것은 샐리가 그 가여운 여인을 위해 할 수 있는 최소한의 배려였다.

"하지만 아이는 내 목소리도 못 듣는걸." 샐리는 의자에 축 늘어진 채 말했다. 눈 밑이 욱신욱신 쑤셨다.

"그런 소리 마. 지금은 내 말이 안 믿기겠지만, 두고 봐. 아주 기뻐서 자지러질 테니까." 브룩이 샐리를 다정하게 쿡 찌르며 말했다. "매일 이곳에 와서 아이의 회복을 도왔으니 너도 잘 알 거야. 열도 떨어지고 있고, 폐도 깨끗해지고 있다는 거. 뇌부종 증세가 있어 지켜보고 있지만, 상황이 그리 나쁘진 않아. 이런 속도로 회복한다면 이번 주말쯤엔 퇴원하게 될 거야."

샐리가 울먹였다. 샐리의 눈에 어린 눈물을 오해한 브룩은 샐리의 어깨를 감싸 안았다.

"나도 들었어. 아이의 할머니를 찾았다는 소식. 정말 잘 됐지?" 브룩은 샐리를 한 번 힘껏 껴안았다가 놔주었다.

"아이의 할머니라니?" 샐리가 되물었다.

"알잖아. 복지사들이 앨리스의 할머니를 찾아낸 거."

"뭐?" 샐리가 간신히 목소리를 내며 물었다.

"중부의 한 벽촌에서 농장을 경영하고 있대. 야생화를 재배하면서 말이야. 농사가 집안 내력인가 봐."

샐리는 멍한 표정으로 고개만 끄덕였다.

"나는 앨리스 할머니에게 전화해서 이 모든 일을 주선한 사람이 존인 줄 알았는데……. 존이 아무 얘기도 안 해 줬어?"

샐리가 의자에서 벌떡 일어나 허겁지겁 소지품을 집었다. 브룩이 진정하라는 듯 손을 펴서 내밀며 샐리에게 조심스레 다가갔다. 샐리는 머리를 절레절레 흔들며 문 쪽으로 뒷걸음질 쳤다.

"오, 샐리." 그제야 상황을 파악한 브룩의 얼굴이 굳어졌다.

샐리는 병실 문을 밀어젖히고 나와 복도를 허둥지둥 달렸다. 그리고 자기가 가장 사랑한 두 명의 아이를 자기 인생에서 앗아 간 병원 밖으로 뛰쳐나갔다.

앨리스는 고요한 무(無)의 힘에 실려 흔들흔들 맴돌았다. 거기엔 바다도 불도 뱀도 없었고, 목소리도 없었다. 알 수 없는 기대감으로 살갗이 따끔거렸다. 가까이에서 공기가 훅 들이치더니 날갯짓하는 소리가 났다. 펄럭, 펄럭, 위로, 위로, 멀리, 멀리.

불타는 깃털 하나가 가물거리는 빛의 꼬리를 길게 드리우며 손짓했다.

앨리스는 두려워하지 않고 그 빛을 따라갔다.

Painted feather flower 채색깃털꽃

눈물

Verticordia picta | 오스트레일리아 서남부

소형에서 중형 크기의 관목이며,
컵 모양의 향긋한 분홍색 꽃을 피운다.
일단 뿌리를 내리고 정착하면 10년 정도 수명을 이어 가면서
여러 해에 걸쳐 화사한 꽃을 피운다.

'나 여기- 있어. 여기- 있어. 여기- 있어.'

앨리스는 자기 심장 소리에 귀를 기울였다. 그것은 정신을 차리고 감정을 가라앉히기 위해 앨리스가 알고 있는 유일한 방법이었다. 하지만 이 방법이 언제나 효과가 있는 건 아니었다. 때로는 귀로 듣는 게 눈으로 보는 것보다 더 나쁠 때도 있었다. 엄마의 몸이 벽에 부딪히는 둔탁한 소리, 죽음 같은 침묵의 소리, 아버지가 구타할 때 내는 분노에 찬 숨소리…….

앨리스는 눈을 떴다. 숨이 잘 안 쉬어져 도움을 청하려고 주위를 둘러보았다. 꿈속의 이야기꾼은 어디 있는 것일까? 그 방에는 앨리스 말고는 아무도 없었다. 옆에서 미친 듯이 빽빽대는 기계들 말고는 아무도……. 두려움으로 살갗이 오그라들었다.

한 여자가 방으로 들이닥쳤다. "괜찮아. 앨리스. 숨쉬기 편하게 몸을

일으켜 줄게." 여자는 앨리스에게 다가오더니 앨리스 머리 뒤쪽 벽면에 있는 무언가를 눌렀다. "무서워하지 말고 마음을 가라앉히려고 노력해 봐."

침대 위쪽 부분이 점점 올라와서 앨리스가 똑바로 앉게 받쳐 주었다. 가슴의 통증이 가라앉기 시작했다.

"이제 좀 낫니?"

앨리스가 고개를 끄덕였다.

"그래, 착하지. 할 수 있으면 숨을 한 번 깊이 들이쉬어 봐."

앨리스는 심장 뛰는 속도가 느려지기를 바라며 숨을 크게 들이쉬었다. 여자가 침대 한쪽에 몸을 기대고 서서 윗옷에 꽂혀 있는 작은 회중시계를 들여다보며 손가락 두 개를 앨리스의 손목에 갖다 댔다.

"난 브룩이야. 너를 돌보는 간호사란다." 브룩의 목소리는 다정했다. 브룩은 앨리스를 슬쩍 쳐다보며 윙크했다. 브룩은 웃을 때 보조개가 옴폭 들어갔다. 그리고 잔잔히 주름진 눈꺼풀 위에서 굴 껍데기의 진주층 같은 보랏빛 아이섀도가 반짝거렸다. 삑 소리가 차츰 잦아들었다. 브룩이 앨리스의 손목을 내려놓았다.

"뭐 필요한 거 없니?"

앨리스는 물 한잔 달라고 부탁하려 했지만 말이 나오지 않았다. 앨리스는 몸짓으로 물컵을 들이켜는 시늉을 해 보였다.

"오케이! 슝 하고 갔다 올게."

브룩이 방을 나갔다. 기계가 삑 울렸다. 하얀 방 안이 윙윙대는 이상한 소음들로 가득 찼다. 앨리스의 심장이 다시 갈비뼈를 쿵쿵 부딪기 시작했다. 앨리스는 눈을 감고 호흡에 집중하며 쿵쾅대는 심장을 진정시키려고 애썼다. 하지만 숨을 너무 깊게 들이쉬자 허파가 터질 듯 아팠다. 앨리스는 도움을 청하려고 소리를 질렀다. 하지만 목소리가 증발해 버린 것처럼 나오지 않았다. 입술이 갈라지고 눈과 코가 불에 덴 듯 화끈거렸다. 차곡차곡 쌓인 질문의 무게가 갈비뼈를 짓눌렀다. '엄마와 아버지는 어디 계세요? 언제 집으로 돌아갈 수 있어요?' 앨리스는 다시 말을 해 보려고 했으나 목소리가 나오지 않았다. 자기가 불바다 한복판에 서 있고, 입에서 흰 나방들이 펄럭펄럭 쏟아져 나오는 장면이 머릿속을 가득 채웠다. '이건 기억일까, 아니면 정말로 일어난 일인가? 혹은 꿈이었을까? 만약 꿈이라면, 난 지금 꿈을 꾸고 있는 것일까? 그럼 나는 얼마나 오랫동안 자고 있었던 것일까?'

"앨리스, 괜찮아, 괜찮아." 브룩이 물병과 컵을 들고 병실로 부리나케 들어오며 말했다. 브룩은 그것들을 내려놓고, 앨리스의 손을 잡으며 뺨에 흐르는 눈물을 닦았다. "잠자던 세포가 갑자기 깨어나 놀라서 그런 거야. 하지만 걱정하지 마. 이제 넌 안전하니까. 우리가 잘 보살펴 주고 있으니까."

앨리스가 진줏빛으로 반짝이는 브룩의 눈을 바라보았다. 앨리스는 브룩을 믿고 싶었다. 간절히.

"의사 선생님이 지금 널 보러 오시는 중이야." 브룩이 엄지손가락으로 앨리스의 손을 원을 그리듯 천천히 쓰다듬었다. "아주 멋진 분이란다." 브룩이 앨리스의 표정을 살피며 말했다.

잠시 후, 흰 가운을 입은 여자가 앨리스의 병실로 들어왔다. 키가 크고 호리호리했으며, 긴 은발을 어깨너머로 늘어뜨리고 있었다. 앨리스는 여자의 모습에서 은빛 해초가 떠올랐다.

"앨리스, 나는 해리스 박사야." 그녀가 앨리스의 침대 발치에 서서 클립보드에 끼워진 종이를 훌훌 넘기며 말했다. "네가 깨어나서 정말 기쁘구나. 지금까지 아주 용감하게 잘 해냈어."

해리스 박사가 앨리스 곁으로 걸어와서 주머니에서 작은 손전등을 꺼냈다. 그리고 스위치를 켜서 앨리스의 두 눈 사이를 왔다 갔다 하며 비췄다. 앨리스는 눈을 찌푸리며 고개를 돌렸다.

"미안. 좀 불편할 거야." 해리스 박사가 차가운 청진기를 앨리스의 가슴에 갖다 대고 귀를 기울였다. 저 청진기로 마음속 질문들을 듣는 것일까? 그러다 갑자기 고개를 들고 앨리스에게 대답을 해 주려는 것일까? 앨리스 스스로도 진짜 듣고 싶은지 확신할 수 없는 대답을? 앨리스의 마음속에서 바늘구멍만 하던 두려움이 커지기 시작했다.

해리스 박사는 청진기를 귀에서 빼냈다. 그런 다음 브룩에게 몇 마디 중얼거리며 클립보드를 건네주었다. 브룩은 클립보드를 앨리스의 침대 끝에 걸어 두고 병실 문을 닫았다.

"앨리스, 지금부터 네가 어떻게 여기 오게 되었는지를 설명해 줄게. 괜찮지?"

앨리스는 브룩을 슬쩍 쳐다보았다. 브룩의 표정이 무거웠다. 앨리스는 다시 해리스 박사를 바라보며 천천히 고개를 끄덕였다.

"그래, 착하구나." 해리스 박사가 살짝 미소를 지었다. "앨리스," 해리스 박사는 기도하듯 두 손을 모으고 다시 말을 시작했다. "너희 농장에 불이 났어. 너희 집으로 불이 번졌을 때 너는 집 안에 있었어. 경찰관이 그날 무슨 일이 있었는지 자세히 말해 줄 테지만 무엇보다 중요한 건 넌 지금 안전하다는 것과 아주 잘 회복하고 있다는 사실이야."

끔찍한 적막이 병실을 가득 채웠다.

"앨리스, 정말 안타깝게도……." 해리스 박사의 눈동자가 어둡고 축축했다. "너의 부모님은 목숨을 잃으셨어. 두 분 모두. 여기 있는 동안 간호사랑 의사 선생님들이 너를 잘 보살펴 주실 거야. 며칠 있다가 너의 할머니가 오시면……."

갑자기 앨리스의 귀가 작동을 멈췄다. 다시 '할머니'를 거론하는 해리스 박사의 목소리가, 아니 박사의 입에서 나오는 그 어떤 소리도 들리지 않았다. 앨리스는 엄마 생각밖에 나지 않았다. 환한 빛으로 가득 찬 엄마의 눈동자. 엄마가 정원에서 흥얼거리던 노랫소리. 뇌리에서 맴돌던 슬픈 노랫가락. 한들한들 꺾이던 엄마의 손목. 꽃송이로 가득 찬 엄마의 호주머니. 아침 공기 속으로 스며들던 엄마의 우윳빛 숨결. 해는 뜨겁고 모래는 차가운 해변에서 엄마의 팔을 베고 누운 채 엄마가 읽어 주는 이야기를 들을 때, 엄마의 심장 소리와 숨소리에 맞춰 오르락내리락하던 엄마의 가슴. 두 사람은 마치 이야기가 자아낸 마법의 고치 속에서 있는 것처럼 참으로 따듯하고 아늑했다. '앨리스, 너는 내가 저주에서 깨어나는 데 필요했던 진정한 사랑이었어. 너는 나의 동화야.'

"……다음 회진 때 또 만나자꾸나." 해리스 박사는 말을 맺은 다음 브룩을 슬쩍 쳐다보고는 병실을 나갔다.

브룩은 침울한 표정으로 앨리스의 병상 끄트머리에 서 있었다. 앨리스의 심장이 활활 타올라 한복판에 구멍이 뻥 뚫렸다. 브룩은 이 소리가 들릴까? 모든 것을 집어삼킬 듯 노기등등 타오르는 불길 같은 아우성이? 질문 하나가 앨리스의 머릿속에서 끊임없이 맴돌았다. 그 질문이 앨리스를 옭아매며 온몸을 찢어발기고 있었다.

'내가 무슨 짓을 한 거지?'

브룩이 침대 주위를 돌아 앨리스 곁으로 와서 묽은 주스를 컵에 따라 건네주었다. 처음에 앨리스는 브룩의 손을 뿌리쳐 주스를 쏟아 버리고 싶었지만, 시원하고 달콤한 맛을 보자마자 벌컥벌컥 마셨다. 차가운 액체가 뜨거운 위벽을 때렸다. 앨리스는 숨을 헐떡이며 한 잔 더 달라고 컵을 내밀었다.

"천천히 마셔, 천천히." 브룩이 마지못해 주스를 좀 더 부어 주며 말했다.

하지만 주스를 너무 급하게 마시는 바람에 턱 밑으로 주스가 주르르 흘러내렸다. 앨리스는 딸꾹질하며 조금 더 달라고 컵을 내밀었다. 조금 더. 조금 더. 앨리스는 브룩의 얼굴 앞에 컵을 흔들어 댔다.

"이번이 마지막이야."

앨리스는 다시 주스를 한입 가득 들이켜고 나니 토할 것만 같았다. 앨리스는 헛구역질하며 컵을 내려놓았다. 브룩이 얼른 토사물 봉지를 집어서 앨리스의 입에 갖다 대자마자 앨리스의 입에서 주스가 왈칵 쏟아져 나왔다. 앨리스는 쌕쌕대며 베개 위에 푹 쓰러졌다.

"옳지." 브룩이 앨리스의 등을 쓰다듬으며 말했다. "한 번 들이쉬고, 한 번 내쉬고 그렇게 하는 거야."

하지만 앨리스는 더는 숨을 쉬고 싶지 않았다.

앨리스는 자다 깨기를 반복했다. 불 꿈을 꾸고 식은땀에 흠뻑 젖어 있었다. 잠에서 깨어났을 때, 가슴이 어찌나 뜨거운지 심장이 녹아내려서 가슴 한가운데에 구멍이 날 것만 같았다. 앨리스는 피가 날 때까지 가슴팍을 벅벅 긁었다. 브룩이 이삼일에 한 번씩 손톱을 깎아 주었지만 소용없었다. 앨리스가 밤마다 제 살갗을 할퀴고 긁어 대서 결국 브룩은 앨리스가 잠들기 전에 손에 털장갑을 끼워 주었다. 앨리스의 목소리는 여전히 돌아올 생각을 하지 않았다. 썰물 때의 소금 웅덩이처럼 앨리스의 목소리는 완전히 증발해 버렸다.

새 간호사들이 왔다. 그들은 브룩과 달리 점퍼스커트를 입고 있었다. 그중 몇몇은 앨리스가 잠에 빠져 있던 동안 많이 약해진 근육을 다시 단련해야 한다며 앨리스를 병원 마당으로 데리고 나가 산책시키기도 하고, 침대에 누워 하는 운동과 병실 주위에서 할 수 있는 운동도 가르쳐 주었다. 또 다른 간호사들은 앨리스에게 기분이 어떠냐 불편한 건 없냐 묻기도 하고, 그림 카드와 장난감들을 가져와서 놀아 주기도 했다. 하지만 앨리스가 꿈속에서 들었던 이야기꾼의 목소리는 다시 듣지 못했다.

앨리스는 갈수록 더 핼쑥해졌다. 피부도 갈라졌다. 앨리스는 갈증으로 자기 심장이 겉부터 시뻘건 중심부까지 시들어 가는 상상을 했다. 매일 밤 앨리스는 불의 파도와 싸웠다. 낮에는 대체로 침대에 누워 기억하지 않으려고, 아무런 질문도 떠올리지 않으려고 애쓰면서 브룩이 오기를 기다리며 창밖의 변해 가는 하늘만 쳐다보았다. 브룩은 아주 멋진 눈을 가지고 있었다.

앨리스는 식사 때마다 브룩이 아무리 달래고 얼러도 포크로 겨우 한두 번 떠먹는 게 다였다. 묻지 않은 질문이 앨리스의 온몸을 옭아매고 있었다.

'내가 무슨 짓을 한 거지?'

식사는 거의 못 했지만 시원하고 달콤한 주스는 계속 들이켰다. 하지만 매캐한 연기와 슬픔은 눈곱만큼도 씻겨 내려가지 않았다.

얼마 안 있어 앨리스의 눈 밑에 보랏빛 다크서클이 나타났다. 간호사들이 하루에 두 번 앨리스를 밖으로 데리고 나가 산책을 시켰지만, 햇빛이 너무 강렬해서 아주 잠깐씩밖에 머물지 못했다. 해리스 박사가 다시 와서 만일 음식을 먹지 못하면 튜브로 영양을 공급할 수밖에 없다고 설명해 주었다. 앨리스는 그렇게 하도록 내버려 두었다. 튜브가 아니더라도 이미 목구멍은 묻지 않은 질문들로 상처가 날 대로 나 있었으니까. 앨리스의 몸속에는 신경 쓸 부분이 더는 남아 있지 않았다.

어느 날 아침, 브룩이 고무 밑창이 달린 분홍 신발을 신고 끽끽 소리를 내며 앨리스의 병실로 들어왔다. 브룩의 눈동자는 여름 바다처럼 반짝거렸다. 브룩은 뭔가를 들고 있는 손을 등 뒤로 감추었다. 앨리스는 실낱같은 흥미를 보이며 브룩을 쳐다보았다.

"너한테 소포가 왔어." 브룩이 싱긋 웃으며 말했다. 앨리스가 의아한 표정을 지었다.

브룩이 북소리 흉내를 냈다. "두구두구두구…… 짜잔!"

브룩의 손에 밝은 색실을 꼬아서 만든 끈으로 묶여 있는 상자가 들려 있었다. 앨리스는 침대에서 벌떡 일어나 앉았다. 어렴풋한 호기심으로 앨리스의 살갗이 따끔거렸다.

"오늘 아침에 출근하니까 이게 간호사실에 와 있더구나. 보낸 사람 이름은 없고, 여기, 네 이름이 적힌 꼬리표밖에 없었어." 브룩이 한쪽 눈을 찡긋하며 상자를 앨리스의 무릎에 올려놓았다. 상자가 기분 좋게 묵직했다.

앨리스는 리본으로 묶인 끈을 풀어서 상자 뚜껑을 열었다. 상자 속

미농지에 싸여 있는 것은 한 무더기의 책이었다. 책등이 모두 위로 향해 있었다. 엄마의 정원에 핀 꽃들이 해를 바라보고 있듯이. 앨리스는 손끝으로 책등에 찍힌 글자들을 어루만지다가 아는 책을 발견하고는 침을 꿀꺽 삼켰다. 그것은 도서관에서 처음으로 빌렸던 셀키에 관한 책이었다.

앨리스는 갑자기 힘이 솟구쳐 올라 상자를 번쩍 들어서 뒤집었다. 책 무더기가 앨리스의 무릎 위로 쏟아졌다. 앨리스는 기쁨의 한숨을 내쉬며 책들을 한 아름 껴안았다. 그러고는 책장을 휙휙 넘기면서 퀴퀴한 종이와 잉크 냄새를 들이마셨다. 소금기를 머금은 갈망의 이야기들이 펄럭펄럭 손짓하며 앨리스를 유혹했다. 병실 밖에서 브룩의 신발이 리놀륨 바닥에 끌리는 소리가 찍찍 들리자 앨리스는 깜짝 놀라 고개를 들었다. 앨리스는 책에 온 정신이 팔려서 브룩이 병실을 나가는 소리를 듣지 못했던 것이다.

잠시 후, 브룩이 바퀴 달린 식탁을 밀고 앨리스의 병실로 조용히 들어와서 식탁을 침대 옆에 바짝 붙여 놓았다. 식탁에 알록달록한 음식들이 가득 차려져 있었다. 요구르트 한 병과 과일샐러드, 딱딱한 빵 껍질을 모두 잘라내고 만든 치즈샐러드샌드위치, 신선한 기름과 소금이 뿌려진 바삭한 감자칩 한 움큼이 놓여 있었다. 그리고 그 옆에 청포도와 아몬드가 담긴 작은 플라스틱 통과 빨대가 꽂힌 시원한 맥아우유 한 팩도 놓여 있었다.

앨리스는 브룩과 잠시 눈을 맞추었다. 그러고는 고개를 끄덕였다.

"옳지, 착하지." 브룩이 식탁 바퀴를 잠그며 말했다. 그러고는 방을 나갔다.

앨리스는 셀키 책은 바로 옆에 두고 다른 책들을 훑어보다가 그중 한 권을 골랐다. 앨리스는 책 표지를 넘기며 기쁨에 몸을 떨었다. 그리고 삼각형 샌드위치 하나를 집어 들어 갓 구운 폭신한 빵을 덥석 베어 물었다. 그렇게 맛있는 빵을 언제 먹어 본 적이 있었는지 기억이 나지 않았다. 크림처럼 찐득한 버터와 풍미 가득한 치즈의 어울림. 아삭거리는 상추, 달큼한 당근, 즙 많은 토마토. 앨리스는 갑자기 식욕이 동해서 나머지 샌드위치를 입속으로 구겨 넣었다. 그러고는 입 밖으로 튀어나오려는 당근과 빵 조각을 밀어 넣으며 볼이 미어지도록 우적우적 씹었다.

앨리스는 맥아우유 몇 모금으로 음식을 넘긴 뒤 트림을 길게 했다. 배가 든든해진 앨리스는 만족스러운 미소를 머금으며 시선을 다시 책으로 옮겼다. 처음 보는 책이지만 대부분 아는 이야기였다. 앨리스는 손끝으로 돋을새김으로 찍은 책 표지를 어루만졌다. 표지에는 가시가 돋친 장미 한 송이를 손에 쥔 채 잠에 빠진 아름다운 소녀의 그림이 그려져 있었다.

다음 날《잠자는 숲속의 미녀》를 거의 다 읽었을 즈음, 앨리스는 브룩과 해리스 박사가 낯선 두 여인과 병실 바깥에서 서성거리는 모습을 보았다. 그중 한 명은 정장 차림에 밝은색 립스틱을 바르고 두꺼운 사각 뿔테 안경을 쓰고 있었다. 그리고 두툼한 서류철을 품에 안고 있었다. 다른 한 명은 머리가 희끗희끗한 노부인으로 카키색 버튼업 셔츠와 같은 색 바지, 그리고 앨리스의 아버지가 일할 때 신는 것과 똑같은 튼실해 보이는 밤색 부츠를 신고 있었다. 노부인이 움직일 때마다 작은 방울이 짤랑거리는 소리가 들렸는데, 그건 팔목에 주렁주렁 끼고 있는 은팔찌들이 서로 부딪치면서 나는 소리였다. 앨리스는 노부인에게서 눈을 뗄 수 없었다.

잠시 뒤에 그들 모두 앨리스의 병실에 들어오려고 돌아섰다. 앨리스는 얼른 시선을 책으로 옮겼다. 그들이 병실에 들어왔을 때도 고개를 들지 않았다. 짤랑짤랑, 방울 소리가 울렸다.

"앨리스." 브룩이 입을 열었다. 브룩의 목소리는 가늘고 무척이나 높았다. 앨리스는 브룩의 눈에 눈물이 그렁그렁 맺혀 있는 이유를 알지 못했다.

정장 차림을 한 여인이 앞으로 나서며 말했다. "앨리스, 우리가 여기 온 것은 너한테 아주 특별한 분을 소개하기 위해서야."

앨리스는 눈을 책에 고정하고 있었다. 들장미[11]가 사랑의 힘으로 막 잠에서 깨어나는 대목을 읽고 있었다. 정장을 입은 여인이 다시 말했다. 이번에는 마치 귀 어두운 사람한테 말하듯 아주 큰 목소리로.

"앨리스, 이분은 너의 할머니셔. 할머니 성함은 준이야. 너를 집으로 데려가려고 오셨단다."

브룩은 앨리스를 태운 휠체어를 밀고 병원 현관문을 통과해서 눈부신 아침 햇살 속으로 나왔다. 정장을 입은 여인이 말하는 동안 브룩은 병실 밖으로 나가 있었다. 그동안 준은 안절부절못하며 앨리스만 뚫어

11) 《잠자는 숲속의 미녀》에 나오는 여주인공의 이름.

지게 바라보기만 했다. 킹지스[12]를 입고 블런스톤[13]을 신은 준의 모습이나 행동은 앨리스가 지금까지 책에서 읽은 할머니들의 그것과 사뭇 달랐다. 쉴 새 없이 짤랑대는 팔찌와 달리 준은 거의 말이 없었다. 정장 차림의 여자가 앨리스에게 책을 보내 준 사람이 준이라고 할 때조차 준은 아무 대꾸도 하지 않았다.

해리스 박사는 준이 앨리스의 '후견인'이라고 했다. 박사와 정장 차림의 여자는 그 말을 여러 번 했다. 후견인. 후견인. 앨리스는 그 말을 들으니 등대가 연상되었다. 하지만 준은 밤바다를 항해하는 배를 환한 빛으로 안내하는 등대와는 거리가 먼 모습이었다. 준의 눈빛은 앨리스가 지금까지 만났던 그 어떤 사람의 그것보다 더 아득했고 아련했다. 마치 하늘인지 바다인지 구별하기 힘든 머나먼 수평선처럼.

바깥에 나가니 준이 주차장에 세워 둔 낡은 농장 트럭에 앉아서 기다리고 있었다. 그 옆에는 어마어마하게 큰 개 한 마리가 헥헥대고 있었다. 열린 차창으로 클래식 선율이 쏟아져 나왔다. 개가 브룩과 앨리스를 보자마자 벌떡 일어서서 트럭 앞자리를 꽉 채우며 컹컹 짖었다. 준이 깜짝 놀라 요란하게 흔들어 대는 개의 꼬리를 피해 가며 음악 소리를 줄였다.

"해리!" 준이 개에게 조용히 하라고 소리쳤다. "미안해요." 준이 소리쳐 말하면서 버둥거리며 트럭 밖으로 빠져나왔다. 해리는 계속 짖어 댔다. 앨리스는 저도 모르게 팔을 들어 올려 해리에게 '조용해'라는 수신호를 보냈다. 토비가 아니라 해리에게. 해리가 반응을 보이지 않자 앨리스는 아차, 하고 깨달았다. 앨리스의 턱이 바르르 떨렸다.

12) 오스트레일리아의 작업복 브랜드.
13) 작업용 장화나 캐주얼화를 전문으로 하는 오스트레일리아의 신발 브랜드.

"오, 저런." 준은 앨리스의 표정을 오해하며 소리쳤다. "해리는 덩치는 아주 크지만 무서워할 필요 없어. 불마스티프[14]는 순하단다." 준이 앨리스의 휠체어 곁에 쭈그리고 앉으며 말했다. 앨리스는 준을 쳐다볼 수가 없었다. "해리한테는 특별한 능력이 있어. 슬픔에 빠진 사람들을 돌볼 수 있지." 준은 그대로 앉아서 앨리스의 응답을 기다렸다. 앨리스는 여전히 준에게 눈길도 주지 않은 채 무릎에 올려놓은 두 손을 쉼 없이 꼼지락거렸다.

"앨리스, 이제 트럭에 올라타자꾸나." 브룩이 말했다.

준이 뒤로 물러서자 브룩이 앨리스를 휠체어에서 번쩍 들어 올려 트럭 뒷좌석에 태웠다. 해리가 앨리스 옆좌석으로 풀쩍 뛰어가 앉았다. 해리한테는 토비와 다른 냄새가 났다. 짜고 습한 냄새가 아니라 달콤한 흙냄새가 났다. 그리고 해리에게는 앨리스가 손가락을 넣어 쓱쓱 쓸어내릴 수 있는 긴 털이 없었다.

브룩이 차창에 기대어 차 안을 들여다보았다. 해리가 브룩을 보고 행복한 듯 헥헥거렸다. 앨리스는 아랫입술을 잘근잘근 씹었다.

"착하게 굴어야 해, 앨리스." 브룩이 앨리스의 볼을 어루만지며 말했다. 그러고는 갑자기 휙 돌아서서 조금 떨어진 곳에 서 있는 준에게 다가갔다. 둘은 낮은 목소리로 대화를 나누었다. 잠시 후면 브룩이 돌아서서 고무 밑창을 댄 분홍색 신을 찍찍거리며 트럭으로 다가와 차 문을 벌컥 열고는 큰 착오가 있었다고 선언할 것이다. 앨리스는 떠날 필요가 없다고 말할 것이다. 그리고 브룩은 앨리스를 자기 책상과 엄마의 정원이 있는 집으로 데려다줄 것이며, 앨리스는 해변 모래사장, 가리비 껍데기와 병정게들 사이에서 목소리를 되찾고 가족들이 다 들을

14) 영국 원산의 충성심이 강한 대형 견종.

수 있게 우렁찬 목소리로 소리치게 될 것이다. 조금만 있으면…… 브룩은 돌아설 것이다. 조금만 있으면. 브룩은 앨리스의 친구니까, 처음 보는 사람이 앨리스를 데려가도록 내버려 두지 않을 것이다. 그 사람이 아무리 '등대'라 할지라도.

앨리스는 두 사람을 유심히 지켜보았다. 준이 브룩의 팔을 다독거리자 브룩도 준의 팔을 다독였다. 아마도 준을 위로해 주고 있는 것이리라. 큰 착오가 있었다면서. 앨리스는 이곳을 떠나지 않을 것이다. 그때 브룩이 앨리스의 책이 가득 담긴 가방을 준에게 건네주고는 돌아서서 트럭으로 걸어왔다.

"착하게 굴어." 브룩이 앨리스에게 입만 뻥긋거려 말하면서 한 손을 들어 흔들었다. 브룩은 빈 휠체어와 함께 한동안 출입문 앞에서 서성거렸다. 그러고는 휠체어를 밀고 자동문을 통과해서 문 안으로 사라졌다.

앨리스는 갑자기 현기증이 느껴졌다. 브룩이 걸어가면서 자기 몸속의 피도 모조리 가져가 버린 것만 같았다. 앨리스를 이 낯선 사람 곁에 버려둔 채. 앨리스는 쏟아지려는 눈물을 밀어 넣으려고 눈을 비볐지만 아무 소용이 없었다. 어리석게도 앨리스는 나오지 않는 목소리처럼 눈물도 원래 있던 곳으로 보내 버릴 수 있을 거라 생각했다. 하지만 이제 눈물은 망가진 수도꼭지에서 쏟아져 나오는 물처럼 볼을 타고 줄줄 흘러내리고 있었다. 준은 마치 두 팔을 어디에 둘지 모르는 사람처럼 양쪽으로 축 늘어뜨린 채 조수석 창 앞에 서 있었다. 잠시 뒤에 준은 조수석 문을 열고 앨리스의 가방을 좌석 뒤편에다 집어넣고는 차 문을 부드럽게 닫았다. 그리고 트럭 앞쪽으로 돌아가서 운전석에 올라탄 다음 시동을 켰다. 그들은 아무 말 없이 앉아 있었다. 심지어 덩치가 어마어마하게 큰 해리조차 아무 소리도 내지 않았다.

"집으로 가자꾸나, 앨리스." 준이 말했다. 그러고는 트럭의 기어를 넣으며 말을 이었다. "아주 긴 여행이 될 거야."

그들을 태운 트럭이 주차장을 빠져나갔다. 극도의 피로감이 앨리스의 눈꺼풀을 내리눌렀다. 모든 것이 아팠다. 해리가 두어 번 앨리스의 다리에다 코를 비벼 댔지만, 앨리스는 번번이 해리의 머리를 돌렸다. 그리고 두 명의 길동무에게서 등을 돌린 채 새로운 세상을 차단하려는 듯 여행 내내 눈을 감고 있었다.

브룩은 엘리베이터 앞에서 하강 버튼을 누른 다음 핸드백을 뒤졌다. 손끝에 담뱃갑이 스치자 그것을 손에 움켜쥐었다. 엘리베이터 벨이 팅 울렸다. 브룩은 엘리베이터를 타고 주차장 층 버튼을 세게 꾹 눌렀다. 그러면서 앨리스가 책 상자를 보자마자 행복한 표정을 짓던 모습을 한 번 더 떠올렸다. 브룩은 앨리스의 눈이 초롱초롱 빛나는 것을 본 것만으로도, 그 책을 보낸 사람이 할머니라고 앨리스에게 거짓말을 한 보람이 있다고 생각했다. 이제 앨리스는 자기 할머니와 함께 있을 것이다. 자기 가족과. 가족이야말로 앨리스가 앞으로 살아가는 데 가장 필요한 존재가 아니겠는가.

브룩은 평생토록 하트 농장에서 일어난 사고와 그로 인한 끔찍한 후유증 같은 것은 단 한 번도 겪어 본 적도 없고 들어본 적도 없었다. 경찰들은 이 사건을 '최악의 참사'라고 불렀다. 마른번개, 성냥과 함께 혼자 집에 남겨진 아이, 반복적인 가정폭력의 덫에 갇힌 아내와 딸. 경찰들이 준에게 다가가서 사건 경위를 설명하고 있을 때, 브룩은 그들 옆에서 서성이고 있었다. 경찰들의 말에 따르면, 클렘은 앨리스의 방에서 앨리스가 의식을 잃을 정도로 심하게 구타하다가 집에 불이 난 것을 깨닫고 앨리스를 집 밖으로 끌고 나왔다. 그런 다음 아그네스를 구하러 다시 집 안으로 들어갔다. 이윽고 소방대와 구급차가 도착했지만 아그네스는 인공호흡으로 소생시킬 수 없었고, 클렘은 연기를 너무 마신 탓에 화재 현장에서 죽어 버렸다. 바로 이 대목에서 준의 안색이 백지장처럼 변하자, 브룩은 어쩔 수 없이 끼어들어 잠시 쉬자고 제안했다.

엘리베이터가 주차장에 도착하자 또다시 역겨울 정도로 경쾌한 벨소리가 팅 울렸다. 브룩은 담뱃불 붙이는 걸 잠시 미루고 신선한 공기를 가득 들이마셨다. 아그네스. 가여운 여자. 남편이 너무 두려운 나머지 고작 스물여섯 살밖에 안 된 나이에 자기 자식들의 후견인을 지정하는 유언장을 써야 했던 여자. 그녀의 두 아이 중 한 명은 자기 엄마가 누군지 영영 모른 채 살아가게 될 것이다. 브룩은 그 아이, 구타당해 죽어 가던 아그네스의 몸에서 꺼낸 사내아이를 떠올리며 손으로 가슴을 꾹 눌렀다. 브룩은 치밀어 오르는 분노를 꿀꺽 삼켰다. 어떻게 남편이라는 작자가 임신한 아내와 어린 딸과 뱃속에 든 아들에게 그런 몹쓸 짓을 할 수 있을까? 화염 속에서 살아난 아그네스의 딸 앨리스는 이제 어떻게 될까?

구타당한 채 연기를 들이마시고 의식을 잃은 앨리스의 모습이 브룩의 눈앞에 확 다가왔다. 브룩은 담배와 라이터를 쓰레기통에 던져 버렸다. 브룩은 텅 빈 앨리스의 병실과 되도록 멀리 떨어지고 싶어 얼른 차에 올라서 시동을 켰다. 그러고는 끼익하는 타이어의 비명과 함께 병원을 떠났다.

황혼에 물든 여름 공기는 짙고 훈훈했다. 해안 산책로를 따라 줄지어 서 있는 노퍽섬소나무 가지마다 붉은 노을에 취해 빽빽 노래하는 앵무새들로 바글거렸다. 브룩은 길 한쪽에 차를 대고 창문을 내려 소금과 해초와 플루메리아 향기가 뒤섞인 진한 공기를 들이마셨다. 앨리스는 가위에 눌릴 때마다 끊임없이 꽃 얘기를 중얼거렸다. '꽃, 불사조, 불.'

"야, 네 앞가림이나 잘해." 브룩이 혼잣말로 중얼거렸다.

브룩은 눈물을 닦고 코를 풀었다. 그리고 차 시동을 걸었다. 브룩은 빠르게 차를 몰아 텅 빈 도로를 가로질러 곧장 자기 집 진입로로 들어갔다. 자동차가 끼익 멈춰 섰다. 브룩은 집 안으로 들어가자마자 전화기 쪽으로 걸어가서 수화기를 집어 들었다. 그리고 두려워서 온종일 미뤘던 일을 하기 시작했다. 브룩은 의지력을 끌어모아 열두 살 때부터 알고 지냈던 샐리의 전화번호를 눌렀다.

신호음이 울리기 시작하자 귀에서 맥박 소리가 쿵쿵 울렸다.

그리고 그녀의 빛은
사해 위로 골고루,
또한 꽃들이 빽빽이 핀 들판 위로
펼쳐져 있네.

- 사포

Striped mint bush 줄무늬민트부시

버림받은 사랑

Prostanthera striatiflora | 오스트레일리아 중부

바위 협곡과 암석의 돌출부에서 발견되며,
아주 강한 박하 향이 난다. 잎은 좁고 질기다.
흰색 꽃잎 안쪽에 보랏빛 줄무늬가 있고,
안쪽 깊숙한 부분에 노란색 반점이 있다.
불면증을 유발하거나 강렬한 꿈을 꿀 수도 있어 섭취는 금물이다.

자동차 여행길은 길고 뜨거웠으며 누런 먼지로 가득했다. 바람에는 바다의 흔적조차 없었다. 트럭 송풍구에서 나오는 바람도 헐떡이는 토비의 입김처럼 뜨듯했다. 토비. 늑대 같은 얼굴로 해맑게 미소 지으며 침을 질질 흘리던 토비의 모습이 떠오르자, 앨리스는 아랫입술을 깨물며 창밖을 빤히 쳐다보았다. 창밖으로 이상하고 낯선 풍경이 지나갔다. 그곳엔 은빛 바닷말도 염전도 없고, 해초를 엮어 만든 목걸이도 병정게도 밀물 썰물도 없었으며, 폭풍을 경고하며 귀신처럼 머리카락을 길게 늘어뜨린 구름도 없었다.

길고 평편하게 이어진 도로 양쪽에는 갈라진 혓바닥처럼 메마른 땅이 펼쳐져 있었다. 그런데 이상하게도 그 낯설고 메마른 풍경 속에는 생명의 기운이 가득했다. 매미의 쟁쟁 울음소리가 앨리스의 귀를 간질였고, 이따금 웃음물총새가 까르르 웃음을 터트렸다. 유칼립투스의 뿌

리 근처에는 야생화들이 울긋불긋 피어 있었다. 나무줄기들은 백설 공주처럼 새하얗기도 하고 질그릇처럼 거무죽죽하기도 했다. 잎사귀들은 마치 방금 페인트칠한 것처럼 반들거렸다.

앨리스는 눈을 질끈 감았다. 엄마. 태어나지 못한, 남자아이인지 여자아이인지도 모르는 동생. 책과 초록빛 정원과 책상과 토비. 그리고 아버지. 앨리스는 손바닥으로 왼쪽 가슴을 쓸어내렸다. 그리고 눈을 떴다. 앨리스는 곁눈으로 준이 자기를 향해 손을 뻗는 것을 보았다. 준의 손은 착륙 지점을 찾지 못한 비행기처럼 잠시 허공을 맴돌다가 결국 자동차 핸들 위로 회귀했다. 앨리스는 못 본 척했다. 그게 둘 다에게 최선일 것 같았다. 앨리스는 준이 시야에 들어오지 않도록 몸을 창문 쪽으로 완전히 돌려 앉았다. 그리고 팔을 뒤로 뻗어서 책이 든 가방을 잡았다. 앨리스는 책을 준 사람이 준이라는 사실을 무시하고 그게 자기 책이라는 사실에만 집중하기로 했다. 앨리스는 맨 위의 책을 집어서 무릎 위로 가져왔다. 책을 보자마자 앨리스의 입가에 보일 듯 말 듯한 미소가 번졌다. 완벽한 위안. 앨리스는 책을 꼭 끌어안았다. 견고한 형태, 믿음직한 모서리, 종이 냄새, 매혹적인 이야기, 그리고 이상하고 환상적인 나라에 떨어졌다가 결국 무사히 집으로 돌아가는 자신과 이름이 똑같은 소녀에 대한 상상에 젖은 채 몇 시간이든 들여다볼 수 있는 그림들이 가득한 두꺼운 표지……. 앨리스는 이 모든 것에서 큰 위안을 받았다.

준은 잠시라도 한눈을 팔거나 손에 힘을 주지 않으면 무슨 일이 일

어날까 봐 도로에서 눈을 떼지 않고 양손으로 자동차 핸들을 단단히 쥐었다. 준은 팔다리의 떨림을 멈출 수가 없었다. 주머니 속에 든 휴대용 술병을 꺼내 위스키 한 모금만 마시면 이 증세를 멈출 수 있으련만 준은 그럴 수가 없었다. 오늘은 안 된다. 이 아이가 트럭 안, 손만 뻗으면 만질 수 있는 거리에 있는 동안에는 절대로. 앨리스. 이 시각 이전까지 단 한 번도 만나 본 적 없었던 자신의 피붙이. 준은 곁눈으로 마치 책이 자기 심장을 뛰게 만드는 유일한 물건인 것처럼 가슴에 꼭 껴안고 있는 아이를 관찰했다. 간호사가 책 상자를 할머니가 준 거라고 말하는 게 어떠냐고 했을 때, 준은 순순히 동의했다. 보아하니 앨리스가 책을 무척 좋아해서 책을 이용하면 아이에게 쉽게 다가갈 수 있을 것 같아서였다. 게다가 간호사는 이렇게 말했다. "지금 무엇보다 중요한 것은 앨리스가 더 이상 스트레스를 받지 않도록 하는 거예요."

준은 앨리스를 건너다보면서 거짓말에 동조했던 자신을 나무랐다. 그 알량한 거짓말로 둘 사이의 어색하고 긴장된 분위기를 녹일 수 있으리라고 생각했던 자신이 참으로 어리석게 느껴졌다. 죽이 되든 밥이 되든 아이와 마주 앉아서 사실대로 이야기했어야 했다. '안녕, 앨리스. 난 너의 할머니 준이야. 너희 아버지가' — 준은 이 대목에서 고개를 절레절레 내저었다 — '내 아들인데, 아주 오랫동안 만나지 못하고 있었단다. 이제 할머니가 너를 집에 데려갈 거야. 거기 가면 다시는 불안하거나 두렵다는 생각이 들지 않을 거야.' 준은 눈을 깜빡거리며 눈물을 날려 보냈다. 그렇게 몇 마디만 하면 되었을 것을. '정말 미안하다, 앨리스. 내가 엄마 노릇을 좀 더 잘했어야 했는데……. 너무너무 미안하다.'

경찰들이 손필드의 현관문을 노크했을 때, 준은 식료품 저장실에 숨어 들어가 휴대용 술병에 든 위스키를 한참 벌컥벌컥 들이켜고 나서야 현관문을 열어 주었다. 준은 처음에 꽃무리[15] 중 한 명에 관한 문제일 거라 생각했다. 하지만 그들은 집 안으로 들어오자마자 모자를 벗더니, 준에게 아들 클렘 하트의 집에서 불이 나서 아들과 며느리가 함께 목숨을 잃었다는 소식을 전해 주었다. 하지만 그들의 두 자녀, 그러니까 갓난쟁이 아들과 아홉 살짜리 딸은 다행히 목숨을 건졌다고 했다. 그리고 두 아이는 지금 병원에서 치료를 받고 있으며, 유언장에 준이 그 아이들의 가장 가까운 친척으로 기록되어 있다고 설명했다. 준은 클렘이 자기 아내와 딸을 그토록 심하게 학대한 게 사실이냐고 몇 번이나 되물었다. 경찰들이 떠나자 준은 황급히 화장실로 뛰어들어 속을 게워 냈다. 지난 수년 동안 가슴 속 깊이 묻어 두고 애써 부정해 왔던 두려움이 끔찍한 현실로 들이닥친 것이다.

한 번 더 곁눈으로 앨리스를 쳐다본 준은 또다시 속이 울렁거렸다. 아이는 아그네스를 쏙 빼닮았다. 헝클어진 머리카락, 짙은 속눈썹, 도톰한 입술, 동경과 호기심이 가득한 커다란 눈. 아이의 두 눈은 마치 몸 밖으로 나와 있는 중요한 신체 기관처럼 연약함을 여실히 드러내고 있었다. 외모는 엄마를 닮았으니, 혹시 성격은 아빠를 닮은 것일까? 앨리스가 클렘의 성격을 닮았을까? 준은 아직은 판단이 서지 않았다. 앨리스의 침묵은 준의 마음을 몹시 불편하게 만들었다. 해리스 박사는 준을 안심시키기 위해 이렇게 설명했다. "선택적함구증은 심각한 트라우마를 거치는 아이들이 흔히 보이는 증상이에요. 보통 이런 증상은 일시적으로만 나타납니다. 상담 치료와 제대로 된 보살핌을 받으면 앨리스는 다시 말을 하게 될 겁니다. 아이 스스로 그럴 준비가 되었다고

15) 앨리스의 할머니 준이 운영하는 야생화 농장 손필드에서 일하는 여성들을 이른다.

판단했을 때요. 그때까지는 아이가 무엇을 얼마나 기억하고 있는지 알 수 없어요."

준은 자동차 핸들을 꽉 잡았다. 손목에 낀 은팔찌들이 짤랑거렸다. 준은 팔찌마다 달랑달랑 매달려 있는 투명 레진 속의 노란 꽃들을 흘깃 보았다. 그 장식들은 모두 버터플라이부시 꽃을 눌러서 만든 것이었다. 꽃마다 나풀거리는 모양의 작은 꽃잎이 다섯 장씩 달려 있고, 맨 위쪽 꽃잎에는 붉은 얼룩이 보였다. 그리고 꽃 한복판에 수술이 세 개씩 있는데, 그중 제일 큰 수술은 조그마한 페달보트처럼 생겼다. 손목에서 은팔찌들이 짤랑거릴 때마다 버터플라이부시 꽃들이 은밀한 기도 같은 꽃말을 준에게 속삭였다. *두 번째 기회. 두 번째 기회. 두 번째 기회.*

앨리스가 몸을 움찔하면서 헐떡였다. 앨리스는 졸고 있었다. 보기에도 아플 정도로 목을 뒤로 꺾은 채로. 준이 잠시 차를 세워서 아이의 목을 바로 세워 주어야겠다고 생각하는 순간, 앨리스가 기침하며 스스로 자세를 바꾸었다.

준은 도로에 집중했다. 그리고 액셀러레이터를 더 세게 밟았다. 아이가 무슨 꿈을 꾸고 있든 간에 부디 편안한 꿈이길 바라면서.

오후의 햇살이 차 안으로 쏟아져 들어왔다. 앨리스는 화들짝 놀라며 잠에서 깼다. 저도 모르게 잠에 빠져 있었던 것이다. 목이 뻐근하게 아팠고, 눈가에는 눈물이 말라서 부옇게 일어나 있었다. 앨리스는 똑바로 앉아서 몸을 길게 늘였다. 해리가 앨리스의 손을 핥았다. 앨리스는 해리가 자기 손을 핥도록 내버려 두었다. 너무 피곤해서 해리를 밀어낼 힘도 없었다. 이제 트럭은 고속도로가 아니라 울퉁불퉁한 흙길을 요란스레 꿀렁거리며 달리고 있었다. 앨리스의 무릎에 분홍빛 멍이 비쳤다. 트럭이 먼지 자욱한 구덩이에 쿵, 쿵 빠질 때마다 무릎이 문손잡이에 툭, 툭 부딪쳐서 생긴 자국이었다. 앨리스는 짭짤한 바다 공기가 몹시 그리웠다.

준이 운전석 유리창을 내려 햇볕에 그을린 한쪽 팔꿈치를 창턱에 올려놓았다. 희끗희끗하고 곱슬한 머리카락이 바람에 나부꼈다. 앨리스는 준의 옆모습을 자세히 보았다. 자기 아버지와 닮은 구석이 하나 없는데도 왠지 준이 무척 친숙하게 느껴졌다. 준이 머리카락을 귀 뒤로 넘길 때면 손목에 낀 은팔찌들이 짤랑거렸다. 팔찌마다 작은 장식이 매달려 있었는데, 이제 보니 그 속에 납작하게 눌린 작은 노란 꽃이 하나씩 들어 있었다.

준이 앨리스를 흘깃 보았다. 앨리스는 자는 척하려고 했으나 눈꺼풀이 너무 천천히 움직였다.

"깨어났구나."

앨리스는 반쯤 감은 흐릿한 눈으로 준이 싱긋 웃으며 손목의 팔찌들을 흔드는 것을 보았다. "마음에 드니? 내가 직접 만들었어. 이 속에 들어 있는 꽃도 모두 내 농장에서 키운 꽃이란다."

앨리스는 고개를 돌려 창밖을 내다보았다.

"꽃들은 저마다 비밀의 말을 하나씩 가지고 있어. 그래서 나는 여러 꽃을 조합해서 몸에 착용하곤 해. 꽃말을 알고 있는 사람만 알 수 있는 비밀 메시지처럼 말이야. 그런데 오늘은 딱 한 가지 꽃만 골랐어."

앨리스의 얼굴 근육이 씰룩거렸다. 준이 기어를 바꾸자 팔찌들도

답하듯 짤랑거렸다. "이 꽃의 의미를 알고 싶니? 너한테만 그 비밀을 알려 줄게."

앨리스는 준의 말을 무시하고 차창을 스쳐 지나가는 바싹 마른 덤불들을 뚫어져라 바라보았다. 트럭이 캐틀 그리드[16]를 넘어갈 때 앨리스는 속이 울렁거리는 것 같았다. 쟁쟁대는 매미 소리 때문에 앨리스의 생각들이 흩어졌다. 준은 여전히 말을 하고 있었다. "……너한테 가르쳐 줄 수 있어." 앨리스는 옆에 앉은 낯선 여자를 쏘아보았다. 준은 잠시 입을 다물었다. 앨리스는 눈을 감았다. 그냥 혼자 있고 싶었다.

"방금 시내를 지나왔는데, 못 봤지? 괜찮아. 나중에 천천히 돌아보면 되니까." 준은 트럭 페달을 밟고 기어를 당겼다. 엔진이 툴툴거리며 속도를 늦췄다. "다 왔다."

트럭은 흙길을 벗어나 좀 더 좁고, 더 평편한 진입로로 접어들었다. 다져진 흙길에 올라서자 야단스럽게 덜덜거리던 소음도 웅웅 소리로 잦아들었다. 공기도 달라졌다. 누런 먼지로 자욱하던 공기가 상큼하고 달콤한 공기로 바뀌었다. 꽃망울을 터트린 그레빌레아 덤불이 길 양쪽으로 죽 늘어서 있었다. 왕나비들이 야생 목화꽃 위로 펄럭펄럭 빙그르르 맴돌고 있었다. 앨리스는 벅차오르는 감정을 이기지 못하고 목을 쭉 빼고 꼿꼿이 앉았다. 벌들이 붕붕 맴도는 하얀 양봉 벌통 옆에 뒤틀린 은녹색 유칼립투스 나무들이 죽 늘어서 있었고, 그 길 끝에 앨리스가 여태 본 집 중에서 가장 큰 집이 서 있었다. 앨리스는 전에 이 집을 본 적이 있었다.

집은 아버지의 창고 안 책상 서랍에서 찾아낸 오래된 사진에서 본

16) 자동차는 지나가도 소나 양은 못 지나가게 도로에 구덩이를 파고 그 위에 쳐 놓은 쇠막대기 판.

것보다 훨씬 더 생생하고 웅장했다. 서랍 안에는 색이 바랜 리본에 묶인 검은 머리카락 한 타래도 들어 있었다. 앨리스는 준의 머리를 살펴보았다. 지금은 비록 은발이지만 한때는 검었을 머리를.

진입로 끄트머리에 다다르자 준은 트럭을 휙 돌려서 굵은 덩굴들로 뒤덮인 차고 옆에 주차했다. 해리가 차렷 자세로 앉아서 앨리스의 심장박동에 맞춰 꼬리를 흔들었다. 나무에 앉은 새들의 노랫소리가 공기를 가득 메웠다. 앨리스는 하루 중 이맘때를 제일 좋아했다. 땅거미가 깔리면서 세상이 푸른 안개에 휩싸이기 시작할 무렵. 밀물이 먼 세상에서 싣고 온 미지의 톡 쏘는 향이 공기 속에 퍼지기 시작하는 시간. 하지만 이곳 공기는 달랐다. 앨리스가 살던 곳보다 더 건조하고 더웠다. 바다는 흔적조차 없었다. 유유히 떠다니는 펠리컨도 없고, 피리까마귀의 외침도 없었다. 앨리스는 정신을 차리려고 손가락으로 허벅지를 꾹꾹 눌렀다. 그때 왕나비가 앨리스 옆 유리창을 톡톡 두드렸다. 왕나비는 마치 앨리스가 말할 수 없는 모든 이야기를 듣고 있는 것처럼 잠깐 창 옆에서 서성이더니 어디론가 펄럭펄럭 날아갔다.

"환영한다, 앨리스." 준이 트럭에서 폴짝 뛰어내려 베란다로 이어진 나무 계단 꼭대기에 올라섰다. 그러고는 앨리스를 향해 한 손을 내밀었다.

앨리스는 트럭에서 내리지 않았다. 해리도 앨리스의 옆자리를 지키고 있었다. 앨리스는 저도 모르게 손가락으로 해리의 귀를 긁었다. 토비는 그곳을 긁어 주면 좋아했다. 해리가 좋아서 낑낑거렸다. 앨리스는 마치 낯선 사람에게 맡겨진 길 잃은 개가 된 기분이었다. 그리고 자기를 맡겠다고 병원에 온 낯선 사람은 바로 앞에 서 있는 준이고. 준의 미소가 흔들리기 시작했다. 앨리스는 눈을 감았다. 앨리스는 너무 피곤했다. 이대로 눈을 감으면 백 년 동안 깨지 않을 것 같았다. 앨리스는 스스로와 타협했다. 그냥 눈 딱 감고 저 안으로 들어가서 잠을 자자고.

앨리스는 준의 눈을 피하며 해리와 함께 트럭에서 내렸다. 그러고는 한숨을 깊게 들이쉬고 어깨를 편 다음 터벅터벅 계단을 올라갔다.

널찍한 목조 베란다가 집 허리를 휘감고 있었고, 주황빛으로 타오르는 등유 램프들이 집 벽을 에워쌌다. 새들과 귀뚜라미들이 지는 해를 노래하고 있었다. 바람이 상큼한 유칼립투스 향을 흩트리며 나무 사이로 지나갔다. 앨리스는 준을 따라 베란다를 가로질러 걸어가다가 준이 현관문 앞에 서자 걸음을 멈추었다. 준이 스크린도어를 열고 들어간 다음 문을 닫았다. 앨리스는 그대로 둔 채. 해리는 앨리스 곁에 머물러 있었다.

"앨리스?" 준이 다시 스크린도어로 돌아와서 말했다. "네가 머물 방을 준비해 두었어. 그리고 처음이라 익숙하지 않겠지만, 이곳에서는 네 일은 너 스스로 해야 한단다." 준이 스크린도어를 부드럽게 열어 주며 말했다.

앨리스의 코에서 콧물이 흘렀다. 앨리스는 손등으로 콧물을 쓱 닦았다.

"어서 들어와서 얼굴을 씻고 침대에 좀 누우렴. 내가 먹을 것을 챙겨 갖다 주마."

앨리스는 눈앞에서 물결이 일렁거렸다.

"뜨거운 물수건 만들어 줄까? 욕실은 이 복도 맨 끝에 있어." 준이 이렇게 말하며 앞장서 걸어갔다.

너무 피곤해서 마다할 기운도 없는 앨리스는 현관문을 통과해서 준이 이끄는 대로 따라갔다. 앨리스의 머리가 축 늘어진 꽃송이처럼 꾸벅거렸다. 해리가 옆에서 어슬렁어슬렁 따라갔다.

어마어마한 집 크기에 앨리스의 입이 떡 벌어졌다. 온갖 다양한 크기의 전등들이 조개껍데기처럼 옅은 색으로 칠해진 기다란 복도를 은은하게 밝혀 주고 있었다. 그들은 복도에 깔린 매트의 안내를 받으며 걸어갔다. 모퉁이마다 화분이 놓여 있었다. 선반에는 책들이 가지런히 꽂혀 있고, 군데군데 흰 돌멩이들이 담긴 유리병, 깃털이 꽂힌 꽃병, 그리고 말린 꽃다발 등이 놓여 있었다. 앨리스는 그 모든 것을 만져 보고 싶었다.

준은 앨리스를 목재와 흰색 타일로 마감한 널찍한 욕실로 데리고 갔다. 세면대에 따듯한 물을 틀어 놓고 거울이 달린 수납장 문을 열어 거기서 갈색 유리병을 꺼낸 다음, 뚜껑을 열고 병에 든 액체 몇 방울을 물에 떨어뜨렸다. 물에서 따듯하고 잔잔한 향기가 피어올랐다. 앨리스의 눈꺼풀이 스르르 감겼다. 준은 수건을 세면대에 받아 놓은 따듯한 물에 흠뻑 적셔서 꾹 짠 다음 앨리스에게 건네주었다. 앨리스는 얼굴에다 뜨거운 물수건을 덮고는 숨을 깊이 들이쉬었다. 욱신거리던 눈뿌리가 조금 시원해지는 것 같았다. 물수건으로 얼굴을 닦고 나서 앞을 보니 준이 조금 전과 똑같은 모습으로 서 있었다.

"나는 너를 떠나지 않을 거다. 아무 데도 가지 않을게." 준이 나직이 속삭였다.

앨리스와 해리는 욕실에서 나와서 준을 따라 전등이 켜진 나선계단

을 올라갔다. 계단 맨 위에 작은 문이 있었다. 준이 그 문을 여는 동안 앨리스는 뒤에 서 있다가 준을 따라 열린 문 안으로 들어갔다. 준이 전등 스위치를 딸깍 켜자, 앨리스는 눈이 부셔 헉 소리를 내며 눈을 감았다. 준이 얼른 불을 껐다.

"자, 나를 잡아라." 준이 이렇게 말하며 한 팔로 훌쩍이는 앨리스의 어깨를 감쌌다. 그 둘은 함께 방을 가로질러 걸었다. 침대에 다다르자마자 앨리스는 준에게서 도망치듯 쪼르르 침대 위에 기어올라 어둠 속에서 홑이불을 끌어당겨 덮었다. 홑이불이 깃털처럼 앨리스의 살갗에 내려앉았다. 앨리스는 홑이불 속에서 준이 방을 나가는 소리가 들리기를 기다렸다. 하지만 그 대신 침대 한쪽이 푹 꺼지는 것이 느껴졌다. 준이 침대 가장자리에 걸터앉았다.

"앨리스, 우리 서두르지 말고 한 걸음씩 천천히 다가가자꾸나. 알았지?" 준이 조용히 말했다.

앨리스는 준이 방을 나가길 바라며 조용히 돌아누웠다. 잠시 뒤에 준이 침대에서 일어서는 것이 느껴졌다. 곧이어 준이 방문을 닫고 나가는 듯 조용히 딸깍 소리가 들렸다. 앨리스는 숨을 휴 내쉬었다. 앨리스가 잠들기 전 마지막으로 들은 소리는 해리가 빙글 맴돌 때 발톱이 바닥을 긁는 소리와 이어서 앨리스의 침대 발치에 쿵 하고 눕는 소리였다.

준은 아래층 복도에서 떨리는 몸을 진정시키려고 손으로 벽을 짚고 서 있었다. 준은 온종일 술 한 방울도 마시지 않았다.

"앨리스 왔어요?"

준은 뒤에서 들리는 트윅의 목소리에 화들짝 놀랐다. 준은 돌아보지 않고 고개를 끄덕였다.

"아이는 괜찮아요?"

침묵이 흘렀다.

"나도 모르겠어." 준이 대답했다. 귀뚜라미가 둘 사이의 침묵을 찌륵찌륵 채웠다.

"준."

준은 손으로 벽을 지그시 누른 채 그대로 서 있었다.

"그 아이는 꽃무리 못지않게 이곳을 누릴 자격이 있어요. 언니도 잘 알겠지만." 트윅이 단호하고 엄하게 말했다. "사실 그 이상이죠. 언니한테나 우리한테나. 그리고 이곳에나. 앨리스는 언니의 가족이니까."

"아니, 앨리스는 그 아이의 자식이야." 준이 쏘아붙였다. "그 아이의 자식이라고. 난 상관하고 싶지 않아."

"그게 말처럼 쉽지 않을 거예요." 트윅이 한결 부드러워진 목소리로 말했다. 그리고 다시 침묵이 흘렀다. "몸을 떨고 있네요."

준이 고개를 끄덕였다.

"괜찮아요?"

"요 며칠 정신없이 보내서 그래." 준이 손가락으로 콧부리를 잡으며 말했다. 준은 트윅이 자신에게 화살을 겨누는 것을 감지했다.

"갓난쟁이는 어디 있어요?"

준이 깊은 한숨을 내쉬었다.

"진짜로 그 애를 집에 데려오지 않을 거예요?" 트윅의 목소리가 흔들렸다.

"지금은 아니야, 트윅. 제발. 그 얘기는 아침에 하자고." 준은 이렇게 말한 뒤 트윅 쪽으로 돌아보았지만, 복도는 이미 텅 비어 있고 스크린 도어가 쾅 닫히는 소리만 들렸다. 준은 트윅을 붙잡지 않았다. 트윅은 말이 때로는 득보다 실이 될 수 있다는 걸 그 누구보다 잘 알고 있는 사람이니까.

준은 집 안을 돌아다니며 전등을 모두 껐다. 그러다 뒷걸음질 쳐서 전등 하나를 다시 켰다. 앨리스가 밤중에 깨어날지도 모르니까. 준은 캔디의 방문 앞에서 잠시 멈춰 섰다. 닫힌 문 밑으로 불빛이 새어 나오지 않는 것으로 봐서 아마 꽃무리와 함께 기숙사 마당에 있는 모양이었다. 말아 피는 담배 냄새가 공기 중에 떠다녔다. 트윅이 베란다에서 담배를 피우고 있었다. 준은 다시 복도로 돌아가서 응접실 안으로 들어갔다. 그리고 열린 창문 사이로 팔을 내밀어 병솔나무 가지에서 꽃 한 송이를 뚝 꺾었다. 그러고는 다시 복도로 가서 트윅의 방문 열쇠 구멍 속으로 꽃줄기를 밀어 넣었다. *감사의 표시.*

마침내 자기 방에서 온전히 혼자가 된 준은 전등을 켜고 침대 위에 무너져 내렸다. 그러고는 눈 위로 팔을 척 올렸다. 시시각각으로 커지는 호주머니 속 휴대용 술병의 유혹을 단 몇 초만이라도 무시해 볼 양으로.

클렘이 열여덟 살 때 엄마가 유언장에서 자기 이름을 빼 버렸다는 사실을 알고 격분하여 아그네스를 데리고 손필드를 떠난 뒤로 준은 아들 소식을 딱 한 번밖에 듣지 못했다. 9년 전, 준이 지금쯤 앨리스가 태어났으리라 짐작하고 있을 무렵에 소포 하나가 손필드에 도착했다. 소포 겉에 수신인을 준으로 명시한 클렘의 글씨가 적혀 있었다. 준은 그때도 지금과 똑같은 행동을 했다. 휴대용 술병을 들고 자기 침실로 숨어들기.

준은 침대에 걸터앉아 호주머니에서 휴대용 술병을 꺼내서 뚜껑을 열고 위스키를 꿀꺽꿀꺽 들이켰다. 손 떨림이 멎고 목 뒤쪽의 뻐근함이 느껴지지 않을 때까지 계속 마셨다. 마침내 손이 떨리지 않자 준은 침대 밑으로 손을 집어넣어서 낡은 상자를 꺼냈다. 그리고 상자를 열어 나무조각상 하나를 조심스레 꺼낸 다음 두 손에 안았다. 그것은 지금 위층에서 자고 있는 아이와 꼭 닮은 큰 눈과 장미꽃 봉오리 같은 입술을 가진 갓난아기의 조각상이었다. 아기는 반질거리는 잎사귀와 종 모양의 꽃송이들 사이에서 아늑하게 누워 있었다. 꽃송이마다 줄무늬가 있고 꽃잎 맨 안쪽에는 노란색 반점들이 있었다.

"버림받은 사랑." 준은 눈물을 글썽이며 중얼거렸다.

Yellow bells 노란종

이방인에 대한 환대

Geleznowia verrucosa | 오스트레일리아 서부

노란색 꽃을 피우는 작은 관목.
가뭄에 잘 견디며, 햇볕과 물이 잘 빠지는 곳을 좋아한다.
약간 그늘진 곳에서도 자라지만
낮 동안에는 충분한 햇볕이 필수적이다.
꽃꽂이로 활용하기 좋은 멋진 꽃을 피우나
번식과 발아가 까다로운 탓에 희귀한 식물이 되었다.

준은 동이 트자마자 침대에서 일어나 블런스톤 부츠를 신고 조용히 뒷문을 통해 집 밖으로 나갔다. 바깥세상은 서늘하고 푸른빛을 띠고 있었다. 준은 숨을 깊이 들이마시며 푸른 새벽 공기에 빠져들었다. 휴대용 술병을 모두 비우고도 밤새 잠을 이루지 못했다. 사실 지난 수십 년 동안, 특히 클렘이 손필드를 떠난 뒤로는 잠을 푹 잔 적이 거의 없었지만 아기 조각상을 침대 협탁에 올려 두었던 어젯밤은 도저히 잠을 이룰 수가 없었다.

하늘이 차츰 밝아 올 무렵, 준은 집 옆을 돌아 헛간으로 가서 정원용 가위와 바구니들을 가지고 나왔다. 그리고 들판을 지나 자생 야생화를 재배하는 온실 쪽으로 향했다. 낮게 나는 벌들과 이따금 들리는 까치 울음소리가 옅은 아침 공기를 메우고 있었다.

온실 안 공기는 짙고 습했다. 숨쉬기가 좀 더 쉬웠다. 온실 안쪽에는 벌써 '노란종'이 활짝 피어 있었다. 준은 그쪽으로 가서 앞치마 호주머니에서 정원용 가위를 꺼냈다.

손필드는 꽃과 여인들이 활짝 피어날 수 있는 곳이었다. 언제나. 누구든 손필드를 찾아오는 여인들에게는 그들의 인생을 짓밟고 방해하는 온갖 요인들을 극복하고 성장할 수 있는 기회가 주어졌다. 클렘이 떠난 뒤, 준은 온몸을 던져 손필드를 아름답고 평화로운 피난처이자 번영의 장소로 만들었다. 준은 자기를 믿고 찾아온 여인들의 생명줄인 야생화 농장을 언제 폭발할지 모르는 활화산 같은 아들에게 물려줄 수는 없었다. 그래서 자신의 결심을 유서로 명시할 수밖에 없었다.

트윅은 이곳을 찾아온 최초의 꽃무리였다. 정부 기관에 자식을 빼앗긴 뒤라 트윅은 빈껍데기 같은 몰골이었다. "이 세상 누구든 소속감을 느낄 수 있는 장소와 사람이 필요한 법이죠." 트윅이 손필드에 도착한 첫날 밤, 준이 해 준 말이었다. 그날 이후 트윅은 삶이 어떤 임무를 던져 주든 한결같은 모습으로 준의 곁에 있었다. 앨리스는, 비록 클렘의 딸이라 할지라도, 화훼농장에서 일하는 그 누구 못지않게 이곳에서 환영받을 자격이 있다는 사실을 준에게 상기시키던 바로 그런 모습으로.

준은 트윅의 말이 옳다는 걸 잘 알고 있었지만 두려움이 숨통을 옥죄어 왔다. 세상에는 파헤치기보다 썩어 문드러지든 말든 그냥 묻어두고 싶은 이야기가 있는 법이다. 예컨대 앨리스의 아버지이자 준의 아들에 관한 이야기처럼. 준은 앨리스에게 아비에 관한 얘기를 해 주기가 두려웠다. 그 생각만 하면 목이 타는 것 같았다. 앨리스를 생각하면 준은 마치 달걀 위를 걷는 것 같은 기분이 들었다. 두 번째 기회를 망쳐 버리면 어쩌나 하는 이런 기분은 준에게는 익숙하지 않은 감정이었다. 준은 무슨 일이든 책임지고 해내는 데 익숙했다. 모종을 심으면 식물들은 준이 원하는 시기에 원하는 모양으로 꽃을 피웠다. 준의 삶은 심고 키우고 수확하는 순환 구조로 돌아갔고, 준은 그 리듬과 순서에 의지해서 살아왔다. 인생의 속도가 점점 느려져 은퇴를 생각할 시기에 난데없이 한 아이가 자신의 삶 속으로 들어오자 준은 너무나도 혼란스러웠다. 하지만 마치 사그라드는 불꽃처럼 병실에 누워 있는 손녀를 처음 본 순간, 준은 자기 인생에 아직도 잃을 것이 너무나 많다는 사실을 깨달으며 아픈 가슴을 눌러야 했다.

바깥에서 해가 세력을 점점 더 불리는 동안, 준은 개화한 꽃송이들을 자르면서 야생화 사이를 어슬렁어슬렁 돌아다녔다. 어디서부터 어떻게 아이와의 대화를 풀어내야 할지는 몰라도 차선책을 시작할 수는 있으리라. 그건 바로 앨리스에게 꽃으로 말하는 법을 가르치는 일이었다.

앨리스는 헛구역질하며 깨어났다. 끽끽 쉭쉭 소름 끼치는 화염의 비명이 머릿속에서 메아리쳤다. 앨리스는 얼굴에 맺힌 식은땀을 닦으면서 일어나 앉으려고 버둥거렸다. 팬티가 척척하게 젖었고, 흠뻑 젖은 홑이불이 구렁이처럼 다리를 휘감고 있었다. 앨리스는 홑이불을 힘껏 걷어차며 버둥버둥 빠져나와 침대가에 앉았다. 꿈속의 열기가 가라앉기 시작했다. 살갗이 시원해졌다. 옆에서 토비가 컹컹 짖었다. 앨리스는 머리를 내저었다. 아니, 그건 토비가 아니었다. 토비는 거기 없었다. 엄마도 앨리스를 보러 오지 않을 것이다. 이야기를 들려주는 엄마의 목소리도 이제 더는 들리지 않을 것이다. 아버지는 불에서 다시 솟아나지 않았다. 앞으로 원래의 모습보다 조금이라도 나은 존재로 거듭날 일은 결코 없을 것이다. 앨리스는 갓난쟁이 동생을 영영 볼 수 없을 것이고, 다시는 집으로 가지 못할 것이다.

앨리스는 눈물 닦는 것을 포기하고 그냥 흐르게 놔두었다. 몸속이 다 타 버려 꿈에 나왔던 바닷말처럼 까맣게 변해 버린 것만 같았다.

앨리스는 방에 자기 혼자만 있는 게 아니라는 걸 깨달았다. 고개를 돌리니 침대 발치에서 차렷 자세로 앉아 빤히 쳐다보고 있는 해리가 보였다. 해리 표정이 웃고 있는 것 같았다. 해리가 타박타박 앨리스 곁으로 다가왔다. 해리는 몸 크기로만 보면 개라기보다 작은 망아지 같았다. '준이 무슨 종이라고 했더라? 불마티 뭐라고 한 것 같은데?' 해리가 머리를 앨리스의 무릎 위에 척 얹었다. 해리의 눈썹이 기대감으로 씰룩거렸다. 앨리스는 약간 머뭇댔지만 해리는 앨리스를 겁주려는 게 아니었다. 앨리스는 천천히 손을 들어 올려 해리의 머리를 쓰다듬었다. 해리가 한숨을 내쉬었다. 앨리스가 귀 뒤를 긁어 주자 해리는 기분 좋은 듯 낑낑댔다. 해리는 꼬리로 살랑살랑 마루를 쓸면서 한참을 그렇게 앨리스 곁에 앉아 있었다.

손필드에 도착한 어젯밤이 아주 오래전처럼 느껴졌다. 마치 어제와 오늘 사이에 기나긴 어두운 터널이 있는 것처럼. 순간의 파편들이 짤랑짤랑 맞부딪쳤다. 준이 낀 팔찌들 소리. 온몸을 뒤덮던 누런 흙먼지.

앨리스는 어깨를 움츠린 채 줄곧 머리를 숙이고 있었다. 해리가 일어서서 날카롭게 한 번 컹 하고 짖었다. 앨리스가 해리를 쏘아보았다. 다시 한번 해리가 짖었다. 아까보다 더 크게. 앨리스는 눈물을 멈출 수 없었지만 시간이 지나자 눈물은 저절로 가라앉았다. 해리가 꼬리를 살랑살랑 흔들었다. 앨리스는 해리 귀가 멀쩡하다는 것을 잘 알고 있었지만 엄지를 추켜세우고 왼쪽 오른쪽으로 까닥거렸다. 해리가 귀를 쫑긋 세우고 앨리스를 유심히 쳐다보았다. 그러더니 앞으로 다가와서 앨리스의 손목을 핥았다. 앨리스는 해리를 쓰다듬은 뒤 하품을 늘어지게 하면서 주위를 살펴보았다.

그 방은 육각형이었다. 두 벽면은 책이 미어터질 듯 빼곡히 꽂힌 기다란 흰색 책꽂이가 채우고 있었다. 그리고 세 면을 장악하고 있는 유리창은 바닥에서 천장까지 이어져 있고, 얇은 커튼이 쳐져 있었다. 그중 앨리스와 마주하고 있는 벽 앞에는 복잡한 문양이 조각된 책상과 의자가 놓여 있었는데, 의자가 마치 와서 앉아 보라는 듯 책상 밖으로 슬쩍 빠져나와 있었다. 앨리스는 고개를 돌려 침대 뒤편에 있는 마지막 벽을 쳐다보았다. 침대가 마치 거대한 책을 펼친 듯 벽면에서 펼쳐져 나와 있었다. 준이 이 모든 것을 앨리스를 위해 마련해 준 것일까? 여태껏 존재하는지도 몰랐던 앨리스의 할머니 준이?

앨리스는 침대에서 풀쩍 내려섰다. 해리가 밖으로 나가는 줄 알고 헥헥대며 맴을 돌았다. 갑자기 주위가 빙글 돌았다. 앨리스는 비틀거리다가 눈을 꼭 감고 어지럼증이 멈추기를 기다렸다. 현기증이 사라지자 앨리스는 책상 쪽으로 걸어가서 의자에 앉았다. 의자가 마치 앨리스를 위해 만든 것처럼 앨리스의 몸에 딱 맞았다. 크림색 나무로 만들어진 책상은 표면이 매끈했고, 가장자리에 해, 달, 나비 그리고 별 모양의 꽃들이 서로 연결된 형태로 조각되어 있었다. 앨리스는 손가락으로 조각된 문양들을 어루만졌다. 왠지 책상이 낯설지 않았다. 하지만 왜 그런지는 앨리스로서는 알 수 없는 또 다른 질문일 뿐이었다. 책상 위에는 잉크병, 연필통, 색연필, 크레용, 물감 튜브 그리고 그림 붓을 꽂아 놓은 통이 놓여 있었다. 공책도 깔끔하게 쌓여 있었다. 색연필들을 뒤적여 보니 앨리스가 알고 있는 색이 모두 갖춰져 있었다. 또 다른 통에는 만년필이 꽂혀 있었다. 앨리스는 만년필 뚜껑을 열어서 제 손등에다 검은 선을 짧게 그려 보았다. 반들반들한 잉크가 손등에 스미는 느낌이 좋았다. 그런 다음 공책 하나를 집어서 휘리릭 넘겼다. 빈 종이들이 앨리스를 향해 나풀나풀 손짓했다.

"옛날에는 이 방이 종탑이었단다."

앨리스가 화들짝 놀랐다.

"어이쿠, 많이 놀랐니? 그럴 뜻은 없었어." 해리가 준을 보자마자 컹컹 짖었다. 준은 꿀을 바른 토스트와 우유 한 컵이 올려진 접시를 들고 문간에 뻣뻣하게 서 있었다. 고소한 버터 향과 달콤한 꿀 냄새가 방 안을 가득 채웠다. 앨리스는 어제 주유소 매점에서 퍽퍽한 베지마이트 샌드위치 몇 입을 먹은 뒤로 아무것도 먹지 않은 상태였다. 준이 방 안으로 들어와서 토스트 접시와 우유 컵을 책상 위에 올려놓았다. 준은 손을 떨었다. 노란 꽃잎 하나가 준의 머리카락 사이에 끼어 있었다.

"아주 오래전, 손필드가 낙농장이었을 때는 이 방이 이 집에서 제일 중요한 곳이었지. 여기 달려 있던 종을 쳐서 농장 전체에 울려 퍼지게 했거든. 이곳에 사는 사람들에게 하루의 시작과 끝, 그리고 식사 시간을 알려 주기 위해서 말이야. 종은 오래전에 치워졌지만, 가끔 바람이 불 때면 옛날 그 종소리가 들리는 것 같아." 준은 안절부절못하며 접시를 이리저리 옮겼다. "이 방에 올라올 때면 늘 뮤직박스 안에 있는 것 같은 기분이 들어."

갑자기 준이 코를 킁킁대며 두리번거렸다. 그러더니 창가로 가서 커튼을 걷어 젖혔다. "창문은 여기를 이렇게 열면 돼." 준은 창문마다 위에서 세 번째 칸에 있는 걸쇠를 열며 말했다.

앨리스의 뺨이 화끈거렸다. 앨리스는 침대로 다가오는 준을 쳐다볼 수 없었다. 앨리스는 곁눈으로 준이 침대 시트를 벗겨 내어 둘둘 만 다음 아무 말 없이 방문을 향해 돌아서는 모습을 보았다. "네가 다 먹을 동안 나는 아래층에 있으마. 새 옷이랑 침대보도 가져다줄게." 준은 고개를 작게 끄덕였다. 준의 눈은 아직도 아득히 멀리 있었다.

앨리스는 숨을 휴 내쉬었다. 이불에 오줌을 쌌지만 혼나지 않았다.

준의 발소리가 멀어지자마자 앨리스는 아침 식사가 담긴 접시에 달려들었다. 그리고 눈을 감고 오물오물 씹으며 달콤하고 기름진 풍미를 느꼈다. 앨리스가 한쪽 눈을 떠 보니 해리가 지켜보고 있었다. 앨리스는 잠시 생각하다가 버터 덩이가 있는 부분을 조금 떼어 해리에게 내밀었다. 휴전의 표시로. 해리가 입맛을 다시면서 앨리스의 손가락 사이에서 토스트 조각을 살며시 빼냈다. 둘은 함께 토스트 접시와 우유 컵을 비웠다.

앨리스의 코끝에 달콤하고 상큼한 향기가 스쳤다. 앨리스는 준이 열어 놓은 창문 쪽으로 조심스레 다가가서 손바닥을 유리창에 대고 밖을 내다보았다. 앨리스의 방은 그 집의 맨 꼭대기에 있어서 농장 전체를 360도로 내려다볼 수 있었다. 한 유리창을 통해 비포장 진입로가 베란다 계단부터 유칼립투스 나무들이 서 있는 곳으로 이어져 있는 것을 볼 수 있었다. 앨리스는 다음 창문으로 달려가서 창밖을 내다보았다. 집과 나란히 서 있는 녹슨 골함석 지붕을 얹은 커다란 목조 창고가 보였다. 창고의 한쪽 벽면에는 굵은 덩굴나무가 벽면을 타고 자라 있었다. 마지막 세 번째 창문 앞에 서자마자 앨리스의 심장이 빠르게 뛰기 시작했다. 집 뒤편 그늘 너머로 각양각색의 관목과 꽃이 자라는 꽃밭이 끝도 없이 펼쳐져 있었다. 꽃의 바다가 앨리스를 에워싸고 있었다.

앨리스가 모든 창문의 걸쇠를 열자마자 향긋한 바람이 앨리스를 만나러 방 안으로 불쑥 들어왔다. 바람결에 실려 온 향기는 바다 냄새보다, 사탕수수밭 냄새보다 더욱 강렬했다. 앨리스는 그 향기의 정체를 하나하나 유추해 보았다. 뒤집은 뗏장의 흙냄새. 휘발유 냄새. 유칼립투스 잎사귀 냄새. 축축한 거름 냄새. 그리고 잠결에도 알아맞힐 수 있는 강렬한 장미 냄새. 하지만 앨리스가 처음으로 목격한 광경은 장미 냄새보다 훨씬 더 강렬했다. 그것은 꽃무리가 일하는 모습이었다.

다들 앨리스의 아버지처럼 두꺼운 작업용 셔츠와 바지를 입고 무거운 장화를 신고 있어서 멀리서 보면 남자처럼 보였다.

꽃무리는 하나같이 챙 넓은 모자를 쓰고 장갑을 끼고 있었다. 그리고 양동이, 정원용 가위, 비료 포대, 갈퀴, 삽, 물뿌리개 등을 들고 '브이(V)' 자 대형으로 작업장에서 나와 꽃밭 속으로 사라졌다. 그들 중 일부는 양동이 한가득 자른 꽃송이들을 작업장으로 가지고 갔다가 다시 빈 양동이를 들고 밖으로 나왔다. 또 어떤 사람들은 새 흙을 가득 실은 외바퀴 손수레를 고랑을 따라 밀고 가다가 멈춰 서서 꽃밭에 흙을 와르르 쏟아 냈다. 다른 몇몇은 이파리와 줄기를 살펴보면서 물을 주고 있었다. 가끔 까르르 웃는 소리가 작은 종소리처럼 울려 퍼졌다. 앨리스는 손가락으로 그들을 헤아려 보았다. 모두 열두 명. 그때 어딘가에서 노랫소리가 들렸다.

꽃밭에서 멀찍이 떨어진 곳, 온실들이 옹기종기 모여 있는 곳 근처에서 누군가가 혼자 노래를 흥얼거리며 소형 포장 상자를 정리하고 있었다. 그 여인이 잠시 허리를 펴고 서서 모자를 벗자 연청색 머리카락이 그녀의 등 위로 쏟아져 내렸다. 앨리스는 소리 없는 탄성을 질렀다. 그 여인은 머리카락을 다시 모아 올려 모자 속으로 집어넣고는 계속해서 콧노래를 흥얼거렸다.

앨리스는 유리문에 몸을 바짝 붙이고 서서 파란 머리 여인을 유심히 관찰했다. 파란 머리 여인까지 합치면 모두 열세 명이었다.

그날 아침, 앨리스는 자기 방에 머물면서 이 창에서 저 창으로 오락가락하며 리듬에 맞춰 일하는 여인들을 지켜보았다. 여인들은 물을 주고, 잡초를 뽑고, 꽃과 풀을 자르고 있었다. 화려한 꽃송이들이 가득 든 양동이들이 그 양동이를 들고 꽃밭에서 작업장으로 옮기고 있는 여인들보다 더 커 보였다.

'엄마도 저 무리 속에 있을 수 있었을 텐데. 챙 넓은 모자를 쓰고 묵직한 작업복으로 온몸을 가리고 있는 저 여인들 중 한 명일 수 있었을 텐데.' 앨리스의 눈에 엄마의 옆모습이 보였다. 눈썹이 덮이도록 모자를 푹 눌러쓰고 손목 주위로 흙을 잔뜩 묻힌 채 꽃봉오리 쪽으로 손을 뻗는 모습을.

그때 해리가 앨리스의 방문을 긁었다. 토비도 용변이 마려울 때 그와 똑같은 행동을 했다. 앨리스는 처음에는 신경 쓰지 않으려고 애썼다. 그냥 온종일 꼼짝 않고 창가에 앉아 있고 싶었다. 하지만 해리가 문을 두 발로 벅벅 긁기 시작하자 앨리스는 누가 방으로 올라올까 봐 걱정되었다. 게다가 해리가 그 방에서 용변을 보게 할 수는 없는 노릇이었다. 앨리스가 문을 열어 주자마자 해리는 컹컹 짖으며 전속력으로 계단을 뛰어내려 갔다. 앨리스는 창가에 서서 해리가 번개처럼 집 밖으로 뛰쳐나가 여기저기 킁킁대며 여인들 한 명 한 명에게 달려가 인사하는 모습을 지켜보았다. 여인들은 모두 해리의 옆구리를 다정하게 툭툭 두드려 주었다. 해리는 용변이 마렵지 않았던 것이다. 배신자.

앨리스는 다시 여인들의 수를 세었다. 이번에는 밖에서 일하는 여인이 아홉 명밖에 되지 않았다. 파란 머리 여인을 찾아보았지만 누가 누군지 구별이 되지 않았다. 결국 찾는 걸 포기하고 창가를 떠나 방 안을 어슬렁거렸다. 그리고 잠시 침대에 걸터앉았다. 해가 높이 떠서 방 안이 더웠다. 바깥에 나가서 목조 작업장 안에 줄지어 늘어선 바구니들을 구경하고 꽃밭 사이를 뛰어다니면 얼마나 재미있을까. 저도 모르게 다리가 건들거렸다. 앨리스는 손가락을 허벅지에 대고 톡톡 두드렸다.

그때 해리가 방문 앞에서 컹컹 짖으며 앨리스의 공상을 방해했다. 해리는 어슬렁어슬렁 앨리스 곁으로 와서 앨리스의 손을 핥았다. 앨리스는 해리를 무시했지만, 해리는 곁에 앉아서 앨리스를 빤히 쳐다보았다. 혀를 내밀고 헐떡이지도, 꼬리를 흔들지도 않았다. 그냥 가만히 쳐다보고만 있었다. 앨리스는 고개를 절레절레 내저었다. 그러자 해리가 벌떡 일어서며 컹컹 짖기 시작했다. 앨리스는 손짓으로 해리를 조용히 하도록 했지만, 해리는 짖기를 멈추지 않았다. 결국 앨리스는 일어섰다. 해리는 그제야 조용해져서 문간으로 총총 걸어가서 기다렸다. 앨리스가 따라가자 해리가 아래층으로 내려갔다. 앨리스는 주저하며 계단 맨 위에 멈춰 섰다. 컹컹 짖는 소리가 나선계단을 타고 올라왔다. 앨리스는 짜증 섞인 한숨을 내뱉으며 계단을 내려갔다.

1층 계단 근처 복도에는 아무도 없었다. 복도 한쪽 끝에 어제 얼굴을 씻었던 욕실이 보였다. 앨리스는 살금살금 욕실로 들어가다가 우뚝 멈췄다. 눈앞에 있는 선반 위에 새 옷이 새 타월과 함께 잘 개어져 놓여 있었다. 팬티와 카키색 바지, 그리고 바깥에 있는 여인들이 입고 있는 것과 똑같은 작업복 셔츠. 그 옆에 파란색 어린이 부츠도 한 켤레 놓여 있었다. 앨리스는 손가락으로 반질반질 광이 나는 에나멜가죽을 어루만졌다. 앨리스는 그렇게 예쁜 신발은 한 번도 가져 본 적이 없었다. 셔츠를 몸에 대 보았다. 크기가 몸에 딱 맞았다. 앨리스는 셔츠에 얼굴을 파묻고 뽀송뽀송한 면 셔츠 냄새를 들이마셨다. 그러고는 서둘러 욕실 문을 닫고 입고 있던 옷을 벗은 다음 샤워기를 틀었다.

잠시 후, 앨리스는 젖은 머리를 손으로 쓱쓱 빗어 내리며 복도로 나갔다. 가볍고 통기성 좋은 새 옷이 땀과 먼지를 말끔히 씻어 낸 살갗에 닿자 앨리스는 기분 좋게 몸을 떨었다. 샤워할 때는 몸에서 누런 땟물이 흘러나왔는데, 지금은 몸에서 비누 향이 은은하게 났다. 앨리스는 복도 양쪽을 둘러보았다. 아무도 보이지 않았다. 뭘 해야 할지를 몰라 잠시 머뭇대다가 다시 위층으로 올라가려는데, 그때 포크와 접시가 달그락거리는 소리와 여인들의 목소리가 들려왔다. 앨리스는 벽 쪽으로 몸을 붙인 채 말소리와 이따금 터져 나오는 웃음소리가 들리는 쪽으로 다가갔다. 집 안쪽으로 뻗어 있는 복도 끝에 스크린도어가 살짝 열려 있고, 그 문 너머로 널찍한 뒤 베란다가 보였다. 앨리스는 그늘에 숨어서 스크린도어를 통해 바깥을 엿보았다.

뒤 베란다에 한 무리의 여인들이 네 개의 넓은 식탁 주위로 빙 둘러앉아 있었다. 대부분 앨리스 쪽을 향해 앉아 있었지만, 등을 보이고 앉은 여인도 몇몇 있었다. 나이대는 다양했다. 그중 한 명은 목 전체에 정교한 파랑새 문신이 뒤덮여 있었다. 화려한 검정 테 안경을 쓴 여인도 있고, 땋은 머리에 얼룩무늬 깃털을 꽂은 여인도 있었다. 한 여인은 얼굴이 땀과 먼지로 더러워져 있음에도 불구하고 입술에 새빨간 립스틱을 바르고 있었다.

식탁에는 하얀 식탁보가 씌워 있고, 그 위에 채소샐러드, 얇게 저민 레몬과 라임 조각을 동동 띄운 얼음물이 가득 든 물병, 키시[17]가 담긴 깊은 접시, 얇게 저민 아보카도가 담긴 냄비, 그리고 딸기가 소복이 담긴 작은 그릇들이 놓여 있었다. 해리가 꼬리를 의자들 사이로 삐죽 내민 채 살랑살랑 흔들고 있었다. 앨리스는 조금씩 조금씩 그쪽으로 다가갔다. 식탁마다 한가운데에 꽃병이 놓여 있었는데, 꽃병이 어찌나 큰지 앨리스는 저 꽃병을 양팔로 감싸 안을 수 있는 사람이 과연 있을지 궁금했다. '엄마가 저 꽃병들을 봤다면 얼마나 좋아했을까.'

"여기 있었구나."

앨리스는 그 소리에 화들짝 놀랐다.

"새 옷이 잘 어울리네." 준이 앨리스 바로 뒤에서 말했다. 앨리스는 눈을 어디에 둘지 몰라서 신고 있는 파란색 부츠만 뚫어져라 바라보았다.

"앨리스." 준이 이렇게 말하며 앨리스의 뺨을 만질 것처럼 손을 뻗었다. 앨리스가 움찔하자 준이 얼른 손을 거두었다. 팔찌들이 짤랑거렸다.

그때 베란다에서 웃음소리가 울려 퍼졌다.

"자, 그럼." 준이 유리문을 통해 밖을 내다보며 말했다. "가서 점심을 먹자꾸나. 꽃무리가 널 만나려고 기다리고 있어."

17) 베이컨, 양파, 달걀, 생크림, 치즈 등을 넣어 구운 파이.

Vanilla Lily 바닐라백합

사랑의 전령사

Sowerbaea juncea | 오스트레일리아 동부

식용 뿌리를 가진 다년생 식물.
유칼립투스 숲, 삼림지대, 야산, 아고산대 목초지 등에서 발견된다.
꽃은 자색을 띠는 분홍색부터 흰색까지 다양하며,
달콤한 바닐라 향이 나는 꽃잎은 얇은 종잇장 같다.
풀잎처럼 기다란 줄기에서도 짙은 바닐라 향이 난다.
불이 난 뒤에 다시 싹이 튼다.

준은 스크린도어를 확 열어젖혔다. 갑자기 식탁에 둘러앉은 여인들 사이로 침묵이 흘렀다. 준이 돌아서서 앨리스에게 어서 오라고 손짓했다.

"여러분, 앨리스를 소개합니다. 앨리스, 이분들이 꽃무리야."

여인들의 소곤대는 인사가 나비의 날갯짓처럼 팔랑대며 앨리스의 볼을 간질였다. 앨리스는 뱃속의 불편한 느낌을 떨쳐 내려고 제 손목을 꼬집었다.

"앨리스는" 준이 잠깐 뜸을 들였다. "내 손녀예요." 꽃무리 몇몇이 환호성을 질렀다. 준은 잠시 기다렸다가 다시 말을 이었다. "앨리스는 우리와 함께 손필드에서 살려고 왔어요."

앨리스는 그들 중에 파란 머리의 여인이 있는지 궁금했지만, 그들 한 명 한 명과 눈을 마주칠 수가 없었다. 다들 입을 다물고 있었다. 그

때 해리가 옆걸음질로 다가와 앨리스에게 기댔다. 앨리스는 반갑게 해리를 쓰다듬었다.

"자," 준이 마침내 침묵을 깼다. "어서들 먹어요. 아, 잠깐." 준이 여인들을 둘러보면서 말했다. "트윅, 캔디는 어디 있지?"

"일을 마무리하고 있어요. 우리더러 먼저 가서 먹으라고 했어요."

앨리스는 목소리의 주인을 쳐다보았다. 호리호리한 체격에 분명하고 정직한 얼굴의 여인이었다. 그 여인이 앨리스에게 미소를 보내자 앨리스는 마치 밝은 해 아래 서 있는 것처럼 살갗이 따듯해지는 것 같았다

"고마워요, 트윅." 준이 고개를 끄덕이며 말했다. "앨리스, 이분은 트윅이야. 꽃무리를 보살피고, 손필드 농장의 살림을 꾸려 나가는 분이란다."

준은 식탁에 둘러앉은 꽃무리를 계속 소개했다. 화려한 안경을 쓰고 있는 소피, 머리에 깃털을 꽂고 있는 에이미, 새빨간 립스틱을 바른 로빈, 그리고 창백한 목 주변에 파랑새 문신을 한 마이프. 마이프가 웃으며 앨리스에게 고개를 끄덕일 때 파랑새 날개가 움직였다. 계속해서 다른 꽃무리의 이름이 앨리스의 귓전을 스쳐 갔다. 블라인더, 탄마이, 올가 같은 이름은 한 번도 들어 본 적이 없었고, 프랜신, 로젤라, 로렌, 캐롤리나, 부 같은 이름은 이야기책에서 본 적이 있었다. 부는 앨리스가 만나 본 사람 중에서 가장 나이 많은 사람이었다. 부의 피부는 마치 구겨진 종이처럼 건조하고 쪼글쪼글했다.

꽃무리 소개를 마친 준은 앨리스가 앉을 자리를 가리켰다. 의자 주위에 노란 꽃으로 만든 화환이 걸려 있었다.

"노란종은 이방인을 환대한다는 뜻을 가진 꽃이지." 준이 앨리스 곁

에 앉으며 뻣뻣하게 말했다. 준의 손은 계속 바르르 떨렸다. 앨리스는 의자 밑으로 두 발을 앞뒤로 흔들었다. "어서 들어요, 꽃무리님들." 준이 손짓을 하며 말하자 팔찌들이 짤랑거렸다.

그 즉시 베란다는 활기를 띠기 시작했다. 큰 그릇들이 이리저리 옮겨지고, 차가운 유리잔들이 부딪치는 소리가 청량감 있게 울려 퍼졌다. 달그락달그락 수프를 뜨는 숟가락 소리와 가지 조각을 집는 집게 소리가 나지막이 깔렸고, 그 위로 이따금 흥이 난 해리가 컹컹 추임새를 넣었다. 음식이 가득 든 입에서 흘러나오는 여인들의 말소리가 커졌다가 작아졌다 하며 리듬을 탔다. 앨리스는 머릿속으로 젖은 모래톱 위에서 갈매기들이 민물가재를 놓고 한바탕 잔치를 벌이는 모습을 떠올렸다. 앨리스는 준이 자기 접시에 음식들을 조금씩 담아 주면서 뭐라 뭐라 얘기하는 소리를 듣는 둥 마는 둥 하며 내내 고개를 숙이고 있었다. 사실 노란종 화환에 너무 정신이 팔려서 음식 먹을 생각을 하지 못했다. *이방인에 대한 환대*. 준이 앨리스의 할머니이자 후견인이라 해도 이곳에서 앨리스는 이방인이었다. 더운 날씨에도 앨리스는 오한이 느껴졌다. 앨리스는 아무도 보지 않을 때 화환에서 노란종 몇 송이를 뽑아서 옷 호주머니 속에 집어넣었다.

앨리스는 식탁에 둘러앉은 여인들을 살펴보았다. 그들 중 몇몇은 웃을 때 눈물이 그렁그렁 고이는 슬픈 눈을 가지고 있었다. 준처럼 머리가 희끗희끗한 여인들도 몇 명 있었다. 여인들은 앨리스와 눈이 마주칠 때마다 앨리스에게 손을 흔들어 주었다. 마치 앨리스가 그들을 행복하게 해 주는 존재인 것처럼. 잃어버렸다 되찾은 소중한 물건인 것처럼. 여인들은 수천 번이나 연습해 온 춤을 추듯 박자에 맞춰서 말과 몸짓을 서로 주고받았다. 그 모습을 보자 앨리스는 엄마와 같이 읽었던 춤추는 열두 공주 이야기가 떠올랐다. 저마다의 슬픔을 최고의 무용복인 것처럼 몸에 두르고 있는 이 여인들과 함께 베란다에 앉아 있으려니, 앨리스는 마치 깊은 잠에 빠졌다가 엄마가 들려준 동화 속에 들어와 있는 것 같은 기분이 들었다.

꽃무리가 점심 식사를 마치고 다시 일터로 돌아간 뒤, 준과 앨리스는 뒤 베란다에 함께 서 있었다. 오후의 달큼한 공기 속에는 뜨겁게 달궈진 흙냄새와 자외선 차단용 코코넛오일 냄새가 켜켜이 스며 있었다. 멀리서 까치들이 책책 지저귀고 웃음물총새들이 까르르 웃어 재꼈다. 남긴 음식으로 배를 그득 채운 해리가 그들 옆에서 느긋하게 드러누워 있었다.

"자, 앨리스." 준이 두 팔을 활짝 벌리며 말했다. "내가 농장 구경을 시켜 주마."

앨리스는 준을 따라 뒤 베란다 계단을 내려간 다음 각양각색 꽃들이 줄지어 피어 있는 꽃밭으로 걸어갔다. 계단을 내려와서 보니 꽃덤불들이 생각보다 키가 커서 순간적으로 사탕수수밭 사이를 걷고 있다는 착각이 들었다.

"여기가 꽃을 수확하는 꽃밭이야." 준이 앞쪽을 가리키며 말했다. "우리가 키우는 꽃들은 대부분 자생 야생화야. 오스트레일리아의 자생 야생화를 키우고 판매하는 것. 이것이 손필드가 지금껏 흔들림 없이 지켜 온 신조란다." 준은 마치 혀에 레몬 조각을 물고 말하는 것처럼 또렷하고 분명하게 말했다.

준은 작은 집들과 뒤쪽에 늘어선 온실들, 그리고 그 반대편에 꽃무리가 오후의 뜨거운 햇볕을 피해 일하고 있는 작업장을 가리키면서 꽃밭 반대편 끝까지 걸어갔다.

"농장 너머는 습지대야. 그리고 습지가 끝나는 곳에 강이 흐르지. 강에는……." 준의 목소리가 흔들렸다.

앨리스가 준을 바라보았다.

"강에는 완전히 다른 이야기가 펼쳐지지. 그 얘긴 다른 기회에 해 주마." 준이 앨리스를 쳐다보며 말했다. 하지만 앨리스는 근처에 물이 있다는 말에 완전히 정신이 팔려 버렸다. "이 전체가 손필드 땅이란다. 대대로 내 가족이 소유한 땅이지." 준은 멈칫하더니 다시 고쳐 말했다. "우리 가족이 소유한 땅."

어느 더운 날 오후, 앨리스는 엄마가 저녁을 준비하는 동안 부엌 바닥에 앉아 동화책을 읽고 있었다. 동화는 앨리스에게 가족이라는 것이 보통 사람들이 생각하는 모습과 다를 수 있다는 걸 가르쳐 주었다. 왕과 왕비는 마치 양말 한 짝을 잃어버리듯 쉽게 자식들을 잃어버리고는 영영 찾지 못한다. 설령 찾는다고 해도 자녀들이 모두 어른이 된 후다. 그리고 어머니들은 걸핏하면 죽고, 아버지들은 사라지기 일쑤며, 일곱이나 되는 오빠들은 일곱 마리 백조로 변하기도 한다. 앨리스에게 있어 가족은 세상에서 가장 흥미롭고 궁금한 이야기 중 하나였다. 머리 위로 엄마가 체로 치는 밀가루가 떨어져 앨리스의 책장 위로 내려앉았다. 앨리스는 엄마와 눈을 마주치며 물었다. "엄마, 우리한테 다른 가족은 없어요? 그분들은 어디서 살아요?"

아그네스는 휘둥그레진 눈으로 황급히 무릎을 꿇고 앉아 앨리스의 입술에 손가락 하나를 갖다 댔다. 그러고는 클렘이 쌕쌕 코를 골며 자는 응접실을 흘깃 바라보았다. "우리 가족은 우리 셋밖에 없어, 번. 옛날부터 늘 그랬어. 알았지?" 엄마가 말했다.

앨리스는 재빨리 고개를 끄덕였다. 엄마가 그런 표정을 지으면 두 번 다시는 그런 질문을 해서는 안 된다는 것을 앨리스는 잘 알고 있었다. 하지만 그날 이후 앨리스는 펠리컨과 갈매기 무리를 바라보며 혼자 해변에서 놀 때마다 그 새 중에 한 마리가 갑자기 변하는 상상에 빠지곤 했다. 이를테면 오래전에 잃어버렸던 앨리스의 언니나 이모나 할머니로 말이다.

"아, 참. 작업장 구경시켜 줄까?" 준이 물었다. "거기 가면 꽃무리가 일하는 모습을 볼 수 있지."

둘은 꽃밭 사이를 걸어갔다. 보이는 꽃 대부분이 앨리스가 모르는 꽃이었다. 그때 진홍빛 캥거루발톱 덤불이 바로 앞에 보였다. 앨리스는 몸을 홱 돌려 꽃밭을 살폈다. 앨리스의 짐작이 옳았다. 거기, 솜털 같은 레몬머틀의 연노랑 꽃술들이 보였다. 그 순간 앨리스는 바다풀이 썩어 가는 시금한 냄새와 사탕수수밭에서 불어오는 초록빛 사탕수수 냄새마저 느낄 수 있었다. 자기 방 책상의 매끈한 감촉이 떠오르자 손가락이 움찔거렸다. 책상 덮개를 들어 올렸을 때 확 풍겨 나오던 크레용과 연필과 종이 냄새. 꽃술을 어루만지며 창문 옆으로 미끄러지듯 지나가면서 비밀스러운 말을 중얼거리던 엄마. 슬픈 *추억. 돌아온 사랑. 기억의 기쁨.*

질문들이 기억들과 뒤엉켰다. 매일 아침, 이야기가 가득한 활기찬 엄마가 아니라 침대 밖을 빠져나오지 못하는 혼이 나간 엄마를 만나게 될지도 모른다는 불안감에 눈뜨기가 싫었던 기억. 귀가하는 아버지를 기다리는 순간 느꼈던 그 후텁지근한 공포. 서풍만큼이나 변덕스러웠던 아버지의 행동. 그리고 토비의 미소 띤 얼굴. 토비의 커다란 눈망울과 북슬북슬한 털과 듣지 못하면서도 늘 쫑긋대던 귀. 갑자기 지금껏 한 번도 생각하지 않았던 질문이 앨리스의 뇌리에 스쳤다.

'토비는 죽었을까?'

아무도 토비에 대해 말해 주지 않았다. 해리스 박사도, 브룩도, 준도. 토비는 어떻게 되었을까? 앨리스의 강아지는 대체 어디에 있는 것일까? 앨리스의 부모가 목숨을 잃었을 때, 농장에서 기르던 가축들은 어떻게 되었을까? 앨리스가 사랑했던 것 중에 살아남은 게 있을까? 그 모든 게 앨리스의 탓이었을까? 아버지 창고의 석유램프에 불을 끄지 않아서?

"앨리스?" 준이 오후의 햇살을 손으로 가리며 불렀다.

파리들이 앨리스 얼굴 주위로 모였다. 앨리스는 손을 저어 파리들을 쫓아내면서 준을, 부모에게서 한 번도 들은 적 없었던 자신의 할머니를 쳐다보았다. 준, 바닷가에서 이 낯선 꽃의 세상으로 데려온 자기 후견인을. 준이 다가와서 쪼그려 앉으며 앨리스와 눈높이를 맞추었다. 머리 위에는 갈라코카투[18]들이 빽빽 소리치며 분홍색 물결처럼 줄지어 날고 있었다.

"얘야." 준의 따듯한 목소리에는 진심으로 염려하는 마음이 담겨 있었다.

갑자기 호흡이 빨라진 앨리스는 심장박동 속도를 늦추려고 숨을 한

18) 몸과 얼굴 부분은 분홍색이고 날개는 연한 회색으로, 오스트레일리아에 서식하는 앵무새.

껏 들이마셨다. 몸 안에서 찌릿한 통증이 느껴졌다.

준이 앨리스를 향해 팔을 벌렸다. 앨리스는 한순간의 망설임도 없이 앞으로 나아가 준의 품에 안겼다. 준은 앨리스를 번쩍 들어 안았다. 준의 팔 힘은 강했다. 앨리스는 얼굴을 준의 목덜미에 묻었다. 준의 살갗에서 담배 냄새와 박하 향이 섞인 짭짜름한 냄새가 났다. 어두운 심해만큼이나 깊고 섬뜩한 앨리스의 내면으로부터 굵은 눈물이 흘러나와 앨리스의 뺨을 타고 흘러내렸다.

앨리스는 준에게 안겨 베란다 계단을 올라가는 동안 살짝 고개를 들어 왔던 길을 흘깃 보았다. 꽃밭에서 집으로 이어진 조붓한 길 위에 앨리스의 호주머니 속에 들어 있던 노란 꽃송이들이 떨어져 있었다.

매미 소리와 어스름한 저녁빛이 손필드의 부엌을 가득 채우고 있었다. 캔디 베이비는 설거지하던 손을 멈추고 창문 쪽으로 몸을 기울여 가을 공기를 들이마셨다. 축축한 이끼 냄새와 근처 강변의 갈대 냄새가 바람결에 실려 왔다. 살갗에 소름이 돋았다. 준은 살갗에 소름이 잘 돋는 이유가 아마 이즈음에 태어나서 그런 걸 거라고 했다. 하지만 캔디가 어디서, 누구에게서 태어났는지는 아무도 모른다. 캔디는 준과 트윅이 자기를 발견했던 날을 생일로 삼았다. 캔디는 그날 밤 강과 꽃밭 사이, 바닐라백합이 피어 있는 늪에서 발견되었다. 캔디는 파란색 야회복에 감싸인 채 물에 둥둥 떠다니는 바구니 속에 버려져 있었다. 준과 트윅이 두 살 난 클렘을 재우고 있는데 멀리서 아기 울음소리가 들려왔다. 준이 손전등 불빛으로 캔디가 누워 있는 바구니를 발견하고 트윅이 바구니에서 캔디를 들어 안았을 때, 클렘은 와와 하면서 손뼉을 쳤다. 달콤한 바닐라백합 향이 축축한 공기 속에서 진동했다. 그래서 두 여인은 아기를 '캔디 베이비'라고 불렀다. 준과 트윅이 아이의 후견인이 되면서 그 이름도 아이의 법적 이름이 되었고, 이름 때문인지 캔디가 자라서 요리에 재능을 보였을 때 뜻밖이라고 생각하는 사람은 아무도 없었다.

캔디는 흰 줄무늬가 있는 남빛 하늘을 가만히 바라보며 다시 개숫물에 손을 담갔다. 누군가가 욕실 샤워기를 틀었는지 나무판 위에 회반죽을 발라 마감한 벽 속에서 배관들이 신음을 토해 냈다. 캔디는 개수대 물을 비우고 마른행주로 손을 닦고는 부엌문 쪽으로 가서 고개를 삐죽 내밀고 복도를 살폈다. 준이 닫힌 욕실 문에 기대앉아서 기다리고 있었다. 눈을 감고 머리는 뒤로 젖힌 채, 헐겁게 깍지 낀 두 손은 무릎 위에 올려놓고 있었다. 준의 젖은 두 뺨이 어둑한 불빛 아래에서 은빛으로 빛났다. 해리가 준의 발치에 앉아 앞발 하나를 준의 발에 올려놓고 있었다. 준이 속상해할 때마다 늘 그렇게 하듯.

캔디는 다시 부엌 안으로 들어가서 조리대를 윤이 반짝반짝 날 때까지 닦았다. 꽃무리에게 꽃밭이 있다면, 캔디에게 있어 부엌은 향연의 꽃이 만발하는 자신만의 정원이었다. 이제 스물여섯 살이 된 캔디는 요리보다 더 사랑하는 일은 상상할 수가 없었다. 요리라고 해서 커다란 흰 접시에 음식을 새 모이만큼 담아내는 그런 멋 부린 음식을 말하는 게 아니었다. 캔디가 만드는 음식은 영혼의 먹이였기에 풍미만큼이나 양도 똑같이 중요했다. 캔디는 고등학교를 중퇴하고 준에게 자신이 칼을 잘 다룰 줄 안다는 것을 확신시킨 뒤에 손필드의 상주 요리사가 되었다. "타고난 요리사구나." 캔디가 처음으로 만든 카사바케이크를 오븐에서 막 꺼내 한입 먹고 난 뒤 트윅이 한 말이었다. "요리 재능을 물려받았네." 이 말은 캔디가 텃밭에서 기른 채소와 허브로 만든 망고 처트니[19]를 곁들인 스프링롤 한 접시를 식전 요리로 내왔을 때 준이 한 말이었다. 그건 사실이었다. 캔디가 음식을 만들거나 빵을 구울 때면 신내림이라도 받은 듯 캔디의 혀끝과 손끝에서 직관의 지식이 샘솟듯 솟아났다. 어디서 그런 아이디어가 나오는지, 캔디는 부엌에 있을 때는 완전히 다른 모습으로 화려하게 피어났다. 어쩌면 캔디의 어머니가 요리사였거나 아버지가 제빵사였는지도 모를 일이었다. 캔디는 요리를 하고 있으면 누군가가 칼끝으로 도려낸 듯한 마음속 상처가 진정되는 기분이었다.

이제 샤워기를 껐는지 배수관의 신음과 전율이 벽을 타고 흘렀다. 캔디는 일손을 멈추고 조리대에 기대어 서서 귀를 기울였다. 복도에서 질질 끄는 발소리가 들리더니 잠시 후 욕실 문이 열리는 소리가 났다.

새 식구를 맞이하는 일은 늘 힘들다. 흙먼지와 아픈 기억으로 몸과 마음이 지친 상태로 손필드를 찾아오는 여인들에게 안전한 잠자리와 따듯한 음식을 마련해 주는 일은 결코 쉬운 일이 아니다. 하지만 지금껏 이번만큼 긴장되고 힘들었던 적은 없었다. 왜냐하면 이 아이는 다른 누구도 아닌 클렘의 딸이었기 때문이다. 그것도 말을 잃어버린 아이. 게다가 이 아이는 준을 수십 년 동안 알고 지냈던 사람들조차 그 존재를 전혀 몰랐던 준의 손녀였다. "꽃무리가 내 가족이지." 준은 꽃밭에서 일을 하거나 식탁에 둘러앉아 있는 여인들을 향해 두 팔을 펼치면서 종종 이렇게 말하곤 했다.

19) 과일이나 채소에 향신료를 넣어 진한 소스 형태로 만든 것으로, 음식에 발라먹거나 찍어 먹는 양념으로 이용된다.

하지만 이제 준이 일군 새로운 가족에 관한 신화는 허물어지고 말았다. 준의 진짜 가족이 나타났기 때문이다.

앨리스는 샤워할 때 준이 욕실을 나가 주어서 크게 마음이 놓였다. 앨리스는 샤워기를 틀어 놓고 쏟아지는 물방울들을 얼굴로 맞았다. 앨리스는 푹 잠길 수 있는 깊은 물이 그리웠다. 풍덩 뛰어들 수 있을 정도로 깊고, 입술이 얼얼할 정도로 짜고, 눈뿌리가 시원할 정도로 차가운 물이 그리웠다. 하지만 이곳에는 달려갈 수 있는 바다가 없었다. 하지만 강이 있다는 준의 말이 생각나자 어서 강을 찾아 나서고 싶어 온몸이 근질거렸다. 앨리스는 결심했다. '맨 먼저 강부터 찾아야지.' 꼭꼭 닫혀 있던 마음의 문이 살짝 열렸다. 비록 하찮은 것이지만 앨리스에게 기다려지는 것이 생긴 것이다.

앨리스는 손바닥이 말린 자두처럼 쭈글쭈글해지자 비로소 샤워기를 껐다. 타월이 두툼하고 폭신폭신했다. 앨리스는 준이 준 잠옷을 입고 이를 닦았다. 칫솔은 분홍색이고 손잡이 부분에 만화에 나오는 공주 캐릭터가 그려져 있었다. 치약 속에 반짝이는 구슬 같은 알갱이가 가득했다. 알갱이들이 너무 예뻐서 진짜 치약인지 장난감인지 헷갈릴 정도였다. 앨리스는 다 먹은 잼 유리병에 꽂혀 있던 털이 뻣뻣한 자기 칫솔이 생각났다. 그러자 마음속 깊고 어두운 곳이 다시 부풀어 오르면서 눈물이 왈칵 쏟아졌다. 앨리스는 궁금했다. 눈물은 어째서 이렇게 짜며, 또 어째서 울어도 울어도 그치질 않는 것일까? 혹시 몸속 깊은 곳에 바다가 웅크리고 있는 것은 아닐까?

앨리스는 욕실에서 볼일을 마치고 준을 따라 2층으로 올라갔다. 해리가 그 둘 사이를 비집고 나가 앞장서서 달려갔다.

"해리 하는 짓이 약간 어릿광대처럼 보일 테지만, 겉모습에 속지 마." 준이 앨리스에게 윙크하며 말했다. "해리에게는 아주 특별한 능력이 있단다. 해리는 슬픔의 냄새를 맡을 줄 알아."

앨리스는 문간에 멈춰 서서 침대 발치에 자리 잡고 앉아 있는 해리를 바라보았다.

"이곳에서는 사람이든 동물이든 모두 일을 한단다. 그리고 해리가 맡은 일이 바로 그거지. 슬픔에 빠진 사람들을 돌보고 그들이 다시 안정감을 느낄 수 있게 돕는 일." 준은 나긋나긋한 목소리로 말했다. "해리는 암호로 말하기도 한단다. 네가 해리의 도움이 필요한데 해리가 그걸 알아채지 못하는 일이 생기잖아? 그때 그 암호를 사용하면 해리가 곧바로 네가 도움이 필요하다는 걸 알아채는 거지. 너, 그 암호 배우고 싶니?"

앨리스는 엄지손톱 가장자리의 살갗을 꼬집었다. 그리고 고개를 끄덕였다.

"좋았어. 그럼 그게 네가 해야 하는 첫 번째 일이다. 해리와 대화하는 법 배우기. 트윅이나 캔디에게 너한테 가르쳐 주라고 하마."

움츠려져 있던 앨리스의 어깨가 아주 약간 펴졌다. 앨리스에게 할 일이 생긴 것이다.

준이 앨리스의 방 안을 빙 돌면서 커튼을 쳐 주었다. 커튼 자락이 무용수의 드레스처럼 부풀어 올랐다.

"이불 덮어 줄까?" 준이 앨리스의 침대를 가리키며 물었다. 그러고는 "오!" 하고 탄성을 질렀다. 앨리스는 준의 시선을 따라갔다.

앨리스의 베개 위에 작은 직사각형 쟁반이 올려져 있었다. 그 쟁반에는 흰색 설탕 옷에 하늘색 설탕 꽃으로 장식된 컵케이크가 놓여 있고, 컵케이크에 매달린 별 모양의 꼬리표에는 '날 먹어 줘'라고 적혀 있었다. 그리고 그 옆에 앨리스의 이름이 적힌 크림색 봉투가 놓여 있었다.

앨리스의 발에서부터 미소가 몽글몽글 올라와 내면의 응어리와 상처들을 비집고 앨리스의 얼굴 위로 피어올랐다. 앨리스의 양 볼이 발그레 달아올랐다. 앨리스는 침대로 뛰어갔다.

"잘 자라, 앨리스." 준이 문간에 서서 말했다.

앨리스는 살짝 손을 흔들었다. 준이 떠나자마자 앨리스는 편지 봉투를 뜯었다. 봉투 속에 크림색 편지지와 예쁜 손글씨로 쓴 편지 한 장이 들어 있었다.

안녕, 앨리스.

내가 알고 있는 세 가지 이야기를 너한테 해 줄게.

1. 내가 태어났을 때, 누군가(이 '누군가'가 우리 엄마라고 믿고 싶어.)가 이불 대신 파란색 야회복으로 나를 폭 쌌단다.
2. 이 세상에는 한 공주의 이름을 딴 파란색이 있단다. 그 공주는 늘 똑같은 색조의 파란색 드레스를 입고 다녔어. 처음에 그 공주에 관한 이야기를 들었을 때, 난 공주가 내 친구였으면 좋겠다는 생각이 들었어. 엉뚱한 매력이 철철 넘쳤거든. 사람들 앞에서 담배를 피웠고(그 시절엔 여자가 사람들 앞에서 담배를 피운다는 건 있을 수 없는 일이었어.), 정장을 차려입고 선장과 수영장에 풍덩 뛰어들기도 했어. 그리고 종종 보아뱀을 목에 감고 다녔고, 기차를 타고 달리다

가 전신주에 대고 총을 쏘기도 했대.

3. 내가 제일 좋아하는 이야기를 해 줄게. 옛날, 여기서 그리 멀지 않은 어느 섬에 여왕이 살고 있었어. 여왕은 남편이 전쟁에 나가서 돌아오지 않자, 나무에 올라가서 스스로 자기 몸을 나무 기둥에 묶고는 남편이 돌아오기 전까지는 절대 나무에서 내려가지 않겠다고 맹세했어. 여왕은 하염없이 기다리고 기다리다 마침내 서서히 꽃으로 변해 갔어. 여왕이 입고 있던 파란색 드레스의 무늬와 똑같은 모양의 난초로 말이야.

그리고 마지막으로 한 가지 사실을 알려 줄게. 준이 우리한테 병원에 있는 너를 손필드로 데려올 거라고 말씀하시던 날 말이야. 나는 작업장에서 파란숙녀난초[20]로 압화를 만들고 있었어. 파란숙녀난초는 내가 제일 좋아하는 꽃이야. 이 꽃 한복판 색깔이 내가 제일 좋아하는 색이거든. 그 색은 갓난아기였던 나를 감쌌던 드레스의 색깔이고, 엉뚱발랄한 공주가 제일 좋아한 색이지. 그 색이름은 앨리스 블루[21]야.

잘 자고 좋은 꿈 꿔. 내일 아침에 보자.

사랑을 담아,

캔디 베이비

앨리스의 머릿속에서 갓난아기들, 자유분방한 성격의 여인들, 그리고 꽃으로 변하는 파란색 드레스의 이미지들이 가득 떠올랐다. 갑자기

20) '파란여왕난초', '백합난초'라고도 불리는 오스트레일리아의 자생란. 248쪽 참조.

21) 미국 대통령 시어도어 루스벨트의 딸, 앨리스 루스벨트 롱워스의 이름을 따서 지은 색. 앨리스는 '앨리스 공주'라고 불릴 정도로 대중에게 인기가 있었다. 앨리스가 사교계에 데뷔했을 때 그녀의 상징이 된 옅은 파란색 드레스를 주제로 한 노래 〈앨리스 블루 가운〉이 나오기도 했다.

몹시 배가 고파진 앨리스는 컵케이크를 집어 들고 겉에 붙은 유산지를 벗겨 낸 뒤 바닐라 향이 나는 부드러운 케이크를 덥석 베어 먹었다.

앨리스는 파란숙녀난초 압화가 붙어 있는 편지를 품에 안고 달콤한 케이크 부스러기를 얼굴에 묻힌 채 잠이 들었다.

캔디는 오래된 토마토 깡통에 물을 담아 개수대 벽감 안에 있는 허브 화분에 물을 주었다. 상큼한 코리앤더와 바질 향이 피어올랐다. 캔디는 아침 식사를 위해 전기주전자 옆에 머그잔 네 개를 가지런히 세워 놓았다. 맨 앞은 준이 커피 잔이라고 부르길 좋아하는 준의 수프 그릇이고, 그다음은 이가 빠진 법랑질의 캠핑용 컵인데 트윅은 그 잔으로 차를 마시는 걸 좋아했다. 그 옆에는 로빈의 바닐라백합 그림이 그려져 있는 캔디의 도자기 찻잔과 잔 받침이 놓여 있었다. 마지막 네 번째는 작고 수수한 컵이었다. 슬픔에 젖은 아이의 얼굴이 떠오르자 캔디는 천장을 올려다보았다. 캔디는 앨리스가 자기가 만든 컵케이크를 발견하고 맛을 봤을지 궁금했다.

캔디가 마른행주를 걸이에 걸고 있을 때, 준이 아래층으로 내려와서 부엌으로 들어왔다. 가스레인지 후드에 반사된 햇빛이 짙은 그늘이 드리워진 준의 얼굴로 튀어 갔다.

"고마워, 캔디. 컵케이크 말이야. 덕분에 처음으로 아이가 웃는 모습을 봤어." 준이 아래턱을 쓱 닦으며 말했다. "참 신기해." 준은 목멘 목소리로 말을 이었다. "어쩌면 그 둘을 그렇게나 쏙 빼닮을 수 있을까?"

캔디가 고개를 끄덕였다. 사실 캔디가 앨리스를 만날 마음의 준비가 안 된 것도 그 때문이었다. "내일부터 다시 시작하면 돼요. 준, 당신이 늘 우리한테 그러셨잖아요. 안 그래요?"

"하지만 그게 말처럼 쉽지 않지." 준이 중얼거렸다.

캔디는 부엌을 나가면서 준의 어깨를 한 번 꽉 쥐었다가 놓았다. 그리고 자기 방으로 가는 동안 술병을 넣어 두는 찬장 문이 삐걱 열리는 소리를 들었다. 경찰들이 클렘과 아그네스의 부고를 전하고 간 뒤부터 준이 폭음을 해 왔다는 사실을 캔디는 모르고 있었다. 사람들은 각자 다른 방식으로 슬픔의 탈출구를 찾는다. 준은 그 탈출구를 위스키병 바닥에서 찾았다. 캔디는 자기 생모의 경우 야생 바닐라백합이 흐드러진 늪에서 탈출구를 찾으려 했으리라 생각했다. 그리고 자신의 탈출구는 손필드의 부엌이라는 사실을 힘들게 터득했다.

캔디는 방문을 닫고 침대 머리맡 전등을 켰다. 어스름한 불빛이 방 안 전체로 흩어졌다. 캔디가 사랑하는 거의 모든 것이 이곳에 있었다. 커다란 창과 널찍한 창가 자리. 벽에 걸린 트윅의 식물 스케치 액자들. 모두 바닐라백합 그림인데, 액자마다 준과 트윅이 캔디를 늪에서 집으로 데려왔던 날 밤부터 차례로 날짜가 적혀 있었다. 방 한구석에는 요리책이 쌓여 있는 책상과 의자가 있었다. 싱글 침대를 덮고 있는 유칼립투스 나뭇잎 문양의 손뜨개 침대보는 세상을 떠난 꽃무리 중 한 명인 네스가 캔디의 열여덟 살 생일 선물로 손수 떠 준 것이었다. 몇 년 전, 네스가 북부 바나나 재배지에서 집을 샀다며 그림엽서를 보내왔다. 손필드를 찾아온 여인들 중에는 트윅이나 캔디처럼 손필드가 자신들의 영원한 집이라고 생각하는 사람도 있지만, 네스처럼 일정 기간 몸과 정신을 추스르고 살아갈 힘을 얻은 뒤 다시 각자의 삶터를 일구러 떠난 사람도 있었다.

캔디는 침대에 걸터앉아 탁자 서랍을 열고 음식을 만들 때는 늘 벗어 두는 목걸이를 꺼냈다. 그리고 목걸이를 목에 걸고 줄에 달린 펜던트를 불빛에 비추었다. 그것은 바닐라백합 꽃잎을 부채모양으로 펼쳐 누른 다음 그 위에 레진을 부어 굳히고 가장자리를 순은으로 막은 압화 펜던트였다. 준이 캔디의 열여섯 번째 생일에 준 선물이었다. 캔디가 가슴에 사무치는 상실감에서 벗어나려고 달무리가 지던 밤 침실 창문을 넘어 어둠 속으로 빠져나가기 직전에 말이다.

준은 별 모양의 화려한 꽃을 피우는 클레머티스라는 덩굴식물의 이름을 따서 자기 아들을 '클렘'이라고 불렀다. 그리고 바로 그것이 꼬마 숙녀로 커 가는 캔디의 눈에 비친 클렘의 모습이었다. 별처럼 묘한 매력을 지닌 소년. 캔디가 푹 빠져서 정신 못 차리게 만드는 소년. 캔디는 항상 클렘을 졸졸 따라다녔다. 클렘은 그런 캔디가 귀찮아 눈살을 찌푸리면서도 캔디가 따라오고 있는지 확인하려고 틈틈이 어깨너머로 돌아보곤 했다.

캔디는 창가로 가서 꽃밭으로 이어진 조붓한 길에 눈길을 던졌다. 그 길은 덤불숲을 통과해서 강까지 이어져 있었다. 준은 캔디가 앨리스 나이쯤 되었을 때 처음으로 캔디 혼자 강에 가는 것을 허락해 주었다. 캔디는 숲속으로 구불구불 이어진 오솔길을 저 혼자 달리고 있다고 생각했지만 그건 착각이었다. 클렘이 캔디 혼자 모험을 하도록 내버려 둘 리가 없었다. 캔디가 강가에 다다랐을 때, 강 위로 뻗은 유칼립투스 가지에 묶인 밧줄을 타고 있던 클렘이 휙 몸을 날려 강물 속으로 풍덩 빠졌다. 캔디는 소스라치게 놀라며 비명을 질렀다. 캔디가 다시 정신을 차리자 클렘은 거대한 유칼립투스 나무가 서 있는 빈터에 나뭇가지와 막대기와 나뭇잎으로 직접 지은 장난감 집으로 캔디를 데리고 갔다. 그 안에서 클렘이 웬디가 피터팬의 몸에 그림자를 꿰매 달아 주는 장면이 그려진 삽화를 어루만지며 책을 읽어 주는 동안, 캔디는 클렘과 무릎이 닿을 정도로 가까이 앉아 그 이야기를 들었다.

"캔디, 너랑 나랑도 이런 식으로 서로 꿰매어져 있어. 그리고 우리 절대 어른으로 자라지 말자." 클렘이 말했다. 그러고는 주머니칼을 획 펼쳐서 말했다. "맹세해."

캔디는 자신의 부드러운 손바닥을 클렘에게 건네주며 말했다. "응, 맹세해." 그리고 다음 순간 날카로운 고통에 숨을 헐떡였다.

"피의 약속." 클렘은 칼끝으로 제 손바닥을 그으면서 말했다. 그러고는 제 손바닥을 캔디의 손바닥과 마주 대고 손깍지를 끼었다.

캔디는 손바닥에 난 작고 희미한 흉터를 손끝으로 어루만졌다. 캔디가 자라는 내내 클렘은 캔디의 하늘 가장 높은 곳에서 가장 밝게 빛나는 별이었다. 하지만 캔디가 열넷 그리고 클렘이 열여섯 되던 해, 구세군이 아그네스 아이비를 손필드로 데려온 날 모든 것이 바뀌어 버렸다. 그날 이후 클렘은 핼쑥하고 우울해졌고, 클렘의 시선은 캔디에게 더는 쏠리지 않았다. 그의 눈은 아그네스에게 꽂혀 있었다. 아그네스는 캔디처럼 고아에다 나이도 같았다. 아그네스는 《이상한 나라의 앨리스》의 한 장면처럼 머리에 골든와틀 가지를 꽂고 있었다. 그리고 아그네스의 그 크고 깊은 눈망울은 마치 그림 속 모델의 눈처럼 모든 사람을 보고 있는 것만 같았다. 준은 곧바로 아그네스에게 일자리를 마련해 주었고, 아그네스는 사생결단을 낼 듯 일에 덤벼들었다. 새벽부터 저녁까지 꽃밭에 나가서 손에 물집이 생기고 그 물집이 터져서 피가 날 때까지 일했다. 그리고 막대기처럼 가녀린 팔이 부서져라 꽃밭에서 잘라 낸 꽃들을 양동이에 가득 담아서 작업장으로 날랐다. 아그네스는 얼굴을 찡그리며 《손필드 사전》을 공부했고, 밤이면 종탑 방의 창턱에 앉아 달님을 향해 지금까지 배운 꽃말들을 조용히 읊조렸다. 캔디는 아그네스를 따라다니기 시작했다. 아그네스가 일하는 동안 그 주위를 그림자처럼 맴돌며 클렘이 자기보다 더 사랑하는 그 소녀를 관찰했다. 어느 날 캔디는 강으로 가는 아그네스를 뒤따라가서 덤불 속에 숨어 지켜보았다. 아그네스는 펜을 꺼내서 자기 살갗에, 양팔과 양다리에 빼곡히 이야기를 적고 있었다. 그러고 나서 옷을 훌훌 벗고는 살갗에 쓴 글씨가 깨끗이 씻길 때까지 초록빛 강물 속에서 헤엄쳤다. 그때 근처에서 잔가지가 뚝 부러지는 소리가 났고, 클렘이 그늘에 숨어서 마치 땅에 떨어진 별을 발견한 표정으로 아그네스를 지켜보는 모습이 캔디의 눈에 들어왔다. 클렘이 거대한 유칼립투스 나무 몸통에 자기 이름과 아그네스 이름을 조각하는 모습을 보았을 때, 캔디는 클렘의 마음이 자기한테서 완전히 떠났음을 깨달았다. 그 순간부터 캔디가 할 수 있는 일은 아그네스의 마법에 빠진 손필드의 다른 모든 사람처럼 속수무책으로 그 둘을 지켜보는 수밖에 없었다. 아그네스로 인해 클렘의 내면에 있는 어떤 잔인한 측면이 깨어난 것만 같았다. 클렘은 캔디를 예전처럼 대하지 않았다.

클렘과 아그네스가 손필드를 떠났을 때, 난폭했던 클렘의 분노와 느닷없는 클렘의 부재가 캔디의 삶 한복판을 갈가리 찢어 놓았다. 절망과 비탄에 휩싸인 캔디는 거대한 유칼립투스 나무에서 아그네스의 이름을 미친 듯이 긁어냈고, 그 결과 손톱에 지저깨비가 박혀 한 달이나 앓아야 했다. 하지만 마음속 고통은 그 무엇으로도 가라앉힐 수 없었다. 심지어 손필드에서 도망쳐 보기도 했지만 아무 소용이 없었다.

손필드에서 도망쳤던 그날 밤의 기억은 캔디의 육신에 아직도 또

렷이 새겨져 있었다. 기다리고 있겠다는 연인의 약속에 홀려서 달밤에 덤불숲을 통과해서 포장도로로 뛰어갈 때 활활 타던 두 다리는 아직도 욱신거리는 것 같았다. 학교를 마치고 집으로 걸어가던 캔디 바로 옆에 그 남자가 차를 세웠던 날 이후로 캔디는 밤마다 몰래 읍내로 빠져나가 그 남자를 만났다. 남자는 캔디에게 보드카와 담배를 주면서 자기 고향은 해안에 있는 낙원 같은 곳이라고 했다. 지금 고향으로 돌아가는 길이라며 캔디도 같이 가자고 꼬드겼다. 거기 가면 캔디에게 바다 수영도 가르쳐 주고, 캔디만의 정원이 있는 예쁜 집도 장만하겠다면서. 캔디는 그날 밤 도로 위에서 그를 만났을 때 짜릿한 해방감에 취했다. 캔디가 차에 올라타자마자 남자는 액셀러레이터를 힘껏 밟았고, 그 둘은 창백한 은빛 밤 속으로 질주했다. 클렘의 부재가 더는 캔디를 괴롭히지 않는 곳을 향해서. 하지만 불과 몇 개월 후 캔디는 입고 있는 무명 원피스와 목에 걸고 있는 바닐라백합 펜던트 말고는 휴지 한 장 손에 쥐지 않은 채로 혼자 손필드 진입로로 터벅터벅 걸어왔다. 준과 트윅은 앞쪽 베란다에 앉아 있었다. 캔디를 맞이한 두 사람은 의자 하나를 더 가지고 와서 캔디를 앉혔다. 그리고 아무 말도 하지 않았다. 캔디의 방은 캔디가 떠나던 날과 똑같은 모습이었다. 캔디는 자기 방이 조금도 변하지 않았다는 사실에 와르르 무너졌다. 준과 트윅은 캔디가 바보짓을 하고 있으며, 결국에는 돌아오리라는 것을 알고 있었던 것이다. 캔디가 슬픔에서 도망치려고 미련한 짓을 저지르리라는 것을 두 사람은 미리 알고 있었던 것이다.

캔디는 다시 천장을 올려다보았다. 혼자만의 기억 속에 갇힌 채 자기 인생에서 일어난 일을 이해하려 애쓰고 있는, 말을 잃은 아그네스와 클렘의 딸 앨리스를 생각하면서. 준이 트윅에게, 클렘이 앨리스가 의식을 잃을 정도로 때렸으며 임신한 아그네스의 몸에도 시퍼렇게 구타당한 흔적이 있었다는 얘기를 해 줄 때 캔디는 그 얘기를 엿듣고 있었다. 인간이 얼마나 비겁하면 그런 짓을 저지를 수 있을까? 대체 클렘은 어떤 끔찍한 짐승이 되어 버렸단 말인가? 그리고 클렘의 핏덩이 아들, 앨리스의 남동생은 어떻게 되었을까?

캔디는 그런 질문들을 떨쳐 버렸다. 엄지손가락으로 펜던트를 더듬으며 바닐라백합의 꽃말에 집중했다. *사랑의 전령사.* 준의 할머니인 루스 스톤이 19세기에 가뭄으로 굳어진 땅을 화훼농장으로 일군 이래 손필드의 모토는 늘 한결같았다. '야생화가 피는 곳.' 그것은 캔디를 비롯하여 안전한 삶을 위해 준을 찾아온 다른 모든 여인이 믿고 있는 단 하나의 진실이었다.

캔디는 앨리스가 어디에서 왔든 지금까지 무슨 일을 겪었든, 그런 건 이제 중요한 것이 아니라고 결론을 지었다. 그리고 잠자리에 들 채비를 하며 곰곰이 생각했다. 어떻게 하면 앨리스가 앞으로 이곳이 자기가 살 집이라고 느끼게 할 수 있을까? 아무리 짧은 순간이라 할지라도, 아무리 사소한 일이라 할지라도.

Violet nightshade 보라까마중

매혹, 마술

Solanum brownii | 오스트레일리아 뉴사우스웨일스

가짓과에 속하며, 독성이 나타나기도 한다.
민속학에서는 죽음이나 유령과 관련 짓는다.
학명은 '진정하다, 위안을 주다'라는 뜻의
라틴어 'solamen'에서 나왔으며,
실제로 일부 종은 마약성 식물로 분류되기도 한다.
나비 혹은 나방 유충의 먹이로 이용된다.

앨리스는 헛구역질하며 침대에서 벌떡 일어났다. 온몸이 식은땀으로 축축했다. 꿈속에서 불의 밧줄이 앨리스의 목을 졸랐다. 시뻘겋게 달아올랐던 얼굴이 차츰 식어 가자 앨리스는 다시 축축한 베개 위로 쓰러졌다. 그러고는 침대 탁자로 손을 뻗어 캔디의 편지를 펼쳐서 물결 모양 같은 글씨를 어루만졌다. 방금 꾼 악몽은 여태 꾸었던 꿈과 달랐다. 불이 파란색이었다. 앨리스와 이름이 같은 색. 캔디의 머리카락색. 그리고 기다림에 지쳐 난초로 변한 여자의 드레스색.

앨리스는 눈물을 삼키려 애썼지만, 눈물은 아랑곳없이 줄줄 흘러내리며 해리에게 휘파람 같은 신호를 보냈다. 해리가 목줄을 딸랑거리며 앨리스의 침실 안으로 타박타박 걸어 들어와서 축축한 코를 앨리스의 무릎 맨살에 디밀었다. 앨리스는 해리의 거대한 몸집만으로도 위안을 얻었다.

앨리스는 두 눈을 감고 손가락으로 눈이 아플 때까지 꾹 눌렀다. 다시 눈을 뜨니 눈앞은 새까만 별들로 가득했다. 이윽고 새까만 별들이 걷혔을 때, 그사이 누군가가 방에 들어와서 옷가지와 아침 식사가 담긴 쟁반을 책상 위에 두고 갔다는 것을 알아챘다. 해리가 앨리스의 옆얼굴을 핥았다. 앨리스는 해리에게 살며시 미소를 지으며 일어났다.

반바지와 티셔츠가 의자 등받이에 걸쳐져 있었다. 양말과 팬티는 잘 개어진 채로 책상 위에 올려져 있었고, 부츠는 방바닥에 가지런히 놓여 있었다. 챙 넓은 모자도 있었고, 꽃무리가 두르고 있는 것과 똑같은 작은 앞치마도 있었다. 앞치마 호주머니에 앨리스의 이름이 하늘색 실로 수놓아져 있었다. 앨리스는 캔디가 제일 좋아하는 이야기에 나오는 여왕이 입었던 드레스색이 바로 그 색일 것 같았다. 사랑하는 사람이 돌아오기를 너무나 오랫동안 기다리면 다른 것으로 변해 버릴 수 있다는 생각을 하자 머리가 지끈거렸다.

앨리스는 쟁반에 놓인 복숭아 조각 하나를 집어서 입에 쏙 넣었다. 달콤한 과즙이 닿자 입안이 아렸다. 한 조각 더 입에 넣은 다음, 손을 잠옷 끝자락에 닦고는 티셔츠를 집어 들었다. 면 티셔츠였는데 마치 누군가가 이미 수천 번 입은 것처럼 부들부들했다. 앨리스의 엄마도 그와 똑같은 헐렁한 티셔츠를 입곤 했었다. 앨리스는 엄마가 오래 입어서 엄마 냄새가 가득 밴 티셔츠를 입고 자는 걸 좋아했다.

"잘 잤니?"

준이 문간에 서 있었다. 해리가 행복한 표정으로 코를 킁킁댔다. 앨리스는 머리카락을 앞으로 늘어뜨려 얼굴을 가리고 있었다. 준이 침대보를 벗겨서 아무 말 없이 방을 나가는 동안에도 앨리스는 꼼짝하지 않고 머리카락을 그대로 늘어뜨린 채로 있었다. 잠시 후, 준이 새 침대

보를 들고 살짝 숨 가빠 하며 계단을 올라왔다. 수치심에 앨리스의 얼굴이 벌겋게 달아올랐다. 해리가 앨리스 옆에 몸을 기댄 채 앨리스의 뺨에 흐르는 눈물을 핥았다. 준이 앨리스 곁에 쪼그려 앉았다. 고개 숙인 앨리스의 눈에 준의 동그란 무릎이 보였다.

"앨리스, 처음이라 그렇지 시간이 지나면 괜찮아질 거야." 준이 말했다. "내 말 믿어. 네 마음이 아프다는 거 나도 잘 알아. 지금은 모든 게 낯설고 두려울 거야. 하지만 우리가 너를 보살펴 줄게. 네가 기회를 준다면 말이야."

앨리스는 고개를 들고 준을 쳐다보았다. 처음으로 준의 눈이 까마득히 멀게 느껴지지 않았다. 지금은 머나먼 수평선이 아니라 앨리스 바로 앞에서 온전히 앨리스에게 집중하고 있었다.

"지금은 모든 게 이상하고 끔찍할 거야. 하지만 시간이 지날수록 점점 더 좋아지게 될 거다. 이곳에 있으면 넌 안전해. 알겠니? 이제 더는 나쁜 일이 일어나지 않을 거야."

앨리스는 더는 준을 쳐다볼 수 없었다. 심장 소리가 점점 더 빨리 귀청을 두드리고 있었다. 앨리스는 두 눈을 꽉 감았다. 숨쉬기가 점점 더 힘들어졌다.

"앨리스? 괜찮니?" 마치 준이 차츰 멀어지고 있는 것처럼 목소리가 희미하게 들리기 시작했다. 해리가 컹컹 짖으며 그들 주위를 서성거렸다.

앨리스는 머리를 흔들었다. 기억의 파편들이 앨리스의 머릿속으로 쏟아져 들어왔다. 손필드에 오기 전, 병원에 입원하기 전, 재와 연기가 피어오르기 전, 아니 그보다 더 오래전으로 거슬러 올라가서…….

아버지의 창고 안.

꽃들 든 한 여인과 한 소녀의 나무조각상들.

준의 입술이 계속 움직였으나 앨리스의 귀에는 준의 목소리가 잘 들리지 않았다. 모든 소리가 웅웅거렸다. 마치 물속에 가라앉았다 떠올랐다 하며 일렁이는 수면을 통해 준을 올려다보고 있는 것처럼, 준의 얼굴이 또렷해졌다 일그러졌다 하며 물결처럼 일렁거렸다.

앨리스는 준을 예전에 본 적이 있었다.

준의 표정, 준의 머리 모양, 준의 몸짓, 준의 미소…….

앨리스는 숨을 헐떡였다.

준은 앨리스의 아버지가 창고에서 수십 번이나 반복해서 조각하고 또 조각했던 그 여인이었다.

준은 현관문 옆에 있는 갈고리에서 아쿠브라를 휙 벗겨 내서 머리에 눌러쓰고, 보조 수납장에서 자동차 열쇠를 집어 들었다. 그러고는 집 밖으로 나가 앞 베란다 계단을 서둘러 내려간 뒤, 아침 햇살에 눈이 부셔 얼굴을 찡그리며 트럭으로 성큼성큼 걸어갔다. 자동차 문을 확 열자마자 준은 비명을 내질렀다. 해리가 차 안에 앉아 있었다. 조금 전까지만 해도 위층 앨리스 방에 있던 녀석이 어느 틈에 차 안에 들어가서 차렷 자세로 꼬리를 발 주위에 두르고 앉아 준을 빤히 쳐다보고 있었다.

"해리, 너 탈옥의 명수구나. 어떻게 넌 단 하루도 나를 놀라게 하지 않는 날이 없니." 준이 중얼거리며 해리의 귓바퀴를 헝클어트렸다. 준은 트럭에 올라타면서 조금 전 앨리스의 얼굴에 스치던 표정을 떠올리며 식은땀을 흘렸다. 아이의 눈동자는 '당신이 누구인지 이제야 알 것 같아.'라는 깨달음으로 크게 흔들렸다. 준은 손이 너무 떨려 세 번 만에 겨우 자동차 키를 끼워 시동을 걸었다. 준은 호주머니를 뒤져서 휴대용 술병을 꺼내 재빨리 한 모금 들이켰다.

"준!" 트윅이 현관문 앞에서 소리쳐 불렀다.

준은 재빨리 휴대용 술병을 호주머니에 집어넣었다. 위스키가 식도를 태우며 목을 타고 넘어갔다.

트윅이 허둥지둥 트럭으로 달려와 차 창문 옆에 서서 기다렸다. 두 사람은 앨리스가 온 뒤로 한 번에 두 마디 이상 말을 나눈 적이 없었다. 준은 트윅과 또다시 한바탕 언쟁을 벌일 각오를 하며 긴장하고 있었다. 둘 사이에서 계속되는 논쟁은 오랜 우정이 끝장날 것인가 아니면 그것으로 더욱더 공고해질 것인가 하는 극단의 양상으로 전개되고 있었다. 두 사람은 고질적인 문제로 수십 년간 갈등 관계에 있었지만, 여전히 그 누구보다도 특별하고 끈끈하게 협력해 오고 있었다. 가족이란 게 원래 그렇듯이.

준이 차 창문을 내리자마자 트윅이 갑자기 뒤로 훽 물러섰다. 준은 박하사탕을 먹지 않은 자신에게 화가 났다.

잠시 뒤에 트윅이 차분한 목소리로 말했다. "아이는 괜찮아요. 지금 캔디와 응접실에서 쉬고 있어요."

준이 고개를 끄덕였다.

"그 병원에 전화했더니……."

"물론 그랬겠지." 준이 비웃듯 말했다.

트윅은 준의 말을 무시하며 말을 이었다. "브룩이, 그 간호사 말이에요, 공황장애 같다고 하더라고요. 앨리스는 휴식과 친구와 각별한 보살핌이 필요해요. 그리고 심리 상담도 받아 볼 필요가 있어요." 트윅이 앞으로 다가와서 창턱에 두 손을 올려놓으며 말했다. "앨리스는 자기 얘기를 들어줄 사람이 필요해요."

준이 머리를 절레절레 내저었다.

"세상 누구나 소속감을 느낄 수 있는 장소와 사람이 필요한 법이죠." 트윅의 목소리가 트럭 엔진 소리에 묻혀 간신히 들렸다.

준이 능글맞은 미소를 지었다. 트윅이 한 말은 수십 년 전에 트윅이 맨 처음 손필드에 왔을 때 준이 해 줬던 말이었는데, 지금 트윅이 그 말을 고스란히 준에게 되돌려 주고 있는 것이다. 준이 기어를 바꾸었다. 그 장단에 춤을 출 준이 아니었다.

"나 지금 아이의 입학 수속을 밟으러 가는 길이야. 아이가 소속감을 느낄 수 있는 곳이 학교 말고 또 어디겠어?" 준이 딱 부러지게 말했다. 트윅이 멍한 표정으로 뒤로 휙 물러났다.

준은 트럭을 몰고 가는 동안 트윅이 한 말을 곱씹어 보았다. 살갗에 소름이 돋았다. '대체 트윅은 무슨 생각을 하는 걸까? 내 아들의 딸에게 무슨 책임감이라도 느끼고 있는 걸까? 자기가 뭔데? 형식적 가족일 뿐 피를 나눈 혈육도 아니면서.'

그 순간 아침에 앨리스의 눈동자에 어리던 표정이 또다시 준의 머릿속에 떠올랐다. '앨리스는 어떻게 나를 예전부터 알고 있었을까?'

앨리스는 창가 소파에 앉아서 차츰 멀어지는 준의 트럭 소리를 들었다. 그러고 나서 골똘히 자기가 알고 있는 정보의 조각들을 꿰맞춰

보았다. 아버지의 창고에 있던 나무조각상들은 다름 아닌 준의 조각상이었다. 준은 앨리스의 할머니이기 이전에 아버지의 어머니였다. 그렇다면 왜 앨리스는 지금껏 준을 만난 적이 한 번도 없었을까? 무엇보다 아버지는 자기 어머니 준을 미워하지 않았던 게 분명하다. 만일 미워했다면 그 많은 시간과 공을 들여서 준을 조각하지 않았을 테니까. 앨리스는 한숨을 쉬며 소파에 몸을 깊숙이 파묻었다. 까치 울음소리가 창가를 맴돌았다. 앨리스는 눈을 감고 귀를 기울였다. 대형 괘종시계가 똑딱똑딱 울렸다. 앨리스의 심장박동도 그 소리에 맞춰 천천히 뛰었다. 앨리스의 호흡도 고르고 부드러웠다.

준이 외출하기 전 앨리스를 아래층에 있는 트윅에게 맡겼을 때, 트윅은 앨리스에게 달콤한 차 한 잔을 만들어 주었다. 그 차를 마시자 마치 한낮 땡볕 아래에 있는 초콜릿처럼 온몸이 녹아내리는 것 같았다. 눈꺼풀이 스르르 감겼다. 다시 눈을 뜨니 트윅은 보이지 않았다. 그 대신 캔디 베이비가 앨리스 앞에 앉아 있었다. 캔디의 긴 파란색 머리카락이 마치 솜사탕처럼 너울거렸다.

"여, 스위트피.[22]" 캔디가 씩 웃으며 말했다.

앨리스는 캔디의 머리카락, 입술에서 반짝이는 립글로스, 손톱 끝부분이 떨어져 나간 민트색 매니큐어, 그리고 귓불에 붙어 있는 컵케이크 모양의 에나멜 귀걸이를 넋을 잃고 바라보았다.

"얼굴색이 돌아와서 기쁘구나, 작은 꽃." 캔디가 이렇게 말하며 앨리스의 손을 꽉 쥐었다. 앨리스는 어떻게 대응해야 할지 몰라 그냥 계속 캔디를 빤히 쳐다보고만 있었다. 캔디가 말을 이었다. "지금 비스킷을

22) 하양, 분홍, 자주, 보라 색조의 옅은 색 꽃을 피우는 콩과 식물로, 향수의 원료로 사용될 만큼 향이 좋다. 서양에서는 연인 사이에 부르는 다정한 호칭으로 쓰인다.

굽는 중이야. 오전 티타임 때 내가려고. 하지만 그 전에 누가 비스킷 맛 좀 봐 줬으면 좋겠는데, 네가 좀 도와줄래?"

앨리스가 격하게 고개를 끄덕이자 캔디가 갑자기 푸하하 웃음을 터트렸다.

"오, 어디 보자." 캔디가 앨리스의 머리카락을 귀 뒤로 넘기며 말했다. "내가 손필드에서 본 것 중에서 가장 사랑스러운 미소네." 지금까지 앨리스에게 미소가 사랑스럽다고 말해 준 사람은 엄마밖에 없었다.

앨리스는 비스킷을 기다리는 동안 손가락으로 제 배를 도닥도닥 두드렸다. 창문에 걸려 있는 커다란 열대식물 잎사귀 모양의 조각보를 통해 환한 햇살이 들이쳤다. 담배 냄새와 달콤한 시럽 향이 섞인 냄새가 부엌에서 풍겨 나왔다. 이따금 캔디의 콧노래 소리가 응접실까지 들려왔다.

이윽고 경쾌한 발소리가 강한 시럽 향을 몰고 응접실로 다가왔다. 앨리스는 일어나려고 버둥거렸다.

"아니, 아니, 그냥 가만히 있어, 스위트피." 캔디가 작은 탁자를 소파 앞으로 끌고 와서 그 위에 앤잭비스킷 접시와 차가운 우유 한 컵을 올려놓았다. "편히 앉아서 비스킷 맛 좀 봐 줘." 앨리스가 방금 오븐에서 꺼낸 따끈따끈한 앤잭비스킷 하나를 집어 들었다. 그러고는 엄지와 검지로 비스킷 끝부분을 눌러 보았다. 단단했다. 그런 다음 비스킷 가운데 부분도 눌러 보았다. 늘큰늘큰했다. 앨리스는 눈을 동그랗게 뜨고 캔디를 쳐다보았다.

"그래, 그거지. 겉은 바삭바삭, 속은 쫄깃쫄깃. 비스킷은 그 맛에 먹는 거지!" 캔디가 고개를 주억거리며 말했다. 바로 그 순간 앨리스는 캔디를 사랑하게 되었다. 앨리스는 입을 한껏 벌려 비스킷을 덥석 베어 먹었다.

"볼이 빵빵하네, 주머니쥐처럼." 캔디가 말했다.

그때 스크린도어가 휙 열리더니 부츠 밑창이 현관 앞에 깔린 큼지막한 매트 위를 스치는 소리가 들렸다. 잠시 후, 트윅이 미간을 잔뜩 찡그린 채 응접실로 들어왔다. 앨리스와 캔디를 보자마자 트윅의 얼굴이 확 펴졌다.

"딱 맞춰서 오셨네요, 트윅 데이지." 캔디가 비스킷 접시를 내밀며 말했다. 트윅이 한쪽 눈썹을 추켜올리며 '먹어 볼까?'라는 표정으로 앨리스를 쳐다보았다. 앨리스가 수줍은 미소를 머금으며 고개를 끄덕였다.

"앨리스가 먹어 보라는데, 내가 어떻게 거절할 수 있겠어?" 트윅이 접시에서 비스킷 하나를 집었다. 그리고 한 입 베어 물자마자 낮게 탄성을 질렀다. "캔디, 넌 연금술사야."

연금술사. 앨리스는 나중에 사전에서 이 말뜻을 찾아보리라 마음먹었다.

"꿀을 넣은 카모마일차, 효과가 좋은 것 같아. 어떠니? 기분이 좀 나아졌니?" 트윅이 앨리스에게 따스한 미소를 지으며 물었다. 앨리스가 고개를 끄덕였다. "그래, 다행이구나."

"준은 어디 가셨어요?" 캔디가 트윅에게 물었다. 하지만 이내 '아차' 하는 후회의 표정이 캔디의 얼굴에 어렸다.

"준은, 어, 읍내에 가셨어. 몇 가지 처리해야 할 일이 있어서." 트윅은 캔디에게 날카로운 눈길을 보내고는 곧바로 화제를 돌렸다. "오전 티타임 준비는 다 됐어? 꽃무리 불러와도 돼?"

캔디가 고개를 끄덕였다. "커피랑 찻주전자, 그리고 비스킷을 뒤 베란다에 차려 놓았어요. 준비 끝."

"좋았어. 그럼 내가……." 타이어가 진입로의 자갈돌을 뭉개는 소리와 함께 자동차 경적이 울리자 트윅이 말을 멈췄다. 그러고는 목을 쭉 빼고 창밖을 내다보았다.

"보리야나가 임금을 받으러 왔네. 비스킷 하나 갖다 줘도 되지?" 트윅이 접시에서 비스킷 두 개를 집더니 다시 한 개를 더 집어서 이 사이에 물고는 싱긋 웃었다. 그러고는 현관 쪽으로 나가나 싶더니 이내 부츠를 신고 돌아와서 말했다. "세상에, 정말 끝내주게 맛있어, 캔디. 꽃무리한테 차 마시러 올라오라고 할게." 캔디가 고개를 끄덕이자 트윅이 돌아서려다 말고 다시 말했다. "아, 그리고 앨리스한테 작업장 구경 좀 시켜 주지 그래? 앨리스가 좋다면 말이야. 꽃무리가 차 마실 시간에 돌아보면 좋잖아? 그럼 이따 봐요, 아가씨들." 트윅은 손을 흔들며 밖으로 나갔다.

"보리야나도 꽃무리인데, 여기서 살지 않는 유일한 회원이야." 캔디가 설명했다. "마을 반대쪽에서 아들과 함께 살면서 매주 손필드에 와서 청소하고 정돈하는 일을 해. 아주 멋진 불가리아인이야."

앨리스는 '불가리아인'이 무슨 뜻인지 궁금했다. 어쩌면 꽃 종류일지도 몰랐다.

"그럼, 이렇게 하자. 내가 뛰어올라 가서 네 부츠랑 옷가지랑 챙겨서 내려올게. 그런 다음 작업장을 둘러보러 가는 거야. 어때? 네가 괜찮다면 보리야나도 소개해 줄게."

앨리스는 고개를 끄덕였다. 캔디 베이비와 함께라면 앨리스는 무엇이든 기꺼이 할 준비가 되어 있었다.

캔디가 위층에 올라가 있는 동안 앨리스는 '불가리아인'처럼 생긴

게 무엇인지 보려고 창가로 걸어갔다. 낡고 허름한 차 옆에서 트윅과 이야기를 나누고 있는 사람은 검은 머리를 길게 기르고 입술에 새빨간 립스틱을 바른, 튼튼한 구릿빛 팔을 가진 여인이었다. 두 사람은 호탕하게 웃고 있었다. 하지만 앨리스의 눈길을 끈 것은 그 여인이 아니라 차 앞좌석에 앉아 있는 한 소년이었다.

앨리스는 남자아이를 그렇게나 가까이서 본 건 난생처음이었다.

앨리스가 볼 수 있는 건 소년의 옆모습뿐이었는데 그마저도 덥수룩한 밀짚색 머리카락에 가려져 있었다. 소년은 머리카락을 얼굴에 드리우고 있었다. 오늘 아침 앨리스가 그랬듯이. 소년의 시선은 아래쪽, 손에 들고 있는 무언가에 향해 있었다. 앨리스는 소년의 눈이 어떻게 생겼을까 궁금했다. 소년이 자세를 바꾸면서 손에 들고 있던 것을 차 창문턱에 올려놓았다. 그건 책이었다!

그때, 소년이 마치 두근대는 앨리스의 심장 소리를 듣기라도 한 듯 고개를 들고 앨리스를 똑바로 바라보았다. 이상한 느낌이 앨리스의 온몸을 타고 흘렀다. 마치 그 자리에 얼어붙어 버린 것처럼 팔다리가 움직이지 않았다. 앨리스도 창문 뒤에서 소년을 똑바로 바라보았다. 소년이 천천히 한 손을 들어 올리더니 앨리스에게 흔들었다. 그랬다. 소년이 손을 흔들고 있었다. 얼떨떨해진 앨리스는 저도 모르게 소년에게 손을 흔들었다.

"준비됐니?"

앨리스가 홱 돌아섰다. 캔디가 앨리스의 겉옷을 팔 밑에 낀 채 앨리스의 파란색 부츠 끈을 손가락으로 잡고서 시계추처럼 흔들고 있었다. 앨리스는 고개를 내저었다. 기분이 이상했다. 마치 누군가가 앨리스의 몸속에 있는 것들을 죄다 밖으로 끄집어냈다가 다시 뒤죽박죽 아무렇게나 쑤셔 넣은 것만 같았다.

"앨리스, 왜 그래?" 캔디가 앨리스 곁으로 다가오며 물었다. 앨리스가 창문을 향해 돌아서서 손으로 창밖을 가리켰다. 하지만 보리야냐는 이미 소년과 함께 자욱한 먼지 속으로 사라지고 없었다.

"아, 걱정하지 마. 스위트피. 보리야냐는 곧 다른 기회에 만나게 될 거야."

앨리스는 손바닥으로 유리문을 누르고 서서 진입로의 먼지가 가라앉는 것을 지켜보았다.

앨리스는 캔디를 따라 꽃무리가 사는 기숙사를 지나서 작업장으로 걸어갔다. 넝쿨이 빽빽이 뒤덮여 있는 작업장 출입문에 다다르자, 캔디는 넝쿨 가지를 옆으로 치우고 호주머니에서 열쇠를 꺼내 자물쇠를 열었다.

"준비됐어?" 캔디는 씽긋 웃으며 묻고는 작업장 문을 벌컥 열었다.

둘은 문간에 서서 작업장 내부를 바라보았다. 아침 햇살이 그들의 등을 따듯하게 데웠으나 작업장 안의 에어컨 냉기가 확 끼치자 앨리스는 갑자기 소름이 돋았다. 앨리스는 손을 흔들던 소년을 떠올리며 손으로 팔을 비볐다.

"웬 한숨이야? 괜찮니?" 캔디가 한쪽 눈썹을 추켜올린 채 앨리스를 쳐다보며 물었다.

앨리스는 말을 하고 싶었지만 입에서 나오는 것은 또 다른 한숨뿐이었다.

"때로 사람들은 말을 지나치게 중요하게 생각하는 경향이 있어." 캔디가 앨리스의 손을 잡으며 말했다. "안 그러니?"

앨리스가 고개를 끄덕였다. 캔디가 앨리스의 손을 한 번 꽉 쥐었다가 놔주었다.

"자, 어디 한번 둘러볼까?" 캔디가 문을 열어젖히며 말했다.

둘은 안으로 들어갔다. 맨 먼저 벤치들과 쌓아 놓은 양동이들, 그리고 한 줄로 늘어서 있는 개수대들이 눈에 들어왔다. 한쪽 벽에는 냉장고들이 일렬로 쭉 붙어 있었다. 연장, 차광용 천 두루마리, 다양한 병과 스프레이 등을 보관하는 선반들도 있었다. 벽에 달린 고리마다 챙 넓은 모자, 앞치마, 원예용 장갑 등이 걸려 있었다. 그 아래로 고무장화들이 마치 보이지 않는 병정 요정들이 차렷 자세로 서 있는 것처럼 한 줄로 늘어서 있었다. 벤치 쪽을 돌아보니 벤치 하단에 설치된 선반마다 통과 용기 들이 꽉 들어차 있었다. 작업장 안은 구수한 흙내음으로 가득했다.

"밭에서 딴 꽃을 모두 이곳으로 가져온단다. 그리고 시장에 내가기 전에 한 송이 한 송이 빠짐없이 검사하지. 완벽하지 않으면 절대 내보내지 않아. 전 세계에서 주문을 받는단다. 가까운 도시뿐만 아니라 먼 나라에 있는 꽃집, 슈퍼마켓 그리고 주유소와 꽃시장으로도 배송되지. 그런 다음 어여쁜 신부들과 과부들 그리고…… 새엄마들의 손에까지 전달되지." 마지막 부분에서 캔디의 목소리가 흔들렸다. 캔디가 벤치 하나를 손으로 쓰다듬으며 말을 이었다. "정말 마법 같지 않니, 앨리스? 사람들이 말로는 할 수 없는 얘기를 우리가 여기서 키우는 꽃들이 대신 전해 줄 수 있다는 사실 말이야."

앨리스는 캔디를 흉내 내며 작업대 표면을 어루만지며 천천히 걸어갔다. 말 대신 꽃을 보내는 사람들은 어떤 사람들일까? 꽃이 어떻게 말 대신 얘기를 전할 수 있을까? 만약 앨리스가 가진 동화책 중 하나가 글자가 아니라 꽃으로 이루어져 있다면 그 책은 어떤 모양일까? 앨리스의 엄마에게 꽃을 보낸 사람은 아무도 없었다.

앨리스는 쭈그리고 앉아 벤치 밑에 있는 절삭 도구와 노끈 뭉치가 담긴 통과 갖가지 색깔의 매직펜이 담긴 작은 양철통들을 살펴보았다. 그리고 거기서 파란색 매직펜 하나를 집어 들어서 뚜껑을 열고 냄새를 맡았다. 앨리스는 그 매직펜으로 손등에다 '나'라고 썼다. 그리고 잠시 뒤에 그 옆에다 '여기 있어'라고 적었다. 그때 캔디가 다가오자 앨리스는 얼른 글자들을 문질러 지웠다.

"여, 앨리스 블루." 캔디가 앨리스 옆에 있는 벤치 위로 머리를 쏙 내밀며 말했다. "나 따라와 봐."

둘은 벤치 사이로 나가서 개수대와 냉장고 옆을 지난 다음 공방이 차려진 작업장 뒤쪽으로 걸어갔다. 흰 캔버스 천을 씌운 책상마다 페인트 통과 붓이 꽂힌 통이 군데군데 놓여 있었다. 한구석에는 몇 개의 이젤과 걸상, 그리고 물감이 가득한 상자가 놓여 있었다. 또 다른 책상 위에는 구리 포일 뭉치와 색유리 조각들, 그리고 각종 연장이 놓여 있었다. 공방 맨 안쪽, 가벽을 세워 분리해 놓은 공간에 이르자 앨리스는 그 소년에 관한 생각을 잊어버렸다. 준도 아버지의 조각상 생각도 잊어버렸다. 바로 눈앞에 있는 것들이 앨리스의 머릿속을 완전히 장악해 버렸다.

"여기가 바로 그곳이야." 캔디가 싱긋 웃으며 말했다.

머리 위의 틀에는 건조된 정도가 각기 다른 드라이플라워 수십 송이가 매달려 있었다. 가벽 앞에 길게 놓인 벤치 위에는 연장과 시꺼멓게 때 묻은 천과 말린 꽃잎 들이 마치 해변에 훌러덩 벗어 놓은 옷가지들처럼 흩어져 있었다. 앨리스는 나무 표면을 손바닥으로 쓸면서 엄마가 손바닥을 펼친 채 정원에 핀 꽃송이들을 부드럽게 어루만지던 모습을 떠올렸다.

벤치 한쪽 끝에 펼쳐져 있는 벨벳 천 위에는 팔찌, 목걸이, 귀걸이, 반지 등이 가지런히 놓여 있었다. 하나같이 레진으로 굳힌 압화가 매달려 있거나 장식된 채로.

"여기가 준이 일하시는 곳이야. 손필드의 이야기에서 마법을 빚어내는 곳이지." 캔디가 말했다.

'마법.' 앨리스는 준이 빚어낸 마법 앞에 섰다. 장신구 하나하나가 햇빛을 받아 영롱하게 빛났다.

"준은 이곳에서 수많은 꽃을 키운단다." 캔디가 팔찌 하나를 집어 들며 말했다. 연한 분홍빛 꽃잎 한 장이 들어 있는 펜던트가 매달려 있었다. 캔디는 팔찌를 들어 올려 햇빛에 비춰 보았다. "이거 다 준이 직접 만드셨어. 하나하나 눌러 말린 꽃잎을 투명 레진에 넣고 굳힌 다음 은으로 봉합해서 완성하지." 캔디가 팔찌를 벤치 위에 다시 올려놓으며 말했다. 앨리스는 목걸이 펜던트와 귀걸이와 반지 안에 있는 알록달록한 압화들을 살펴보았다. 모든 것이 은으로 완전히 밀봉되어 있었다. 그것은 시간을 멈추는 마법이었다. 꽃잎이 누렇게 변하거나 시들지 않고 고운 빛깔과 모양을 영원히 간직하게 하는 마법.

캔디가 다가와 앨리스 옆에 서며 말했다. "빅토리아 시대에 유럽 사람들은 꽃으로 말했대. 진짜야. 아주 먼 옛날, 준의 조상, 그러니까 앨리스 너의 조상 할머니들이 영국에서부터 망망대해를 건너 이곳 오스트레일리아 땅까지 꽃말을 가지고 왔어. 대대로 전해 내려오던 꽃말을 루스 스톤이 바로 이곳 손필드로 가져왔지. 사람들의 말에 따르면, 루스 스톤은 아주 오랫동안 꽃말을 사용하지 않다가 사랑에 빠졌을 때야 비로소 꽃으로 말을 하기 시작했대. 영국에서 가져온 꽃말과 다른 점이 있다면, 루스는 사랑하는 사람이 선물해 준 꽃들만 사용했다는 거지." 캔디는 잠시 얼굴을 붉히며 말을 멈추더니, "그냥 그렇다고……." 하며 말꼬리를 흐렸다.

'루스 스톤. 나의 조상 할머니.' 앨리스의 두 뺨이 호기심으로 따끔거렸다. 앨리스는 반지를 열 손가락에 다 끼고 싶었다. 자신의 더운 살갗에다 차가운 은 펜던트를 갖다 대고 싶고, 팔찌들을 손목에 주렁주렁 끼고, 귀걸이들을 구멍을 뚫지 않는 자기 귓불에 걸어 보고 싶었다. 앨리스는 그 비밀스러운 꽃의 말들을 온몸에 걸쳐 입고, 자기 목소리가 할 수 없는 모든 말들을 표현하고 싶었다.

그 벤치의 반대편 끝에 손으로 만든 작은 책이 놓여 있었다. 책등은 여러 차례 수리한 흔적이 있고, 빨간색 끈으로 여러 번 묶여 있었다. 책 표지에는 물레처럼 생긴 붉은 꽃 그림과 함께 흐릿한 금박 캘리그래피로 이렇게 적혀 있었다. '오스트레일리아 자생 꽃에 대한 손필드 꽃말 사전'

"루스 스톤은 너의 고조할머니셔. 이 꽃말 사전을 쓰신 분이지." 캔디가 말했다. "그리고 루스 스톤의 딸과 그 딸의 딸이 오랜 세월 동안 이곳 손필드에서 꽃을 키우면서 꽃말을 발전시켜 왔단다." 캔디는 엄지손가락으로 두껍고 누런 책배[23]를 쓸면서 말을 이었다. "준의 가족이 대대로 이 책을 간직해 왔어. 앨리스, 너의 가족 말이야."

앨리스의 손가락이 책 표지 위를 맴돌았다. 앨리스는 책장을 열고

23) 책등과 반대되는 면. '책입'이라고도 한다.

싶은 마음은 굴뚝 같았지만 왠지 그래서는 안 될 것 같았다. 누런 속지들이 삐죽삐죽 튀어나와 있었다. 표지 밖으로 튀어나온 속지의 여백에 손글씨가 보였다. 앨리스는 고개를 옆으로 기울여 삐져나온 글씨들을 읽어 보았다. '어두움. 가지들. 멍든. 향기. 나비. 천국.' 그건 앨리스가 지금까지 만난 책 중에서 최고의 책이었다.

"앨리스." 캔디가 몸을 숙여 앨리스와 눈높이를 맞추며 말했다. "너 예전에 이 얘기 들어 본 적 있니? 루스 스톤에 대한 이야기?"

앨리스는 고개를 내저었다.

"너의 가족에 대해 아직 잘 모르는구나?" 캔디가 다정하게 물었다.

앨리스는 왠지 모르게 창피해서 눈길을 돌렸다. 그리고 다시 고개를 내저었다.

"오, 앨리스, 넌 정말 운이 좋은 아이야." 캔디가 슬픈 미소를 지으며 말했다.

앨리스가 어리둥절한 표정으로 캔디를 쳐다보았다. 그러고는 손등으로 코를 쓱 닦았다.

"너, 앨리스 블루 알지? 내가 편지에 썼던 공주 말이야."

앨리스가 고개를 끄덕였다.

"앨리스 블루도 아주 어렸을 때 엄마가 돌아가셨단다." 캔디가 앨리스의 손을 잡으며 말했다. "슬픔에 빠진 앨리스는 친척 아주머니의 저택에서 살게 되었는데, 그 저택에는 책이 가득했지. 나중에 앨리스 블루가 어른이 되었을 때 이렇게 말했어. 아주머니가 들려준 얘기와 그 저택에서 읽었던 책이 자기를 살려 주었다고 말이야."

앨리스는 머릿속으로 파란색 드레스를 입고 유리창을 통해 쏟아져 들어오는 빛줄기 아래에서 책을 읽는 앨리스 블루를 그려보았다.

"앨리스, 넌 정말 행운아야. 마침내 이곳과 네 가족에 대해 알게 되었잖아. 너의 조상이 누구인지, 네가 속한 곳이 어디인지 알게 되었잖아." 캔디는 이렇게 말하며 얼굴을 돌렸다. 잠시 후, 캔디는 자기 뺨을 닦았다. 에어컨이 철커덕, 윙 돌아가는 소리가 들렸다. 앨리스는 그 오래된 책을 찬찬히 살펴보면서 머릿속으로 그 책 위로 몸을 숙이고 있는 여인들의 모습을 그려 보았다. 한 손에 자생종 야생화 한 다발을 쥔 채 혼자만 아는 비밀의 말들을 책 속에 더해 가고 있는 여인들을.

앨리스의 다리가 지루함을 견디지 못하고 씰룩대기 시작했다. 그때 캔디가 앨리스를 돌아보며 앨리스의 몸이 그토록 원했던 말을 던졌다.

"앨리스, 강으로 가는 길 알려 줄까?"

Thorn box 가시상자

소녀 시절

Bursaria spinosa | 오스트레일리아 동부

나무껍질이 진회색에 주름이 잡혀 있는 작은 관목.
가지마다 가시가 돋쳐 있으며, 잎사귀를 빻으면 솔잎 향이 난다.
달콤한 향이 나는 별 모양의 흰 꽃은 주로 여름에 피어나지만,
일 년 내내 피기도 한다. 나비들에게 꿀을 공급하고,
작은 새들에게는 천적들로부터 안전한 은신처를 제공한다.
복잡하게 얽혀 있는 가시덤불은 거미집 짓기에 최적의 환경이어서
수많은 거미 종들이 즐겨 찾는다.

앨리스는 햇살에 눈이 부셔 손으로 햇빛을 가렸다. 가을이라 밤에는 선선해도 한낮은 여전히 뜨거웠다. 캔디가 덩굴을 들어 올려 작업장 문을 자물쇠로 잠갔다. 그런 다음 다시 출입구 위로 덩굴을 드리웠다. 뒤 베란다에서는 꽃무리가 오전 티타임을 마치고 찻잔과 접시들을 식탁에서 부엌으로 나르고 있었다. 캔디가 목에 파랑새 문신을 한 마이프에게 큰 소리로 시간을 물었다. 마이프가 대답하자 캔디가 앨리스를 돌아보았다. 앨리스의 얼굴에 실망감이 가득했다.

"오, 스위트피, 미안해. 깜빡 잊고 있었는데, 나 점심 준비하러 가야 해. 사람들 점심을 굶길 수는 없잖아. 강은 다음에 데리고 갈게."

앨리스가 간절한 눈길로 캔디를 쳐다보았다.

"제발 그런 눈길로 날 쳐다보지 마. 너 혼자 가게 할 수는 없어."

하지만 앨리스는 캔디의 얼굴에서 눈길을 떼지 않았다.

"젠장." 캔디는 입속말로 중얼거렸다. 그러고는 얼굴을 찡그리며 말했다. "그럼 조심하겠다고 약속해. 태어나서 지금까지 조심했던 것보다 더 조심하겠다고. 그리고 강만 한 번 쓱 보고 돌아오겠다고 약속해. 딴짓하지 말고 곧바로 와야 해."

앨리스가 격하게 고개를 끄덕였다.

"그리고 마지막으로, 너를 나한테 맡긴 첫날, 너 혼자 강에 가게 했다는 사실을 준이나 트윅이 아시게 해선 절대 안 돼."

앨리스가 그걸 왜 말하겠냐는 듯 눈썹을 추켜세웠다.

"아, 그렇지. 그 점은 걱정 안 해도 되겠군." 캔디가 팔짱을 끼며 말했다. "좋아, 앨리스 블루." 캔디는 슬쩍 미소를 지으며 말했다. "너 혼자 강을 보고 와. 하지만 날 실망시키면 안 돼. 알았지? 이곳에서는 두 번의 기회가 쉽게 오지 않아. 난 널 믿어."

앨리스는 캔디에게 달려가 캔디의 허리를 덥석 끌어안았다. '난 널 믿어.'

그 후 십여 분 동안 캔디는 강으로 가는 길을 반복해서 설명해 주었다. 꽃밭 끝에 있는 오솔길을 따라가라. 그 길을 따라 덤불숲을 통과하면 강이 나온다. 오솔길 밖으로 나가지 마라. 강물에 들어가지 마라. 강을 헤엄쳐 건널 생각 하지 마라. 오솔길을 따라 강에 갔다가 곧장 돌아와라. 그 외 딴짓은 절대 하지 마라.

캔디는 말을 한마디 할 때마다 앨리스가 세 번씩 고개를 끄덕인 다음에야 비로소 만족했다.

"자, 이제 난 점심 준비하러 갈 거야. 좀 이따 보자, 스위트피."

앨리스는 진짜 혼자 가도 되는지 믿기지 않아서 잠깐 우물쭈물 망설였다. 캔디가 뒷문 계단에 서서 뒤를 돌아보았다. 그러고는 싱긋 웃으며 입 모양으로 '어서 가.'라고 말하며 두 손을 훠이훠이 내저었다.

앨리스는 꽃밭 가장자리를 따라 걸어갔다. 캔디의 설명이 귀에 쟁쟁 울리는 것 같았다. 앨리스는 걸음을 멈추거나 뒤를 돌아보거나 머뭇거리지 않았다. 만약 목소리를 낼 수 있었다면 앨리스는 머리를 뒤로 젖히고 호기롭게 소리도 질렀을 것이다. 앨리스는 숲속으로 이어진 고운 흙길 옆으로는 눈길 한 번 주지 않았다. '강으로 가자.' 앨리스는 마음속으로 노래를 불렀다. '강으로 가자.'

앨리스는 덤불숲의 품속으로 들어온 뒤로는 걸음 속도를 늦췄다. 햇빛이 우거진 가지를 통과해서 앨리스의 발치에 어룽어룽 모여들었다. 귀뚜라미와 방울새들이 화음을 맞춰 노래했고, 이따금 청개구리 한 마리가 개골개골 추임새를 넣었다. 앨리스는 고개를 들어 옹이투성이 유칼립투스들을 흘깃 보았다. 가지와 잎사귀들이 바람에 흔들리며 수런거렸다. 왕나비들이 야생 목화 덤불 위로 펄럭펄럭 날아 내려왔다. 앨리스는 잠깐 걸음을 멈추고 이끼 덮인 바위와 또르르 말린 고사리 싹과 무리 지어 피어 있는 향긋한 보랏빛 야생화를 살펴보았다. 주변 공기는 마른 흙내음과 바닐라 향과 유칼립투스 향기로 가득했다.

앨리스가 자신이 거기에 왜 왔는지를 거의 잊어버리고 있을 즈음, 그 소리가 들렸다. 앨리스는 우뚝 멈춰 서서 귀를 기울였다. 희미하지만 틀림없는 물소리였다. 물소리가 엄마의 목소리처럼 또렷하게 앨리스를 부르고 있었다. 앨리스는 머리카락을 휘날리며 강을 향해 힘껏 내달렸다.

마침내 오솔길이 끝나고 빈터가 나타났다. 그 너머에 넓은 초록색 강이 펼쳐져 있었다. 그 강은 굽이치지도 않았고 바다처럼 거세게 일렁이지도 않았다. 강은 일정한 선율로 잔잔히 흘러가고 있었다. 앨리스는 강으로 이끌려 갔다. 나무뿌리와 반쯤 물에 잠긴 바위에 매달려 길게 수염을 늘어뜨리고 있는 이끼들을 비롯해서 주위에 있는 모든 것과 마찬가지로.

'강물에 들어가지 마.'

앨리스는 마음속으로 캔디에게 사과를 하고 부츠를 휙휙 벗어 던졌다. 그리고 양말을 막 벗었을 때, 강둑을 따라 이어진 조붓한 오솔길이 앨리스의 눈에 들어왔다.

앨리스는 그 길이 어디로 이어지는지 보려고 목을 쭉 빼고 살폈다. 캔디는 다른 오솔길이 있다는 말을 한 적이 없었다. '이곳에서는 두 번의 기회가 쉽게 오지 않아. 난 널 믿어.' 앨리스는 그 오솔길 쪽으로 살금살금 걸어갔다. 그냥 어디로 이어져 있는지만 알아볼 생각이었다. 그런데 실망스럽게도 오솔길은 별안간 나타났을 때와 마찬가지로 갑자기 뚝 끊어졌다. 그 끝에는 좁고 그늘진 공간만 있을 뿐이었다. 두 사람이 들어앉으면 딱 맞을 정도로 협소한 공간이었다. 실망한 앨리스는 한숨을 쉬며 흙길을 툭툭 찼다. 하지만 강으로 돌아가려고 돌아서자마자 무언가가 앨리스의 눈에 확 들어왔다. 황금빛 실루엣으로 모습을 드러낸 그것은 해를 다 가릴 정도로 거대한 리버레드검[24]이었다. 앨리스의 눈이 휘둥그레졌다. 나무의 몸통 너비는 앨리스의 몸길이보다 더 넓었고, 키는 꼭대기가 보이지 않을 정도로 컸다. 나무 위에 오르는 상상을 하니 손바닥이 축축해졌다. 나뭇가지마다 만발한 꽃들과 향긋한 초승달 모양의 잎사귀들이 무성했다. 뿌리는 씨주머니와 꽃과 잎사귀들을 키울 양분을 찾아 강 쪽으로 뻗어 있었다. 나무들의 왕

24) 오스트레일리아에서 자생하는 유칼립투스종 중의 하나. 오스트레일리아에는 약 2800종의 유칼립투스가 서식한다고 알려져 있다. 235쪽 참조.

이라 불러도 손색이 없을 나무였다. 하지만 그 무엇보다 앨리스의 눈길을 끈 것은 누군가가 나무 몸통에 새겨 놓은 이름들이었다. 그 이름들은 앨리스의 눈높이에서 시작되었지만, 맨 위에 있는 이름까지 읽으려면 고개를 뒤로 젖히고 발돋움을 해야만 했다. 맨 위에 있는 '루스 스톤' 말고는 앨리스가 모르는 이름이었다. 마지막 이름이 나오기까지는.

'준 하트.'

준의 이름 옆에 깊게 도려낸 자국이 있었다. 앨리스는 원래 그 자리에 누군가의 이름이 새겨져 있었을 거라 짐작했다. 그 밑에 앨리스의 아버지 이름이 있었다. '클렘 하트.' 그리고 또 다른 누군가의 이름이 있었을 게 분명한 옆자리에도 위와 마찬가지로 긁혀 나간 흔적이 있었다. 앨리스는 마치 꽃의 암호처럼 보이는 이름들을 어떻게든 연결지어 보려고 시도했으나 도무지 실마리를 찾을 수가 없었다. '루스 스톤. 제이콥 와일드. 와틀 하트. 루카스 하트. 준 하트. 클렘 하트.'

앵무새 한 마리의 귀를 찢는 듯한 울음에 앨리스는 화들짝 놀랐다. 그 이름들과 지워진 흔적에서 알 수 없는 불안한 기운이 전해졌다.

또다시 앵무새가 날카롭게 울었다. 앨리스는 허둥지둥 강가 빈터로 뛰어갔다. 그리고 가쁜 숨을 몰아쉬며 쿵쾅대는 심장이 진정되기를 기다렸다.

잔잔하게 흐르는 강물을 보니 앨리스는 마음이 다소 진정되는 것 같았다. 하지만 눅눅한 습기와 열기가 살갗을 내리눌렀다. 땀방울이 등줄기를 타고 흘러내렸다. '강만 한 번 쓱 보고 돌아오겠다고 약속해. 딴짓하지 말고 곧바로 와야 해.'

앨리스는 충동을 누를 수 없었다. 곧바로 티셔츠와 바지를 훌렁 벗어서 이미 벗어 놓은 부츠 옆에 내려두고 강둑 아래에 있는 모래사장으로 내려갔다. 앨리스는 발 주위로 찰랑거리는 시원한 물에서 익숙한 위안을 느끼며 몸을 떨었다. 마지막으로 수영하러 갔던 때가 먼 옛날 같았고, 짠 바닷물 맛의 기억도 가물가물했다. 앨리스는 잔잔한 물결에 이끌려 물이 무릎에 닿는 곳까지 천천히 걸어 들어갔다. 그리고 펼친 손으로 물을 가르며 물이 허리에 닿는 곳까지 들어갔다. 움츠러들었던 어깨 근육이 느슨하게 풀렸다. 앨리스를 둘러싸고 있는 숲에서 풀벌레들이 찌르르 울었다.

앨리스는 거대한 리버레드검을 흘깃 보면서 나무 몸통에 새겨진 이름들을 떠올렸다. 꽃밭을 거닐 때 준이 말했었다. "강에는 완전히 다른 이야기가 펼쳐지지. 이 땅은 대대로 내 가족이 소유한 땅이야. 우리 가족이 소유한 땅." 앨리스는 강물 아래 모랫바닥을 딛고 있는 제 발을 내려다보았다. 강은 소유할 수 없는 것일까? 강을 소유하고 싶다는 건 바다를 소유하려는 노력만큼이나 터무니없는 것이 아닐까? 앨리스는 잘 알고 있었다. 바다에 들어가면 바다를 소유하는 게 아니라 바다의 일부가 된다는 것을. 그렇다 해도 앨리스는 자신이 이 장소의 일부가 되었다는 사실에 마음 한구석이 따듯해지는 것 같았다. 머리 위에서 웃음물총새 한 마리가 까르르 웃었다. 앨리스는 고개를 끄덕였다. 그래, 생각은 그만하자. 앨리스는 한 발 앞으로 내디디면서 묻지 못한 질문들을 모두 수면 위에 던져 놓고 소용돌이치는 초록빛 물속에 푹 잠겼다.

소금기 없는 담수의 물맛은 앨리스에게는 충격적일 만큼 놀라웠다. 눈도 따갑지 않았다. 앨리스는 숨을 내쉬며 물방울이 뽀글뽀글 올라오는 것을 지켜보았다. 강의 심장 소리가 앨리스의 귓전을 두드렸다. 예전에 아버지가 이 세상의 모든 물은 결국 한곳으로 흘러간다고 말한 적이 있었다. 새 질문이 떠올랐다. '그럼 이 강을 따라 계속해서 헤엄쳐 가면 집으로 돌아갈 수 있을까?'

앨리스는 그 생각에 골몰한 채 오랫동안 숨을 참으며 물속에 있었다. 이윽고 폐가 타는 것처럼 아팠다. 앨리스는 강바닥에 발을 딛고 몸을 위로 밀어 올려 컥컥대며 수면 위로 올라왔다. 병원에서 혼수상태에 있다가 깨어났을 때 느꼈던 그 끔찍한 고통이 다시 몰려왔다. 갑자기 덤불 속의 빛이 더는 따듯해 보이지도 않고, 강물도 더는 편하게 느껴지지 않았다. 앨리스는 비틀거리며 강물에서 나와서 심하게 기침하며 강둑 마른 땅 위로 엉금엉금 기어 올라갔다. 앨리스는 손을 짚고 엎드린 채 연신 기침을 토해 냈다.

"얘, 괜찮니?"

앨리스가 깜짝 놀라 소리 나는 쪽으로 돌아보았다.

거기 소년이 서 있었다. 강 건너편에. 차 안에 앉아 있던 소년이.

앨리스는 다시 몸을 웅크리며 기침했다. 코와 눈에서 콧물과 눈물이 줄줄 흘렀다. 앨리스는 기침을 멈출 수가 없었다. 기침을 멈추려고 애를 쓸수록 기침은 더 심해지기만 했다. 이제 기침이 헛구역질로 변하면서 앨리스는 꺽꺽 울기 시작했다. 뒤에서 요란하게 물 튀는 소리가 들리더니 잠시 후 앨리스의 발 위로 물이 뚝뚝 떨어졌다. 소년이 흠뻑 젖은 채 앨리스 뒤에 서 있었다.

"숨을 들이마셔. '몸 안'으로 끌어들인다는 느낌으로 말이야. 그리고 '몸 밖'으로 내보낸다고 생각하면서 숨을 내쉬어." 소년은 이렇게 말하며 앨리스의 양 어깨뼈 사이에 손을 갖다 댔다. 앨리스는 소년을 한 번 흘깃 쳐다본 뒤 소년의 구령에 맞춰 숨을 쉬었다.

안. 밖.

안. 밖.

서서히 기침이 잦아들었다.

앨리스는 일어섰다. 그리고 그제야 자신이 팬티 외에는 아무것도 입고 있지 않다는 사실을 깨달았다. 앨리스는 벌겋게 달아오른 얼굴로 티셔츠와 바지를 얼른 움켜쥐었다. 그러고는 소년에게 눈길 한 번 주지 않고 황급히 오솔길로 달려갔다.

"얘, 잠깐만!" 소년이 불렀다. 하지만 앨리스는 뒤돌아보지 않았다.

덤불숲이 농장 꽃밭과 만나는 지점에 이르렀을 때야 비로소 앨리스는 멈춰 서서 옷을 주섬주섬 챙겨 입었다. 하지만 그때 자기가 맨발임을 알아챘다. 부츠를 강가에 두고 온 것이다.

꽃밭 가장자리를 따라서 집을 향해 달리는 동안 이른 오후의 따듯한 햇살이 앨리스의 온몸을 따듯이 감쌌다. 화끈거리던 얼굴의 열기도 어느새 가라앉았다. 강가에 두고 온 부츠는 나중에 다시 몰래 빠져나가서 가져오는 수밖에 없었다.

작업장의 에어컨 소리가 꽃밭 건너편에서도 들렸다. 꽃무리는 모두 시원한 작업장 안에서 아침에 수확한 꽃송이들을 다듬고 있었다. 앨리스는 뒤 베란다 계단을 재빨리 올라갔다. 테이블 위는 깨끗했고, 의자는 모두 테이블 밑으로 단정히 밀어 넣어져 있었다. 앨리스는 얼마나 오랫동안 나가 있었던 것일까? 점심때를 놓쳐 버린 것일까? 갑자기 앨리스의 뱃속이 요란하게 꼬르륵댔다. 앨리스는 스크린도어 쪽으로 살금살금 다가갔다.

집 안에는 아무도 없는 것 같았다. 트윅과 캔디도 꽃무리와 작업장에 있는 모양이었다. 마음이 놓인 앨리스는 먹을 것을 찾으려고 부엌으로 들어갔다. 그리고 빵과 버터와 베지마이트를 찾아서 샌드위치 두 개를 만들어 먹었다.

"오늘은 해리만큼이나 식욕이 돋는 모양이구나!"

앨리스는 화들짝 놀라 그 자리에서 얼어붙었다. 잠시 후, 고개를 돌려 문간에 서 있는 트윅에게 어색한 미소를 지었다.

"오전에 하도 많이 돌아다녀서 점심은 좀 일찍 네 방에서 혼자 먹었다며? 캔디가 그러더구나. 접시를 깔끔히 비웠다고 말이야."

앨리스는 어떻게 해야 할지 몰라서 그냥 고개를 끄덕였다. 생각보다 훨씬 더 오래 나가 있어서 점심때를 놓친 것이다. 앨리스는 혼이 날까 봐, 아니 그보다 캔디가 자기 때문에 곤란한 입장이 되었다 생각하니 속이 울렁거렸다. 하지만 자기를 위해 거짓말을 둘러댄 캔디를 떠올리자 고마워서 얼굴에 미소가 번졌다.

"'왕성한 식욕은 훌륭한 태도만큼이나 중요하다.' 내가 즐겨 하는 말이지." 트윅이 복도를 걸어가며 말했다. "아, 해리 얘기 나왔으니 말인데, 샌드위치 다 먹고 나서 응접실로 오겠니?"

트윅이 부엌을 나가자마자 앨리스는 참고 있었던 숨을 후 내쉬었다. 발에 흙이 묻은 것이나 머리카락이 젖어 있다는 것을 트윅이 알아채지 못한 것 같았다.

앨리스는 부엌에 서서 샌드위치를 먹는 동안 입가에서 번지는 미소를 참을 수 없었다. 이제 손필드에서 온전히 자신만의 것을 하나 가진 것이다. 처음으로 혼자 강으로 갔던 순간은 이제 영원히 앨리스 혼자만의 추억으로 간직될 터였다. 그리고 그 소년을 생각하자 다시 양 볼이 달아올랐다. 앨리스는 샌드위치를 내려놓았다. 갑자기 아무 맛도 느껴지지 않았다.

응접실은 바람이 잘 통해 시원하면서도 오후의 밝은 빛으로 가득했다. 트윅은 소파에 앉아 있었고, 해리는 트윅의 발밑에 앉아서 이따금 귀를 긁으며 한숨을 지었다. 앨리스는 트윅이 앉아 있는 소파에 가서 앉았다. 준이 자기를 아래층으로 데리고 온 뒤 외출했던 그날 오전에도 바로 그 자리에 앉았다. 불과 몇 시간 전의 일이 마치 며칠 전처럼 느껴졌다. 앨리스는 창밖을 내다보다가 작업장 옆에 주차된 준의 트럭을 발견했다. 준도 이리로 올까? 그 생각이 들자 앨리스는 불안해졌다. 앨리스는 눈을 비볐다. 갑자기 눈꺼풀이 몹시 무겁게 느껴졌다.

"우리 해리에게 특별한 능력이 있다는 얘기, 준한테서 들었지?" 트윅이 물었다.

앨리스가 하품하면서 고개를 끄덕였다.

"그래서 해리와 대화하는 방법을 너한테 가르쳐 주려고 해. 네가 해리의 도움이 필요할 때를 대비해서 말이야."

해리는 제 이름을 듣고는 머리를 쓰다듬고 있는 트윅의 손가락 밑에서 무심히 귀만 쫑긋 세웠다. 해리는 트윅의 다리에 구부정하니 기대앉아 있었다. 헤벌리고 있는 해리의 입에서 이따금 침이 흘러내렸다. 앨리스는 그 모습을 보자 해리가 그렇게 영특한 개는 아닐 것 같았다.

"해리 같은 개를 '보조견'이라고 부른단다. 보조견에 대해 들어 본 적 있니, 앨리스?"

앨리스는 고개를 내저었다. 해리를 만나기 전까지 앨리스가 알고 있던 개는 토비밖에 없었고, 토비는 앨리스의 보조견이 아니라 앨리스의 단짝 친구였다.

"보조견은 누군가가 두려움을 느낄 때 그 사람에게 도움을 주도록 특별히 훈련된 개란다. 해리 같은 개들은 사람의 감정을 읽을 줄 알지. 그래서 만약 네가 슬프거나 두렵거나 화가 나 있으면 해리가 너를 위로해 주고, 네가 그 감정에 너무 깊이 빠지지 않도록 주의를 딴 데로 돌리게 하지." 트윅이 자기 손을 핥는 해리를 보며 싱긋 웃었다. "너도 손필드에 온 이후로 해리한테서 조금이라도 위안을 받았거나, 해리 때문에 정신이 산만했던 적이 있었을 거야. 안 그러니?" 트윅이 앨리스를 쳐다보며 물었다.

앨리스는 기억을 더듬어 보았다. 트럭이 손필드에 도착했을 때, 해리는 준을 따라 차에서 내리지 않고 앨리스 옆에 가만히 앉아 있었다. 그뿐만 아니라 해리는 악몽에서 깨어났을 때 침대 옆에 있었고, 심지어 어제는 앨리스를 아래층으로 이끌고 내려오기까지 했다. 앨리스는 해리의 이를 드러내고 웃는 웃음과 쫑긋 세운 귀와 황금빛 얼굴에서 위안을 받았다. 비록 해리가 토비를 대신해 주지는 않았지만, 앨리스는 트윅의 말이 옳다는 것을 인정할 수밖에 없었다. 해리에게는 기분을 좋게 해 주는 특별한 능력이 있는 게 분명했다.

"해리는 늘 우리에게 도움을 주지만, 특히 손필드에 새 식구가 왔을 때 해리의 도움이 절실히 필요하지. 그러니까 앨리스, 너도 우리처럼 해리의 도움이 필요할 때는 언제든지, 화나거나 두렵거나 매우 놀라거나 할 때면 해리가 늘 곁에 있다는 걸 기억하렴." 트윅이 싱긋 미소를 지으며 해리의 머리를 쓰다듬었다. 그러자 쫑긋 서 있던 해리의 귀가 축 늘어졌다. "해리에게는 대부분 말로 명령을 내리지만, 손짓으로 명령을 내리기도 한단다. 그걸 너한테 가르쳐 주마. 괜찮지?"

그날 오후부터 저녁까지 앨리스는 해리에게 손짓으로 명령하는 법을 배웠다. 앞쪽에서 손가락을 튕기면 앨리스 앞에 있는 대상과 앨리스 사이에 서서 일종의 장벽을 만들라는 뜻이었다. 손가락을 등 뒤에서 튕기면 뒤로 가라는 의미였고, 손뼉을 짝 치면 먼저 방 안으로 들어가 전기 스위치를 켜서 앨리스가 어두운 방으로 들어가지 않게 하라는 의미였다. 앨리스는 그 명령이 무척 마음에 들었다. 해리가 응접실로 타박타박 걸어 들어가 바닥에 있는 단추를 눌러 스탠딩 램프를 켜는 모습을 보고 있자니 앨리스는 절로 웃음이 났다.

"해리는 농장에 있는 모든 방의 위치와 각방의 전등 스위치가 어디에 있는지 훤히 알고 있단다." 트윅은 고개를 주억거리며 진지하게 말했지만 눈은 웃고 있었다.

마지막으로 배운 것은 펼친 손바닥을 머리 위로 들고 왼쪽 오른쪽으로 흔드는 것이었다. 그건 해리에게 방 안이나 건물 안으로 들어가서 누군가가 있는지 살펴보고, 만일 누군가가 있으면 짖으라는 신호였다. 앨리스는 그 명령은 사용하고 싶지 않았다.

"좋아, 앨리스. 참 잘했어. 아주 빨리 배우는구나. 만일 너 혼자 있을 때 어지럽거나 쓰러질 것 같으면, 오늘 아침처럼 말이야. 그럴 땐 꼭 해리를 부르도록 해. 알겠지?"

작업장의 문이 열리고 꽃무리가 그날 하루 일을 마감하는 분주한 소리가 창문을 통해 흘러나올 무렵, 앨리스는 해리에게 명령하는 법을 모두 터득했다. 앨리스는 소파에 털썩 주저앉았다. 너무 피곤해서 더는 연습할 수가 없었다.

"준이 곧 저녁 먹으러 오실 거다." 트윅이 말했다. "저녁 먹기 전에 미리 목욕하고 일찍 잠자리에 드는 게 어떻겠니? 오늘 아주 힘들었을 테니 말이야."

앨리스가 고개를 끄덕였다. 사실은 목욕하고 싶지 않았지만, 트윅의 부드러운 목소리는 트윅이 하는 모든 말이 당연하고 일리 있다고 느끼게 했다. 앨리스는 트윅을 따라 욕실로 가는 복도를 걸어가면서 시험 삼아 등 뒤로 손가락을 탁 튕겨 보았다. 그러자 해리가 앨리스의 발꿈치에 바짝 붙어서 걸었다.

트윅은 스크린도어를 열고 하루의 마지막 햇빛이 머물러 있는 뒤 베란다로 나가 계단에 앉았다. 그리고 직접 만 궐련초를 입에 물고 불을 붙인 뒤 한 모금 깊게 빨아들였다. 담배가 치지직 타들어 가는 소리와 담배 연기가 폐 속을 가득 채우는 것을 느끼면서. 트윅은 저녁샛별을 향해 담배 연기를 길게 내뿜었다. 작업장 창문을 통해 노란 불빛이 꽃밭 위로 비스듬히 쏟아졌다. 준은 그날 오후 집으로 돌아온 뒤 내내 작업장에 틀어박혀 있었다. 트윅이 앨리스가 강에서 돌아오기를 기다리며 사무실에서 서류 작업을 하고 있을 때, 현관 계단을 올라오는 준의 지친 발소리가 들렸다. 트윅이 준을 맞이하려고 복도로 나가자 준은 트윅의 입을 막으려는 듯 손을 들어 올렸다.

"트윅." 준은 트윅이 무슨 말을 하기 전에 먼저 입을 열었다. 준의 눈언저리가 벌겋게 충혈되어 있었다. 해리가 둘 사이로 들어가 껑충껑충 뛰어오르자 두 여인은 해리의 힘을 이기지 못하고 비틀거렸다.

"앨리스는 강에 갔어요." 트윅이 말했다. "돌아오는 대로 해리랑 기초적인 수신호를 가르칠 생각이에요." 트윅이 해리의 머리를 쓰다듬으며 말을 이었다. "앨리스가 다시 발작을 일으킬 때를 대비해서 도움이 될 만한 수신호를 배워 둬야죠."

"다시 발작을 일으킬 것에 대비해서……." 준은 한숨을 내쉬었다. "오늘 앨리스를 학교에 입학시켰어. 다음 주부터 등교하게 될 거야. 오늘 밤에 앨리스한테 말할 거야."

트윅은 주먹을 꽉 쥐었다. 캔디 베이비를 키울 때는 준이 이렇게 고집을 부리지 않았다. 하지만 트윅은 그 둘의 차이를 알 것 같았다. 캔디는 축복이고, 앨리스는 핏줄이기 때문이었다.

"입학 수속 밟는 데 반나절이나 걸렸어요?" 트윅이 현관 스크린도어를 통해 준의 트럭을 흘깃 보며 물었다. 트럭 짐칸의 방수포 밑으로 손으로 조각한 개암나무 상자의 귀퉁이가 삐죽 나와 있었다. 트윅이 한쪽 눈썹을 추켜올렸다. 트윅은 준이 어디에 있었는지 정확히 알고 있었다. 읍내에 있는 보관창고에서 오래된 유령들을 파내고 있었다는 것을.

"그만해, 트윅. 자네가 생각하는 그런 거 아니야. 오늘은 정말 끔찍한 하루였다고."

"네, 네. 정말 끔찍한 하루였죠." 트윅이 빈정대며 말했다. "무엇보다 언니의 손녀한테 말이에요. 하지만 언니의 손자가 어떤지는 누가 알겠어요? 언니가 그 아이를 무슨 잡초 뽑아내듯 버리고 온 이후로 말이에요."

트윅이 뱉어 낸 말이 유리처럼 산산이 부서져 두 사람의 발에 박혔다. 트윅은 준의 얼굴을 보자마자 그 파편들을 모두 쓸어 담아서 한 조각도 남김없이 모두 삼키고 싶었다. 준은 자리를 박차고 밖으로 나갔다. 그리고 작업장으로 들어가서 문을 쾅 닫았다. 그 뒤로 준은 작업장에서 나오지 않았다.

트윅은 새 담배에 불을 붙였다. 트윅은 아픔을 아픔으로 되받아치지 않은 준의 우아함에 감사했다. 트윅의 분노는 준이 클렘의 자녀를 떼어 놓은 것에 대한 분노가 아니었다. 그것은 자신의 피붙이를 강제로 앗아 간 공권력에 대한 분노였다. 그것은 약 30년 전, 복지과 공무원들이 아동을 방치한 죄로 양육권을 박탈한다는 법원 명령서를 가지고 번쩍이는 홀덴[25] 자동차를 자기 집 앞에 세웠던 그날에 대한 분노였다. 트윅이 아이를 빼앗긴 것은 트윅에게 남편이 없었기 때문이었다. 트윅이 자주 여동생인 유니스에게 니나와 조니를 맡기고 일자리를 구하러 나갔기 때문이었다. 아동복지과에서 트윅의 자식들이 '제대로 된 오스트레일리아인'으로 성장하려면 '제대로 된 오스트레일리아인 가정'에서 자라야 한다고 결정했기 때문이었다. 오스트레일리아의 백인 가정에서. 복지과 공무원 한 명이 트윅을 제압하는 동안 다른 공무원들이 니나와 조니를 트윅의 품에서 떼어 냈다. 두 아이는 비명을 질렀다. 트윅은 두 아이를 진정시키려고 노래를 불렀지만, 아이들은 울며불며 끌려가는 동안 뭐라도 붙잡으려고 앞마당에 핀 데이지 덤불을 움켜쥐었다. 트윅은 발기발기 찢어져 햇빛에 누렇게 시든 데이지꽃, 자기 자식들의 마지막 손길이 머물렀던 그 시든 꽃 옆에 쓰러졌다. 유니스가 일터에서 집으로 돌아왔을 때도 트윅은 여전히 그 자리에 주저앉은 채 죽은 꽃들을 쓰다듬으며 모진 북서풍 속에서 노래하고 있었다. 마치 그 부스러기 꽃들을 다시 심을 수 있다는 듯이. 트윅은 니나와 조니가 다시 자기에게 돌아올 방법을 찾을 거라고 굳게 믿으며 삶을 이어 가려고 노력했다. 하지만 몇 년 뒤 유니스가 행방불명이 된

25) 오스트레일리아의 대표 자동차 브랜드.

뒤에 트윅은 그곳을 떠났다. 그리고 해안 지방을 떠돌아다녔고, 그런 다음 히치하이크로 이 마을에서 저 마을로 떠돌다가 내륙으로 들어왔다. 그러던 어느 날, 국도를 따라 걸어가던 트윅이 호기심에 이끌려 손필드의 진입로로 들어섰다. 그리고 그때 아기의 울음소리가 들렸다.

기숙사에서 터져 나온 왁자한 웃음소리가 트윅의 상념을 방해했다. 트윅은 셔츠 자락으로 눈물을 닦았다. 트윅은 캔디에게 부탁해서 꽃무리가 저녁을 기숙사에서 먹도록 조치를 해 놓았다. 만일 준이 앨리스에게 다음 주부터 학교에 가게 될 거라는 얘기를 한다면 둘만의 조용한 자리가 필요할 테니까. 만일 준이 작업장 밖으로 나온다면 말이다.

그때 마치 신호를 기다렸다는 듯이 작업장 문이 벌컥 열렸다. 트윅은 얼른 담뱃불을 감추고 준이 현관 계단을 올라오는 동안 어둠 속에서 꼼짝하지 않고 앉아 있었다. 만일 준이 트윅을 본다면 집으로 들어오지 않을지도 모르니까. 현관문이 열렸다가 닫혔다. 준이 식탁을 차리는 동안 그릇장 문의 경첩이 삐걱대는 소리가 들렸다. 복도 안쪽에 있는 욕실에서 물이 쏴 빠지는 소리가 났다. 욕실 문이 열렸다. 가벼운 발소리가 복도를 유영하다 부엌으로 들어갔다. 오븐이 한숨을 쉬며 꺼졌다. 웅얼웅얼 준의 목소리가 들렸다. 의자 두 개가 부엌 바닥을 끄는 소리와 준과 앨리스가 의자에 앉는 소리가 들렸다. 곧이어 포크와 숟가락이 도자기 그릇에 부딪히는 소리가 달그락달그락 들렸다.

앨리스는 강까지 뛰어갔다 뛰어온 뒤라 몹시 시장했을 것이다. 트윅은 그날 오후 부엌에서 앨리스와 마주쳤을 때 앨리스가 어디에 있었는지를 단박에 알아챘다. 앨리스의 셔츠는 단추가 잘못 채워져 있었고, 젖은 머리카락 속에 나뭇잎들이 엉겨 붙어 있었으며, 두 발은 모래로 뒤덮여 있었다. 하지만 두 눈은 반짝거리고 두 뺨에 발그레 핏기가 돌아서 트윅은 아무 말도 하지 않기로 했다. 손필드에는 이곳을 찾아와 집이라고 부르는 상처받은 영혼들을 치유하고 회복하게 하는 온갖 방법이 존재한다는 것을 트윅은 그 누구보다 더 잘 알고 있기 때문이었다. 트윅의 경우, 손필드를 찾아온 이래로 트윅의 치유책은 언제나 준이었다.

앨리스는 침대에 누워서 머릿속으로 저녁 시간에 준이 알려 준 소식을 끊임없이 되새겼다. 준이 앨리스를 그 지역 학교에 입학시켰고, 앨리스는 다음 주부터 학교에 다니게 되었다는 소식을.

"오늘 내가 직접 가서 교장 선생님과 이야기를 나눴는데," 준이 말했다. "그분이 학교에 해리도 데려오면 어떻겠냐고 하시더구나. 수업 첫날 친구가 옆에 있으면 마음이 든든해질 거라고 말이야."

학교. 앨리스는 학교에 관해 책에서 읽은 적이 있었다. 선생님, 교실, 책상 그리고 연필과 책들. 아이들, 운동장, 반으로 자른 샌드위치, 읽기, 쓰기 그리고 숙제. 게다가 앨리스는 학교에 해리를 데려갈 수도 있었다.

앨리스는 몸을 굴려 옆으로 누웠다. 그리고 생각은 강 쪽으로 돌렸다. 수면 아래에서 들리던 소리, 그 소년이 숨을 못 쉬어 헉헉대는 자신의 등을 쓸어 주었을 때 느꼈던 그 야릇한 기분.

한 줄기 산들바람이 앨리스의 턱 밑을 간질였다. 앨리스는 일어나 앉았다. 침실 창에 드리워져 있는 흰 커튼 하나가 어둠 속에서 빙글빙글 돌았다. '창문을 연 기억이 없는데?' 앨리스는 손을 뻗어 협탁 스탠드를 켜고는 눈을 가늘게 뜨고 어스름한 빛 속을 바라보았다.

침대 옆 바닥에 앨리스의 작은 파란색 부츠가 놓여 있었다.

그리고 부츠 한 짝에 야생화 한 묶음이 꽂혀 있었다.

트윅이 담배 한 개비를 더 말고 있는데 집 옆에서 쿵 소리가 들렸다. 트윅은 숨을 죽이고 귀를 쫑긋 세웠다. 꽃밭에서 숲으로 이어진 오솔길에서 발소리가 저벅저벅 들리더니 이윽고 한 소년의 뒷모습이 시야에 들어왔다. 트윅은 눈을 가늘게 떴다. 그리고 천천히 숨을 내쉬었다. 한 손에는 불붙이지 않은 담배 한 개비를, 그리고 다른 손에는 라이터를 든 채 소년이 한 번쯤 뒤돌아보기를 기대하면서. 아니나 다를까, 소년은 숲속으로 들어가기 직전 오솔길에서 집 쪽으로 돌아보았다. 달빛을 얼굴에 가득 받으면서.

거기 서 있는 것은 보리야나의 아들이었다. 소년의 두 눈이 불 켜진 앨리스의 방 창문에 단단히 고정되어 있었다. 만약 트윅이 환한 등불 밑에 있었다 해도 소년은 트윅을 보지 못했으리라.

마침내 소년이 숲속으로 사라지자 트윅은 떨리는 마음을 진정하기 위해 담배에 불을 붙여 한 모금 깊숙이 빨아들였다. 트윅은 예전에도 이와 똑같은 광경을 지켜본 적 있었다. 어린 아그네스 아이비가 종탑 방에 머물고 있던 시절, 클렘 하트가 그 방 창문을 통해 몰래 숨어 들어가 아그네스에게 꽃을 갖다 주던 광경을.

River Lily 강백합

숨겨진 사랑

Crinum pedunculatum | 오스트레일리아 동부

아주 크게 자라는 다년생 식물로, 주로 숲 가장자리에서 서식하나
수위가 높은 맹그로브 습지에서도 발견된다.
향긋하고 홀쭉한 별 모양의 커다란 흰 꽃을 피운다.
때로 씨앗이 모본(母本)에 붙어 있는 동안에 싹을 틔우기도 한다.
수액은 상자해파리에 쏘였을 때 치료제로 사용되어 왔다.

앨리스는 그 주 내내 농장 주변에서 일하는 꽃무리를 따라다니며 보냈다. 오전 티타임 때는 신문의 십자말풀이를 하던 부 옆에 앉아 있었고, 그런 다음 로빈과 함께 벌통의 꿀을 따러 나섰다. 로빈은 앞치마 주머니에 늘 넣어 다니던 빨간 립스틱을 꺼내 앨리스가 발라 보게 해 주었고, 벌통에서 바로 끄집어낸 벌집에서 신선한 꿀을 받아먹는 법도 직접 보여 주었다. 앨리스는 올가와 마이프와 소피가 꽃밭 고랑 사이를 오르락내리락하며 싱싱한 꽃을 따는 동안 그들 뒤를 졸졸 따라다녔다. 그리고 싱싱한 장미 꽃잎으로 장미수를 만드는 탄메이를 도와주면서 그녀가 들려주는 이야기에 홀딱 빠졌다. 불 위를 맨발로 걸어서 자신의 정결을 증명한 시타 공주와 자기를 학대한 백 명의 남자들에게 저주를 내린 드라우파디 공주의 이야기였다. 오후에는 작업장에서 프랜신, 로렌, 캐롤린 그리고 에이미가 주문받은 꽃다발을 누런 종이

에 싸고 끈으로 묶는 동안 작업대 주위를 어슬렁거리며 꽃잎과 잎사귀와 끈으로 목걸이를 만들었다. 육묘장에서는 로셀라와 함께 콧노래를 흥얼거리고 블린더를 도와 야생 목화 덤불에 물을 주었다. 그러는 동안 왕나비들이 목화꽃에 팔랑 내려앉아 꿀을 빨아먹기도 하고 그들 주위를 나풀나풀 날아다니기도 했다.

금요일, 앨리스는 뒤 베란다에서 트윅과 캔디를 포함한 열두 명의 여인들과 함께 어울렸다. 그들은 모두 앞치마를 풀고 챙 넓은 밀짚모자를 벗어서 부채질했다. 준이 바퀴 달린 아이스박스를 끌고 와 그 속에서 물방울이 송골송골 맺힌 진저비어[26] 병을 꺼내자, 여인들은 그 병이 마치 호박 보석이라도 되는 것처럼 탄성을 지르며 동료들에게 돌렸다. 꽃무리는 고개를 뒤로 젖히고 눈을 반쯤 감았다. 줄줄이 늘어선 만발한 꽃들, 비닐하우스들, 하얀 벌통들 그리고 은초록색의 관목들이 황혼 속에서 꿈처럼 너울거렸다.

앨리스는 음료수를 홀짝이며 여인들의 얼굴을 슬그머니 쳐다보았다. 그들은 한 주 대부분을 쾌활한 모습으로 열심히 일하며 보냈다. 하지만 그날 오후 베란다에서는 분위기가 사뭇 달랐다. 모두 침묵에 빠져 있었다. 해가 뉘엿뉘엿 지평선을 넘어가는 동안, 그들이 살았고 사랑했고 두고 떠났던 이야기들이 베란다 주위를 에워쌌다. 여인들은 고개를 숙이고 어깨를 옹송그렸다. 몇 명은 이따금 흐느꼈다. 그들은 서로에게 의지했고 서로를 위로했다. 그리고 준은 그들 한가운데에서 허리를 꼿꼿이 펴고 차분하게 앉아 있었다.

앨리스는 저도 그들 중 그 누구와도, 심지어 준과도 크게 다르지 않다는 것을 깨달았다. 누구나 때로 침묵이 필요한 법이다. 그리고 그것

26) 무알코올 탄산음료로, 병 색깔이 보석인 호박과 흡사하다.

이 바로 손필드의 마법이었다. 그곳은 말로는 할 수 없는 말을 전하는 것이 가능한 곳이었다. 그리고 앨리스는 꽃으로 전하는 말의 힘을 나름의 방식으로 터득하기 시작했다. 강에 다녀온 뒤로 매일 밤 저녁 식사를 마치고 자기 방으로 들어가면 침대 발치에 있는 파란색 부츠 속에는 새로운 꽃 한 송이가 꽂혀 있었다.

준은 뒤 베란다에 앉아 진한 블랙커피에서 피어오르는 김을 후후 불며 떠오르는 해를 바라보고 있었다. 아침 공기에서 초겨울의 쌀쌀함이 살짝 느껴졌다. 준은 호주머니에서 휴대용 술병을 꺼내 커피 속에 쪼르르 따랐다. 그리고 잔 테두리를 입술에 지그시 눌러 몇 모금 홀짝이면서 커피의 온기를 음미했다.

꽃밭이 아침 햇살에 물드는 광경을 바라보고 있자니 손필드가 전성기를 구가하던 오래전 어느 새벽녘이 눈앞에 그려지는 듯했다. 아마 80년쯤 전일 것이다. 루스 스톤이 금방이라도 작업장을 나와 구릿빛 새벽 햇살을 등지고 모퉁이를 돌아 나올 것만 같았다. 호주머니 깊숙이 손을 찌른 채 아직은 눈가에 슬픔의 골이 깊게 패어 있지 않은 모습으로.

준은 커피를 다 마신 뒤 정원용 장갑을 집어서 조끼 호주머니 속에 쑤셔 넣었다. 그러고는 아침 햇살 속으로 들어가 꽃밭을 지나서 자기 어머니가 지은 육묘장을 향해 걸어갔다. 준은 때때로 딱 한 번만이라도 어머니와 이야기를 나누고 싶다는 간절한 열망에 사로잡히곤 했다. 그럴 때면 온몸이 그 열망으로 부풀어 올라 숨이라도 한 번 크게 들이 마시면 몸이 터져서 산산조각이 날 것만 같았다. 아그네스에 대한 앨리스의 갈망도 자신의 그것과 다를 바 없다는 것을 잘 알기에 준은 그만큼 더 괴로웠다. 역사의 순환성이란 얼마나 잔인한 것인가.

육묘장 안의 공기는 새로운 시작의 약속들로 농밀했다. 준은 잠깐 눈을 감았다. 그리고 어머니가 들려주는 손필드의 이야기에 귀 기울이며, 어머니와 함께 사람들의 갈망과 열망들을 새순과 종자 속에 담으면서 시간 가는 줄 모르고 일했던 그 시절을 떠올렸다. "잘 들어라, 주니[27]." 와틀 스톤은 딸에게 이렇게 말하곤 했다. "이 꽃들은 루스가 준 선물이다. 이 꽃들이 우리의 생명줄이야."

준은 어렸을 때 할머니에 관한 이야기에 사로잡혀 있었다. 강가로 달려가 거대한 리버레드검 나무 몸통에 새겨진 루스의 이름과 그 옆에 나란히 새겨진 제이콥 와일드의 이름을 어루만지며 몇 시간을 보내곤 했다.

루스 스톤이 맨 처음 마을에 나타났을 때, 그녀에 대한 소문이 무성했다. 어떤 이들은 루스가 죄수들을 오스트레일리아로 이송한 열한 척의 배 중에서 맨 마지막 배에 탔던 여죄수에게서 태어났다고 했고, 또 다른 이들은 루스가 도망친 펜들 힐[28] 마녀의 후손이라고 주장했다. 루스가 마을에 가지고 온 것은 이상한 말들이 빼곡히 적힌 작은 공책 하나뿐이었다. 그 공책을 보고 마녀들의 주문이 적힌 책이라고 하는 사람도 있었고, 그 속에 말린 꽃들이 가득 들어 있는 것을 자기 눈으로 똑똑히 보았노라 주장하는 사람도 있었다. 마을 사람들이 만장일치로

27) '준'의 애칭.
28) 영국 랭커스터 서쪽에 있는 언덕. 17세기 초 유럽에서 가장 널리 알려진 마녀재판이 열린 곳으로 유명하다.

인정하는 딱 한 가지는 이웃 마을 색싯집 주인인 버몬트 부인이 마을 외곽, 다 망해 가는 손필드 농장주에게서 마지막 남은 젖소 한 마리를 받고 루스를 팔아넘겼다는 사실이었다.

은둔자처럼 살고 있던 웨이드 손턴은 마을 역사상 최악의 가뭄이 지속되는 동안 자기 농장이 흙먼지로 변해 가는 것을 속수무책으로 지켜만 보고 있었다. 사실 웨이드도 자신에 관한 흉흉한 소문에 시달리고 있었다. 사람들은 그가 술통에 빠져 사는 것도 자기 내면의 악마를 술로 잠재우기 위한 일종의 구마식이라고 했다. 하지만 루스 스톤이 농장에 온 뒤로는 그녀의 몸을 유린하는 것이 웨이드 손턴이 제일 선호하는 구마식이 되어 버렸다.

얼마 지나지 않아 루스는 그 집에서 잠시 탈출할 수 있는 때가 언제인지 알아냈다. 웨이드가 저녁으로 만들어 준 귀리죽을 다 먹어 치운 뒤 그날의 네 번째 술판을 벌이기 전에 루스는 땔감을 주우러 가는 척 집을 빠져나와 가뭄으로 바닥을 훤히 드러내고 있는 강으로 달려갔다. 그곳에서 웨이드가 만취하여 인사불성이 될 때까지 숨어 있을 만한 장소를 찾아냈던 것이다. 루스는 거대한 리버레드검 나무 아래에 앉아서 목이 터져라 노래하고 울었다. 책과 노래만이 그녀의 삶을 지탱해 주는 힘이었다. 루스는 엄마가 가르쳐 주었던 이야기에 가락을 붙여 노래를 불렀다. 그것은 말로는 하지 못하는 말을 전해 주는 꽃에 관한 이야기였다.

가진 거라곤 호주머니에 든 야생화 씨앗밖에 없는 실직 중인 소몰이꾼이 우연히 갈라진 강바닥으로 흘러들어와 헤매던 그날 밤에도 루스는 커다란 리버레드검 나무 옆에 앉아 노래를 부르고 있었다. 남자는 노랫소리에 이끌린 듯 강바닥을 가로질렀다. 전해지는 말로는 그는 달빛 아래에서 울면서 노래하는 루스를 보자마자 아무 말 없이 루스의 발치에 쭈그리고 앉아 나무뿌리 사이사이마다 씨앗을 심었다고 한다. 그날 밤부터 루스의 눈물이 떨어진 곳에 야생 강백합이 자라기 시작했고, 그와 동시에 루스와 제이콥의 불같은 연애도 시작되었다.

루스가 집을 빠져나갈 수 있을 때마다 그 둘은 강가에서 밀회했다. 만나면 제이콥은 루스에게 꽃씨를 주었고, 루스는 집에서 몰래 가지고 나간 변변찮은 음식을 제이콥에게 주었다.

얼마 지나서 씨앗이 어느 정도 모이자 루스는 집 근처에 있는 다 죽어가는 와틀나무 아래 손바닥만 한 옹달진 땅을 일구기 시작했다. 푸석푸석한 흙을 부드럽게 만들기 위해 강바닥을 긁어 퍼낸 흙탕물을 한 달이나 날라야 했다. 마침내 그해 겨울, 와틀나무의 가지마다 향긋한 노란 꽃들이 겨울이 피우는 불꽃처럼 만개했다. 루스는 그 광경을 보자마자 털썩 주저앉았다. 꽃향기가 읍내까지 퍼져 나갔다. 벌들이 나무 주위로 붕붕 몰려와 달콤한 꽃꿀을 삼켰다. 와틀나무 주변에 초록색 새순들이 자라났다. 루스는 자신의 작은 공책에다 화초 하나하나를 스케치했다. 마침내 여우장갑(디기탈리스)과 설강화를 비롯해서 각양각색의 꽃들이 피어나자, 루스는 스케치한 그림 옆에다 빅토리아시대의 꽃말을 참고하여 각각의 꽃이 자기에게 어떤 의미가 있는지를 적어 넣었다. 척박한 환경에서도 꽃을 피우는 신기하고도 아름다운 자생 야생화에 루스는 완전히 매료되었다. 그중에서도 특히 가운데 검붉은 핏빛 반점이 툭 불거져 나와 있는 진홍색 꽃에 홀딱 빠져 버렸다. 루스는 그 꽃의 스케치 옆에다 이렇게 적었다. *꽃말: 용기를 가져. 힘을 내.*

극심한 가뭄이 계속 이어지자 농가들은 파산하고, 농부들은 죽어갔으며, 땅은 풀 한 포기조차 키워 내지 못하는 황무지로 변해 갔다.

마을이 지도에서 완전히 사라질 위기에 처하자 루스 스톤은 자생 야생화 농장을 일구기 시작했다.

소문은 재빨리 퍼졌다. 사람들은 흙먼지와 소 뼈다귀들 사이에서 펼쳐지는 총천연색 향연을 제 눈으로 직접 보기 위해 농장으로 찾아왔다. 그리고 얼마 되지 않아 자신들의 정원에서 죽어 가던 식물에서 잘라 낸 가지와 줄기들을 가지고 다시 찾아왔다. 루스는 그것들을 모두 땅에 심었고, 얼마 지나자 식물들은 루스의 보살핌 속에서 무성하게 자라났다. 웨이드 손턴은 폭음을 멈췄다. 그리고 손필드의 문을 활짝 열어 사람들을 안으로 들였다. 그들은 괭이와 물을 채운 드럼통과 종자들을 들고 왔고, 루스는 그들에게 어디에 무슨 식물을 심을지 알려 주었다. 그들은 온실도 지었다. 그리고 먼동이 틀 때부터 해 질 녘까지 일했다. 마침내 들판에 꽃들이 만발하자 그들은 꽃을 수확해서 트럭에 싣고 차가운 밤공기를 뚫으며 전국에서 제일 큰 꽃 도매시장으로 가져갔다. 꽃묶음 하나하나엔 카드가 매달려 있었고, 카드에는 루스가 직접 쓴 꽃말이 적혀 있었다. 그날 가져간 꽃들은 완판되었다. 그뿐만 아니라 그들은 루스의 마음속 말들을 전하는 야생화를 앞으로 더 많이 사겠다는 주문서들을 받아들고 손필드로 돌아왔다. 마을 사람들의 마음속에 희망의 씨앗이 움트기 시작했다.

시간이 흘러 겨울꽃들이 피어났다. 시장에 더 많은 꽃을 팔 계획도 세웠다. 웨이드 손턴은 술 취하지 않은 멀쩡한 정신으로 집 안 그늘에 숨어서 주민들 사이에서 상기된 얼굴로 미소를 지으며 서 있는 루스를 지켜보았다. 그러는 사이 그의 몸속에서는 쓰디쓴 독초가 자라기 시작했다.

루스가 처음으로 성공적인 수확을 거두고 얼마 지나지 않은 어느 날 밤, 웨이드는 술을 진탕 마시고 루스 앞에서 정신을 잃은 척 쓰러졌다. 그리고 루스의 발소리가 집 밖 흙길을 따라 멀어질 때까지 기다렸다. 잠시 후, 웨이드는 차가운 밤공기를 가르며 루스가 밟고 지나간 오솔길을 걸어서 오래전 제 손으로 개간한 강가 빈터에 도착했다. 그리고 덤불 뒤에 숨어서 기다렸다. 이윽고 한 남자가 루스를 품에 안은 채 강바닥에서 올라왔다. 그 광경을 목격한 순간, 웨이드의 눈에 시뻘건 분노의 눈물이 차올랐다. 루스와 강제로 관계를 할 때마다 웨이드는 메마른 루스의 몸속으로 들어가기 위해 손에다 침을 뱉어야 했고, 루스는 시체 같은 몸을 웨이드에게 내맡긴 채 영혼 없는 표정으로 고개를 돌렸다. 그런데 이 남자의 품 안에서는 은빛을 발산하며 황홀한 몸짓으로 피어났다. 창백한 겨울 달빛 아래에서 루스는 남자의 손을 제 배에 갖다 대며 미소를 지었다. 루스의 눈이 별처럼 빛났다. 그 순간 웨이드 손턴은 짐승처럼 포효하며 덤불에서 뛰쳐나와 제이콥 와일드를 큼지막한 돌로 찍어 그 자리에서 기절시켰다. 그러고는 루스의 입에 재갈을 물려 나무에 묶어 두고, 자신이 맨손으로 남자를 강물에 빠트려 죽게 하는 광경을 똑똑히 지켜보게 했다.

준은 육묘장의 눅눅한 공기에 몸을 부르르 떨며 팔을 문질렀다. 손필드의 유산은, 준이 십대 때 조모에 관한 끔찍한 사연을 듣고 엄청난 충격에 사로잡혔을 때와 똑같이 준의 마음을 무겁게 내리눌렀다. 준의 엄마는 딸에게 꽃에 관해 가르쳐 줄 때면 이렇게 말하곤 했다. "잘 들어라, 주니. 이 꽃들은 루스가 준 선물이다. 이 꽃들이 우리의 생명줄이야."

준은 구근이 잘 자라도록 칼집을 내는 일을 시작하면서 문득 어머니가 지금 옆에 계셨다면 뭐라고 하실지 궁금해졌다. 아마 와틀 스톤이 살아 있었다면 딸에게 이렇게 말했을 것이다. "주니, 앨리스는 손필드의 상속녀다. 그러니 네가 하나에서 열까지 가르쳐야 해."

"앨리스, 이제 슬슬 출발하자." 준의 목소리가 계단 난간을 타고 올라왔다.

앨리스는 빳빳하게 풀 먹인 교복을 입고 침대 위에 앉아 있었다. 해리가 앨리스의 무릎을 핥았다. 앨리스는 한숨을 쉬었다. 그러고는 침대 위에 놓인 새 책가방을 끌어당겨서 발을 질질 끌며 아래층으로 내려갔다.

"그런 얼굴 하지 마." 준이 부엌을 가로질러 가서 앨리스에게 도시락을 건네주며 말했다. "학교에 가면 정말 재미있을 거야. 새 친구도 사귈 거고."

준은 바깥으로 나가서 트럭 문을 열었다. 해리가 차에 껑충 올라탔다. 앨리스는 베란다에 서 있었다. 발이 움직이려 하지 않았다. 준이 앨리스에게 손을 내밀었다.

"해리가 네 곁에 있을 거야." 준이 앨리스에게 해리 옆에 가 앉으라고 손짓했다. 앨리스는 일부러 쿵쿵거리며 계단을 내려왔다. 앨리스가 트럭에 올라타게 준이 도와주었다. 해리가 요란하게 짖어 댔다. 앨리스는 뾰로통한 얼굴로 씩씩댔다. 준이 차 문을 쾅 닫을 때 팔찌들이 짤랑거렸다.

"자, 출발!" 준은 종종걸음으로 트럭을 돌아서 운전석에 올라탔다. 준이 트럭을 휙 돌리자 뒤에서 우우 하는 함성이 터져 나왔다. 앨리스는 고개를 돌려 뒤쪽 유리창을 통해 밖을 바라보았다. 꽃무리가 트럭을 뒤쫓아 달려오면서 함성과 함께 색 테이프를 던지고 종이 폭죽 같은 색종이 조각을 터트리고 있었다.

"넌 잘 해낼 거야, 앨리스!"

"앨리스, 파이팅!"

"학교 첫날, 멋지게 보내, 앨리스!"

앨리스는 창밖으로 몸을 내밀며 미친 듯이 손을 흔들었다. 준이 차를 몰고 가면서 경적을 울렸다. 앨리스는 준이 눈물을 훔치는 것을 보았다.

읍내로 가는 도로에 접어들자 준은 액셀러레이터를 세게 밟았다. 앨리스는 손가락이 아플 정도로 해리의 목줄을 단단히 움켜잡았다.

유칼립투스 나무 아래 옹기종기 모여 있는, 비막이널을 댄 작은 건물 몇 채가 그 마을의 초등학교였다. 준과 앨리스의 발밑에서 유칼립투스 나뭇잎과 열매들이 으드득 밟혔다. 해리가 보이는 것마다 킁킁 냄새를 맡으며 앨리스를 끌고 가다시피 목줄을 당기며 앞장서 갔다. 이윽고 본관 앞에 다다랐을 때, 준은 쪼그리고 앉아 앨리스의 옷깃을 바로잡아 주었다. 준의 입김에서 박하 냄새가 났다. 앨리스는 코앞에 있는 준의 얼굴을 찬찬히 뜯어보았다. 준의 눈은 앨리스 아버지의 눈과 판박이였다. 이윽고 준이 일어나서 어깨를 폈다.

"자, 어서 들어가자. 넌 할 수 있어."

앨리스는 대기실로 걸어 들어가면서 방금 준이 '너'라고 한 사람이 그들 셋 중에 누구인지 궁금했다.

앨리스는 준, 해리와 함께 대기실에 앉아서 기다렸다. 안내 직원이 점심시간에 앨리스의 담임 선생님이 맞이하러 올 거라고 말했다. 준은 되새김질하는 소처럼 페퍼민트 껌을 질겅질겅 씹으며 다리를 계속 달달 떨었다. 앨리스는 해리의 목줄을 잡고 부드러운 옆구리를 쓰다듬었다. 준이 시간을 확인했다.

그때 종소리가 날카롭게 울렸다.

"곧 오실 거야, 앨리스." 준이 중얼거렸다. 해리가 준을 안심시키려는 듯 목을 쭉 빼서 준의 손을 핥았다. 준이 해리의 귀를 쓰다듬었다. 잠시 후, 해리가 등을 활 모양으로 굽혀 스트레칭을 하더니 아주 길게 방귀를 뀌었다. 준이 무표정한 얼굴로 기침을 콜록콜록했다. 앨리스의 얼굴이 화끈거렸다. 직원이 헛기침을 했다. 이윽고 고약한 냄새가 코를 찌르자 준이 킥킥 웃었다. 그러고는 기침 소리로 방귀 냄새를 가려볼 심산인 듯 다시 기침을 하기 시작했다. 하지만 결국 벌떡 일어나 허둥지둥 창가로 다가갔다. 앨리스가 냄새를 애써 견디고 있는 동안 해리는 해맑게 웃으며 헥헥댔다.

"저기, 죄송합니다. 정말 죄송합니다." 준이 쉰 목소리로 직원에게 사과했다. 그러자 직원이 손수건으로 코를 감싸 쥐며 고개를 끄덕였다. 그들은 창문을 활짝 열어젖힌 뒤에야 안도감에 어깻죽지를 늘어뜨렸다. 앨리스는 대기실 문을 살짝 열고 교실에서 쏟아져 나오는 아이들을 찬찬히 쳐다보았다. 그리고 다시 자리로 돌아와 앉아 교실에서 해리가 자기 옆에서 방귀를 뀌는 모습을 상상해 보았다. 앨리스는 몸을 숙여 해리를 한 번 꼭 안아 주고 나서 해리의 목줄을 준에게 건넸다. 준은 그 목줄을 내려다보고 나서 앨리스를 쳐다보았다. 부드러운 눈길로.

"그래, 너 혼자 해낼 수 있어, 앨리스." 준이 미소를 지으며 말했다. 앨리스가 고개를 끄덕였다.

대기실 문이 열리더니 반바지 차림의 젊은 남자가 들어왔다. 남자의 한쪽 뺨에 분필이 그어져 있었다.

"네가 앨리스 하트니?"

남자는 다가오면서 코를 씰룩거렸다. 그러고는 코를 킁킁거리더니 해리를 흘깃 바라보았다. 준이 일어서서 남자에게 다가갔다. 앨리스는 뒤에 남아 있었다. 남자가 신은 무릎 양말 한 짝이 흘러 내려와 있었다. 남자의 다리는 앨리스 아버지처럼 굵은 검은 털이 아니라 가는 금발로 덮여 있었다.

"그래, 앨리스." 남자가 싱긋 웃으며 말했다. "나는 너의 새 담임, 챈들러 선생님이야."

챈들러 선생님은 한 손을 반바지에 쓱 닦더니 앨리스에게 내밀었다. 앨리스는 준을 쳐다보았다. 준이 악수하라는 뜻으로 고개를 끄덕였다. 하지만 챈들러 선생님의 손은 도킹을 기다리는 우주선처럼 공중에 떠 있었다. 준이 앨리스의 귀에 안 들리게 챈들러 선생님에게 뭐라고 중얼거렸다. 그는 그제야 뻗은 손을 내리더니 손으로 턱을 문질렀다. 앨리스가 간파한 바로는 그건 트윅이 깊은 생각에 잠겨 있을 때 하는 행동이었다.

"앨리스, 혹시 너 책 좋아하니? 우리 반 학급문고를 운영하는 데 도와줄 친구를 찾고 있었거든. 그런데 네가 마침맞게 잘 와 주었구나."

앨리스는 잠시 머뭇대다가 마침내 손을 내밀었다.

세 시 종이 울릴 때까지 시간은 찬물에 당밀이 녹듯 천천히 지나갔다.

"모두 내일 보자." 챈들러 선생님이 외치자마자 앨리스네 반 아이들이 교실 밖으로 우르르 몰려 나갔다.

앨리스가 천천히 책가방을 집어 들었다.

"앨리스, 학교 첫날, 어땠니?" 챈들러 선생님이 물었다.

앨리스는 계속 머리를 숙인 채 고개를 끄덕였다. 앨리스는 친구를 한 명도 사귀지 못했다. 말을 못 해서였다. 반 아이들이 앨리스를 방귀 냄새 나는 해리를 보듯 대했기 때문이었다. 앨리스는 해리를 교실에 데리고 들어올걸 하는 후회가 들었다. 그랬다면 적어도 친구 한 명은 있었을 테니까.

"누가 널 데리러 오시기로 했니?" 챈들러 선생님이 물었다.

"제가 데리고 갈 거예요." 캔디 베이비가 풍선껌을 씹으며 마치 한겨울에 핀 봄꽃처럼 느닷없이 교실 문간에 나타났다. 해리도 꼬리를 흔들며 캔디 옆에 앉아 있었다. 앨리스는 그들을 보자마자 빵긋 웃으며 코를 훌쩍거렸다.

그들은 교실을 나와서 주차장으로 걸어갔다. 캔디가 앨리스에게 오늘 어땠는지 물었고, 해리는 격하게 앨리스의 손을 핥았다. 저 앞에 여자아이들이 모여 있었다. 앨리스가 그 곁을 지나면서 흘깃 보니 같은 반 아이들이었다.

"야, 저기 간다. 그 저능아." 한 아이가 소리쳐 말했다.

"저게 무슨 소리야?" 캔디가 물었다.

앨리스는 어서 집으로, 드넓은 꽃밭이 내려다보이는 자기 방으로 돌아가고 싶었다. 앨리스가 책가방 지퍼 손잡이를 만지작대고 있는데 어디선가 훌쩍훌쩍 우는 소리가 들렸다. 앨리스는 가만히 서서 귀를 기울였다. 훌쩍거리는 소리가 다시 들렸다. 앨리스는 주위를 살피다가 주차장 가까이에 있는 학교 건물 뒤에 강에서 본 소년이 누워 있는 것을 발견했다. 한쪽 볼이 시퍼렇게 멍들고 입술은 찢어져 있었다. 다리에 자잘하게 긁힌 상처에서는 피가 스며 나오고 있었다.

"앨리스?" 캔디가 다가오며 소리쳤다. "아니, 오기!" 캔디가 깜짝 놀라 소리쳤다. "왜 그래? 무슨 일이야?"

"괜찮아요." 오기가 캔디와 앨리스의 부축을 받고 일어나 앉으며 말했다. 그러고는 앨리스를 똑바로 바라보며 말했다. "다르다는 이유로 왕따 당하는 건 너 혼자만이 아니야."

"얼레리 꼴레리, 저능아끼리 사랑한대요!" 근처 수풀에서 킥킥 웃는 소리가 들려왔다. 캔디가 득달같이 그쪽으로 다가가 가지를 마구 흔들자 앨리스 반 아이들이 후다닥 흩어졌다. 앨리스는 아무렇지 않았다. 아이들이 오기와 자기를 '저능아'가 아니라 뭐라고 부르며 놀리든 아무렇지도 않았다.

앨리스가 일으켜 세워 주자 오기는 움찔하며 당황해했다. 앨리스는 오기의 책가방을 들어 한쪽 어깨에 둘러멨다. 그리고 오기에게 기대라고 다른 쪽 어깨를 내밀었다. 오기를 부축하는 게 다친 엄마를 부축할 때보다 더 수월했다. 오기는 엄마와 달리 앨리스와 키가 같았으니까.

그 둘은 함께 절뚝거리며 학교 정문까지 걸어갔다. 캔디가 트럭 문을 열고 아이들 책가방을 짐칸에 실은 뒤 해리를 짐칸에 태우고 목줄을 채웠다. 그리고 앨리스와 오기를 부축해서 앞자리에 태웠다.

"오기, 먼저 너희 집에 가자." 캔디가 오기에게 말했다. "금잔화를 으깨서 상처 난 곳과 멍 자국에 바르면 얼마 안 가서 씻은 듯이 나을 거다. 이런 귀한 정보는 너를 이 꼴로 만든 녀석들한테는 절대 알려 줄 수 없지. 너희 엄마가 아시면 그 녀석들 뼈도 못 추릴 텐데."

"그러니까 저희 엄마한테는 절대 말씀하시면 안 돼요." 오기가 애원하듯 말했다.

캔디는 고개를 끄덕이며 차를 후진했다. 차가 달리는 동안 해리는 짐칸에서 서성거리다 이따금 머리를 트럭 난간 너머로 내밀어 바람을 쐬었고, 앞칸에 앉은 세 사람은 내내 침묵을 지켰다. 시내 중심가를 달리는 동안 앨리스는 가게 진열장의 파스텔 색조에 흠뻑 취했다. 그리고 머릿속으로 사탕수수밭을 빠져나와 큰길을 만나고, 멋진 원피스들이 걸려 있는 가게들과 테이블에 노란 꽃이 놓여 있는 카페를 지나친 다음, 건널목을 건너 도서관으로 들어가서 자기에게 셀키에 관한 책을 권해 주던 상냥한 미소를 지닌 사서를 만나는 상상을 했다. 샐리. 앨리스가 샐리의 얼굴을 좀 더 자세히 보려고 했지만, 샐리의 얼굴은 이내 멀리 사라져 버렸다.

캔디는 도시 경계 표지판을 막 지나자마자 비포장길 쪽으로 핸들을 꺾었다.

"유칼립투스 고목들 좀 봐! 정말 아름답지 않니?" 캔디가 핸들 위로 몸을 기울여 위를 올려다보며 말했다. 앨리스는 은백색의 나무 몸통들을 감탄하며 바라보았다. 그 나무들을 보자 엄마가 이야기해 준, 온 세상이 눈으로 덮여 나무도 땅도 하늘도 모두 새하얀 설국이 떠올랐다.
"다 왔다." 캔디가 강가의 작은 개간지에 트럭을 세웠다. 앨리스가 넘실대는 강물을 지긋이 바라보았다. 그제야 앨리스는 오기가 어떻게 자기를 발견했는지 알게 되었다. 바로 이 강이 오기를 앨리스 곁으로 인도해 준 것이다.

오기는 혼자 트럭에서 내려 넓고 나직한 베란다가 있는 작은 통나무 집을 향해 절뚝이며 걸어갔다. 열린 현관문을 통해 빨간색 면 커튼이 보였다.

"오기니?" 집 안에서 목소리가 들려왔다. 잠시 후, 검은 머리에 빨간 립스틱을 바른 여인이 현관문을 나오며 말했다. "대체 무슨 일이야?"

"학교에서 애들과 좀 다투었나 봐요." 캔디가 트럭에서 내려서며 말했다.

보리야나는 앨리스가 알아들을 수 없는 말들을 폭포수처럼 쏟아 냈다. 그러면서 시퍼런 멍과 스피니펙스 줄기에 베인 상처를 보고 호들갑을 떨었다. 오기는 항복한다는 듯 두 손을 번쩍 들어 올리며 자기 엄마처럼 알아들을 수 없는 말을 줄줄 쏟아 냈다. 해리가 트럭 짐칸에서 컹컹 짖어 대자 캔디가 가서 목줄을 풀어 주었다. 그러자마자 해리는 짐칸에서 뛰어내려 보리야나 곁으로 다가갔다. 그러고는 보리야나가 아들에게 푸념을 늘어놓으면서 요란스레 흔들어 대는 그녀의 손을 향해 컹컹 짖었다.

"미안, 미안, 해리." 보리야나가 해리를 안심시키려고 머리를 쓰다듬었다. "별일 아니야. 이 녀석이 이제 좀 컸다고 누가 이랬는지 말해 주지 않으려고 하니까 아줌마가 열 받아서 그래." 보리야나가 이렇게 말하며 팔짱을 척 꼈다.

"보리야나, 우린 그만 가 볼게요. 이 문제는 두 사람이 잘 해결하시고요." 캔디가 해리를 보고 고개를 끄덕이며 말했다. "해리, 이리 와."

"뭐? 이렇게 가면 안 되지! 잠깐 들어와서 차라도 한잔 마시고 가요. 준도 이해해 주실 거야."

"아뇨. 지금쯤 눈이 빠져라 기다리고 계실걸요? 오늘이 이 친구 학교 첫날이거든요." 캔디가 앨리스의 어깨를 팔로 감싸며 말했다. "그래서 오늘 학교에서 무슨 일이 있었는지 무척 듣고 싶어 하실 거예요. 보리야나, 여기는 앨리스예요. 준의 친손녀. 새내기 꽃무리예요."

앨리스가 수줍게 웃었다. 하지만 시선은 오기에게 향해 있었다.

"어머나, 만나서 정말 반갑구나." 보리야나의 억양은 마치 말에 설탕 옷을 입힌 것처럼 걸쭉했다. 보리야나는 앨리스의 손을 덥석 잡고 아래위로 흔들었다.

"우리 오기랑 친구 사이니?"

"그냥 같은 학교에 다녀요." 오기가 불쑥 나서며 말했다.

보리야냐가 고개를 끄덕이며 대꾸했다. "잘 됐구나." 그러고는 캔디를 힐끗 보며 말했다. "정말로 안에 들어가서 후딱 차 한잔 안 마실 거예요? 밀린 얘기가 한둘이 아닐 것 같은데?" 보리아냐가 한쪽 눈썹을 추켜세우며 말했다. 앨리스가 애원하듯 캔디를 올려다보았다.

"좋아요, 좋아. 후딱 한잔하죠." 캔디가 항복했다.

캔디와 보리야나가 서로 팔짱을 끼고 머리를 맞댄 채 정담을 주고받으며 집 안으로 들어가는 동안, 오기와 앨리스는 그 자리에 엉거주춤 서 있었다.

"내가 구경시켜 줄게." 오기가 강 쪽을 가리키며 말했다. 앨리스가 고개를 끄덕이고는 손가락을 등 뒤에서 딱 부딪쳤다. 해리가 앨리스 뒤를 따라가면서 앨리스의 손목을 핥았다.

집 뒤편에 아주 잘 가꿔진 장미 정원과 살진 닭 세 마리를 키우는 닭장이 있었다. 앨리스는 종이껍질나무[29] 아래에 앉아서 오기가 닭장 문을 열고 닭들을 풀어 주는 모습을 지켜보았다. 해리가 코를 킁킁대며 닭 뒤를 한동안 따라다니더니 이내 심드렁한 표정으로 몸을 웅크리며 누웠다.

"이 녀석은 펫이야. 내가 제일 좋아하는 녀석이지." 오기가 북슬북슬한 검정 닭을 가리키며 말했다. 멍든 팔을 쫙 뻗치다가 통증이 느껴졌는지 얼굴을 찡그렸다. 앨리스는 눈을 질끈 감았지만, 물에서 나오던 멍으로 뒤덮인 엄마의 나신이 눈앞을 떠나지 않았다.

"앨리스, 괜찮아?"

앨리스가 어깨를 으쓱했다. 오기가 엄마의 장미 정원으로 가서 땅에 떨어진 꽃잎을 주워 모았다. 그리고 두 손 가득 꽃잎을 담더니 앨리스 곁으로 다가와 앨리스 주위를 빙 돌며 땅바닥에다 꽃잎을 뿌렸다. 오기는 그렇게 앨리스와 장미 정원을 몇 차례 오락가락하면서 동그라미를 완성했다. 그런 다음 원 안으로 풀쩍 뛰어 들어와서 앨리스 곁에 앉았다.

"아빠가 돌아가신 뒤로 울적할 때마다 이렇게 했어." 오기가 두 팔로 무릎을 감싸며 말했다. "그리고 마음속으로 되뇌었어. 이 동그라미 속에 있으면 슬픔이 나를 침범하지 못할 거라고 말이야. 동그라미는 내 기분에 따라 크게도 만들고 작게도 만들었어. 한번은 엄마가 울음을 그치지 않으셔서 집 전체를 빙 두르는 아주 큰 장미꽃 동그라미를 만든 적도 있었어. 그걸 만드느라 정원에 있는 장미꽃을 다 따야 해서 엄

29) '니아울리'라고도 불리는 관목으로, 나무껍질이 종잇장 같다.

마한테 야단맞을 줄 알았거든. 그런데 엄마는 아무 말도 안 하셨어."

노란 나비들이 팔랑팔랑 장미 정원 위를 날아다녔다. 앨리스는 날개에 조그만 레몬빛 불꽃무늬가 있는 나비들을 지켜보면서 여름날 카수아리나 나뭇가지에 앉아 햇볕을 쬐 가면서 해변을 팔랑팔랑 날아다니던, 그리고 밤이면 자기 방 창문을 톡톡 두드리던 나비들을 떠올렸다.

"아빠가 일하시던 광산이 무너졌어. 한동안 엄마는 매일 베란다에 앉아서 아빠가 집으로 돌아오시기를 기다렸어. 늘 장미 한 송이를 들고서 말이야."

사랑하는 사람이 돌아오기를 간절히 기다리다 난초로 변해 버린 여왕처럼. 앨리스는 온몸에 전율을 느끼며 양팔을 문질렀다.

"추워?" 오기가 물었다. 앨리스는 고개를 내저었다. 둘은 나란히 앉아 강을 바라보았다.

"내가 꽃을 꺾어서 밤에 네 부츠 속에 꽂아 두는 것도 장미로 동그라미를 만드는 것과 같은 거야." 오기가 조용히 말했다.

앨리스는 고개를 숙여 흘러내린 머리카락으로 얼굴을 가렸다.

"나도 어떤 기분인지 알아. 슬프고 외로운 게 어떤 건지." 오기가 손바닥에 있는 장미 꽃잎 한 장을 뒤집었다. "원래는 이곳에 잠깐 살 생각이었어. 아빠가 목돈을 버실 때까지만. 하지만 이제 아빠가 돌아가셨으니 어떻게든 이곳에서 살아야 해. 엄마는 비자가 없어서 다른 일을 할 수가 없거든."

앨리스가 머리를 갸우뚱했다.

"우린 오스트레일리아 사람이 아니야. 우리 엄마는 여기서 태어나지 않으셔서 법적으로는 이 나라에 살지 못하게 되어 있어. 엄마가 그러는데, 만일 이 마을을 떠나 다른 곳에 가서 살려고 하면 이민국이 엄마를 체포해서 본국으로 강제로 돌려보내고 다시는 이 나라에 발을 들여놓지 못하게 한대. 그러면 나랑 엄마는 헤어져서 살아야 해. 이곳은 아빠가 태어나고 묻힌 곳이기 때문에 엄마는 내가 크는 동안은 여기서 살고 싶어 해. 우리가 다른 사람들과 어울리지 않는 것도, 엄마가 큰 도시로 가서 일자리를 구하려고 하지 않는 것도 다 그 때문이야. 게다가 나랑 친구가 되고 싶어 하는 애는 아무도 없어. 애들은 우리 엄마를 마녀라고 불러. 사실 손필드에 사는 여자들을 죄다 마녀 취급하긴 하지만."

마지막 말에 앨리스의 눈이 휘둥그레졌다.

"아니, 아니, 걱정하지 마. 농담한 거야." 오기가 말했다.

앨리스는 안도의 한숨을 쉬었다.

오기가 땅바닥에서 돌멩이 하나를 집어 들었다. "우리 엄마 꿈은 언젠가는 불가리아로 돌아가는 거야. 난 어른이 되면 엄마의 꿈을 꼭 이루어 드릴 거야. 돈을 많이 벌어서 엄마의 고향, 장미 계곡으로 엄마를 모시고 갈 거야."

앨리스는 장미 꽃잎 한 장을 집어서 코에 갖다 댔다. 장미 향을 맡자 병원에서 꾼 불 꿈이 생각났다.

"엄마 말씀으론 내가 태어난 곳이 그곳이래. 불가리아에 있는 장미 계곡. 사실 진짜 계곡이 아니라 분위기가 그래서 그렇게 부르는 거래. 그게 무슨 의미인지 정확히는 모르겠지만 말이야. 내가 아는 건 거기에 왕들이 묻혀 있고, 장미꽃이 향기롭게 피어 있다는 거야. 왠지 알아? 그건 그 땅에 왕들의 뼈와 함께 황금이 묻혀 있기 때문이야."

앨리스가 한쪽 눈썹을 치켜세웠다.

"아, 그래, 황금이랑 뼈 부분은 내가 꾸며 낸 얘기야. 하지만 진짜라면 정말 대박 아니니? 마법의 장미 계곡 밑에 왕들의 뼈와 보물이 같이 묻혀 있다면 말이야."

그때 발소리가 들려왔다.

"우리 그만 가 봐야 해, 스위트피." 캔디가 소리쳐 말했다.

앨리스와 오기는 장미 꽃잎 동그라미 밖으로 나와서 캔디를 따라 보리야나가 기다리고 있는 집 앞으로 갔다.

"이거 받아라, 앨리스. 작은 환영의 선물이야." 보리야나가 앨리스에게 입구를 천으로 막아 리본으로 묶은 작은 유리병 하나를 건네주며 말했다. 병 속에 반들거리는 분홍색 잼이 담겨 있었다. "장미로 만든 잼이야. 토스트에 바르면 아주 기가 막히지."

"안녕, 앨리스. 내일 학교에서 보자." 오기가 손을 흔들며 소리쳐 말했다.

'내일.' 캔디가 큰길을 향해 차를 몰고 가는 동안 앨리스도 오기에게 손을 흔들었다. 내일 오기를 만나게 될 것이다.

차를 타고 집으로 가는 내내 앨리스는 달아오른 제 뺨을 어루만졌다. 그러면서 자기 얼굴이 환하게 빛나고 있다는 상상을 했다.

Cootamundra wattle 쿠타문드라와틀

내게는 치유해야 할 상처가 있다

Acacia baileyana | 오스트레일리아 뉴사우스웨일스

양치류처럼 생긴 나뭇잎과 황금빛의 두상화(頭狀花)를 가진 우아한 나무.
내한성 상록수라서 추위에도 잘 자란다.
겨울에 꽃을 풍성하게 피우며, 매우 짙고 달콤한 향이 난다.
꽃가루를 풍성하게 생산하여 꿀벌들에게
풍부한 먹이를 제공한다.

준은 어두운 복도를 따라 터덜터덜 걸어가며 전등 두어 개를 켰다. 괘종시계가 새벽 두 시를 알렸다. 준은 동틀 녘에 차를 몰고 큰 도시에 있는 화훼시장에 갔다. 하지만 차로 두어 시간밖에 걸리지 않아 부담 없이 후딱 다녀올 수 있는 거리였다. 준이 피로한 것은 그 때문이 아니었다.

잠 못 이루는 밤이 몇 주째 계속 이어졌다. 준의 침대는 활짝 핀 와틀 꽃가지를 들고 발치에 앉아 있는 수많은 유령의 무게에 짓눌려 있었다. 겨울은 일 년 중 가장 힘든 계절이다. 꽃 주문량도 뚝 떨어졌다. 케케묵은 옛이야기들이 다시 돌아와 대지에 깔린 서리 밑에 자리를 잡았다. 게다가 이번 겨울엔 앨리스도 함께다.

앨리스는 여전히 말은 하지 않았지만 미소 띤 얼굴은 자주 볼 수 있었다. 학교생활이 아이가 깊은 슬픔에 침잠하지 못하도록 끊임없이 깨

어 있게 하는 자극제가 되어 주었다. 이불에 오줌 싸는 일도 몇 주째 없었고, 발작 증세도 더는 보이지 않았다. 그와 더불어 심리 치료를 받게 해야 한다는 트윅의 압박도 눈에 띄게 줄어들었다. 앨리스는 늘 무릎 위에 책갈피에 마른 꽃잎이 꽂혀 있는 책을 펼쳐 놓고 있었다. 그렇지 않으면 부엌이나 허브 정원에서 새로운 요리 레시피를 실험하는 캔디 옆에 바짝 붙어 조수 노릇을 하거나, 파란 부츠를 신고 작업장을 누비는 트윅 뒤를 그림자처럼 졸졸 따라다녔다.

하지만 준이 주의 깊게 지켜볼 뿐만 아니라 날씨가 나날이 추워지는데도 앨리스는 이따금 어느 틈엔가 사라졌다가 축축해진 머리로 집으로 돌아오곤 했다. 준은 알고 있었다. 앨리스가 강을 찾아냈다는 것을. 그리고 어쩌면 거대한 리버레드검 나무도 찾아냈으리라는 것을. 그렇지만 준은 앨리스에게 손필드의 이야기를, 앨리스의 선대 여인들의 이야기를 차마 전할 수가 없었다. 한 번 루스의 이름을 입에 올린 적 있었지만, 그때도 와틀과 준과 클렘으로 이어지는 굵은 줄기와 아그네스를 비롯하여 준이 선택한 몇몇 잔가지만 언급했을 뿐이었다.

준은 주방 조리대 앞에 서서 위스키병을 열어 한 잔을 더 따랐다. 준은 지쳐 있었다. 고통스러워 기억하기도 힘든 과거의 무게를 견디는 데 지쳤고, 사람들이 차마 말로 표현할 수 없는 말을 하는 꽃들에 지쳤다. 비통함과 고립과 유령들에 지쳤으며, 오해받는 데 지쳤다. 앨리스에게 가족 이야기를 해 주는 문제도 그랬다. 손필드의 야생화들 사이에서 자라는 무수한 비밀에 대한 비난을 자기 혼자서 오롯이 감당해야 하는 현실이 버거워 쉽사리 입이 떨어지지 않았다. 가족사에 얽힌 진실에 접근하기보다 아이를 치유할 다른 방법이 절실히 필요했다. 하지만 그게 무엇인지는 준으로서는 감조차 잡을 수 없었다. 비록 그날 아침 앨리스가 자기 얼굴을 예전부터 알고 있었다는 느낌을 받기는 했지만. 왜 자기 아버지가 엄마를 데리고 손필드를 떠났는지, 혹은 준이 생각을 바꿔 클렘의 분노에 굴복했다면 아그네스의 인생을 구제할 수도 있었을 거라는 점을 앨리스도 어느 정도 인식하고 있는지 전혀 알 길이 없었다. 당시 준으로서는 아들이 아그네스를 데리고 떠나게 내버려 둘 수밖에 없었다. 준은 아들의 분노에 굴복할 수 없었기에. 그리고 아그네스가 저 자신보다 클렘을 훨씬 더 많이 사랑하고 있었기에.

준은 위스키병을 들고 응접실로 가서 병째 들이켰다. 앨리스가 손필드에 도착해서 준의 품에 안겨 준의 목덜미에 제 얼굴을 묻던 그 순간, 준은 지금껏 자기 인생에서 고갈되었다고 생각했던, 그리고 감히 기억으로조차 누릴 수 없었던 사랑이 온몸에 가득 차오름을 느꼈다. 그래서 준은 그걸 잃어버릴지도 모르는 위험을 감수할 수가 없었다. 손필드의 이야기는 마치 체불임금처럼 입 밖으로 꺼내지 못한 채 하루하루 지나갔다. 준은 나름의 합당한 이유를 대며 시기를 계속 미루었다. 앨리스가 학교생활을 시작하면 그때 말하리라. 앨리스가 웃으면 그때 말하리라. 앨리스가 물으면 그때 말하리라. "조심해요, 준." 트윅이 경고했다. "과거란 놈은 전혀 뜻밖의 방식으로 새순을 틔우죠. 이런 이야기들은 잘 다루어야 해요. 그것들은 저 스스로 싹을 틔우는 법을 알고 있으니까요."

준은 위스키병을 손에 쥔 채 소파에 털썩 주저앉았다. 과거가 준 주위에 모여들었다. 사실 손필드의 이야기는 준이 손만 뻗으면 닿을 거리에서 늘 서성거리고 있었다.

루스는 제이콥 와일드가 피살되는 것을 목격하고 미쳐 버렸다. 강가에서 혼자 제이콥의 딸을 낳고, 가뭄 때 가장 먼저 꽃을 피웠던 와틀 나무의 이름을 따서 아이 이름을 와틀이라고 지어 주었다. 그것이 루스 정원의 마지막 결실이자 루스가 딸에게 줄 수 있었던 마지막 선물이었다. 그 이름 때문에 루스의 딸은 웨이드 손턴의 학대를 견디며 그 집에서 살아남을 수 있었는지도 모른다. 와틀은 이렇게 말하곤 했다. "주니, 나는 그자가 우리 엄마에게 했듯이 내 영혼을 파괴하도록 내버려 두지 않겠다고 결심했단다. 엄마의 눈동자는 먼지투성이 땅에 나뒹구는 매미의 허물처럼 텅 비어 있었지."

마을 주민들은 루스가 화훼시장에 꽃을 내다 파는 일을 중단하자 손필드에 발걸음을 끊고 눈길을 거두었다. 그리고 루스의 정원이 시들고 황폐해지도록 내버려 두었다. 웨이드가 마을에 나타났을 때, 단 한 사람도 그에게 다가가 사람을 죽였다는 소문이 맞는지 따지지 않았다. 자기 엄마의 젖보다 새들이 물어다 주는 먹이를 먹고 자라났다고 알려진 소녀 와틀도 모른 척했다. 하지만 딱 한 사람, 루카스 하트는 예외였다. 그는 어렸을 때 혼자 강가를 산책하다가 처음 와틀을 보았다. 그때는 와틀이 강에 사는 인어일 거라 생각했다. 물 밑에 어른거리던 와틀의 피부는 초록색으로 보였고, 기다란 검은 머리카락은 꽃송이며 잎사귀들과 뒤엉켜 있었다. 비록 학교나 가게나 교회에서 와틀을 본 적이 한 번도 없었지만, 와틀은 소년 루카스의 머릿속을 완전히 장악해 버렸다. 루카스는 강에 갈 때마다 와틀이 수영하는 모습을 볼 수 있기를 바랐다. 마치 풀어야 할 원한이라도 있는 것처럼 거칠게 물살을 가르는 와틀의 근육질 팔다리는 루카스에게 강렬한 인상을 주었다.

시간이 흘러 둘 다 어른으로 성장했다. 와틀은 읍내에 좀처럼 나타나지 않는 은둔형 아가씨가 되었고, 루카스는 의대에 다니기 위해 대

도시로 떠나 있었다. 하지만 번잡한 도시 생활이나 학업의 중압감도 루카스의 정념을 흔들지 못했다. 와틀에 대한 생각은 마치 열병처럼 루카스의 정맥을 타고 흘렀다. 루카스는 일반의 면허증을 따고 고향으로 돌아왔다. 그리고 밤마다 강가 오솔길을 따라 산책했다. 그도 웨이드 손턴에 관한 소문을 익히 들어 알고 있었다. 하지만 부부간의 진실은 당사자 외에는 아무도 모르는 법이다. 루카스는 늘 이렇게 주장하고 싶었다. 루스 스톤은 결코 자신의 동의하에 웨이드 손턴의 아내가 된 것이 아니며, 소문과 달리 웨이드는 와틀 스톤의 친부가 아니라고. 루카스는 매일 밤 강변을 걸으면서 마음속으로 맹세했다. 이번에는 꼭 손필드 현관 계단을 올라가서 문을 두드리고 자기소개를 하겠노라고. 하지만 농장 경계까지 갔다가는 번번이 돌아섰다. 그러던 어느 날 밤, 손필드 쪽에서 단발의 총성이 울렸고, 연이어 여자의 비명이 들렸다. 그리고 침묵이 흘렀다.

루카스는 강에서 손필드의 먼지투성이 앞마당까지 이어진 오솔길을 따라 미친 듯이 달려갔다. 거기에, 와틀 스톤이 엽총을 손에 쥔 채 잉크처럼 짙붉은 피에 흠뻑 젖은 웨이드 손턴의 시체 위에 쓰러져 있었다. 루카스가 소리쳤다. "어디 다친 데 없어요? 이 피, 당신이 흘린 피예요, 와틀? 많이 다쳤어요?" 루카스는 와틀이 걱정되어 안절부절못했다. 와틀이 일어나 앉았다. 그녀의 얼굴은 백지장처럼 하얗게 굳어 있었고, 눈동자는 발 주위에 퍼져 있는 핏물처럼 검붉었다. "와틀?" 루카스가 겁에 질려 소리쳤다. 와틀이 천천히 고개를 내저으며 속삭였다. "내가 한 짓이 아니에요." 그녀의 손에 들린 엽총이 부르르 떨렸다. 그 둘은 서로를 응시하며 무언의 맹세를 했다.

웨이드 손턴이 죽었다는 소식은 하룻밤 사이에 온갖 억측과 함께 들불처럼 번졌다. 루스가 마법을 걸어 웨이드가 자살하게 했을 거라는 사람도 있었고, 루스의 딸이 웨이드를 죽였을 거라는 사람도 있었다. 사람들은 스톤 가문의 여자들과 그들이 키운 야생화의 꽃말이 액운을 몰고 왔다고 매도했다. 루스가 화훼농장을 건사하는 데 실패한 뒤로 마을에 저주가 내려 사람들의 수입과 희망을 앗아 가 버렸다고도 했다. 강의 어부들도 이 억측에 재빨리 동참해서 한밤중에 루스가 얕은 물 속에 있는 무언가와 대화하는 광경을 목격했노라 주장했다. 거기에다 강에서 리버 킹, 즉 머리대구[30]를 봤다는 목격담이 신문에 보도되자 마을 전체가 더욱 터무니없는 억측과 경악에 휩싸였다. 원래 리버 킹은 그렇게 먼 북쪽 수로 근처에서는 발견되지 않는 어종인데, 그 강에 출몰했다는 것은 필시 루스가 나쁜 주문을 걸었기 때문이라는 거였다. 사람들은 한때 루스 스톤과 그녀의 화훼농장이 온 마을을 가뭄에서 구해 주었다는 사실을 까맣게 잊어버렸다.

들끓는 모략과 비방은 루카스가 공개적으로 증언을 한 뒤에야 비로소 사그라들었다. 그는 웨이드 손턴이 술에 취해 인사불성이 된 채 비틀비틀 소총을 닦으면서 돌아다니다가 결국에는 자신을 쏘는 광경을 목격했노라 증언했다. 경찰은 그의 죽음을 사고사로 처리했고, 마을 사람들은 관심의 눈길을 다른 곳으로 돌렸다. 와틀 스톤은 와틀 부케를 들고 루카스 하트와 결혼했다. 그 둘은 신혼살림을 손필드에 차리고 루스와 함께 살았다.

"그런 다음 네가 태어났단다, 주니." 준의 엄마는 늘 이 대목에서 눈물이 가득 고인 눈으로 딸을 똑바로 바라보며 말했다. "그리고 사람들

30) 오스트레일리아 머리강에 사는 고유종 민물고기. 최대 1.8미터까지 자라며, 입이 뭐라도 삼킬 수 있을 정도로 큰 잠복형 포식자. '리버 킹'이라는 별명을 가지고 있다.

은 다시 우리를 친절하게 대하기 시작했지. 네가 손필드의 저주를 깬 거야."

와틀은 준을 아기 침대에 재우고, 그 옆에 앉아서 루스의 공책 위에 쌓인 먼지를 닦아 냈다. 그리고 루카스가 진료소에서 일하는 동안 읍내 도서관에서 책을 빌려 왔다. 와틀은 책을 소리 내어 읽으면서 루스가 그린 꽃 스케치와 도감에 적힌 그림을 비교해 가며 이름을 알아내서 도시에서 주문할 꽃씨의 목록을 적었다. 그러는 동안 준은 옆에서 엄마를 따라 옹알거렸다. 계절이 열두 번 정도 바뀌는 동안 와틀은 엄마의 화훼농장을 다시 소생시켰다. 사람들은 손필드에서 생산된 꽃다발이 다시 꽃시장에 나오는 것을 받아들이기 시작했다. *행복의 귀환.* 이는 꽃송이 하나가 인간의 심장 크기만 한 와라타[31]가 전하는 꽃말이었다. *헌신.* 이는 종지 모양의 향기 짙은 꽃송이들이 옹기종기 피어 있는 로즈보로니아의 꽃말이었다. 꽃다발이 꽂혀 있던 양동이들이 텅 비기까지는 그리 오래 걸리지 않았다. 다시금 손필드의 야생화를 사겠다는 주문이 쇄도하기 시작했다.

와틀은 비록 루스가 사랑했던 정원을 되살리는 데는 성공했지만 루스의 마음속 광기는 치유하지 못했다. 와틀은 자기 자식을 돌보듯 헌신적인 사랑과 보살핌으로 엄마를 모셨으나 루스는 여전히 밤만 되면 몰래 집을 빠져나갔다. 그러던 중 달빛이 환하던 어느 날 밤, 와틀은 마룻장이 삐걱거리는 소리에 깨어나 준에게 젖을 물리면서 엄마 뒤를 따라 강까지 가 보기로 마음먹었다. 멀리서 보니 루스가 줄곧 무슨 말을 중얼거리면서 꽃송이들을 강물에 띄우는 것이었다.

31) 오스트레일리아 남동부에 자생하는 꽃나무. 짙은 녹색 잎이 나며, 봄에 붉고 큼지막한 꽃을 피운다.

와틀이 별빛을 받으며 강가 모래밭을 가로질러 루스 곁으로 갔다. "엄마." 루스의 눈동자가 영롱하게 반짝이고 있었다. "엄마, 지금 누구랑 말씀하시는 거예요?"

"너희 아빠랑." 루스는 당연하다는 듯 말했다. "리버 킹이랑."

그때 꽃송이 하나가 물밑으로 빨려 들어가면서 수면 위로 거품이 보글보글 올라왔다. 하지만 와틀의 눈에는 아무것도 보이지 않았다. 와틀은 곧장 돌아서서 도망쳤다. 침대에 누워 있는 따듯한 남편의 품으로.

루스는 준이 세 살 되던 해에 잠자던 중 세상을 떠났다. 그날 아침 와틀이 루스를 발견했을 때, 루스의 머리카락은 유칼립투스 잎사귀와 바닐라백합이 가득 꽂힌 채 축축이 젖어 있었다.

루스는 전 재산을 와틀에게 물려주었다. 루스가 딸에게 남긴 유언은 딱 한 마디였다. "손필드를 자격이 없는 남자에게는 절대로 물려주지 마라." 그로부터 대대로 자격 없는 남자는 손필드의 상속자가 되지 못했다. 용서받지 못할 정도로 광포한 클렘에 이르기까지.

'잘 들어라, 주니. 이 꽃들은 루스가 준 선물이다. 이 꽃들이 우리의 생명줄이야.' 엄마의 목소리가 준의 귀에 쟁쟁했다.

준은 하늘에 첫 햇살이 비치자 한숨을 내쉬었다. 그리고 휘청거리며 소파에서 일어서서 자기 방으로 비틀비틀 걸어갔다. 마지막 한 모금 남은 술이 위스키병 바닥에서 찰랑거렸다.

겨울 방학 첫날, 앨리스는 창가에 서서 덤불을 가로질러 강으로 이

어진 분필처럼 흰 오솔길을 바라보고 있었다. 내일 아침 일어나자마자 오기와 강가에서 만나 자신의 열 번째 생일을 축하하기로 되어 있었다. 오기는 앨리스의 삶을 통틀어 제일 친한 친구였다. 그렇게 생각하는 데에는 앨리스 나름의 이유가 있었다. 토비는 사람이 아니라 개였고, 캔디는 친구라고 하기에는 너무 나이가 많았으며, 해리도 역시 개이고, 책은 사실상 사람이 아니기 때문이었다.

앨리스는 창문에서 물러나 방바닥에 펼쳐져 있는 숙제장을 향해 돌아섰다. 앨리스가 바닥에 앉자 해리가 꼬리를 흔들었다. 방학 숙제는 좋아하는 책의 내용과 그 책을 좋아하는 이유를 쓰는 거였다. 챈들러 선생님이 숙제가 적힌 종이를 나눠 주자 다른 아이들은 불만의 신음을 내뱉었지만, 앨리스는 신이 나서 어깨를 들썩였다. 무슨 책에 관해 쓸지를 정하는 데 1초도 걸리지 않았다. 앨리스는 샐리가 도서관에서 골라 주었던 책이자 준이 병원에 오기 전에 미리 소포로 보내 주었던 셀키 이야기책에 관해 쓸 생각이었다.

앨리스는 서가 앞으로 가서 빼곡히 꽂힌 책등을 검지로 부드럽게 쓸고 지나가다가 셀키 책 앞에서 딱 멈췄다. 그 책을 서가에서 빼낼 때 옆에 꽂혀 있던 다른 책이 함께 딸려 나와 바닥에 툭 떨어졌다. 앨리스는 그 책을 집어 들었다. 천으로 제본한 양장본 책이었고, 겉표지에 금박으로 찍힌 제목과 색이 바래진 삽화가 보였다. 앨리스와 이름이 똑같은 소녀가 토끼 굴에 들어가서 환상의 세계를 모험한다는 내용의 책이었다.

앨리스는 책 표지를 열었다. 그리고 속장에 적힌 글을 읽는 동안 앨리스의 온몸이 하얗게 굳어졌다.

"어이, 스위트피. 너 주려고 코코아 한잔 가져왔어." 캔디가 김이 모락모락 나는 머그잔을 들고 문간에 나타났다. "앨리스? 그게 뭐야?" 캔디는 머그잔을 내려놓고 말했다. "이리 줘 봐." 캔디가 앨리스의 손에서 책을 빼앗았다. 앨리스는 그 글을 읽는 캔디를 지켜보았다. "오, 이건……." 캔디는 말을 잇지 못했다.

앨리스는 화를 못 이겨 캔디를 방 밖으로 밀쳐 내고는 방문을 쾅 닫았다. 해리가 앨리스 곁으로 달려와 컹컹 짖었다. 앨리스는 방문을 열고 해리도 밖으로 밀쳐 냈다.

앨리스는 그날 온종일 아래층으로 내려오지 않았다. 캔디가 저녁에 구운 고기를 올려다 주었으나 앨리스는 손도 대지 않았다. 트윅은 욕실 문을 통해 앨리스와 대화를 시도했다가 결국 물러나 뒤 베란다로 가서 줄담배를 피웠다.

준의 트럭이 꿀렁거리며 진입로로 들어온 것은 땅거미가 진 뒤였다. 앨리스는 그 책을 손에 움켜쥐고 침대에 앉아 있었다. 아래층에서 현관문이 벌컥 열리는 소리가 들렸다. 차 열쇠가 현관 앞 테이블 위의 유리 접시에 챙그랑 놓였다. 지친 발소리가 복도를 따라 이동해서 부엌으로 들어갔다. 부엌 개수대의 수돗물 소리가 쏴 들리다가 멈췄다. 팔찌들이 짤랑거렸다. 난로 위 물 주전자가 부글부글 끓는 소리를 내더니 휘익 휘파람을 불었고, 곧이어 김이 모락모락 나는 물이 찻잔의 티백 위로 쪼르륵 떨어졌다. 티스푼이 찻잔의 입술에 챙 부딪쳤다. 잠깐의 정적이 흐른 뒤 준의 지친 발소리가 복도를 지나 계단으로 올라왔다.

"준."

"잠깐만, 트윅."

"준, 저기……."

"나중에 하자, 나중에."

준의 발소리가 계단을 올라왔다. 한 계단, 또 한 계단. 앨리스의 방문을 두드리는 소리가 났다.

"안녕, 앨리스." 준이 방문을 열었다. 해리가 준과 함께 뛰어들어 와서 컹컹 짖었다. 앨리스는 고개를 들지 않았다. 그러면서 두 발로 침대 프레임을 쿵쿵 쳐 댔다.

"오늘 어땠니?" 준이 한 손은 찻잔을 들고 다른 손은 호주머니에 넣은 채 앨리스의 방 안에서 서성대며 물었다. 준은 방바닥에 펼쳐져 있는 준의 숙제장을 넘어서 책장으로 걸어갔다. 앨리스가 준의 부츠를 노려보고 있었다. 준이 돌아서서 앨리스를 보자마자 우뚝 멈춰 섰다.

앨리스가 두 손으로 책을 번쩍 들고 있었다. 자기 엄마가 제 이름을 반복해서 적어 놓고 'a' 자마다 위에 하트 표시를 그려 넣은 속장을 보란 듯이 펼친 채.

'아그네스 하트. A. 하트 부인. 하트 씨 내외. 하트 부인. 아그네스 하트 부인.'

그리고 그 아래에 앨리스의 아버지가 쓴 편지가 적혀 있었다.

사랑하는 아그네스,

읍내 서점에서 이 책을 보자마자 당신 생각이 났어. 당신이 손필드에 왔을 때 이 책을 갖고 있었다는 걸 나도 알아. 하지만 내가 사 준 이 책도 간직해 줬으면 좋겠어.

당신에게 주려고 이 책을 사기 전까지는 난 이 책을 읽은 적이 없었어. 그런데 읽어 보니 당신 생각이 나더군. 당신 곁에 있으면, 뭐랄까 아래로 떨어지는 기분이 들어. 아주 황홀하게 말이야. 또는 빠져

나오는 길을 영영 찾고 싶지 않은 미로에 갇힌 기분이랄까? 아그네스, 당신은 내 평생 일어난 일 중에서 가장 황홀하면서도 수수께끼 같은 사건이야. 당신은 손필드에서 피는 그 어떤 꽃보다 더 아름다워. 바로 그 때문에 우리 엄마가 당신을 그렇게나 애지중지하는 것 같아. 당신을 친딸처럼 여기시면서 말이야.

그리고 당신이 어릴 때 자랐던 바다 얘기를 해 줘서 고마워. 난 바다를 한 번도 본 적이 없지만, 당신을 보고 있으면 당신이 설명하는 바다가 어떤 곳인지 잘 알 것 같아. 그곳은 야생적이면서도 아름다운 곳일 테지, 바로 당신처럼. 언젠가 우리 둘이서 같이 바다에서 헤엄칠 날이 꼭 올 거야.

사랑을 담아,

클렘 하트

준은 얼굴을 찡그리며 자기 이마를 거칠게 문질렀다. 해리가 헐떡이며 불안하게 꼬리를 홱홱 흔들었다.

"앨리스." 준이 입을 열었다.

앨리스는 몸에서 혼이 빠져나간 듯한 모습으로 준을 지켜보았다. 병원에서 불뱀들이 자기 몸을 친친 감고 미지의 괴물로 변신시키고 있는 광경을 지켜볼 때처럼. 앨리스는 침대에서 일어섰다. 그리고 팔을 뒤로 휙 돌린 다음 온 힘을 다해서 그 책을 준에게 던졌다. 던져진 책은 모서리로 준의 얼굴을 찍은 뒤 바닥에 쿵 떨어졌다. 책등이 쩍 갈라진 채로.

준은 움찔하는 모습도 보이지 않았다. 노여움이 그녀의 광대뼈를 벌겋게 달구었다. 앨리스는 자기 할머니를 노려보았다. '준은 왜 아무 반응도 보이지 않는 것일까? 왜 화를 내지 않을까? 왜 반격하지 않을까?' 앨리스의 눈앞이 부옇게 흐려졌다. 앨리스는 자기 머리카락을 잡아당겼다. 비명을 지르고 싶었다. '엄마는 손필드에 언제 있었던 것일까? 엄마가 여기 있었다는 사실을 왜 아무도 말해 주지 않았을까? 엄마와 아버지가 이곳에서 만났다는 사실을 왜 아무도 말해 주지 않았을까? 내가 모르는 사실이 그것 말고 또 무엇이 있을까? 사람들은 왜 그 사실을 나에게 숨기려는 것일까? 엄마와 아버지는 왜 이곳을 떠났을까?' 앨리스의 머리가 욱신욱신 쑤셨다.

준이 앨리스 쪽으로 다가왔지만, 앨리스는 준을 발로 걷어찼다. 해리가 낮게 으르렁대며 서성거렸다. 앨리스는 해리를 무시했다. 해리는 이런 상황에서는 준을 보호할 수 없었다.

"오, 앨리스. 미안하다. 마음이 많이 아플 거야. 그래, 나도 알아. 미안하다."

준이 앨리스를 위로하려고 애를 쓰면 쓸수록 앨리스는 더욱더 화가 났다. 앨리스는 발길질하면서 준의 손을 물고 할퀴었다. 앨리스는 맹렬히 싸웠다. 준의 튼튼한 몸과, 손필드에서 자신의 삶과, 바다에서 그렇게나 멀리 떨어져 있는 현실과, 학교에서 자신과 오기를 헐뜯고 괴롭히는 아이들에 맞서서. 앨리스는 맹렬히 싸웠다. 해리의 도움이 필요하고, 캔디가 만든 음식에서 슬픔의 맛을 느끼고, 트윅의 웃음에서 눈물 소리를 듣는 자기 자신과.

앨리스가 원하는 것은 집을 뛰쳐나가 강가로 달려가서 물속으로 풍덩 뛰어드는 것이었다. 그리하여 멀리멀리 헤엄쳐 가서 해안으로, 집으로, 엄마 곁으로 돌아가는 것이었다. 또한 토비의 따뜻한 숨결 속으로, 자기 책상으로, 자기가 있어야 할 곳으로 돌아가는 것이었다.

앨리스는 완강한 준의 팔 안에서 서서히 지쳐 갔고, 마침내 엉엉 울음을 터트렸다. 애초에 겉보기와 완전 딴판인 이 손필드로 오지 않았다면 얼마나 좋았을까. 아니 그 전에, 아버지의 창고 안으로 들어가지 않았다면 얼마나 좋았을까.

Copper-cups 구리잔

항복

Pileanthus vernicosus | 오스트레일리아 서부

해안의 황야와 모래언덕,
그리고 평원에서 자라는 줄기가 가느다란 관목.
봄철에 작고 단단한 잎사귀가 빽빽이 덮인 잔가지에
잔 모양의 아름다운 꽃을 피운다.
꽃색은 빨강, 주황, 노랑으로 다양하다.

앨리스가 자기 부모의 사연을 알게 되는 방식은 여러 가지가 있을 것이다. 그런데 그 많은 방식 중에서 하필 준이 전혀 예상치 못한 방식으로 앨리스에게 사연이 전해지고 말았다. 지금은 고인이 된 당사자들이 직접 전하는 방식으로 말이다. 클렘이 쓴 손편지와 앞으로 불리게 될 자신의 호칭을 연습한 아그네스의 낙서가 두 사람의 사연을 고스란히 폭로하고 만 것이다. 준은 앨리스가 손필드에 오기 전에 아그네스와 클렘에 관련된 흔적들을 모조리 상자에 넣어 읍내에 있는 임대 창고에 보관해 두었다. 하지만 종탑 방의 서가를 뒤질 생각은 한 번도 하지 않았다.

앨리스가 지칠 대로 지쳤을 때, 준은 앨리스를 안고 아래층으로 내려와 트윅이 욕조에 뜨거운 물을 받아 놓고 기다리고 있는 욕실로 데려갔다. 준은 트윅의 시선을 애써 피했다. 트윅은 그녀답지 않게 아무 말도 하지 않았지만, 준은 트윅의 말이 들리는 것만 같았다. '과거란 놈은 전혀 뜻밖의 방식으로 새순을 틔우죠.'

준은 캔디가 앨리스에게 줄 우유를 데우고 있는 부엌을 서둘러 지나서 아무 말 없이 자기 방으로 들어갔다. 그리고 방문을 굳게 닫았다. 개암나무 상자가 준이 두고 나갔던 그대로 침대 위에 놓여 있었다. 준은 상자를 향해 경계의 눈빛을 던졌다.

앨리스가 발작을 일으켰던 날 아침, 준이 트럭을 몰고 읍내 학교에 가서 앨리스의 입학 수속을 밟은 것은 사실이었다. 하지만 그날 대부분은 임대 창고에서 과거의 기억과 유물에서 위안을 찾으면서 보냈다. 그리고 집으로 가기 위해 창고를 나서면서 그 개암나무 상자를 들고 나왔다. 앨리스의 생일 때 필요한 물건이 안에 있기 때문이라고 자신에게 핑계를 대면서.

준은 상자 옆에 앉아 정교한 조각 문양을 눈으로 더듬었다. 클렘이 저걸 깎느라 얼마나 많은 시간과 정성을 쏟았을까. 클렘이 제일 자랑스럽게 생각하던 작품으로, 아그네스에게 책상 — 지금 앨리스의 방에 있는 책상 — 을 만들어 주고 난 다음에 만든 것이었다. 클렘은 종자와 꽃을 키우는 일에도 소질이 있었지만, 벌채한 나무를 깎아 기막힌 작품으로 탄생시키는 데 남다른 재주가 있었다. 클렘이 그 상자를 완성한 것은 열여덟 살이 되기 직전인데, 전해지는 말로는 열여덟은 한 소년이 자신의 영혼을 개암나무에 새겨 넣은 다음 비로소 남자로 거듭날 수 있는 나이라고 한다.

상자 뚜껑의 한쪽 가장자리에는 루스의 모습이 세 가지 버전으로 조각되어 있었다. 첫 번째는 두 손 가득 씨앗을 든 채 꽃이 활짝 핀 꽃밭 사이에 서 있는 모습이고, 두 번째는 불룩한 배를 안고 있는 옆모습이다. 마지막 세 번째는 허리가 구부정해지고 주름이 가득한 얼굴에 고요한 표정을 지으며 꽃을 한 아름 안고 강가에 앉아 있는 말년의 모습이다. 그리고 그녀 옆에는 얕은 물에 보일 듯 말 듯 어려 있는 거대한 머리 대구의 그림자가 조각되어 있었다. 그 반대쪽 가장자리에는 와틀의 모습이 새겨져 있었다. 넓게 펼쳐진 꽃밭과 집을 배경으로 머리에 화관을 쓰고 어린 준을 품에 안고 있는 모습이다. 뚜껑 중앙에는 얼굴 없는 남자를 뒤로하고 서 있는 클렘 자신의 모습이 조각되어 있었다. 클렘의 옆 한쪽에는 미소짓고 서 있는 준이, 그리고 그 반대쪽에는 와틀 가지를 들고 다가오는 한 소녀가 조각되어 있었다.

그것이 클렘 스스로가 생각하는 자신의 위치였다. 바로 손필드 역사의 중심. 그랬기에 클렘으로서는 그렇게 할 수밖에 없었던 거라고 준은 자신에게 상기시켰다. 엄마가 손필드를 자기에게 물려주지 않기로 했다고 아그네스에게 말하는 것을 엿듣게 된 클렘으로서는 아그네스를 데리고 농장을 떠날 수밖에 없었을 거라고. 요컨대, 어미가 아들이 사랑하는 아가씨한테 자기 아들은 유산을 물려받을 자격이 없다고 하는 말을 아들 본인이 듣고 말았으니 그럴 수밖에 없지 않았겠느냐고.

준은 휴대용 술병을 잡고 위스키를 길게 꿀꺽꿀꺽 들이켰다. 그리고 한 번 더, 또 한 번 더. 머리에서 쿵쾅대는 소리가 멈췄다.

아들의 손으로 빚어낸 아그네스의 얼굴을 바라보며 준은 앨리스가 자기 엄마를 쏙 빼닮았다는 사실을 싫지만 인정할 수밖에 없었다. 큰 눈동자와 환한 미소. 사뿐사뿐 걷는 걸음걸이. 그리고 너그러운 마음마저……. 준은 지금 당장은 앨리스에게 아그네스에 관한 얘기는 못 해 주더라도 아그네스의 물건은 줄 수 있을 것 같았다. 준은 놋쇠 걸쇠

고리에서 갈고리를 들어 올리고 상자 뚜껑을 열었다. 그러자마자 속수무책으로 오래된 기억의 소용돌이에 휩쓸리고 말았다. 비통한 비밀의 소용돌이에.

준의 엄마 와틀이 와틀나무 주변에 남편의 유골을 뿌릴 때, 그 곁에서 있던 준의 나이는 열여덟이었다. 그 뒤에 마을 사람들이 준의 아버지가 얼마나 많은 신생아를 받아 냈고, 또 얼마나 많은 목숨을 살려 냈는지를 회고하기 위해 그들 집에 모여들었다. 준은 어릴 적에 자기 가문의 여인들이 어떤 불행을 겪었는지에 대해 알고 난 뒤로는 혼자 오솔길을 달려 강으로 간 적이 거의 없었다. 준은 견고하고 정돈된 삶을 갈망했다. 그리고 사랑이 그렇게나 광포하고 부당할 수 있다는 사실이 두려웠다. 준은 사랑 때문에 축복과 저주를 동시에 감내해야 했던 자기 엄마와 할머니의 이름이 새겨진 리버레드검 나무가 꼴도 보기 싫었다. 하지만 그날, 슬픔이 온몸을 바싹 말려 버렸던 그날, 준은 물을 갈망하는 유칼립투스의 뿌리처럼 덤불을 통과해서 강으로 달려갔다.

마침내 얼굴은 눈물로 얼룩지고 검정 스타킹은 구멍투성이가 된 채로 강에 도착한 준은 초록빛 물 위에 알몸으로 벌러덩 누워 하늘을 바라보며 헤엄치고 있는 한 젊은 남자를 발견했다.

준은 재빨리 뺨을 쓱쓱 닦고 옷매무새를 가다듬었다. "이곳은 사유지예요." 준은 최대한 목소리를 높여 소리쳤다.

남자의 차분한 표정은 준의 적개심을 한순간에 눌러 버렸다. 남자는 마치 준을 기다리고 있었다는 듯한 표정이었다. 남자의 머리카락은 검은색이고 눈동자는 연한 물빛이었으며 턱은 까칠하게 자란 수염으로 뒤덮여 있었다.

"들어와요." 남자가 말했다. 남자의 시선이 준의 검은 상복에 머물러 있었다. "이곳은 아무것도 아프게 하지 않아요."

준은 남자를 무시하려고 애썼다. 하지만 자기를 뚫어져라 쳐다보고 있는 남자를 보는 동안 온몸이 달아오르기 시작했다. 죽음이나 슬픔이 아닌 다른 감정이 주는 안도감은 아버지의 벌집에서 채취한 꿀보다 더 달았다.

준은 옷의 단추를 풀기 시작했다. 처음에는 천천히 풀다가 나중에는 미친 듯이 허둥지둥 단추를 끌러 검은 상복을 벗어 던지고는 자신의 창백한 몸뚱이를 물속에 던졌다. 준은 강바닥까지 가라앉았다가 허파 속 공기를 뿜어내며 수면으로 올라왔다. 모래와 자갈돌들이 그녀의 발가락 사이로 끼어들었다. 강물이 귓구멍과 콧구멍과 눈 속을 가득 채웠다.

그의 말이 맞았다. 그곳은 아무것도 아프게 하지 않았다.

준은 다시 물속으로 가라앉아 허파가 터질 것처럼 꽉 죄어 왔을 때 산소를 찾아 수면 위로 튀어 올랐다. 남자는 초록빛 강물을 사이에 두고 멀찌감치 떨어져서 준을 바라보았다. 준은 자기가 무엇을 하고 있는지 미처 깨닫기도 전에 남자를 향해 곧장 헤엄쳐 갔다.

그날 늦은 오후, 그 둘은 강기슭 모래 구덩이에 피워 놓은 작은 모닥불 곁에서 서로의 품 안으로 파고들었다. 준은 고통과 희열에 몸을 떨었다. 고등학생 시절 덤불 뒤에서 사내애들과 서로 몸을 더듬은 적은 있었지만, 한 남자에게 제 몸을 온전히 허락한 것은 이번이 처음이었다. 준은 남자의 가슴팍에 난 불긋불긋한 상처 자국을 어루만졌다. 그의 등 뒤에도 똑같은 위치에 상처가 나 있었다. 준은 그의 살갗에 스며 있는 강물의 맛을 음미하며 그의 몸 앞뒤에 난 상처에 차례로 입을 맞추었다.

"어디 살아요?" 준이 물었다.

남자는 한 몸처럼 엉켜 있던 준의 몸에서 떨어졌다.

"여기저기." 남자가 대답하며 부츠를 당겨 신었다. 준이 남자를 지켜보는 동안 묵직한 깨달음이 가슴을 눌렀다. 그는 애초에 떠날 사람이었다.

준은 주섬주섬 옷을 주워 입었다. "다시 만날 수 있어요?"

"매년 겨울." 남자가 대답했다. "와틀꽃이 피면."

준은 강물처럼 사랑에 빠졌다. 흔들림 없이, 지속적으로, 진실하게. 준은 이 사랑이 할머니 루스와 리버 킹 사이의 불운한 정사도, 자기 엄마와 아버지의 안정된 결혼 생활도 아니라고 되뇌었다. 준은 그런 식으로, 자신은 평정심을 잃지 않을 거라 생각했다. 한 남자에게 온 마음을 빼앗겨 자기 고통을 증명하느라 나무에 제 이름을 새겨 넣는 일은 없을 거라고. 자신의 사랑은 절대 미완의 이야기로 끝나지 않을 거라고. 와틀나무에 꽃이 필 때 그는 돌아올 거라고. 그리고 와틀나무는 변함없이 꽃을 피운다고…….

아버지의 죽음 이후 느리고 메마르고 힘든 시간이 몇 달 동안 이어졌다. 엄마는 침대에서 나오려 하지 않았다. 집 안은 꽃이 썩어 가는 냄새로 진동했다. 준은 농장 일에 몰두했다. 꽃밭을 돌보고 인근 마을에 꽃을 배달하면서 온종일 밖으로만 나돌았다. 밤이면 엄마가 거의 손도 대지 않는 저녁상을 차린 후 작업장에 처박혀서 꽃잎을 레진 속에 눌러 굳혀 장신구 만드는 법을 독학으로 익혔다. 거기서 눈앞이 흐릿해지기 시작할 때까지 일했다. 책상에 엎드려 자다가 목에 쥐가 나서 뺨에 꽃잎 몇 장을 붙인 채로 눈을 뜬 적이 한두 번이 아니었다. 준은 어떻게든 엄마의 고통과 마주하지 않으려고 애를 썼다. 남겨진 사랑의 잔해를 차마 보고 있을 수가 없었다.

이듬해 5월이 되었을 때, 준은 시시때때로 와틀나무를 살펴보았다. 그리고 와틀이 첫 꽃망울을 틔우자마자 강으로 달려갔다. 달리는 동안 숨을 참았다. '그가 보이면 숨을 쉬어야지. 그가 보이면 숨을 쉴 거야.'

준은 날마다 강으로 달려갔다. 어느덧 겨울의 끝이 다가오고 있었고, 와틀꽃이 떨어지기 시작했다. 그러는 사이 바지 허리가 엉덩이까지 내려왔고, 스웨터의 목 주위로 빗장뼈가 훤히 보였다. 눈 밑에는 보라색 반달이 보였다. 준의 살갗이 벌겋게 달아오르고 손톱 밑으로 흙이 파고드는 동안 꽃밭은 더 화려하고 풍성해져 갔다. 8월 말의 어느 날 오후, 준이 빈터를 지나 강기슭으로 걸어가고 있는데 작은 모닥불과 그 위에서 끓고 있는 야외용 찻주전자가 보였다. 그리고 그 옆에 그가 연한 물빛 눈동자로 준의 심장을 꿰뚫듯 응시하며 앉아 있었다.

"어디 있었어요?" 준이 물었다.

남자는 시선을 돌리며 말했다. "지금은 여기 있잖아." 그의 오른쪽 눈 밑에 들쭉날쭉 퍼런 상처가 새로 생겨나 있었다.

준은 그의 품에 무너져 그를 두 팔로 그러안고 자기 몸을 그의 몸에 밀착시켰다. 그리고 그의 플란넬 셔츠를 통해 전해지는 심장박동을 느꼈다.

준은 사흘 동안 집에 돌아가지 않았다.

그 둘은 강가에서 야영하면서 완두콩과 햄스튜 통조림을 캠핑 화로에 데워 먹고, 밤이면 불가에서 사랑을 나누고 낮이면 데이지 화환을 만들었다. 남자는 준에게 그간 어디에 있었는지 말해 주지 않았고, 준은 그가 곁에 머물러 주기를 자신이 얼마나 간절히 원하는지 그에게 말하지 않았다.

몇 달 후, 멀리 떨어진 도시에서 은행 강도 사건이 연이어 발생했다는 기사가 신문에 났다. 경찰 당국은 은행 강도들이 전쟁에서 돌아온 재향군인일 거라 추정했다. 그리고 시골 지역 주민들에게 각별한 경계를 당부하며 이렇게 말했다. "범인들은 무기를 소지하고 있는 위험한 인물들이며 은닉할 곳을 찾고 있을 것입니다."

준이 억척스럽게 일한 결과 손필드에는 봄, 여름, 가을 내내 온갖 꽃들이 만발했다. 준은 자신의 고뇌를 꽃으로 승화시키며 농장 일에만 몰두한 나머지 엄마가 얼마 전에 자기가 그랬듯이 지푸라기처럼 야위어 간다는 사실을 알아차리지 못했다.

"잘 들어라, 준." 와틀은 딸에게 경고하기 위해 늘 이렇게 말을 마무리했다. "이 꽃들은 루스가 준 선물이다. 이건 우리의 생명줄이야."

준이 딴 곳에 정신이 팔려 있는 동안 결국 와틀의 육신은 병마에 잡아먹히고 말았다. 장례를 치르면서 준은 손필드의 모든 와틀나무에서 꽃이 핀 가지들을 모조리 잘라 냈다.

강가에서 세 번째 겨울을 보내는 동안, 두 사람은 서로 거의 말을 하지 않았다. 그는 준이 왜 우는지 묻지 않았고, 준은 그의 손가락 마디마다 있는 흉터는 어쩌다 생긴 건지 묻지 않았다. 그도 준도 서로의 대답이 듣고 싶지 않았다.

봄이 다가왔을 무렵에 준은 아기를 가졌음을 알게 되었다. 그리고 바람 부는 어느 가을날 혼자서 아들을 낳고, 아이에게 끊임없이 높이 올라가는 밝은 별을 일컫는 클레마티스[32]라는 이름을 지어 주었다. 다음 해에 와틀꽃이 피었을 때, 준은 포대기에 싼 아들을 품에 안고 그가 없는 강가로 갔다. 그가 다시는 오지 않을 곳으로.

32) 으아리속에 속하는 여러해살이풀을 총칭하는 말이기도 하다.

엄마마저 여의고 핏덩이 아들과 홀로 농장에 남게 된 준은 죄책감과 두려움에 떨며 수많은 밤을 베개에 얼굴을 파묻고 울면서 보냈다. 자신의 무관심이 엄마를 죽게 했다는 죄책감에 울었고, 어린 아들이 아비의 냉담한 성격을 닮을까 봐 두려워서 울었다. 그 겨울 매일 밤을 그렇게 보내다가 이윽고 초봄의 따듯한 기운이 대지를 감쌀 무렵, 뜻밖의 우정이 손필드의 진입로로 걸어들어왔다.

준은 개암나무 상자를 뒤져서 마침내 그것을 찾아냈다. 말린 트위기데이지[33] 꽃다발. 준은 꽃다발을 한 손에 받쳐 들고 이리저리 뒤집으며 생각에 잠겼다.

타마라 노스가 작은 가방 하나와 활짝 핀 데이지 화분 하나만 달랑 들고 손필드에 도착한 때는 어느 화창한 봄날이었다. 대문을 두드리는 소리에 준은 몇 날 며칠 씻지 않아 젖비린내가 진동하는 몰골로 빽빽 울어대는 클렘을 팔에 안고 문을 열어 주었다. 준 뒤에 펼쳐진 밭에서는 꽃들이 죽어 가고 있었다. 준은 그 자리에서 타마라를 채용했다. 타마라를 농장 일꾼으로 채용한 것인지, 아니면 말동무로 채용한 것인지는 준 자신도 알 수 없었다. 사실 준은 둘 다 필요했다. 타마라는 가방과 화분을 내려놓자마자 클렘을 받아 안았다.

"아기가 울고불고 난리 치면 물에 담그면 돼요. 물이 아이들을 진정시켜 준답니다." 타마라가 말했다.

타마라는 마치 지금 자신이 어디로 가서 무엇을 해야 하는지 훤히 꿰고 있다는 듯 당당한 걸음으로 욕실로 갔다. 준은 어리둥절한 표정으로 욕조 위로 물이 떨어지는 소리를 들으며 복도에 서 있었다. 욕실

33) 오스트레일리아의 뉴사우스웨일스, 남부, 빅토리아, 태즈메이니아주 등에서 피어난다. 국화과에 속하며 데이지보다 수술이 작고 꽃잎 수도 적다.

에서 타마라의 자장가 소리가 들려왔고, 잠시 후 클렘의 울음이 잦아들었다.

타마라가 손필드에서 보낸 첫날 밤, 그러니까 타마라가 클렘을 침대에 눕히고 정해 준 침실에 짐을 꾸리고 난 뒤, 준은 타마라의 화분에서 데이지 몇 송이를 잘라 냈다. 그중 일부는 작은 꽃다발을 만들어서 창가에 거꾸로 매달아 말렸고, 또 몇 송이는 곱게 펴서 《손필드 사전》 속에 끼워 넣고 새 항목을 추가했다.

트위기데이지, 당신의 존재가 내 고통을 누그러뜨립니다.

타마라는 그때부터 '트위기데이지'의 이름을 따서 트윅이라 불렸고, 준의 고통도 누그러뜨려 주었다. 심지어 준이 자기 말을 듣지 않으려 할 때조차.

준은 말린 꽃다발을 상자 속에 집어넣고 상자에 조각된 소용돌이무늬를 어루만졌다. 그것은 클렘이 손필드가 제 차지가 되지 못할 거라는 사실을 알기 전에 준에게 준 마지막 선물이었다. 젖먹이였을 때부터 클렘의 표피 밑에서 부글부글 끓고 있던 사나운 기질이 결국 그 얇디얇은 이성의 막을 찢고 폭발하기 직전에. "내가 엄마를 모르고 살았다면, 차라리 내가 아버지 손에 자라났더라면 좋았을걸 그랬어!" 클렘은 준에게 악을 쓰며 고함을 지른 후 아그네스를 움켜잡고 트럭에 올라타서는 그길로 손필드를 떠났다. 클렘의 쉰 목소리와 광기 어린 창백한 얼굴은 옆좌석 창문으로 보이던 아그네스의 텅 빈 눈동자만큼이나 아직 준의 기억 속에 생생했다.

클렘이 의도적으로 개암나무를 고른 것이 아닐까 하는 생각이 들자 준은 속이 뒤틀리는 것 같았다. *화해.* 클렘이 개암나무의 꽃말을 알 리가 없었지만, 그 후 몇 년 동안 그 생각이 준의 뇌리를 떠나지 않았다.

준은 흐느낌이 입 밖으로 비어져 나오기 전에 서둘러 상자 속을 뒤져서 앨리스의 생일 선물을 만드는 데 필요한 재료를 찾아냈다.

준은 뚜껑을 탁 닫고 떨리는 손으로 휴대용 술병을 잡았다. 그리고 위스키를 몇 번 길게 꿀떡꿀떡 마신 후 방을 나왔다. 그런 다음 복도를 지나서 집 밖으로 나와 작업장을 향해 걸어갔다.

모두 잠든 시각, 준은 책상 앞에 앉아 보석 세공용 램프 아래에서 일했다. 눈이 따끔거리고 휴대용 술병이 완전히 마를 때까지. 준은 앨리스에게 줄 편지를 다 쓰고 선물 포장까지 마친 뒤에야 비로소 램프의 스위치를 끄고 작업장을 나왔다. 그리고 어둠 속을 비틀비틀 걸어서 집 안으로 들어가 2층 앨리스의 방으로 올라갔다.

앨리스는 잠을 설치다가 일어나 앉았다. 창문을 통해 들어온 희미한 달빛 속에서 책상 앞에 앉아 있는 준의 모습이 어렴풋이 보였지만, 앨리스는 계속 눈을 뜨고 있을 수가 없어서 베개 위로 풀썩 쓰러져 다시 잠이 들었다. 다시 눈을 떴을 때는 해가 뜬 뒤였다. 앨리스의 열 번째 생일 아침이었다. 간밤에 뭔가를 봤던 기억이 떠올라 벌떡 일어났다. 책상 위에 선물과 편지가 놓여 있었다.

앨리스는 포장지를 찢어서 보석함을 열어 보고는 헉 소리를 냈다. 보석함 속에는 큼직한 은제 로켓[34]이 달린 은목걸이가 들어 있었다. 레진을 굳혀 만든 로켓의 뚜껑 속에는 곱게 눌러 말린 빨간색 꽃잎들이 들어 있었다. 앨리스는 손톱으로 걸쇠를 살며시 벗겼다. 로켓 뚜껑

34) 여자 장신구의 하나로, 사진 등을 넣어 목걸이에 다는 작은 갑.

이 확 열렸다. 거기, 얇은 유리막 뒤에 있는 흑백 사진 속에서 앨리스의 엄마가 앨리스를 쳐다보고 있었다. 뜨거운 눈물이 앨리스의 뺨을 타고 흘러내렸다. 앨리스는 목걸이를 내려놓고 편지를 집어 들었다.

사랑하는 앨리스,

때로 말을 꺼내기가 너무 힘든 얘기가 있다. 이건 세상 그 누구보다 네가 더 잘 이해할 거라고 생각해.

내가 네 나이쯤 되었을 때, 너한테는 증조할머니인 우리 어머니가 어머니의 어머니에게서 배운 꽃말을 나한테 가르쳐 주셨단다. 바로 이 땅, 우리 농장에서 자라는 야생화를 이용해서 말이야. 꽃말은 사람들이 말로는 할 수 없는 말을 전할 수 있게 해 주지.

세상이 너에게서 앗아 간 것들을 되돌려 줄 수 없고, 너의 슬픔과 상처도 어루만져 줄 수 없어서 이 할미의 마음은 찢어질 듯 아프다. 너한테 너의 엄마 아빠에 관해 얘기해 줘야 한다는 생각만 하면, 마치 네가 목소리를 잃어버린 것처럼 내 마음속의 목소리도 사라져 버린 듯한 기분이 들어. 그래, 나도 알고 있다. 이런 상황이 괴롭고 힘들다는 거. 너도 내 대답을 원하고 있다는 거. 우리가 함께 지내는 동안 너와 내가 똑같은 아픔을 느끼고 똑같이 힘들어한다는 걸 알게 되었어. 하지만 이 점은 꼭 알아줬으면 좋겠다. 네가 사라진 목소리를 되찾게 되면 네가 궁금해하는 모든 질문에 대해 이 할미가 대답해 줄 거라는 걸. 약속하마. 언젠가는 우리가 함께 목소리를 되찾는 날이 오게 될 거야.

앨리스, 나는 너의 엄마 아빠를 무척 사랑했단다. 그리고 너도 무척 사랑해. 늘 지금처럼 널 사랑할 거야. 우리는 이제 한 가족이 됐어.

그리고 앞으로도 영원히 그럴 거야. 트윅이랑 캔디도 함께 말이야.
그 두 사람도 우리 가족이니까.
이 로켓에 들어 있는 너의 엄마 사진은 지금까지 할미가 간직하고 있었지만, 이제부터 네가 갖도록 하렴. 그리고 이 로켓은 할미가 직접 스터트사막완두 꽃잎을 눌러서 만든 거야. 이 꽃은 우리 가문의 여자들에게는 '용기'를 의미한단다. '용기를 가져, 힘을 내.'라는 꽃말을 갖고 있지.
손필드는 너의 엄마의 집이자 이 할미의 집이고, 또 너의 증조할머니와 고조할머니의 집이었다. 이제는 너의 집이기도 하지. 언젠가는 손필드의 이야기가 이 로켓의 뚜껑이 열리듯이 너한테 활짝 열리게 될 날이 올 거야. 네가 허락한다면 말이야.

너를 사랑하는 할머니 준으로부터

앨리스는 편지를 다시 접어서 접힌 부분을 만지작거렸다. 그러고는 편지를 호주머니에 넣은 다음 로켓 뚜껑을 열어서 손바닥 위에 올려놓고 사진 속 엄마를 뚫어져라 바라보았다. 준의 말이 맞는지도 모른다. 세상에는 말을 꺼내기가 너무 힘든 얘기가 있다. 그리고 떠올리기가 너무 힘든 기억도 있고, 알기가 두려운 진실도 있다. 하지만 준은 약속했다. 앨리스가 목소리를 되찾으면 자신도 대답을 해 주겠다고.

앨리스는 파란색 부츠를 신고 집을 살며시 빠져나가 서늘한 자줏빛 아침 공기 속으로 들어갔다.

아래층 사무실에서는 트윅이 전화 통화가 이미 끝났음에도 계속 수화기를 귀에 대고 있었다. 트윅의 심장이 요란하게 쿵쾅거렸다. 이렇게나 쉬울 줄이야. 지방정부 산하의 입양지원국 번호는 전화번호부에 나와 있었다. 트윅이 한 일은 단지 수화기를 들고 그 번호로 전화를 걸어서 지원국 직원에게 자기 이름은 준 하트이며 친손자의 입양 기록을 조회하고 싶다고 말한 것뿐이었다. 그리고 주소와 손필드 농원 매니저라는 직함을 알려주자 직원으로부터 필요한 서류를 일주일에서 열흘 사이에 받게 될 거라는 답변이 돌아왔다. 그 답변을 듣기까지 채 5분도 걸리지 않았다. 그런 다음 전화가 끊겼지만, 트윅은 한동안 수화기에서 나는 뚜뚜 소리를 들으며 그대로 앉아 있었다. 운명이 행동에 돌입하는 소리, 트윅이 자신의 아이를 찾을 때는 결코 들어보지 못했던 소리를. 서류상에는 니나와 조니가 살아 있다는 기록이 단 한 줄도 남아 있지 않았다. 하지만 트윅은 매년 아이들의 생일이 되면 새 종자를 심었고, 이제 손필드 주위에는 아이들의 생일을 기념하는 나무가 예순 그루가 넘게 자라게 되었다.

환한 햇살이 비치는 바깥에서는 꽃무리가 꽃이 만개한 와틀 가지를 잘라서 양동이에 담으며 바쁘게 일하고 있었다. 그중 한 명이 오래된 찬송가를 흥얼거렸다. 트윅도 그 찬송가를 따라 부를까 하다가 그만두었다. 트윅은 여러 해 전 교회에 발길을 끊었다.

준의 침실에서는 아무 소리도 나지 않았다. 준이 꽃의 힘을 빌려 자기 마음을 전하는 방법을 찾느라 새벽까지 깨어 있었다는 걸 트윅은 잘 알고 있었다. 하지만 죄책감이란 놈은 이상한 종자라 더 깊이 심을수록 더 기를 쓰고 피어나려 한다는 것 또한 트윅은 잘 알고 있었다. 그래서 트윅은 준이 앨리스에게 아기에 관해 얘기해 주지 않을 경우를 대비해야 했다. 입양지원국에 전화해서 아기의 입양 기록을 조회하려는 것도 다 그 때문이었다.

트윅이 수화기를 내려놓으려고 몸을 앞으로 숙이는 순간, 바깥에서 햇살이 뭔가에 부딪혀 번쩍거렸다. 트윅은 눈을 가늘게 뜨고 그 빛을 쫓아갔다. 햇살이 부딪힌 곳은 꽃무리 곁을 살금살금 지나 덤불 숲속으로 후다닥 달려가고 있는 앨리스의 목에 걸린 목걸이였다. 앨리스가 지금 누구를 만나러 강으로 가고 있는지 트윅은 잘 알고 있었다. 하지만 트윅은 앨리스를 못 가게 막을 생각이 전혀 없었다. 지금 앨리스는 어떤 방법으로든 자신이 얻을 수 있는 위안을 최대한 얻어 내야 하는 처지라는 걸 그 누구보다 잘 알고 있었기에.

앨리스는 꽃밭을 날쌔게 지나갔다. 죽은 풀들이 발밑에서 저벅저벅 밟혔다. 찬 공기에 허파가 오그라드는 것 같았다. 농장 끄트머리에서 자라는 와틀나무들이 샛노란 꽃들을 피우며 달콤한 향기를 발산하고 있었다. 꽃무리가 벌써 꽃밭에 나와 일하고 있어서 앨리스는 눈에 띄지 않게 몸을 숙인 채 종종걸음으로 오솔길을 걸어갔다. 그리고 덤불숲으로 들어서자마자 달리기 시작했다. 목줄에 매달린 로켓이 가슴 위로 톡톡 튀어 올랐다.

용기를 가져. 힘을 내. 용기를 가져. 힘을 내.

강가에 다다랐을 때야 비로소 달리기를 멈추고 숨을 헉헉 몰아쉬면서 조약돌과 나무뿌리 위로 세차게 흘러가는 초록빛 물살을 지켜보았다. 앨리스는 한동안 그 자리에 서서 바다의 기억을 떠올렸다. 이제 바다는 너무 멀게 느껴졌다. 마치 꿈에서만 나타날 뿐 실제로는 존재한 적이 없었던 것만 같았다. 바닷가에서의 삶과 자기가 사랑하는 모든 것들을 악몽 속에서밖에 볼 수 없는 현실이 끔찍이도 싫었다. 귀가 들리지 않으면서도 앨리스가 책을 읽어 줄 때면 앞발을 앨리스의 다리에 척 올려놓았던 토비는 이제 꿈속에서 일렁이는 불꽃으로밖에 볼 수 없었다. 맨발로 한들한들 손짓하며 정원을 걷던 엄마는 한 줄기 연기로밖에 볼 수 없었다. 앨리스는 궁금했다. '엄마도 이 강가에 왔을까? 지금 자기가 서 있는 곳에 서서 조약돌과 나무뿌리 위로 세차게 흐르는 강물을 지켜봤을까? 리버레드검 나무 몸통에 긁혀 나간 이름 중 하나가 엄마의 이름이었을까?' 손만 뻗으면 엄마의 부드러운 살결을 느낄 수 있고, 한 발만 내디디면 엄마의 따듯한 품속에 안길 수 있을 것만 같았다.

앨리스는 호주머니에서 준의 편지를 꺼내서 펼쳤다. 앨리스의 손에 들린 편지가 바르르 떨렸다.

> 네가 사라진 목소리를 되찾게 되면 네가 궁금해하는 모든 질문에 대해 이 할미가 대답해 줄 거라는 걸. 약속하마. 언젠가는 우리가 함께 목소리를 되찾는 날이 오게 될 거야.

앨리스는 편지를 접어서 다시 호주머니 속에 집어넣었다. 아버지의 기억이 뇌리를 스치자 이마에 땀이 송골송골 맺혔다. 앨리스는 아버지가 새로 만든 책상을 들고 헛간에서 나올 때 아버지의 두 팔이 바르르 떨리고 아버지의 두 눈에는 희망의 빛이 가득했던 것을 기억하고 있었다. 하지만 순식간에 그 빛은 사라지고 눈동자는 시커멓게 변했다.

그럴 때면 아버지는 질풍처럼 집 안으로 들이닥쳐 앨리스의 엄마를 벽에 내동댕이치고 앨리스를 향해 고함을 질렀다.

앨리스는 눈을 질끈 감았다. 그리고 두 주먹을 불끈 쥐고 숨을 깊이 들이쉰 다음, 명치에서 소리를 끌어올려 비명을 질렀다. 제 목소리가 강물과 만나 물결에 휩쓸려 떠내려가게 목 놓아 울부짖었다. 앨리스는 머릿속으로 떠올려 보았다. 자기 목소리가 강물에 실려 바다에 당도하는 모습을. 자기가 부르는 노래가 자신과 엄마와 토비와 태어나지 못한 아기를 끔찍한 불 꿈에서 불러내어 안전하게 지켜 줄 집으로 데려가는 광경을.

목이 아프기 시작하자 그제야 비명을 멈췄다. 앨리스는 옷을 훌훌 벗고 부츠를 벗어 던졌다. 그리고 사막완두 로켓 속에 물이 들어갈까 봐 목걸이를 벗어서 부츠 속에 집어넣었다. 짙은 녹색 강물이 세차게 흘러갔다. 발가락 하나를 물에 담갔다가 너무 차가워 몸서리를 치며 얼른 발을 뺐다. 앨리스는 한동안 미적거리다가 마침내 용기를 냈다. '셋을 세면 뛰어드는 거야.' 앨리스는 강물에 풍덩 뛰어들었다. 살을 에는 듯한 찬 기운이 온몸을 덮치자 당황한 앨리스는 물속으로 빠지지 않으려고 허우적댔다. 그러다가 캑캑대며 겨우 수면 위로 올라와 보니 불꽃처럼 새빨간 장미 꽃잎들이 둥둥 떠내려오고 있었다. 앨리스는 어리둥절해서 제 주위를 둘러보았다. 꽃잎 한 장이 오스스 소름이 돋은 앨리스의 살갗에 와 붙었다. 그리고 또 한 장, 또 한 장……. 앨리스는 상류 쪽을 흘깃 쳐다보았다. 오기가 강둑 옆에 쭈그리고 앉아 장미 꽃잎을 강물에 띄우고 있었다. 오기 옆에 두툼한 담요와 백팩이 놓여 있었다. 앨리스는 싱긋 웃으며 오기를 향해 물을 뿌렸다.

"안녕, 앨리스."

앨리스가 자갈밭 위로 버둥버둥 올라가며 손을 흔들었다.

"자, 여기." 오기가 얼굴을 돌리며 앨리스에게 담요를 건네주었다. "오늘 날은 춥지만 네가 수영할 거라는 느낌이 들었어." 앨리스가 몸을 부르르 떨며 담요를 받아서 제 몸에 둘렀다. "생일 축하해." 오기가 말했다. 오기의 부드러운 미소가 앨리스의 몸을 따듯하게 데웠다.

그들은 앨리스의 부츠와 옷이 있는 곳으로 돌아왔다. 오기가 앉아서 백팩을 풀었다. "불가리아에서는 한 해에 생일을 두 번씩 맞는다는 거 아니? 자기 생일에 한 번, 그리고 자기 이름의 날에 또 한 번. 그날을 영명 축일이라고 해. 같은 이름을 가진 사람들이 같은 날 함께 축하를 받는 날이지. 앨리스라는 이름도 축일이 있는지는 잘 모르겠어. 어쨌든 영명 축일에는 그날의 이름을 가진 사람들이 초대받지 않은 사람이나 나그네가 찾아왔을 때 음식과 술로 후하게 대접하는 게 전통이야."

앨리스가 얼굴을 찌푸렸다.

"하지만 난 예전부터 그 전통이 마음에 안 들었어. 그래서 너 주려고 음식을 직접 가져왔지."

그 말에 앨리스의 얼굴이 환해졌다. 앨리스는 오기 곁에 앉았다. 오기가 등 뒤에서 장미 무늬 보자기로 싼 꾸러미를 꺼내서는 앨리스에게 보자기를 풀어 보라고 눈짓을 보냈다. 보자기를 풀자 새빨간 잼병과 누런 종이로 싼 납작한 직사각형 물건이 보였다. 앨리스가 싱긋 웃었다. 오기가 백팩에서 빵과 버터가 든 용기와 빵칼, 그리고 작고 낡은 휴대용 술병을 하나 꺼냈다.

"네 생일이 불가리아에서 장미를 수확하는 마지막 날과 겹친다는 거 너 몰랐지? 장미는 5월에서 6월에 꽃을 피우는데, 그때가 되면 장미 계곡이 온갖 색깔의 장미로 뒤덮이거든. 그러면 사람들이 장미꽃을 하나하나 손으로 따서 버드나무 바구니에 담아 곧바로 증류소로 가져가. 거기서 증류된 물이 다음 단계를 거치면 장미 잼, 장미 오일, 장미 비누, 장미 향수가 되는 거야."

앨리스는 잼 병을 손바닥에 올려놓고 돌려 보았다. 병이 차가운 햇살 속에서 아른아른 빛났다. 오기가 휴대용 술병의 뚜껑을 열었다.

"이건 불가리아 사람들이 축하할 때 마시는 거야." 오기가 휴대용 술병에 든 맑은 액체를 병뚜껑에 따랐다. "라키야[35]라고 하지." 오기가 휴대용 병을 앨리스에게 건네주고는 뚜껑을 들어 올리며 건배를 제의했다. "우리는 건배할 때 '나즈드라베'라고 해."

앨리스가 고개를 끄덕였다. 그러고는 오기를 따라 휴대용 술병을 입술에 대고 한 모금 마셨다. 둘은 동시에 컥컥, 캑캑거렸다. 앨리스는 술을 퉤퉤 뱉어 내고는 제 혀를 담요에 대고 쓱쓱 닦아 냈다.

"끔찍하지. 나도 알아. 하지만 어른들은 무지 좋아해." 오기도 캑캑거리며 말했다. 앨리스가 역겹다는 듯 얼굴을 찡그리며 휴대용 술병을 오기에게 돌려주었다. 오기가 뚜껑을 닫고 하하 웃으며 말했다. "선물 풀어 봐."

앨리스는 먼저 모퉁이를 살짝 찢어 보더니 잔뜩 신이 나서 책을 싸고 있는 누런 포장지를 허겁지겁 벗겨 냈다. 책등은 찢어져 있었고, 누렇게 변색한 속지에서는《손필드 사전》에서 풍기는 냄새가 났다. 앨리스는 손가락으로 책 표지에 쓰인 글씨를 어루만졌다.

"네가 좋아할 거라고 생각했어. 그 책에 목소리를 잃어버린 바다 소

35) 불가리아, 세르비아 등 발칸 반도에 위치한 국가에서 즐겨 마시는 증류주. 과일로 만드는 브랜디라 할 수 있으며, 도수는 보통 40도 안팎이다.

녀에 관한 이야기가 나와."

앨리스가 오기를 쳐다보았다.

"나중에는 목소리를 다시 찾게 되지." 오기가 덧붙여 말했다.

앨리스는 저도 모르게 몸을 앞으로 숙여서 오기의 뺨에 입을 맞추고는 다시 자리에 앉았다. 오기의 손가락이 앨리스의 입술이 닿은 곳 위에서 나비의 날개처럼 나풀거렸다. 갑자기 머쓱해진 앨리스는 관심거리를 딴 데로 돌리려고 허둥지둥 부츠 안으로 손을 넣어서 로켓을 꺼냈다. 그러고는 한 손으로 사슬을 들어 올려 다른 손 손바닥 위에 로켓을 살포시 올려놓았다.

"우와!" 오기가 탄성을 지르며 만져 보려고 다가앉았다. 앨리스가 잠금쇠를 열어 주었다. 오기는 로켓을 손바닥에 올려놓고 사진을 자세히 살펴보았다.

"오기, 이분은 우리 엄마야." 앨리스가 머릿속에서 신중하게 조합한 문장을 말했다.

오기는 로켓을 툭 떨어뜨렸다. 그러고는 마치 앨리스가 꼬집기라도 한 것처럼 뒤로 훽 물러났다. "뭐……?" 오기의 눈이 휘둥그래졌다. "앨리스, 방금 뭐라고 했어? 너, 말 할 수 있어?"

앨리스가 킥킥 웃었다. 그렇게 웃는 게 얼마나 기분 좋은 것인지 여태 잊고 있었다.

"앨리스가 말을 한다!" 오기가 벌떡 일어서서 껑충껑충 뛰면서 앨리스 주위를 빙빙 돌았다. 앨리스는 로켓을 다시 닫은 뒤 제 목에 걸었다.

오기는 달리기를 멈추고 두 손을 땅에 짚고 엎드렸다. 그러고는 숨을 헐떡이며 말했다. "이제 생일상을 차려 먹을까?"

"그래, 좋아." 앨리스가 수줍게 말했다.

"앨리스가 '그래, 좋아.'라고 했다!" 오기가 하하 웃으며 소리쳤다. "관중들이여 열광하라!" 오기가 두 손을 확성기처럼 동그랗게 오므려 입가에 대고 환호성을 질렀다. "앨리스, 비록 내 생일은 아니지만, 오늘은 최고의 생일이야."

"생일 선물, 정말 고마워." 앨리스는 또다시 머릿속에서 신중하게 조합한 문장을 천천히 말했다. 그러고는 책을 꼭 껴안았다.

"마음에 들었다니 다행이야." 오기가 싱긋 웃으며 잼병 뚜껑을 열었다. "이 잼은 엄마가 네 생일 때 주려고 특별히 만드신 거야." 오기가 버터나이프로 잼을 듬뿍 퍼서 빵 위에 펴 발랐다. "엄마의 정원에서 내 이름과 같은 장미만 골라 따서 만드셨지."

"그게 무슨 뜻이야?" 앨리스는 오기가 건네주는 빵을 받아 들며 물었다.

"응, 내 이름과 같은 빛깔을 가진 장미라는 뜻이야." 오기가 자신이 먹을 빵에 잼을 바르면서 설명했다.

"오기가 색깔이야?" 최근에 자기 이름을 딴 색깔이 있다는 사실을 알게 된 앨리스가 깜짝 놀라며 물었다.

"그렇게 볼 수도 있지." 오기가 잼 바른 빵을 덥석 베어 물며 말했다. "이프 메머스 피레."

"뭐?"

오기가 하하 웃으며 입에 든 것을 꿀꺽 삼킨 다음 말했다. "내 이름 '오그냔'은 불가리아 말로 '불'이라는 뜻이야."

"아하!" 앨리스가 말했다. 강물이 방울새와 이중창을 불렀다. 나무 사이로 겨울 햇살이 들이쳤다.

곧이어 오기가 말했다. "또 다른 거 말해 봐."

"또 다른 거." 앨리스가 말했다. 오기가 하하 웃자 앨리스의 두 뺨이 기쁨으로 발갛게 물들었다.

앨리스가 집에 돌아왔을 때, 준은 부엌에서 프라이팬에다 음식을 지글지글 익히고 있었다. 캔디와 트윅은 책상 앞에 앉아 뭔가를 읽고 있었고, 해리는 트윅의 발치에 앉아 있었다. 해리는 앨리스를 보자마자 꼬리로 바닥을 쿵쿵 내리쳤다. 세 여인이 일제히 고개를 들어 앨리스를 바라보았다.

"생일 축하한다." 준이 앨리스의 로켓에 눈길을 던지며 말했다.

"생일 축하한다, 스위트피." 캔디가 요리책을 덮으며 말했다.

"안녕, 앨리스. 생일 축하해." 트윅이 신문을 접으며 말했다.

준의 등은 꾸부정하게 굽어 있었고, 캔디의 얼굴은 파리했으며, 트윅의 움직임은 느리고 무거웠다. 세 여인 모두 애써 미소를 머금고 있었으나 눈은 하나같이 그늘져 있었다. 앨리스의 젖은 머리카락이나 모래가 묻은 발에 대해 언급하는 사람은 아무도 없었다.

"지금 생일 팬케이크 만드는 중인데, 좀 먹을래?" 준의 목소리가 흔들렸다.

앨리스는 준에게 최대한 따듯한 미소를 지어 보였다.

"금방 만들어 주마." 준이 프라이팬에다 반죽을 더 추가하며 말했다.

앨리스는 직접 의자 하나를 빼냈다.

"앨리스, 생일 주스 한잔 줄까?" 트윅이 앉아 있던 의자를 뒤로 밀며 물었다. 앨리스가 고개를 끄덕이자 트윅은 샴페인 잔을 가지러 찬장으로 가면서 준의 손을 한 번 꾹 쥐었다. 해리가 바닥에 털썩 엎드렸다. 앨리스는 세 여인을 지켜보았다. 준의 어깨는 늘 가늘게 떨리고 있었다. 트윅의 눈에는 늘 슬픔이 어려 있었고, 캔디는 제 머리카락은 새파랗게 물들여도 내면의 슬픔은 물들이지 못했다. 사랑하는 사람을 잃어 슬픈 사람이 저 혼자만이 아님을 앨리스는 새삼 깨달았다.

준이 팬케이크에 버터와 시럽을 얹어서 내왔다. 트윅은 사과주스에 탄산수를 섞은 음료수 잔을 팬케이크 접시 옆에 내려놓았다.

"고맙습니다, 준. 고맙습니다, 트윅" 앨리스가 말했다.

준이 팬케이크 반죽이 잔뜩 묻은 주걱을 바닥에 떨어뜨렸다. 트윅이 헉 소리를 내며 입을 쩍 벌렸다. 캔디는 꽥 비명을 질렀다. 해리는 바닥에 묻은 팬케이크 반죽을 핥아먹을지 아니면 빙빙 맴돌지를 결정하지 못해 두 가지 일을 동시에 하느라 분주했다.

세 여인은 동시에 앨리스에게 달려가 앨리스를 얼싸안았다.

"앨리스, 지금 한 말 다시 해 봐!"

"앨리스, 캔디 베이비라고 해 봐!"

"아니야, 앨리스. 트윅이라고 말해 볼래?"

앨리스는 그들 한복판에 서서 마치 막 피어난 꽃봉오리에 달린 꽃잎들처럼 제 주위에 모여 있는 세 여인의 얼굴을 올려다보았다. 그날은 앨리스의 생일이었지만, 앨리스는 자신의 목소리를 들려줌으로써 그들에게 잊지 못할 선물을 선사했다.

세 여인이 덩실덩실 춤을 추는 동안 앨리스는 흐뭇한 미소를 지었다. 앨리스는 목소리를 되찾았다. 이제 준이 앨리스에게 대답을 해 주겠다는 약속을 지킬 차례였다.

꽃이 피어나는 때를

내 얼마나 갈망하는지, 내 얼마나 연모하는지.

- 에밀리 브론테

River red gum 리버레드검

황홀감

Eucalyptus camaldulensis | 오스트레일리아 전역

오스트레일리아라고 하면 가장 일반적으로 떠올리는 나무.
매끈한 나무껍질이 기다란 리본처럼 잘 벗겨진다.
열매를 맺으려면 봄마다 뿌리가 강물에 푹 잠기도록 강이 범람해야 한다.
늦봄에서 한여름까지 꽃을 피운다.
지름이 나무 몸통의 절반이나 되는 큰 가지가
아무 경고도 없이 떨어지는 일이 종종 있어서
'과부 제조기'라는 불길한 별명을 갖고 있다.

앨리스는 두 주먹이 하얘질 정도로 운전대를 꽉 움켜잡았다. 앨리스는 신호등 불빛을 계속 주시하며 초록빛으로 바뀌기를 기다렸다. 페달을 밟고 있는 왼쪽 다리가 부들부들 떨렸다.

"좋아요, 앨리스. 이제 중앙로 끝까지 직진한 다음 유턴하세요." 경찰관이 계속 고개를 숙인 채 무릎 위에 올려놓은 서류판에다 뭔가를 적고 있었다. 학교가 시작하기도, 상점들이 문을 열기도 전인 이른 시간이었다. 밤사이에 내린 봄 소낙비에 촉촉하게 젖은 도로가 아침 햇살을 받아 수은처럼 반짝였다. 앨리스는 눈을 가늘게 뜨고 신호등을 주시했다. 마침내 초록불이 켜졌다.

앨리스는 클러치페달에서 발을 서서히 떼었다. "적절한 타이밍이 중요해. 차가 움직이기 시작하는 느낌이 들 때까지 기다려." 오기가 농장의 낡은 트럭 옆자리에 앉아서 수십 번이나 강조했었다. 오기를 생각하자 마음이 진정되는 것 같았다. 앨리스는 바퀴에 동력이 걸리는 느낌이 들자 얼른 오른발로 액셀러레이터를 밟았다. 다행히 캥거루가 점프하듯 심하게 튀어 오르지는 않았다. 앨리스는 안도의 한숨을 내쉬고는 혼자 흐뭇한 미소를 지으며 핸들을 잡은 손아귀의 힘을 풀었다. 앨리스는 곁눈으로 슬쩍 보았지만 경관의 표정은 읽을 수가 없었다.

교차로를 통과한 뒤 제한속도를 유념하면서 중앙로를 달렸다. 도로는 곧게 뻗어 나가다가 어느 부분에서 검은 리본처럼 휘어지면서 읍내를 벗어나 잡목림 지대로 들어갔다. 앨리스는 도로가 유칼립투스 숲으로 사라지기 직전의 지점을 계속 주시했다. 도로를 따라 숲으로 들어가고 싶은 마음이 굴뚝 같았다.

"여기서 옆으로 빠져서 유턴하세요. 그런 다음 경찰서로 돌아가는 겁니다." 경관이 말했다.

앨리스는 고개를 끄덕였다. 앨리스는 속도를 줄이고 방향 표시등을 켰다. 그런데 그때 도로 중앙에 표시된 두 줄의 중앙선이 눈에 들어왔다. 앨리스는 얼른 방향 표시등을 끄고 계속 차선을 따라 달렸다.

"앨리스?" 경찰관이 말했다.

앨리스는 계속 도로를 주시한 채 말했다. "중앙선 표시가 있잖아요, 경관님. 여기서 유턴은 불법이에요." 앨리스가 침착하려 애쓰며 말했다. "저기 패티 패티즈[36] 앞에서 좌회전할게요. 그런 다음 경찰서로 돌아가지요."

경관은 애써 무표정한 얼굴을 지었지만, 앨리스는 그의 얼굴에 잠깐 스친 미소를 포착할 수 있었다. 앨리스는 피시앤드칩스 가게 앞에

36) 피시앤드칩스(썬 감자와 생선에 튀김옷을 입혀 튀겨 만든 영국 음식), 햄버거 등을 파는 프랜차이즈 대중음식점.

서 좌회전한 다음 한적한 도로를 달려 경찰서로 돌아갔다.

준과 해리가 경찰서 주차장에서 기다리고 있었다. 앨리스가 차를 주차하면서 계속 경적을 울렸다.

"잘했다!" 준이 손뼉을 치며 소리쳤다. 이제 노년기에 접어든 해리가 쉰 목소리로 컹컹 짖었다.

"무사히 도착!" 앨리스가 경관을 따라 경찰서로 들어가면서 허공을 향해 주먹을 날리며 소리쳤다. 잠시 후, 앨리스는 자동차 면허증을 주머니에 넣고 경찰서 밖으로 걸어 나왔다. 사진 찍을 때 경관이 좀 더 심각한 표정을 지으라고 여러 차례 주의를 주었지만, 면허증 사진 속의 앨리스는 얼굴 가득 미소를 짓고 있었다.

앨리스는 핸들을 꺾어 손필드 농장 진입로로 들어선 뒤 집 앞에서 조심스레 유턴했다. 그런 다음 핸드브레이크를 당겨 트럭을 멈췄지만 시동은 끄지 않았다.

"어디 가려고?" 준이 안전띠를 풀며 의아한 표정으로 물었다. 해리의 시선이 불안하게 왔다 갔다 했다. "다들 너 보려고 기다리고 있을 텐데."

"알아요. 가서 오기 데려오려고요. 운전면허 시험도 통과했고, 겸사겸사요." 앨리스가 환한 얼굴로 말했다.

순간 준의 얼굴에 어두운 빛이 살짝 스쳤다. "그렇게 하렴. 팬케이크는 충분하니까." 준이 미소를 지었으나 눈빛은 차가웠다.

앨리스는 트럭을 몰고 읍내를 지나면서 시원한 공기를 길게 들이켰다. 준에게 꺼내 보이지 못한 속마음에 붙은 불길이 잦아들 때까지. 해리가 옆에서 헐떡거렸다. 앨리스는 손필드와 자신과의 거리가 멀어질수록 점점 더 차분해지고, 오기와 가까워질수록 점점 더 행복해졌다. 오기를 만났던 아홉 살 때부터 죽 그래 왔듯이.

앨리스가 도시 경계 표지판을 지나기 직전 비포장도로로 진입하자 해리가 컹컹 짖기 시작했다.

"그래, 거의 다 왔어." 앨리스가 웃으며 말했다. 가끔 앨리스는 자신보다 해리가 더 오기를 사랑하는 것 같다는 생각이 들었다.

앨리스는 오기의 집 앞에 트럭을 멈춰 세웠다. 오기는 베란다에서 앨리스를 기다리고 있었다. 오기를 보는 순간, 마음속에 솟구치는 감정이 어찌나 강렬했던지 앨리스는 차 문 손잡이를 잡을 때 손에서 스파크가 튈 것만 같았다.

"나 붙었다." 앨리스가 얼굴 가득 미소를 머금은 채 운전면허증을 손에 쥐고 트럭에서 내려서며 말했다. 해리도 뒤따라 내렸다.

오기의 얼굴이 환하게 빛났다. 앨리스는 오기의 그 표정을, 사랑의 감정을 감추지 못하는 오기의 눈빛을 단숨에 들이켜고 싶었다.

"그럴 줄 알았어." 오기가 두 손으로 앨리스의 얼굴을 감싸며 진한 키스를 퍼부었다. 머리카락이 오기의 눈 위에 드리워지자 앨리스는 약간 물러나서 오기의 머리카락을 뒤로 쓸어 넘겨 주었다. 앨리스의 손목에서 팔찌들이 짤랑거렸다. 그 팔찌들은 앨리스가 특별히 오늘을 위해 보석상자에서 골라서 찬 것들이었다. *리버레드검. 황홀감.*

"드라이브 한번 할까?" 앨리스가 수줍게 웃으며 물었다.

"물론이지." 오기가 또다시 키스하며 대답했다. "하지만 그 전에 너한테 줄 게 있어."

오기는 한 손으로 의아해하는 앨리스의 눈을 가리고, 다른 손은 앨리스의 잘록한 허리를 감쌌다.

"준비됐어?" 오기의 입술이 앨리스의 귓불을 쓰다듬었다.

"뭘 하려고 그러는 거야?" 앨리스는 오기에게 이끌려 베란다 밖으로 나가는 동안 오기를 꽉 잡았다.

"이제 눈 떠도 돼." 오기는 앨리스의 눈을 가리고 있던 손을 뗐다. 그 순간 앨리스가 헉 소리를 냈다.

군데군데 칠이 벗겨진 민트색 폴크스바겐 비틀이 앨리스 앞에 세워져 있었다. 보닛은 녹이 슬어 있고, 허브캡 하나는 달아나고 없었다. 짙붉은 장미꽃 화환이 백미러에 걸려 있었다.

"오기!" 앨리스가 탄성을 질렀다. "이 차, 어디서 났어?" 앨리스는 차 문을 열고 폭신한 운전석에 앉아서 얇고 커다란 운전대를 쓰다듬었다.

"목재 하치장에서 추가 근무했지." 오기가 어깨를 으쓱이며 말했다. "그 바에서 근무했으면 더 좋은 가격으로 살 수 있었을 텐데."

앨리스는 웃음을 터트렸다. 오기는 그해 초, 밤에 동네 술집에서 일한 적 있었다.

"어느 술주정뱅이한테서 차를 빼앗아 주려고?" 앨리스가 옆자리로 옮겨 앉으며 말했다.

"형편이 안 되면 그렇게라도 했을 거야." 오기가 운전석에 앉아 앨리스의 허리를 끌어당기며 싱긋 웃었다.

"하지만 내가 면허시험에 통과 못 했으면 어쩌려고?"

오기는 앨리스의 러닝셔츠와 치마 사이에 드러난 맨살을 쓰다듬으면서 허리밴드 속으로 손가락을 넣어 앨리스의 팬티 윗부분을 벗겼다. 앨리스의 허벅지 사이가 화끈거렸다.

"네가 통과할 거라는 거 알고 있었어." 오기가 대답했다.

앨리스는 오기와 키스를 하는 동안 눈을 뜨고 있었다. 이 순간을 하나도 남김없이 온전한 모습으로 영원히 기억하고 싶어서였다. 밝게 빛나는 햇빛, 때까치의 노랫소리, 그리고 그들 뒤로 흐르는 초록빛 강물의 지절거림까지. 앨리스의 몸은 그 소년, 아니 그녀가 세상에서 제일 사랑하는 사람을 향한 뜨거운 갈망으로 휩싸였다.

앨리스는 폴크스바겐 비틀을 몰면서 오기가 운전하는 농장 트럭을 뒤따라 집으로 갔다. 트럭에는 해리도 타고 있었다. 앨리스는 오기가 선물한 차를 몰고 있다는 사실이 믿기지 않았다. 차가 마음에 꼭 들었다. 약간 벗겨진 민트색 페인트와 차 문을 닫을 때 나는 묵직한 '턱' 소리, 커다란 운전대와 탄력 있는 작은 좌석과 탄성이 좋은 페달, 그리고 무엇보다 라디오 소리도 잘 들리지 않을 정도로 요란하게 울리는 엔진 소리까지. 그 모든 게 오롯이 앨리스만의 것이었다. 조금 전 강가에서 보냈던 뜨거운 시간을 다시 떠올리자 짜릿한 흥분이 앨리스의 온몸으로 파문처럼 퍼져 나갔다. 오기의 사랑은 아무리 받아도 질리지 않았다.

앨리스는 손필드에 차를 대고 나서 운전대 한복판을 눌렀다. 경쾌한 경적이 울려 퍼지자 앨리스는 까르르 웃음을 터트렸다. 오기도 옆에 트럭을 세웠다. 꽃무리가 그들을 맞이하러 집과 작업장 사이에 있는 오솔길로 서둘러 나왔다.

"해냈구나, 스위트피!" 턱에 반죽을 묻힌 채 나온 캔디가 환호성을 지르며 앨리스를 덥석 안았다. 캔디의 품에서 계피 향이 났다. 다른 꽃무리도 탄성을 지르며 자동차 주위에 모여들었다.

트윅이 여인들 앞으로 나오며 말했다. "야, 면허 땄구나. 축하한다, 앨리스." 트윅이 앨리스의 뺨에 입을 맞추었다.

"고마워요." 앨리스는 트윅의 눈빛이 살짝 흔들리는 것을 알아채고 물었다. "무슨 일이에요, 트윅?"

트윅이 오기를 슬쩍 쳐다봤다가 다시 앨리스에게 눈길을 돌리며 말했다. "저기, 준이……."

요란한 모터 소리가 트윅의 말을 막았다. 준이 복원한 모리스 마이너[37] 트럭을 집 뒤에서 몰고 나왔다. 트럭은 반지르르 윤기가 흐르는 샛노란 색으로 칠해져 있었고, 바퀴마다 흰색 테두리가 있는 광택 나는 허브캡이 달려 있었다. 준이 트럭을 주차하기 위해 방향을 돌렸을 때 차 옆면에 찍힌 글자가 앨리스의 눈에 들어왔다.

'앨리스 하트. 야생화가 피는 손필드 화훼농장의 꽃말 소통가.'

앨리스의 심장이 철렁 내려앉았다. 준은 앨리스가 열일곱 살이 되자 학교 마치면 손필드의 경영을 맡으라는 얘기를 꺼내기 시작했다. 하지만 준이 직접적으로 앨리스의 의사를 물은 적이 없었을 뿐만 아니라 준이 앨리스의 미래에 대해 언급할 때면 늘 오기의 존재는 배제되었기에 앨리스는 준의 말을 크게 염두에 두지 않았다.

"우리 모두가 주는 선물이다." 준이 트럭에서 내리면서 말했다. "모

37) 영국 모리스 사에서 1948년에 출시하여 1971년에 생산을 중단한 소형차.

두 조금씩 정성을 보탰어."

"오, 저, 정말……." 앨리스는 잠시 머뭇거렸다. "정말 멋진 선물이네요. 준, 그리고 여러분 모두, 정말 감사합니다."

준이 앨리스와 눈을 맞추었다. "그런데 이건 뭐니?" 준이 폴크스바겐 비틀을 가리키며 물었다.

"미, 믿기지 않으시겠지만……." 앨리스가 더듬더듬 말을 이었다. "오기가 돈을 모아서 저한테 사 준 선물이에요."

준의 미소는 흔들리지 않았다. "오기!" 준이 코웃음을 치며 말했다. "앨리스에게 엄청난 선물을 해 줬구나. 정작 네 차 살 여유는 없을 텐데 말이야. 우리가 똑같은 생각을 하고 있었다니 정말 놀랍구나. 어쨌거나 잘된 일이야. 앨리스는 모리스를 갖고, 오기는 폴크스바겐을 갖게 됐으니 서로 윈윈한 거 아니겠니?" 준이 손뼉을 짝 치며 말을 이었다. "자, 캔디가 잔칫상의 진수를 보여 주려고 오전 내내 수고했으니……."

"맞아요." 트윅이 불쑥 끼어들어 지나치게 큰 목소리로 말했다. "자, 여러분. 모두 먹고 즐겨요!"

사람들이 돌아서서 오솔길을 따라 집으로 걸어가자 트윅이 앨리스에게 쭈뼛쭈뼛 다가갔다. "준에게 시간을 좀 줘." 트윅이 앨리스에게 충고했다. "준이 너한테 깜짝 선물 주려고 6개월 동안 계획했거든. 그래서 약간 민감하게 반응한 거야. 그뿐이야."

앨리스는 마지못해 고개를 끄덕였다. 하지만 마음속으로는 이렇게 소리치고 싶었다. '하지만 저는요? 왜 늘 저만 이해해야 하는 거예요?'

오기가 다가왔을 때, 앨리스는 오기를 차마 쳐다볼 수가 없었다. 오기는 앨리스의 손을 잡고 앨리스가 자기를 바라볼 때까지 앨리스의 손을 꽉 쥐었다. 앨리스는 자기가 얼마나 창피해하는지를 오기도 잘 알고 있다고 생각했다. 오기는 마침내 앨리스가 자기를 쳐다보자 한쪽 눈을 찡긋했다. 잠시 후, 앨리스도 오기의 손을 꽉 쥐었다.

긴장감 속에서 브런치를 먹은 뒤 앨리스와 오기는 집을 빠져나가 강으로 달려갔다. 둘은 강둑에 앉았다. 앨리스는 들꽃으로 목걸이를 만들었다. 오기는 하얀 조약돌을 셔츠 자락에 닦은 다음 물수제비를 떴다. 앨리스는 곁눈질로 보는 오기의 강한 시선을 느꼈으나 도저히 입을 뗄 수가 없었다. 준의 무례함에 대해 무슨 말로 사과를 할 수 있단 말인가. 오기 편에 서지 않고, 오기가 준 아름다운 선물을 옹호하지 않은 것에 대해 어떻게 사과한단 말인가. 저 자신을 옹호하지 않은 것에 대해 어떻게 용서를 구한단 말인가. 결국 침묵을 깬 것은 오기였다.

"너를 이런 식으로 취급하다니, 그냥 넘어갈 수 없어. 너를 당신이 원하면 언제든지 꽃을 피울 수 있는 화초처럼 취급하잖아." 오기는 앨리스를 쳐다보지 않고 말했다.

앨리스는 데이지 줄기를 매듭으로 묶었다.

"가끔 그렇게 느낀 적이 있어." 앨리스가 말했다. "내가 준의 온실 속에서 자라는 모종인 것 같은 느낌. 난 준의 울타리를 절대 벗어날 수 없을 거야. 나의 미래는 정해져 있으니까."

"그게 무슨 말이야?"

"내 운명이 이미 정해져 있는 것 같다는 거지. 마치 사전에 '네 운명은 이거야.'라고 쓰여 있는 것처럼 말이야. 난 붙박이장처럼 늘 같은 곳에 머물러 있겠지."

"그게 네가 원하는 삶이야?" 오기가 앨리스의 표정을 살피며 물었다.

앨리스가 코웃음을 치며 말했다. "그렇지 않다는 걸 너도 잘 알잖아."

한참 뒤에 오기가 목청을 가다듬었다. "그래서 하는 말인데, 사실 너한테 줄 깜짝 선물이 하나 더 있어."

오기가 호주머니 속에서 한쪽 모서리가 접힌 그림엽서 한 장을 꺼내 앨리스에게 건넸다. 앨리스는 엽서를 보자마자 엽서 속의 사진이 예전에 오기가 들려준 이야기 속의 장소임을 알아챘다. 장미 계곡.

"실은, 내년에 네가 열여덟 살이 될 때까지 우리 둘이서 비행기표 살 돈을 모으자고 할 참이었어." 오기가 엄지손가락으로 앨리스의 넷째 손가락을 어루만지며 말했다. 따스한 온기가 앨리스의 팔을 타고 흘러 앨리스의 가슴까지 전해졌다. "너랑 나랑 비행기를 타고 독일까지 간 다음, 거기서 기차를 타고 소피아까지 가는 거야. 별이 총총한 하늘 아래서 야영도 하고, 추우면 라키야를 마시며 몸을 데우고 말이야. 우리 할머니 정원에서 딴 배로 스튜도 만들어 먹고. 나는 장미를 키우고 너는 장에 내다 팔면서 살 수 있어. 우리는 남들과 다른 사람이 될 수 있고, 다르게 살 수도 있어. 너랑 나랑 우리 둘이서만 살 수 있어." 오기가 앨리스의 두 손을 잡으며 말했다. "앨리스." 오기는 앨리스의 마음을 읽으려고 앨리스의 표정을 살폈다.

그 순간 앨리스의 가슴은 새하얀 눈으로 뒤덮인 땅과 바닥에 조약돌이 깔린 도시, 그리고 왕들의 뼈 위에서 자라는 장미들을 향한 갈망으로 한껏 부풀어 올랐다. 앨리스는 오기가 왜 웃고 있는지 몰랐지만,

잠시 후 저도 모르게 계속 고개를 끄덕이고 있었다는 것을 깨달았다.

"그래." 앨리스는 오기의 손에 이끌려 오기의 품에 안기며 대답했다. "그러자." 앨리스는 오기의 귀에 대고 까르르 웃었다. 앨리스를 감싸 안은 오기의 팔이 바르르 떨렸다. 따스한 햇볕이 앨리스의 얼굴 위로 어른거렸다. 오기가 앨리스의 이마와 양 볼과 입술에 입을 맞추었다. 그러면서 둘이서 갈 수 있는 더 많은 장소와 새 인생에서 함께할 수 있는 더 많은 일을 하나하나 읊조렸다.

캔디는 마지막 접시까지 치우고 나서 자기가 마실 블랙커피 한 잔을 탔다. 그러고는 커피를 홀짝이면서 꽃무리가 새로 핀 꽃봉오리들을 살피며 꽃밭을 서성거리는 모습을 지켜보았다. 왁자지껄 떠드는 소리와 웃음소리가 평소보다 옅어져 있었다. 싸늘한 기운이 손필드를 내리누르고 있었다. 오기와 앨리스는 브런치를 먹은 뒤 남들이 눈치채지 않을 거라 생각하며 슬그머니 사라졌다. 하지만 그 즉시 준은 작업장으로 쿵쿵 걸어가서 문을 쾅 닫았고, 트윅은 사막완두 모종판을 돌보러 육묘장으로 사라졌다. 그리고 캔디는 손마디가 저릿할 때까지 쇠수세미로 접시들을 문질러 씻었다.

이제는 받아들일 수밖에 없었다. 앨리스의 유년기는 오래전에 끝났다는 사실을. 트윅도 캔디도 준도, 앨리스의 눈 깊은 곳에서는 아그네스의 낭만적 기질과 클렘의 충동적이고 무모한 기질은 찾아보기 힘들다는 말을 이제는 하지 않았다. 가끔 집에서든 꽃밭에서든 앨리스가 캔디 옆을 지나칠 때면 어딘가에서 불이 난 것처럼 캔디의 머릿속에서 경고음이 울리곤 했다. 캔디는 앨리스의 마음속 어딘가에 불길이 옮겨 붙었다는 것을 직감으로 알 수 있었다.

캔디는 클렘이 아그네스와 함께 손필드를 떠난 뒤로 클렘에게서 연락을 받은 적이 한 번도 없었지만, 클렘과 했던 약속을 어긴 적이 없었다. 캔디는 여전히 거기에, 클렘과 꿰매어진 채로 있었다. 이제 달라진 게 있다면 클렘과 캔디 사이에 클렘의 딸이 있다는 것뿐이었다. 클렘의 악마성을 물려받지 않고 손필드 여인들의 불운한 운명의 굴레에서도 벗어난 듯 보이는, 그리고 캔디 자신은 결코 해낼 수 없었던 오직 자신만의 성정과 운명을 가진 듯 보이는 여인으로 어느새 훌쩍 커 버린 앨리스가.

캔디는 잔에 남은 마지막 커피를 들이켰다. 그리고 얼굴을 찡그리며 혀에 남은 쓴 커피 알갱이까지 꿀꺽 삼켰다. 캔디는 이제 서른넷이지만 여전히 아홉 살 소녀였다. 나뭇가지와 막대기로 만든 장난감 집 속에 있던 그 아홉 살 소녀는 영영 집으로 돌아가지 않을 것이다.

어둠이 열어지기 시작할 즈음, 앨리스는 강에서 집으로 달려갔다. 어서 펜을 잡고 일기를 쓰고 싶어 손가락이 간질거렸다. 오늘 일에 대해 뭐라고 쓸까? 모든 것이 환해지고 선명해졌다. 덤불과 꽃 위로 팔랑거리던 클레오파트라나비의 샛노란 날개. 발밑에서 으스러지는 유칼립투스 잎사귀의 레몬 향이 밴 톡 쏘는 공기, 황금빛 석양, 그리고 귓가에서 울리던 오기의 목소리. '우리는 남들과 다른 사람이 될 수 있고, 다르게 살 수 있어.'

달리는 앨리스의 머릿속이 갑자기 준의 얼굴로 가득 찼다. '내가 손필드를 떠나면 준은 어떻게 될까?' 죄책감에 복장뼈가 콕콕 쑤시듯 아팠다. 앨리스는 숨을 고르려고 달리는 속도를 늦추었다. 그리고 준의 얼굴을 머릿속에서 떨쳐 버리려고 애썼다. 이윽고 앨리스는 다시 속도를 내며 달리기 시작했다. 발걸음이 다시 심장박동과 박자를 맞추기 시작했다.

Blue lady Orchid 파란숙녀난초

사랑에 사로잡히다

Thelymitra crinita | 오스트레일리아 서부

봄에 꽃을 피우는 다년생 난초과 식물.
섬세한 별 모양의 짙은 파란색 꽃을 피운다.
꽃을 피우기 위해 들불을 놓을 필요는 없지만,
불을 놓아 덤불들을 제거하면 성장에 도움이 된다.

그해, 앨리스의 열여덟 번째 생일이 오기 전까지 트윅은 손필드에 있는 다른 사람들은 보지 못한 것을 목격했다. 트윅은 매일 밤 어둠 속에 앉아서 뒷문 스크린도어가 휙 열리자마자 앨리스가 긴 머리를 휘날리며 뒤 베란다를 살금살금 걸어 계단을 내려가 달빛 아래 만발한 꽃밭 사이로 들어가는 광경을 지켜보았다. 트윅은 준이 앨리스만은 다르기를, 맹목적 사랑에 면역이 되었기를 바란다는 걸 잘 알고 있었다. 하지만 진실은 강으로 이어진 오솔길 위에 훤히 드러나 있었다. 앨리스가 첫사랑의 늪에 깊이, 맹렬히 그리고 맹목적으로 빠져 있음이.

앨리스가 열여덟 살이 되던 날 밤, 다들 캔디가 만든 환상적인 구이 요리와 바닐라백합케이크를 두 그릇째 먹고 나서는 준이 특별히 주문한 모엣 샴페인 한 상자에 얼근하게 취한 채 잠자리에 들었다. 트윅은 뒤 베란다에 앉아서 겨울 별들의 침묵에 감사하며 담배 연기를 피워 올리고 있었다. 변화의 바람이 불고 있었다. 공기 속에서 다가오는 계절의 냄새를 맡을 수 있듯, 트윅은 그것을 감지할 수 있었다. 앨리스는 불안정했다. 마치 앨리스가 자기 가족에 대해 물을 때마다 거짓말의 탑 위에서 흔들리는 트윅 자신처럼. 사실 트윅도 공범자였다. 비록 준의 기만적 행동에 맞서 싸워 오긴 했어도 트윅도 준만큼이나 오랫동안 진실을 함구하고 있었다.

입양지원국에서 보내온 서류를 작성해서 다시 보냈으나 지원국에서는 아무런 답변도 오지 않았다. 트윅은 다른 방법을 찾기 위해 다시 전화번호부를 뒤적인 뒤 전화기를 집어 들었다. 그리고 첫 번째로 응답한 사설탐정에게 아그네스가 유언장에 언급한 한 여인의 이름과 앨리스가 자란 마을 이름을 알려 주었다. 앨리스가 초등학교에 들어간 지 얼마 되지 않아 사설탐정의 조사 보고서가 우편으로 도착했다. 트윅은 그 보고서를 읽기 전에 마음을 가라앉히기 위해 강까지 걸어갔다가 돌아와야만 했다.

앨리스의 어린 남동생은 아그네스가 자기 아이들을 준이 키우기가 여의치 않을 때를 대비해서 아이들의 제2의 후견인으로 지명한 여인의 보살핌을 받으며 건강하게 잘 자라고 있었다. 앨리스와 앨리스의 남동생은 서로의 존재를 모른 채로 자라고 있는 것이다. 트윅은 궁금했다. 니나와 조니도 똑같은 상황일까? 트윅은 사람들의 생각과 달리 이곳 손필드조차 한 여인을 과거로부터 구제해 줄 수 없다는 사실을 잘 알고 있었다. 트윅은 손필드에서 풍족한 삶을 누려 왔다. 캔디를 키우고 클렘을 보살피는 일에도 최선을 다하면서. 아그네스를 비롯하여 꽃무리도 잘 보살폈고, 농장 살림도 잘 꾸려 왔다. 하지만 이 손필드에서조차 과거를 바꿀 수 있는 기회는 주어지지 않았다. 그렇게 되기를 준이 그렇게나 간절히 바라 왔음에도 불구하고. 준이 앨리스만 트럭에 태우고 집으로 온 그날부터 소원해진 트윅과 준의 관계는 여러 해가 지난 지금도 딱 그 상태에 머물러 있었다. "나는 유언장 집행자야, 트윅." 트윅은 준이 술에 취해 혀 꼬부라진 소리로 주절대던 이 말을 지난 수년간 수도 없이 들어 왔다. "난 모두를 위해 최선의 선택을 했어." 트윅은 사설탐정의 보고서와 아그네스의 유언장 사본을 육묘장에 감춰 둔 채 지난 9년 동안 적절한 때를 기다려 왔다. 하지만 그 서류들은 아직도 사막완두 모종들 사이에 묻혀 있었다.

스크린도어가 열리는 소리가 나자 트윅은 어둠 속으로 몸을 숨겼다. 그리고 앨리스가 희미한 샴페인 향기를 공기 속에 길게 드리우며 꽃밭으로 몰래 들어가는 것을 지켜보았다. 앨리스는 저녁 식사 때 샴페인 잔을 연거푸 들이켰다. 트윅은 앨리스의 인생에 뭔가 심상치 않은 일이 일어나고 있음을 계절의 변화만큼이나 확실히 감지할 수 있었다. 트윅은 앨리스가 멀찌감치 멀어지기를 기다렸다. 그리고 앨리스의 귀에 자기 발소리가 안 들릴 거라는 확신이 선 뒤에야 앨리스를 따라 강으로 이어진 오솔길을 서둘러 걸어갔다.

오기가 거대한 리버레드검 나무 옆에 작은 모닥불을 피워 놓고 강둑에서 기다리고 있었다. 오기는 그날 저녁 식사 자리에서 유독 말이 없었다. 트윅은 빼빼 마른 유칼립투스 나무들 뒤에 웅크리고 숨었다. 앨리스는 마치 몇 년 만에 만나는 듯이 오기에게 달려들었다. 모닥불이 하나로 엉긴 두 사람의 살갗을 구릿빛으로 물들였다. 둘은 다정하게 키스했다. 앨리스를 바라보는 오기의 표정을 보자 트윅의 눈에 눈물이 고였다. 트윅도 한때 누군가를 저렇게 사랑한 적이 있었다. 단 한 번도 상처받은 적 없는 순진무구한 모습으로 다른 누군가로부터 저토록 확실한 눈빛을 느낀 적이 있었다.

이윽고 두 사람은 엉겨 있던 몸을 풀고 바닥에 앉았다. 앨리스가 오기의 몸에 기대자 오기가 앨리스를 감싸 안았다. "네 계획, 다시 말해 줘."

오기는 앨리스의 정수리에 입을 맞추며 말했다. "내일 밤 자정에 바로 이곳에서 만나. 여행 가방 하나씩 꾸려서. 가방은 각자 하나면 돼. 가볍게 여행하자고." 오기는 앨리스의 관자놀이에, 뺨에 그리고 목에 키스를 퍼부었다. "첫 버스를 타고 공항으로 가서 카운터에서 탑승 수속을 하는 거야. 그런 다음 비행기를 타고 아주 오랫동안 하늘을 날 거야, 마치 영영 착륙하지 않을 것처럼. 하지만 결국 우리는 소피아에 도착해서 우리 할아버지 집으로 가게 될 거야. 거기서 라키야를 마시고 숍스카샐러드[38]를 배불리 먹고 나서 한잠 늘어지게 자는 거야. 그리고 일어나서 케이블카를 타고 비토샤산[39]으로 올라가서, 돌의 강[40] 위에 서서 세상을 굽어볼 거야. 산기슭에 설치된, 전 세계에서 온 종들이 울리면 크리스마스보다 더 멋지고 황홀하지. 주말이면 할아버지의 트럭을 타고 국경을 넘어 그리스로 가는 거야. 거기 가서 바다에서 수영도 하고 올리브랑 구운 치즈도 먹자고."

"오기." 앨리스가 오기를 쳐다보며 꿈결처럼 속삭였다. "주머니칼 가지고 있어?"

둘은 리버레드검 나무 몸통에 자신들의 이름을 새겨 넣었다. 그러

38) 토마토, 오이, 양파, 부추 고추, 파슬리 등의 신선한 채소에 올리브유와 시고 짭조름한 시레네치즈를 뿌려 만드는 불가리아식 샐러드.
39) 불가리아의 수도 소피아를 둘러싸고 있는 산.
40) 비토샤산의 해발 1800미터에 위치한 '골든 브리지스'를 이름. 커다란 빙퇴석들이 흐르는 강처럼 쌓여 있다고 해서 돌의 강이라고도 불린다.

고는 서로의 품속으로 무너져 청춘의 굶주림을 키스로 채웠다. 이제 앨리스는 손필드에 처음 나타났을 때의 그 소녀가 아니었다. 마치 두려움으로 빚어낸 도자기인 양 유약하고 말 없던 소녀는 이제 트윅이 여태껏 본 적 없는 강렬한 생동감을 뿜어내고 있었다.

트윅은 조용히 일어나 쥐가 난 다리를 풀었다. 그러고는 다시 오솔길로 돌아가 집으로 향했다. 트윅은 육묘장 안으로 들어가 앨리스 인생의 진실이 담긴 누런 서류가 들어 있는 비닐 주머니를 파냈다. 그리고 앨리스를 기다리기 위해 집으로 돌아갔다.

트윅은 응접실 소파에 앉았다. 커피를 한잔 타 마실까 하다가 너무 피곤해서 잠시 눈을 붙였다.

안타깝게도 트윅은 그길로 깊은 잠에 빠져 버렸다. 앨리스가 마룻바닥을 삐걱거리며 몰래 집 안으로 들어오는 소리도 듣지 못할 정도로 깊이.

다음 날 아침, 준이 아래층으로 내려왔을 때 앨리스는 시내로 배달을 하러 나가고 없었다. 부엌에서 차를 만들고 있던 트윅이 준에게도 한잔 갖다 주려고 돌아서다가 우뚝 멈춰 섰다. 준은 문간에 서 있었다. 앨리스의 일기장이 펼쳐진 채로 준의 손에 매달려 달랑거리고 있었다.

"준?" 트윅의 시선은 용수철처럼 구불구불한 앨리스의 글씨가 빼곡히 적힌 일기장에 꽂혀 있었다.

준이 천천히 걸어서 뒷문으로 나갔다. 그리고 잠시 뒤 베란다에 앉아서 꽃밭을 내내 물끄러미 쳐다보았다. 트윅이 찻잔을 준 옆에 내려놓았다. 앵무새들이 머리 위에서 시끄럽게 주절거렸다. 준은 아무 말도 하지 않았다.

그날 오전 내내 트윅은 꽃무리가 준 근처에 가지 않도록 하느라 바빴다. 심지어 해리도 준에게 가지 못하게 막았다. 이따금 트윅은 뒤 베란다에 있는 준을 힐끗 살피곤 했다. 준은 자신의 인생에 어린 앨리스가 들어온 이후로 돌이킬 수 없을 만큼 변했다. 적응이 되었든 되지 못했든 간에 그건 사실이었다. 이제 앨리스는 성장해서 막 독립하려는 시점에 와 있다. 게다가 앨리스는 사랑에 빠졌다. 누구보다 준 자신이 더 잘 알다시피, 세상에는 마음을 정한 여자보다 더 위력적인 존재는 없다.

준은 느지막한 오후가 되어서야 일어섰다. 트윅은 준이 작업장으로 가거나 트럭을 탈 거라고 생각하며 주위를 서성거렸다. 하지만 트윅의 예상과 달리 준은 집 안 서재로 들어가서 문을 닫았다. 트윅이 뒤따라가서 서재 문에 귀를 갖다 댔다. 준의 목소리는 들렸지만 무슨 말을 하는지는 알아들을 수 없었다. 트윅은 한참을 망설이다가 노크했다. 똑똑. 다시 똑똑. 이번에는 좀 더 크게. 트윅은 문손잡이를 돌려 보았다. 문이 삐걱 열렸다. 트윅이 방 안으로 들어가니 준이 전화기를 들고 있었다. 준의 얼굴에 어린 표정이 트윅을 멈춰 서게 했다.

"무슨 짓을 한 거예요?" 트윅이 차갑게 물었다.

책상 앞에 앉아 있던 준은 창문 쪽으로 고개를 돌려 앨리스의 트럭이 털털거리며 진입로로 들어오는 모습을 바라보았다. 준과 트윅은 앨리스와 오기가 트럭에서 내려 작업장 근처에서 웃고 얘기하는 모습을 지켜보았다.

"할 일을 한 것뿐이야." 준이 대답했다. 눈물 한 방울이 준의 뺨을 타고 흘러내렸다.

준이 트윅 앞에서 우는 모습을 마지막으로 보인 적이 언제였던가. 방에서 위스키 냄새가 나지 않는 것이 트윅을 더욱 불안하게 만들었다.

준은 뺨을 대충 닦고 일어섰다. "할 일을 한 거라고." 준은 반복해서 말했다. "알겠어, 트윅?" 준은 트윅에게 뭔가를 감추려고 하는 듯 가로막아 섰다.

"그게 뭐예요?" 트윅이 한 걸음 다가서며 물었다.

당황한 준은 책상 위에 쌓여 있는 종이들을 서랍 속으로 쓸어 넣으려고 허둥대다가 그만 바닥에 와르르 쏟고 말았다. 준은 "빌어먹을!"이라고 중얼거렸다. 트윅이 웅크리고 앉아 편지와 사진들을 한 장 한 장 주웠다. 모두 같은 남자아이의 사진이었다. 트윅은 준을 똑바로 바라보았다. "왜 이걸 앨리스에게 안 보여 줬어요? 어떻게 그럴 수 있죠?" 트윅이 속삭이듯 말했다.

"그게 최선이니까." 준이 날카롭게 말했다. "난 앨리스의 할머니니까."

트윅이 벌떡 일어서서 준을 노려보았다. 편지 뭉치를 움켜쥔 트윅의 손이 부르르 떨렸다. 트윅은 아무 말도 하지 않고 준을 향해 편지 뭉치를 내던지고는 방을 나가 문을 쾅 닫았다. 바깥에는 바람이 불고 있었다. 트윅은 베란다 난간에 기대서 서늘한 공기를 깊이 들이쉬었다. 앨리스와 오기는 아직도 작업장 옆에서 노닥거리고 있었다.

트윅은 그 둘을 지켜보면서 찬바람을 막으려고 두 팔로 제 어깨를 감싸 안았다. 하지만 냉기가 뼛속까지 파고들었다. 북서풍이 불고 있었다.

앨리스는 문손잡이를 살며시 돌려서 문을 열고 방 밖으로 나갔다. 그리고 나선형 계단 맨 꼭대기에 서서 귀를 기울였다. 집 안에서 들리는 소리라고는 괘종시계가 리드미컬하게 똑딱거리는 소리와 준의 방에서 나지막하게 들리는 코 고는 소리뿐이었다. 갑자기 엄청난 중압감이 앨리스의 몸을 내리눌렀다. 오래전 말도 못 하고 슬픔의 무게에 눌려 고개도 들지 못한 채 손필드에 도착했던 날 밤의 기억이 떠올랐다. 그날 준은 뜨거운 물수건으로 앨리스의 얼굴을 닦아 주었다. "나는 너를 떠나지 않을 거다. 아무 데도 가지 않을게." 준이 말했었다. 그리고 그 말대로 준은 늘 앨리스 곁에 있었다. 수업을 마치고 돌아오면 꽃밭에서, 저녁을 먹을 때는 식탁 상석에서, 그리고 작업장에서는 앨리스가 화환을 만드는 것을 지켜보면서 늘 그 자리에 있었다. 앨리스는 굳은살이 박인 준의 손을 떠올렸다. 운전대를 움켜쥐던, 대문 앞에서 손을 흔들던, 해리의 귓바퀴를 흩트리던, 그리고 앨리스를 껴안던, 숨 막히도록 껴안던 그 손을.

앨리스는 마지막으로 자기 방을 흘깃 쳐다보았다. 그러고는 여행가방을 집어 들고 계단을 살금살금 내려갔다. 마치 수증기가 아스라이 빠져나가듯. 마치 앨리스 자신이 그렇게나 간절히 끊어 내 버리고 싶어 했던 손필드의 추억이 빠져나가듯.

앨리스는 살금살금 복도를 걸어갔다. 응접실에서 딸랑거리는 소리가 들렸다. 해리가 잠자면서 몸을 뒤척일 때 목줄이 부딪쳐 나는 소리였다. 앨리스는 해리의 침상으로 다가가 무릎을 꿇고 앉아 해리의 이마에 입을 맞추었다. 해리는 잠자는 순간에도 앨리스의 비밀을 지켜

주고 있었다.

뒷문을 여는 앨리스의 손이 바들바들 떨렸다. 앨리스는 향긋한 밤 공기를 깊숙이 들이마셨다. 그리고 베란다 계단을 내려가 땅을 밟자마자 달리기 시작했다.

발을 헛디뎌 시커먼 덤불 속으로 고꾸라져 엎어지면서 덤불에 발목 맨살이 긁혔다. 눈물이 주르륵 흘러내렸으나 앨리스는 덤불을 헤치고 나아갔다. 밤공기는 차고 건조했으며, 매미 울음소리로 가득했다. 달이 온 세상에 희뿌연 빛을 뿌리고 있었다. 앨리스 앞에는 미래가 이글거리고 있었다. 다시 활활 타오르기를 꿈꾸며 바람을 기다리고 있는 잉걸불이.

강에 도착한 앨리스는 여행 가방을 내려놓고 이마에 맺힌 땀을 닦았다. 그러고는 달빛 아래에서 리버레드검 나무에 새겨진 자기 가문 여인들의 이름을 살펴보았다. 바로 그 자리에서 자신들의 꿈을 강물 속으로 던졌던 여인들의 이름을. 앨리스는 자기 이름과 오기의 이름을 어루만졌다. 손가락 끝에 밴 나무 냄새를 맡자 강이 자기를 집으로 데려다줄 거로 생각하며 맨 처음 강에 왔던 어릴 적 그때가 떠올랐다. 강은 앨리스를 집으로 데려다주는 대신 오기를 앨리스에게 데려다주었다. 이제 오기는 앨리스의 집이 되었다. 앨리스의 이야기가 되었다.

앨리스는 유칼립투스 나무 아래에 있는 매끈한 잿빛 바위 위에 자리 잡고 앉아 오기의 발소리를 듣기 위해 귀를 기울였다. 셔츠 옷깃 밑에서 목걸이에 달린 로켓을 꺼내 엄마 얼굴을 바라보며 속삭였다. "나 여기 있어." 앨리스는 스카프로 몸을 감싼 다음 유칼립투스 나무 몸통에 기댔다. 그러고는 고개를 젖혀 유성이 떨어지는 것을 지켜보았다.

오기를 기다리면서.

앨리스는 갈라코카투들이 꽥꽥대는 소리에 깨어났다. 목이 뻐근하고 살갗이 축축했다. 앨리스는 움찔거리며 허리를 펴다가 몸을 부르르 떨었다. 강물이 차가운 아침 햇살을 받으며 앨리스 곁을 세차게 흐르고 있었다.

앨리스의 입에서 오기의 이름이 튀어나왔다. 앨리스는 강둑의 회색빛 바위들과 나무뿌리 위를 허둥지둥 기어 넘었다. 혹시 오기가 농장에서 기다리고 있는 건 아닐까? 나무들 사이에서 웃음물총새들의 이른 아침 합창 소리가 까르르 터져 나왔다. 앨리스는 여행 가방을 버려두고 마음속 공포의 구렁텅이에 빠지지 않으려고 안간힘을 다해 덤불숲을 뚫고 달렸다.

앨리스가 손필드로 다시 돌아왔을 때, 꽃무리는 벌써 앞치마를 두르고 꽃밭 여기저기에 흩어져서 식물들을 돌보고 있었다. 앨리스는 흐느끼기 시작했다. 앨리스는 뒷문 계단을 올라가 부엌으로 들어갔다. 준이 조리대 앞에 서서 커피를 마시고 있었다.

"앨리스, 잘 잤니? 뭘 가져다줄까? 토스트? 차?"

"그 사람, 여기 왔어요?" 앨리스가 갈라진 목소리로 물었다.

"누구?" 준이 침착하게 되물었다.

"누군지 잘 아시잖아요." 앨리스가 화를 발칵 내며 말했다.

"오기 말이니?" 준이 얼굴을 찡그리며 머그잔을 내려놓았다. "앨리스." 준은 앨리스를 안으려고 조리대 주위를 돌아서 앨리스에게 다가가며 말했다. "앨리스, 무슨 일이니?"

"오기 어디 있어요?" 앨리스가 소리쳤다.

"집에 있겠지. 출근 준비하면서." 준이 앨리스를 잡고 구겨진 옷을 위아래로 훑어보며 말을 이었다. "대체 무슨 일이냐?"

앨리스는 준의 팔을 뿌리치고 벽걸이에서 자동차 열쇠를 낚아채더니 트럭을 향해 뛰어갔다. 트럭을 몰고 시내로 달려가는 동안 두려움이 앨리스의 몸을 휘감았다. 앨리스는 오기의 집 진입로로 난폭하게 차를 몰고 들어와 집 앞에서 급브레이크를 밟았다. 끼익 비명을 지르는 바퀴 뒤로 작은 흙먼지 회오리가 피어올랐다.

베란다에는 의자 두 개가 작은 테이블을 사이에 두고 가지런히 놓여 있었다. 그리고 테이블 위에는 싱싱한 장미 한 송이가 꽂힌 화병이 있었다. 마치 보리야나가 금방이라도 커피 주전자를 들고 현관문을 열고 나와 커피를 권할 것만 같았다. 하지만 그 집에는 아무도 없었다.

앨리스는 문이 잠겼으리라고 예상하면서 현관문으로 달려갔다. 하지만 문은 아무런 저항 없이 벌컥 열렸다. 집 안 모습도 평소와 다를 게 없었다. 어떤 문제가 일어난 흔적은 전혀 없었다. 끔찍한 사고가 났거나 강도가 든 흔적도 없었다. 그게 무슨 일이든 간에 오기가 앨리스를 만나러 강으로 올 수 없었던 이유가 될 만한 일이 일어난 흔적은 전혀 찾아볼 수가 없었다. 앨리스는 집 안을 여기저기 둘러보았다. 깔끔하고 안락해 보였지만 어딘가 석연치 않은 데가 있었다. 깔끔해도 너무 깔끔했다. 어쩌면 지금 앨리스는 뻔히 드러난 진실을 받아들이기를 애써 거부하고 있는지도 모른다. 오기가 마음을 바꿔서 앨리스는 빼놓고 자기 엄마만 데리고 불가리아로 떠나 버렸다는 사실을. 바람이 열린 문 사이로 들어와 집 안을 휑하니 가로질렀다.

준이 차를 멈추었을 때, 앨리스는 뜯겨 나간 장미 꽃잎들 사이에 서 있었다. 앨리스는 다리에 힘이 풀리는 것을 느끼지 못했다. 저도 모르게 흙바닥으로 무너지는 순간, 준의 두 팔에 안겼다. 준의 살냄새가 앨리스의 코끝을 파고들었다. 신선한 흙내음과 위스키와 페퍼민트 냄새가.

"앨리스, 너 잠깐 기절했단다. 다행히 할미가 널 받아서 다친 데는 없어." 준이 앨리스를 달랬다.

"날 두고 떠났어요." 앨리스가 흐느끼기 시작했다.

준은 앨리스를 품에 꼭 안고 아기를 달래듯 앞뒤로 흔들었다.

둘은 오랫동안 그렇게 앉아 있었다. 앨리스의 울음이 딸꾹질로 잦아들 때까지.

"이제 집에 가자." 준이 앨리스의 팔을 부드럽게 어루만지며 말했다. 앨리스가 고개를 끄덕였다.

둘은 서로를 부축하며 일어나서 몸에 묻은 흙을 털어 내고는 집을 돌아서 각자의 트럭까지 걸어갔다. 앨리스가 손필드로 천천히 트럭을 몰았고, 준은 앨리스의 트럭에 바짝 붙어서 따라갔다.

집에 도착하자마자 앨리스는 곧장 위층 자기 방으로 뛰어올라 갔다. 준은 앨리스를 잡지 않았다. '많이 피곤할 테지.' 준은 앨리스가 밤새 오기를 기다렸다는 생각을 떨쳐 냈다. 모두 손녀를 안전하게 지키기 위해 한 일이었다. 이미 저지른 일은 돌이킬 수 없다. 그게 최선이었다. '그게 최선이었어.' 준은 더욱 단호하게 마음속으로 되뇌었다. 준은 스크린도어를 열고 집 안으로 들어갔다. 스크린도어가 등 뒤에서 휙 닫혔다. 상황은 종료되었다. 앨리스는 이곳에 남아 있다. 물론 고통스럽겠지만 그건 젊은 앨리스가 충분히 이겨 낼 수 있는 고통일 터. 앨리스는 안전했다. 그리고 준이 계속해서 안전하게 지켜 낼 수 있게 가까이에 있다.

준은 냉장고로 가서 차가운 탄산수를 유리잔에 따랐다. 신선 칸을 열어 레몬 한 알을 꺼내서 쐐기 모양으로 잘라 두 조각을 탄산수 속에 떨어뜨렸다. 그런 다음 재빨리 찬장으로 가서 위스키 한 병을 꺼내 유리잔을 가득 채웠다. 그리고 새끼손가락으로 휘휘 저은 뒤 조리대 앞에 서서 벌컥벌컥 마셨다.

얼마 안 있으면 손필드는 앨리스가 관리하게 될 것이다. 그것이 다음 단계였다. 슬픔에 빠진 젊은 여성은 들불을 놓는 시기에 방화 장치 없는 목조주택처럼 취약한 존재다. 불똥 하나 튀어도 삽시간에 불길에 사로잡힐 수 있다. 고아였던 아그네스가 클렘에게 사로잡혔듯이. 게다가 앨리스는 아그네스와 클렘의 합작품이 아닌가. 앨리스의 얼굴에서 클렘의 얼굴이 어른거릴 때면 준은 식전부터 휴대용 술병을 찾았다. 그리고 앨리스의 행동에서 온화하면서도 엉뚱한 성격이 드러날 때면 마치 아그네스가 다시 손필드에 돌아온 것만 같았다.

준은 똑같은 실수를 두 번 반복하지 않으리라 결심했다. 가족을 잃어버리는 끔찍한 상황을 두 번 다시는 겪고 싶지 않았다. 그래서 필요한 조치를 취했던 것이다. 지금 앨리스에게 필요한 것은 정신을 분산시킬 활동과 독립심, 그리고 자존감과 목적의식과 해방감이었다. 준이 앨리스에게 주려고 계획했던 것이 바로 그것이었다.

앨리스는 리버레드검 나무의 몸통을 손목이 아플 때까지 파고 긁었다. 앨리스는 일주일 내내 저녁마다 강으로 왔다. 해답을 찾을 수 없는 날이 하루 이틀 지나갈수록, 답을 쥔 당사자인 오기가 나타나지 않는 시간들이 하루하루 쌓여 갈수록 자신이 강과 강에 얽힌 모든 비밀스러운 이야기에 의해 저주받았다는 느낌이 더욱더 강해졌다. 그리고 그 비밀스러운 이야기가 시작된 것은 나무 몸통에 적힌 이름 중 맨 위에 있는 루스 스톤부터였다.

앨리스는 여러 해를 손필드에서 살았지만 루스에 관해 들은 사실이 거의 없었다. 아홉 살 때 캔디한테서 들었던 루스 스톤은 손필드로 꽃말을 가지고 왔고, 불운한 연인이 준 오스트레일리아 자생종 꽃씨를 손필드 땅에 심어서 키웠다는 얘기가 전부였다. 앨리스가 트윅과 캔디에게 루스에 대해 물어볼 때마다 그들은 준에게 물어보라고 했고, 그래서 준에게 물어보면 준은 "루스 스톤이 손필드를 일으켜 세웠지." 라며 대충 얼버무리거나, "언젠가 네가 이 땅을 물려받게 될 텐데, 그건 다 루스 덕분이다."라는 아리송한 대답만 할 뿐이었다. 그러면 앨리스는 누군가가 흙이나 나무나 꽃이나 강을 소유한다고 생각하는 것은 참으로 어리석은 생각이라고 맞받아치고 싶었다. 하지만 그럴 때마다 머릿속에서 이런 궁금증이 슬며시 고개를 드는 것이었다. '그럼 우리 아버지는요?' 앨리스는 한 번 준에게 직접 물은 적이 있었다. "아버지가 할머니한테서 손필드를 물려받았어야 하는 거 아니었어요?" 하지만 준은 아무 대답도 하지 않았다.

준은 비록 앨리스의 열 번째 생일 때 편지에다 "네가 목소리를 되찾으면 모든 대답을 해 주마." 하고 쓰긴 했지만, 지금껏 앨리스에게 클렘에 관해 제대로 이야기를 해 준 적이 없었다. 아그네스에 관해, 그리고 두 사람이 어떻게 인연을 맺었고 왜 손필드를 떠났는지에 관해서도. 그래서 앨리스가 자신의 부모에 관해서나 준과 자기 아버지 사이에 무슨 일이 있었는지에 관해 알고 있는 이야기는 이리저리 짜 맞춘 반쪽 진실일 뿐이었다. 앨리스는 잘 알고 있었다. 준이 말로는 할 수 없는 말들을 전하는 꽃을 키우는 땅 밑에, 자신의 가족사가 묻혀 있다는 사실을. 다만 어디를 파내야 하는지를 모를 뿐. 앨리스가 꽃무리를 몇 시간 동안 조른 끝에 대충 꿰맞출 수 있었던 것은 하나의 단순한 사실뿐이었다. 그것은 자기 가문의 여인 중에서 운명과 사랑의 덫에 걸리지 않은 사람은 아무도 없었다는 것. 준조차 그것에 면역이 되지 않았다는 것. 운명과 사랑이 준의 인생을 통째 집어삼킨 다음 뱉어낸 것이 지금의 준의 모습이었다. 준은 십대 때 아버지를 여의었고, 연인과 아들마저 그녀의 곁을 떠났다. 준이 사랑한 남자들은 하나같이 준에게 아픈 상처만 남겼다. 지금까지는 앨리스와 준은 피와 슬픔으로 묶인 사이라고 한다면, 이제는 오매불망 약속을 기다리다 상처만 안고 강가에 버려진 운명으로 묶인 사이가 되었다.

앨리스는 주머니칼로 나무 몸통에 새겨진 오기의 이름을 마구 긁어냈다. 오기의 이름 글자와 그의 착하고 다정한 심성을 난도질했다. 그런 다음 그 칼을 강물에 던지고, 주변에 있는 조약돌들을 손에 잡히는 대로 강물 속에 던졌다.

앨리스는 땅바닥에 털썩 주저앉아 달팽이처럼 몸을 웅크린 채 흐느껴 울었다. 두 번 다시는 사랑에 우롱당하지 않으리라 다짐하면서.

준은 유리창으로 강에서 돌아오는 앨리스를 지켜보았다. 앨리스는 터벅터벅 무거운 발걸음을 옮기고 있었다. 준이 병원에서 집으로 데려왔던 아홉 살 때처럼 초췌하고 슬픔이 가득한 얼굴로. 하지만 중요한 것은 앨리스가 떠나지 않았다는 사실이었다. 앨리스를 잃지 않았다는 사실이었다.

앨리스가 뒷문으로 들어왔다. 준은 부산하게 움직이며 차를 끓였다.

"준." 앨리스는 입을 열었지만 말을 맺지 못했다.

준이 앨리스를 향해 돌아섰다. 그리고 두 팔을 활짝 벌렸다. 앨리스는 준을 물끄러미 바라보았다. 마치 마음속으로 무언가를 신중하게 판단하고 있는 것처럼. 그리고 잠시 후 준의 품속으로 걸어갔다.

준은 손녀를 품에 안고 있는 동안《손필드 사전》에 수록된 항목 중에서 자신이 가장 좋아하는 스터트사막완두와 그 꽃말을 떠올렸다. *용기를 가져. 힘을 내.* 루스 스톤이 거미 다리 같은 가느다란 글씨체로 적어 넣은 꽃말이었다. 준은 스터트사막완두에 대한 모든 것을 자신의 엄마와 엄마의 책을 통해 배웠다. 오스트레일리아의 가장 척박한 야생 환경에서 자라나긴 해도 참으로 예민하고 번식하기가 어려운 식물이라는 것을. 하지만 적절한 환경에서 자라면 어김없이 불타는 듯 짙붉은 꽃을 피워 낸다는 것을.

풍경은 운명이다.

- 앨리스 호프만

Gorse bitter pea 쓴완두가시금작화

심술궂은 미인

Daviesia ulicifolia | 오스트레일리아 전역

여름에 완두콩꽃 모양의 눈부신 노랑과 빨강 꽃을 피우는 관목.
흙을 뒤집어 씨앗을 심으면 쉽게 싹을 틔운다.
씨앗의 생존력이 강해서 여러 해 동안 보존할 수 있다.
가시가 많아서 원예가들에게는 인기가 없지만,
작은 새들에게는 포식자들을 피해 숨을 수 있는
이로운 식물이다.

앨리스는 뒤 베란다에 서서 오후의 하늘이 꽃밭 위로 검은 그림자를 드리우는 것을 지켜보고 있었다. 앨리스는 스카프 주름 속으로 얼굴을 파묻었다. 아홉 살 때나 스물여섯이 된 지금이나 폭풍이 두렵기는 마찬가지였다.

2월은 손필드에 사는 누구에게나 힘들고 어수선한 달이었다. 북서쪽에서 뜨거운 여름 폭풍이 불어와 화원을 종잇장처럼 찢어발기고 비닐하우스와 텃밭을 헤집어 놓기 일쑤였기 때문이다. 건조하고 뜨겁고 사나운 바람이 휘몰아치고 나면 며칠 동안 견디기 힘든 후유증을 겪어야만 했다. 폭풍은 오래전에 잊혔던 온갖 먼지와 쓰레기들을 일으켰고, 잊힌 구석에서 잠자던 해묵은 상처와 말하지 않았던 이야기와 꿈과 미완의 책들을 다시 일깨웠다. 무더운 밤마다 악몽이 출몰했다. 2월 중순에 이르면 손필드에는 흔들리지 않는 여인이 단 한 명도 없

었다.

앨리스에게 있어 최악은 자기 이름을 부르며 꽃밭을 휩쓸고 지나가는 바람이었다. 변덕스러운 날씨는 오래전 아버지의 창고 안으로 몰래 들어갔던 운명의 그날을 떠올리게 했다.

앨리스는 작업복 셔츠 속에서 로켓을 꺼내 들었다. 엄마의 눈동자가 오래된 흑백사진 속에서 자신을 바라보고 있었다. 앨리스는 엄마의 눈동자 색을 아직도 기억했다. 밝은 빛 속에서는 어떻게 변하는지, 엄마가 이야기할 때면 얼마나 초롱초롱 빛나는지, 그리고 정원에서 꽃을 따서 호주머니에 넣을 때 얼마나 아득히 멀어지는지를.

앨리스는 꽃밭이 옆바람에 크게 출렁이는 광경을 지켜보면서 부츠를 벗어 던졌다. 앨리스는 저 자신에게 손필드를 결코 떠날 수 없을 거라고 말했다. 그곳은 자기 엄마가 안전과 위로를 찾았던 곳이자, 자신이 꽃으로 말하는 법을 배운 곳이었다. 그리고 부모님이 만나 한때는 자신과 오기처럼 서로 사랑했던, 아니 그랬으리라 믿고 싶은 곳이기도 했다.

앨리스는 언젠가부터 오기 생각이 떠오르면 본능처럼 바로 묻어 버렸다. 오기에 관한 한 '만약'이라는 질문도 자신에게 허락하지 않았다.

하지만 만약 오기가 강에 나타나지 않았던 날 밤, 앨리스가 오기를 쫓아갔다면 어땠을까? 만약 앨리스 혼자 장미 계곡으로 찾아갔다면? 거기서 오기를 찾아서 둘이서 완전히 새로운 계획을 세웠다면? 만약 앨리스가 외국에 있는 대학에서 공부했다면? 준의 식당 식탁에서 통신으로 공부하는 게 아니라, 꿀색의 사암으로 지은 건물들이 즐비한 옥스퍼드 같은 곳에서 공부했다면? 만약 앨리스가 열여덟 살이 되었을 때 손필드의 경영권을 물려받으라는 준의 말을 거역했다면? 만약 앨리스의 엄마가 아버지 곁을 떠나 앨리스를 캔디와 트윅과 준과 함께 이곳 손필드에서 키웠다면? 앨리스의 어린 동생도 같이 키웠다면 어땠을까?

만약에, 만약에, 만약에…….

앨리스는 시계를 확인했다. 어제 도시에 있는 꽃시장에 갔던 준과 몇몇 꽃무리가 오늘 오후에 돌아올 예정이었다. 그들이 올 때까지 기다려서 짐 내리는 걸 돕고 싶지만 우체국 문 닫을 시간이 다가오고 있었다. 준의 압화 주얼리가 꾸준하게 인기가 있어서 크리스마스 휴가 직전에 들어온 주문이 많이 밀려 상품 발송을 더는 미룰 수가 없었다.

앨리스는 집 안을 가로질러 현관문 근처에 서서 벽에 걸린 아쿠브라를 벗겨 머리에 썼다. 현관 계단 밑에서 황사 바람이 깔때기 모양으로 휘돌았다. 앨리스는 천천히 스크린도어를 열었다.

"먼지 악마." 앨리스가 속삭였다.

돌개바람이 어깨가 떡 벌어지고 키가 큰 사내와 흡사한 모습으로 좌우로 왔다 갔다 하며 서성거리더니 잠시 후 사방으로 흩어졌다. 앨리스는 거칠게 한숨을 내쉬었다. 지금은 과거의 유령이 곳곳에 출몰하는 2월임을 자신에게 상기시키면서.

앨리스는 트럭에 올라타서 고요한 차 안에서 안도의 한숨을 내쉬었다. 그러고는 해리를 그리워하며 비어 있는 옆자리를 흘깃 쳐다보았다. 앨리스는 아직도 해리가 없는 현실에 적응하는 중이었다. 해리가 죽은 뒤로 준은 노골적으로 위스키가 주는 위안에 의존했다. 예전처럼 자제하려는 노력이나 감추려는 시도조차 하지 않았다.

준은 여러 면에서 한계 상황에 도달해 있었다. 나이가 들면서 화내는 일이 눈에 띄게 잦아졌다. 준은 아주 사소한 일에, 예컨대 우편물이 늦게 도착한다고, 서풍이 분다고, 쿠타문드라와틀이 늦게 꽃을 피운다고 분노를 터트렸다. 앨리스는 이따금 준이 클렘의 이름을 중얼거리는 소리를 듣곤 했다. 그리고 몇 날 며칠 동안 오직 상실과 애도의 꽃말을 가진 꽃만으로 주얼리를 만들기도 했다. 또 준은 앨리스의 눈에는 보이지 않는, 아주 멀리 있는 무언가를 응시하는 일이 점점 더 잦아졌다. 준은 무엇을 생각하고 있는 것일까? 앨리스 아버지의 죽음을 마침내 슬퍼하고 있는 것일까? 앨리스가 이런 질문을 준에게 할 때마다 준은 대답 대신 침묵을 택했다. 침묵과 꽃. 가끔 앨리스는 준의 작업대 위에 꽃송이를 올려놓곤 했다. 그러면 준은 늘 자신의 답장을 앨리스의 베개 위에 올려놓았다. 언젠가 앨리스가 연보라색 요정꽃*(꽃말: 당신의 친절을 느낍니다)* 한 다발을 작업대 위에 두고 나왔을 때, 준은 앨리스의 베개 위에 반짝이백합*(꽃말: 당신은 모두를 기쁘게 합니다)*을 올려놓았다.

앨리스는 트럭에 앉아 유칼립투스 나무들, 집, 덩굴로 덮인 작업장, 밀밭의 새싹, 그리고 바위틈에서 자라는 야생화를 바라보았다. 손필드는 앨리스 인생의 전부가 되어 있었다. 그리고 꽃말은 앨리스가 제일 많이 의지하는 언어가 되어 있었다.

앨리스는 깊이 한숨을 쉬고는 차 시동을 켰다. 하늘이 점점 어두워지고 있었다. 앨리스는 트럭을 몰고 가면서 백미러를 통해 차츰 멀어져 가는 손필드를 바라보았다.

앨리스가 트럭을 세우고 우편으로 보낼 상자를 내리기 시작했을 때 천둥이 우르르 울렸다. 앨리스는 상자를 카트에 싣고 우체국 창구에서

발송 접수를 한 뒤 도착한 우편물을 수거했다. 다시 우체국 밖으로 나왔을 때는 오후의 하늘이 으스스한 초록빛으로 변해 있었다. 번개가 번쩍하자 앨리스는 트럭 운전석에 후다닥 올라탔다. 시동을 켜고 불안감에서 잠시 벗어나려고 우편물 더미를 훌훌 넘겨 보았다. 은행 거래 명세서, 전화요금 고지서, 청구서, 광고 전단……. 그때 손글씨로 앨리스를 수신인으로 명기한 편지 봉투가 눈에 들어왔다. 봉투를 뒤집어 보니 발신처가 불가리아였다. 앨리스는 편지 봉투를 찢어 열었다. 그리고 검은 잉크로 쓴 필기체 글씨를 서너 단어 건너 한 단어씩 읽으며 재빨리 훑어 내려갔다. 편지 맨 마지막에 그가 직접 쓴 그의 이름이 보였다. '오기.' 앨리스는 다시 맨 위로 돌아가 편지를 한 자 한 자 천천히 읽어 내려갔다.

즈드라베이,[41] 앨리스.

당신에게 이 편지를 쓰기까지 내 마음속에서 얼마나 많은 편지를 썼다가 지웠는지 몰라요. 그간 내 마음속에서 쓴 편지나 부치지 못한 편지를 모은다면 몇 상자는 그득 채우고도 남을 거요. 하지만 옛말이 틀린 게 아니더군. 그 어떤 상처도 세월이 흐르면 아물게 되어 있다는 말 말이오. 나한테도 시간이 충분히 흐른 모양이야. 당신에게 쓴 편지를 진짜로 당신에게 부칠 수 있게 되었으니까.

솔직히 말하면, 우리가 강가에서 만나기로 했던 그날 밤 이후로 당신은 늘 내 마음속에 있었소. 당신이 손필드의 경영자가 되었다는 것과 당신이 사업을 맡고부터 화원이 번창하고 있다는 소식을 인터넷에서 보고 있었소. 그리고 지난 수년간 계속 업데이트된 당신의

41) '안녕'이라는 뜻의 불가리아어.

프로필 사진도 보고 있었소. 당신의 눈 속에서는 내가 기억하는 그 소녀의 모습이 보인다오. 하지만 이제는 오래된 추억이 되었지. 이제 우리는 서로 다른 사람이 되었소. 서로 다른 삶을 살고 있지.

나는 소피아에서 내 아내 릴리아와 함께 살고 있소. 결혼한 지 5년이 되었고, 딸 하나를 두고 있어요. 이름은 이바. 이바는 어릴 적 당신과 많이 닮았어. 대담하고, 모험을 좋아하고, 몽상에 잘 빠지고, 예민하지. 그리고 책을 무척 좋아해요. 특히 동화책을. 이바가 제일 좋아하는 책은 착하고 순진한 늑대와 건방지고 교활한 여우가 나오는 유명한 불가리아 이야기요. 교활한 자들은 우리가 가만히 있으면 늘 우리 약점을 이용하려고 한다는 그런 내용이지. 이바는 그 책을 몇 번이고 반복해서 읽어 달라고 조른다오. 그러면 나는 지칠 때까지 읽어 주는데, 이바는 항상 늑대가 불쌍하다고 울어요. 그러면서 항상 나에게 묻지. 늑대는 여우가 얼마나 교활한지를 왜 모르느냐고. 그럴 때마다 뭐라고 대답해야 할지 참 난처하다오.

여러 해가 흐른 뒤에 이렇게 당신에게 편지를 쓰는 건, 상처를 봉합하고 싶어서요. 난 당신이 행복하길 바라오. 그 모든 일이 일어난 뒤에도 난 당신이 행복한 삶을 살기를 바라오.

몸조심하고, 손필드도 잘 돌보길.

브시츠코 나이후바보[42], 앨리스.

오기

앨리스는 아랫입술을 질끈 깨물었다. 그러고는 편지를 떨어뜨리고 운전대 위에 몸을 기댄 채 번개가 먹구름 사이로 뻗어 가는 광경을 지

42) 작별 인사나 편지 마무리 인사로 '안녕히'라는 뜻의 불가리아어.

켜보았다. 갈라코카투 무리가 은초록빛 유칼립투스 줄기에서 꽥꽥 비명을 질러 댔다. 도시 외곽으로 뻗어 있는 도로가 손짓하며 부르고 있었다. 그 길이 어딘가 다른 곳으로 데려가 주기를 얼마나 염원했던가. 그때 멈추지 않고 곧장 그 길을 따라갔다면 어떻게 되었을까? 실현되지 않은 꿈이 앨리스가 내뱉는 한숨의 무게에 짓눌려 납작해진 채로 그녀의 갈비뼈에 무겁게 매달려 있었다. 앨리스는 자신의 꿈이 활짝 핀 상태에서 짓눌려 레진 속에 영원히 박제된 압화 같다는, 그래서 가끔 꺼내 보며 회한에 젖어 드는 기념품 같다는 생각이 들었다. 앨리스는 차 문을 걷어차며 눈물을 닦았다. 그러고는 차에 기어를 넣었다. 하지만 앨리스는 자신 말고는 탓할 사람이 없었다. 오기를 따라가지 않았던, 그리고 기회가 왔을 때 떠나지 않았던 자신을. 왜 떠나지 않았을까? 꽃과 비밀이 함께 자라는 땅을 일구는 일에 투신하는 삶은 앨리스가 자초한 삶이었다. 언젠가 그 땅은 앨리스의 소유가 될 테지만, 앨리스는 단 1제곱센티미터도 그 땅을 원치 않았다.

앨리스는 다시 오기의 편지를 집어 들고, 행과 행을 건너뛰면서 고통에 겨운 신음을 토해 냈다.

당신의 눈 속에서는 내가 기억하는 그 소녀의 모습이 보인다오. 하지만 이제는 오래된 추억이 되었지. 이제 우리는 서로 다른 사람이 되었소. 서로 다른 삶을 살고 있지.

앨리스는 저도 모르는 사이에 액셀러레이터를 힘껏 밟았다. 차바퀴가 자갈돌을 토해 냈다. 앨리스는 충동적으로 운전대를 틀어서 집으로 가는 쪽이 아니라 그와 정반대 방향으로 차를 돌려 중앙로를 거칠게 달렸다. 잠시 후, 왼쪽으로 방향을 홱 틀어서 덤불로 가려지다시피 한 흙길로 들어섰다. 그러고는 웃자란 풀들이 빽빽이 뒤덮고 있는 유칼립투스 길을 뚫고 달려 오기의 옛집에 다다랐다. 앨리스가 그곳에 온 것은 8년 만이었다.

그 집을 보자마자 앨리스의 입에서 헉 소리가 터져 나왔다. 앨리스는 차 문을 벌컥 열고 폭풍우 속으로 들어갔다. 불처럼 붉은 장미들이 그 집을 통째 집어삼킨 것만 같았다. 장미 넝쿨이 사방 벽을 타고 올라가 온 벽과 지붕을 뒤덮고 있었다. 어디를 봐도 불타오르는 장미 넝쿨에 파묻힌 집과 꽃망울을 활짝 터트리고 있는 야생 덤불뿐이었다. 꽃향기가 진동했다.

앨리스는 허공에 대고 오기의 이름을 소리쳐 불렀다. 바람이 앨리스의 뺨을 난타했다. 앨리스는 술 취한 사람처럼 비틀거렸다. 지난 8년 동안 오기는 앨리스가 어디에 있는지, 무엇을 하며 살아가고 있는지 다 알고 있었다. 그리고 앨리스에게 편지를 쓰기까지 8년의 세월이 걸렸다. 하지만 오기는 아직도 앨리스에게 대답해 주지 않았다. 그날 밤 왜 앨리스를 만나러 강가로 오지 않았는지. 그에게 무슨 일이 있었는지. 앨리스에게 연락하기까지 왜 그토록 오랜 세월을 보내야 했는지. 오기는 왜 앨리스에게 사실대로 얘기할 용기를 내지 못했을까? 둘이서 함께 계획했던 인생을 다른 여자와 살아가는 현실을 어떻게 참고 견딜 수 있었을까? 앨리스에게 쓴 편지에다 자기 딸이 좋아하는 동화에 관한 이야기는 왜 그렇게 장황하게 늘어놓았을까? 오기는 지금까지 앨리스가 어떻게 살고 있는지 알고 있었지만, 앨리스는 오기에 대해 아무것도 모른 채, 심지어 살았는지 죽었는지도 모른 채 살아왔다. 지난 수년간 앨리스는 인터넷으로 오기를 수도 없이 검색해 봤지만 아무것도 알아내지 못했다. 앨리스에게 오기는 현실 속의 인물이 아닌 것만 같았다.

바람이 장미꽃들을 줄기에서 뜯어서 앨리스의 발치에 흩뿌렸다. 앨리스는 꽃잎을 한 움큼 집어서 갈기갈기 찢었다. 그러고는 장미 넝쿨로 뒤덮인 집을 향해 냅다 뛰어가 가시에 마구 찔리면서 장미 넝쿨을 잡아 뜯었다. 앨리스는 분노와 슬픔과 수치심에 휩싸여 이성을 잃어버린 채 넝쿨을 그러잡아 뜯고 휘저으며 울부짖었다.

갑자기 찬비가 억수처럼 쏟아지면서 미몽에 빠진 앨리스를 깨웠다. 제정신으로 돌아온 앨리스는 잠깐 멍하니 빗속에 서 있었다. 그러고는 흠뻑 젖은 채로 트럭으로 달려갔다. 굵은 빗방울이 앞 유리창을 세차게 때렸다. 앨리스는 운전석에 앉아 숨을 가다듬으면서 와이퍼 사이로 오기의 집을 바라보았다.

그때 번개가 근처에 있는 덤불을 내리쳤고, 연이어 유칼립투스의 굵은 가지 하나가 뚝 부러져 땅에 떨어졌다. 앨리스는 비명을 지르며 트럭을 돌렸다. 차를 몰고 떠나는 앨리스의 젖은 살갗에 새빨간 장미 꽃잎들이 달라붙어 있었다.

앨리스가 손필드에 돌아오니, 모두가 정신없이 집과 기숙사와 작업장을 단속하면서 묶을 수 있는 것들은 묶고 묶을 수 없는 것들은 죄다 안으로 실어 나르고 있었다. 비는 잦아들었으나 강풍이 매섭게 몰아치고 있었다. 앨리스는 힘겹게 비바람을 뚫고 베란다 계단을 올라갔다.

"무슨 일이에요?" 앨리스가 퉁퉁 부은 눈을 가리며 준에게 물었다.

"태풍이야." 준이 소리쳤다. "도시에서부터 전속력으로 달려왔다. 일기예보에서 폭풍우가 몰아쳐서 홍수가 날 거래."

"홍수가 난다고요?" 앨리스가 두려운 눈빛으로 꽃밭을 쳐다보았다.

"일기예보에서 그러더구나. 서둘러야 해, 앨리스."

비는 그칠 기미를 보이지 않았다. 손필드의 여인들은 농장을 열심히 단속했지만, 그들이 몰아치는 강풍과 퍼붓는 폭우로부터 꽃밭을 보호할 수 있는 길은 그리 많지 않았다. 해가 지고 얼마 지나지 않아 전기가 끊겨서 기숙사 창문마다 등불과 촛불이 밝혀져 있었다. 집 안 식당도 사정은 마찬가지였다. 캔디, 트윅, 준, 앨리스는 식탁에 둘러앉아 캔디가 캠핑용 가스버너에 데운 카사바커리를 먹고 있었다.

"무슨 일 있니, 스위트피?" 캔디가 잘게 썬 고수가 담긴 그릇을 앨리스에게 건네주며 물었다. "아까부터 너무 조용해서."

앨리스는 포크를 흔들어 사양하며 말했다. "태풍 때문에 그래요." 오기가 편지에 썼던 말들이 앨리스의 머릿속에서 맴돌고 있었다. 오기의 딸이 제일 좋아한다는 동화의 무언가가 앨리스를 괴롭혔다. 앨리스는 쥐고 있던 포크를 짜증스레 식탁에 내던졌다. 의도치 않게 쨍그랑 소리가 크게 울렸다. "죄송해요." 앨리스는 손가락으로 관자놀이를 누르며 말했다. 문 밑으로 빨려 들어온 바람이 창문 유리를 덜컥덜컥 흔들었다. 폭풍이 점점 거세지고 있었다. 손필드는 위험에 처한 것일까? "맙소사. 숨이 막힐 것 같아." 앨리스는 의자를 뒤로 밀고 벌떡 일어서서 마루 위를 서성거렸다.

"앨리스?" 준의 미간에 걱정의 고랑이 깊이 패어 있었다. "무슨 일이냐?"

"아무것도 아니에요." 앨리스가 손을 저으며 날카롭게 말했다. 그러고는 눈물이 고이기 전에 눈을 꽉 감았다. 짙붉은 장미 넝쿨이 오기의 집을 뒤덮고 있는 장면을 떨쳐 내려 애쓰면서.

"태풍 때문만은 아닌 것 같은데? 무슨 일이 있구나, 앨리스. 대체 무슨 일이냐?" 트윅이 물었다.

앨리스는 오기의 집에서 큰 나뭇가지가 땅에 떨어지던 장면을 떠올렸다. "저한테 말씀 안 하고 계신 게 뭐죠?" 앨리스가 불쑥 물었다. "제가 모르고 있는 게 뭐냐고요."

"그게 무슨 말이냐?" 준의 얼굴이 창백해졌다.

"저도 잘 모르겠어요. 전 그냥……." 앨리스는 고개를 내저으며 말했다. "죄송해요." 앨리스는 숨을 내쉬며 눈을 잠깐 감았다. "오늘 난데없이 오기한테서 편지를 받았어요. 그래서 신경이 날카로워진 것뿐이에요." 앨리스는 흘깃 동정을 살폈다. 캔디의 시선이 트윅과 준 사이를 오가고 있었다. 트윅의 시선은 침착하게 앨리스에게 머물러 있었다. 준의 얼굴은 읽어 내기 어려웠다.

"오기가 편지에서 뭐라고 하더냐?" 트윅이 포크를 내려놓으며 물었다.

"별말 없었어요." 앨리스가 고개를 내저으며 말했다. "그냥 나와의 오래된 상처를 봉합하고 싶다는 얘기였어요. 오기는 결혼해서 아빠가 됐어요. 제가 행복한 삶을 살길 바란다네요." 앨리스의 목소리가 갈라졌다. "하지만 왜 이곳을 떠났는지, 혹은 무슨 일이 있어서 떠날 수밖에 없었는지는 말하지 않았어요. 전 모르겠어요. 제가 어떻게 여기까지 오게 되었는지. 제 인생이 어떻게 여기까지 흘러오게 되었는지." 앨리스는 거칠고 깊은 숨을 내쉬었다. "모르겠어요. 제가 살아야 할 운명은 무엇이고, 제가 속할 곳은 어디인지……." 앨리스는 말꼬리를 흐렸다. "그리고 이젠 이 망할 놈의 태풍이 불어오고 있어요. 무서워요. 이 곳이 없으면 저 자신을 어떻게 규정할 수 있을지 모르겠어요. 태풍으로 꽃들을 잃어버리면 어떻게 될까요? 우린 왜 좀 더 깊은 대화를 하지 않는 거죠? 뭐든 다 그렇잖아요. 주제가 뭐든 간에, 우리가 서로 얘기를 하지 않는 것에 질려 버렸어요. 저는 사실을 알고 싶어요. 제가 어떤 진실에 가까이 다가가려고 할 때마다 대화가 사라져 버려요. 저는 꽃다발보다 진짜 말로 진지한 대화를 나누고 싶어요. 저는 알고 싶어요, 준." 앨리스는 자기 할머니 쪽으로 돌아보며 애원했다. "할머니한테서 얘기를 듣고 싶어요. 모든 것에 대해서. 제 부모님에 대해, 제 뿌리에 대해. 도대체 언제까지……." 앨리스는 좌절감에 말을 잇지 못한 채 두 손으로 허공에다 빈 동그라미만 그렸다. "언제까지 기다려야 하는 거죠? 제가 목소리를 되찾으면 모든 대답을 해 주겠다고 하셨잖아요." 앨리스는 절망에 겨워 어깻죽지를 축 늘어뜨렸다.

준의 광대뼈 밑으로 어두운 그림자가 드리워졌다. "앨리스." 준은 앨리스에게 다가가려고 일어서며 말했다. 앨리스는 희망에 부풀어 준의 눈을 살폈다. 바깥에서는 비가 억수처럼 퍼붓고 있었다.

"난 아무 데도 가지 않아. 너한텐 내가 있잖니." 준이 작은 목소리로 말했다.

앨리스는 실망감으로 마음이 찢어질 듯 아팠다. "할머니의 대답은 늘 똑같아요, 그렇죠?" 앨리스는 비통한 얼굴로 말했다. "네! 뭐든 다 싹 잊어버려야죠. 저한텐 할머니가 있으니까." 앨리스는 자신이 내뱉은 말이 비수가 되어 준의 폐부를 찌르는 것을 지켜보며 움찔 놀랐다. "죄송해요." 앨리스는 냉정을 되찾으며 말했다. "죄송해요, 할머니."

"아니야." 준이 중얼거렸다. "네가 화내는 건 당연해." 준은 냅킨을 접어서 식탁에 내려놓고 식당을 나갔다. 잠시 후, 트윅이 의자를 슬그머니 뒤로 빼며 일어서서 준을 따라갔다.

앨리스는 자괴감에 두 손으로 머리를 감싸 쥐었다. 준은 자기를 돌보려고 했을 뿐인데, 왜 자신은 늘 준을 내버려 두지 않고 들볶는 것일까? 그런데 그때 또 다른 궁금증이 고개를 들었다. 왜 준은 앨리스가 알고 싶어 하는 사실을 말해 주지 못하는 것일까? 마찬가지로 오기는 또 왜 말하지 못하는 걸까? 가정을 꾸려서 자리 잡고 잘 살다가 8년이나 지난 뒤 앨리스에게 편지 한 통을 쓰기로 작정했다면 말 못 할 이유가 뭐가 있을까?

캔디가 식탁을 치우기 시작했다.

"죄송해요." 앨리스가 다시 사과했다.

캔디가 고개를 끄덕이면서 말했다. "그 누구의 잘못도 아니야. 누구에게나 슬픈 사연이 있어. 그건 여기서도 마찬가지지. 우리 꽃들도 다 그런 슬픈 사연 위에서 자라는 거고." 캔디가 포크와 나이프를 만지작거리며 말했다. "준은 뒤엉킨 실타래 같은 이야기들을 마음속에 너무 많이 담고 있어. 그래서 내 생각인데, 어디서부터 시작해야 할지 모르시는 것 같아."

앨리스가 괴로운 신음을 뱉었다. "그냥 아주 단순한 것부터 시작하면 되잖아요. '앨리스, 너희 부모님은 이러저러해서 만났다.', '앨리스, 너희 아버지는 이러저러한 이유로 여길 떠났다.' 혹은 '앨리스, 너희 할아버지는 이러저러한 분이셨다.'……."

"무슨 말인지 알겠어. 하지만 준은 아마 한 가지를 말하면 그와 관련된 수십 가지 이야기를 다 말해야 한다고 생각하시는 걸 거야. 뿌리 하나를 잡아당겼다가 그 식물 전체가 딸려 올라올 위험이 있다고 말이야. 그게 두려우신 거야. 넌 상상이 되니? 준처럼 통제하는 걸 좋아하는 분이, 당신이 한없이 초라해지는 상황을 감내해야 할 때 어떤 심정일지." 캔디는 한 손에는 포크 다발을 쥐고 다른 손에는 등유 램프를 들고 문간에 서서 말했다. "정말 끔찍할 거야. 누군가에게 그 사람이 알아야 하는 진실을 말해 주고 싶은 마음은 굴뚝같지만, 내면 깊은 곳으로 들어가서 고쳐 쓸 수 없는 이야기들을 다시 끄집어내야 하는 게 너무나도 두려워서 그냥 비난을 감내하면서 살아갈 수밖에 없다는 게 말이야."

"그럼 제 심정은 어떨까요? 저한테 유일하게 남은 혈육이 우리 가족에 대해 말해 주시지 않는데요. 제가 지금까지 들은 얘기는 아주머니들한테서 전해 들은 이야기뿐이에요. 심지어 오기도 이 농장과 저의 부모님에 대해 얘기해 줬어요. 하지만 그건 할머니한테서 직접 듣는 거랑 다르잖아요. 아주머니가 들려준 얘기가 할머니가 해 주는 얘기와 똑같을 수는 없어요."

"그래. 똑같을 수는 없지." 캔디가 말했다. "하지만 내가 늘 너한테 얘기해 왔다시피 적어도 너에겐 너만의 얘기가 있잖니. 적어도 네 뿌리에 대해서는 알고 있지 않냔 말이다. 그게 얼마나 소중한 건지 절대 잊어서는……."

"그럼요." 앨리스가 캔디의 말을 자르며 목소리를 침착하게 유지하려 애쓰면서 말했다. "제 뿌리를 알고 있는 것에 감사하라는 말씀, 늘 가슴에 새기고 있죠. 하지만 제가 모르는 사실을 은근슬쩍 회피하려는 수단으로 하는 그런 조언은 정말 지긋지긋해요. 할머니는 제가 어렸을 때 그 이야기를 해 주겠다고 약속하셨어요. 그래 놓고 지금껏 해 주시지 않은 거잖아요."

억수같이 퍼붓는 빗소리가 그 방을 가득 메웠다. 잠시 후, 캔디는 목청을 가다듬었다.

"오기에 대해서는 정말 유감이구나."

앨리스는 아무 대꾸도 하지 않았다.

캔디가 등유 램프를 들고 식당을 나가자 식당을 비추던 빛도 뒤따라 나갔다.

그날 밤 앨리스는 불바다 악몽을 꾸며 몸을 이리저리 뒤척였다. 앨리스는 해변 위에 허물 같은 옷을 남긴 채 사라진 엄마를 향해 목이 터져라 소리치고 또 소리쳤다. 하지만 불바다는 꿈쩍도 하지 않았다. 불에 그슬린 모래사장에는 늑대 한 마리와 여우 한 마리가 꼬리에 불을 매단 채 서로 쫓고 있었다. 얕은 물에서 한 소년이 귀퉁이들이 새까맣게 타들어 가고 있는 종이배를 타고 물을 가르고 있었다. 앨리스는 화들짝 깨어나 식은땀을 흘리며 벌떡 일어났다. 불안감과 탈진으로 관자놀이가 쿵쿵 울렸다. 앨리스는 손전등 스위치를 켜고 차 한잔 마시려고 아래층으로 내려갔다.

앨리스는 복도 한복판에서 우뚝 멈춰 섰다. 부엌에서 두 사람의 목소리와 위스키 향이 짙게 밴 탁한 공기가 흘러나오고 있었다. 앨리스는 부엌 쪽으로 조금씩 다가갔다.

"준, 하마터면 앨리스를 잃어버릴 뻔했잖아요." 트윅이 씩씩대며 말했다. "그게 언니가 바라던 거예요? 그 애한테 진실을 말해 줘야 해요. 진실을 말해 줘야 한다고요."

"입 닥쳐, 트윅." 준이 혀 꼬인 발음으로 말했다.

앨리스는 벽에 붙어 살금살금 다가갔다.

"모든 걸 다 안다고 생각하겠지만, 넌 쥐뿔도 몰라. 넌 그냥 모든 걸 다 안다고 착각하는 읍내 사람 중 한 명일 뿐이야."

"이런 식으로는 대화가 안 돼요. 가서 눈 좀 붙여요."

"네가 앨리스를 얼마나 사랑하는지 다 알아. 내가 모를 줄 알았어? 네가 앨리스를, 네가 키우지 못했던 너의 친자식처럼 여긴다는 걸?"

"말조심해요, 준."

"오오오오…… 말조심해요, 준……." 준이 딸꾹질하며 말했다.

앨리스는 이제 문간에 서 있었다.

"난 그 애를 구해 냈어." 준이 보란 듯이 가슴을 펴고 말했다. "난 앨리스를 구해 낸 거라고. 그대로 뒀다면 오기는 그 애의 미래를 도둑질하고 고통만 안겨 주었을 거야. 트윅, 너도 다 겪어 봤잖아. 아니라고 말하지 마. 그날 이민국에 전화한 건 내가 앨리스를 위해 할 수 있는 최선의 일이었어."

그 순간 쇠망치로 얻어맞은 듯한 충격과 전율이 앨리스의 온몸을 휩쓸고 지나갔다. 앨리스는 그날 밤 마치 자아가 둘로 분리된 듯한 경험을 했다. 준에 대한 배신감에 주먹손을 부르르 떨며 부엌으로 뛰어 들어가는 자아와 창밖에서 그런 자신의 모습을 지켜보는 자아로. 창밖에 서 있는 자아는 그날 밤의 장면을 모두 지켜보고 있었다. 트윅의 눈동자에 어리던 공포와 후회, 술에 취한 준이 침착함을 유지하려 애쓰면서 짓던 미소, 자신의 고함, 자신을 위로하려는 트윅의 시도, 준의 울음소리, 그리고 트윅이 앨리스에게 사실을 말할 때 그녀의 눈에 어리던 깊은 슬픔까지…….

"오기는 추방당했어." 트윅의 목소리가 흔들렸다. "오기와 보리야나는 불가리아로 강제 추방당했어."

앨리스는 끓어오르는 분노를 억누르지 못하고 준을 향해 고함을 질렀다. "할머니가 고발한 거예요?" 준은 턱에 힘을 주며 눈의 초점을 맞추려고 얼굴을 찡그렸다.

"무슨 일이에요?" 캔디가 잠이 덜 깬 얼굴로 헐레벌떡 부엌으로 달려오며 물었다.

용솟음치는 아드레날린이 앨리스를 행동에 돌입하게 했다. 앨리스는 부엌에서 뛰쳐나가 계단을 올라가서 자기 방으로 들어갔다. 그러고는 배낭을 집어서 눈에 띄는 물건들을 닥치는 대로 배낭에 쑤셔 넣었다. 그런 다음 계단을 뛰어내려 와 복도에 서 있는 여인들을 밀치고 지나가서는 벽걸이에서 자동차 열쇠와 모자를 낚아챘다. 앨리스는 앞문을 열고 나가자마자 거센 비바람의 습격에 뒤로 밀려났다. 앨리스는 비틀거리며 다시 몸을 가누었다. 트윅과 캔디가 앨리스에게 떠나지 말라고 애원했다. 그다음 장면은 앨리스의 머릿속에서 늘 똑같이, 느리고 일그러진 영상으로 돌아갔다. 앨리스가 돌아보자 걱정이 가득한 그들의 얼굴과, 그들의 뒤편 어둠 속에서는 준이 몸을 흔들며 서 있었다.

앨리스는 분노로 이글거리는 눈으로 세 여인을 노려보았다. 그러고는 돌아서서 문을 쾅 닫고 폭풍 속으로 뛰어들었다.

앞 유리의 와이퍼는 억수같이 퍼붓는 비를 감당하지 못했다. 앨리스는 트럭 바퀴가 흙탕물에 잠긴 도로 위에서 미끄러지자 운전대를 움켜잡았다. 팔이 부들부들 떨렸다. 앨리스는 액셀러레이터를 계속 힘껏 밟았다. 불어난 물에 갇힐까 봐. 아니 그보다 겁먹고 다시 돌아갈까 봐.

앨리스는 시내를 곧장 통과할 작정이었다. 도시 경계 표지판을 지나자마자 잡목림 지대로 들어가 계속 동쪽 해안까지 달릴 생각이었다. 하지만 몇 킬로미터 못 가서 브레이크를 밟아야만 했다. 하향 전조등 불빛이 불어난 흙탕물에 잠겨 사라졌기 때문이었다. 강물이 범람하고 만 것이다. 앨리스는 힘없이 고개를 떨구었다. 지금쯤 화원은 완전히 파괴되었을 것이다. 씨앗들은 모판에서 떨어져 나와 물에 떠내려갔을 것이다.

앨리스는 백미러 속의 어둠을 자세히 살폈다. 동쪽 해안 쪽으로 가지 않고 내륙으로 가는 건 어떨까? 홍수를 피해서. 앨리스는 다시 액셀러레이터를 밟았다. 그러고는 잠깐 멈칫하다가 운전대를 홱 비틀어 왔던 길로 다시 돌아갔다. 손필드로 가는 갈림길을 지날 때 액셀러레이터를 밟고 있는 앨리스의 발이 살짝 흔들렸다. 하지만 앨리스는 페달을 바닥까지 꾹 밟고 운전대를 단단히 쥐었다. 그리고 서쪽 어둠 속으로 달렸다.

트윅과 캔디가 아무리 울고불고 빌어도 준은 집 안으로 들어오기를 거부했다. 준은 어둠 속에서 휘몰아치는 바람에 이리저리 흔들리며 그 자리에서 꼼짝도 하지 않았다. '앨리스는 돌아올 거야.' 준은 진입로를 향해 눈을 고정한 채 꼼짝도 하지 않았다. 앨리스의 트럭 전조등이 진입로를 비추는 순간을 놓치지 않으려고. '앨리스는 돌아올 거야. 그러면 그때 다 설명해 줄 거야.'

핏속에 흐르는 위스키의 농도가 옅어지면서 준은 살을 에는 추위를 느끼기 시작했다. 또다시 한차례 돌풍이 몰아쳤을 때, 준은 털썩 주저앉고 말았다. 바로 그 순간 앞문이 확 열리면서 트윅이 외투를 들고 급히 달려 나왔다.

"일어나요, 준." 트윅이 바람을 맞으며 소리 질렀다. "제발 좀 일어나요. 그 망할 놈의 엉덩이를 집 안으로 들여놓으라고요!" 트윅이 외투를 준에게 둘러 준 뒤 그녀를 일으켜 세웠다.

"안 돼." 준이 고함을 질렀다. "애가 돌아올 거야. 애가 돌아올 때 난 여기 있어야 해." 준은 부르르 떨었다. "앨리스는 집으로 돌아올 거야. 그러면 내가 모든 것을 설명해 줄 거야."

트윅이 준을 노려보았다. 준은 통렬한 대꾸를 들을 각오를 했다.

그들은 그렇게 한동안 서 있었다. 가깝지만 서로 대치한 상태로. 마침내 트윅이 준을 팔로 감싸 안았다. 그리고 하늘이 그들의 머리 위에서 흐느껴 우는 동안, 준과 함께 휘몰아치는 비를 맞기 위해 돌아섰다.

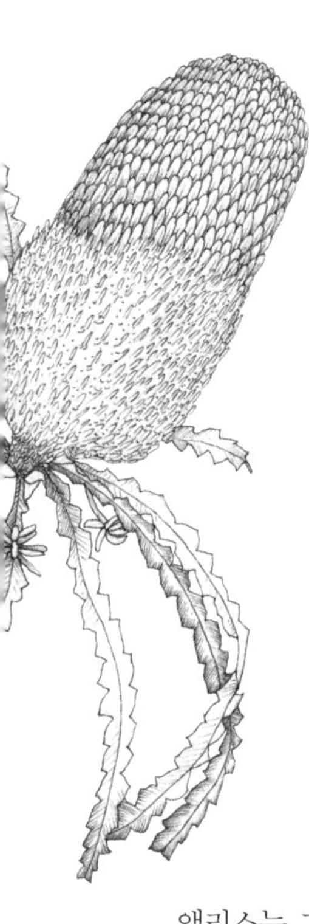

Showy banksia 화려한방크시아

나는 당신의 포로

Banksia speciosa | 오스트레일리아 서부, 남부

톱니 모양의 가느다란 잎사귀를 가진 관목.
한 개의 긴 꽃대 둘레에 여러 개의 꽃이 이삭 모양으로 달린다.
노란 꽃이 사시사철 피며, 불에 그슬려야만 씨방을 터트린다.
꿀빨이새를 비롯해 꽃꿀을 먹는 새들이 이 꽃에 모여든다.

앨리스는 그날 밤 내내 트럭을 몰고 폭풍우를 뚫고 달렸다. 새벽녘에 주(州) 경계를 넘은 뒤 거기서 그리 멀지 않은 휴게소에 들러 기름을 가득 채웠다. 그러고 나서 유칼립투스 나무 아래에 차를 세우고 유리창에 머리를 기댄 채 눈을 붙였다. 따가운 햇살에 눈이 부셔 잠에서 깨어나니 얼굴은 화끈거리고 입술은 바싹 말라 있었다. 앨리스는 트럭에서 내려 휴게소로 들어갔다. 10분쯤 지나 블랙커피 한 잔과 두툼한 분홍색 설탕 옷을 입힌 빵 하나, 그리고 지도 한 장을 들고 밖으로 나왔다. 하지만 커피는 한 모금만 마시고 빵은 한두 번 베어 먹은 뒤 모두 쓰레기통에 던져 버렸다. 앨리스는 옆자리에 지도를 펼쳐 놓고, 서쪽 방향 표지판을 따라 고속도로로 차를 몰았다. 트럭 바퀴가 으드득 소리를 내며 자갈밭을 굴러갔다. 앨리스는 지금 자기 앞에 놓인 것 말고는 아무것도 생각하지 않기로 했다. 홍수로부터 되도록 멀리 벗어나는 것에만 집중하기로 했다.

내륙으로 깊이 들어갈수록 점점 더 메마르고 낯선 풍경이 펼쳐졌다. 드넓게 펼쳐진 누런 초원 위에 암석의 노두와 뒤틀린 유칼립투스가 늘어선 도랑이 드문드문 보였다. 이따금 골함석 지붕을 얹은 농가나 삐걱거리는 풍차 옆에 웅크리고 있는 은빛 물탱크도 눈에 띄었다. 그 모든 것 위에는 망망대해를 뒤집어 놓은 듯한 푸른 하늘이 끝도 없이 펼쳐져 있었다.

핸드폰 건전지는 첫날 방전되었지만, 앨리스는 구태여 가방을 뒤져서 충전기를 꺼낼 생각을 하지 않았다. 피곤하거나 졸음이 오면 도로변 적당한 곳에 트럭을 세워 놓고 차 문을 잠근 다음 한숨 푹 잤다. 꿈도 꾸지 않고. 마치 비 온 뒤에 화르르 피어나는 야생화처럼 황사 속에서 불쑥 모습을 드러내는 도로변 마을을 지날 때마다 잠시 멈춰서 기름을 넣고, 샌드위치와 복숭아 통조림 몇 개를 사서 손가락으로 집어 먹었다. 그리고 이따금 밀크티를 한 잔 사서 지도를 찬찬히 들여다보면서 벌컥벌컥 마시기도 했다. 마침내 한 마을의 이름이 앨리스의 시선을 사로잡았다. 거기까지 가려면 적어도 이삼일은 더 무더위를 뚫고 달려야 했지만, 그런 불편함도 그 도시에 꽂힌 앨리스의 마음을 흔들지는 못했다. 앨리스는 다음번 휴게소에서 분무기를 하나 사서 수돗물을 채웠다. 그리고 끝도 없이 이어진 도로를 달리는 동안 얼굴에다 물을 뿌리며 더위를 식혔다. 뜨거운 햇볕이 무자비하게 내리쬐었다.

길 위에서 지낸 지 사흘째 되던 날 밤, 해가 진 뒤에도 여전히 땀이 등줄기를 타고 흘러내렸다. 그때 한 광산촌 외곽에서 번쩍이는 모텔 네온사인을 발견했다. 앨리스는 모텔 주차장으로 차를 몰고 들어가 돈을 더 얹어 주고 에어컨과 작은 주방이 딸린 방 하나를 잡았다. 근처

편의점에서 팬케이크 가루를 발견했다. 앨리스는 팬케이크 가루 한 봉지와 버터 한 덩어리, 그리고 깡통에 담긴 시럽을 사 와서 부츠도 벗지도 않고 팬케이크를 한 무더기 부쳤다. 그러고는 팬티 바람으로 꽃무늬 폴리에스터 침대보 위에 벌렁 누워 퀴퀴한 찬바람이 붙박이장 문을 쳐 대는 소리를 들으며 버터와 시럽을 듬뿍 바른 팬케이크를 남김없이 먹어 치웠다. 24시간 영화만 나오는 케이블방송 채널의 웅얼거림이 앨리스를 또다시 꿈 없는 잠 속으로 빠져들게 했다.

다음 날 아침, 앨리스는 방 열쇠를 탁자 위에 올려놓고 모텔 방을 나와서 방문을 꼭 닫았다. 해가 아직 지평선 위에 걸려 있는데도 벌써 뜨거운 아지랑이가 피어오르고 있었다. 앨리스는 주위를 둘러보다가 우뚝 멈춰 섰다. 처음엔 햇빛의 농간인가 의심했다. 하지만 어젯밤에는 어두워서 땅 색이 그렇게나 극적으로 바뀌어 있는지 알아채지 못했던 것이다. 레드 센터[43]에 관한 얘기는 많이 들어 봤지만, 눈앞에 펼쳐진 대지의 색은 앨리스가 전혀 상상하지 못했던 종류의 빨강이었다. 빨강이라기보다 주황에 더 가까웠다. 녹 같기도 하고 불꽃 같기도 한 색이었다. 그 색에 압도당한 앨리스는 두 눈을 감고 귀를 기울였다. 새소리, 뒤에서 웅웅대는 에어컨, 사막 바람 소리, 작게 캉캉 짖는 소리. 앨리스는 번쩍 눈을 뜨고 주위를 둘러보았다. 그리고 트럭으로 걸어가며 캉캉 짖는 소리가 어디서 나는지 살폈다.

근처 관목 아래에 등 한복판에 흰 점이 있는 황갈색 강아지 한 마리가 웅크리고 앉아 있었다. 앨리스는 주위를 살펴보았다. 주차장에 다른 차는 한 대도 없었고, 편평하게 뻗어 있는 도로 양편을 둘러봐도 지나가는 차 한 대 보이지 않았다. 강아지가 다시 짖었다. 목줄도 없었

43) 오스트레일리아 중부 내륙의 중심지.

고, 옆구리 한 부분에 털이 뭉텅 빠져 있었다. 앨리스가 강아지를 찬찬히 살펴보는 사이, 벼룩들이 털 밖으로 스멀스멀 기어 나왔다가 다시 흰 털 속으로 파고들어 갔다. 강아지는 주인 없는 개였다. 행여 주인이 있다 해도 자기 개가 죽든 말든 아무 관심도 없는 자의 강아지가 분명했다. 앨리스는 강아지 꼬리 부분을 확인해 보았다. 암놈이었다. 앨리스는 한 팔로 강아지를 들어 안고 트럭 문을 연 뒤 옆자리에 내려놓았다. 그 둘은 서로를 빤히 쳐다보았다.

"피핀이라는 이름 어때?" 앨리스가 물었다. 강아지가 헥헥거렸다. "너무 딱딱한가?" 앨리스는 차 시동을 켜고 고속도로로 진입해 지도에서 찍은 도시로 가는 표지판을 따라 계속 차를 몰았다.

"조금만 참아, 핍. 반나절만 달리면 도착할 거야." 앨리스가 말했다.

앨리스가 찍은 마을은 황량한 사막 한가운데, 우뚝 솟은 붉은 바위산 기슭에 자리 잡고 있었다. 마을 이름은 그 바위산 이름을 따서 '아그네스 블러프'라고 불렸다. 중앙로를 따라 얼룩덜룩한 유칼립투스가 늘어서 있었고, 캐러멜색 빅토리아 시대풍 가게들이 점점이 들어서 있었다. 신문 보급소, 원주민 예술가들의 작품을 전시하는 화랑 몇 군데, 도서관, 카페 두어 곳, 식품점 그리고 주유소가 보였다. 앨리스가 주유소에 차를 세우고 기름을 넣으려는데 핍이 조수석에 오줌을 싸면서 빽빽 울었다. 오줌 색이 핏빛이었다.

"오, 핍." 앨리스의 말에 강아지가 낑낑거렸다.

앨리스는 주유소 안으로 뛰어들어 갔다. 그리고 잠시 후 주소를 휘갈겨 쓴 종이쪽지를 들고 나와서 트럭에 올라탔다. 앨리스는 거기서 가장 가까운 동물병원까지 갈 수 있을 정도로 차에 기름이 남아 있기를 기도하며 속도를 높였다.

앨리스가 주먹으로 동물병원 문을 쾅쾅 두드리는 동안, 핍은 앨리스의 품속에서 처량하게 울었다. 앨리스는 한 손을 오므려 눈 옆에 대고 유리창 안을 들여다보았다. 벽에 걸린 시계가 1시 3분을 가리키고 있었고, 병원 문에 걸린 안내판에는 토요일 진료가 1시까지라고 적혀 있었다. 오늘이 토요일이었나? 앨리스가 그걸 알 리가 없었다. 앨리스가 계속 문을 두드리자, 이윽고 앨리스와 나이가 비슷해 보이는 한 남자가 청진기를 목에 건 채 접수대 뒤에서 나타났다. 남자가 잠금장치를 열고 문을 열어 주었다.

"무슨 일이신가요?"

"강아지가 아파요. 도와주세요." 앨리스가 애원했다.

앨리스는 수의사를 따라 진료실로 들어갔다. 수의사가 허리를 숙여 털 빠진 부분을 자세히 살펴보았다. 그리고 핍의 눈에 불빛을 비추고, 핍의 입속을 들여다보았다. 수의사가 다시 똑바로 섰을 때 그의 눈빛은 차갑게 변해 있었다.

"보호자님 강아지는 개선충에 심하게 감염되었어요."

"아, 제 강아지가 아니에요. 그러니까, 오늘 아침에 이 아이를 발견했어요. 아니, 서로가 발견했다는 표현이 더 맞겠네요. 모텔 주차장에서요."

수의사는 잠깐 앨리스의 얼굴을 살폈다. "저기 가셔서 손을 씻는 게 좋겠어요." 수의사가 고갯짓으로 구석에 있는 개수대를 가리키며 말했다. 앨리스는 따듯한 물로 손을 씻었다.

"악취가 난 것도 그 때문이에요." 수의사가 말했다.

앨리스는 종이수건에 손을 닦으며 무슨 말인지 모르겠다는 표정으로 수의사를 쳐다보았다.

"냄새 안 나요?"

앨리스는 손을 호주머니 속으로 감추며 말했다. "음, 저는 별 냄새 안 나던데요?"

"강아지가 제 몸을 계속 긁어 댄 것도 다 그 때문이고요."

수의사 말이 맞았다. 그제야 앨리스는 처음 봤을 때부터 강아지가 계속 제 몸을 긁어 댔다는 게 생각났다. "피도 났어요. 방금 봤어요. 오줌 속에서……." 앨리스가 말꼬리를 흐렸다.

"아주 심한 요로감염에 걸렸어요. 그럼 오줌에 피가 섞여 나오죠. 게다가 고열이 나는데, 틀림없이 영양실조 때문일 거예요." 수의사는 진료용 장갑을 벗어서 휴지통에 던졌다. "안됐지만 떠돌이 개들에겐 흔한 일이죠."

수의사는 핍을 번쩍 들어 올려 빈 우리에 집어넣었다. 그러자마자 핍이 울부짖기 시작했다.

"아니, 저기요……." 앨리스가 앞으로 나서며 말했다.

"강아지는 지금 당장 치료가 필요한 상태예요." 수의사가 앨리스의 말을 자르며 말했다. "저는 강아지를 도와주려는 것뿐이에요." 앨리스는 잠깐 망설이다가 뒤로 물러섰다. 핍이 우리 맨 구석으로 가서 다리 사이에 꼬리를 집어넣은 채 몸을 웅크렸다.

수의사는 다시 접수대로 나와서 앨리스에게 연락처를 물었다.

"저기, 저는 아직……." 앨리스가 말꼬리를 흐렸다.

"이곳에 방금 도착하셨어요?"

앨리스가 고개를 끄덕였다.

"정말요?"

"예."

"피포[44] 근로자인가요?"

앨리스가 못 알아듣겠다는 듯이 얼굴을 찡그렸다.

"비행기를 타고 왔다 갔다 하면서 일하시냐고요."

앨리스가 고개를 내저었다.

"머물 곳은 있어요?"

앨리스는 대답을 하지 않았다. 수의사가 편지지에다 몇 자 휘갈겨 쓴 다음 그 종이를 북 찢었다.

"블러프 펍[45]으로 가서 멀을 찾으세요. 제 소개로 왔다고 하시고." 수의사가 이렇게 말하며 주소가 적힌 종이를 앨리스에게 건넸다.

"고마워요." 앨리스가 종이를 받으면서 편지지 윗부분에 인쇄된 레터헤드를 쓱 읽었다. '모스 플레처, 아그네스 블러프 수의사.' 모스. 앨리스는《손필드 사전》에 적힌 꽃말을 기억하고 있었다. *모스(이끼): 예외 없는 사랑.* 앨리스는 어물어물 작별 인사를 하고 서둘러 동물병원에서 나왔다.

앨리스는 건물 밖으로 나오자마자 보이지 않는 벽 같은 뜨거운 열

44) 'Fly in, fly out'의 줄임말로, 오스트레일리아의 오지에 있는 광산에서 일하는 근로자들의 근무 방식을 말한다. 보통 비행기를 타고 와서 2주 정도 현장 근무를 하고, 다시 비행기를 타고 도시로 돌아가 1주 정도 쉰다.

45) 음료와 음식을 파는 대중적인 술집. 여관을 겸하는 경우도 있다.

기에 턱 부딪혔다. 이곳의 모든 것이 낯설었다. 표백제에 살짝 담근 듯한 옅은 쪽빛 하늘이 끝도 없이 펼쳐져 있었다. 강물이나 은은한 꽃향기의 흔적도 없었다. 순간 머리가 핑 돌면서 맥박이 빨라졌다.

앨리스는 비틀거리며 트럭 쪽으로 걸어갔다. 빠르게 뛰는 심장 소리가 머릿속에서 왕왕 울렸다. 호흡이 가빠졌다. 앨리스는 숨을 쉬어 보려고 애쓰면서 트럭 문손잡이를 잡으려고 손을 뻗었다. 하지만 손잡이를 잡을 수 없었다. 손이 바르르 떨리면서 손가락이 오그라들었다. 갑자기 웅크리고 있던 기억이 되살아났다. 바다인지 불인지 분간이 가지 않는 무언가가 아우성쳤다.

앨리스는 눈을 감으려고 애썼다. 공포 속에서 숨을 쉬어 보려고 애썼다. 그리고 모든 것이 깜깜해지기 전에 자신을 보호하려고 애썼다.

모스는 진료소를 닫기 전에 마지막으로 동물들의 상태를 확인했다. 앨리스의 강아지는 약을 먹고 자고 있었다. 모스는 타는 듯 더운 오후 속으로 걸어 나왔다. 뜨거운 공기에는 디젤 가스 냄새와 옆집 패스트푸드 가게에서 풍겨 나오는 포장 판매용 닭튀김 냄새가 짙게 배어 있었다. 그 냄새는 자기 앞에 놓인 시간을 상기시켰다. 집에서 외롭게 보내게 될 또 다른 밤을.

모스가 주차장을 가로질러 자신의 승합차 쪽으로 걸어가는데 밝은 노란색 트럭이 눈에 들어왔다. '앨리스 하트. 야생화가 피는 손필드 화훼농장의 꽃말 소통가.' 트럭 안에는 아무도 없었다. 트럭 뒤쪽으로 돌아가다가 코에서 피를 흘리며 아스팔트 위에 쓰러져 있는 앨리스를 발견했다.

모스는 앨리스에게 달려가 그녀의 이름을 반복해서 불렀다. 앨리스는 움직이지 않았다. 얼굴빛이 놀라우리만치 창백했다. 모스는 앨리스의 호흡과 맥박을 확인했다. 그리고 호주머니에서 휴대전화기를 꺼내 병원 단축 번호를 눌렀다. 모스는 앨리스가 움직이지 않도록 조심했다. 마침내 의사가 전화를 받았고, 모스는 의사의 질문에 로봇처럼 대답했다. 모스의 심장이 쿵쿵 뛰었다.

'제발, 다시는…….'

이번에는 불바다가 아니었다. 앨리스는 강물 위에 떠 있었다. 별들로 이루어진 강이었다. 별의 강이 앨리스를 은초록빛으로 물들였다. 앨리스는 반듯이 누워 밤하늘에서 별들이 비처럼 쏟아지는 광경을 지켜보았다. 몇몇 별들은 실루엣만 보이는 유칼립투스의 제일 높은 가지에 내려앉았고, 또 몇몇은 앨리스의 속눈썹에, 그리고 발가락 사이로 파고들었다. 앨리스는 별 몇 개를 삼켰다. 달콤하고 시원한 맛이 났다. 앨리스는 눈부신 별빛에 탄성을 지르며 별을 한 아름 퍼서 자기 주위에 빙 둘러 뿌렸다. 그러고는 별로 만든 동그라미 안으로 들어갔다. 그곳에는 자기를 아프게 하는 게 아무것도 없었다.

앨리스는 의식을 차리며 캑캑거렸다. 입에 든 별을 뱉어 낸다고 생각하면서.

"오기." 앨리스는 불분명한 발음으로 중얼거렸다.

"그래요, 앨리스. 정신이 약간 혼미할 거예요. 천천히 눈을 떠 봐요."

앨리스가 눈을 떴다. 한 여인이 앨리스의 양쪽 눈에 차례로 빛을 비추며 미소를 짓고 있었다. 그 느낌이 앨리스의 기억을 뒤흔들었다. 앨리스는 하얀 방 안의 병원 침대 위에 누워 있었다. 팔에 링거 주사 바늘이 꽂혀 있었다. 앨리스는 움찔하면서 고개를 옆으로 돌렸다. 한 남자가 앨리스를 응시하며 침대 옆 의자에 꼿꼿이 앉아 있었다. 남자가 손을 들었다. 앨리스가 답례하려고 손가락을 꼼지락거렸다. 그 남자는 좀 전에 만났던 수의사였다. 모스…… 아무개. *예의 없는 사람.*

"지금 수액을 맞고 있어요, 앨리스. 탈수증세가 아주 심했어요. 극심한 사막의 더위에 익숙지 않은 여행자들이 자주 겪는 증상이죠. 기절한 것도 아마 그 때문일 거예요." 흰 가운을 입은 여자가 말했다. 가운 호주머니에 '키라 헨드릭스 박사'라는 글자 자수가 놓여 있었다. "통상적인 질문 몇 가지 할게요. 가족 중에 저혈압인 분이 있나요?"

그건 앨리스가 대답할 수 없는 질문이었다. 앨리스는 고개를 내저었다.

"불안감이나 공포로 발작을 일으킨 적은요?"

"어렸을 때 말고는 없었어요." 앨리스가 조용히 대답했다.

"그때 이유가 뭐였죠?"

태풍이었나? 꽃이었나? 아니면 꿈속의 불길이었나?

"잘 모르겠어요." 앨리스가 대답했다.

"처방받고 복용 중인 약 있어요?"

앨리스는 또다시 고개를 내저었다.

"다행히 코뼈는 부러지지 않았으니 며칠 안에 회복될 겁니다. 지금부터 푹 쉬시고, 물 많이 드세요. 그리고 이상 증세가 나타나면 곧바로 저를 찾아오세요. 모스한테 들으니, 오늘 이곳에 도착하셨다고요?"

앨리스가 고개를 끄덕였다.

"지금 머무시는 데는 어디죠?"

앨리스는 모스를 흘깃 건너다보았다. 모스가 잠시 앨리스와 눈을 맞춘 다음 입을 열었다.

"펍에서 지내세요. 펍에 딸린 객실에서요."

"흠……." 의사가 생각에 잠긴 표정을 짓더니 앨리스의 어깨를 토닥였다. 그런 다음 모스를 쳐다보며 한쪽 눈썹을 추켜세운 채 말했다. "잠깐 저 좀 보실까요?"

그 둘은 병실 건너편 구석에서 서로 바짝 다가서서 두런두런 대화를 나누었다. 앨리스가 곁눈으로 그들을 쳐다보았다. 키라 박사는 무척 심각해 보였고, 모스는 놀란 듯이 보였다.

"좋아요." 키라 박사가 밝게 말하며 대화를 마무리했다. 그러고는 다시 앨리스 곁으로 돌아와서 말했다. "이제 링거 주사를 빼고 상황을 지켜봅시다. 가볍게 식사하고, 푹 자도록 하세요.

앨리스는 시선을 아래로 깔면서 고개를 끄덕였다.

모스는 자동차 조수석 문을 열고 붙잡고 서 있다가 앨리스가 힘없이 조수석에 올라타자 차 문을 닫았다. 자동차 내부는 티 하나 없이 깔끔했다. 백미러에 매달려 있는 나무 모양의 판지에서 유칼립투스 향기가 났다.

둘은 한동안 아무 말 없이 차를 타고 달렸다. 이윽고 모스가 몇 번 목을 가다듬었다.

"흠, 흠, 진료소 문을 닫고 주차장으로 가다가 당신을 발견했어요." 모스는 앨리스를 쳐다보지 않고 말했다. "나는 당신을 다른 데로 옮기지 않고 곧바로 키라 박사에게 전화했고, 얼마 후 키라 박사가 와서 당신을 구급차에 태워 병원으로 실어 갔어요. 나는 내 차를 타고 따라갔고요."

앨리스는 똑바로 앞만 쳐다보며 모스가 의식을 잃은 자기를 발견하는 장면을 머릿속으로 떠올려 보았다. 너무나도 수치스러워 눈시울이 뜨거워졌다. '지금 울면 안 돼.'

"다 왔어요." 모스가 진료소 앞에 차를 세우며 말했다. 그러고는 호주머니에서 앨리스의 트럭 열쇠를 꺼냈다. "내가 당신을 발견했을 때 당신 손에 쥐어져 있었어요." 모스는 해명하는 사람처럼 말했다. 마치 앨리스가 의식을 잃은 것이 자기 책임이기라도 한 것처럼.

"고마워요." 앨리스가 작은 목소리로 말했다. "모든 게 다." 앨리스는 모스의 손에 있는 트럭 열쇠를 와락 움켜쥐었다. 그 바람에 모스의 손가락이 날카로운 열쇠 모서리에 긁히자 그가 움찔했다. "죄송해요." 앨리스가 두 손으로 얼굴을 감싸며 중얼거렸다. 앨리스는 머리를 내저으며 한숨을 쉬었다. 그러고는 다시 "고마워요."라고 말하고는 차에서 내려서서 트럭 쪽으로 돌아섰다. 하지만 트럭 문에 찍힌 글씨를 보자마자 그 자리에 우뚝 서고 말았다. 거기에, 앨리스가 벗어던지려고 했던 모든 것이 실오라기 하나 걸치지 않은 알몸처럼 드러나 있었다.

앨리스 하트. 야생화가 피는 손필드 화훼농장의 꽃말 소통가.

"저기, 앨리스?"

앨리스가 모스의 시야를 가리려고 돌아섰다.

"괜찮겠어요?"

"그럼요." 앨리스가 고개를 끄덕였다. "고마워요. 그 펍에서 방을 잡을게요."

모스가 잠깐 시선을 돌리다가 다시 앨리스를 바라보며 말했다. "키라 박사가 저더러 24시간 동안 당신 상태를 살펴봐 달라고 부탁했어요." 모스가 헛기침을 하며 말을 이었다. "그래도 괜찮을까요?"

앨리스는 애써 미소를 지으며 말했다. "푹 쉬고, 물 많이 마시고, 가볍게 먹어라. 혼자 잘할 수 있어요." 앨리스는 어서 침대로 기어들어 이불을 푹 뒤집어쓰고 영원히 밖으로 나오고 싶지 않았다. "어쨌든 고마워요."

"그래요, 그럼." 모스는 또다시 길게 뜸을 들였다. "저기, 멀이 제 연락처를 알고 있으니까, 뭐든 필요하면 언제든지." 모스는 이렇게 말하며 자동차 시동을 걸었다. 앨리스는 모스가 떠나는 모습을 보고 안도하며 고개를 끄덕였다.

앨리스는 트럭에 올라타서 곧바로 주유소로 갔다. 기름을 넣은 뒤 가게 안 진열대를 샅샅이 뒤져서 수정용 페인트를 찾아냈다. 청록색 페인트밖에 없었다. 앨리스는 페인트 한 통과 붓 하나를 집어 들었다. 계산대로 걸어가는데 화려한 자동차 스티커 진열대가 눈에 띄었다. 거기서 스티커 두 개를 골라 돈을 치르고 밖으로 나왔다.

앨리스는 펍 주차장에 도착하자마자 붓과 페인트를 꺼내 트럭 문 앞에 섰다. 그리고 사막 한복판에서 맞이하는 첫날, 열어지는 햇빛 속에서 자신이 누구였으며 어디서 왔는지를 청록색 망각 속으로 지워버렸다.

앨리스가 펍에 도착했을 때 멀은 거기 없었다. 걸쭉한 사투리를 쓰는 젊은 아가씨가 체크인을 도와주면서 열정적으로 저녁 메뉴를 설명하는 동안 앨리스는 건성으로 듣고 있었다. 아가씨의 팔뚝 아래쪽에 세계 지도 문신이 새겨져 있었다. 그리고 작은 별들이 지도 곳곳에 그려져 있었다. 어떤 기분일까? 자기가 알고 있는 모든 것을 뒤로하고 스스로 선택한 미지의 장소로 탐험을 떠나는 기분은? 어떤 맛일까? 아무 목적 없이 떠나, 팔뚝에 영원히 새기고 싶을 정도로 생생하고 의미 있는 경험을 하나둘씩 모으는 삶은? 별 하나하나가 앨리스를 비웃고 있었다. 너 여기 와 봤어? 여기는 와 봤어? 여기는?

"손님?" 아가씨가 앨리스 얼굴 앞에 메뉴판을 흔들며 밝게 웃었다.

"아, 미안해요." 앨리스는 머리를 흔들었다. "식사를 제 방으로 올려다 주실 수 있을까요?"

"그럼요. 후한 팁 기대할게요."

앨리스는 주문을 마치고 배낭을 들고 위층으로 올라갔다. 그리고 방문을 열고 안으로 들어간 다음 문을 잠갔다.

침대에 앉아 부츠 끈을 풀고 베개 위에 옆으로 쓰러졌다. 그리고 며칠 동안 갈비뼈를 누르고 있던 오열을 토해 냈다.

Orange Immortelle 오렌지밀짚국화

정해진 운명

Waitzia acuminata | 오스트레일리아 서부

가늘고 기다란 잎사귀가 나고, 종이처럼 바스락대는
오렌지색, 노랑, 흰색 꽃을 피우는 다년생 식물.
겨울비가 내리고 난 뒤 봄에 꽃이 무리 지어
일제히 피어나는 모습이 장관이다.
오스트레일리아 서부 오지를 장기간 여행하다 보면
수백만 그루가 덤불 지역과 사막에 펼쳐진 광경을 볼 수 있다.

앨리스는 동틀 무렵 깨어났다. 땀에 흠뻑 젖은 홑이불을 걷어차고 일어나 앉아 눈가의 버석거리는 소금기를 떨어냈다. 방 전체가 주황빛으로 물들어 있었다. 창문으로 걸어가서 커튼을 걷자마자 먼지 자욱한 마을 위로 우뚝 솟은 바위산에 반사된 햇빛이 폭포수처럼 쏟아져 들어왔다. 앨리스는 건물들과, 거리 너머로 스피니펙스와 사막오크가 자라 있는 계곡들과, 물결처럼 넘실대는 붉은 모래언덕들이 끝도 없이 펼쳐진 광경을 바라보았다. 병정게와 바닷바람과 초록빛 사탕수수와 은빛 강물, 그리고 온갖 화려한 야생화들이 활짝 핀 화원이 머릿속에 떠올랐다. 사막의 공기는 어찌나 건조한지 몸에서 땀방울이 맺히기도 전에 증발해 버렸다. 앨리스는 지금 자신이 알고 있는 모든 사람과 사물과 장소로부터 그 어느 때보다 더 멀리 떨어져 있었다.

"나 여기 있어." 앨리스는 거친 목소리로 속삭였다.

앨리스는 펍 카운터에서 커피 한 잔과 과일 스콘 하나를 먹은 뒤 트럭으로 걸어갔다. 트럭 문에 칠한 청록색 페인트가 다 말랐는지 확인하고는 앞좌석 사물함에서 어제 산 스티커를 꺼냈다. 그러고는 양쪽 문에다 스티커를 붙인 뒤 뒤로 몇 발자국 물러나서 팔짱을 끼고 바라보았다. 싸구려 수정용 페인트와 왕나비 스티커 몇 장으로 이렇게 간단히 익명성이 보장될 수 있다니!

얼마 후 식료품 가게에서 레모네이드 아이스바를 잔뜩 사 와서 여관방에 있는 작은 냉장고를 가득 채웠다. 그러고는 침대에 누워 작열하는 한낮의 태양에 나무들이 희끗희끗 변하는 광경을 지켜보며 아이스바를 연달아 세 개 먹었다. 오후가 되어 선선해지기 시작했을 때, 밖으로 나가 붉은색의 낯선 풍경 속을 돌아다녔다.

앨리스는 절벽 기슭을 따라 걸어가면서 쭈그리고 앉은 듯한 에뮤부시[46]와 스피니펙스 덤불, 그리고 가느다란 사막오크 나무를 살펴보았다. 이따금 바위 사이에서 자라는 야생화를 발견하면 걸음을 멈추고 한두 송이 꺾어서 호주머니에 넣었다. 머리 위에서 금정조 무리가 지저귀며 선명한 오후의 하늘을 날아다녔다. 앨리스는 공기를 거칠게 들이마시면서 사막 풍경의 초자연적 분위기에 푹 젖어 들었다.

46) 높이 1.5미터까지 자라는 늘 푸른 관목으로, 건조 혹은 반건조 지역에서 자라는 오스트레일리아 토종 식물. 길이 3센티미터의 선형 잎사귀와 줄기에 잔털이 많아 회색빛을 띤다.

여러 날이 지났다. 코뼈에 살짝 난 금도 다 아물었다. 이따금 어떤 기억이 둥실 떠오르면, 앨리스는 구태여 떨쳐 버리려 하지 않고 그냥 머릿속을 유영하도록 내버려 두었다. 하지만 기억의 파편이 손필드를 떠났던 그날로 자기를 끌고 가려 할 때마다, 준의 배신과 그로 인해 오기와 보리야냐가 무슨 일을 당했을지에 대해 골몰하게 될까 봐 주의를 딴 데로 돌릴 수 있는 일은 뭐든지 하곤 했다. 그들은 체포되었을까? 두려움에 떨었을까? 이민국에 고자질한 사람이 준이라는 걸 그들이 알았을까? 앨리스는 해명되지 않은 질문들을 무시하며 밀어내는 방법을 잘 알고 있었다.

앨리스는 나름대로 하루를 규칙적으로 보내기 위해 태양 주기를 중심으로 일과를 짰다. 사막의 햇볕은 물리지 않았다. 매일 아침 여관 골함석 지붕 위에 있는 창턱에 걸터앉아 아침 해를 맞이했다. 해가 솟으면 농염한 적포도주색에서부터 밝은 황토색, 반짝이는 구릿빛, 그리고 부드러운 버터스카치캔디색에 이르기까지 다양한 색조가 우뚝 솟은 암석 노두를 물들였다. 앨리스는 우주 끝까지 펼쳐진 듯한 하늘을 바라보며 숨을 최대한 크게 들이쉬려고 했다. 마치 그 공간을 몸 안으로 빨아들이려는 듯이. 자기 몸속을 하늘 같은 광활함으로 채우려는 듯이.

해가 뜬 뒤에는 산책하러 나갔다. 마을 너머에 아주 오래전에 바짝 말라붙은 강바닥이 펼쳐져 있었다. 흰색 자갈돌로 뒤덮인 땅 위로 키 크고 굵다란 고스트검[47]들이 자라 있었다. 앨리스는 크림색과 흰색과 핑크빛이 도는 고스트검의 몸통들 사이를 거닐다가 이따금 발길을 멈추고 연회색 돌멩이나 땅에 떨어진 고스트검의 씨방을 살펴보곤 했다.

47) 유칼립투스의 일종.

그곳에 한때 강물이 흘렀다니 믿기가 힘들었다. 그 강은 이제 잊힌 전설, 까마득한 옛날에 검정앵무(붉은꼬리검정관앵무)의 날개를 타고 하늘로 올라갔다는 옛이야기에나 남아 있을 뿐이었다.

가장 더운 한낮에는 여관방에서 에어컨을 가장 세게 틀어 놓고 케이블방송 채널을 휙휙 넘기면서 보냈다. 오후가 되어 날이 시원해지기 시작하면 다시 밖으로 나가 돌아다녔다. 저녁을 먹은 뒤에는 어둠 속의 은신처에서 별들을 관찰했다.

그렇게 2주가 지났다. 앨리스는 수의사를 찾아가지 않았다. 이메일도 확인하지 않았고, 핸드폰에서 심카드도 꺼내서 버렸다.

놀랍게도 사막에는 앨리스에게 위안을 주는 특별한 것이 있었다. 마치 효험 있는 약처럼. 불타는 듯 붉은 흙의 색깔과 손을 오목하게 해서 퍼 올릴 때 느껴지는 밀가루처럼 부드러운 흙의 감촉. 음악 같은 새들의 지저귐. 매일의 시작과 끝을 물들이는 아름다운 노을. 따듯한 바람, 은빛과 초록빛과 푸른빛의 유칼립투스 잎사귀들, 구름이 헤엄치는 끝없이 펼쳐진 하늘, 그리고 무엇보다 강바닥에서 나무뿌리와 돌멩이 사이에서 자라나는 야생화들. 앨리스는 꽃들을 따서 공책 사이에 끼워 압화를 만들기 시작했다. 그 꽃들의 친숙함이 자기에게 커다란 위안을 가져다준다는 것을 완전히 인식하지 못한 채.

어느 날 아침, 앨리스는 공책 종이마다 야생화 압화가 끼워져 있는 것을 발견하고는 펍 카운터에서 가볍게 아침을 먹은 뒤 새 공책을 사러 읍내로 향했다.

바짝 마른 강바닥 옆으로 난 조용한 거리를 따라 걷는데 마을 도서관이 눈에 들어왔다. 앨리스는 도서관 벽에 그려진 빛바랜 그림을 보고 빙긋 웃었다. 작은 상자 모양의 도서관 건물을 책 무더기처럼 보이게 만들려는 의도로 그려 놓은 게 분명했다. 도서관 안은 타는 듯한 열기를 피할 수 있는 서늘한 안식처였다.

앨리스는 흐뭇해하며 서가들 사이를 이리저리 돌아다녔다. 어릴 적에 갔던 도서관이 생각났다. 이야기를 들려주는 스테인드글라스 유리창과 파스텔빛으로 가득했던 도서관이.

"샐리." 앨리스는 작게 중얼거렸다.

"도와드릴까요?" 옆 서가에서 사서가 물었다.

"동화책은 어디 있어요?" 앨리스가 물었다.

"뒷벽 근처에 있어요."

앨리스는 소녀 시절을 떠올리게 하는 동화책들의 책등을 어루만졌다. 어릴 적 쓰던 책상, 도서관 가방, 엄마의 고사리들. 앨리스는 특별히 한 책을 찾았다. 마침내 그 책을 찾아냈을 때 작게 탄성을 질렀다.

도서관 회원으로 가입하고 발급받은 도서관 카드를 호주머니에 집어넣은 다음, 도서관에서 빌릴 수 있는 권수만큼 책을 한아름 빌려 여관방으로 돌아왔다. 그리고 그날 오후 내내 책장을 휙휙 넘기면서 가끔 홀연히 떠오르는 문장들을 손가락으로 어루만지며 보냈다. 그러다 이따금 가슴 위에 펼친 책을 올려놓고, 벽 위를 가로지르며 춤추는 유칼립투스의 레이스 같은 그림자를 바라보았다. 그날 저녁, 6개들이 맥주 한 세트를 사고 매운 소스를 추가한 팟타이를 포장해 왔다. 그런 다음 에어컨을 틀어 놓고 침대에 누워서 소녀 시절 그렇게나 소중하게 여겼던 책을 읽었다. 물개 가죽을 바닷가에 벗어 놓고 사랑하는 남자를 찾아 떠나는 여인들의 이야기로 가득한 동화책을.

어느 날 오후, 앨리스가 강바닥에서 야생화 한 줌을 꺾어 여관방으로 돌아오니, 펍 주인이자 여관 주인인 멀이 카운터에서 앨리스를 불러 세웠다.

"앨리스 하트!" 멀이 소리쳤다. "자기한테 전화 왔어요."

앨리스는 멀을 따라 카운터 뒤에 있는 조그마한 사무실 안으로 들어갔다. 손에서 땀이 났다. 준이 앨리스를 찾아낸 것일까?

전화 수화기가 책상 위에 놓여 있었다. 앨리스는 멀이 사무실 밖으로 나갈 때까지 기다렸다가 땀이 흥건히 고인 손을 바지에 닦고 수화기를 집어 들었다.

"여보세요?" 손님들이 몰려들기 시작하는 시간이라 앨리스는 펍에서 들리는 소음을 막으려고 다른 쪽 귀를 손으로 막으며 말했다.

"당신 강아지가 나아졌는지 궁금해할 것 같아서 전화했어요." 수화기에서 모스의 목소리가 흘러나왔다.

앨리스는 한숨을 내쉬었다.

"여보세요?"

"안녕하세요!" 앨리스가 안도감에 들뜬 목소리로 말했다.

"네, 안녕하세요." 모스가 껄껄 웃으며 말했다.

"죄송해요." 앨리스가 속으로 자책하며 말을 이었다. "알려 주셔서 고마워요. 정말 좋은 소식이네요."

"당신이 좋아할 거라 생각했죠. 언제 와서 데려가실 수 있나요? 녀석이 지금은 살도 포동포동 찌고, 털도 멀의 파마머리보다 더 북슬북슬해졌어요."

호탕한 웃음소리에 앨리스는 살짝 놀랐다. 게다가 모스의 목소리가 한결 부드러워져 있었다.

"내일요." 앨리스는 깊이 생각하지 않고 대답했다.

"좋아요." 모스는 잠시 머뭇대다가 물었다. "어떻게 지냈어요?"

"잘 지냈어요." 앨리스는 꺾어 온 꽃을 만지작거리며 대답했다. "죄송하지만, 저 이만……."

"그럼요. 바쁘게 지내셨잖아요. 쉬기도 하고, 시내 도서관에서 책도 한 트럭씩 빌리시고."

"네?"

"여긴 작은 마을이에요." 모스가 허허 웃으며 말했다. "이 마을에서 뉴스거리가 되는 건 그리 어렵지 않아요. 책 읽는 거 좋아하시나 봐요."

멀이 문간에서 서서 헛기침을 했다.

"죄송해요. 이만 끊어야겠어요." 앨리스가 말했다.

"그럼, 내일 뵙죠."

"어디서요?" 앨리스가 물었다.

"중앙로에 있는 카페 빈에서요. 열한 시 괜찮아요?"

"좋아요."

앨리스는 전화를 끊었다.

"죄송해요." 앨리스는 사무실을 나가면서 멀에게 말했다.

"괜찮아요." 멀이 한쪽 눈썹을 추켜세우며 호기심 어린 미소를 지었다. "맥주 한잔, 어때요? 서비스예요."

"그럼 제 방에 가져가서……."

"안 돼요." 멀이 한 손을 들어 올리며 앨리스의 말을 잘랐다. "내가 여기 있는 동안에는 누구든 혼술은 용납할 수 없어요. 바에 가서 앉아요. 그리고 얘기해 줘요. 외딴곳에 있는 내 가게에 홀로 숨어들어 대체 뭘 하고 있는지 말이에요. 나, 재미난 이야기 듣는 거 아주 좋아한다오."

앨리스는 모르는 사람에게 아그네스 블러프에 오기 전의 자기 인생에 관해 얘기할 생각을 하니 갑자기 속이 메스꺼워졌다. 조금 전 모스가 한 얘기가 귓전을 울렸다. '이 마을에서 뉴스거리가 되는 건 그리 어렵지 않아요.'

모스는 전화를 끊고 나서 마치 전화기가 앨리스 하트에 관한 궁금증을 해결해 줄지도 모른다는 듯 전화기를 빤히 쳐다보았다. 그 궁금증은 여러 날 동안 모스를 괴롭혔다. 모스는 앨리스가 강아지를 찾으러 오기를 기다리고 또 기다렸지만, 앨리스는 나타나지 않았다. 멀과 정기적으로 전화를 하며 소식은 꾸준히 들을 수 있었다. 앨리스는 아직 그 여관에 머물고 있으며, 잘 지내고 있었다. 그리고 주위 사람들이 아는 한 다시 기절한 적은 없었다. 멀이 모스에게 물었다. "대체 왜 그렇게 신경을 쓰는 거야? 다른 사람은 몰라도 당신은 길 잃은 사람들을 모두 구해 줄 수 없다는 걸 알아야지." 모스는 대화의 주제를 바꿨다. 모스는 멀에게 얘기해 주지 않았다. 자기가 앨리스에게 신경 쓰는 이유가, 이 마을에서 지낸 지난 5년 동안 자기한테 남에게 베풀 것이 남아 있다고 느끼게 한 최초의 사람이 앨리스였기 때문이라는 것을. 모스는 클라라와 패트릭을 잃은 뒤 그런 감정을 느끼게 되리라고는 전혀 예상치 못했다. 그런데 그녀가 그렇게 했던 것이다. 앨리스 하트. 꽃으로 말할 줄 아는 여인이.

모스는 냉장고로 가서 맥주 한 병을 꺼내 다시 책상으로 돌아왔다. 마우스가 팔에 부딪히자 컴퓨터 화면이 되살아났다. 조금 전에 검색해서 찾아 놓은 앨리스의 사진을 보자마자 모스의 맥박이 빨라지기 시작했다. '앨리스 하트. 손필드 화훼농장의 꽃말 소통가.' 앨리스의 프로필 사진이 홈페이지의 '어바웃 어스(about us)'에 걸려 있었다. 사진 속의 앨리스는 혹투성이 유칼립투스 나무들에 둘러싸인 꽃밭 한가운데에서 자생 야생화로 만든 거대한 꽃다발을 들고 서 있었다. 꽃다발이 어찌나 큰지 앨리스가 난쟁이처럼 보였다. 앨리스는 옆의 카메라를 응시하고 있었다. 입가에 보일 듯 말 듯한 미소가 머물러 있고, 눈은 호수처럼 맑았다. 감아올린 머리에는 붉은 하트 모양을 한 엄청나게 큰 꽃이 꽂혀 있었다.

> 앨리스 하트는 대부분의 삶을 손필드에서 보냈으며, 이 화원에서 대대로 전해지는 오스트레일리아의 자생 야생화 꽃말을 배우며 자라났다. 숙련된 꽃말 소통가인 앨리스는, 꽃을 통해 당신의 마음속에서 우러나오는 말을 전할 수 있는 완벽한 방법을 제시해 줄 것이다. 상담은 예약을 통해서만 가능하다.

다음으로 구글 창에 '꽃말 소통가'를 검색하니, '빅토리아 시대에 크게 유행했던, 꽃말에 능통한 사람'이라고 되어 있었다. 모스는 구글 검색을 통해 그녀에 대한 자신의 강한 호기심이 어느 정도 진정되기를 바랐지만, 수수께끼 같은 그녀의 삶은 그의 불타는 호기심에 부채질만 할 뿐이었다.

모스는 의자에 등을 기대고 앉아서 손필드의 연락처를 눈으로 읽었다. 그리고 맥주를 한 모금 마셨다. 모스는 전화기를 집어 들었다가 다시 내려놓았다. 몇 분 동안 망설이다가 다시 전화기를 집어 들었다. 그리고 홈페이지에 적힌 전화번호를 누른 뒤 수화기에서 흘러나오는 발신음을 들으며 맥주병을 움켜잡았다.

모스가 막 수화기를 내려놓으려는 순간, 눈물에 젖은 여자의 목소리가 들렸다.

앨리스는 펍 카운터 앞에 자리를 잡고 앉았다. 지는 해가 가게 안을 만화경 같은 색으로 가득 채웠다.

멀이 새 컵 받침을 내려놓고 그 위에 얼음처럼 찬 맥주병을 척 올려놓았다. "건배." 멀이 버번위스키 잔을 들어 올리며 말했다. "자, 이제 얘기해 봐요. 앨리스 하트. 혼자 이 외딴곳에 와서 뭘 하고 있는지. 어디서 왔는지, 그리고 앞으로 어디로 갈 생각인지."

앨리스는 두 손으로 맥주병을 감싸 쥐었다.

"오, 이봐요. 조개처럼 입을 앙다물고 있지 마. 이곳으로 흘러든 사람 중에 사연 없는 사람이 어디 있을까? 자기는 자신이 유별난 줄 알지? 자신이 다른 사람이 되어 보려고 사막으로 도망친 유일한 백인인 줄 알지? 이렇게 말해서 미안한데, 자기는 그렇게 특별하지 않아." 멀이 손톱에 붙인 가짜 손톱을 카운터에 대고 톡톡 두드리며 말했다. 그때 가게 바깥 노천 탁자에서 요란한 고성이 들렸다.

"어이! 거기 닥치지 못해!" 멀의 호통 소리에 앨리스는 화들짝 놀랐다. "자기, 어디 가지 말아요. 저기 가서 소란 좀 정리하고 와야겠어."

앨리스는 안도의 한숨을 내쉬었다. 술집 안에 손님이 늘어나면서 왁자지껄 소음도 점차 커지고 있었다. 앨리스는 꽃과 맥주병을 들고 바 의자에서 내려와 사람들을 요리조리 헤치며 서늘하고 푸른 황혼 속으로 빠져나왔다. 앨리스는 맥주를 한 모금 마시며 주먹을 펴 보았다. 꽃들이 뭉개져 있었다. 그렇게 꽃을 내려다보고 있는데 등 뒤에서 인기척이 느껴져 휙 돌아보았다.

"아, 죄송해요. 놀라게 할 생각은 없었어요." 한 여자가 그 증거로 담배쌈지를 들어 보여 주며 말했다. 여자의 목소리는 상냥했다. 앨리스는 맥주병을 꽉 잡으며 고개를 끄덕였다. 여자는 담배 하나를 말았다. 그러고는 라이터를 켜서 그 조그마한 불꽃 위로 고개를 숙였다. 여자는 유니폼을 입고 있었으나 주위가 어두워서 유니폼 호주머니에 달린 배지가 잘 보이지 않았다. 여자는 담배 연기를 내뿜으며 연기가 앨리스 쪽으로 가지 못하게 손을 휘저었다.

"백 킬로미터 내에 술집이라곤 여기 하나뿐이라 많이 붐벼요."

"네, 알아요. 이 여관에서 지내고 있거든요." 앨리스가 말했다.

"아, 그렇군요. 마을에 오신 지는 오래됐나요?" 여자가 물었다.

"오늘이 한 달째예요."

"그럼 이 지역에 사신 지는 얼마나……?" 여자가 한쪽 눈썹을 추켜세우며 앨리스를 바라보았다.

"똑같이 한 달 됐어요." 앨리스는 저도 모르게 살짝 미소를 지었다.

"아하, 그럼, 두 달 더 지내셔야겠네요."

"그럼 어떻게 되는데요?"

"이곳을 다른 행성처럼 느끼지 않기 시작하죠. 도시나 해안에서 온 사막 초짜들은 대번에 티가 나더라고요. 당신처럼 놀란 토끼 표정을 하고 있으면 영락없죠."

앨리스가 여자를 바라보던 시선을 거두며 저도 모르게 불쑥 말했다. "사람을 어떻게 표정만으로 판단할 수 있죠?"

여자는 잠시 조용히 있다가 픽 웃으며 말했다. "젠장. 당신 말이 맞아요. 죄송해요. 제가 무례했어요."

앨리스는 맥주 거품을 들여다보며 고개를 끄덕였다.

"저는 저 길 아래쪽에 살아요. 이 붉은 흙먼지 속에서 뒹굴며 자랐죠." 여자가 싱긋 웃으며 말을 이었다. "제 사교술이 이렇게나 발달한 것도 다 그 때문일 거예요."

앨리스는 여자의 농담에 미소로 화답하지 않을 수가 없었다.

"아, 저는 사라라고 해요."

"저는 앨리스예요."

둘은 악수를 했다.

"사라, 여기서 어떤 일을 하세요?" 앨리스가 유니폼을 가리키며 물었다.

"공원 관리 일을 해요." 사라가 엄지손가락을 세워 어깨 너머를 가리키며 대답했다.

"공원요?"

"킬릴피차라요. 국립공원 몰라요? 아직 한 번도 안 와 보셨구나."

앨리스는 고개를 내저었다.

"아주 특별한 곳이죠." 사라가 발로 담뱃불을 끄며 말했다. "당신은요, 어떤 일 해요?"

"저는, 음……." 앨리스는 말을 잇지 못하고 잠시 주저하다가 이마를 문지르며 말을 이었다. "커뮤니케이션 관련 일을 해요."

"커뮤니케이션요?" 사라가 되물었다.

앨리스가 고개를 끄덕이며 대답했다. "통신 대학에서 비즈니스 커뮤니케이션을 전공했거든요. 그리고 예전에……." 앨리스는 말을 멈췄다가 다시 시도했다. "예전에 화원을 경영한 적 있어요. 하지만 지금은 아니에요." 앨리스는 만일 자기가 말을 더듬는 것을 사라가 알아챘다면 마지막 말은 하지 않았을 것이다.

"와, 개소름! 이곳에서 일이 돌아가는 방식은 늘 나를 깜짝깜짝 놀라게 한단 말이야." 사라가 머리를 흔들며 컬컬 웃었다. 앨리스는 무슨 말인지 이해를 못 하고 술집 쪽을 쳐다보았다. "아니, 이 술집이 아니라 이곳 사막을 말하는 거예요. 이곳으로 들어오는 사람들, 어쩜 그렇게 타이밍이 기가 막힌지!"

앨리스는 가만히 미소를 지었다.

"우리 공원에서 탐방객들을 안내하는 공원 경비대원을 구하고 있었거든요. 제가 읍내에 나와 있는 것도 그 때문이었어요. 그 일에 적합한 사람이 없는지 물어보러 다니느라고요." 사라는 앨리스를 보고 활짝 웃으며 말을 이었다. "마땅한 사람 찾기가 어려워요. 힘든 일을 해낼 수 있는 강단도 있어야 할 뿐만 아니라 커뮤니케이션 자격을 갖춘 사람이 필요하거든요."

앨리스는 그제야 사라의 말뜻을 이해하고 천천히 고개를 끄덕였다.

"보수는 좋아요. 집도 제공하고요." 사라가 말했다. "제 명함을 드릴 테니 관심 있으면 저한테 이메일 주실래요? 그럼 좀 더 자세한 정보를 보내 드릴게요."

앨리스의 손바닥이 축축이 젖어 있었다. 실로 오랜만에 느끼는 설렘이었다. "그게 좋겠네요." 앨리스는 제 양팔을 쓰다듬으며 말했다.

사라가 셔츠 호주머니에서 명함을 꺼내서 줄 때, 앨리스는 사라의 셔츠에 달린 배지를 더 자세히 볼 수 있었다. 먼저 킬릴피차라 국립공원이라는 글자가 보였고, 그 옆에 위쪽 절반은 검정이고 아래쪽 절반은 빨강인 바탕 위에 노란 동그라미가 한복판에 자리하고 있는 오스트레일리아 원주민 국기 디자인을 차용한 심벌마크가 찍혀 있었다. 그리고 노란 동그라미 한복판에는 스터트사막완두 무리가 새겨져 있었다.

"고마워요." 앨리스가 명함을 받아들며 말했다.

사라가 시계를 확인하더니 자리에서 일어서며 말했다. "이제 가 봐야겠어요. 만나서 반가웠어요, 앨리스. 이메일 기다릴게요."

앨리스가 명함 든 손을 들어 작별 인사를 하는 동안 사라는 사람들 속으로 사라졌다. 앨리스는 불빛에 명함을 비춰 보았다. 사라의 셔츠에 봤던 것과 똑같은 심벌마크가 찍혀 있었다. 앨리스는 《손필드 사전》을 들여다볼 필요가 없었다. 열 살 생일에 준이 생일 선물로 준 로켓을 열어 보고 준의 편지를 읽을 때부터 스터트사막완두 꽃말을 외우고 있었다.

용기를 가져. 힘을 내.

다음 날 아침 아홉 시에 도서관 문이 열릴 때, 앨리스는 도서관 문 앞에 기다리고 있었다. 앨리스는 사라의 명함을 들고 허둥지둥 컴퓨터가 있는 좌석으로 갔다. 명함을 하도 만지작거려서 하루가 채 되지 않아 명함 모서리가 접혀 있었다. 앨리스는 검색창에서 국립공원 홈페이지 주소를 알아내서 클릭한 다음, 컴퓨터가 홈페이지를 화면에 불러올 때까지 기다렸다. 시계를 확인해 보니 모스와의 약속 시간까지는 두 시간 정도 남아 있었다.

인터넷 속도가 느려서 홈페이지 배경이 화면에 천천히 채워지고 있었다. 맨 먼저 경관 사진이 화면에 띄워졌다. 앨리스는 몸을 앞으로 숙였다. 마치 그렇게 하면 로딩 속도가 더 빨라지기라도 하는 것처럼.

옅은 자주색 하늘. 그 위에 뿌연 연기처럼 떠 있는 구름 몇 점. 보랏빛 지평선 위에 걸린 살구색 빛 덩어리. 은은히 빛나는 황토색 땅 위에 자라는 녹색 식물들.

앨리스가 그 사진이 하늘에서 내려다보는 광경이라는 사실을 깨닫기까지 조금 시간이 걸렸다. 마침내 사진 전체가 화면에 띄워져서, 가느다란 선 같은 비포장도로와 흰점 같은 자동차를 보고 나서야 비로소 앨리스는 그 어마어마한 규모에 놀라 헉 소리를 냈다. 운석공 한복판이 앨리스의 시선을 끌었다. 그곳에 붉은 야생화 무리가 거대한 동심원을 이루며 피어 있었다. 앨리스는 손가락으로 책상을 두드리며 꽃 사진이 화면에 띄워지기를 기다렸다. 운석공의 심장을 눈부시도록 찬란한 핏빛으로 물들이고 있는 꽃은 바로 스터트사막완두였다.

앨리스는 목에 걸린 로켓을 움켜쥐며 컴퓨터 화면을 밑으로 내렸다.

언쇼 크레이터라고도 불리는 킬릴피차라는 1950년대 초반에 외부인에 의해 '발견'되기는 했지만, 수천 년 동안 아낭구 부족들의 살아 있는 문화경관이었습니다. 이 운석공은 지질학적으로 말하자면 수십만 년 전 철질 운석이 충돌했던 현장이지만, 아낭구 문화권에서는 다른 이야기가 전해집니다. 이 운석공이 하늘에서 떨어진 것과 크게 충돌하여 형성되었다는 것은 지질학적 설명과 상통하지만, 아낭구 부족은 하늘에서 떨어진 것이 운석이 아니라 비통해하는 어머니, 즉 웅주[48]의 심장이라고 믿고 있습니다. 먼 옛날, 웅주는 별이 가득한 천상에 살고 있었어요. 어느 날 밤에 웅주가 잠시 한눈을 파는 사이, 웅주의 아기가 천상의 요람에서 지상으로 떨어지고 말았어요. 잠시 후, 무슨 일이 일어났는지를 깨닫게 된 웅주는 슬픔을 가눌 수가 없었지요. 결국 웅주는 지상에 떨어진 아기와 함께 있기 위해 자신의 몸에서 심장을 떼어 땅에 내던졌답니다.

앨리스는 여기서 멈추고, 의자에 기대앉아 운석공에 얽힌 아낭구 신화의 이미지가 머릿속에서 자리를 잡을 때까지 기다렸다. 그런 다음 다시 읽기 시작했다.

킬릴피차라 한복판에는 스터트사막완두가 커다란 동심원 형태로 무리를 이루어 자라면서 매년 9개월 동안 꽃을 피웁니다. 그 꽃 속에 있는 웅주의 심장을 보기 위해 전 세계에서 방문객들이 찾아옵니다. 그곳은 아낭구 여인들에게 영적으로나 문화적으로 아주 큰 의미를 가진 성스러운 장소입니다. 아낭구 원주민들은 당신을 초대해서 이 땅에 얽힌 이야기를 들려주고 싶어 합니다. 이곳을 방문하신다면 운석공 안을 탐방하실 때 절대 꽃을 꺾지 마시기를 바랍니다.

48) '어머니'를 뜻하는 피찬차차라어.

앨리스는 사진이 있는 페이지 상단으로 다시 이동했다. 그리고 재빨리 다른 창을 열어서 이메일 계정을 새로 만들었다. 텅 빈 메일함을 보니 마음이 개운했다. 앨리스는 서둘러 메일을 써서 사라의 이메일 주소를 입력하고는 마음이 변하기 전에 재빨리 '보내기' 버튼을 눌렀다. 컴퓨터에서 기분 좋은 소리가 핑 울렸다. '발송됨.'

앨리스는 의자에 구부정하게 앉아서 그 천상의 운석공을 뚫어져라 바라보았다. 사진 아래에 적힌 설명문이 앨리스의 눈길을 끌었다.

킬릴피차라는 피찬차차라어[49]로 '별이 빛나는 하늘에 속하다'라는 뜻입니다.

49) 오스트레일리아의 사막지대에 사는 피찬차차라인들이 사용하는 언어.

Pearl saltbush 펄솔트부시

나의 숨은 가치

Maireana sedifolia | 오스트레일리아 남부, 북부

사막이나 염분을 머금은 토양에서 흔히 볼 수 있는 관목.
도마뱀, 요정굴뚝새, 균류 및 지의류가 공생하는
환상적인 생태계를 만들어 낸다.
가뭄에 잘 견디며, 지면을 조밀하게 뒤덮는 늘푸른 은회색 잎사귀는
불길 확산을 지연시키는 역할을 한다.

앨리스는 서둘러 중앙로를 따라 걸어갔다. 머릿속은 지구와 충돌하는 운석과 중앙에 검붉은 심장을 가진 핏빛 꽃으로 가득했다. 앨리스는 손등에 적힌 카페 이름과 멀이 적어 준 설명문을 확인했다. 중앙로를 따라 죽 내려가다가 좌회전하라. 그런 다음 식물들과 각양각색 탁자들이 놓여 있는 가게를 찾아라. 결국 앨리스는 15분 늦게 도착했다.

카페는 조붓한 골목 안에 있었고, 페인트가 얼룩덜룩 묻은 험하게 쓴 탁자와 화려한 색의 의자들이 놓여 있었다. 탁자와 탁자 사이에 놓인 화분 식물들이 작은 정원을 이루고 있었다. 그곳은 사막의 오아시스 같은 곳이었다.

모스는 우산나무(홍콩야자) 화분 아래에 앉아서 애완동물용 케이지의 가느다란 쇠살대를 손가락으로 어루만지고 있었다.

"안녕하세요." 앨리스가 모스를 흘깃 보며 말했다. 모스는 안도감에

반색하며 똑바로 앉았다. 핍이 앨리스를 보자마자 꼬리를 흔들며 쇠살대에 달려들었다. 핍은 살도 찌고 털도 풍성해졌으며, 눈빛도 초롱초롱했다. 그 모습을 보자 앨리스는 목이 메었다.

"진짜로 나오실 줄은 몰랐어요." 모스가 말했다.

레게 머리를 한 젊은 아가씨가 파촐리[50] 향기를 풍기며 주문을 받으러 왔다. "주문하시겠어요?"

"저는 플랫화이트로 주세요." 모스가 말했다. 그러자 종업원이 고개를 끄덕이고는 앨리스를 쳐다보았다.

"저도 같은 걸로요." 앨리스가 대답하자 종업원이 메뉴판을 가지고 가게 안쪽으로 사라졌다.

"그래, 그동안 어떻게 지내셨어요?" 모스가 물었다. 앨리스는 핍과 오랜만에 회포를 푸느라 정신이 없었다.

마침내 앨리스가 입술을 닦으며 자동차 계기판 위에 놓인 장난감처럼 고개를 까딱였다. "잘 지냈어요." 앨리스가 말했다. 핍이 앨리스의 손가락을 잘근잘근 깨물었다.

"다시 의식을 잃은 적은 없고요?"

앨리스는 등을 기대고 앉아 모스의 눈을 바라보았다. 모스는 진심으로 걱정하는 표정이었다. 앨리스는 고개를 내저었다. 그때 종업원이 플랫화이트 두 잔을 가지고 왔다.

모스는 싱긋 웃으며 대화의 주제를 바꿨다. "핍은 아주 건강해요. 제가 꽤 센 항생제를 놔 주었죠."

앨리스가 고개를 끄덕이며 말했다. "감사해요."

"한번 안아 볼래요?" 모스가 물었다.

50) 따스하고 흙내음이 나는 허브의 일종.

“네.” 앨리스가 얼굴을 환하게 밝히며 대답했다.

모스가 케이지 문을 열었다. 강아지가 앨리스의 품으로 풀쩍 뛰어 올라와서는 턱 밑을 핥고 귀에 대고 킁킁거리자 앨리스가 행복한 비명을 질렀다.

“그때 당신이 발견해서 보살피지 않았다면 저 녀석은 살지 못했을 거예요.” 모스가 말했다. “짐승들도 우리와 다를 게 없어요. 다정한 보살핌이 최고의 약이죠.”

앨리스의 머릿속에서 어떤 장면이 불쑥 떠올랐다. 캔디의 장난스러운 미소, 트윅의 차분하고 신중한 걸음걸이. 그리고 준의 떨리는 손.

“이곳 날씨는 끔찍할 정도로 덥고 건조하군요.” 앨리스는 눈을 쓱 닦으며 중얼거렸다. 그리고는 잠시 눈을 감고, 사막의 광대함에 압도된 채 눈에 보일락 말락 한 점이 되어 서 있는 자신을 하늘 위에서 내려다보는 광경을 머릿속에 그렸다.

“앨리스?” 모스가 몸을 앞으로 숙여 앨리스의 팔을 건드리며 말했다. 앨리스는 화들짝 놀라며 핍을 끌어안았다. 마치 ‘나는 약하지 않아. 나는 당신 도움이 필요 없어.’라고 말하는 것처럼.

“저는 도움이 필요 없어요.” 앨리스가 조용히 말했다.

이상한 표정이 모스의 얼굴 위로 스치고 지나갔다. 모스는 시선을 돌려 중앙로를 바라보았다. 나무 그늘 밑으로 거리 시장이 서 있었다.

“당신이 도움이 필요하다고 생각해서가 아니에요.” 모스가 천천히 말했다. “이곳에 혼자 나타난다는 게 어떤 건지, 저도 잘 알기 때문이에요.” 모스는 탁자 위에 두 손을 포개어 얹은 채 말을 이었다. “앨리스, 당신도 들어 본 적이 있는지 모르지만, 이곳 사람들이 하는 말이 있어요. 백인들이 레드 센터에 오는 이유는 딱 두 가지 중 하나라고. 법망으로부터 도망치는 중이거나, 자기 자신으로부터 도망치는 중이거나. 사실 틀린 말은 아니니……."

"난 도망치는 중이 아니에요." 앨리스가 모스의 말을 잘랐다. 앨리스의 얼굴에 분노의 열꽃이 피어 있었다. "그 어떤 것으로부터도!" 앨리스는 턱을 떨지 않으려고 안간힘을 썼다. 우는 모습을 모스에게 보이고 싶지 않았다. "당신은 저를 잘 몰라요, 모스. 나는 보호가 필요 없어요. 나는……." 앨리스는 준의 이름을 내뱉기 전에 멈칫했다. "나는 도움이 필요 없어요."

모스가 항복의 표시로 두 손을 들어 올렸다. "기분 상하게 할 뜻은 없었어요." 모스의 두 눈이 흐릿해져 있었다. 그는 왜 반박하려 하지 않는 것일까? 왜 싸우려 하지 않는 것일까? 앨리스는 싸울 준비가 되어 있는데.

"저는 도와 달라고 부탁한 적 없어요." 앨리스가 갈라지는 목소리로 말했다. 앨리스의 팔에 안겨 있던 핍이 캉캉 짖었다. 그제야 앨리스는 자기가 핍을 얼마나 세게 껴안고 있었는지 깨달았다.

"당신이 무엇 때문에 나를 이렇게 비난하는지, 아니, 왜 이렇게 화를 내는지 이해가 안 되네요. 앨리스, 당신은 개를 안고 병원에 나타났고, 주차장에서 의식을 잃고 쓰러졌어요. 그런 당신을 도와주지 않을 사람이 세상에 누가 있겠어요?"

억눌렸던 감정이 한 번의 한숨으로 앨리스 몸 밖으로 빠져나갔다. 앨리스는 풀 죽은 표정으로 포마이카 탁자 위에 그려진, 파란 개울 사이로 물결이 출렁이는 것 같은 무늬를 따라 손가락을 움직였다. 서핑보드를 타고 갈지자 모양으로 파도를 가르며 수평선을 향해 미끄러져 가는 아버지의 모습이 떠올랐다.

모스는 아무 말 없이 10달러 지폐를 탁자 위에 올려놓고는 의자를 뒤로 밀었다. 모스가 일어서서 자리를 떠날 때 앨리스는 쳐다보지 않았다. 하지만 모스가 통로 끝에 다다랐을 무렵, 앨리스는 충동을 누르지 못하고 그의 이름을 불렀다. 모스가 돌아보았다.

"당신은 뭐였나요?" 앨리스가 물었다. "법으로부터였나요? 아니면 당신 자신으로부터였나요?"

모스는 잠시 두 손을 호주머니에 깊숙이 찌른 채 발밑을 내려다보았다. 잠시 후 모스가 다시 고개를 들었을 때, 그의 얼굴에 어린 슬픔이 앨리스의 명치를 때렸다. 모스는 앨리스에게 희미한 미소를 지어 보이고는 아무 말 없이 그 자리를 떠났다.

앨리스는 모스가 떠난 빈자리를 멍하니 바라보며 한동안 그대로 머물러 있었다. 핍이 손가락을 잘근잘근 깨물었을 때야 비로소 앨리스는 모스가 핍의 치료비를 청구하지 않았다는 사실을 깨달았다.

그날 오후, 모스는 다리 근력의 한계치까지 밀어붙이며 힘껏 달렸다. 절벽으로 오르는 입구에 이르러서야 속도를 늦추고 한 발 한 발 가파른 능선을 타고 올라갔다.

모스는 앨리스에게 얘기해 줄 생각이었다. 트윅에게 한 약속을 지키기 위해서. 하지만 앨리스가 카페에 도착해서 처음에는 너무 조심스러워했고, 그다음엔 너무 예민해져 있어서 그 이야기를 꺼낼 수가 없었다. 모스는 수년 전, 병원 대기실에 기다리고 있는 자신에게 걸어와서 다리를 휘청거리게 만든 얘기를 전했던 그 의사처럼 되고 싶지 않았다. 모스는 앨리스에게 그런 사람이 되고 싶지 않았다. 그녀의 머릿속에서 가족의 죽음을 알려 준 사람으로 영원히 기억되고 싶지 않았다.

트윅이 했던 말이 모스의 머릿속에서 되살아났다. "결국 심장이 문제였어요. 홍수가 난 뒤 급성 심장마비를 일으켰죠." 비록 모스는 준을 알지 못했지만, 트윅의 말이 그의 가슴을 아프게 찔렀다. "준과 앨리스 사이에 문제가 있었지만, 그 둘은 서로에게 유일한 혈육이었어요." 이 말을 하는 트윅의 목소리가 갈라졌었다. "앨리스는 괜찮나요?" 모스는 조금도 주저하지 않고 앨리스는 안전하다며 트윅을 안심시켜 주었다. 이런 상황을 고려하면 앨리스에게 전화를 걸어 그 이야기를 전해 주는 게 마땅한 일이었다. 앨리스에게 당신이 집으로 돌아오기를 트윅이 바란다는 말을 전해 주는 게 마땅한 일이었다.

모스는 바위산 꼭대기에 올라서서 숨을 헐떡이며 마을을 훑어보았다. 하지만 애초에 무엇이 그를 손필드에 전화하게 만들었을까? 무엇이 그를 낯선 사람의 인생에 끼어들게 만들었을까?

모스는 몸을 앞으로 숙이며 수년 전 병원 상담사가 알려 준 대로 입으로 숨을 쉬기 위해 노력했다. 처음으로 떠났던 가족여행이었다. 패트릭은 장난감 양동이와 삽을 꼭 움켜쥔 채 유아용 시트에 앉아 있었고, 클라라는 새로 산 화려한 여름 드레스를 입고 있었다. 모스는 잠깐 도로에서 눈을 떼고 한눈을 팔았다. 딱 몇 초. 그 찰나 같은 순간에 사륜구동차 타이어가 느슨한 자갈길 위에서 방향을 홱 틀어 달리던 속도로 미끄러지다가 휙 뒤집혔다. 모스가 입은 부상은 몇 바늘 꿰매고 목 보조기 차는 정도로 가벼웠다. "그런 사고에 살아남으셨다니, 운이 정말 좋으시군요." 의사가 그에게 말했다. "클라라와 패트릭은 어떻게 됐나요?" 그리고 모스는 진정제를 맞을 때까지 끔찍한 비명을 질렀다.

그게 옳든 그르든, 모스는 앨리스의 인생에 그런 종류의 소식을 나르는 메신저 역할을 할 생각이 없었으며, 할 수도 없었다.

이틀 뒤, 멀이 앨리스의 방 문설주에 기대서서 말했다.

"자기한테 전화 왔어."

"누구한테서요?" 앨리스가 한 발자국 물러서며 말했다.

"자기, 내가 비록 여기서 이 일 저 일 안 가리고 다 하지만, 개인 비서 노릇은 안 해."

"아, 죄송해요." 앨리스는 핍이 방 밖으로 못 나오도록 방문을 닫고 멀을 따라 계단을 내려갔다. "핍을 여기서 키울 수 있게 해 주셔서 고마워요, 멀." 앨리스가 멀의 사무실로 들어가며 말했다.

"괜찮아요. 모스가 나중에 신세를 갚겠지, 뭐." 멀이 말했다. 그러고는 고갯짓으로 자기 책상 쪽을 가리켰다. 앨리스는 멀이 밖으로 나가자 책상으로 가서 수화기를 집어 들었다.

"여보세요?" 앨리스는 불안해하며 말했다.

"앨리스, 저 사라 커핑턴이에요. 보내 주신 공원 경비대원 지원서 잘 받았어요. 고마워요."

앨리스는 손필드에서 걸려 온 전화가 아닌 걸 알고는 안도의 한숨을 내쉬었다.

"앨리스?"

"네, 죄송해요. 듣고 있어요."

"좋아요, 앨리스. 보내신 지원서, 매우 인상 깊었어요. 화훼농장을 경영한 건 보통 경력이 아니죠. 현재 공석인 자리가 임시 계약직이라 따로 인터뷰할 필요는 없어요. 이게 무슨 뜻이냐 하면요, 앨리스, 전 당신을 바로 채용하고 싶어요."

앨리스가 환하게 미소 지었다.

"여보세요?"

"아, 죄송해요, 사라. 저 듣고 있어요. 감사합니다! 정말 감사합니다!" 앨리스가 들뜬 목소리로 말했다.

"좋아요. 그럼 언제 시작할 수 있나요?"

"오늘이 무슨 요일이죠?"

"금요일요."

"그럼 다음 주 월요일부터 할까요?"

"정말이에요? 짐도 싸고 이것저것 정리하려면 시간이 더 필요하지 않아요?"

"아니요."

"좋아요, 그럼. 월요일. 저는 공원 본부에서 기다리고 있을게요. 당신이 공원에 도착하면 저한테 무전을 치라고 입구 경비소에다 말해 놓을게요. 도착하신 걸 제가 알 수 있게요."

"입구 경비소요?"

"네, 거기 도착하면 아실 거예요."

"알겠습니다. 월요일 킬릴피차라 국립공원. 입구 경비소. 공원 본부. 그럼 그때 뵐게요."

"네, 그때 봐요, 앨리스."

전화가 끊어졌는데도 앨리스는 수화기를 들고 있었다.

앨리스는 난생처음으로 심장이 천천히 뛰기를 원치 않았다.

월요일 아침도 맑고 뜨거웠다. 앨리스와 핍은 마지막으로 블러프의 마른 강바닥을 걸었다. 나간 김에 박쥐날개산호나무에서 잎사귀를 따서 호주머니에 넣었다. 얼마 후 여관방으로 돌아와서 잎사귀 하나만 남기고 모두 공책에 테이프로 붙인 뒤 기억하고 있는 꽃말을 적었다. *마음의 병을 치유하다.* 앨리스는 몇 가지 안 되는 소지품을 배낭에 집어넣은 다음 방 안을 재빨리 휙 살펴보고는 몇 주 동안 자신의 보금자리였던 여관방을 나왔다.

"우리 다시 보게 될까?" 멀이 카드사의 승인을 기다리면서 앨리스에게 물었다. 그러고는 카드 단말기에서 영수증을 찢어 내서 카드와 함께 카운터 건너편에 있는 앨리스에게 건네주었다. 앨리스는 감사의 표시로 고개를 까딱하며 그것들을 받아서 호주머니 속에 집어넣었다. 오기와 함께 세상 구경을 하려고 모았던 돈을 앨리스 혼자 사막에서 새 인생을 꾸리는 데 쓰게 될 줄 누가 알았겠는가.

"그야 알 수 없는 일이죠." 앨리스는 펍을 나와 주차장 쪽으로 걸어가며 뒤도 돌아보지 않고 대답했다.

앨리스는 소지품을 트럭에 싣고 나서 휘파람으로 핍을 불렀다. 핍이 차에 올라타자 앨리스도 운전석에 올라탔다. 그러고는 호주머니에서 한 잎 남은 박쥐날개산호나무 잎사귀를 꺼내서 백미러 모서리에 꽂았다. 차가 움직이자 핍이 똑바로 앉아서 컹컹 짖었다. 마치 앨리스에게 뭐라고 잔소리를 하는 것처럼. 앨리스는 다음번 신호등에서 차를 돌려 동물병원으로 향했다. 하지만 모스의 차가 시야에 들어오자 앨리스는 차를 멈추지 않고 계속 달렸다. 앨리스는 모스를 마주할 용기가 나지 않았다.

아침 해에 뜨겁게 달궈진 고속도로 위로 아지랑이가 피어올랐다. 앨리스 뒤로 아그네스 블러프가 점점 멀어지고 있었다. 교차로에서 왼쪽으로 방향을 틀어 더 깊은 사막으로 차를 몰았다. 창문을 끝까지 내려서 창턱에 팔꿈치를 올려놓고 머리를 등받이에 기댔다. 그러면서 오스트레일리아 중부의 작열하는 태양이 자신의 기억을 새하얗게 태우는 상상을 했다. 마치 불모지에 널려 있는 소의 사체를 하얀 뼛조각만 남기며 바싹 태우듯이.

앨리스는 세 시간 동안 텅 빈 사막을 가로질러 달린 뒤 휴게소에 도착했다. 주유소에서 기름을 가득 채우고 핍도 물을 실컷 마시게 했다. 오지 탐험용 캠핑카, 사륜구동차, 관광버스들이 시끄러운 소리를 내며 굴러갔다. 앨리스는 모스가 했던 말을 떠올렸다. 백인들은 법망이나 자기 자신으로부터 도망치려고 사막으로 온다는 말을. 앨리스는 범죄를 저지르지는 않았지만, 무언가에서 벗어나려 한다는 점에서는 예외가 아니었다.

앨리스는 주위를 훑어보면서 자기 쪽을 쳐다보는 사람들이 무엇을 보고 있는 것인지 궁금했다. 트럭을 타고 강아지와 여행을 떠나는 젊은 아가씨? 앨리스는 자기가 지금 무엇을 하고 있는지 전혀 모르는 '사막의 초짜'로 보이지 않기를 바랐다. 뭐든 잊어버리고 싶은 열망이 간절하다면 그것으로부터 언제든지 도망칠 수 있다고 자신에게 안간힘을 다해 확신시키고 있음을 아무도 눈치채지 않기를 바랐다.

앨리스는 배낭족들과 가족 단위로 여행하는 사람들 사이에서 시간을 보내면서 지금 향해 가고 있는 장소에 대한 희망이 솟구치는 것을 느꼈다. 만약 까마득한 옛날 비통해하는 심장이 떨어져서 꽃으로 피어난 곳에서 새 인생을 꾸려 나갈 수 있다면, 어쩌면 자신이 버리고 떠나온 모든 것들도 의미 있는 것으로 변할 수도 있을 거라는 희망이.

붉은 암석들이 불쑥불쑥 솟아 있던 풍경이 깔끔한 모래언덕들로 서서히 바뀌었다. 킬릴피차라에 닿으려면 약 1킬로미터를 더 달려야 했다. 앨리스는 무료함을 달래려고 자연이 빚은 모래언덕의 형태를 살펴보았다. 근처에 완벽한 피라미드 형태의 모래언덕이 우뚝 솟아 있었다. 불꽃처럼 붉은 표면에는 바람이 만든 잔물결이 일렁이고 있었다. 앨리스는 티셔츠 자락으로 얼굴의 땀을 닦았다. 두 다리가 비닐 시트 커버에 쩍 들러붙어 있었다. 높이 뜬 태양이 흰빛으로 작열했다. 핍이 바닥으로 뛰어내려 그늘 속에 웅크렸다. 앨리스는 액셀러레이터를 힘껏 밟았다.

"거의 다 왔어, 핍."

마침내 완만한 오르막 도로를 넘어가자 멀리 지평선 위에 보랏빛 그림자를 드리우고 있는 무언가가 보였다. 앨리스는 혹시 신기루를 본 게 아닐까 하여 몇 번이나 눈을 껌뻑거렸다. 앨리스는 다가가면서 몸을 앞으로 숙였다. 허벅지를 시트에서 떼자 비닐 껍질이 벗겨져 떨어져 나왔다. '언쇼 크레이터 리조트에 오신 걸 환영합니다.' 앨리스는 킬릴피차라 국립공원 입구 정류장이 보일 때까지 계속 차를 몰았다. 그리고 잠시 후 벽돌과 골함석으로 지은 작은 건물 옆에 있는 문 앞에 차를 세웠다. 사라와 똑같은 유니폼을 입고 있는 한 여자가 창문을 통해 앨리스에게 손을 흔들었다.

"안녕하세요." 앨리스가 창문 아래에 붙어 있는 인터콤 쪽으로 몸을 숙이며 말했다. "저는 앨리스 하트라고 합니다."

여자가 회람판에 있는 명단을 손가락으로 죽 훑어 내리더니 고개를 들어 싱긋 웃었다.

"직진해서 가세요, 앨리스. 사라가 본부에서 기다리고 계세요."

인터콤을 통해 여자의 목소리가 뚝뚝 끊기며 흘러나왔다. 곧이어 버저 소리와 함께 차량 통제를 막는 차단기가 올라갔다.

앨리스는 눈앞에 보이는 운석공의 위용에 완전히 압도당한 채 차를 몰고 앞으로 나아갔다. 운석공은 도로가 휘어질 때마다 오묘하기 이를 데 없는 방식으로 형태와 모양이 바뀌었다. 마치 누군가가 파란 하늘 위에 적갈색과 빨간색 물감으로 질감이 느껴지게 그림을 그려 놓은 것처럼 낯설고 신비스러운 아름다움을 뿜어내고 있었다. 그리고 스피니펙스와 멀가나무[51]와 사막오크가 점점이 박힌 모래언덕이 사방으로 첩첩이 드러누워 있는 광경은 가히 압도적이었다. 앨리스는 사막에서 몇 주를 보낸 뒤 자신이 우주의 작은 점처럼, 철저한 이방인처럼

51) 아카시아속의 관목.

느껴지는 야릇한 기분을 즐기게 되었다. 그건 마치 언제든지 자기 자신을 완전히 다른 존재로, 아무도 알아보지 못하는 존재로 재탄생시킬 수 있을 것 같은 그런 기분이었다. 앨리스는 그 누구든 자기가 원하는 사람이 될 수 있을 것만 같았다.

20분 후, 앨리스는 목조건물 앞에 차를 세웠다. 그 건물은 나무와 덤불로 에워싸인 채 우뚝 솟은 운석공 아래에 자리하고 있었다. 앨리스는 차 시동을 껐다. 그러고는 또다시 티셔츠 자락으로 얼굴을 닦았다. 건물 옆에 수도가 있는 것을 발견하고 핍의 목에 목줄을 채운 다음 트럭에서 내렸다. 핍의 목줄을 수도 기둥에 느슨하게 묶고 물방울이 똑똑 떨어질 정도로 수도꼭지를 살짝 틀어놓자 핍이 꼬리를 흔들며 고인 물을 핥아먹었다. 앨리스 뒤에서 스크린도어가 휙 열렸다. 돌아보니 사라가 미소를 지으며 건물 밖으로 나오고 있었다.

"앨리스 하트, 환영합니다."

"고맙습니다." 앨리스는 숨을 크게 내쉬며 말했다. 그때, 국립공원에 개를 데리고 오는 게 문제가 되지 않을까 하는 걱정이 문득 들었다. "사라, 제가 미처 말씀드리지 못했는데, 저한테 강아지가……."

"이곳에는 개를 키우는 대원들이 몇 명 있어요. 앞으로 지내게 될 사택에 울타리가 쳐진 마당이 있어요." 사라가 고개를 끄덕이며 말했다. "어서 안으로 들어오세요. 계약서에 사인하고 유니폼도 입어 보고 이런저런 일을 마치고 나면, 제가 사택으로 안내해 드릴게요."

앨리스는 사라를 따라 가벼운 발걸음으로 문턱을 넘어 건물 안으로 들어갔다. 때로는 모든 것을 떨쳐 버리고 멀리 떠나 처음부터 다시 시작하는 게 문턱을 넘는 것만큼이나 쉬울 수 있다는 것을 실감하면서…….

앨리스는 초록색 유니폼을 놓아두고 사라를 따라 본부 밖으로 나와 주차장으로 갔다. 얼마 지나서 그 둘은 운석공을 빙 둘러싸고 있는 순환도로에 올랐다. 운석공 외벽은 마치 산맥의 옆구리처럼 거대했다. 하나의 둥근 암석으로 형성되었다기보다 수많은 산봉우리가 늘어서 있는 것 같았다. 앨리스는 온몸에 전율이 일어나는 듯했다. 그 엄청난 규모와 가늠할 수조차 없는 나이, 그리고 유성이 지구와 충돌하면서 일으켰을 엄청난 충격……. 그로부터 몇 겁의 시간이 흘렀을까? 앨리스 옆자리에 앉아 있는 핍이 하품을 했다.

"그래, 네가 옳다, 핍." 앨리스가 중얼거렸다. 그런 생각을 하기엔 너무 지쳐 있었다. 그날은 유독 더운 날이었다. 육체적으로나 정신적으로 천체지질학을 생각하고 있을 상태가 아니었다.

사라는 순환도로를 벗어나 노면 표시가 없는 조붓한 도로로 접어들었다. 그 도로는 멀가나무 숲 사이로 곡선을 그리며 이어져 있었다. 나무 사이로 건물 몇 채와 먼지투성이 풋볼 경기장이 언뜻 보였다. 길이 세 갈래로 갈라지는 로터리에 다다르자 사라는 첫 번째 길로 들어서서 천천히 차를 몰며 울타리가 쳐진 널찍한 작업장을 지났다. 그 안에는 알루미늄 판재로 지은 커다란 조립식 창고, 휘발유 주유대, 그리고 공원 로고가 부착된 각종 기기와 차량이 잠금장치가 있는 케이지형 차고에 가득 차 있었다. 앨리스는 차를 몰면서 그 안에 있는 두 명의 공원 경비대원을 흘깃 보았다. 아쿠브라에 선글라스를 쓰고 있는 남자 대원이 픽업트럭 건너편에 있는 다른 대원과 대화를 나누고 있었다. 비록 앨리스는 그 남자의 눈을 볼 수는 없었지만, 남자의 머리가 앨리스의 트럭을 따라 움직이고 있었다.

사라와 앨리스는 모래언덕을 넘고 직원 사택이 모여 있는 동네 주위를 빙 돌아서 흰색으로 칠해진 땅딸막한 벽돌집 앞에 차를 세웠다. 케이지형 차고가 딸린 집 주위로 울타리가 빙 둘러 있었고, 울타리 입구에는 자물쇠가 채워져 있었다. 앨리스는 이렇게나 한적한 오지 마을에 울타리며 케이지가 왜 필요한지, 무엇을 혹은 누구를 상대로 저렇게 문단속을 철저히 하는 것인지 궁금했다. 사라가 픽업트럭에서 내려서 앨리스에게 빈 차고 안으로 들어가라고 몸짓으로 말했다.

"가지고 온 게 이게 전부예요?" 앨리스가 배낭과 공책 상자를 들고 차에서 내리자 사라가 물었다. 핍이 차에서 뛰어내려서 주위를 탐색했다.

"새 침구와 주방용품은 나중에 배달될 거예요. 블러프를 떠나기 전날 구입해 두었죠."

사라가 벨트에 고정된 열쇠 꾸러미에서 열쇠 하나를 빼내 현관문을 열었다. 핍이 제일 먼저 집 안으로 뛰어들어 갔다.

집 안은 새로 소독한 냄새와 환한 빛으로 가득했다. 앨리스는 뒤쪽 미닫이 유리문을 통해 보이는 풍경에 한눈을 팔며 소지품을 식탁 위에 올려놓았다. 뒤뜰에 야생 아카시아와 스피니펙스와 트립토메네 덤불이 무성하게 자라 있었다.

"조리대 위에 전기주전자와 차가 놓여 있고, 냉장고 안에 멸균우유가 있어요." 사라가 말했다. "꼭 알아 두어야 할 것은 에어컨 스위치와 전원 박스의 위치죠." 사라는 이렇게 말하며 현관문 옆에 있는 스위치를 가리킨 다음 스위치를 딸깍 켰다. 곧바로 웅 하는 낮은 소음이 집 전체에 퍼지면서 천장 통풍구에서 바람이 쏟아져 나왔다. "이 에어컨은 흡착식 냉방장치예요. 냉각시킨 물을 활용하기 때문에 25도 이하로는 내려가지 않지만, 그런대로 시원하게 지낼 수 있어요."

앨리스가 고개를 끄덕였다.

"전원 박스는 집 뒤쪽 물탱크 옆에 있어요. 전원이 끊어지면 거기서 리셋 단추를 누르면 돼요. 전원 카드를 꽂는 곳도 거기예요. 입주자를 위해 기본으로 5달러어치의 전원을 제공하는데, 나중에 팍스빌 가게에 가서 충전하면 돼요."

"팍스빌이오?"

"여기가 팍스빌이에요." 사라가 컬컬 웃으며 말했다. "직원 사택과 공용시설이 있는 곳." 사라가 팔을 펼치며 말했다. 그러고는 뒤뜰 울타리 너머로 솟아 있는 붉은 모래언덕을 가리키며 말을 이었다. "저 모래언덕을 중심으로 이쪽은 공원 직원들이 사는 곳이고, 반대편엔 일반 소매점, 풋볼 경기장, 회관 그리고 방문객 숙소 등이 있어요. 관광객들이 머무는 리조트는 여기서 20킬로미터 떨어진 곳에 있어요. 거기에 슈퍼마켓, 우체국, 은행, 주유소 그리고 펍이랑 음식점 몇 군데가 있지요."

앨리스는 다시 고개를 끄덕였다.

사라가 동정 어린 눈길로 앨리스를 바라보았다. "한 번에 한 걸음씩 차근차근 알아 가면 돼요. 그러면 어느새 습관처럼 몸에 밸 거예요. 내가 미리 대원 한 명에게 얘기해 뒀어요. 이리로 와서 당신한테 이곳 구경을 시켜 주라고요."

"고맙습니다." 앨리스가 말했다.

"나는 이만 가 볼 테니 짐도 풀고 좀 쉬세요. 내일 아침 일찍 봅시다."

"여러 가지로 신경 써 주셔서 고맙습니다." 앨리스가 말했다.

사라의 픽업트럭이 시야에서 사라지자 앨리스는 등으로 현관문을 닫고 그대로 선 채 눈을 꼭 감았다. 집 안은 앨리스의 관자놀이를 쿵쿵 뛰게 만드는 침묵으로 가득했다. '나 여기 있어.' 앨리스는 깊게 숨을 들이쉬었다. 그리고 숨을 내뱉었다. '나 여기 있어.'

핍이 앨리스의 발목을 핥았다. 앨리스는 한쪽 눈을 살짝 뜨고 핍을 훔쳐보았다. 핍이 머리를 갸웃거리고 있었다. 앨리스는 고개를 끄덕였다. 그리고 자신의 새집과 마주했다.

높은 나무 책장이 한쪽 벽면에 기대어 서 있었다. 그 옆에 큼지막한 회색 책상과 의자가 놓여 있었다. 앨리스는 의자에 앉아 야생화 공책을 생각하며 두 손으로 책상 위를 쓸었다. 그러고는 창 너머 뒤뜰을 바라보며 자생종 야생식물들로부터 위안을 받았다. 이곳에서 글을 쓰리라 앨리스는 마음먹었다. 어릴 적, 자기 책상에서 글을 쓰던 기억이 앨리스의 손가락으로 모여들었다. 차가운 크림색 나무의 질감, 크레용과 연필을 깎은 부스러기와 종이 냄새, 그리고 엄마의 정원에서 자라던 우단 같은 초록빛 양치류들……. 앨리스는 머리를 흔들며 눈앞에 있는 책상과 그 너머에 있는 풍경에 다시 집중했다. 붉은 흙, 초록빛 덤불 그리고 주위를 둘러싸고 있는 모래언덕과 마당을 구분하는 철조망 울타리……. 그 모든 것이 보석 같은 푸른 하늘에 감싸여 있었다.

책상 옆에 안방으로 이어진 아치형 복도가 나 있었다. 앨리스는 새 책상 앞을 떠나 자신의 새 침실을 꾸미기 위해 그쪽으로 걸어갔다.

잠시 후, 앨리스는 침실 창문 옆에 멈춰 섰다. 저 멀리 운석공의 붉은 암벽이 마치 불 꿈 속의 붉은 아지랑이처럼 일렁이고 있었다.

Honey grevillea 허니그레빌레아

예지력

Grevillea eriostachya | 오스트레일리아 내륙

피찬차차라어로 칼리니칼리니파.
제멋대로 뻗어난 줄기에 길고 가느다란 은초록빛 잎사귀와
연두, 노랑, 주황색 꽃을 피우는 관목으로,
보통 모래언덕 지역에서 자란다.
꽃은 입으로 빨아먹을 수 있는 달콤한 꽃꿀을 품고 있어서
아낭구족 아이들이 간식으로 즐겨 먹는다.

그날 오후 다섯 시, 집 밖에서 자동차 경적이 울렸다. 부엌 창문을 통해 공원 픽업트럭에 앉아 있는 한 여자 대원의 옆모습이 보였다. 앨리스는 핍에게 먹일 신선한 물을 내려놓고, 핍의 목덜미를 쓰다듬은 다음 집 열쇠를 거머쥐고 현관문 밖으로 서둘러 나갔다. 앨리스의 슬리퍼가 늦은 오후의 햇볕 속으로 붉은 먼지구름을 일으켰다.

"앨리스!" 여자는 선글라스를 머리 위로 밀어 올리며 마치 오랜 친구처럼 앨리스에게 인사했다. "나는 룰루예요." 그녀의 눈동자는 유칼립투스 잎사귀처럼 연초록색과 담갈색을 띠었다. 목에 별 모양의 은 펜던트가 달린 얇은 가죽 줄을 걸고 있었다.

"안녕하세요." 앨리스가 공원 트럭에 올라타며 수줍게 말했다.

"석양 구경하러 가실까요, 치카[52]?" 룰루는 마치 둘이서 대화 중이

52) 에스파냐어로 '아가씨', '소녀'라는 뜻.

었던 것처럼 말했다. 룰루가 액셀러레이터를 밟자 픽업트럭이 앨리스의 집과 멀어지면서 경사진 흙길을 넘어갔다. 분홍색과 회색 깃털을 가진 갈라코카투 한 무리가 공중을 질주하고 있었다.

"그래, 어디서 왔어요, 앨리스?"

거대한 운석공이 그들 쪽으로 다가왔다. 늦은 오후의 햇살이 운석공 가장자리에서 미끄러지고 있었다.

"음, 서쪽 해안, 그다음엔 내륙. 농장. 뭐, 온 데를 다 돌아다녔다고 할 수 있죠." 앨리스는 침을 꿀꺽 삼키며 말을 이었다. "당신은요?"

"저 아래 남쪽이오. 도시가 아니라 작은 해안 마을이죠." 룰루가 앨리스를 흘깃 보면서 미소를 지었다. "그러니까, 우리 둘 다 바닷가 출신이군요."

앨리스는 아무 말 없이 고개를 끄덕였다. 붉은 모래언덕과 도랑과 갈색빛이 도는 초록 덤불들이 차창 옆으로 부옇게 스쳐 지나갔다. 조수석 거울은 붉은 먼지로 더께가 앉아 있었다. 불꽃 색깔의 흙먼지가 곳곳에 영역 표시처럼 끼어 있는 모습을 보고 있자니 왠지 마음이 차분해지는 것 같았다. 앨리스는 제 손을 뒤집어 보았다. 손가락 마디마디 주름 사이에 붉은 흙먼지가 끼어 있었다. 앨리스는 두 손을 맞잡고 무릎 위에 올려놓았다.

룰루는 순환도로로 접어들며 말했다. "사라가 누가 어디에 사는지 자기한테 알려 주라고 했지만, 아직 누가 누군지도 모르는데 그게 무슨 소용 있겠어요? 그래서 곧장 노을 구경하는 장소로 안내하는 거예요. 그게 좋을 것 같아요." 룰루는 하늘을 떠도는 구름의 보랏빛 아랫배를 응시하며 말을 이었다. "정말 끝내주거든요."

저 멀리 운석공의 붉은 벽이 지평선 위로 모습을 드러냈다. 그 위로 푸투투투 요란한 소리와 함께 헬리콥터가 날아가고 있었다. 카메라 플래시가 번쩍 터지자 앨리스는 눈을 찡그렸다.

"관광객을 태운 헬기예요. 해넘이 서커스 구경꾼들." 룰루가 말했다.

앨리스는 공중을 빙빙 도는 헬리콥터를 바라보았다. 그러면서 호기심 어린 표정으로 가만히 읊조렸다. "해넘이 서커스."

주차장은 우등버스, 렌터카, 캠핑카, 사륜구동차 등으로 꽉 차 있었다. 관광객들의 조잘거림, 찰칵대는 카메라 소리, 웅웅대는 우등버스 엔진 소리, 자동차 문과 캠핑카 해치가 여닫히는 소리가 만들어 내는 불협화음이 점점 높아지고 있었다. 룰루는 공원의 다른 픽업트럭 옆에 차를 세우고 비상등을 켰다.

"킬릴피차라의 해넘이 서커스에 오신 걸 환영합니다." 룰루가 차에서 내리며 휘파람을 휘익 불면서 말했다.

앨리스도 차 문을 열고 뒤따라 나가다가 우뚝 멈춰 섰다. 룰루가 한쪽이 말려 올라간 아쿠브라와 선글라스를 쓴 남자 경비대원과 이야기를 나누고 있었다.

앨리스는 갑자기 자기가 입고 있는 면 원피스가 초라하게 느껴져 가슴 위로 팔짱을 꼈다. 룰루의 유니폼에서 풍기는 성별의 모호함과 룰루가 신은 작업용 부츠에서 풍기는 강인함이 부러웠다. 날은 따듯했으나 앨리스의 몸은 떨렸다. 앨리스는 남자 경비대원이 아닌 다른 곳을 보려고 애를 썼지만, 룰루는 선택의 여지를 주지 않았다.

"앨리스, 여기는 딜런 리버스예요. 딜런, 여기는 앨리스 하트, 새로 온 동료예요."

앨리스는 어쩔 수 없이 그를 쳐다보았다. 딜런의 선글라스 렌즈에서 자신의 작고 초라한 모습이 보였다.

"안녕하세요." 딜런이 모자를 살짝 들어 올리면서 앨리스를 향해 고개를 끄덕이며 말했다. "이상한 나라에 오신 걸 환영합니다."

앨리스의 온몸에 전율이 일었다. 앨리스는 애써 침착함을 유지하며 말했다. "고마워요."

"토끼 굴로 들어오신 건 처음인가요?" 딜런이 손으로 군중들을 가리키며 말했다.

"예. 내일부터 근무 시작이에요."

"자, 그럼 불의 세례를 시작해 봅시다." 룰루가 말했다.

앨리스가 한쪽 눈썹을 추켜세우며 룰루를 쳐다보았다.

룰루가 하하 웃으며 말했다. "걱정하지 말아요, 치카. 아무 일 없을 테니. 여기 오면 다들 겪는 첫 관문 같은 거예요."

딜런이 룰루의 말에 막 대꾸를 하려고 할 때, 관광객 몇 명이 그의 시선을 끌었다.

"방문객님들, 울타리 뒤로 물러나 주세요." 딜런은 운석공을 배경으로 사진을 찍으려고 낮은 울타리를 뛰어넘어 들어와 식물과 야생화를 밟아 뭉개고 있는 사람들을 다시 울타리 밖으로 내몰았다. 그런 다음 다시 돌아와서는 앨리스가 그의 향수 냄새를 맡을 수 있을 정도로 가까이 와서 섰다.

"가끔, 사람들은 사진이 없으면 여기 온 걸 기억 못 하는 걸까 하는 궁금증이 일 때도 있다니까요." 딜런이 머리를 내저으며 말했다.

"매일 이렇게 북적대나요?" 앨리스가 물었다.

딜런이 고개를 끄덕이며 대답했다. "일출과 일몰 때 특히 그렇죠. 2년 전 여행 안내서에서 '죽기 전에 꼭 가 봐야 할 곳'이라는 리스트를 만들기 시작한 뒤로 방문객 수가 두 배로 뛰었어요." 딜런이 갑자기 룰루 쪽을 쳐다보며 물었다. "룰루, 어젯밤에 에이든한테서 얘기 못 들었어?"

룰루가 경계하는 듯 똑바로 서면서 고개를 흔들었다. "아직 에이든을 보지 못했어. 에이든은 어제 저녁 근무였고, 나는 오늘 아침 근무여서." 룰루가 앨리스를 흘깃 보며 말을 이었다. "에이든은 내 남친이에요."

앨리스는 룰루의 목소리에서 긴장감이 어려 있는 것을 전혀 알아채지 못한 채 고개를 끄덕였다.

딜런이 말을 이어 갔다. "응, 그러니까, 어제 오후 루비가 순찰을 마칠 무렵에 운석공 내부로 들어갔다가 규칙을 어기고 쿠투투 카아나 안에 들어가 있는 밍가[53] 무리를 발견했어. 그래서 당연히 루비가 그자들에게 사막완두 꽃밭 밖으로 나오라고 얘기했지. 그러자 예의 그 케케묵은 말다툼이 또 벌어졌어. '우리도 원주민들과 똑같이 이 꽃에 대한 권리를 갖고 있다. 나는 오스트레일리아 국민이다. 이 지역은 당신네 땅임과 동시에 우리 땅이기도 하다. 그러니 당신은 우리가 여기 들어오지 못하게 막을 권리가 없다.' 등등과 같은 헛소리가 쏟아졌지. 그래서 루비는 에이든에게 무전을 쳐서 지원을 부탁해야 했어." 딜런은 머리를 흔들며 말을 이었다. "오늘 아침에 내가 출근하니까, 루비가 사라의 사무실에서 노발대발하고 있더라고. 사라가 하는 말도 조금 들

53) 원래는 '개미 떼'라는 뜻이지만, 붉은 암석을 줄지어 오르는 관광객들이 개미 떼처럼 보인다고 하여 원주민들 사이에서는 '관광객'을 칭하는 말로 쓰인다.

렸는데, 자기는 손발이 묶여 있다, 사건 보고서 올리고 직원회의를 열 거다, 뭐 이런 얘기였어."

"맙소사." 룰루가 입속말로 중얼거리더니 딜런에게 물었다. "오늘 루비를 본 적 있어?"

딜런이 어깨를 으쓱이며 대답했다. "홈랜드[54]에 갔을 거야."

"그렇겠지." 룰루가 고개를 끄덕이며 말했다.

앨리스는 그들의 대화를 이해하려고 애를 썼다. '밍가? 홈랜드?'

그때 딜런이 앨리스가 옆에 있다는 것을 문득 깨닫고 그녀 쪽으로 시선을 돌리며 말했다. "아, 죄송해요. 무슨 말인지 아직 하나도 못 알아들었을 텐데."

"하지만 곧 알게 될 거예요." 룰루가 단호하게 말했다.

"네. 그런데 아까 말씀하신 장소는 어떤 곳이에요?" 앨리스가 물었다.

"쿠투투 카아나요? 운석공 내부 중심에 있는 사막완두 꽃밭을 말해요. '심장의 정원'이라는 뜻이죠." 룰루가 설명했다.

"심장의 정원." 앨리스가 가만히 읊조렸다.

룰루가 고개를 끄덕이며 말했다. "거기에 있는 산책로에서 늘 말썽이 일어나요. 보행로는 운석공 외곽을 따라 빙 둘러 나 있는데, 원주민이 토지 소유권을 인정받아 이 지역을 돌려받은 뒤에 방문객을 위한 전망대가 설치되었고, 그 후 외벽을 타고 전망대까지 올라오는 보행로가 만들어졌죠. 그런데 문제는 그 전망대에서 운석공 안쪽으로 내려가는 산책로예요. 운석공의 한복판으로 내려가서 사막완두 꽃밭을 빙 두르고 있는 그 산책로는 이미 수천 년 전부터 있었어요. 예로부터 아낭

54) 오스트레일리아 원주민 자치 구역.

구 여인들이 신성한 의식을 거행할 때 걷는 길이었죠. 몇 년 전부터 아낭구 원주민들이 공원 측에 관광객들이 운석공 안쪽으로 들어가지 못하게 그 길을 막아 달라고 요청해 왔어요. 한동안 그 문제에 관한 협의가 진행되다가 관광 붐이 일어나면서 중단되었죠."

"왜요?" 앨리스가 물었다.

"관광객들은 돈줄이잖아요. 관광객들은 사막완두를 가까이에서 보려고 이곳까지 와서 공원 입장료를 내는 거거든요. 그래서 운석공 안쪽과 쿠투투 카아나로 가는 산책로를 계속 열어 놓는 거예요. 그러면 관광객들은 어떻게 할 것 같아요? 당연히 기념으로 집에 가져가려고 저마다 사막완두를 하나둘씩 뽑을 거 아니겠어요? 루비처럼 대대손손 이 땅에서 살아온 원주민 여인들 입장에선 기절초풍할 일이죠. 그들에게는 그 꽃 하나하나가 웅주의 심장 조각이거든요."

"웅주요?" 앨리스가 되물었다.

"웅주. 어머니라는 뜻이에요." 룰루가 말했다.

어머니의 심장. 앨리스는 뱃속이 요동치는 것 같았다.

"제일 크게 우려되는 건, 관광객들이 사막완두의 생존을 위협한다는 점이에요. 관광객들이 꽃을 뽑지 못하게 막지 않으면 뿌리가 크게 훼손될 거고, 뿌리가 훼손되면 이 지역의 심장이라 할 수 있는 꽃은 물론, 꽃에 얽힌 신화와 원주민들의 정신까지 파괴되고 말 거예요." 룰루가 말했다.

앨리스는 눈에 고인 눈물을 숨기려고 애를 썼다. 왜 그리 화가 치미는지 자신도 이해할 수 없었다.

"내일 오리엔테이션 때 직접 보게 될 거예요." 딜런이 말했다.

앨리스는 관광객들이 꾸역꾸역 모여드는 광경을 지켜보며 고개를 주억였다. 한쪽에서는 단체 관광객들이 우등버스에서 우르르 쏟아져 나오고 있었고, 다른 쪽에서는 여럿이 모여 연어 카나페를 안주 삼아 플라스틱 잔에 샴페인을 따라 마시고 있었다. 가족 단위로 온 사람들은 피크닉 가방을 풀고 접의자를 펼쳐 놓으며, 저녁놀에 물든 운석공 외벽이 시시각각 변하는 광경을 기어코 앞줄에서 보고야 말겠다는 의지를 드러냈다. 커플들은 사륜구동차 지붕 위에 앉아서 하늘을 지켜보고 있었다. 공기 중에 불안한 기운이 감돌았다. '진정해.' 앨리스는 소리를 지르고 싶은 충동을 느꼈다. '정신 차려.'

그들 주위로 휘늘어진 사막오크의 바늘 잎사귀들이 연한 주황색 노을빛 속에서 흔들거렸고, 노랑나비들은 아카시아와 멀가 숲 위를 낮게 날고 있었다. 운석공 외벽은 황토색에서 강렬한 빨강으로, 그리고 초콜릿빛이 감도는 보라색으로 서서히 변하고 있었다. 잉걸불처럼 이글거리는 태양은 마지막 빛줄기를 하늘 위로 던지며 검은 지평선 밑으로 기어들고 있었다. 그 광대함은 앨리스로 하여금 오래전 소녀 시절에 바다를 바라볼 때 느꼈던 감정을 떠올리게 했다.

앨리스가 하늘을 지켜보고 있을 때 식은땀이 온몸에서 솟아났다. 시야가 흐릿해지고 손가락이 오그라들기 시작했다. 앨리스는 팔짱을 끼며 두 손을 겨드랑이 밑에 집어넣었다. 그러고는 눈을 꼭 감았다. '제발.' 호흡이 얕고 빨라졌다. '숨을 쉬어.' 앨리스는 자기 자신에게 말했다. 하지만 그녀의 심장은 속도를 늦추려 하지 않았다.

"괜찮아요?" 딜런의 목소리가 아주 먼 곳에서 들려왔다. 딜런은 앨리스에게 다가오며 선글라스를 벗었다.

그다음부터는 매 순간의 찬란함을 놓치지 않으려는 듯, 모든 광경이 슬로모션처럼 천천히 돌아갔다. 그의 등 뒤에서 이글이글 불타오르는 하늘, 살갗을 스치고 가는 건조한 바람, 마치 손필드의 벌들처럼 웅웅 날아다니는 파리들, 멀가 나뭇잎들의 바스락거림, 그녀가 딛고 서 있는 땅에서 울리는 허밍……. 앨리스가 지금까지 느꼈던 모든 감정은 바로 이 순간, 딜런과 눈을 마주치는 이 순간을 위한 예행연습이었던 것만 같았다. 이건 마법에 걸리는 것 같은 느낌도, 트럭과 쾅 부딪치는 것 같은 느낌도, 전기에 감전되는 것 같은 느낌도 아니었다. 앨리스가 어렸을 때 꽃무리가 설명했던 그 어떤 느낌도 아니었다.

앨리스에게 사랑에 빠진다는 건 마음속에 활활 불을 지르는 것과 다름없었다. 앨리스는 마치 오래전부터 그를 알았고, 오매불망 그리워했던 것 같은 강렬한 느낌에 휩싸였다.

그가 이제야 눈앞에 나타난 것이다.

앨리스는 무릎의 힘이 풀리며 땅바닥에 쓰러지는 동안 내내 그에게서 눈을 떼지 않았다.

빛의 바다가 앨리스의 눈꺼풀 위로 파문을 일으키며 지나갔다.

"앨리스, 나 여기 있어요. 내 말 들려요?"

룰루의 얼굴이 차츰 뚜렷이 보였다.

"샐리?" 앨리스가 물었다.

"누구요?" 그의 목소리였다. 딜런. 딜런이 앨리스 옆에 쪼그리고 앉아 있었다.

"앨리스 블루." 앨리스가 그의 눈동자를 쳐다보며 말했다.

"앨리스는 괜찮아요. 그냥 약간 횡설수설하는 것뿐, 괜찮아요." 룰루가 앨리스의 상체를 안고 천천히 일으키며 말했다. “자, 진정하고 천천히…….” 룰루가 물병을 열어서 앨리스에게 건네주었다. 주차장은 텅 비어 있었고, 하늘은 어느새 어둠으로 채워지고 있었다. 그들은 룰루의 픽업트럭에서 쏟아져 나오는 전조등 불빛 속에 앉아 있었다.

“아주 극적인 등장인데요?” 딜런이 말했다.

앨리스의 뺨이 화끈거렸다. “죄송해요.”

딜런의 얼굴에 작은 미소가 번졌다. “우리를 계속 긴장시킬 작정이군요, 앨리스 하트.”

“오늘 점심은 먹었어요?” 룰루가 걱정스레 얼굴을 찡그리며 물었다.

앨리스는 그날 아침 고속도로 휴게소에서 샌드위치를 먹은 것을 떠올렸다. 그러고는 고개를 내저었다.

“좋아요. 그럼 저녁은 우리 집에서 먹어요. 자, 갑시다.” 룰루가 앨리스를 부축해서 일으켜 세웠다. 별이 빛나는 하늘을 배경으로 솟아 있는 운석공 외벽의 실루엣이 눈에 들어왔다. 앨리스는 주위를 둘러보았다. 군중이 떠난 그곳은 아까와는 전혀 다른 느낌이었다. 앨리스의 눈이 딜런의 눈과 마주쳤다.

“두 사람, 괜찮겠어요?” 딜런이 앨리스에게서 눈길을 떼지 않고 말했다.

“그럼요. 문제없어요.” 룰루가 단호하게 말했다. 그러고는 픽업트럭 운전석 쪽으로 걸어갔다. 딜런이 앨리스의 팔꿈치를 가볍게 건드리며 조수석 문을 닫았다. 앨리스는 딜런의 손가락이 닿았던 부분의 살갗이 화끈거리는 것을 느꼈다.

“고마워요.” 룰루가 무뚝뚝하게 말하고는 차 시동을 걸었다.

“그녀를 잘 보살펴 줘요.” 딜런이 손을 흔들며 걸어가다가 소리쳐 말했다. '그녀를 잘 보살펴 줘요.' 기쁨의 물결이 앨리스의 가슴으로 밀려왔다. 앨리스는 어둑한 빛 속으로 사라지는 딜런을 눈으로 좇지 않으려 안간힘을 썼다.

앨리스는 룰루의 픽업트럭을 타고 팍스빌로 돌아가는 내내 별이 쏟아지는 밤하늘을 쳐다보았다. "고마워요." 앨리스가 조용히 말했다.

룰루가 손을 뻗어 앨리스의 팔을 한 번 꼭 쥐며 말했다. "여기 도착한 첫날에는 다들 조금씩 긴장해요, 치카. 불의 세례 같은 거죠. 아까 내가 말했듯이."

룰루는 뒷마당 울타리 옆 어둠 속에 서서 앨리스에게 준 손전등 불빛이 자기 집과 앨리스 집 사이의 흙길 위에서 튀어 오르는 광경을 지켜보았다. 앨리스가 손전등을 흔들자, 룰루는 자기 손전등을 켜고 앨리스의 손전등이 꺼지는 것을 볼 때까지 흔들어 보였다. 그런 다음 뒷마당을 가로질러 다시 집으로 들어갔다. 욕실에서 물 튀기는 소리가 들렸다. 에이든이 샤워를 하는 소리였다. 룰루는 식탁 위에 널브러진 접시들을 개수대 안에 넣었다. 개수대에 물을 받으려면 에이든이 샤워를 마칠 때까지 기다려야 했기에 기다리는 동안 라임 조각을 안주 삼아 코로나 맥주병을 비웠다.

저녁상에 내온 음식은 남김없이 싹 비워졌다. 룰루는 앨리스를 위해 할머니의 레시피로 생선타코[55]를 만들었다. 그 레시피는 룰루의 할머니가 사랑 없는 중매결혼을 하지 않으려고 멕시코의 푸에르토 바야

55) 토르티야에 생선 살과 채소, 그리고 각종 향신료와 사워크림을 얹어서 내는 멕시코 음식.

르타에서 도망칠 때 가지고 나온 뒤 그녀와 함께 온 세상을 돌아다녔던 룰루 가문의 요리 비법이었다. 그 비법의 핵심은 신선한 코코아였다. 한 자밤만 넣어도 음식 맛이 확연히 달라졌다. 앨리스는 굶주린 개처럼 먹었다. 생선타코가 수북이 쌓인 접시를 세 번이나 깔끔하게 비우고, 고개를 뒤로 젖혀 맥주를 시원하게 들이켠 뒤에야 비로소 앨리스의 입가에 만족스러운 듯한 몽롱한 미소가 번졌다. 그 미소는 룰루가 누군가를 위해 요리를 만들 때마다 상대방에게서 얻고자 했던 최고의 칭찬이었다. 요리는 룰루의 할머니가 룰루에게 가르쳐 주었던 수많은 것 중의 하나였다.

룰루에게 예지력이 있다는 사실을 가르쳐 준 사람도 룰루의 할머니였다. 그녀는 다 알고 있다는 듯 말했다. "바로 나처럼." 위험이 닥치기 전에 예견하고, 겉으로 드러나지 않는 트라우마를 꿰뚫어 보고, 아직 피어나지 않는 사랑을 감지하는 예지력은 그 집안 대대로 마치 끊기지 않는 실처럼 어머니에게서 딸로 이어져 내려왔다. "루피타, 너 자신을 믿어라." 할머니는 룰루의 눈을 뚫어져라 바라보며 이렇게 말하곤 했다. "너에게 '작은 늑대'라는 이름을 지어 준 것도 바로 그 때문이란다. 너의 직감이 항상 너를 인도해 줄 거야. 하늘의 별처럼 말이야."

룰루의 할머니는 그녀가 열두 살 때 세상을 떠났다. 깊은 슬픔에 빠진 룰루의 어머니는 그때부터 자신들의 삶에서 전통적인 방식을 모두 몰아내 버렸다. 그녀는 집 안에 있던 그림자상자[56]와 묵주들을 싹 다 치워 버렸다. 그리고 집 안에서는 칠리초콜릿[57]이나 설탕해골[58]은 물

56) 나무 혹은 양철 상자 속에 종교적인 형상이나 사랑하는 사람의 물건 또는 사진을 입체적으로 보이게 진열해 놓은 것. 로마 가톨릭에서 유래한 것으로, 주로 남미 문화권에서 볼 수 있다.
57) 칠리 가루나 칠리를 통째로 넣어 매콤한 맛을 살린 초콜릿.
58) 멕시코에서 죽은 자들의 날을 기리기 위해 설탕이나 초콜릿으로 만드는 해골 조형물.

론 심지어 전통 향신료도 금지했으며, 전설도 왕나비도 예지력도 용납하지 않았다. 하지만 룰루의 환영은 멈추지 않고 계속되었다. 룰루의 어머니는 룰루를 대도시의 의사에게 데려갔다. 의사는 룰루에게 젤리빈[59]을 주면서 싱긋 웃으며 말했다. "상상력이 지나쳐서 그런 거예요." 의사는 룰루에게 시력검사를 받게 했고, 룰루는 안경을 쓰라는 처방을 받았다. "이제 환영이 안 보이니?" 어머니가 간절한 눈길로 물었을 때, 룰루는 안경을 코 위로 밀어 올리며 고개를 끄덕였다. 그 뒤로 룰루는 그 누구에게도 자기가 본 환영에 대해 말하지 않았다. 그 대신 환영이 보일 때마다 창가에 앉아서 하늘에 있는 할머니에게 속삭이며 밤을 지새웠다.

룰루가 자라면서 환영도 점점 더 강렬해졌다. 누군가의 웃음소리를 듣거나 비 냄새를 맡거나, 혹은 빛이 떨어지는 모양이나 꽃만 봐도 룰루의 마음속에서 커튼이 홱 걷히면서 다른 사람의 삶의 단면이 펼쳐지곤 했다. 그녀의 할머니가 말했다. '두려워하지 말아라, 루피타. 그건 너의 재능이야.'

그로부터 몇 년 후에도 룰루의 환영은 계속되었지만 의미를 알 수 없는 식으로 전개되었다. 해변을 달리는 낯선 여인이 보이기도 하고, 종이배를 타고 바다로 항해를 떠나는 이름 모를 소년이나 꽃집이 불길에 휩싸이는 광경이 보이기도 했다. 하지만 그 환영들은 마치 룰루 자신의 기억을 떠올리는 것처럼 생생하고 강렬했다.

앨리스가 도착하기 3주 전, 룰루가 뒤 베란다에서 화분에 식물 모종을 심고 있는데 마음속 커튼이 홱 걷히면서 왕나비들이 무리를 지어 날아가는 환영이 펼쳐졌다. 커다란 날개를 퍼덕이며 떼를 지어 날아가

59) 콩 모양의 젤리 과자.

는 광경이 어찌나 인상적이었던지 룰루는 균형을 잃고 휘청거렸다. 그리고 앨리스가 이곳에 도착한 날 오후, 룰루가 앨리스의 집 앞에 차를 세우고 앨리스의 트럭 양쪽에 붙어 있는 왕나비 스티커를 자세히 보고 있는데 할머니의 목소리가 룰루의 귓전을 울렸다. '불의 전사.' 룰루는 자신이 본 환영을 자기가 알고 있는 사람과 연결해 본 적이 없었다. 앨리스 하트를 만나기 전까지는.

"룰루?" 에이든이 수건으로 젖은 머리카락을 닦으며 복도를 걸어오면서 말했다.

"응?" 룰루가 에이든 쪽으로 돌아보며 말했다.

"앨리스가 집에 잘 도착했는지 물었어."

룰루는 고개를 끄덕였다. 룰루는 에이든에게 자기 할머니에 대해 종종 얘기해 주었지만, 예지력에 관해서는 한 번도 말한 적이 없었다. 아니, 에이든뿐만 아니라 그 누구에게도 말한 적이 없었다. 얘기하려고 시도한 적이 두어 번 있었지만, 그걸 설명할 적당한 말을 찾을 수가 없었다. 그래서 결국 룰루는 거짓말을 할 수밖에 없었다. 그래서 에이든은 현기증이 룰루 집안의 유전이라고 생각하면서, 룰루에게 혈당을 유지할 수 있게 충분한 식사와 휴식을 취했는지 종종 물어보곤 했다.

에이든은 타월을 식탁 의자 등받이에 걸쳐 놓고 찬장으로 걸어갔다.

"앨리스는 꽤 괜찮은 사람 같아. 딜런한테서 무척 좋은 인상을 받은 것 같지만 말이야." 에이든은 포도주 잔과 전날 개봉했던 적포도주 병을 내려놓으며 말했다.

"응. 그런 것 같아." 룰루가 말했다. 앨리스가 딜런을 바라보던 모습이 떠오르자 두려움이 엄습해 왔다.

"딜런한테 여자 친구 있는 거, 앨리스는 알아?" 에이든이 포도주를 잔에 따르며 물었다.

룰루는 싱크대 앞으로 허둥지둥 달려가 설거지통에 주방세제를 부었다. 세제가 지나치게 많이 쏟아졌다. "나도 잘 모르겠어."

"당신이 얘기해 줘야 하는 거 아냐?" 에이든이 말했다.

"자기, 그건 내가 간섭할 일이 아니야." 룰루가 수돗물을 끄며 말했다. 여전히 에이든을 등지고 선 채로.

"난 당신이 간섭해야 할 일이라고 생각하는데?" 에이든이 말했다. 룰루가 뜨거운 세제 물 속으로 손을 담가 접시를 씻었다. 과거의 실수가 이렇게 쉽게 씻겨질 수만 있다면…….

"그런데 앨리스는 약간 슬퍼 보여." 에이든이 룰루를 슬쩍 옆으로 밀어내고 개수대 앞에 서며 말했다. 그러고는 턱으로 포도주를 따라놓은 잔을 가리켰다. 룰루가 손을 닦고 포도주를 한 모금 마셨다.

그 둘의 대화는 잠시 정지상태에 들어갔다. 룰루는 포도주 잔을 들고 뒷문 쪽으로 어슬렁어슬렁 걸어갔다. 그러고는 문 걸쇠를 열었다.

"자기 할머니한테 안녕하시냐고 안부 전해 줘." 에이든이 말했다. 룰루가 에이든에게 감사의 미소를 지었다.

밤공기는 따듯했고, 하늘에는 총총 박힌 별들과 이지러지는 달이 황홀한 은빛 물결을 이루고 있었다. 멀리서 개들이 울부짖는 소리가 들렸다. 룰루는 뒷마당에 있는 모래언덕에 앉아 포도주를 홀짝였다. 붉은 흙은 시원하고 입자가 고왔다. 흙을 한 움큼 퍼서 손을 벌리자마자 손가락 사이로 흙이 흘러내렸다. 룰루는 손가락 사이로 스르르 빠져나가는 흙의 감촉을 느끼며 앨리스 집의 불 켜진 창문을 향해 머리채를 흔들어대는 사막오크의 그림자를 바라보았다. 룰루의 마음속에 불길이 너울거렸다. 불꽃 색깔의 나비들이 파닥거렸다.

잠시 후, 룰루는 천천히 반대 방향으로 몸을 돌려 딜런의 집과 마주 보았다. 어둑한 벽돌 건물이 어둠 속에서 조용히 웅크려 있었다. 그때 어둠 속에서 뭔가가 움직이는 것이 룰루의 눈에 들어왔다. 룰루는 포도주를 불안하게 홀짝이며 지켜보았다. 그의 짙은 향수에 대한 기억이 룰루의 감각 속으로 물밀듯이 밀려왔다.

Sturt's desert pea 스터트사막완두

용기를 가져, 힘을 내

Swainsona formosa | 오스트레일리아 내륙

피찬차차라어로 말루쿠루.
나뭇잎 모양의 짙은 핏빛 꽃 한복판에 캥거루 눈동자 같은
새까만 혹이 불거져 나와 있는 독특한 꽃 모양으로 유명하다.
오지에서 무리 지어 피어 있는 광경은
활활 타오르는 불바다를 보는 듯 사뭇 감동적이고 경이롭다.
새에 의해 수분이 이루어지며, 건조한 지역에서 번성한다.
아주 예민해서 뿌리가 조금이라도 훼손되면 번식이 어렵다.

동트기 전의 어스름한 빛 속에서 앨리스와 핍은 덤불을 빙 돌아서 뒷문으로 걸어갔다. 핍은 꼬리를 살랑대며 코를 땅에 박고 킁킁댔다. 그 둘은 모래언덕을 넘어 에이든이 '소방로'라고 했던, 팍스빌 주위를 빙 두른 길로 접어들었다. "그 길은 산불이 일어났을 때 불길이 넘어오지 못하게 차단하는 구실을 하죠." 에이든의 설명에 앨리스는 흥미롭다는 표정을 지으며 고개를 끄덕였지만 내면은 차갑게 식어 가고 있었다. 앨리스는 연기와 불의 기억을 씻어 내려고 맥주를 꿀꺽꿀꺽 들이켰다.

앨리스는 룰루가 음식을 만드는 동안 에이든과 대화를 나누면서 두 사람의 다정한 태도와 집안 분위기에 완전히 매료되었다. 룰루의 허스키한 웃음소리, 지글지글 익어 가는 타코, 화려하게 페인트칠이 된 알로에베라와 풋고추 화분, 책들이 가지런히 꽂힌 책장, 그리고 멋진 액자에 끼어 있는 프리다 칼로의 자화상 복사본……. 앨리스는 뭐라고 딱 꼬집어 얘기할 수 없는 어떤 열망에 취해 있었다. 하지만 거의 텅 빈데다 소독약 냄새가 밴 집으로 돌아오자 술이 확 깨는 느낌이었다. 앨리스는 알록달록한 벽과 반들거리는 화분과 자신의 텅 빈 책장을 채워 줄 책을 갈망하며 잠자리에 들었다.

앨리스와 핍은 옹기종기 모여 있는 사막오크 사이를 지나 순환로에 도착했다. 그리고 길을 건너 덤불 사이로 빠져나가서 운석공 외벽을 지그재그로 올라 꼭대기 너머로 사라지는 보행로에 접어들었다.

"가자, 핍."

하늘이 밝아 오고 있었다. 발밑으로 자갈 밟는 소리가 저벅저벅 요란하게 들렸다.

이윽고 전망대에 다다랐을 무렵, 티셔츠 목둘레가 땀에 흠뻑 젖어 있었다. 핍이 앨리스 옆에 철퍼덕 드러누워 헐떡거렸다. 검정파리들이 앨리스 얼굴 주위를 윙윙 날아다녔다. 앨리스는 손바닥으로 파리를 쫓으면서 주위를 둘러보았다. 전망대 양쪽으로 황토색 외벽이 굽이굽이 펼쳐져 있었다. 운석이 땅과 충돌할 때 가운데가 움푹 꺼지면서 그 주위에 원형으로 솟아오른 거대한 바위의 물결. 완벽한 원을 이루는 운석공 한복판은 활짝 핀 사막완두 꽃밭이었다. 산들바람이 스치자 붉은색 파문이 일었다. 운석공 바닥은 사막완두와 쨍한 보색대비를 이루는 연녹색 풀로 덮여 있었다. 쿠투투 카아나의 실제 모습은 앨리스가 상상했던 것보다 훨씬 더 충격적이었다. 앨리스가 지금까지 사막의 오아시스에 관해 읽거나 들었거나 상상했던 모든 이야기를 상쇄하고도 남을 정도로.

용기를 가져. 힘을 내.

어머니를 향한, 할머니를 향한, 그리고 앨리스가 떠나온 모든 여인을 향한 강렬한 그리움이 예고도 자비심도 없이 앨리스의 가슴을 헤집고 들어왔다. 앨리스는 고통으로 헐떡이며 피 맛이 날 때까지 입술을 꽉 깨물었다.

아침 산책을 마친 앨리스는 샤워를 하고 새 직장 첫 출근을 준비했다. 초록색 경비대원 유니폼을 아주 정성 들여 차려입고, 거울 앞에 서서 셔츠 소매에 붙어 있는 둥근 배지를 살펴보았다. 그리고 원주민 국기 한복판에 있는 사막완두 무리를 손가락으로 어루만졌다. 손필드의 앞치마를 입을 때와는 기분이 천지 차이였다. 앨리스는 제힘으로 얻어낸 유니폼을 입을 때 느껴지는 뿌듯한 기분이 어떤 것인지 난생처음으로 경험했다.

앨리스는 뻣뻣한 새 부츠의 끈을 매고 배낭과 모자를 집어 들었다. "뱀이랑 놀 생각 하지 마, 알았지?" 앨리스는 핍의 코에 입을 맞춘 뒤 케이지형 차고에 넣고 자물쇠를 채웠다. 그런 다음 트럭에 올라탔다. 트럭을 몰고 팍스빌을 통과하면서 경이로운 풍경에 탄성을 질렀다. 레몬색 아침 해가 선명한 푸른색 하늘을 배경으로 떠 있었다.

트럭을 본부 앞에 주차하는 동안 앨리스의 심장이 쿵쿵 뛰기 시작했다. 앨리스는 두근거리는 심장을 진정시키려고 천천히 심호흡했다.

"위루 물라파 무투카 핀타핀타." 부드러운 목소리가 차창을 통해 들려왔다.

"네?" 앨리스가 손으로 해를 가리고 차창 밖을 내다보며 물었다. 앨리스가 입은 것과 똑같은 유니폼을 입은 여인이 트럭 옆에 서 있었다.

검정과 빨강과 노랑이 섞인 스카프를 두른 머리 위에 챙이 넓은 아쿠브라를 쓰고, 반들반들한 선홍색 씨앗을 꿰어 만든 목걸이를 목에 걸고 있었다. 여인이 입고 있는 흰색 바지에 노랑, 초록, 파랑 깃털을 가진 작은 앵무새 그림이 찍혀 있었는데, 즉흥적인 수채화 붓놀림이 어찌나 유쾌한지 앨리스의 입가에 절로 미소가 번졌다.

"나는 루비예요." 여인이 손을 내밀며 말했다. 앨리스는 트럭에서 내려서 루비의 손을 잡았다. "내가 방금 한 말은 '당신의 나비 트럭이 마음에 든다.'는 뜻이라오."

"아, 네." 앨리스가 어색하게 웃으며 트럭 문에 붙어 있는 나비 스티커를 흘깃 돌아보았다. "고맙습니다." 앨리스가 말했다.

"나는 선임 경비대원이오. 아가씨는 오전에 나한테서 교육을 받고, 오후에는 다른 경비대원들과 현장에 나가게 될 거요." 루비는 이렇게 말하며 공원 픽업트럭 쪽으로 걸어갔다. "아가씨가 운전해요." 루비가 앨리스에게 자동차 키를 던져 주며 말했다.

"아, 알겠습니다." 앨리스가 허둥지둥 루비를 따라가며 말했다. 그러고는 운전석에 올라탄 다음 조수석 문 쪽으로 팔을 뻗어 잠금장치를 풀었다.

루비가 올라타며 말했다. "순환도로로 갑시다."

"넵."

루비의 행동은 트윅을 떠올리게 했다. 앨리스는 뭐든 할 말을 생각해 내려 애를 썼지만, 말의 샘이 바짝 말라 버리고 혀에는 붉은 먼지가 잔뜩 끼어 있는 것 같았다.

잠시 후, 루비가 입을 열었다. "나는 아가씨 같은 신입 경비대원을 교육하고 있어요. 이 땅에 얽힌 이야기를 가르치지요. 아가씨가 방문객들에게 들려주게 될 이야기를 말이오. 나는 또 시인이자 예술가이기도 하다오. 그리고 중부사막지역여성협의회의 의장을 맡고 있고, 이곳과 다윈을 오가며 지내고 있어요. 내 가족은……."

"엄청난 차이를 느끼실 것 같아요." 어떻게 해서라도 대화하고 싶어서 기회를 호시탐탐 노리고 있던 앨리스가 불쑥 끼어들었다. "이곳에 계시다가 다윈으로 가시면 말이에요." 앨리스는 심호흡을 위해 잠시 말을 멈췄다가 다시 이었다. "선배님은 시인이시군요. 저는 책을 무척 좋아해요. 책 읽는 걸 좋아하지요. 그리고 어릴 때부터 글 쓰는 걸 좋아했어요. 하지만 십대 이후로는 그리 많이 쓰지는 못했어요." 초조함이 앨리스를 끔찍한 수다쟁이로 만들어 버렸다. 앨리스는 대책 없이 나불대는 제 입을 틀어막을 수가 없었다.

루비는 예의상 고개를 끄덕이다가 더는 말을 하지 않았다. 심지어 등을 돌려 창밖을 바라보고 있었다. 앨리스는 아랫입술을 깨물며 생각했다. 루비의 말에 끼어들지 말았어야 했는데. 사과라도 해야 하나? 아니면 대화의 주제를 바꿔야 할까? 루비는 내가 킬릴피차라에 대해 질문하기를 기다리고 있었을까? 무슨 질문을 해야 할까? 물어서는 안 되는 질문이 있을까?

앨리스는 갑작스레 기어를 바꾸거나 차를 너무 빨리 몰지 않으려고 정신을 바짝 차렸다. 방문객 주차장에 거의 다 왔을 때, 무전기가 칙칙거리며 살아났다.

"국립공원 19, 19, 여기는 7, 7, 오버."

딜런의 음색이 앨리스의 혈관 속으로 뚫고 들어와 앨리스의 뼈를 짜르르 울렸다. 앨리스는 운전대를 꽉 움켜잡았다. 루비는 태연하게 몸을 앞으로 기울여 무전기를 껐다.

"여기 세워요." 루비가 주차장을 가리키며 말했다.

불안감이 앨리스의 머릿속을 스멀스멀 기어 다녔다. '내가 그렇게나 티가 났나?' 앨리스는 혹시나 루비의 눈에 자신이 첫 출근 날 임무를 잘 완수해 낼 생각보다 딜런에게만 온통 관심을 쏟는 철부지처럼 비쳤을까 봐 불안했다. '제발 그만 좀 해.' 앨리스는 자기 자신에게 애원했다.

루비가 먼저 차에서 내렸다. 앨리스도 차에서 내려 루비를 따라갔다. 보행로 초입에 이르러 앨리스는 표지판에 적힌 글을 읽으려고 멈춰 섰다. 루비가 앨리스 곁으로 다가왔다.

"그러니까, 관광객들은 이미 다 알고 있었네요? 운석공 한복판에 있는 심장의 정원이 신성하다는 것과 그 장소를 보호하기 위해 꽃을 따지 말라고 한다는 걸 말이에요." 앨리스가 말했다.

루비가 고개를 끄덕였다. "여행 안내서며 팸플릿이며 여행 정보센터에 비치된 안내 책자 등등 할 것 없이 그 얘기가 안 적힌 데가 없지. 우리는 방문객들을 이 땅에 얽힌 이야기를 들으러 오시라고 초대하는 것이다. 하지만 제발 우리의 꽃은 뽑지 마시라."

앨리스는 전날 저녁 룰루와 딜런이 나누었던 대화를 떠올렸다. "그래도 여전히 그런 짓을 하고요?"

"그렇지. 여전히 그런 짓을 하지." 루비는 이렇게 말하며 뒷짐을 지고 어슬렁어슬렁 걸어갔다.

두 사람은 아무 말 없이 걸었다. 붉은 흙길이 운석공 외벽을 따라 돌아서더니 멀가나무와 스피니펙스 덤불, 그리고 버펠그라스 풀이 옹기종기 앉아 있는 들판을 지나 키 큰 와틀나무와 비쩍 마른 사막오크 무리 사이로 죽 이어져 있었다. 잠시 후, 두 사람은 마치 열린 문처럼 작은 동굴 입구에 자리하고 있는 거대한 붉은 바위에 다다랐다. 루비가 바위를 돌아서 동굴 안으로 들어갔다. 앨리스도 아직 사막의 열기가 익숙지 않아 연신 거친 숨을 몰아쉬며 뒤따라 들어갔다.

"카피 가지고 왔소?" 루비가 어스름한 빛 속에서 한쪽 눈썹을 치켜 세우며 앨리스를 바라보았다.

앨리스는 대답 대신 멍한 표정으로 아직 어둠에 적응 중인 눈을 끔뻑였다.

"카피, 물 말이오."

앨리스는 그제야 물병과 모자가 들어 있는 배낭을 본부에 세워 둔 트럭에 놓고 왔다는 것을 깨닫고 얼굴을 푹 숙였다. 앨리스는 머리를 절레절레 흔들며 속으로 자신에게 욕설을 퍼부었다.

"앞으로는 어딜 가든 물병을 꼭 가지고 다녀야 해요." 루비가 머리를 절레절레 내젓고는 동굴 천장을 올려다보았다. 앨리스는 눈알을 굴리며 자기 자신을 비난했다. '이 멍청이! 물병도 없이 사막에 나오다니!'

잠시 후, 자신의 어리석음을 자책하고 있던 앨리스의 귀에 루비가 작게 속삭이는 소리가 들렸다. 황토색과 흰색과 붉은색으로 그려진 암면 미술[60]이 천장 전체에 뒤덮여 있었다. 루비가 수만 년 전 여인들이 사막완두와 어머니와 아기와 별에 관한 이야기를 전해 주려고 동굴 벽에 그렸던 상징들을 설명하는 동안 앨리스는 열심히 귀 기울여 들었다.

"이 땅은 우리 부족의 여인들이 자신들의 사연을 가지고 찾아왔던 곳이라오. 그 이야기를 증언하려고. 맘껏 슬퍼하려고. 그들이 사랑했던 것을 기리려고. 이곳은 유감의 땅이오. 우리가 이곳에 살지 않는 것

60) 선사시대 원주민이 그린 것으로 추정되는, 동굴 천장과 벽면에 그려진 그림.

도 바로 그 때문이지."

앨리스는 그림 쪽으로 더 가까이 다가갔다.

"킬릴피차라 보행로는 별 어머니의 심장에서 말루쿠루가 자라는 쿠투투 카아나 주위를 빙 두른 신성한 의식의 길로 이어져 있지요." 루비는 낮은 목소리로 말했다. "우리가 사람들에게 꽃 한 송이도 따지 말라고 요청하는 이유도 바로 그 때문이오. 꽃 한 송이 한 송이가 어머니의 심장 조각이거든."

한동안 둘 다 아무 말도 하지 않았다. 이윽고 루비가 이야기를 마무리 짓는 듯이 고개를 끄덕이고는 돌아서 왼쪽으로 갔다. 하지만 앨리스는 암면 미술에 완전히 매료되어 한동안 발을 떼지 못했다. 아그네스 블러프에서 사라와 만난 것이 새삼 고맙게 느껴졌다.

잠시 뒤에 앨리스는 루비 곁으로 헐레벌떡 뛰어왔다. 앨리스는 인간이 상상도 하지 못할 긴 세월 동안 자기 부족 문화의 중심이었던 장소와 그 장소에 얽힌 이야기를 지키기 위해 끊임없이 싸워야 하는 루비는 과연 어떤 심정일지 궁금했다. 그렇게 지치지 않고 끊임없이 싸우는 힘은 어디에서 나오는 것일까? 그리고 이 장소에 얽힌 원주민의 신화를 묵살하고, 굳이 별 어머니의 심장 조각을 떼어서 훔쳐 가는 사람들, 대체 그들은 어떤 자들일까? 꽃을 뽑아 가지 말라는 표지판이 곳곳에 세워져 있어서 그걸 안 보고 지나치기란 사실상 불가능했다.

루비가 앞장서서 걸었고, 앨리스가 뒤따라갔다. 그 모든 질문은 출구를 찾지 못한 채 무슨 말을 꺼내야 하는지, 혹은 자기가 지금 어떤 위치에 있는지 모르는 앨리스의 머릿속에서 맴돌고 있었다.

보행로는 쿠투투 풀리라는 장소에서 순환로와 만났다. 그곳은 지붕이 있는 벤치와 물탱크가 있는 곳으로, 땅 위로 드라마틱하게 솟아오른 운석공의 외벽을 가까이에서 볼 수 있는 장소였다. 가까이에서 보니 켜켜이 쌓인 붉은 바윗돌과 암석 표면에 은빛이 도는 민트색 이끼들이 덮여 있었다. 앨리스는 잠시 넋을 잃고 바라보다가 물탱크가 옆에 있는 것을 알아채고 뛰어가서 배가 그득해질 때까지 물을 마셨다.

"이곳은 몹시 건조하다오." 루비가 고개를 끄덕이며 말했다. "웅주의 심장이 땅과 충돌할 때 불이 활활 타올랐던 곳이거든. 붉은 바위들은 웅주가 타오를 때 불꽃이 튀어서 생긴 것이고, 운석공의 벽에 자라는 이끼들은 잉걸불의 연기에 그을린 자국이라오."

앨리스는 루비를 쳐다볼 수 없었다. 눈에 눈물이 고인 것을 들킬까 봐 두려워서. 앨리스는 다시금 자신이 구제 불능이라는 결론을 내렸다.

"선배님은 팍스빌에서도 지내세요?" 앨리스가 물었다. 겨우 생각해 낸 첫 질문이 고작 이거라니. 운석공에 대해 교육을 받으러 왔으면 운석공에 관한 질문을 할 것이지……. 앨리스는 마음속으로 자신을 호되게 꾸짖었다.

"우와[61]." 루비가 고개를 끄덕이며 대답했다. "하지만 직원 연수를 할 때만 그래요. 여러분들에게 우리 문화를 가르치러 오죠. 내가 말했다시피 우리 가족은 이곳에 살지 않아요. 이곳은 유감스러운 장소지, 살 곳은 못 돼요." 루비가 손에 묻은 먼지를 털어 내며 말을 이었다. "계속 갈 수 있겠어요?"

"넵." 앨리스는 만일 팍스빌이 살 곳이 못 된다면 왜 직원들은 여기

61) '예'라는 뜻의 피찬차차라어.

서 사는지 물어보고 싶은 마음이 굴뚝 같았지만 억지로 말을 삼키며 대답했다.

그들은 아무 말도 하지 않고 운석공을 빙 두르고 있는 순환로를 따라 걸었다. 맞은편에서 오던 대규모 단체 여행객들이 앨리스와 루비 곁을 지나 주차장으로 걸어갔다. 앨리스는 혹시 사막완두를 뽑아 가는 사람은 없나 하고 여행객들을 의심스러운 눈길로 흘깃 살펴보았다. 머리 위에서 제비들이 조잘대며 휙 지나갔다. 차양처럼 늘어진 유칼립투스 나뭇가지들을 뚫고 들어온 햇살이 땅 위에서 어룽거렸다. 이윽고 그늘진 길이 끝나고 운석공 벽으로 오르는 입구가 나왔다. 앨리스가 그날 아침 핍과 산책할 때 올랐던 길이었다. 앨리스는 눈이 부신 햇살을 손으로 가렸다. 아직 오전인데도 햇빛이 어찌나 강렬한지 40도는 족히 될 것 같았다.

루비는 전망대에 올라서서야 한숨을 돌렸다. 앨리스도 사막완두의 붉은 심장을 굽어보며 가쁜 숨을 몰아쉬었다.

"쿵카[62], 이곳에 얽힌 이야기를 모두 해 주리다."

루비가 말했다.

"아, 네. 저도 인터넷에서 읽었어요. 아기가 지상에 떨어진 뒤에 엄마가 심장을 땅에 떨어뜨렸고, 그때 생긴 충격으로 여기 운석공이 생겼다고요." 앨리스는 저도 모르게 주절거렸다.

루비는 이번에는 앨리스를 쳐다보지도 않았다. 입을 꾹 다문 채 일어서서 전망대에서 내려와 운석공 내부로 이어진 길을 내려갔다.

앨리스는 어찌할 바를 몰라 루비의 뒷모습만 쳐다보았다. '입 좀 그만 나불거려!' 앨리스가 자신에게 소리 질렀다. 지금껏 누군가에 좋은

62) '아가씨'라는 뜻의 피찬차차라어.

인상을 주고 싶었던 적이 단 한 번도 없었는데, 너무 긴장한 나머지 자신도 모르게 주절주절 아무 말이나 쏟아 내고 있었다.

앨리스는 두 손으로 머리를 감싸 쥐었다. 앨리스는 태어나서 지금까지 면접이나 이런 식의 직원 교육은 한 번도 받아 본 적이 없었다. 준이 쳐 놓은 울타리를 벗어난 적이 없었으니까. 이것이 앨리스가 자기 기량을 평가받는 첫 시험대인 셈인데, 시작부터 엉망진창이 되어 가고 있었다.

'용기를 가져. 힘을 내.'

앨리스는 허리를 똑바로 폈다. 그리고 유니폼 매무새를 바로잡고는 결연한 표정으로 고개를 끄덕였다. 그런 다음 루비를 따라 쿠투투 카아나 안으로 들어갔다.

운석공 내부는 숨이 턱 막힐 정도로 뜨거웠다. 땅의 열기가 물결처럼 피어올랐다.

"저 출푸[63]." 루비가 컬컬 웃으며 새들을 향해 손을 흔들었다. "뻔뻔스러운 녀석들."

사막완두 꽃밭으로 다가가면서 루비는 무슨 말을 하려는 듯 꽃을 향해 손을 흔들었다. 앨리스는 이번에는 입을 다물고 있었다.

"밍가는 우리 이야기 때문에 찾아오지만, 여기 와서는 다 귀를 닫아 버려. 이야기를 들으러 와서는 들으려 하지 않지. 이야기 조각을 가져갈 생각만 하고." 루비의 목소리는 슬펐지만 강했다. "이곳에 온 수많

63) '새'라는 뜻의 피찬차차라어.

은 사람이 산책로를 벗어나 꽃 뿌리에 위협을 가하지. 말루쿠루는 강해요. 이 땅에서 수천 년 동안 자라 왔으니까. 하지만 사람들이 내려와서 뿌리를 밟으면 뿌리가 상하게 되고, 그러면 여기 있는 꽃들이 모두 죽어 버려요. 정말이오. 그렇게 부탁해도, 여전히 내려가는 사람이 많아. 꽃밭 속으로. 꽃을 뽑으려고. 웅주의 심장 조각을 가져가려고. 그러면 뿌리가 병이 들어. 뿌리가 병들면, 우리 모두 병들고 말아."

앨리스는 잠시 망설이다가 입을 열었다. "뿌리썩음병이죠. 스터트사막완두는 뿌리썩음병에 취약해요. 가물 때보다 뿌리가 상해서 죽는 경우가 훨씬 더 많지요."

루비의 표정에 놀랍기도 하고 고맙기도 한 복잡한 마음이 드러나 있었다. "어이구?" 루비는 장난스레 앨리스의 옆구리를 슬쩍 밀며 말했다. "어머니 심장 꽃에 대해 제법 아는구려, 쿵카?" 루비가 이렇게 말하며 미소를 지었다.

앨리스는 이제야 잔뜩 움츠리고 있던 어깨를 펴고 한숨을 내쉬었다.

"괜찮아요, 쿵카." 루비가 돌멩이 하나를 슬쩍 옆으로 밀며 컬컬 웃었다. 그러고는 자기 바지에 그려진 앵무새들을 가리키며 말했다. "자네는 그냥 입은 좀 더 다물고 귀는 좀 더 열기만 하면 돼. 머릿속에서 이 뻔뻔스러운 출푸처럼 재잘대는 생각들을 차분히 가라앉혀."

루비가 앨리스의 소맷자락을 끌었다. 그러고는 앨리스의 셔츠에 달린 배지를 가리키며 말했다. "잘 들어요. 이제 우리 국기를 여기 팔에다 달고 다니니까, 이 장소에 대해 전 세계에서 오는 모든 밍가에게 알려 줄 책임이 있어요." 그때 뜨거운 돌풍이 그들 주위를 휘돌자 사막완두 꽃밭이 술렁거렸다. "이곳은 유감의 장소라오. 사랑과 슬픔과 휴식과 평화를 기리는 신성한 곳이지. 이곳은 수천 년 전 여인들의 신성한 이야기를 간직하고 있지요. 우리 조상들은 아이를 키우며 이 땅을 돌보았어요. 그리고 이 땅도 우리 조상들을 돌보았고. 말루쿠루, 바로 이 꽃이 그들의 이야기를 생생하게 간직하고 있다오. 우리는 그 이야기를 지키기 위해 힘을 모아야 해요. 그 일은 이제 자네의 일이기도 하지." 루비가 앨리스를 가리키며 말했다. "팔야, 쿵카 핀타핀타?"

앨리스가 루비를 멀뚱히 바라보았다.

"좋아요, 나비 아가씨?" 루비가 빙긋 웃으며 방금 했던 말을 해석해 주었다.

'커서 뭐가 되고 싶니, 번?' 앨리스는 오래전 엄마가 양치식물 정원에서 항아리에 담긴 비료를 퍼내며 했던 말을 떠올렸다. 그때 앨리스의 엄마는 챙 넓은 모자를 쓰고 있어서 얼굴이 잘 보이지 않았다. 앨리스는 깊이 생각하지 않고 생긋 웃으며 대답했다. "나비 아니면 작가요." 앨리스는 엄마의 정원이나 책과 가까이 있을 수 있으면 뭐가 되든 괜찮았다.

"팔야, 쿵카 핀타핀타?" 루비가 다시 물었다.

"팔야(네, 좋아요)." 앨리스가 대답했다.

루비는 만족스러운 듯 고개를 한 번 끄덕이고는 돌아섰다. 그러고는 뒷짐을 지고 꽃밭을 둘러싸고 있는 길을 걸어서 운석공 밖으로 나왔다. 앨리스는 사막완두를 한 번 더 보려고 잠시 서성대다가 이윽고 떨어지지 않는 발걸음을 돌려 그곳을 나왔다.

관광안내소 안의 카페에서 샌드위치와 주스로 점심을 먹고 나니 루비가 앨리스를 따로 불러냈다. 그러고는 묘한 표정으로 앨리스에게 말했다. "오늘 오후에 야외 근무 나가기 전에 자네에게 보여 주고 싶은 게 있네."

앨리스는 루비를 따라 계단을 올라가 관광안내소 지붕 아래에 있는 다락처럼 생긴 저장소로 들어갔다. 비좁고 덥고 환기가 안 돼 답답한 그 공간은 선반들로 가득했고, 선반마다 커다란 플라스틱 상자들이 들어차 있었다. 루비는 그중 한 선반에서 상자 하나를 꺼냈다. 그러고는 상자 뚜껑을 열어서 앨리스에게 상자 안을 들여다보라고 손짓했다. 상자 속에는 편지가 가득 들어 있었다. 손으로 쓴 편지도 있고 인쇄된 것도 있었는데, 편지 봉투마다 눌러서 말린 사막완두꽃이 들어 있었다.

"사죄의 꽃이라오." 루비가 말했다. "기념품으로 꽃을 꺾어서 자기 나라, 자기 집으로 돌아갔다가 자신들의 인생에 닥친 불운이 우리 문화를 무시해서 저주받은 거라고 믿고는 다시 이곳으로 돌려보낸 꽃이지." 루비는 그와 비슷한 상자들로 가득한 선반들을 가리키며 말했다.

앨리스가 열려 있는 상자 속을 들여다보자 루비가 말했다. "살펴봐요."

앨리스는 상자 안을 뒤져서 사람들이 함부로 뽑아서 가져갔다가 되돌려 준 말린 꽃들을 펼쳐 보았다. 온갖 나라의 우표가 붙어 있는 편지 봉투들 속에는 용서를 빌고 '저주'에서 풀려나게 해 달라고 애원하는 편지들이 들어 있었다. 손으로 꾹꾹 눌러 쓴 편지 한 통이 앨리스의 눈에 들어왔다. 편지지를 펼치자마자 쪼그라든 사막완두꽃이 앨리스의 손바닥 위에 툭 떨어졌다. 앨리스는 편지를 소리 내어 읽었다.

"킬릴피차라를 떠나자마자 제 남편이 아팠어요. 이탈리아에 있는 집에 돌아와서 남편이 암에 걸렸다는 걸 알게 되었어요. 며칠 후엔 우리 아들이 탄 버스가 교통사고가 났고, 그리고 우리 집이 침수되었어요. 저희가 여행하는 동안 당신들의 아름다운 나라와 문화를 존중하지 않은 점 깊이 사과드립니다. 제발 저희의 사과를 받아 주셔서, 저희를 비극의 굴레에서 벗어나게 해 주세요. 운석공에서 꽃을 딴 것과 우리 것이 아닌 것을 가져온 것에 깊이 사과드립니다." 앨리스는 루비 쪽으로 홱 돌아서서 믿을 수 없다는 표정으로 말했다. "이 편지들이 다 똑같은 내용인가요? 용서를 구하고 '저주'에서 벗어나게 해 달라는?"

루비가 고개를 끄덕이며 말했다. "그래요, '저주'. 이곳을 방문한 밍가와 함께 온 세상을 돌고 돌았던 하나의 신화지요."

"하지만 저주라니. 그건 사실이 아니잖아요. 안 그런가요?" 앨리스가 신중하게 물었다.

"전혀!" 루비가 콧방귀를 뀌며 말했다. "그건 저주가 아니오. 죄지은 사람들의 마음속에서 농간을 부리는 미신에 불과하지."

그 순간 앨리스의 머릿속에서 앨리스가 손필드를 떠나던 날 밤, 준이 혀 꼬부라진 소리로 했던 자백이 둥둥 떠올랐다. '잘못한 일은 숨길 수 없는 법이야. 마음속 깊은 곳에 파묻으려고 아무리 용을 써 봤자 다 소용없는 짓이야.' 앨리스는 루비가 자기 얼굴을 빤히 응시하고 있다는 것을 알아채고는 서둘러 편지를 상자 속에 집어넣고 손에 묻은 먼지를 털어 냈다. "이 사람들에게 답장을 써 주신 적이 있나요? 그 '저주'는 사람들이 만들어 낸 미신일 뿐, 선배님 부족의 문화와는 아무 상관이 없다고 말씀해 주셨어요?"

"흥!" 루비가 콧방귀를 뀌며 말했다. "내게는 밍가에게 눈과 귀를 열고 진실이 바로 눈앞에 있을 때 배웠어야 한다고 가르치면서 그들 뒤

치다꺼리나 하는 것보다 더 가치 있고 보람된 일이 많다오."

앨리스는 루비의 말을 가슴에 새기며 고개를 끄덕였다. "솔직히 꽃을 꺾어 가는 사람들이 이렇게나 많은지 몰랐어요." 앨리스는 한 번 더 편지 봉투들을 뒤적이며 말했다.

"말루쿠루가 멸종 위기에 처하게 될까 봐 우리가 노심초사하는 이유도 바로 이 때문이라오. 그리고 이게 다가 아니야. 본부 다락에는 더 많은 편지가 쌓여 있지. 얼마 전부터 편지들을 어떻게 해야 할지를 놓고 회의를 시작했어요. 몇몇 대학에서 관심을 보이며 이 사연들을 모아 책을 만들자는 제안도 해 왔어요. 하지만 서둘러야 할 거요. 우리에게는 저장 공간이 얼마 남아 있지 않으니까."

그때 앨리스의 머릿속에서 어릴 적 엄마와 나누었던 대화가 떠올랐다. '불은 일종의 마법의 주문처럼 무언가를 다른 것으로 탈바꿈시킬 수 있단다.'

"어쩌면 이걸 다 태우는 것도 한 방법이 될 수 있겠죠." 앨리스가 저도 모르게 불쑥 내뱉었다.

루비가 동의한다는 눈빛으로 앨리스의 얼굴을 지긋이 쳐다보며 말했다. "어쩌면."

그날 저녁 집으로 돌아온 앨리스는 눈을 뜨고 있기 힘들 정도로 지쳐 있었다. 앨리스는 비틀거리며 현관문을 열고 들어가 에어컨 스위치를 켠 다음, 찬물이 쏟아지는 샤워기 아래에 서서 수돗물이 붉은색으로 변하는 것을 지켜보았다.

점심을 먹고 나서 앨리스는 룰루와 함께 현장으로 나갔다. 앨리스가 그날 오전에 있었던 일을 얘기해 주자 룰루가 물었다. "루비가 사죄의 꽃을 보여 줬어요?" 앨리스가 고개를 끄덕이자 룰루가 말했다. "이야, 루비한테 잘 보였나 본데요, 치카? 루비는 마음에 들지 않는 사람한테는 그 꽃을 보여 주지 않거든요."

앨리스는 찬물을 맞으며 서서 룰루의 말을 다시 떠올리며 얼굴을 발그레 붉혔다. 출근 첫날을 망치지 않은 것 같아 기뻤다.

샤워를 마친 뒤 카페에서 사 온 채식버거를 핍과 나눠 먹고 해가 완전히 지기 전에 침대에 벌렁 누웠다. 바짝 구워진 흙냄새와 첫날의 해피엔딩이 따듯한 공기에 실려 왔다.

그날 밤 앨리스의 꿈은 준의 모습으로 가득 채워졌다. 준이 앨리스에게 무슨 말을 하려고 입을 열 때마다 준의 입에서 말라비틀어진 꽃들이 와르르 쏟아져 나왔다.

루비는 석양에 물든 파티오[64]에 나와 앉아 물보라에 잡힌 무지개를 바라보며 화분에 물을 주고 있었다. 광물질이 풍부한 축축한 붉은 흙에서 나는 냄새가 마치 노랫가락처럼 루비를 어머니와 친척 아주머니들의 기억으로 곧바로 데려갔다. 하늘은 분홍빛이 도는 찰흙색과 황토색과 회색 물감을 풀어놓은 듯했다. 루비가 키우는 개 세 마리가 신이 나서 귀를 착 붙인 채 달리기 시합을 하며 뒤뜰 울타리를 따라 오락가락하고 있었다. 개들이 제일 우스꽝스러워지는 때가 바로 하루 중 가

64) 건물에 둘러싸인 에스파냐식 정원.

장 달콤한 이 무렵이었다.

루비는 호스를 걸어 놓은 뒤 도끼를 들고 마당으로 가서 와나리[65] 나뭇가지를 쪼개서 땔감을 만들었다. 와나리 가지는 화력이 아주 세서 요리용 땔감으로 안성맞춤이었다. 루비는 땔감을 구덩이 속에 켜켜이 쌓고는 지저깨비가 박힌 손가락에서 스며 나온 피를 입으로 쭉 빨아냈다. 사막오크의 바싹 마른 바늘 잎사귀와 가느다란 잔가지들을 긁어모아서 땔감 사이사이에 쑤셔 넣었다. 그런 다음 성냥을 두어 번 그어 불을 지폈다. 금세 불이 활활 타올랐다.

루비는 공책과 펜을 들고 통나무 위에 앉아서 어깨를 축 늘어뜨리고 힘을 뺐다. 그리고 눈을 감았다. 잃어버린 가족의 무게가 그녀 주위로 내려앉았다. 엄마와 강제로 떨어져 살아야 했던 어린 시절부터 루비의 삶을 대변하는 하나의 주제는 부재(不在)하는 가족의 현존(現存)이었다. 일종의 불가시성의 가시성이라고나 할까. 루비가 볼 수 있었던 모든 것은 루비 옆에 존재하지 않는 것들이었다.

불에 올려놓은 냄비에서 저녁이 익어 가고 하늘에 어둠이 짙게 내리는 동안, 루비는 펜 뚜껑을 벗기고 공책을 펼쳤다.

루비는 일렁이는 불꽃을 바라보며 기다렸다.

별들이 소용돌이쳤다. 따듯한 사막의 미풍이 불어왔고, 개들은 꾸벅꾸벅 졸았다. 루비는 기다렸다.

새로운 시가 루비를 찾아 별에서 내려왔다. 그녀가 쓴 대부분의 시가 그렇듯이. 그 시가 모래언덕에 떨어져 팔랑팔랑 날갯짓하며 루비의 어머니 땅을 가로질러 왔다. 흙과 연기와 사랑과 슬픔을 데리고…….

65) 키가 작은 관목.

우리를 이어 주는 씨앗은 늘
우리를 떼어 놓았던 바람에 실려 온다
그 바람은 어디서 오는가
근원인가 어머니인가 아버지인가
내가 떠나면 내 근원도 바람에 날아가 버릴까
아니면 먼 곳에
숨죽인 채 서 있을까
나는 이대로 고향과 분리된 채 죽음을 맞이해야 할까

루비는 펜을 내려놓고 두 손을 비볐다. 손이 떨렸다. 조상들이 그녀에게 시를 전해 줄 때마다 늘 그랬듯이. 잠시 후, 루비는 다시 펜을 들어 맨 위에다 '씨앗'이라고 적었다.

루비는 말루(붉은 캥거루)스테이크에 양념을 뿌려서 뒤집은 다음, 감자튀김에 갈릭버터를 듬뿍 발랐다. 그러고는 편히 앉아서 불꽃의 춤사위를 지켜보았다. 연기 기둥이 하늘 위로 뭉게뭉게 피어올랐다.

루비는 저녁을 먹으면서 앨리스에게 사죄의 꽃을 보여 줬던 일을 떠올렸다. 루비는 지금껏 킬릴피차라에 나타났다 사라진 사람들을 자기 공책에 쓴 시보다 더 많이 보아 왔다. 그래서 정처 없이 떠도는 사람인지, 아니면 진지하고 뚜렷한 목적을 가진 사람인지 구별하는 건 개털 속에서 이 잡기만큼이나 쉬웠다. 사라가 허약하고 얼굴이 창백한 앨리스를 본부 사무실로 처음 데리고 들어왔을 때, 루비는 한눈에 앨리스가 전자의 유형이라 파악하고는 더는 관심을 두지 않았다. 그런데 그날 오전을 함께 보내고 나서 루비의 생각이 바뀌었다. 앨리스 하트한테서 살아남은 자들만이 서로 알아볼 수 있는 일종의 기개 같은 것을 보았기 때문이었다. 앨리스가 찾고 있는 것이 무엇인지는 알 수 없었지만, 그 열망은 눈에서 불꽃이 보일 정도로 앨리스의 마음속에서 밝게 타오르고 있었다.

Spinifex 스피니펙스

위험한 기쁨

Triodia | 오스트레일리아 중부

피찬차차라어로 찬피('사막 풀'이라는 뜻).
짤막한 줄기에 거칠고 뾰족한 잎이 무더기로 붙어서 난다.
편건성토양에서 번성하는 특징이 있다.
따라서 주로 내륙의 붉은 황토지대와 암석지대에서 서식한다.
꽃은 총생형으로 피어나며,
뿌리는 지하 3미터까지 자라기도 한다.
아낭구 부족은 특정 종류의 찬피로 수지 접착제를 만든다.

앨리스는 마치 인생을 건 사람처럼 킬릴피차라에 몰입했다. 루비에게서 계속 교육을 받으면서 그 땅에 얽힌 신화와 전설을 공부했다. 룰루와는 떼려야 뗄 수 없는 사이가 되어, 열흘 일하고 나흘 쉬는 근무 일정을 똑같은 날에 맞추었다. 앨리스는 두 여인의 말에 귀를 기울였고, 그들로부터 배운 지식을 마음에 깊이 새겼다. 그리고 매일 우렁찬 목소리로 방문객들을 운석공으로 안내해서 운석공에 얽힌 이야기를 들려주면서 '심장의 정원'을 보호해 달라고 호소했다. 방문객들이 호응의 눈빛을 보낼 때마다 앨리스는 짜릿한 전율을 느꼈다. 그렇게 여러 주가 지나자 앨리스는 자기가 안내하는 동안에는 아무도 사막완두꽃을 뽑지 않는다고 확신하게 되었다.

앨리스와 룰루는 일을 마치고 날이 시원해지면 소방로로 산책하러 나가기도 했고, 서로의 집 파티오에 느긋하게 앉아 진한 커피를 마시거나 룰루가 손수 만든 칠리초콜릿을 먹기도 했다. 황옥빛으로 물든 하늘 아래에서 룰루는 자기 할머니 이야기를 앨리스에게 들려주었다. 손가락마다 터키석 반지를 끼고, 머리를 빗다가 빗이 반으로 쪼개질 정도로 굵은 머리카락을 가진 여인의 이야기를. "앨리스, 너희 가족 얘기도 좀 해 줘." 룰루가 말했지만, 앨리스는 너무 두려워 진실을 털어놓을 수 없었다. 그 대신 앨리스의 입에서는 부모님과 일곱 명의 오빠들, 어릴 때 놀았던 게임들, 오빠들과 함께했던 모험, 그리고 바닷가에 있었던 행복한 집에 관한 이야기가 봇물 터지듯 쏟아져 나왔다. 어찌나 술술 흘러나오던지 앨리스 자신도 진짜처럼 느껴질 정도였다. 하지만 그건 앨리스가 어릴 적 책에서 읽었던 동화 속 세상의 이야기였다.

앨리스는 늦은 밤 혼자 있을 때면 야생화 공책을 꺼냈다. 언제부턴가 그 공책은 마치 상처를 아물게 하는 연고처럼 앨리스의 마음을 위로해 주었다. 앨리스는 그 공책에다 꽃을 눌러 붙이고 스케치를 하고 자기 이야기를 기록했다. 외로움과 혼란스러움으로 점철되었던 어린 시절, 엄마 없이 살아왔던 삶, 분노, 슬픔, 두려움, 죄책감. 이루지 못한 꿈, 참회 그리고 사랑을 향한 갈망에 대해…….

몇 달이 지나자 앨리스는 자신이 생짜 초보 단계는 벗어난 것 같았다. 공원 직원들 얼굴과 이름도 다 익혔고, 생활에 필요한 정보도 대충 꿰고 있었다. 로드 트레인[66]으로 식료품이 수송되는 날이 언제인지, 트럭에 연료를 넣으면 팍스빌에서 관광지구까지 몇 차례 왕복할 수 있는지 등등……. 킬릴피차라는 앨리스에게 안정감을 느끼게 해 주었다. 그곳에는 과거가 없었다. 사탕수수밭이나 화훼농장에서의 삶에 대

66) 주로 철도 교통망이 발달하지 않은 지역에 대형 물자를 수송할 때 이용하는 대량 화물 수송 트레일러.

해 아는 사람은 아무도 없었다. 사막에 있으면 온전한 자신이 될 수 있었다. 공원 경비대 일은 육체적으로 힘든 일이었다. 근육통은 물론, 손가락 마디마다 물집이 잡히기 일쑤였다. 퇴근해서 집으로 돌아가면 녹초가 되어 쓰러졌고, 따라서 더는 불 꿈을 꾸지 않았다. 앨리스는 사막의 강렬한 색과 광대함, 비현실적이리만치 생경한 아름다움에 완전히 매혹되었다. 앨리스는 아침마다 핍과 함께 전망대에 올라갔다. 사막완두 꽃밭을 내려다볼 때면 늘 눈에 눈물이 고였다. 앨리스는 흔들리지 않으려고, 무너지지 않으려고 그 꽃에 의존했다. 핍에게 옛날 해리에게 했던 명령어 몇 가지를 가르쳐 주기는 했지만 사용할 기회가 없었다. 이곳에 온 뒤로는 의식을 잃은 적이 한 번도 없었기 때문이다. 그뿐만 아니라 심장이 빨리 뛰는 일도 없었다. 딜런 리버스가 가까이 있지 않은 한…….

열흘 근무가 끝나는 날 오후, 앨리스와 룰루는 작업장에서 픽업트럭을 세차하고 있었다. 둘이서 신나는 음악을 요란하게 틀어 놓고 나흘간의 휴일을 보낼 계획을 세우고 있을 때, 딜런이 픽업트럭을 몰고 보안문을 통과해 들어왔다. 앨리스가 선글라스를 위로 밀어 올렸다.

"쿵카스(아가씨들)." 딜런이 그들 옆에 차를 세우고 차창을 내리며 말했다. "안녕들 하신가?"

앨리스가 말없이 고개를 끄덕였다. 살짝 미소를 머금은 채. 룰루가 앨리스를 슬쩍 보고는 딜런에게 시선을 돌리며 쌀쌀맞게 말했다. "오늘이 열흘 근무 마지막 날이라, 기분 최고야."

"크, 좋겠다. 난 아직 절반이나 남았는데." 딜런이 앨리스에게 눈을 떼지 않으며 말했다. 앨리스는 딜런의 노골적인 시선이 불편했다. 그의 시선은 마치 앨리스의 심장을 훤히 꿰뚫어 보고 있는 듯했다. 앨리스의 심장이 소금과 자생 야생화와 수많은 이야기와 그를 향한 무모한 갈망으로 꽉 차 있다는 것을 간파하고 있는 듯했다. 룰루가 딜런에게 줄리라는 여자 친구가 있으며, 마을 외곽에서 투어가이드 일을 하고 있다고 얘기해 주었을 때, 앨리스는 속이 쓰릴 정도로 질투가 났다.

"무슨 멋진 계획이라도 세웠어?" 딜런이 물었다.

앨리스는 딜런의 살냄새를 맡을 수 있었다. 그의 몸에서 나는 상큼하고 달콤한 향수 냄새는 초록빛 잎사귀가 활짝 열리는 이미지를 떠올리게 했다. 앨리스는 당장 딜런의 픽업트럭에 뛰어올라서 몇 날 며칠을 아침저녁으로 달려 서부 해안으로 가고 싶었다. 거기서 붉은 먼지를 떨쳐 내고 눈부신 백사장에서 뒹굴고 싶었다. 그리고 청록빛 바닷가에서 모든 것을 다시 시작하고 싶었다. 앨리스는 다시 시작하는 것에는 자신 있었다.

"그렇지, 앨리스?" 룰루의 질문이 앨리스를 몽상에서 깨어나게 했다. 앨리스는 룰루가 무슨 말을 하는지도 모르면서 멍하니 웃으며 고개를 끄덕였다.

"멋지네. 그럼, 난 이만 가 볼게. 좋은 하루!" 딜런은 차를 몰고 떠나면서 한 손을 들어 천천히 흔들었다. 그의 손가락에는 은반지가 끼워져 있고 손목에는 가느다란 가죽을 꼬아서 만든 팔찌가 매여 있었다.

"아서라, 아서." 룰루가 심각한 목소리로 말했다. "진흙탕에 빠질 생각 마. 고통만 안게 될 뿐이야. 마음을 접어."

앨리스는 고개를 돌렸다. 그러고는 차를 몰고 작업장을 떠나는 딜런의 옆모습을 곁눈질로 바라보았다. 픽업트럭의 미등이 어둑한 초저녁의 공기를 꿰뚫고 있었다.

"딜런은 동료로서는 그만이지. 하지만 그 선을 넘는다? 아서라, 아서." 룰루가 경고했다. "그땐 동화 속에서 어두운 숲속을 헤매는 소녀보다 더 위험해질 테니까."

앨리스는 날이 어두워 다행이라 생각했다. 어둠이 자기 얼굴을 가려 줄 것만 같았다. 룰루는 스펀지를 비눗물 속에 푹 담갔다가 앞 유리를 북북 닦기 시작했다.

"딜런이랑 잔 적 있지, 그치?" 앨리스가 조용히 물었다.

룰루가 앨리스를 흘깃 보고는 시선을 딴 데로 돌렸다. "난 그냥 자기가 상처받는 게 싫어서 그러는 거야."

앨리스는 머리가 핑 도는 것 같았다. 딜런과 룰루가 사귀었다고 생각하니 견딜 수가 없었다. 아니, 룰루가 아니라 그 어떤 여자여도 마찬가지였다. 딜런 곁에 자기가 아닌 다른 여자가 있다는 건 생각만 해도 참을 수가 없었다.

룰루는 앞 유리를 쓱 닦은 다음 스펀지를 다시 양동이 속에 던지고는 한숨을 내쉬었다. "자기가 무슨 사연으로 고향을 떠나왔는지는 모르지만, 난 자기가 자신감을 되찾으려고 여기 왔다는 건 알고 있어." 룰루가 말했다. "그러니까, 원래 하려고 했던 일을 해, 치카. 우리 집이 정말 마음에 든다고 자기 집도 그렇게 꾸미고 싶다고 침이 마르도록 얘기해 놓고는 여전히 수녀원처럼 하고 살잖아. 집을 꾸며 봐. 아름답게 장식해 봐. 주말엔 나가서 여기저기 다녀 봐. 이 주변에는 운석공 말고도 볼 게 많아. 해 질 녘이면 직접 눈으로 보지 않고는 믿을 수 없는 기막힌 풍경이 펼쳐지는 골짜기도 있어. 그러니까 성장해, 제발. 여기서 자신의 인생을 성장시키라고." 룰루는 앨리스의 가슴을 가리키며 말을 이었다. "절대, 그럴 가치가 없는 사람한테 자기가 가진 모든 걸 주려고 하지 마."

앨리스의 눈동자가 불안하게 움직였다. 무슨 이유로 손필드를 떠나 왔는지에 대해 아무에게도 말한 적이 없었는데, 룰루는 마치 앨리스의 속을 훤히 꿰뚫고 있는 것처럼 말하고 있었다.

그들은 뒷정리를 마친 뒤 어두운 수채화빛 하늘을 이고 집을 향해 차를 몰았다.

"우리 집에서 저녁 먹을래?" 룰루가 지나치게 밝은 목소리로 물었다. "치즈를 듬뿍 넣은 엔칠라다[67]랑 과카몰레[68] 만들 건데."

앨리스가 콧방귀를 뀌며 대답했다. "그걸 질문이라고 해? 당연하지."

룰루의 집 진입로로 들어갈 때까지 앨리스는 주차장에서 룰루와 나누었던 대화가 마음에 걸렸다. 그날 저녁 내내 룰루의 농담에 고개를 끄덕이며 웃었지만, 이미 움튼 궁금증의 싹은 앨리스의 마음속에서 계속 자라고 있었다. 룰루와 딜런은 잠자리를 같이한 사이였을까? 룰루는 왜 그 질문에 대답하지 않는 걸까?

앨리스는 나중에 집에 돌아와 잘 준비를 하며 속으로 중얼거렸다. '그래, 그만두자.' 룰루가 얘기했다시피 앨리스는 사막으로 오기 전의 자신의 삶에 대해 룰루에게 사실대로 얘기한 적이 없었다. 가장 중요한 말은 마음속에 묻혀 있다는 것을 앨리스는 그 누구보다 더 잘 알고 있었다.

67) 토르티야에 고기, 치즈, 채소를 넣고 돌돌 말아서 매운 소스를 발라 구운 뒤 치즈 등을 뿌려 먹는 멕시코 음식.
68) 멕시코 요리의 소스로, 콘칩과 유사한 튀긴 토르티야 조각으로 떠서 먹는다.

앨리스는 룰루의 충고에 따르려고 열심히 노력했다. 로드 트레인이 오는 날, 관광지구에 가서 화분 식물, 해먹, 꼬마전구, 태양열 정원 램프 등을 손수레에 가득 실었다. 그리고 공원 작업장에 쌓여 있는 나무 궤짝들을 뒤져서 쓰다 남은 페인트를 가져왔다. 그리고 나무 궤짝 몇 개를 주워 와서 초록색 페인트를 칠한 다음 뒤집어서 화분대로 사용했다. 정원 램프는 뒷마당 붉은 흙 속에 깊이 박았고, 꼬마전구는 뒤 베란다 기둥에 감아 장식했다. 앨리스는 마치 바우어새[69]처럼 집 안 곳곳을 꾸미며 자기 자신에게 말했다. 이 모든 게 자신의 행복을 위한 거라고. 자신의 자존감을 키우기 위해서라고.

앨리스는 몇 시간 동안 인터넷 쇼핑몰을 탐색해서 나비 무늬 이불 홑청과 욕실 커튼, 왕나비 문양의 식탁보를 주문했다. 그리고 아로마 요법 제품을 판매하는 홈페이지를 찾아서 버너와 일 년은 족히 쓸 양의 티라이트 캔들과 방향유를 주문했다. 그리고 어느 날 밤엔 아그네스 블러프에서 가져온 공책만 놓여 있는 휑한 책장을 한동안 빤히 쳐다보다가 인터넷서점에 들어가서 급여통장 잔고가 바닥날 때까지 책을 주문했다. 며칠 지나 책 상자가 배달되었을 때, 앨리스는 상자를 열어서 마치 종자를 다루듯 조심스럽게 책을 서가에 꽂았다. 셀키에 관한 책들은 특히 소중하게 다루었다.

앨리스는 딜런과 근무일이 겹치지 않았기 때문에 딜런과 마주칠 일이 거의 없었다. 행여 길에서나 작업장에서 그와 스치기라도 할 때면 고개를 숙이거나 딴 곳을 쳐다보았다. 저녁 순찰이 없는 날엔 몸을 바삐 움직이려고 펍과 운석공 주위를 돌았다. 그리고 쿠투투 풀리까지

69) 참새목의 조류로, 수컷 새는 암컷의 흥미를 끌기 위해 마른 풀이나 나뭇잎 등으로 화려하게 집을 짓거나 장식하는 독특한 구애 행동으로 유명하다.

걸어가서 이끼 덮인 붉은 바위에 걸터앉아 지는 해를 바라보았다. 그러면서 생각했다. 그렇게 마음을 굳게 먹고 열심히 일하고 걷다 보면 설익은 사랑의 상처쯤은 충분히 떨쳐 버릴 수 있을 거라고. 어쩌면 딜런에 대한 감정은 그저 지나가는 열병에 불과한 건지도 모른다고. 어쩌면 자기 의지로 충분히 끝낼 수 있을지도 모른다고.

그다음 휴일이 찾아왔을 때 앨리스는 안절부절못하며 집 안을 배회했다. 룰루와 에이든은 바빴고, 루비는 집에 없었다. 앨리스는 아침과 오후 두 차례 산책을 다녀와서 집 청소를 한 다음 시내로 나가 핍에게 새 장난감을 사 주었다. 저녁 6시쯤, 뒤 베란다 기둥에 감아 놓은 꼬마전구를 켤 정도로 하늘이 어두워지자 결국 앨리스가 온종일 사력을 다해 막고 있었던 문이 열리면서 딜런에 대한 생각이 봇물 터지듯 밀려들었다.

앨리스는 밖으로 나가서 어스름한 자줏빛 박명 속으로 들어갔다. 꼬마전구 스위치를 켰던 첫날부터 그 연약한 빛은 앨리스의 마음속 신호를 보내는 비밀의 등이 되었다. 침대에 누워 반짝거리는 불빛을 지켜볼 때는 간절한 희망에 사로잡히곤 했다. 자기가 어둠 속에 매어 둔 그 작디작은 불빛들이 모래언덕들을 넘고 넘어, 자신이 차마 말로 표현할 수 없었던 갈망을 딜런에게 전해 줄 수 있었으면 하는 희망에…….

그때 현관문을 요란하게 두드리는 소리가 나서 앨리스는 화들짝 놀랐다. 핍이 킁킁 냄새를 맡으며 짖어 댔다.

"잠깐만요." 앨리스는 소리치며 종종걸음으로 현관문으로 달려갔다. 앨리스는 '혹시' 하는 기대감으로 현관문을 벌컥 열었다.

"집들이 왔습니다!" 룰루와 에이든이 합창했다.

"어머!" 앨리스는 화들짝 놀라 말했다. 그러고는 참담한 실망감을 감추려고 애써 활짝 미소를 지었다.

룰루는 한쪽 팔에 치즈가 줄줄 흘러내리는 타코와 과카몰레가 가득 올려져 있는 오븐 접시를 안고 있었다. 그리고 다른 쪽 팔에는 앨리스가 자주 예쁘다고 말했던 화려한 멕시코산 화병을 안고 있었는데, 화병에는 갓 꺾어 온 사막장미가 가득 꽂혀 있었다. 앨리스는 그 꽃을 보자마자 《손필드 사전》에 손글씨로 적혀 있던 꽃말을 떠올렸다. *평화.* 룰루 옆에 서 있는 에이든은 앨리스가 그들의 집에서 제일 탐내던 프리다 칼로의 초상화와 코로나 맥주 여섯 병을 들고 있었다.

"집들이 선물이야, 치카." 룰루가 싱긋 웃으며 에이든과 함께 들고 온 물건들을 앨리스에게 건넸다. "지금까지 집을 집답게 꾸미느라 고생 많았어. 그래서 축하해 주려고 온 거야."

"세상에……." 앨리스는 목이 메어 말을 잇지 못하다가 이내 목청을 가다듬으며 말을 이었다. "어서 들어와요, 들어와. 이 못 말리는 장난꾸러기 커플!" 앨리스는 피식 웃으며 그들을 집 안으로 들였다. 막 현관문을 닫으려는데 핍이 캉캉 짖었다. "왜?" 앨리스가 물으니, 핍이 다시 문을 향해 캉캉 짖었다. 잠깐 앨리스는 희망에 들떴다. 하지만 문을 홱 열어젖혔을 때 앨리스의 눈에 들어온 것은 불빛 안으로 걸어오는 루비의 모습이었다.

"옥외등을 고쳐야겠네, 핀타핀타." 루비가 마늘 향을 풍기는 갓 구운 빵 한 덩이를 들고 집 안으로 들어서며 말했다. "내가 구웠어." 루비는 고개를 끄덕이며 앨리스에게 빵을 건네주고는 식탁으로 가서 룰루와 에이든 앞에 앉았다. 앨리스는 빵과 룰루가 가져온 타코를 들고 식탁으로 갔다. 계속 미소를 지어야 한다고 다짐하면서. 집 문 앞에 나타난 사람이 딜런이 아니라 아름답고 친절한 친구들이라는 사실에 절대로 울지 않으리라 다짐하면서. 앨리스는 감사한 마음과 자괴감에 휩싸인 채 술을 따른다, 새 접시를 꺼내 온다며 바쁘게 몸을 움직였다.

즉흥적인 집들이 파티가 끝난 뒤로 앨리스의 결심은 서서히 무너지기 시작했다. 앨리스는 딜런의 픽업트럭을 보거나 공원 무전기에서 흘러나오는 딜런의 목소리를 들으려고 일부러 밖으로 뛰어나가는 자신을 종종 발견하곤 했다. 앨리스는 끔찍한 갈망에 허덕였다. 그건 지금껏 경험했던 것과는 차원이 다른 갈망이었다. 루비와 계획했던 오후 일정을 어기기 시작했고, 룰루에게는 혼자 있을 시간이 필요하다고 거짓말을 하기 시작했다. "요즘 무슨 일 있지, 치카? 그런 느낌이 들어." 룰루가 그런 말을 할 때면 못 들은 척했다.

앨리스는 오후 산책이 딜런과는 아무런 상관없노라 선언하며 오랫동안 자기 자신을 속였다. 운석공 외벽을 빙 두른 먼지 자욱한 흙길을 걸어갈 때마다 저 모퉁이를 돌아서는 순간, 그의 얼굴과 마주치게 되기를 내심 바라고 있음을 애써 부정했다. 저물녘에 쿠투투 폴리에서 딜런과 '우연히' 마주치려고 일부러 미적거린다는 걸 인정하지 않았다. 딜런은 오후 단체 관광객들의 시선을 한 몸에 받으며 그들에게 킬릴피차라에 얽힌 이야기를 들려주고 있다가 앨리스가 지나갈 때면 늘 고개를 들었고, 그럴 때마다 앨리스는 자신의 몸을 감도는 그의 시선에 전율을 느꼈다.

두 사람의 가면 놀이는 그런 식으로 매일같이 이어졌다. 앨리스는 딜런이 일을 마치고 마지막 순찰을 돌러 나올 때까지 시간이 얼마나 남았는지를 머릿속으로 계산하면서 걷는 속도를 조절했다. 시간이 아직 많이 남았다고 생각되면 멀가나무 아치길을 느릿느릿 걸어갔다. 길 양쪽에서 뻗어 나온 나뭇가지들이 공중에서 만나서 마치 깍짓손을 낀 것처럼 서로 뒤엉켜 있는 그 길은 앨리스가 제일 좋아하는 길이었다. 그렇지 않으면 공책에 끼워 넣을 사막 야생화를 한 줌 가득 따면서 시간을 보냈다. 하지만 시간이 얼마 남지 않았다고 생각되면 그 자리에서 달리기 시작했다. 그럴 때면 황홀한 석양빛도 보이지 않고 새소리도 들리지 않았다. 선선한 공기를 타고 땅에서 올라오는 바짝 구워진 흙냄새를 맡으려고 걸음을 멈추려 하지도 않았다. 멀가나무 아치길을 거닐거나 야생화를 딸 생각도 없었다. 앨리스의 마음속에는 오직 하나, 딜런밖에 없었다.

쿠투투 풀리에 이르면 걸음을 멈추고 일부러 비워서 들고 온 물통에 물을 채웠다. 그러고는 언제나 낙조가 정면으로 보이는 물탱크 옆에 앉았다. 거기 앉아 있어도 순환로에서 자신의 다리와 발이 보인다는 걸 앨리스는 잘 알고 있었다. 그곳을 그냥 지나치느냐, 아니면 앨리스를 보려고 차를 멈추느냐는 딜런이 결정할 일이었다. 앨리스는 붉은 하늘을 응시하며 기다렸다.

'그가 올 거야.'

딜런의 픽업트럭 타이어가 작은 자갈돌을 으끄러트리는 소리가 들릴 때면 앨리스는 어김없이 온몸으로 전율을 느꼈다.

픽업트럭의 엔진 소리가 뚝 멈추면 차 문이 벌컥 열렸다.

'그가 왔다.'

만약 그때 누가 지켜보고 있다 하더라도 두 동료가 우연히 길에서 마주쳤다고 생각할 것이다. 일주일 내내. 하루도 빠짐없이.

"안녕하세요." 딜런이 싱긋 웃으며 인사하면, 앨리스는 따듯한 미소는 접어두고 그냥 뜻밖이라는 듯 살짝 놀란 표정으로 대답하곤 했다. "안녕하세요."

해가 지평선 밑으로 가라앉는 동안, 두 사람은 나란히 앉아 한가로이 잡담을 나누면서 상대에게 자기 자신을 조심스레 드러내 보였다. 하지만 앨리스는 킬릴피차라에 오기 전에 어떤 사람이었는지 얘기하지 않았고, 딜런은 자기 인생에 누가 머물렀었는지에 대해 절대로 말하지 않았다. 그들은 그냥 주변적인 이야기를 나누며 자신들의 반쪽 진실만 서로에게 보여 주었다.

"서부 해안에 가 본 적 있어요?" 어느 날 딜런이 앨리스를 쳐다보지 않고 물었다.

딜런이 앨리스의 생각과 공상을 꿰뚫고 있었던 것일까? 앨리스는 딜런을 쳐다보지 않고 대답했다. "아직 못 가 봤어요." 앨리스는 딜런과 똑같이 석양에 물든 스피니펙스 덤불에 시선을 고정한 채 손으로 파리들을 내쫓으며 거침없이 말했다. "언젠가는 가고 싶어요. 붉은 흙이 백사장과 청록빛 바다와 만나는 곳을 보러요."

딜런이 빙긋 웃으며 물었다. "그렇담, 우린 지금 여기 죽치고 앉아서 뭐 하는 거죠?"

앨리스가 빙긋 웃었다. 노란 나비들이 주황빛에 취해 풀밭 위로 내려왔다. 그늘이 지면서 이끼가 검게 변했고, 운석공 외벽은 석양빛을 받아 불타오르고 있었다.

비록 딜런의 존재가 앨리스가 잊고 싶었던 고통스러운 기억을 달래 주기는 했지만, 두 사람이 만날 때마다 앨리스가 떠나왔던 삶이 마치 벽을 타고 기어오르는 덩굴처럼 앨리스의 마음속으로 스멀스멀 기어들었다. 그리고 어느 날, 두 사람이 대화를 나누는 동안 앨리스는 깨달았다. 자신이 늘 정신적으로 딜런에게 꽃다발을 만들어 주고 있었다는 것을. 그리고 딜런에게 자신의 내면 깊숙한 곳에서 타오르는 갈망을 은밀히 알려 주고 있었다는 것을. 바로 오스트레일리아 야생화의 언어를 통해, 자신만이 아는 은밀한 방식으로…….

Desert heath-myrtle 사막히스머틀

나는 불꽃으로 타오르네

Thryptomene maisonneuvii | 오스트레일리아 북부

아낭구 부족 여인들은 겨울 아침이면
푸카라('트립토메네'를 뜻하는 피찬차차라어) 덤불을 함지박으로 쳐서
달콤한 꽃꿀을 머금은 이슬을 모은다.
트립토메네는 '수줍어하는', '얌전한 척하는'이라는 뜻의
그리스어에서 유래했다. 겉보기에는 평범한 덤불 같지만,
한복판이 붉은 작디작은 흰 꽃들이 마치 비밀을 드러내는 듯이
겨울에서 봄까지 활짝 핀다.

앨리스의 스물일곱 번째 생일은 나흘 쉬는 휴일 중에 찾아왔다. 앨리스는 그 사실을 아무에게도 말하지 않았다. 심지어 룰루에게도 알리지 않았다.

앨리스는 침대에 누워 겨울 하늘을 바라보면서, 해가 떠올라 붉은 대지를 환하게 밝히기 전까지 연한 쪽빛에서 라일락, 복숭아, 샴페인 핑크빛으로 시시각각 변하는 색깔의 이름을 읊조렸다. 꼬마전구는 밤이나 낮이나 켜둔 채로 두었다. 본부에 있는 직원용 주방에서 우연히 들었던 소문이 생각났다. 딜런이 여자 친구 줄리를 만나려고 마을 외곽으로 갔다는……. 갑자기 명치 끝이 아려 왔다. 바로 어제 쿠투투 풀리에서 만났을 때도 딜런은 그 사실을 앨리스에게 말하지 않았던 것이다.

앨리스는 몸을 일으켜 침대머리에 기대어 앉았다. 입에서 뽀얀 입

김이 나왔다. 핍이 침대에서 뛰어내려 뒷문을 긁었다.

"널 위해서야, 핍." 앨리스가 끙 소리를 내며 침대 밖으로 기어 나와서는 히터 스위치를 켜고, 몸을 오돌오돌 떨며 방이 따듯해지기를 기다렸다.

다시 침대로 가려는데 핍이 앨리스의 발을 핥았다. 앨리스가 고개를 끄덕이며 말했다.

"생일 기념 음료수 한잔하자고? 멋진 생각이야."

앨리스는 부엌으로 가서 냄비에 우유를 데운 뒤 우묵한 그릇에 절반을 따라서 핍 먹으라고 바닥에 내려놓았다. 나머지 절반은 에스프레소와 함께 머그잔에 부었다. 그리고 책장에서 책 한 권을 빼서 종종걸음을 치며 침대로 돌아왔다. 핍이 우유가 묻은 턱을 핥으며 총총 따라왔다.

앨리스는 가슴 밑에 베개를 괴고 엎드렸다. 커피를 홀짝이며 책을 펼쳤지만 바깥세상이 너무 아름다워 글이 눈에 들어오지 않았다. 트립토메네 꽃잎 위에 밤새 내린 서리가 햇빛을 받아 영롱하게 반짝였다. 차이나블루빛 하늘에는 통통한 구름이 점점이 떠 있었다. 저 멀리 운석공의 외벽이 아침 햇살 속에서 환하게 빛나고 있었다. 앨리스가 이 땅에 대해 배웠던 이야기들이 마음속에서 소용돌이치고 있었다. 잠시 쉬려고 아기를 별 무리에 내려놓은 어머니와 땅에 떨어져 죽은 아기 이야기. 그 이야기가 풍경이고 풍경이 바로 이야기였다. 운석공의 북쪽 테두리 위에 있는 별들의 행로조차 운석공을 닮아 원형을 이루고 있었다.

앨리스는 이불 밑으로 더 깊이 파고들어 노란 나비들이 꽃이 핀 덤불 위를 맴도는 모습을 지켜보았다. '딜런의 정원에도 저 나비들이 날아다닐까? 지금 이 순간 딜런은 뭘 하고 있을까? 나는 생일에 쓸쓸히 혼자 집에 있는데…….' 앨리스의 눈에 눈물이 고였다. '만약 준이 방해하지 않았다면 나는 지금쯤 오기와 함께 유럽에 있을까?' 앨리스는 평소에는 감정을 잘 조절해서 일어나지 않은 일을 전제로 공상에 빠지지 않았는데, 오늘은 감정 조절 브레이크가 말을 듣지 않았다. '내가 릴리아 대신 오기의 아내가 되었을까? 그리고 이바는 내 딸이 되었을까? 만일 준이 배신했다는 사실을 몰랐다면 화훼농장에 계속 머물러 있었을까?' 그때 앨리스의 내면 깊숙이 웅크리고 있던 질문이 슬며시 고개를 들었다.

'만일 그때 아버지의 창고에 들어가지 않았다면 엄마는 아직 살아 계실까?'

마지막 질문이 앨리스의 심장을 강타했다. 자기 나이가 세상을 떠난 엄마의 나이보다 한 살 더 많다는 사실을 깨달았던 것이다.

누군가가 현관문을 세게 두드리는 소리가 들렸다. 앨리스는 머리에 뒤집어쓰고 있던 이불을 벗겨 냈다. 눈물로 얼룩진 눈가가 부어올라 있었다. 핍이 소금기 밴 앨리스의 뺨을 혀로 핥았다. 또다시 현관문을 두드리는 소리가 났다.

"치카? 나야."

앨리스는 벌떡 일어나 이불로 온몸을 둘둘 말았다. 그런 다음 침대를 내려가 발을 질질 끌며 현관문 앞으로 가서 문을 철컥 열었다.

"디오스 미오(맙소사)!" 룰루가 중얼거렸다. "앨리스, 대체 무슨 일이야?" 룰루가 현관문을 밀어젖히고 서둘러 집 안으로 들어왔다. 룰루의 손에는 직접 만든 거대한 나비 날개 한 쌍과 작은 종이 가방이 들려 있었다. "지금 이게 중요한 게 아니지." 룰루는 들고 온 것들을 식탁 위에 올려놓으며 말했다. 앨리스는 룰루의 손에 이끌려 소파로 가서 몸을 공처럼 웅크리고 앉았다. 룰루는 히터를 끄고 뒷문을 활짝 열어서 따스한 겨울 햇볕과 신선한 공기를 집 안으로 끌어들였다. 그러고는 부엌에서 꿀차 두 잔을 만들어 와서 자신과 앨리스 앞에 내려놓았다. 뒷마당에서는 핍이 나비들을 쫓아 뛰어다녔다.

"말해 봐. 무슨 일이야, 치카?" 룰루가 부드럽게 물었다. "오래전부터 평소와 다르게 굴었어."

그 순간 딜런의 얼굴이 앨리스의 머릿속을 가득 채웠다. 앨리스는 룰루를 쳐다볼 수 없었다. "그냥, 엄마가 그리워서 그런 것뿐이야." 앨리스가 훌쩍이며 말했다. "엄마가 보고 싶어." 앨리스는 갈라지는 목소리로 되풀이해서 말했다. 눈물이 다 마른 줄 알았는데, 어느새 뜨거운 눈물이 다시 코와 뺨을 타고 줄줄 흘러내려 찻잔 속으로 똑똑 떨어졌다.

"어머니한테 전화하면 안 돼? 혹은 아버지나 자기 오빠들한테라도. 가족과 떨어져서 이곳에서 산다는 게 그리 녹록한 일은 아니지. 자기 가족처럼 대가족인 경우는 특히 더할 거야" 룰루가 앨리스의 팔을 쓰다듬으며 말했다. 앨리스는 처음에 룰루가 하는 말을 이해하지 못했지만, 이내 자기 가족에 대해 꾸며 낸 이야기가 생각났다. 그 순간 입속에서 잿빛 돌가루가 버석대는 것 같아 얼굴을 찡그렸다.

"이봐." 룰루가 걱정이 가득 담긴 눈빛으로 말했다.

앨리스는 고개를 내저으며 얼굴을 닦았다. 그러고는 셔츠 밑에서 목걸이 로켓을 꺼내서 룰루에게 건네주었다. 룰루는 로켓을 받아서 뚜껑에 있는 사막완두 압화를 어루만졌다.

"이게 내 가족이야." 앨리스는 로켓 뚜껑을 열어 룰루에게 보여 주었다. 앨리스 엄마의 젊고 희망이 깃든 얼굴이 그들을 바라보았다. 앨리스는 고개를 들어 정원에 핀 트립토메네 꽃을 응시했다. *나는 불꽃으로 타오르네.*

"대가족이라고 했던 거, 거짓말이었어. 난 사실 고아나 다름없어." 저 멀리서 까마귀 한 마리가 까악까악 울었다. 앨리스는 비난받을 각오를 했지만, 잠시 후 룰루가 따듯하게 미소를 지으며 말했다.

"그러니까, 이분이 자기 어머니셔?"

앨리스는 고개를 끄덕였다. 그러고는 "엄마 이름은 아그네스야."라고 말하며 콧물을 닦았다.

룰루는 사진과 앨리스를 번갈아 가며 쳐다보았다. "자기, 어머니를 쏙 빼닮았구나."

"고마워." 앨리스가 턱을 떨면서 말했다.

"대답하기 싫으면 안 해도 되는데, 자기 어머니는 어쩌다가……." 룰루가 말꼬리를 흐렸다.

앨리스는 눈을 감았다. 오래전 서프보드 위에서 근육과 힘줄이 툭 불거져 나온 아버지의 장딴지를 잡았을 때의 느낌이 훅 덮쳐 왔다. 엄마가 알몸으로 바다에서 나왔을 때, 임신한 몸 곳곳에 퍼렇게 번져 있던 멍 자국들. 여동생인지 남동생인지 영원히 알 수 없게 된 동생. 그리고 아버지의 창고에 밝혀 놓고 나왔던 주황빛 등유 램프…….

"나도 잘 몰라." 앨리스가 대답했다. "모르겠어."

룰루가 앨리스의 손을 끌어당겨서 손바닥에 목걸이를 올려놓으며 말했다. "이 로켓 정말 예쁘다."

"할머니가 만드신 거야." 앨리스는 목걸이를 꼭 쥐며 말했다. "우리 집안에서는 사막완두가 '용기'를 의미해. '용기를 가져, 힘을 내'라는 의미가 담겨 있어."

두 사람은 한동안 아무 말 없이 앉아서 각자 차를 홀짝였다. 이윽고 룰루가 일어서서 허리에 손을 척 얹으며 말했다.

"오늘은 자기 혼자 둬선 안 되겠어. 에이든이 뒤뜰에 불을 피우고 그릴 판에 기름을 먹여 놓았어. 오후에 바비큐 해 먹을 거니까, 자기도 가자."

앨리스가 거절하려고 입을 열기도 전에 룰루가 말했다.

"안 돼. 이번엔 협상 불가야, 치카. 게다가 과카몰레도 잔뜩 만들어 놨단 말이야." 룰루는 앨리스의 약점을 이용할 줄 알았다.

앨리스가 픽 웃고는 고개를 들어 식탁 쪽을 쳐다보았다. 식탁 위에 거대한 나비 날개가 막 날아오를 듯한 모습으로 펼쳐져 있었다. 앨리스가 한쪽 눈썹을 치켜세우며 룰루를 바라보았다.

"아, 저거? 내 사촌 동생 주려고 무대 의상 만드는 중이야. 사촌 동생이 연극에 출연하게 됐거든. 치수가 자기랑 비슷해서 맞나 안 맞나 자기한테 한번 입혀 보려고 가져왔지." 룰루가 말했다.

"뭐? 나한테 저걸 입으라고? 지금 당장?" 앨리스가 제 몸을 흘깃 내려다보며 말했다.

"응. 하지만 먼저 샤워부터 하는 게 어때? 가능하면 머리도 감았으면 좋겠어."

"뭐라고?"

"치카, 난 자기 눈물 콧물이 뒤범벅된 옷을 내 사촌한테 보내고 싶지 않아. 게다가 우리 할머니께서는 늘 이러셨지. '몸을 씻는 게 슬픔을 치료하는 최고의 명약이다.' 물론 당신이 만든 과카몰레와 함께 말이야. 그리고 내가 방금 말했다시피 우리 할머니의 특별 레시피로 만든 과카몰레가 지금 우리 집 식탁 위에서 자기를 기다리고 있다고."

앨리스가 욕실 샤워기 아래에 섰을 때, 밖에서 룰루가 싱크대 속에 접시를 포개 넣으며 콧노래를 흥얼거리는 소리가 들려왔다. 앨리스는 저도 모르게 미소가 지어졌다.

앨리스는 샤워를 마치고 나와서 거인 왕나비처럼 차려입은 뒤, 룰루 뒤를 따라 두 집 사이에 있는 흙길을 걸어갔다. 날개 색이 붉은 흙색과 비슷한 짙은 오렌지색이었다.

"내가 왜 이걸 입은 채로 당신 집에 가야 하는 건데?" 앨리스가 물었다.

"그래야 에이든이 사진을 찍어서 내 사촌한테 보내 줄 수 있으니까. 아까 사진기 가지고 오는 걸 깜빡했거든. 그리고 이곳엔 자기가 벗었는지 입었는지 관심 가지는 사람 아무도 없어. 까먹은 거 아니지? 여긴 깜깜 벽촌이라고."

앨리스는 어이없다는 듯 코웃음을 쳤다. 사실 인정하고 싶진 않았으나 나비 의상을 입으니 기분이 좀 나아진 것 같았다. 머리에 쓰는 철사로 만든 더듬이, 검정과 흰색 물방울무늬가 있는 천으로 만든 옷, 세심하게 그려서 등에 메도록 만든 왕나비 날개까지……. 룰루는 작은 디테일 하나도 놓치지 않았다. 그걸 모두 착용하고 나니 앨리스는 진짜 왕나비가 된 기분이었다.

두 사람은 룰루의 앞마당을 가로질러 그녀의 집 안으로 들어갔다.

"에이든은 뒤뜰에서 불을 피우고 있을 거야. 가서 카메라를 가지고 올 테니 잠깐 기다려." 룰루는 종종걸음으로 복도를 가로질러 갔다. 앨리스는 부엌 조리대 위에 놓인 과카몰레 그릇을 보자마자 그곳으로 달려가 허둥지둥 랩을 벗겨 내고 손가락으로 푹 찍었다.

"과카몰레 근처에는 얼씬도 마!" 침실에서 룰루의 고함이 들려왔다. 앨리스는 하하 웃으며 과카몰레가 묻은 손가락을 쪽 빨았다.

"오케이, 찾았어." 룰루가 카메라를 들고 복도로 나왔다. 그러고는 의심의 눈초리로 앨리스를 바라보았다. 앨리스는 결백하다는 듯 두 손을 들어 올렸다.

두 사람은 뒤 베란다를 향해 걸어갔다. "에이든?" 룰루가 소리쳤다.

색 테이프 하나가 한구석에 떨어져 있었다. 가만히 보니 색 테이프 토막이 집 구석구석에 떨어져 있었다.

"룰루?" 앨리스가 머뭇거리며 말했다.

룰루가 앨리스 옆으로 다가와서 앨리스의 허리에 팔을 두르고 나란히 뒤뜰로, 동료 대부분이 기다리고 있는 곳으로 걸어갔다.

"생일 축하해요!" 루비, 에이든 그리고 다른 몇몇 대원들이 합창했다. 심지어 사라도 있었다. 그들은 모여 서서 플라스틱 컵을 높이 들어 올렸다.

앨리스는 얼른 손으로 얼굴을 가렸다. 룰루와 에이든이 뒷마당을 생일 파티장으로 변신시켜 놓았다. 나비 모양의 깃발들이 파티오 전체에 드리워져 있었고, 나무 사이에 밝고 화려한 문양의 천막이 설치되어 있었다. 구덩이에서는 모닥불이 활활 타오르고 있었다. 땅바닥에 펼쳐진 거대한 사각형 러그 위에는 콩주머니 의자 두어 개와 방석 더미가 놓여 있었으며, 그 뒤쪽의 덤불에는 장식 리본이 아무렇게나 드리워져 있었다. 가대식 탁자 위에 찍어 먹는 소스와 콘칩과 샐러드 접시가 펼쳐져 있고, 그 옆에 손글씨로 '위험한 펀치'라고 쓴 이름표가 붙어 있는 50리터짜리 원통형 아이스박스도 놓여 있었다. 앨리스가 그 무엇보다 기뻤던 건 거기 있는 사람들 모두 나비 날개를 매고 있었다는 점이었다.

"깜짝 생일 파티야. 우리 모두 자기 생일인지 모르는 척했지." 룰루가 싱긋 웃으며 말했다.

앨리스는 입을 딱 벌리고 룰루를 바라보면서 감사의 표시로 자기 가슴에 두 손을 포개어 얹었다.

"자, 이제 위험한 펀치 맛을 볼 시간이야." 룰루가 쾌활하게 웃으며 앨리스에게 말했다.

누군가가 음악을 틀어 놓았다. 에이든이 구덩이 위에 설치된 불판에다 케밥을 지글지글 굽고 있었다. 앨리스는 깜짝 생일상을 받은 데 대한 놀라움과 술기운에 약간 알딸딸해진 상태로 사람들과 쾌활하게 포옹하면서 환호성을 질렀다. 그리고 빈 펀치 잔을 채우고 모닥불에 땔감을 넣고 안주 접시를 들고 돌아다니며 사람들에게 권했다. 앨리스는 그곳에 없는 단 한 사람을 생각하지 않으려고 최선을 다했다.

하늘이 캄캄해지고 잔마다 펀치가 흘러넘칠 무렵, 앨리스는 룰루와 담요를 두른 채 불가에 나란히 앉았다. 불꽃이 칠흑 같은 하늘 위로 유성처럼 타닥타닥 피어올랐다.

"어떻게 고마움을 표현해야 할지 모르겠어." 앨리스가 말했다.

룰루가 앨리스의 손을 꼭 쥐며 말했다. "그런 말 마. 내가 좋아서 한 일이야."

모닥불은 샴페인, 핑크, 오렌지, 코발트, 자두, 청동빛 등등 온갖 색상의 불길로 너울거렸다.

"한 가지 얘기해도 돼?" 룰루가 물었다.

"물론이지." 앨리스가 미소를 지으며 말했다.

"치카, 난 자기가 이곳에 왔던 첫날 자기 트럭을 봤을 때, 자기한테 특별한 것이 있다는 걸 알아챘어."

앨리스가 룰루 옆구리를 슬쩍 찌르며 말했다. "와, 정말 끝내주게 듣기 좋은 말인데? 나도 써먹어야지."

"농담하는 거 아냐." 룰루가 펀치를 한 모금 홀짝이며 말했다. "우리 집안에서는 왕나비를 '불의 딸'이라고 해. 왕나비들은 태양에서 나와서 전쟁터에서 싸우다 죽은 전사들의 영혼을 하늘로 실어 나르고, 꽃꿀을 먹기 위해 지상으로 내려오지."

앨리스는 타닥타닥 타오르는 불꽃을 응시했다. 그리고 어깨에 두른 담요로 몸을 단단히 감싸며 자기 트럭의 왕나비 스티커 밑에 숨겨진 자신의 과거를, 자신이 누구의 딸이고 누구의 손녀인지를 생각했다.

"자기 트럭에서 불의 전사들을 맨 처음 봤을 때 나는 알아챘어. 자기가 이곳의 삶을 송두리째 바꿔 놓을 거라는 걸 말이야." 룰루가 말했다.

'불의 전사들.' 앨리스는 어떻게 대꾸해야 할지 몰랐다.

"자, 위험한 펀치가 왔어요! 다들 이리로 와서 새로 만든 위험한 펀치를 잔에 채우세요!" 마당 건너편에서 에이든이 소리쳤다. 에이든의 나비 날개는 한쪽이 축 처져 있었고, 더듬이 하나는 부러져서 눈썹 위에서 덜렁거리고 있었다. 룰루가 그 모습을 보고 피식 웃었다. 앨리스도 주의를 딴 데로 돌리게 되어 안도감을 느끼며 함께 웃었다.

"자," 룰루가 앨리스를 아이스박스 쪽으로 이끌며 말했다. "가서 위험한 펀치 한잔 더 해야지."

그들은 겨울의 별빛 아래에서 마시고 춤을 추었다. 앨리스는 불빛 속에서 빙글 돌다가 자기 등에 붙어 있는 왕나비 날개를 흘끗 보았다. 룰루가 들려준 이야기를 머릿속에서 떨쳐 버릴 수가 없었다. '불의 딸.'

딜런이 도착한 때는 음악이 멜랑콜리해지고, 모닥불은 밝게 타오르고, 각자 가지고 온 슬리핑백 속에서 곯아떨어지거나 비틀비틀 집으로 돌아가지 않은 사람들은 하나같이 담요를 쓰고 콩주머니 의자에 널브러져 있을 무렵이었다. 앨리스는 너울거리는 불길 위로 딜런이 사륜구동차에서 내려서 아이스박스를 향해 걸어가는 모습을 지켜보았다. 에이든이 딜런의 등을 툭 치며 펀치 잔을 건네주었다. 딜런은 펀치 잔을 단숨에 비웠다.

"다녀오느라 힘들었구먼?" 에이든이 한쪽 눈썹을 추켜세우며 딜런의 잔을 다시 채워 주었다.

딜런은 다시 그 잔을 단숨에 비웠다.

"줄리는 잘 지내?"

딜런이 고개를 내저으며 말했다. "이제 더는 내 알 바 아니야."

에이든이 딜런에게 세 번째 잔을 건네며 말했다. "아, 그렇군. 유감이야."

"사는 게 다 그렇지 뭐." 딜런이 어깨를 으쓱이며 말했다.

딜런은 돌아서서 마당을 훑어보았다. 이윽고 그의 눈이 너울거리는 불길을 뚫고 앨리스의 눈과 마주쳤다.

하늘이 서서히 밝아 오기 시작할 무렵, 깨어 있는 사람은 앨리스와 딜런 두 사람뿐이었다.

"사막에서 밤샘하는 거 처음이에요?" 딜런이 물었다.

앨리스는 술기운에 젖은 나른한 미소를 머금은 채 플라스틱 컵 가장자리를 잘근잘근 씹으며 고개를 끄덕였다. 그의 시선은 최면제 같았다.

"저기," 딜런은 하늘을 올려다보며 말을 이었다. "다른 사람한테 들어 본 적이 있는지 모르지만, 일출을 보기 전까지는 사막에서 밤샘했다고 할 수 없어요."

두 사람은 각자 담요를 몸에 두른 채 슬리핑백이 여기저기 나뒹구는 룰루와 에이든의 집 뒷마당을 나서서 모래언덕을 어정어정 올라갔다.

"해가 떠오르네요." 딜런이 앨리스를 바라보며 나직한 목소리로 말했다. 앨리스의 살갗이 따끔거렸다. 하늘이 어찌나 맑고 색깔이 어찌나 변화무쌍한지, 앨리스는 마치 그 속에 푹 잠기려는 듯 두 팔을 활짝 펼쳤다.

"하늘이 꼭 바다 같아요." 앨리스가 중얼거렸다. "드넓은 바다." 앨리스는 술기운과 밀려드는 기억 때문에 어지러웠다.

"맞아요." 딜런이 말했다. "아주 옛날에는 이곳이 바다였대요." 딜런이 팔을 펼쳐 주변을 가리키며 말했다. "사막은 바다의 오래된 꿈이죠."

앨리스의 뱃속에서 나비 문양의 만화경이 빙빙 돌아갔다. "바다의 오래된 꿈." 앨리스가 가만히 읊조렸다.

불타는 새벽빛이 두 사람을 붉게 물들였다. 딜런은 앨리스 곁에 다가섰다. 살갗이 닿지 않아도 앨리스는 딜런 몸의 열기를 느낄 수 있었다.

"당신은 정말 아름다워요." 딜런이 앨리스의 귀에 속삭였다. 앨리스는 몸을 떨었다.

새벽이 밝아 오자 딜런은 조금씩 앨리스 곁으로 다가오더니 팔로 앨리스의 어깨를 감쌌다. 그 둘은 일출의 마법에 걸린 채, 이윽고 첫 관광버스의 소음이 그 주문을 깨트릴 때까지 한동안 그렇게 서 있었다.

룰루는 뒷문에 서서 기다렸다. 몸을 가누지 못해 휘청거리다 반쯤 쏟아진 펀치 컵을 와락 품에 안았다. 뒷마당은 색 테이프와 나비 모양 깃발과 병뚜껑들로 어질러져 있었다. 룰루는 비틀대며 앨리스의 집 뒤에 있는 모래언덕에 시선을 고정했다. 바로 딜런이 멀가나무 사이에 숨어 있던 곳. 룰루는 지난 몇 달 동안 딜런이 그 자리에서 창에 비치는 앨리스를 훔쳐보는 것을 지켜보았다.

앨리스가 노란 트럭을 타고 팍스빌을 누비며 도착했던 그날 오후부터 그 일은 시작되었다. 룰루가 작업장의 휘발유 주유대에서 픽업트럭에 기름을 넣고 있는데 딜런이 픽업트럭을 몰고 작업장으로 들어왔다. 딜런은 대놓고 룰루에게 막역한 친구처럼 말을 걸었는데, 룰루 짐작에 딜런은 그런 식으로 둘 사이의 과거를 지우려는 것 같았다. 그런데 딜런은 중간에 말을 멈추고는 작업장 바깥 도로를 응시했다. 룰루는 고개를 돌려 딜런의 시선이 꽂혀 있는 대상을 바라보았다. 그것은 옆자리에 개를 태운 채 열린 차창 밖으로 긴 머리를 휘날리며 트럭을 몰고 가는 앨리스였다. 룰루는 딜런과 앨리스를 번갈아 가며 쳐다보았다. 그러고는 딜런을 똑바로 바라보며 계속 말했지만 딜런은 듣지 않았다. 딜런은 앨리스에게 푹 빠져 있었다. 한때 룰루에게 그랬던 것처럼.

그날 저녁, 앨리스가 룰루의 집에서 저녁을 먹고 자기 집으로 돌아간 뒤 룰루는 와인 잔을 들고 뒷마당 너머에 있는 모래언덕으로 나왔다. 그때 어둠 속에서 어떤 움직임이 룰루의 눈에 띄었다. 룰루는 자기 살에서 났던 딜런의 냄새를 떠올리면서 좀 더 자세히 보려고 눈을 가늘게 뜨고 어둠 속을 응시했다. 앨리스의 집 뒤뜰 울타리를 따라 살금살금 움직이고 있는 딜런을 보자마자 룰루는 숨을 깊게 빨아들였다. 그러고는 저도 모르는 사이에 딜런이 좀 더 잘 보이는 자기 집 마당 한쪽 구석으로 이동했다. 딜런은 멀가나무 뒤에 숨어 별하늘 아래에서 웅크리고 앉아 앨리스를 지켜보고 있었다. 앨리스는 마치 남의 집에 온 사람처럼 쭈뼛거리며 자신의 새집 안을 돌아다녔다. 그러고 나서 한동안 소파에 앉아 개를 껴안은 채 벽면을 응시했다. 앨리스는 몹시 슬퍼 보였다. 딜런은 앨리스가 침대로 들어가 전등불을 끄고 나서야 비로소 조용히 일어나 자기 집으로 걸어갔다. 룰루는 집 안으로 들어가 침대에 몸을 뉘었다. 에이든이 룰루에게 졸리는 목소리로 왜 그렇게 몸을 떠느냐고 물었다.

다음 날 땅거미가 질 무렵, 룰루가 부엌에서 칠리와 카카오 씨를 그라인더에 갈고 있는데 창을 통해 누군가가 휙 지나가는 모습이 눈에 들어왔다. 룰루는 날이 어두워질 때까지 기다렸다가 뒷마당으로 살며시 빠져나갔다. 딜런이 또다시 앨리스의 집 창문의 환하게 밝혀진 불빛에 이끌려 붉은 모래 위에 앉아 있었다. 앨리스는 젖은 머리카락을 치렁치렁 늘어뜨린 채 부엌에서 요리하며 춤을 추고 있었다. 블루스 선율이 보랏빛 공기 속으로 은은하게 퍼지고 있었다. 앨리스는 스토브 앞에 서서 리듬에 맞춰 몸을 흔들면서 접시 두 개에 음식을 나눠 담았다. 하나는 자기 접시고, 다른 하나는 개에게 줄 접시였다. 딜런은 꼼짝도 하지 않고 앨리스를 지켜보다가 앨리스가 침대로 들어가자 비로소 자기 집으로 돌아갔다.

룰루는 밤이면 밤마다 앨리스의 집 창문에 비친 불빛에 이끌려 모래언덕을 가로지르는 딜런의 모습을 지켜보는 자기 자신이 몹시 미웠지만, 그 짓을 멈출 수가 없었다. 룰루는 언제부턴가 덤불 사이를 기어가는 딜런을 쉽게 지켜볼 수 있을 정도로 뒷마당의 어둠이 깊어지기를 기다리게 되었다, 딜런은 매일같이 어둠의 보호를 받으며 별하늘 아래 웅크리고 앉아, 앨리스가 집 안에서 차를 마시며 책을 읽거나 소파에서 개를 안고 영화를 보는 모습을 지켜보았다. 앨리스가 집을 꾸미기 시작했을 때는 화분에 물을 주고 책장에 책을 꽂는 모습을 지켜보았다. 딜런은 앨리스의 생일 전날 밤까지는 대체로 앨리스와 일정한 거리를 유지했다. 어느 날 저녁 앨리스가 산책에서 돌아왔을 때, 딜런이 그늘에서 나와서 앨리스의 뒷마당 울타리에 나 있는 문을 통해 소리 없이 들어가는 모습이 룰루의 눈에 띄었다. 딜런은 트립토메네 덤불 사이를 통과해서 대담하게도 꼬마전구 불빛 근처까지 다가갔다. 그리고 지켜보았다. 룰루의 시야에서는 보이지 않는 무언가를 기다리는 것처럼.

룰루는 딜런 뒤를 밟고 싶은 충동을 굳이 억누르지 않았다. 룰루는 자기 집 마당에서 나와서 앨리스네 집 뒤편에 있는 둥그스름한 모래언덕을 넘어갔다. 그리고 굵은 사막오크 몸통 뒤에 숨어 덤불 속에서 앨리스를 지켜보고 있는 딜런을 지켜보았다. 집 안에 있는 앨리스는 책상 앞에 앉아 호주머니에서 야생화를 꺼냈다. 그러고는 그 꽃들을 공책에 끼워서 납작하게 눌렀다. 앨리스는 꽃송이를 마치 새알 다루듯 조심스레 다뤘다. 앨리스는 글을 쓰는가 싶더니 잠깐 펜을 내려놓고 창밖 어둠 속을 멍하니 응시했다. 바로 그때 그 일이 일어났다. 룰루는 딜런이 헐떡이는 소리를 들었다. 딜런은 마치 앨리스가 그 큰 에메랄드빛 눈동자로 자신을 똑바로 바라보고 있다는 듯, 마치 자신이 앨리스의 얼굴을 희망으로 가득 차게 하는 이유라는 듯 숨을 헐떡였다. 룰루는 온 힘을 다해 집을 향해 질주했다. 그리고 부엌 싱크대에서 뜨겁고 쓰디쓴 담즙이 나올 때까지 헛구역질을 한 건 너무 빨리 뛰었기 때문이라며 되뇌었다.

깜짝 생일 파티가 끝날 무렵, 딜런과 앨리스가 함께 뒷마당을 빠져나갈 때 룰루는 잠자는 척하고 있었다. 딜런이 앨리스에게 다가가는 첫걸음이 앨리스와 함께 일출을 보러 가는 것일까? 예전에 딜런이 룰루 자신에게 그랬던 것처럼?

룰루는 뒷문 앞에 서서 지켜보며 기다렸다. 아니나 다를까, 두 사람은 비틀거리며 모래언덕을 넘어왔다. 딜런은 앨리스를 집까지 배웅해주고 앨리스가 집 안으로 들어간 뒤에도 한참을 떠나지 못했다. 해가 창공에 높이 떠서 이글거리기 시작하자 비로소 딜런은 돌아서서 숱기

운에 젖은 몽롱한 미소를 얼굴에 머금은 채 그 자리를 떠났다. 룰루는 딜런이 그의 집 문안으로 사라진 뒤에도 오랫동안 시선을 거둘 수가 없었다.

그날 저녁, 앨리스는 소파에 몸을 웅크리고 앉아 뒤뜰 울타리에 난 후문을 빤히 쳐다보고 있었다. 새들은 검은 그림자가 되어 허공을 뒹굴고, 지구 반대쪽에서 떠돌던 별 무리는 다시 보금자리를 찾아 돌아오고 있었다. 어스름한 저녁빛이 후문 바깥의 죽어서 검게 변한 나무 위에 떨어지자, 줄지어 행진하고 다니는 애벌레들이 남긴 비단실 가닥이 환하게 빛났다. 앨리스는 한해살이 동식물에 관한 공원 안내 책자에서, 애벌레들이 긴 행렬을 이루며 행진할 때 서로의 꽁무니에 붙은 비단실 가닥을 물고 따라간다는 내용을 읽은 적이 있었다. 그 실은 빛을 받지 않으면 눈에 보이지 않는다고 했다.

집 안은 조용했다. 이따금 전기 히터가 철컥대는 소리와 핍이 코 고는 소리, 그리고 전기스토브에 올려놓은 수프가 부글부글 끓는 소리 말고는 아무 소리도 들리지 않았다. 신선한 레몬그라스와 고수와 코코넛 냄새가 풍기자 앨리스의 배에서 꼬르륵 소리가 났다. 앨리스는 후문을 주시했다. 그리고 기다렸다. 황금빛이 계피색으로 바뀌었다. 딜런의 목소리가 앨리스의 귓전에 쟁쟁 울렸다. '집에 들러 샤워하고 그쪽으로 넘어갈게요. 후문으로 가도 되죠?'

앨리스는 낮에 시내에서 집으로 돌아오는 길에 순환로 길가에 세워진 딜런의 픽업트럭을 발견했다. 그 근처 무선중계소에 있던 딜런은 앨리스와 눈이 마주치자 손을 흔들며 다가왔다. 앨리스는 길 한쪽에 차를 대고 차에서 풀쩍 뛰어내렸다. 딜런을 보자마자 앨리스의 몸이 달아올랐다.

"핀타핀타." 딜런이 밝게 웃으며 모자챙을 살짝 만지면서 앨리스에게 인사했다.

"안녕하세요." 앨리스가 싱긋 웃으며 말했다.

"숙취가 심하지 않았어요?"

앨리스가 고개를 저으며 말했다. "이상하게도 숙취는 없었어요. 그보다는 잠이 부족해서 좀 피곤하긴 해요."

"나도 그래요."

공기가 겨울 와틀나무의 향긋한 냄새가 배어 묵직했다.

"스물일곱 살의 첫날은 어땠어요?" 딜런이 물었다.

"음식 배달 트럭이 오는 날이라, 장 보러 갔었죠." 앨리스가 유쾌하게 웃으며 말했다.

"아," 딜런이 고개를 끄덕이며 함께 웃었다. "대단한 하루였네요."

"그랬죠. 하지만 아직 몇 시간 남았어요." 앨리스는 잠깐 말을 멈췄다. 그러고는 딜런을 올려다보며 불쑥 물었다. "오늘 저녁에 뭐 하세요?"

딜런이 앨리스의 표정을 살피며 말했다. "특별한 일 없어요."

"오늘 저녁에 타이식 그린커리수프 만들 건데." 앨리스가 말했다.

"맛있겠다."

"그럼," 앨리스는 목소리를 차분하게 유지하려 애쓰며 말했다. "저랑 같이 드실래요?"

"어우 좋죠!" 딜런이 미소를 지으며 말했다.

"여섯 시?"

딜런이 고개를 끄덕이며 말했다. "집에 들러 샤워하고 넘어갈게요. 후문으로 가도 되죠?"

"그럼요." 앨리스가 경쾌하게 말했다.

그리고 이제 저기, 스피니펙스 덤불 사이에서 딜런이 앨리스에게 오는 길을 비춰 주는 손전등 불빛이 보였다. 앨리스는 벌떡 일어나 침실로 쪼르르 달려갔다. 그리고 창가 어둠 속에 서서 밖을 지켜보며 기다렸다.

딜런은 뒤쪽 문으로 와서 빗장을 벗기고 문을 열고 들어와 문을 닫았다. 창백한 별빛이 딜런의 어깨에 내려앉았다. 딜런은 손전등을 딸깍 끄고는 트립토메네 덤불 사이를 헤치고 꼬마전구 불빛이 깜빡이는 뒤 베란다로 올라왔다.

"핀타핀타?" 딜런이 현관문 앞에서 앨리스를 불렀다.

앨리스는 편안한 미소를 지으며 방을 가로질러 가서 뒤 베란다로 통하는 문을 열었다. 딜런은 매트에 신발을 쓱쓱 문질러 닦고 집 안으로 들어섰다. 앨리스는 공기 중에서 소용돌이치는 딜런의 향수 냄새를 들이마시며 잠깐 눈을 감았다. 딜런은 아쿠브라를 벗고 나서 감상하듯이 앨리스의 집 안 구석구석을 둘러보았다. 앨리스의 화분 식물, 앨리스의 그림, 앨리스의 책, 앨리스의 러그, 앨리스의 책상, 그리고 앨리스가 만든 음식까지. 앨리스는 그 모든 것이 자기 자신을 위한 것인 척했지만, 사실은 바로 이 순간을 위해 마련된 것이었다.

"배고파요?"

"네, 조금." 딜런이 소파에 풀썩 앉으며 대답했다.

"해장술 한잔?" 앨리스가 물었다.

“좋죠.” 딜런이 대답했다. 앨리스는 냉장고 문을 열어 안쪽에 있는 맥주 두 병을 꺼냈다. 병을 따자마자 화르르 올라오는 맥주 거품이 어찌나 큰 위안을 주는지, 앨리스는 그 자리에서 열 몇 병은 따고 싶었다.

“건배.” 앨리스가 맥주병을 딜런에게 건네며 말했다.

“건배.” 딜런이 고개를 까딱이며 말했다. 두 사람이 맥주병을 쨍 부딪치자 앨리스의 신경계에서 회전 폭죽이 터지면서 짜릿한 전율이 온몸으로 퍼져 갔다.

두 사람은 수프와 맥주를 좀 더 먹은 뒤 거실 소파에 널브러져 앉았다. 두 사람의 얼굴은 실내의 더운 열기와 맥주와 칠리, 그리고 그 외 다른 어떤 이유로 인해 불콰해져 있었다. 두 사람은 서로 이야기를 나누었다. 어디서 자랐는지와 같은. 그 둘은 감추고 싶은 부분은 건드리지 않으면서 자신의 일부분만 드러내 보이는 법을 잘 알고 있었다. 그들은 몇 주 동안이나 그런 대화를 이어 왔다. 하지만 이제 그들의 이야기는 햇볕에 바짝 말라붙은 염전처럼 바닥이 나 버렸다.

잠시 침묵이 흐른 뒤 딜런이 중얼거렸다. “저 망할 놈의 꼬마전구.”

히터가 철컥하더니 윙 소리를 내며 돌아갔다.

“꼬마전구가 왜요?” 앨리스가 조용히 물었다.

“우리 집에 있으면 어느 창문으로 내다봐도 저 불빛밖에 안 보여요. 저 불빛 때문에 몇 달이나 마음이 싱숭생숭했는지 몰라요.”

앨리스는 온몸에 전율이 흐르는 것을 느꼈다. “그랬나요?” 앨리스가 물었다.

딜런이 앨리스를 바라보았다. 앨리스는 시선을 돌리지 않았다.

딜런의 입술이 앨리스의 입술에 닿았다. 갑작스럽고도 부드럽게. 그리고 다급하게. 이번에는 앨리스가 딜런에게 키스했다. 깊이. 마지못해 눈을 감으며. 이것은 몽상이 아니었다. 실제로 그가 앞에 있었다.

둘은 마치 허물 벗듯 옷을 벗어 바닥에 떨어뜨렸다. 딜런이 앨리스를 보려고 뒤로 물러나자, 앨리스는 두 팔로 알몸을 가렸다. 하지만 딜런이 앨리스의 팔을 떼어 내더니 손 하나를 끌어당겨 제 가슴팍에 대고 눌렀다. 앨리스는 손을 통해 딜런의 살갗과 뼈 밑에 있는 심장이 들려주는 이야기를 들었다.

'그가 있어. 그가 있어.'

앨리스는 딜런을 끌어안았다. 훅. 날카로운 숨결과 함께 그가 그녀 속으로 밀고 들어왔다. 누구의 것인지 모를 팔다리가 뒤엉켰다. 날것 그대로의 흥분. 두려울 정도의 아찔함. 앨리스의 마음속에서 요동치는 감각의 파편들. 발밑의 젖은 모래, 둥실 떠오르는 허파. 짭짤한 살갗. 은빛 바다를 가로지르는 갈매기 소리. 초록색 사탕수수 줄기들 사이에서 떠돌다 그녀의 머리카락을 쓸어 넘기는 바람. 덥석, 덥석, 한 움큼씩 땅에서 찢겨 나오는 붉은 꽃들…….

활엽파라킬야

너의 사랑으로 하여 살고 죽노라

Calandrinia balonensis | 오스트레일리아 북부

피찬차차라어로는 파르킬리파.
건조 지대의 모래흙에서 자라는 다육 식물.
잎은 수분이 많은 다육엽이며,
주로 겨울과 봄에 밝은 보라색 꽃을 피운다.
가뭄기에는 잎에서 수분을 공급받는다.
통째 구워 먹을 수 있다.

그날 밤 이후 앨리스와 딜런은 틈만 나면 함께 시간을 보냈다. 다른 친구들, 특히 룰루와의 관계를 등한시한다는 걸 앨리스 자신도 인식하고 있었다. 하지만 딜런 말고 다른 사람들과는 시간을 보내고 싶지 않았다.

겨울이 점점 깊어 가자 두 사람은 마당에 모닥불을 피워 놓고 별하늘 아래 딜런의 침낭 속에서 잠을 잤다. 핍은 늘 그들 바로 옆에서 웅크리고 잤다.

"핀타핀타, 근무 일정을 바꿔." 어느 날 밤, 앨리스가 딜런의 팔을 베고 누워 하늘을 바라보고 있는데 딜런이 말했다. "한 사람은 쉬고 다른 사람은 밖에서 일하는 주말이면 특히 당신이 너무 그리워. 난 당신을 더 많이 보고 싶어."

앨리스는 딜런이 자신을 더 원한다는 생각에 전율이 일었다. 앨리스는 싱긋 웃으며 딜런을 쳐다보고는 흙냄새와 싱그런 풀 내음이 나는 그의 살냄새를 맡았다. 딜런은 앨리스의 머릿밑에서 팔을 빼고 일어나 앉았다. 그리고 팔목에서 가죽 팔찌를 풀더니 앨리스의 손을 잡고 부드럽게 끌어당겼다. 앨리스는 고개를 끄덕이고는 딜런이 자기 손목에 가죽 팔찌를 감아서 매듭을 묶어 주는 내내 미소 띤 얼굴로 바라보았다.

"응아유쿠(나의) 핀타핀타." 딜런은 풋풋한 목소리로 말했다.

딜런이 앨리스를 끌어안을 때, 룰루의 목소리가 앨리스의 머릿속을 스쳐 지나갔다. '아서라, 아서. 그땐 동화 속에서 어두운 숲속을 헤매는 소녀보다 더 위험해질 테니까.'

"응아유쿠 핀타핀타." 딜런이 앨리스의 허리에 팔을 두르며 다시 속삭였다. "나의 나비."

앨리스는 몸을 웅크려 딜런의 품에 쏙 안겼다.

근무 일정 변경 신청을 하고 승인이 떨어지기를 기다리는 동안, 사막에서 앨리스의 삶은 딜런을 중심으로 돌아갔다. 둘이서 석양을 보러 갈 때면 핍을 데리고 소방로를 택해서 걸어갔고, 그럴 때마다 앨리스는 공책에 끼워 넣을 야생화를 한 움큼 따서 호주머니에 넣었고, 딜런은 녹아내릴 듯 붉은 석양을 배경으로 앨리스 사진을 찍었다. 앨리스가 저녁 순찰 당번일 때는 일을 마치자마자 딜런의 집으로 곧장 달려갔고, 그럴 때면 종종 딜런이 저녁을 해 놓거나 욕조에 뜨거운 물과 비누 거품을 가득 채워 놓고 기다리곤 했다. 그리고 그런 밤이면 앨리스가 욕조에 몸을 담그고 있는 동안, 딜런은 펍과 욕조 옆 벽에 기대 앉아서 앨리스에게 큰 소리로 책을 읽어 주곤 했다. 두 사람 모두 쉬는 날이면 달아오른 서로의 속살에 마음이 싱숭생숭해지기 전까지 햇빛을 받으며 정원 일을 했다. 한번은 앨리스가 딜런에게 어릴 적 엄마의 텃밭에서 일했던 얘기를 들려주었는데, 며칠 후 일을 마치고 퇴근해 보니 딜런이 앨리스를 위해 붉은 흙을 뒤집어서 검은 흙밭을 일구어 놓고 기다리고 있었다. 밤에는 히터를 세게 틀어 놓고 소파에 앉아서로 바싹 달라붙어서 수신 상태가 괜찮은 지역 방송 채널에서 나오는 BBC 드라마나 골동품 쇼를 시청했다. 드문 경우지만 겨울 하늘에 구름이 잔뜩 끼거나 해가 나지 않은 날이면 둘 다 침대에 누워 게으름을 피웠다. 그런 날엔 팬케이크가 당기기 마련이라, 앨리스는 느지막이 일어나 팬케이크를 산더미처럼 구워 침대로 가져가서 딜런과 이불 속에 게걸스레 먹어 치웠다.

쌀쌀한 어느 날 오후, 시럽을 듬뿍 끼얹은 팬케이크를 먹어 치운 두 사람은 침대에 누워 커튼 틈 사이로 내리비치는 햇살 속에 둥둥 떠다니는 먼지를 바라보고 있었다. 딜런은 땅이 꺼져라 한숨을 쉬더니 앨리스의 몸에서 떨어졌다. 딜런은 온종일 따분해하고 불안해하며 앨리스를 똑바로 바라보지 않았다. 심지어 나른한 섹스를 나누는 동안에도. 앨리스는 뭐가 문제인지 알 수 없었고, 뭐가 문제냐고 딜런에게 묻기가 왜 그리 꺼려지는지도 알 수 없었다.

앨리스는 손가락으로 딜런의 가슴과 배 위에 살며시 원을 그리다가

목으로, 얼굴로 더듬어 올라갔다. 하지만 딜런은 아무 반응이 없었다. "자기, 왜 그래?" 앨리스가 속삭였다. 무슨 문제인지 몰라도 앨리스의 사랑으로는 고칠 수 없는 문제임이 분명했다. 딜런은 대답하지 않았다. 앨리스는 기다렸다. 그리고 다시 물었다.

"아무것도 아니야." 딜런이 무뚝뚝하게 말하며 앨리스의 손길을 피하려 몸을 움츠렸다. "미안해." 딜런은 머리를 흔들었다. "미안해, 핀타 핀타." 그러고는 벌떡 일어나 앉아서 두 팔로 무릎을 감싸 안은 채 머리를 떨구었다.

앨리스는 조심스레 일어나 딜런 곁에 앉았다. 앨리스의 마음속에서 익숙한 구덩이가 심란한 모습을 드러냈다. 앨리스는 더는 딜런을 자극하지 않으려고 말을 신중하게 골랐다.

"나한테 말해 봐요." 앨리스가 목소리를 밝게 유지하면서 말했다. "뭐든 다 괜찮아." 앨리스는 조심스레 손을 내밀었다. 그 손은 잠시 허공을 맴돌다 딜런의 등에 살며시 내려앉았다. 앨리스는 손바닥을 딜런의 등뼈에 대고 살며시 눌렀다. 딜런이 그녀의 손길에 몸을 웅크렸다.

"미안해." 딜런이 앨리스의 어깨에 얼굴을 묻으며 신음하듯 말했다. "미안해. 이번에는 절대 망치지 않을게."

앨리스는 딜런의 머리를 쓰다듬으며 달래듯 말했다. "그래, 알아. 알아."

"앞으로 더 좋아질 거야." 딜런은 마치 혼잣말을 하듯 말했다. "난 더 좋아질 거야." 딜런은 점점 커지는 절박감을 느끼며 앨리스를 껴안고 앨리스의 목에, 얼굴에, 입술에 키스했다.

앨리스는 딜런에게 키스하며 두 눈을 꼭 감았다. 좋아진다는 말은 무슨 의미일까? 딜런은 '무엇'으로부터 달라질 거라는 뜻일까? 그리고 어떻게? 앨리스는 가슴이 점점 더 옥죄어 옴을 느꼈다.

"사랑해." 딜런이 앨리스의 다리 사이에 누우며 속삭였다. 그 속삭임은 계속 되풀이되었다.

앨리스는 그의 속삭임을 들이쉬며 마음속의 질문들을 내쫓았다.

겨울의 기세가 꺾이기 시작했다. 아침이 점점 더 포근해지고, 금정조들은 둥지를 떠나 창공을 비행하기 시작했고, 딜런과 함께 일군 앨리스의 삶도 활짝 피어났다. 딜런을 향한 앨리스의 사랑이 점점 깊어짐에 따라 룰루와의 우정에 대한 압박감도 점점 사라져 갔다. 근무 일정 변경 승인이 떨어지고 나서 얼마 되지 않았을 때, 앨리스는 휴게실에서 게시판을 확인하고 있는 룰루와 마주쳤다. 새 근무 일정표를 읽고 있던 룰루의 얼굴이 하얗게 질려 있었다.

"안녕, 룰루." 앨리스가 싱크대에서 빈 머그잔 두 개를 들고 반갑게 말했다. "순찰 나가기 전에 커피 한잔하면서 얘기 좀 나눌까?"

룰루는 눈길 한 번 주지 않고 무표정한 얼굴로 앨리스 앞을 지나갔다.

"아마 소외감을 느껴서 그런 걸 거야." 그날 밤 딜런이 앨리스에게 말했다. "당신은 룰루를 안 지 얼마 되지 않았잖아. 난 오랫동안 봐 와서 잘 알지. 룰루는 질투가 좀 심해서 그렇게 이상하게 굴 때가 가끔 있어."

앨리스는 아무 말 없이 봄 채소를 넣은 리소토를 주걱으로 휘휘 저었다. 질투라……. 일리 있는 말이었다. 그것 말고 룰루가 그렇게 차갑게 굴 이유가 달리 뭐가 있겠는가? 하지만 룰루와 딜런의 과거에 대한 의문이 계속 앨리스를 괴롭혔다. 앨리스는 백포도주를 한 모금 홀짝이며 딜런을 흘끗 보았다.

"뭐?" 딜런이 물었다.

앨리스는 한 모금 더 홀짝였다. 이번에는 딜런을 쳐다보지 않고.

"얘기해." 딜런이 씩 웃으며 말했다. "난 당신 표정을 책처럼 읽을 수 있어, 핀타핀타."

앨리스는 용기를 내서 싱긋 웃으며 입을 열었다. "자기 혹시 룰루랑 같이……." 하지만 말을 끝맺을 용기는 없었다.

"내가 룰루랑?" 딜런이 머리를 내저으며 콧방귀를 뀌었다. "예전에 처음 만났을 때 룰루가 나를 마음에 두고 있었는지는 모르지만, 룰루랑 나 사이엔 아무 일도 없었어." 딜런은 앨리스 뒤에 서서 두 팔로 앨리스를 꽉 껴안았다. "너무 걱정하지 마. 다 당신 혼자만의 생각일 뿐이니까. 룰루도 혼자 극복할 거야. 오케이?"

"오케이." 앨리스는 딜런의 가슴에 몸을 기대며 말했다.

앨리스와 딜런은 똑같은 일정으로 근무하면서부터 말 그대로 24시간 동안 붙어 지내게 되었다. 둘은 함께 출근하고 퇴근했고, 점심도 함께 먹었다. 앨리스는 점심 도시락을 싸 갔지만 결국은 먹지 않고 가져오기 일쑤였는데, 그건 점심시간마다 둘이서 슬그머니 빠져나가 딜런의 픽업트럭을 타고 본부 뒤편 한적한 장소에서 둘만의 시간을 보냈기 때문이다. 픽업트럭을 타고 있으면 서로에게만 집중할 수 있으면서도 무전 내용을 놓치지 않고 들을 수 있었다. 일이 끝나면 둘이서 맥주를 마시거나 시시각각 바뀌는 저녁 하늘을 감상하거나 마당의 구덩이에 불을 지펴 저녁을 해 먹고 펍을 안고 느긋하게 누워 별하늘을 바라보곤 했다. 앨리스는 딜런의 집에 머물고 나서부터는 자기 집에는 발걸음도 하지 않았다. 딜런의 마당 건너편, 어둠 속에 웅크린 자기 집 쪽으로는 되도록 눈길도 주려 하지 않았다.

두 사람이 함께 보내는 나흘간의 휴일을 처음으로 맞이했을 때, 딜런은 향긋한 커피 한 잔과 키스 세례로 앨리스를 일찍 깨웠다.

"자, 날 따라와." 딜런은 다정하게 말하며 앨리스의 알몸을 이불로 감싸 준 뒤 그녀를 이끌고 현관으로 갔다. 앨리스가 눈을 비비며 커피를 홀짝이는 사이, 딜런이 요란하게 스크린도어를 열어젖혔다. 아침 공기가 크리스털처럼 맑았다. 앨리스는 햇살이 눈부셔 얼굴을 찡그렸다. 딜런의 낡은 사륜구동차 지붕 위 짐칸에 2인용 침낭이 끈으로 묶여 있었다.

"이곳에서 벗어나고 싶어?" 딜런이 한쪽 눈썹을 추켜세우며 물었다.

"우리 서부 해안으로 가는 거야?" 앨리스가 물었다.

"나흘 만에 그곳에 갔다 온다고? 꿈도 꾸지 마." 딜런이 장난스레 말했다. "하지만 그에 버금가는 장소를 내가 알고 있지."

"자동차 여행이다." 앨리스가 게걸음으로 딜런에게 다가가며 노래하듯 말했다.

딜런이 이불을 몸에 두르고 있는 앨리스를 끈적한 눈길로 쳐다보았다. 그러고는 앨리스의 겨드랑이 밑으로 빠져나온 이불 끄트머리를 슬쩍 당겼다. 이불이 바닥에 툭 떨어졌다. "그 전에 우리 해야 할 일이 있잖아?"

앨리스는 딜런이 쫓아오자 기쁨의 비명을 지르며 방 안으로 뛰어 들어 갔다.

몇 시간 후, 앨리스와 핍과 딜런은 붉은 모래와 황금빛 스피니펙스와 사막오크 고목 사이로 뻗은 고속도로를 달렸다. 창문은 모두 내린 채였다. 앨리스는 사이드미러를 통해서 핍의 혓바닥이 바람에 펄럭이는 모습을 쳐다보았다. 이따금 봄꽃을 활짝 피운 야생식물들이 흩어져 있는 물결 모양의 고원이 나타났다. 앨리스는 노랑, 주황, 자주, 파랑이 어우러진 들판에 완전히 매혹되었다. 딜런이 미소를 지으며 앨리스의 허벅지를 꽉 움켜쥐었다. 그러고는 라디오 볼륨을 높여서 노래를 요란하게 따라 불렀다. 앨리스는 행복에 겨워 두 눈을 꼭 감았다.

오후 두세 시쯤 되었을 때, 딜런은 속도를 줄여 고속도로를 벗어나 쪼그리고 앉은 에뮤부시와 루비독[70] 무리 사이로 가느다랗게 나 있는 울퉁불퉁한 비포장길로 접어들었다. 딜런이 이런 곳을 어떻게 알고 있을까 하는 궁금증이 앨리스의 머릿속을 스쳤다. 딜런은 타이어가 견인력을 발휘할 때까지 잠깐 기다렸다가 액셀러레이터를 밟았다. 그들 뒤로 붉은 흙먼지가 뿜어져 나왔다. 얼마 동안 울퉁불퉁한 길을 덜커덕거리며 달리자 드넓은 사막이 눈앞에 펼쳐졌다. 앨리스는 사막이 주는 고립감에 흥분과 두려움을 동시에 느꼈다. 앨리스는 지금 어디로 가고 있는지 궁금해하며 딜런을 쳐다보았지만, 딜런은 아무 말 없이 빙긋

70) 오스트레일리아 서부, 아프리카, 아시아 등 열대 및 온대 지역에서 자라는 다년생 꽃식물. 열매가 방광처럼 생겨서 '방광소리쟁이'라고도 불린다.

미소만 지을 뿐이었다.

잠시 후, 그들은 산등성이로 올라가는 좁디좁은 길에 접어들었다. 딜런이 사륜구동으로 전환하여 사방으로 뻗은 나뭇가지들을 뚫고 느릿느릿 기어올랐다. 그들 주위로 노두를 드러낸 붉은 암석이 활짝 핀 야생화들과 함께 점점이 흩어져 있었다. 회벽 같은 흰색 몸통을 가진 거대한 유칼립투스들이 민트색 나뭇가지들을 흔들었다. 하늘은 짙은 사파이어블루빛이었다. 이따금 매의 검은 실루엣이 머리 위를 가로질렀다.

"핀타핀타." 딜런이 미소를 지으며 산등성이의 봉우리들을 가리켰다. 그들은 산등성이를 오르락내리락하면서 붉은 바위 협곡으로 들어섰다. 아카시아와 말리검[71]이 병풍처럼 둘러서 있었고, 거기서부터 계곡 사이로 흐르는 녹차색 샛강까지 하얀 모래톱이 펼쳐져 있었다.

"여기가 어디야?" 앨리스는 입을 다물지 못했다.

"낙조를 볼 때까지 기다려 봐." 딜런이 다 알고 있다는 듯 말했다. 앨리스는 사막오크로 둘러싸인 빈터에 들어오는 동안 딜런이 지도를 한 번도 들여다보지 않았다는 사실을 문득 깨달았다.

"여기는 어떻게 알게 되었어?"

"예전에 공원에서 일하기 전에 투어가이드로 일했었어." 딜런이 말했다. "그때 내가 안내했던 어르신 중 한 명이 나를 이곳으로 데려왔지. 여기가 자기 조부모의 고향이라 가끔 가족이 모여서 좋은 시간을 보낸다고 하면서 말이야. 내가 투어가이드 일을 그만둘 때 그분이 그러셨어." 딜런이 핸드브레이크를 당겨 올리며 말을 이었다. "가족이 생기면 꼭 이곳에 데리고 오라고." 딜런은 의미심장한 눈빛으로 앨리스

71) 유칼립투스의 일종으로, 복수의 가지가 뿌리에서부터 자라 올라오는 것이 특징이다.

를 바라보며 말했다.

앨리스는 목이 메어 아무 말도 할 수 없었다.

딜런이 몸을 기울여 앨리스의 귀에 대고 속삭였다. "내가 어떻게 이런 복덩이를 얻었을까?"

앨리스는 진한 키스로 답했다.

잠시 후, 딜런이 어리광을 피우듯 투덜거렸다. "당신이랑 있으면 아무것도 안 하고 그냥 옆에서 빈둥거리고 싶단 말이야." 딜런이 머리를 흔들며 말을 이었다. "안 돼, 안 돼, 적어도 야영할 준비는 해야지." 딜런이 차에서 내려 뒷문을 열자마자 핍이 차에서 내려 곧장 샛강으로 뛰어갔다.

앨리스는 그늘에 서서 핍이 샛강에서 헤엄치고, 딜런이 휘파람을 불며 캠핑용 스토브와 아이스박스를 내리는 것을 지켜보았다. 앨리스는 그렇게 자신의 작은 가족을 지켜보았다. 그리고 딜런과 핍이 있는 햇살 속으로 걸어갔다. 앨리스는 자기 인생에서 이보다 더 완벽한 순간은 기억해 낼 수 없었다.

석양이 질 무렵, 그들은 침낭을 펴고 불쏘시개를 주워 모았다. 그리고 라디오 음악을 틀어 놓고 적포도주를 홀짝이면서 꼬챙이에 끼워 모닥불에 구워 먹으려고 할루미치즈[72], 버섯, 주키니, 고추 등을 먹기 좋게 잘랐다. 나무 타는 연기와 유칼립투스 향이 섞인 자극적인 냄새가 공기 중에 가득 퍼졌다. 검정앵무새들이 깍깍대며 하늘을 가로질렀

72) 양이나 염소의 젖으로 만든 하얀 치즈로, 보통 구워 먹는다.

고, 바위왈라비들이 근처에서 깡충깡충 뛰어다녔다. 앨리스는 미소를 멈출 수가 없었다. 협곡의 바위벽 색깔이 바뀌기 시작하자 딜런은 앨리스의 손을 잡고 비탈을 올랐다. 그리고 유칼립투스 그루터기에 앉아 앨리스한테 와서 앉으라고 손짓했다. 앨리스는 딜런의 가랑이 사이에 앉아서 그의 가슴에 몸을 기댔다.

딜런이 앨리스의 귀를 어루만지며 말했다. "잘 봐."

해가 지평선 너머로 떨어지면서 버터캔디 빛깔의 마지막 빛줄기를 협곡에 가득 채웠다.

"너무 아름다워." 앨리스가 중얼거렸다.

"잠깐 기다려 봐."

앨리스는 딜런의 팔에 안긴 채, 하늘의 온갖 빛깔들이 협곡의 벽면과 유리 같은 샛강의 수면 위로 쏟아져 내려와서는 빛의 소용돌이가 되어 다시 반사되어 올라가는 광경을 지켜보았다. 앨리스는 믿기지 않는다는 듯 머리를 내저었다. 협곡과 샛강이 우묵한 그릇 모양의 거울처럼 서로를 반사하면서 불타는 낙조에 흠뻑 물들어 있었다. 그 광경을 보자 앨리스는 동화책에서 읽었던, 기적처럼 계속 채워지는 마법의 잔이나 깊은 곳에 천국을 품고 있다는 우물에 관한 이야기가 떠올랐다.

딜런은 앨리스를 더 꽉 껴안으며 말했다. "직접 눈으로 보지 않고는 믿을 수 없는 광경이지?"

그 순간 예전에 룰루가 했던 말이 앨리스의 머릿속으로 훅 들어왔다. '해 질 녘이면 직접 눈으로 보지 않고는 믿을 수 없는 기막힌 풍경이 펼쳐지는 골짜기도 있어.'

앨리스는 똑바로 앉아서 고개를 돌려 딜런을 쳐다보았다. 딜런이 앨리스를 보고 미소를 지었다.

"이곳에 얼마나 많은 여자를 데려왔어?" 앨리스가 불쑥 물었다.

딜런이 뜨악한 얼굴로 물었다. "뭐라고?"

앨리스의 뱃속이 뒤집혔다. 앨리스가 마법을 깨뜨리고 말았다.

딜런이 두 손을 번쩍 들어 올리며 말했다. "무슨 그런 해괴한 질문이 다 있어?"

"아니," 앨리스는 심각한 질문이 아니라는 듯 가벼운 어투로 말했다. "그러니까, 내 말은, 룰루도 이곳에 데려온 적 있었어?" 앨리스의 머릿속은 터무니없는 생각과 소음들로 부옇게 흐려져 있었다. 딜런을 기분 나쁘게 할 생각은 없었지만 궁금증을 억누를 수가 없었다. 딜런이 데려오지 않았다면 어떻게 룰루가 해 질 녘의 이곳 풍경이 기막히다는 것을 알 수 있었겠는가?

딜런은 앨리스를 거칠게 밀쳐 내고는 벌떡 일어섰다. "진짜 어이가 없네." 딜런은 중얼거리며 야영지로 저벅저벅 걸어갔다.

딜런이 밀쳤던 부위가 욱신욱신 쑤셨다. "딜런!" 앨리스는 부드러운 모래사장 위를 허둥지둥 걸어가며 딜런을 불렀다.

"왜?" 딜런이 앨리스를 홱 돌아보며 윽박지르듯 말했다. 딜런의 눈이 분노로 이글거렸다. "룰루랑은 아무 일도 없었다고 내가 말했잖아. 대체 왜 그런 질문을 해서 우리의 첫 번째 주말여행을 망치려는 거야? 당신은 룰루가 질투에 눈이 멀어서 하는 말을 믿어? 그런 거야? 그리고 이곳에 얼마나 많은 여자를 데려왔느냐니? 대체 날 뭘로 보는 거야?"

"오, 맙소사." 앨리스는 얼굴을 구기며 신음했다. 딜런 말이 옳았다. 룰루는 이곳이 아닌 다른 협곡을 얘기한 것일 수도 있고, 설령 이곳에 왔더라도 딜런이 아닌 다른 사람과 왔을 수도 있다. 왜 그 생각을 떨쳐 내지 못하고 자꾸 집착하는 것일까?

딜런이 쇠막대기로 모닥불을 푹푹 찌르자 불똥이 사방으로 튀었다.

"정말 미안해." 앨리스는 딜런에게 손을 내밀며 빌었다. 딜런은 앨리스를 거들떠보지도 않았다. "그냥 잊어버리자, 응? 제발. 정말 바보 같은 질문이었어. 내 입에서 왜 그런 말이 튀어나왔는지 나도 잘 모르겠어. 정말 미안해." 앨리스는 딜런을 향해 두 팔을 벌리며 다시 빌었다. "내가 잘못한 벌로 오늘 저녁은 내가 만들게. 포도주도 더 마시고. 그러니까 그냥 잊어버리자, 오케이?"

딜런은 앨리스를 싸늘하게 쏘아보며 벌떡 일어나더니 획 돌아섰다.

"딜런?" 앨리스의 목소리가 흔들렸다.

딜런은 어둑한 자줏빛 낙조 속으로 저벅저벅 걸어갔다.

앨리스는 몸을 떨면서 저녁을 준비했다. 온갖 야채와 할루미치즈를 석쇠에 굽고, 핍에게 저녁밥을 주고, 포도주 잔을 가득 채웠다. 딜런은 깜깜해지고도 한 시간 정도 지난 뒤에야 돌아왔다. 저녁은 싸늘하게 식었고, 치즈는 빳빳하게 굳어 있었다. 딜런은 자리에 앉아서 포크로 음식을 쿡쿡 찔렀다.

"저녁 식사도 망쳐 놨군." 딜런은 투덜거리며 자기 접시 위에 가득 담긴 음식을 불 속으로 던져 버리고는 포도주 잔을 잡았다. 앨리스가 겨우 목구멍으로 넘긴 음식이 차가운 돌덩어리처럼 뱃속에 내려앉았다. 앨리스는 제 접시를 옆으로 밀쳐 내어 핍이 접시를 비우게 했다.

"정말 미안해." 앨리스는 속삭이듯 말하며 자기 무릎을 딜런의 무릎에 대고 비비며 말했다. "정말 미안해."

딜런은 아무 반응 없이 불길만 빤히 응시했다.

앨리스는 몇 시간을 쉬지 않고 사과했다. 마침내 딜런은 한 손을 올리더니 앨리스의 허벅지 안쪽을 더듬어 올라갔다.

앨리스는 최대한 침착해지려고, 고분고분해지려고 노력했다. 그러한 노력은 그날 밤과 다음 날까지 지속되었다. 그들이 탄 차가 킬릴피차라의 집을 향해 달릴 무렵에는 딜런의 마음이 다시 돌아온 것처럼 보였다.

딜런은 자기 집 진입로로 들어와 대문을 열기 위해 차에서 내리기 전에 몸을 기울여 앨리스에게 키스했다. 딜런이 몸을 돌렸을 때 앨리스는 아파서 움찔했다. 협곡에서 섹스할 때 생긴 발적과 멍 때문이었다. 딜런은 평소보다 더 거칠게 굴었지만, 앨리스는 이제 둘 사이가 다시 평소대로 돌아온 것 같아 크게 마음이 놓였다.

차에서 짐을 내리는 동안 딜런은 잠시 일손을 놓고 앨리스에게 부드럽게 키스했다. "최고로 아름다운 주말을 만들어 줘서 고마워." 딜런은 이렇게 말하며 앨리스의 눈빛을 살폈다.

앨리스도 감사한 마음을 담아 딜런에게 키스했다. 그러면서 앞으로는 자기가 좀 더 조심하기만 하면 된다고 생각했다. 그리고 앞으로 말을 꺼내기 전에 먼저 딜런의 입장을 헤아려야겠다고 마음먹었다.

봄이 중부 사막 지역을 알록달록한 색으로 물들였다. 노란색과 호박색 허니그레빌레아꽃들이 무리 지어 피어나 공기를 달콤한 향으로 가득 채우고 있었다. 스피니펙스 덤불 사이에는 턱수염도마뱀들이 느긋하게 누워 일광욕을 즐겼다. 딜런의 집 뒷마당에 있는 앨리스의 텃밭에도 싹이 트기 시작했다. 오후의 햇살은 아이스크림을 녹이고 일광욕도 가능할 정도로 따듯해졌다. 앨리스는 붉은 흙 위에 비치 타월을 깔고 그 위에 드러누워 헤드폰에서 흘러나오는 음악을 따라 흥얼거리며 책을 읽곤 했다. 마침내 딜런이 비키니를 입은 앨리스를 발견할 때까지. 앨리스를 향한 딜런의 갈망은 채워질 줄 몰랐다. 주말 캠핑 때 앨리스가 저지른 실수는 오래전에 잊혔다. 날은 점점 더 길어졌고, 하늘의 별들은 점점 더 밝게 빛났다.

"우리 바비큐 파티할까?" 어느 날 저녁, 앨리스가 저녁거리로 두부를 튀기고 샐러드를 버무리며 말했다. "뒤뜰이 우리만 보기에 아까울 정도로 너무 아름다워. 꽃이 만발한 허니그레빌레아 옆의 구덩이에 불을 피워 놓고 고기를 구워 먹으면 정말 환상적일 거야."

딜런은 아무 대답도 하지 않고 식탁 앞에 앉아 있었다. 머리 바로 위에서 내리비치는 강렬한 백열등 불빛 때문에 앨리스는 딜런의 표정을 읽을 수가 없었다.

"자기?" 앨리스가 스토브에서 프라이팬을 들어 올리며 말했다.

"그래, 좋지." 딜런이 대답했다.

"좋았어." 앨리스가 접시를 식탁 위에 올려놓으며 재잘댔다. "내일 본부에 가서 몇 명이나 올 수 있는지 한번 알아볼게." 앨리스는 딜런에게 키스를 한 다음 식탁 앞에 앉았다. 딜런은 아무 말 없이 미소로 답했다.

다음 날 아침, 앨리스는 잔뜩 들뜬 마음으로 본부 앞에 차를 세웠다. 그동안 앨리스와 딜런은 서로에게만 몰두하느라 주위 사람들과 교류를 끊다시피 하며 지냈기 때문에 이 기회에 동료들과 어울리는 것도 여러모로 좋을 것 같았다.

경비대원 사무실 안으로 들어갈 때까지만 해도 모든 게 순조롭게 진행되었다. 앨리스와 친분이 별로 없는 서거와 니코가 주말이 다가오는데 딱히 재미있는 일이 없다고 투덜대며 서 있었다.

"우리 바비큐 파티할 건데, 오지 않을래요?" 앨리스가 둘 사이의 대화에 끼어들어 말했다.

"와, 고마워요." 서거가 말했다.

"네, 좋아요." 니코가 고개를 끄덕이며 말했다.

"그럼 결정된 거예요." 앨리스가 싱긋 웃으며 말했다. "딜런의 집 마당에 불을 피우고, 딜런이 바비큐 그릴도 설치할 거예요. 우리 함께……."

"아!" 서거가 니코를 흘깃 쳐다보며 앨리스의 말을 잘랐다. "저기, 앨리스. 방금 생각났는데, 사실 이번 주말에 블러프에 가야 할 일이 있어요. 저기, 그게……."

"그래, 맞다!" 이번에는 니코가 끼어들며 말했다. "이런, 까맣게 잊고 있었네요. 우리 둘 다 자동차 수리센터에 예약을 해 두었거든요."

앨리스는 두 남자를 번갈아 가며 쳐다보았다. 마치 팬터마임을 보는 것 같았다.

"하마터면 잊어버리고 지나갈 뻔했는데." 서거가 크게 안도한 표정으로 말했다. "덕분에 생각났네요!"

"다음에 합시다." 니코가 미안하다는 표정을 지으며 말했다.

"어쨌거나 초대해 줘서 고마워요." 서거가 부랴부랴 사무실을 나가며 말했다.

그들이 사라진 뒤 앨리스는 차를 한잔 타 마셨다. 앨리스는 어금니를 악물었다. 울지 않으려고. 그리고 방금 벌어진 일에 대해 깊이 생각하지 않으려고.

그날 온종일 일이 제대로 되지 않았다. 현장에 나가서도 실수를 연발하다가 결국엔 망치로 제 손가락을 내리치고 아파서 데굴데굴 구르는 지경에 이르고 말았다.

"어서 본부로 가서 치료받아요, 앨리스." 서거가 앨리스를 근무에서 빼 주었다.

앨리스는 공원 의무실에서 응급처치를 받은 뒤, 달콤한 비스킷과 차 한잔을 마시려고 휴게실로 들어가려다 문간에서 우뚝 멈춰 섰다. 심장이 철렁 내려앉는 것만 같았다. 룰루와 에이든이 손에 머그잔을 든 채 물 끓이는 기계 옆에 서서 얘기를 나누고 있었다. 앨리스가 안으로 들어가자마자 두 사람은 대화를 멈췄다. 앨리스는 티백이 보관된 찬장 앞으로 가서 그들에게 등을 보인 채 섰다. 두 사람의 침묵이 앨리스의 목덜미를 무겁게 내리눌렀다.

에이든이 먼저 입을 열었다. "잘 지내요, 앨리스?"

앨리스가 뭐라고 대답을 하기도 전에 룰루가 싸늘한 표정으로 개수대로 가서 머그잔을 비운 다음 밖으로 나갔다. 에이든이 어쩔 도리 없다는 듯 앨리스를 흘깃 보고는 뒤따라 나갔다.

"네, 잘 지내요." 앨리스는 그들의 뒷모습을 쳐다보며 자기 자신에게 속삭이듯 말했다.

그 후 며칠 동안 상황은 비슷하게 이어졌다. 앨리스는 다른 동료에게 딜런 집에서 바비큐 파티를 연다고 얘기를 건네 봤지만, 궁색한 구실과 함께 참석하지 못한다는 대답만 돌아왔다. 딜런은 바비큐 파티에 대해 한마디도 묻지 않았고, 앨리스는 그 얘기를 두 번 다시 꺼내지 않았다. 그 주의 마지막 날에 이르러서야 비로소 앨리스는 비록 딜런이 모든 사람과 알고 지내긴 해도 킬릴피차라에는 그에게 진정한 친구가 단 한 명도 없다는 사실을 깨닫게 되었다. 그에게는 딱 한 명, 앨리스 자신밖에 없었다. 그리고 앨리스는 그 이유를 알 수 없었다.

앨리스는 퇴근 후 딜런의 집 진입로에 이르러 대문을 열려고 차에서 내려섰을 때, 딜런이 읽어 줬던 일본 동화책 속의 한 이야기가 떠올랐다. 깨진 도자기를 옻칠과 금가루를 뿌려서 수리하는 한 킨츠키 공예가의 이야기였다. 책에는 금가루를 듬뿍 찍은 가느다란 붓을 쥐고 부서진 도자기 조각 위에 머리를 숙이고 있는 한 여인의 그림이 실려 있었다. 구박받거나 속임을 당하는 이야기가 아니라 파괴된 것을 수선한다는 내용을 다룬다는 점에서 앨리스는 그 이야기가 몹시 끌렸다.

앨리스는 딜런의 픽업트럭 옆에 차를 세운 다음 새롭게 마음을 다지며 차 문을 쾅 닫았다. 딜런이 자기 스스로 부족하다고 느끼는 것이 무엇이든 간에, 사람들이 딜런과 시간을 보내기 싫어하는 이유가 무엇이든 간에, 그리고 딜런의 어느 부분이 깨졌든 간에 앨리스는 자기 자신을 금처럼 녹여서 딜런의 깨진 조각을 이어 붙여 주리라 마음을 굳게 다졌다.

며칠 후, 언쇼 크레이터 리조트에서 연례행사로 개최하는 '부시 볼(야외 댄스파티)' 초청장을 모든 여행사와 공원 직원들에게 보냈다.

앨리스가 댄스파티에 가자고 하자 딜런은 경멸조로 말했다. "그 난장판엔 왜?"

"우리 둘이 가면 재미있을 거야. 가자, 응?" 앨리스가 신이 나서 초대장을 자석으로 냉장고에다 붙이며 말했다. 그 둘은 앨리스의 생일 이후로 다른 파티에 간 적이 없었다. 앨리스는 안 그래도 인터넷에서 본 금색 실크 드레스가 계속 눈에 밟혔던 터라 이참에 한번 아찔하게 차려입고 섹시하게 변신하고 싶었다. 그리고 댄스파티가 다른 사람들과 어울릴 좋은 기회가 될 것 같기도 했다.

"정말 가고 싶어?" 딜런이 뒤에서 몽상에 빠져 있던 앨리스를 깨웠다.

앨리스가 딜런을 쳐다보며 말했다. "정말로 가고 싶어. 술 몇 잔 마시면서 음악에 맞춰 춤도 추고……. 정말 재미있을 거야." 앨리스는 두 팔로 딜런의 허리를 바싹 안으며 자기 몸을 딜런의 몸에 밀착시켰다. "알딸딸하게 취해서……." 앨리스는 도발적으로 까치발로 서서 딜런의 목에 키스하며 말을 이었다. "해돋이 보면서 우리 둘만의 특별한 시간도 갖고." 앨리스는 새 드레스를 입고 딜런을 깜짝 놀라게 해 주리라 마음먹었다. 머리도 멋지게 매만지고 립스틱도 바르고 딜런이 좋아하는 향수도 뿌릴 생각이었다. "둘이서 로맨틱한 데이트를 즐기는 거지." 앨리스는 딜런을 올려다보며 말했다.

"나와 데이트 하고 싶어, 핀타핀타?" 딜런은 욕정에 사로잡힌 게슴츠레한 눈빛으로 말했다.

"언제까지나." 앨리스는 딜런이 자기 몸을 번쩍 들어 올려 침대로 데려가는 동안 꺅꺅대며 말했다. 그러면서 마음속으로 정말 멋진 시간이 될 거라고 되뇌었다. 둘이서 함께했던 그 어떤 멋진 밤보다 더 멋진 밤을 보내게 될 거라고.

댄스파티가 열리는 날, 앨리스는 집에 일찍 도착해서 부랴부랴 샤워했다. 새로 산 금빛 드레스를 입고 지퍼를 채우고, 입술에 립글로스를 바르고 마스카라로 눈썹을 한껏 밀어 올린 뒤, 뒷굽에 나비 모양의 금장식이 붙어 있는 새로 산 카우보이 부츠를 신었다. 딜런이 현관문으로 들어올 때 앨리스는 흥분해서 두 뺨이 상기되어 있었다. 앨리스는 딜런을 기다리는 동안 찬 맥주를 한잔 마셨고, 일부러 팬티도 입지 않고 있었다. 딜런을 후끈 달아오르게 하려면 어떻게 해야 하는지 앨리스는 잘 알고 있었다.

딜런은 앨리스를 보자마자 멈칫했다. 그러고는 그 자리에 서서 꼼짝도 하지 않았다.

“저녁 데이트 나갈 준비 됐어?” 앨리스가 싱긋 웃으며 물었다. 허리를 살짝 흔들면서.

딜런은 호주머니에 든 물건들을 조리대에 천천히 내려놓고는 아무 말 없이 부엌으로 걸어갔다.

딜런의 냉랭한 침묵에 앨리스는 명치끝이 아려 왔다. 딜런이 약장을 뒤지는 소리와 약 두 알이 톡톡 튀어나오는 소리가 들려왔다.

“자기, 괜찮아?” 앨리스는 참담한 실망감을 애써 감추며 물었다.

딜런이 대답하지 않자 앨리스는 부엌으로 갔다.

"자기?" 앨리스가 다시 불렀다.

딜런은 앨리스에게 등을 보인 채 차갑게 물었다. "그 꼴이 뭐야?"

"뭐라고?" 앨리스는 심장이 철렁 내려앉는 것 같았다.

"왜 그런 차림을 하고 있냔 말이야?"

앨리스는 자신의 새 드레스를 내려다보았다. 신비스럽던 금빛이 갑자기 야단스럽게 보였다.

마침내 딜런이 돌아보았다. 그의 눈동자는 검게 변해 있었다. "오늘 밤에 입으려고 새 옷을 샀어? 아니, 왜?" 그의 목소리가 떨렸다. "그렇게 한껏 차려입고 싶은 이유가 뭐야? 직장 사내들만 보면 몸이 후끈 달아올라 미치겠어?"

딜런이 앨리스의 몸을 위아래로 훑어보며 주위를 빙 도는 동안 앨리스의 몸은 얼음처럼 굳어 버렸다. 앨리스는 숨쉬기조차 고통스러웠다.

"대답해." 딜런이 조용히 말했다.

눈물이 앨리스의 눈동자에 그렁그렁 맺혔다. 앨리스는 대답할 말이 없었다. 앨리스의 목소리는 어디론가 사라지고 없었다.

루비는 뒷마당에 피워 놓은 모닥불가에 앉아 있었다. 그리고 한 손에는 펜을 쥐고 공책을 펼쳐 놓은 채 기다렸다. 루비는 부시 볼에는 눈곱만큼도 관심이 없었다. 그녀는 오늘 온종일 시가 자기를 향해 다가오고 있는 것을 느꼈고, 그 느낌을 놓치고 싶지 않았다.

모래언덕 두어 개 너머, 딜런의 집 진입로에서 보이는 심상치 않은 움직임이 루비의 정신을 어지럽혔다. 앨리스의 개가 후다닥 튀어나와 유칼립투스 뒤에 숨었고, 오락가락하는 딜런의 실루엣이 어둑하게 불 켜진 창에 비쳤다.

루비는 딜런의 움직임을 한참 지켜보았다. 그러고는 한숨을 깊게 내쉬고 나서 종이에 펜촉을 꾹꾹 누르며 적었다.

계절이 바뀌고 있다.

쓰라림이 공중을 떠돈다.

Desert oak 사막오크

부활

Allocasuarina decaisneana | 오스트레일리아 중부

피찬차차라어로 쿠르카라.
가늘고 곧은 가지를 가진 중간 크기의 나무.
뿌리가 지하수면까지 뻗으면 부채꼴 모양의 크고 무성한 수관이 형성된다.
성장 속도가 아주 느려서, 사막지대에서 볼 수 있는
다 자란 나무 중 상당수가 천 년 넘게 생존했을 가능성이 크다.
한번 불이 붙으면 쉽게 꺼지지 않기 때문에
불쏘시개용으로 잘 쓰인다.

봄의 한가운데, 그러니까 민트부시가 더는 꽃을 피우지 않는 우기가 시작될 무렵, 앨리스는 마치 오래전 물때 읽는 법을 배웠을 때처럼 딜런의 기분을 읽는 법을 터득했다. 앨리스가 늘 신경 쓰면서 시의적절하게 반응하기만 하면 두 사람은 더할 나위 없이 행복했다.

일주일 내내 비가 내려 킬릴피차라 주변의 도로와 산책로 전체가 붉은 곤죽 길로 변했다. 웅덩이에 빠지지 않게 조심하라는 경고문이 본부 게시판에 나붙었고, 앨리스도 그 경고문을 꼼꼼하게 읽었지만 실제 상황에서는 아무런 도움이 되지 못했다. 쿠투투 풀리 뒤편을 순찰하다가 앨리스의 픽업트럭이 웅덩이 속으로 곧장 들어갔다. 바퀴가 노면에 닿지 못하고 계속 헛돌았다. 페달을 세게 밟아도 보고 천천히 후진도 해 보았지만 아무 소용 없었다. 결국 앨리스는 무전으로 도움을 청했다.

서거가 제일 먼저 무전을 받고 와서 윈치로 앨리스의 차를 웅덩이에서 끌어냈다. 본부로 돌아가자 일을 마친 대원들이 간단한 안줏거리를 차려 놓고 맥주를 마시고 있었다.

"와서 한잔해요." 서거가 붉은 진흙으로 뒤덮인 픽업트럭에서 내려서며 말했다. "힘든 하루였잖아요?"

"핀타핀타," 루비가 주차장 건너편 사막오크 아래에서 손짓하며 앨리스를 불렀다. 그곳에 동료들이 맥주가 가득 들어 있는 아이스박스와 술안주가 차려진 테이블에 둘러앉아 있었다. "이리 와요. 서먹서먹하게 굴지 말고."

앨리스는 애써 서거에게 미소를 짓고는 루비를 향해 손을 흔들었다. 딜런은 거기 없었다. 어쩌면 오는 중인지도 몰랐다. 만일 그렇다면 앨리스는 기다려야 했다. 기다리지 않고 혼자 집으로 가면 딜런이 화낼 게 뻔하니까. 하지만 그게 아니라면……. 앨리스는 머리를 흔들어 어지러운 생각들을 떨쳐 냈다. 그리고 동료들이 있는 곳으로 걸어갔다. 그냥 딱 한 시간 정도만 머물 생각이었다.

루비가 앨리스에게 맥주를 건네며 말했다. "어이구, 얼굴 보니 참 좋네, 핀타핀타."

앨리스도 루비가 무척 반가웠다. 앵무새가 그려진 루비의 바지를 보자 입가에 절로 미소가 번졌다.

"진짜, 얼굴 본 지가 얼마 만이에요? 부시 볼에도 안 왔죠?" 니코가 물었다.

서거가 니코의 옆구리를 슬쩍 찔렀다. 갑자기 테이블 주위에 어색한 침묵이 감돌았다. 앨리스는 얼굴이 화끈거렸다.

"어어어쨌거나……." 서거가 맥주병을 들어 올리며 말했다.

곧바로 병들이 부딪치는 소리와 함께 건배 소리가 여기저기서 터져 나왔다. 앨리스는 맥주를 벌컥벌컥 들이켰다. 맥주가 몸에 들어가자 뻣뻣하게 굳었던 어깨가 느슨하게 풀리고 미간의 깊은 주름도 펴졌다. 동료들 사이에 오가는 편안하고 훈훈한 대화가 은은한 향유처럼 위안을 주었다.

맥주를 세 병째 마셨을 때, 앨리스는 문득 정신을 차리고 시간을 확인했다. 앨리스의 입에서 헉 소리가 났다. 벌써 두 시간이 훌쩍 지나 있었다.

앨리스는 허둥지둥 동료들에게 양해를 구한 뒤 곧장 딜런의 집으로 차를 몰았다. 집 앞에 도착하니 대문이 잠겨 있었다. 잠긴 적이 단 한 번도 없었던 문이었다. 앨리스는 문밖에서 딜런을 소리쳐 불렀으나 앨리스의 목소리는 바람에 휩쓸려 어딘가로 사라졌다. '핍은 어디 있을까? 딜런과 함께 있을까?'

앨리스는 전속력으로 팍스빌 주위를 돌아 자기 집 진입로 앞에 끽 멈췄다. 너무 오랜만이라 마치 낯선 집에 온 것 같았다. 대문 안에 있던 핍이 앨리스를 보자마자 신이 나서 뱅뱅 맴을 돌았다. 딜런이 핍을 울타리 안에 떨어뜨리고 간 게 분명했다. 앨리스는 현관문을 열고 집 안으로 들어갔다.

실내 공기는 텁텁했고 악취가 났다. 앨리스는 집 안을 샅샅이 뒤져서 마침내 스토브 밑에 설치한 덫에 끼어 있는 쥐 한 마리를 발견했다. 앨리스는 헛구역질하며 쥐의 사체를 치웠다. 그리고 문이란 문, 창문이란 창문은 죄다 활짝 열어 놓고 방향유 버너를 씻은 뒤 백단향과 로즈제라늄 향유를 붓고 티라이트 캔들에 불을 붙였다. 서가의 선반마다 붉은 흙먼지가 뽀얗게 덮여 있었다. 앨리스는 먼지를 닦으며 오랫동안 방치했던 책들의 책등을 어루만졌다. 그리고 찬장을 뒤져서 찾아낸 콩 통조림을 데웠다. 데운 콩은 거의 다 핍이 먹었다. 앨리스는 음식을 삼킬 수가 없었다. 밤새 딜런에게 전화했지만 받지 않았다. 앨리스는 뒤 베란다에 나가 꼬마전구 밑에서 바들바들 떨면서 모래언덕 건너편, 별빛 속에서 어둑한 윤곽을 드러내고 있는 딜런의 집을 바라보았다.

앨리스 마음속의 구덩이가 커졌다. 앨리스는 알 수 있었다. 딜런이 지금 자기를 벌주고 있다는 것을. 곧장 집으로, 자기한테로 오지 않았다고. 사람들과 맥주 한잔하고 가도 되는지 자기한테 먼저 물어보지 않았다고. 자기에게 의무를 다하지 않았다고. 앨리스는 직감적으로 알아챘다.

앨리스는 집으로 들어가 문을 잠갔다. 그리고 딱딱하게 뭉친 어깨를 풀려고 재빨리 뜨거운 물로 샤워를 하고는 곧바로 잠자리에 들었다. 핍이 앨리스 옆에 자리를 잡고 눕더니 곧바로 쌔근쌔근 코를 골았다.

앨리스는 잠결에 창밖에서 들리는 이상한 소리에 놀라 화들짝 깨어났다. 잔가지가 발밑에 깔려 우지끈 부러지는 소리였다. 앨리스는 침대에서 튀어나와 창가로 가서 커튼을 살짝 열어 보았다. 심장 고동 소리가 고막을 쿵쿵 울렸다. 핍이 어느새 깨어나 캉캉 짖었다. 눈이 차츰 별빛에 적응하면서 어둠이 내려앉은 뒤뜰이 보였다. 하지만 딜런의 그림자는 찾아볼 수 없었다.

다음 날 아침, 앨리스는 커피 한 모금 말고는 아무것도 넘길 수가 없

었다. 앨리스는 차를 몰고 출근하는 내내 몸을 떨었다. 앨리스가 본부에 차를 세우자 딜런이 마중 나와서 미소 지으며 두 손으로 앨리스의 얼굴을 감싸 쥐었다. 앨리스는 두려워하며 딜런의 눈치를 살폈지만, 딜런은 애정이 담뿍 담긴 눈빛으로 앨리스에게 키스하며 그녀의 뺨을 다정하게 어루만졌다.

"어제 두통이 너무 심해서 진통제 몇 알 먹고 곧바로 곯아떨어졌지 뭐야." 딜런이 말했다. "당신 전화기에 메시지나 문자를 남겼어야 했는데……. 미안해, 자기. 그래도 본부에서 다른 사람들과 재미있게 보냈지?"

앨리스는 얼굴을 붉히며 천천히 고개를 끄덕였다. '바보. 대체 왜 그런 거야?'

모두 공연한 걱정이었다.

앨리스는 딜런을 괴물로 만들었던 자기 자신을 책망했다.

나날이 해는 더 길어지고 황금빛 황혼은 더 찬란해졌다. 앨리스가 본부에서 한잔했던 날 밤의 일은 두 번 다시 거론되지 않았고, 앨리스 자신도 다른 사람들과 어울릴 생각을 하지 않았다. 두 사람만 있을 때는 세상이 평화로웠다. 그리고 그건 문제 될 게 없었다. 태어날 때부터 사교성이 없는 사람도 있으니까. 매일 아침 딜런의 품에 안긴 채 깨어날 때마다 앨리스는 자기가 있고 싶은 곳이 바로 이곳이라고 생각했다. 둘 사이가 가끔 삐걱거릴 때도 있었지만, 앨리스는 남녀 관계라는 것도 밀물과 썰물처럼 부침이 있게 마련이라고, 그렇게 삐걱거리면서 서로를 알아가는 거라고 자기 자신을 이해시켰다.

유난히도 화창하던 어느 날, 앨리스는 딜런보다 먼저 일을 끝내고 집에 도착했다. 그날 아침, 두 사람은 퇴근하면 함께 산책하러 나가기로 약속했다. 맥주 몇 병 챙겨 가서 모래언덕에 앉아 지는 해를 지켜보는 것도 괜찮을 성싶었다. 앨리스가 작업용 부츠를 벗은 다음 막 운동화로 갈아 신고 끈을 묶는데 전화벨이 울렸다.

"핀타핀타, 나 오늘 좀 늦어." 딜런이 한숨을 쉬며 말했다. "엔진이 나갔어. 최대한 빨리해 보겠지만, 아무래도 오늘은 산책하러 못 나갈 것 같아."

"자기, 괜찮아." 앨리스는 자신의 목소리에서 실망감이 드러나지 않기를 바라며 말했다. 온종일 사무실에서만 있었던 터라 신선한 공기를 쐴 생각에 잔뜩 기대감에 부풀어 있었다. "난 그냥 핍이랑 집에서 기다리고 있을게. 맛있는 저녁 준비하면서."

하지만 전화를 끊고 나서 얼마 되지 않아 핍이 스크린도어를 긁어대기 시작했다. 앨리스는 기대감에 부푼 핍의 털북숭이 얼굴을 바라보았다. 더없이 화창한 오후였다. 지금쯤 모래언덕은 석양에 잠겨 장밋빛으로 물들어 있을 터였다. 앨리스는 빵의 속살을 잘근잘근 씹으며 생각했다. 딜런과 지낸 이후로 핍과 단둘이 산책한 적이 없었다. 해 질 녘에 피처럼 붉은 사막완두 꽃밭의 이미지가 뇌리를 스쳤다. 딜런에게는 집에 있겠다고 했으나 오후가 너무나 찬란했다. 이런 날씨라면 딜런도 앨리스가 집 안에만 있는 걸 원치 않으리라.

"이리 와, 핍. 우리 오랜만에 여자만의 시간을 가져 볼까?" 앨리스는 신이 나서 뱅뱅 맴을 도는 핍에게 목줄을 채운 뒤 문밖으로 나갔다. 그리고 모래언덕을 넘어 운석공으로 향했다.

앨리스는 사막의 보물들을 차례차례 하나씩 만났다. 파스텔핑크빛과 샛노란 밀짚꽃, 회색과 잿빛이 섞인 깃털들, 꽃눈이 주렁주렁 매달린 유칼립투스 가지들……. 앨리스는 땅의 온기를 들이마시고, 병정게의 파란색과 피피조개의 오묘한 보랏빛이 혼합된 하늘을 두 눈에 가득 담았다. '사막은 바다의 오래된 꿈이죠.' 앨리스는 딜런과 처음 해돋이를 보았던 때를 떠올리며 빙그레 웃었다. 그리고 이곳에 온 지 얼마 되지 않았을 때 핍과 자주 올랐던 운석공 외벽을 오르면서 벅찬 감회에 젖었다. 그때는 마치 다른 행성에 떨어진 외계인처럼 모든 것이 낯설고 불확실했는데, 이젠 보람된 직업도 가졌고 평생 몰랐던 사랑을 알게 해 준 남자도 만났으니…….

운석공 꼭대기에 이르자 쿠투투 카아나가, 마음이 아리도록 아름다운 붉은 꽃들이 피어 있는 '심장의 정원'이 눈앞에 펼쳐졌다. 앨리스는 고개를 뒤로 젖히고 잠시 눈을 감았다. 마침내 온전히 자신만의 삶으로 돌아왔다는 만족감을 느끼면서.

앨리스는 머릿속으로는 저녁 메뉴를 생각하며 핍과 슬렁슬렁 오르막길을 올라갔다. 오르막길을 넘어서는 순간 갑자기 멈칫했다. 딜런의 집 진입로에 딜런의 픽업트럭이 서 있었다. 불안감이 심장 깊숙한 곳에서 파문처럼 번졌다. 앨리스는 떨리는 손으로 문을 열었다. 그리고 숨을 천천히, 고르게 쉬려고 노력했다. 얼마나 오랫동안 나가 있었을까? 앨리스는 알 수 없었다. 게다가 딜런에게 쪽지도 남기지 않았다. '괜찮을 거야. 괜찮을 거야.' 앨리스는 현관문으로 걸어갔다. '그를 괴

물로 만들지 마.'

집 안은 어둡고 고요했다.

"딜런?" 앨리스가 큰 소리로 말했다. "나 왔어." 앨리스는 핍의 목줄을 풀어 주고 운동화를 벗어 던졌다. "딜런?"

그다음의 일은 순식간에 벌어졌다. 핍의 고통스러운 울음소리. 고개를 돌리자마자 딜런이 핍의 갈비뼈를 걷어차는 모습을 보고 터져 나온 앨리스의 비명, 그리고 흰자위를 희번덕거리며 앨리스를 향해 달려드는 딜런…….

"어딜 싸돌아다닌 거야?" 딜런이 앨리스를 와락 움켜잡으며 다그쳤다. "누구랑 같이 있었어? 누구야? 대답해."

앨리스의 눈앞에 검은 점들이 떠다녔다. 딜런이 목을 조르며 마구 흔들자 목이 타는 듯 화끈거렸다. 허리가 휘고 척추에서 뚜두둑 소리가 났다.

"대답해."

딜런이 와락 밀치자 앨리스의 몸이 붕 떠올랐다. 포탄처럼 날아간 앨리스의 몸이 침실 문과 꽝 부딪쳤다. 그리고 우지끈 요란한 소리와 함께 경첩이 떨어져 나가면서 침실 문이 벌컥 열렸고, 앨리스는 방바닥에 나가떨어졌다.

앨리스는 바닥에 쓰러져 거칠게 숨을 헐떡였다. 앨리스의 정신은 마치 사고 현장에서 멀찌감치 떨어져서 구경하는 방관자처럼 육체를 떠나 공중을 이리저리 떠다녔다. 앨리스는 방 안쪽 굽도리널에 모여 있는 먼짓덩어리들을 응시했다. 앨리스는 먼짓덩어리에 매료되었다. 오른쪽 발밑에도, 바로 코앞에도 있었다. 어떻게 지금껏 한 번도 보지 못했을까? 그때 낑낑대는 소리가 나서 앨리스는 침대 밑을 바라보았다. 핍의 꼬리가 삐죽 나와 있었다.

"이리 와, 핍." 앨리스가 컥컥대며 말했다. 목이 따가웠다. 끊어질 듯한 고통이 등뼈를 타고 흘렀다. 핍을 밖으로 끌어낼 때까지 앨리스는 몇 번이나 달래며 유인해야 했다. 앨리스는 핍을 들어 품에 안고 얼른 벽에 몸을 기댔다. 그러고는 핍을 안고 앞뒤로 흔들어 주며 핍의 귀와 옆구리를 쓰다듬었다. 앨리스는 갈비뼈를 살살 눌러 가며 핍의 반응을 살펴보았다. 크게 아픈 데는 없는 것 같았다. 앨리스가 쓰다듬어 주자 핍이 앨리스의 턱을 핥았다.

앨리스는 호흡에만 집중하려고 눈을 감았다. 온몸이 욱신거리고 타박상을 입은 부위의 연약한 피부가 타는 듯 따끔거렸다.

시간이 흘렀다. 집 안은 조용했다. 냉장고가 낮게 웅웅거렸다. 한낮의 더위를 감지한 천장의 에어컨이 철컥 돌아갔다.

숨쉬기가 좀 더 수월해졌다. 거실에서 무슨 소리가 들려왔다.

딜런이 흐느끼는 소리였다.

앨리스는 안도의 한숨을 내쉬었다. 눈물은 폭풍이 끝났다는 의미니까.

앨리스는 비틀비틀 일어섰다. 핍이 종종걸음 치며 다시 침대 밑으로 들어갔다.

딜런은 두 손으로 머리를 감싼 채 소파에 앉아 있다가 앨리스가 다가오는 소리를 듣고 고개를 들었다. 핼쑥해진 얼굴이 눈물로 얼룩져 있었다.

"핀타핀타." 딜런이 끊어지는 목소리로 말했다. "저, 정말 미안해." 딜런은 고개를 떨구었다. "핍은 괜찮아? 내, 내가 정신이 나갔었나 봐." 딜런은 숨을 헐떡이며 말을 이었다. "집에 왔을 때 당신이 없어서 걱정되어 미치는 줄 알았어."

"펍이랑 잠시 산책하러 나갔던 거야." 앨리스의 머릿속에 토비의 기억이 생생하게 떠올랐다. 토비의 몸이 세탁기에 꽝 부딪는 소리가…….

"당신은 몰라." 딜런이 울먹이며 외쳤다. "당신은 모른다고. 나보다 나은 사내들이 이곳에 한 다스도 넘어. 당신은 그 사내들이 당신을 어떤 눈으로 보는지 모르지. 하지만 난 알아. 난 안다고, 핀타핀타. 나 없이 당신 혼자 산책하러 나갔다가 그자들 중 하나와 길에서 눈이라도 맞아서 예전에 나랑 그랬던 것처럼 일 끝나고 만나기 시작하면 어떡해?" 딜런이 훌쩍이며 말했다. "그런 일이 일어나면 어떡해?"

앨리스는 머리가 핑 돌 정도로 당황스러웠다. 딜런은 앨리스가 자기를 얼마나 사랑하는지 모르는 것일까?

"그자들 중 한 명이 당신과 만나기 시작하다가 사랑에 빠지기라도 하면 어떡하냐고!"

"딜런, 대체 그런 걱정은 왜 해?" 앨리스가 애원하듯 말했다. "당신, 모르겠어? 내 마음속엔 당신으로 가득 차서 다른 사람이 비집고 들어올 틈이 없단 말이야."

딜런이 제 얼굴을 할퀴며 말했다. "난 단지 당신에게 내 심정을 전달하고 싶을 뿐이었어." 딜런이 오열하며 말했다. "당신에 대한 사랑 때문에 내가 어떻게 변했는지 한 번 봐. 난 당신을 잃고 싶지 않아. 우리가 잠시 떨어져 있을 때 영영 당신을 잃게 될까 두려워서 미치는 줄 알았어. 난 그냥 당신과 영원히 함께 있고 싶을 뿐이야. 그래서 당신이 내 곁에 없으면 완전히 돌아 버리는 거야. 앨리스, 당신은 내 인생의 유일한 사랑이야. 빌어먹을 내 인생의 단 하나뿐인 사랑이라고!"

앨리스는 울기 시작했다.

"두 번 다시는 당신을 때리지 않을게. 내 마음, 알지?" 눈물방울이 딜런의 코 옆으로 줄줄 흘러내렸다. "다시는 당신을 때리지 않을게, 핀타 핀타."

앨리스는 그 말은 사실일 거라고 판단했다. 사실 딜런이 앨리스에게 손찌검한 적은 없었다. 다만 그의 마음속 두려움이 그가 통제력을 잃도록 만들었을 뿐.

"사랑해." 앨리스는 흔들리는 목소리로 힘주어 말했다.

딜런은 앨리스를 끌어안으며 말했다. "내가 당신에게 바라는 건 날 좀 도와 달라는 것뿐이야. 오늘처럼 행동해서 내가 아까처럼 완전히 돌아 버리지 않도록. 그렇게 해 줄 수 있지? 우리를 위해, 응?"

앨리스는 딜런의 얼굴을 살폈다. 그리고 그의 애원 어린 눈빛을 보고는 고개를 끄덕였다.

"다시는 이런 일 없을 거야. 다시는." 딜런은 앨리스에게 몸을 숙여 떨리는 입술로 키스했다. "두 번 다시는 없을 거야. 절대로."

딜런의 입술이 닿았던 앨리스의 입술 부위가 타는 듯 화끈거렸다.

그날 밤, 눈물 어린 사과와 대화의 시간을 가지고, 펍을 다시 꼼꼼히 살펴보고, 문에서 떨어진 지저깨비들을 깨끗이 치운 뒤 앨리스는 딜런의 손에 이끌려 욕실로 들어갔다. 딜런은 욕조에 더운물을 틀어 놓고 부드러운 손길로 앨리스의 옷을 벗겼다. 앨리스가 따듯한 물속에 들어가 앉자 딜런이 천천히, 다정하게 앨리스의 몸을 씻어 주었다. 앨리스의 몸에 대한 자신의 사랑과 사과의 말을 기도문처럼 읊조리면서. 그러고는 딜런도 옷을 벗고 욕조에 들어왔다. 앨리스는 편안히 딜런의 품에 안겼다. 마치 다시 태어난 사람처럼, 마치 딜런이 지금 낫게 해 주려고 애쓰고 있는 상처가 바로 딜런이 만들어 낸 것임을 잊어버린 사람처럼.

다음 날 아침, 딜런은 출근하기 전에 앨리스 머리맡에 있는 탁자 위에 뜨거운 커피 한 잔과 휘갈겨 쓴 쪽지를 남겼다. '일찍 나가야 하지만 깨우고 싶지 않았고, 어젯밤 일로 너무 괴로웠지만 당신을 사랑하는 마음은 예전보다 더 깊어졌다'는 내용의 쪽지였다.

앨리스는 일어나 앉으며 몸을 움찔했다. 온몸이 욱신거렸다. 절뚝거리면서 소변 보러 화장실에 갔다가 욕실 거울에 비친 제 모습을 보고 멈칫했다. 목에 딜런의 두 손과 똑같은 크기와 모양으로 푸르딩딩한 멍 자국이 나 있었다. 앨리스는 얼른 외면하고 소변을 본 다음 샤워부스 안으로 들어갔다. 샤워하는 내내 한 번도 거울을 보지 않았다.

앨리스는 출근 준비를 마친 후 핍을 집 밖에 내놓으려고 불렀지만 핍이 오지 않았다. 계속 이름을 부르며 찾아다녀도 보이지 않아 불안감이 점점 커질 무렵, 덤불 속에 숨어 있는 핍을 찾아냈다. 앨리스는 핍의 몸을 꼼꼼하게 확인해 보았다. 겉보기에는 크게 다친 데는 없는 것 같았다. 앨리스는 핍이 음식을 먹고 물까지 마시는 것을 확인하고서야 부랴부랴 본부로 달려갔다.

"오늘 날씨가 스카프 하기엔 좀 덥지 않아요?" 서거가 탕비실에서 앨리스 곁을 지나가며 농담처럼 말했다. 앨리스는 애써 웃으며 목에 맨 스카프를 다시 매만졌다.

앨리스는 책상 앞에 앉자마자 재빨리 이메일 창을 열고는 잠시도

주저하지 않고 이메일을 쓰기 시작했다.

안녕하세요, 모스.

좀 더 일찍 연락드리지 못해 죄송해요. 저는 블러프를 떠난 뒤로 킬릴피차라에서 살면서 경비대원으로 일하고 있어요. 이곳은 정말 멋진 곳이고, 저는 잘 지내고 있어요. 당신도 그럴 거라 믿어요.

이렇게 연락을 드린 것은 조언을 구하고 싶어서예요. 어제 핍이 사나운 말에 차였어요. 제가 어디 다친 데가 없는지 세심하게 살펴보았는데, 특별히 아픈 데는 없는 것 같아요. 그래도 핍이 평소와 달리 무기력해 보여 걱정이에요. 충격을 받아서 그런 걸까요? 이런 경우 추천해 주실 만한 약이 있을까요? 소염제 같은 거요. 조언해 주시면 정말 고맙겠습니다.

앨리스는 이메일을 한 번 더 읽은 다음 마음이 변하기 전에 '보내기' 버튼을 눌렀다.

몇 주 후, 앨리스와 딜런은 따로 출근했다. 사라가 딜런에게 출근하는 길에 엔진 상태를 점검해 달라고 부탁했기 때문이다.

"점심시간에 만나." 딜런이 자신의 픽업트럭에 오르면서 앨리스에게 말했다.

"점심 데이트네." 앨리스가 키스하며 말했다.

앨리스는 딜런이 떠나는 모습을 지켜보았다. 둘은 다시 제자리로 돌아왔다. 앨리스는 딜런의 부탁대로 딜런의 입장에서 생각하며 행동거지를 조심했고, 두 사람은 그렇게 평화롭고 행복하게 지냈다.

모스는 앨리스가 이메일을 보낸 그날 바로 답장을 보내왔다. 그는 소염제 처방을 해 주면서 앨리스에게 진찰받으러 핍을 데리고 아그네스 블러프로 오라고 썼다. 앨리스는 모스의 이메일을 읽자마자 바로 지웠다. 처방해 준 약은 인터넷으로 검색해 봤으나 구입처를 찾지 못해 애를 태웠는데, 다음날 특급 우편으로 항생제와 소염제가 가득 든 소포가 도착했다. 앨리스는 약을 음식에 타서 핍에게 먹이고 상태를 지켜보았다. 다행히 얼마 안 되어 핍은 평소의 행복한 모습으로 돌아왔다.

앨리스는 딜런의 깨진 조각들을 계속 이어 붙이고 있었다. 스스로 금가루를 뿌린 옻칠이 되어 그 조각들을 단단히 붙잡고 있었다.

앨리스가 본부에 도착했을 때 동료 대원들이 주차장에 모여 있었는데, 공기 중에 알 수 없는 긴장과 흥분의 기운이 넘실댔다.

"무슨 일이에요?" 앨리스가 픽업트럭에서 내려서면서 에이든에게 물었다.

"맞불 놓을 때가 됐어요." 에이든이 손에 종이를 가득 들고 사무실에서 막 나오는 사라에게 고갯짓을 하며 말했다.

"팔야, 여러분." 사라가 소리치며 대원들을 불렀다. "팔야." 대원들이 소리쳐 대답했다. "좋아요. 오늘 날씨는 맞불 작업하기 안성맞춤이군요. 오늘은 남쪽 가장자리 주변에 있는 방목지를 집중하여 공략합니다. 몇 개의 그룹으로 나누세요. 각 그룹의 리더는 맞불 작업 경험이 풍부한 대원이 맡아야 하니까, 니코와 에이든 그리고 서거가 각 그룹의 리더를 맡아서 대원들을 고르게 편성하도록 하세요. 방화복은 완벽하게 착용하세요. 그룹별로 물탱크 하나씩, 그리고 그 외 필요한 장비들을 모두 갖추세요. 여러분, 안전이 최우선입니다. 드립 토치[73]는 특히 조심해서 다루세요. 장난삼아 쏘는 일은 절대 없어야 합니다. 바람의 방향과 세기에 유의하세요. 무엇보다 중요한 것으로, 리더의 지시에 따라 행동하세요. 여기 지도가 있으니까 각자 한 부씩 가져가세요. 그리고 현장에 나가기 전에 모두 무전기 전원이 충전되어 있는지 확인하세요." 사라가 지도를 나누어 준 다음 사무실로 돌아가려고 돌아섰다.

사람들이 모여들자 앨리스는 까치발을 하고 서서 딜런을 찾았다. '맞불 놓을 때가 됐어요.' 앨리스는 갑자기 몰아닥치는 어린 시절의 기억에 맞서 싸웠다. '온 세상 사람들이 불을 사용하지.' 오래전 어느 겨울날 엄마가 정원에서 하던 말이 귓전에 쟁쟁 울렸다. '무언가를 다른 것으로 탈바꿈시키는 일종의 주문 같은 거야.' 앨리스의 손바닥이 땀으로 척척했다. 앨리스는 딜런의 얼굴을 찾아 계속 주위를 살폈다. 하지만 딜런은 거기 없었다.

"저기, 사라?" 앨리스가 사라를 불렀다.

사라가 돌아보며 대답했다. "앨리스?"

"저기, 죄송한데요. 오늘 맞불 작업에 딜런은 안 나가나 해서요." 앨리스는 자기 목소리가 꼭 어린애 목소리처럼 들려 움찔했다.

"안 나가요." 사라가 천천히 말했다. "딜런은 이미 맞불 작업에 참여한 경험이 많아서 제외됐어요. 우리는 언제든 현장에 곧바로 투입할 수 있는 대원이 필요하고, 그런 대원들은 많을수록 좋으니까요." 사라가 앨리스의 표정을 살피며 말을 이었다. "오늘 작업은 특히 위험해서

73) 손에 들고, 타고 있는 액체 연료를 태울 물질 위에 떨어뜨려 불을 붙이는 장치.

일에 집중할 수 없는 대원은 내보낼 수 없어요. 앨리스를 이 작업에 투입한 건, 지금까지 성실하게 일해 왔고 늘 발전하려고 노력하는 모습을 보였기 때문이에요. 하지만 오늘 컨디션이 좋지 않으면……."

"아니에요." 앨리스가 불쑥 말했다. "아니, 전 괜찮아요. 갈 수 있어요."

"정말이에요?"

"아, 그럼요."

사라가 고개를 끄덕이더니 유니폼 보관창고 근처에 서 있는 에이든을 불렀다. "에이든, 오늘 앨리스와 같이 나가세요."

"팔야." 에이든이 소리쳐 대답했다.

"에이든의 지시에 따르세요." 사라는 사무실로 가려고 돌아섰다. 그리고 몇 걸음 걸어가다가 고개를 돌려 앨리스에게 말했다. "첫 맞불 작업이니, 멋지게 해 보세요."

앨리스는 허둥지둥 창고 쪽으로 걸어갔다. '괜찮을 거야. 사라는 다양한 기술을 배우라고 나를 이 작업에 차출한 거야.' 누가 들어도 충분히 납득할 수 있는 상황이었다. 앨리스가 일부러 딜런을 배제한 게 아니지 않은가? 그리고 앨리스 자신도 전혀 예상치 못한 임무에 투입된 것이니까 점심시간에 못 만난다 해도 딜런은 충분히 이해해 줄 것 같았다. '딜런은 이해해 줄 거야.'

앨리스는 남쪽 방목장으로 차를 몰고 가면서, 일을 마친 후 딜런과 맥주 한잔하며 맞불 작업에 차출되어 설렜던 것에 대해 이야기 나누는 장면을 상상하려고 애썼다. 삭막한 풍경 속에서 활짝 핀 파라킬야 무리가 보랏빛 줄무늬처럼 차창 밖으로 스쳐 지나가자 아버지의 기억과 함께 소름 끼칠 정도로 익숙한 오래된 공포감이 앨리스의 몸에서 깨어났다.

그들은 운석공의 동남쪽 가장자리에 차를 세웠다.

"나란히 일렬로 서서 작업한다." 다들 드립 토치를 사용할 준비를 마치자 에이든이 대원들에게 말했다. "여러분이 맞불 작업이 처음이든 열다섯 번째든 간에 명심해야 할 것은, 맨 처음 불을 놓을 때 절대 앞 방향으로 놓으면 안 된다는 거다. 그러면 불 속으로 들어가게 된다. 자기 뒤편에서 불을 놓고, 불에서 떨어진다. 알아?"

앨리스는 고개를 끄덕였다. 방화 장갑을 낀 두 손이 땀에 흥건히 젖어 있었다. 앨리스는 드립 토치를 단단히 잡았으나 너무 무거워서 팔이 덜덜 떨렸다. 기기 속에서 연료가 출렁이는 소리가 나자 앨리스는 속이 울렁거렸다.

"무전기 확인한다." 에이든이 말하자 대원들은 각자 차고 있는 무전기 스위치가 켜져 있는지 확인했다. "좋다. 불 놓기 실시."

대원들이 차례로 드립 토치 노즐에 불을 붙였다. 앨리스는 자기 토치에 불이 붙자 움찔했다. 불길이 마치 살아 있는 생물처럼 쉭쉭댔다. 앨리스의 손이 부들부들 떨렸다.

"통기 밸브를 반드시 열어 놓도록!" 에이든이 소리쳤다. 그러고는 앨리스 쪽으로 돌아보았다. "몸 뒤쪽 땅에 불꽃을 떨어뜨려요. 자, 이렇게." 에이든은 그렇게 말하면서 앨리스의 드립 토치의 노즐을 스피니펙스 덤불 위로 기울여서 불을 놓은 다음 뒤로 물러났다. 에이든은 그런 식으로 계속 불을 놓고 물러서고, 불을 놓고 물러서기를 반복했다. "불을 놓고 나면 항상 불에서 떨어지세요."

불붙은 대지에서 나는 타닥타닥 쉭쉭 소리가 대기를 가득 메웠다. 앨리스는 붉은 흙과 덤불들을 헤치고 천천히 걸어가면서 자기 뒤쪽에 드립 토치를 기울여 불을 놓았다. 그러는 내내 작업용 부츠를 신은 자기 발에 집중하려고 애썼다.

'하나, 둘, 놓기. 하나, 둘, 놓기.'

'나, 여깄어, 툭. 나, 여깄어, 툭.'

기억 속의 장면들이 앨리스의 눈앞에 펼쳐졌다. 토비와 함께 아버지의 창고에서 도망쳐 나올 때 부옇게 흐려지던 땅. 두 뺨에 확 끼치던 뜨거운 바람. 하늘을 갈가리 갈라놓던 번개. 시퍼렇게 멍든 몸으로 바다에서 올라오던 아름다운 엄마.

"앨리스."

앨리스는 그제야 자신이 꼼짝하지 않고 서 있었다는 사실을 깨달았다.

"계속 움직여." 앨리스와 50미터쯤 떨어진 곳에 서 있던 에이든은 다른 대원들에게 지시하고 나서 다시 앨리스를 소리쳐 불렀다.

"딱 한 발자국만 내 쪽으로 걸어와요. 바로 지금." 에이든의 표정은 침착했고 목소리도 차분했다.

앨리스는 자기 발을 내려다보았다. 두 발은 움직이기를 거부했다.

"앨리스. 할 수 있어요. 내게로 걸어와요. 자, 어서." 에이든이 좀 더 다급하게 말했다.

앨리스는 벌벌 떨었다. 손에 들고 있는 드립 토치와 연료통이 심하게 흔들렸다. 앨리스의 두 발은 여전히 꼼짝도 하지 않았다. 앨리스 바로 뒤에서 이글대는 불의 장벽에서 뿜어져 나오는 열기가 앨리스가 입고 있는 소방 장비를 뚫고 들어오기 시작했다.

"앨리스." 에이든이 앨리스에게 달려오며 소리쳤다.

앨리스는 여전히 몸을 움직이지 못했다.

에이든이 앨리스 옆으로 와서 앨리스의 몸을 받쳐 주며 말했다. "내가 팔을 잡고 끌어당길 테니까, 나랑 함께 뛰는 거예요. 오케이?"

앨리스는 고개를 끄덕인 다음 에이든의 몸에 기댄 채 앞으로 움직였다. 그러고는 에이든의 발과 보조를 맞추지 못하고 꼴사납게 버둥대는 자기 발을 내려다보면서 에이든과 함께 뛰어갔다.

방화선에서 멀찌감치 떨어진 안전한 곳에 이르렀을 때, 에이든이 배낭을 풀어서 물병과 젤리빈 봉지를 꺼냈다.

"자, 받아요." 에이든이 물병과 젤리빈을 앨리스에게 건네며 말했다. 그러고는 앨리스가 물을 마시고 젤리를 먹는 모습을 유심히 쳐다보았다.

"고마워요." 앨리스는 충분히 물을 마신 뒤 물병을 다시 에이든에게 주며 말했다.

"지나갔어요?" 에이든이 물었다.

앨리스가 고개를 끄덕였다.

"룰루도 가끔 공황장애를 겪곤 해요. 나한테는 현기증이라고 둘러대지만요."

앨리스가 에이든을 흘깃 쳐다보았다. 룰루도 공황장애를 겪는다는 걸 앨리스는 모르고 있었다.

"이제 기분이 어때요? 본부에 무전을 쳐서 후송 요청할까요?"

"아니에요." 앨리스가 대답했다. "그럴 필요 없어요. 곧 괜찮아질 거예요." 앨리스는 드립 토치를 꽉 움켜잡았다. "아니, 전 괜찮아요." 앨리스는 목소리에 힘을 주어 다시 말했다.

에이든이 앨리스를 자세히 살펴보았다. 그러고는 다시 배낭을 짊어지면서 고개를 끄덕이며 말했다. "알겠어요. 하지만 나랑 같이 작업합시다. 내가 하는 대로 따라 해요."

두 사람이 다시 방목장으로 가서 함께 체계적으로 맞불 작업을 하는 동안, 앨리스는 어깨의 긴장감이 풀리는 것을 느꼈다. 그리고 손도 더는 떨리지 않았다. 앨리스는 에이든의 주의 깊은 감독과 지원 아래 임무를 무사히 끝냈다.

한 시간 뒤, 픽업팀이 도착해서 맞불 작업에 투입된 대원들을 사륜 오토바이에 태우고 불을 피해 황야를 달렸다. 그리고 맞불 현장과 멀리 떨어진 모래언덕 꼭대기에서 멈췄다. 사막오크 그늘 밑에서 점심을 먹기 위해서였다. 앨리스는 물병을 꺼내서 두 눈을 감은 채 물을 벌컥벌컥 들이켰다. 겨드랑이가 공포의 식은땀으로 축축이 젖어 있었다.

다른 대원들이 샌드위치를 먹으며 수다를 떠는 동안, 앨리스는 멀리서 오렌지빛으로 이글대는 불길에 등을 돌린 채 그들과 떨어져 앉아 있었다. 에이든과 눈이 마주치자 앨리스는 감사의 미소를 감추지 않았다.

맞불 작업을 마치고 본부로 돌아온 앨리스는 딜런을 보러 집으로

가려고 서둘러 뒷정리를 했다. 그리고 막 사무실을 나가려는데 에이든이 불렀다.

"앨리스, 지금 저녁 순찰팀한테서 지원 요청을 받아 나가 봐야 해서, 나 대신 안전 점검을 해 줄 사람이 필요해요. 오래 걸리지 않을 거예요. 앨리스가 대신 좀 해 줄래요?"

앨리스는 차오르는 두려움을 꿀꺽 삼키며 대답했다. "물론이죠."

그때 루비가 주차장 건너편에서 소리쳐 불렀다. "어이, 핀타핀타. 나도 도와줄 테니 나중에 집까지 좀 태워 줘."

"좋아요!" 에이든이 말했다. "일손이 많으면 일이 더 즐겁죠. 고마워요, 앨리스." 에이든은 돌아서서 걸어가다가 다시 돌아왔다. 두 팔을 활짝 벌린 채. "오늘 멋지게 해냈어요, 앨리스. 정말 잘했어요." 에이든이 짧지만 따듯하게 앨리스를 포옹했다.

"고마워요." 앨리스가 말했다. "그리고 오늘 도와주신 거 정말 감사해요."

에이든이 떠난 뒤, 앨리스는 루비와 함께 창고로 걸어가다가 자동차 엔진이 빠르게 돌아가는 소리를 들었다. 본부에서 쏜살같이 달려가는 픽업트럭의 차창으로 딜런의 옆모습이 얼핏 보이자 앨리스의 심장이 철렁 내려앉았다.

일을 다 끝냈을 무렵, 앨리스는 두려움에 뱃속이 뒤틀리는 듯했다.

"눈투 팔야, 핀타핀타?" 루비가 앨리스의 트럭에 올라타며 물었다. "괜찮아?"

앨리스는 대답하지 못했다. 목소리가 어떻게 나올지 몰랐기 때문이었다.

"오늘 불 때문에 많이 놀랐나 보군." 루비가 말했다. 앨리스는 다시 아무 말 없이 고개를 끄덕였다. "그래, 불은 무섭지. 하지만 불은 다양한 측면을 가지고 있어. 예를 들면 불은 약과 같은 역할을 하기도 해. 대지를 건강하게 유지해 주고, 그 결과 우리 인간도 건강하게 살도록 해 주지. 우리는 불을 피운 땅에서 삶을 일구고 살아가. 그런 걸 생각하면 불은 무섭다기보다 고마운 존재라 할 수 있지. 안 그래?"

"약이라고요?" 앨리스가 심란한 표정으로 되물었다.

"오늘 자네가 맞불을 놓은 방목장에는 온갖 식물들의 씨앗 꼬투리가 널려 있어." 루비가 설명했다. "그 꼬투리들이 터져서 싹을 틔우려면 불이 꼭 필요하지. 오늘 자네가 맞불을 피우지 않았다면 그 땅은 병이 들고 말 거야. 땅이 병들면 우리의 이야기도 병들고, 우리도 병들고 말아."

"불이 저에게 약이었던 적은 한 번도 없었어요." 앨리스가 조용히 말했다. "저도 한때는 그렇게 생각한 적이 있었어요. 하지만 결국 모든 것의 종말을 가져다줄 뿐이었어요."

앨리스는 곁눈으로 자기를 가만히 쳐다보고 있는 루비의 모습을 볼 수 있었다. 그때 두 사람의 무전기가 칙칙거리며 루비의 이름을 불렀다. 루비가 무전기를 꺼내 응대하고는 다시 제자리에 꽂았다.

두 사람은 집으로 가는 내내 아무 말도 하지 않았다.

앨리스는 루비를 내려 주고는 작업장으로 다시 돌아갔다. 작업장 바깥에 딜런의 업무용 픽업트럭이 주차되어 있었다. 에이든과 포옹하는 걸 딜런이 봤을까? 그게 무슨 문제가 될까? 설마……. 원래 계획대로 점심을 함께 먹지도 못했고 온종일 서로 연락하지도 않았지만, 갑자기 맞불 작업에 차출되어서 연락하지 못한 것이니 충분히 이해할 수 있는 문제 아닌가. 그리고 사라의 말로는 딜런은 이미 맞불 작업에 많이 참여했다고 했으니, 내가 경험 쌓을 기회를 한 번 얻었다고 해서 그렇게 기분 나쁠 것도 없을 거야.

앨리스는 딜런이 에이든이나 오늘 자기가 한 일에 대해 질투하지 않을 거라는 희망 섞인 예상을 하며 작업장 안으로 들어갔다. 딜런이 제 입으로 말하지 않았던가. 앨리스가 자기 인생의 유일한 사랑이라고. 그런 그를 안 믿는다면 그거야말로 두 사람의 관계에 해를 끼치는 행동이 아니겠는가? 앨리스는 앞으로 펼쳐질 장면을 머릿속에 그려 보았다. 딜런이 자기를 꼭 안아 주면서 당신이 정말 자랑스럽다고 말해 주는 모습, 그리고 딜런이 서둘러 자기를 집으로 데려가서 맥주 한 병을 따 주면서 오늘 있었던 일에 대해 다 듣고 싶다며 질문 공세를 퍼붓는 장면을…….

앨리스가 작업장 안으로 들어갔는데도 딜런은 이메일 창이 떠 있는 컴퓨터 화면에서 눈을 떼지 않았다. 딜런의 얼굴에 컴퓨터 화면의 창백한 불빛이 드리워져 있었다.

"자기." 앨리스가 애써 미소를 지으며 말했다.

딜런의 입은 굳게 다물려 있었다. 딜런은 아무 대꾸도 하지 않았다. 앨리스는 기다렸다.

"들었어? 나 오늘 처음으로 맞불 작업에 투입됐어." 앨리스가 말했다. 억지 미소를 지은 탓에 얼굴 근육이 얼얼했다. 딜런은 여전히 앨리스를 쳐다보지 않았다. 그의 턱 근육이 씰룩거렸다.

"들었어." 딜런은 여전히 컴퓨터 화면을 응시한 채 말했다. "뭐, 놀랄 일은 아니지. 만인의 연인께서 맞불 작업에 선택되신 거니까."

공포가 앨리스의 뱃속을 관통했다. 딜런이 앨리스를 돌아보았을 때, 딜런의 눈은 시커멓게 움푹 패어 있었다.

"하지만 이게 네 전공이잖아, 안 그래? 그 커다란 눈으로 살살 웃으며 사람들 심장을 벌렁거리게 하는 거. 사람들은 너라면 사족을 못 쓰잖아, 안 그래? 그러면 넌 사람들을 무슨 악기 다루듯 가지고 놀지."

앨리스의 두 발이 땅에 박힌 듯 꼼짝도 하지 않았다.

"그래, 맞불 작업은 어땠어?" 딜런의 입가에 잔인한 미소가 번졌다. "계속해 봐. 나한테 오늘 있었던 일 자랑하고 싶잖아? 그래, 다 얘기해 봐. 오토바이에 누구랑 탔어? 응?" 딜런이 의자를 드르륵 밀며 벌떡 일어났다. 앨리스는 움찔했다. "오토바이에 올라타서 누구 엉덩이에 네 다리를 둘렀어? 말해, 앨리스!" 딜런이 책상을 쾅 내리치며 말했다. "네 훈련 기록 다 확인해 봤는데 사륜 오토바이 면허증은 없더군. 그러니까 거짓말할 생각 하지 마. 누구랑 붙어 있었어?" 딜런의 입가에 거품이 허옇게 끼어 있었다. 앨리스는 아무 말도 할 수 없었다.

"누구랑 있었는지 말해!" 딜런이 악을 쓰며 소리쳤다.

눈물이 앨리스의 뺨을 타고 주르르 흘렀다. 딜런의 움직임이 어찌나 빨랐던지 앨리스는 마음의 준비를 할 틈도 없었다. 딜런이 앨리스의 한쪽 팔을 움켜잡고 등 뒤로 홱 비틀었다.

"말해." 딜런이 앨리스의 귀에 대고 속삭였다.

딜런이 앨리스를 벽에 내동댕이쳤을 때, 늑골에 엄청난 충격이 가해졌다. 앨리스는 숨을 쉴 수가 없었다. 아무 소리도 들리지 않았다. 앨리스는 자기 자신에게 다그쳤다. '도망쳐. 도망쳐.'

"어, 그래. 그거지. 도망쳐. 넌 사내 애간장만 태우고 도망치는 데 이골이 난 여자잖아. 에이든이랑 끌어안는 거 다 봤어. 난 네가 어떤 여잔지 다 알아. 그래, 가, 도망쳐!" 앨리스 뒤에서 딜런의 목소리가 쩌렁쩌렁 울렸다. "눈꼴신 거 안 봐도 돼서 속 시원하다!"

앨리스의 자아가 둘로 분리되었다. 앨리스는 몸을 뒤틀어 딜런의 손아귀에서 빠져나와 트럭을 향해 냅다 달렸다. 그리고 자동차 키를 돌림과 동시에 액셀러레이터를 밟고 도로를 달렸다. 그러는 내내 육신과 분리된 앨리스의 정신은 위쪽 어딘가에서 떠돌며 자신을 지켜보았다. 앨리스는 딜런 집 문 앞에 차를 세워서 핍을 들어 안았다. 그런 다음 다시 트럭으로 돌아가서 전조등 불빛에 의지하며 집으로 돌아갔다.

앨리스가 커브 길을 돌았을 때, 먼지투성이 렌터카 한 대가 집 진입로에 주차된 것이 보였다. 앨리스는 차를 세운 다음 비틀거리며 그 차 옆에 다가가 차창을 통해 안을 들여다보았다.

낮은 목소리가 집 뒤에서 들려왔고, 짙은 담배 냄새가 풍겨 왔다. 핍이 차고를 가로질러 달려갔다.

갑자기 두 다리가 납덩이처럼 무거워졌다. 앨리스는 천천히 뒷마당으로 걸어갔다. 거기, 하루의 마지막 빛 속에 트윅과 캔디 베이비가 서 있었다.

Lantern bush 랜턴부시

희망이 나를 눈멀게 할지도 모른다

Abutilon leucopetalum | 오스트레일리아 북부

피찬차차라어로 치린치린파.
건조한 지역에서 자라며, 종종 오지의 암석 지대에서도 발견된다.
잎사귀는 하트 모양을 하고 있으며,
주로 겨울과 봄에 히비스커스를 닮은 노란 꽃을 피운다.
하지만 때로는 사시사철 꽃을 피워서
일년 내내 환한 빛으로 주위를 밝히기도 한다.
아낭구 부족 아이들은 치린치린파로 작은 장난감 창을 만들어 놀기도 한다.

캔디는 앨리스를 보자마자 울음을 터트렸다. 그러고는 앨리스에게 달려와 법석을 떨며 앨리스의 얼굴과 머리카락을 쓰다듬었다.

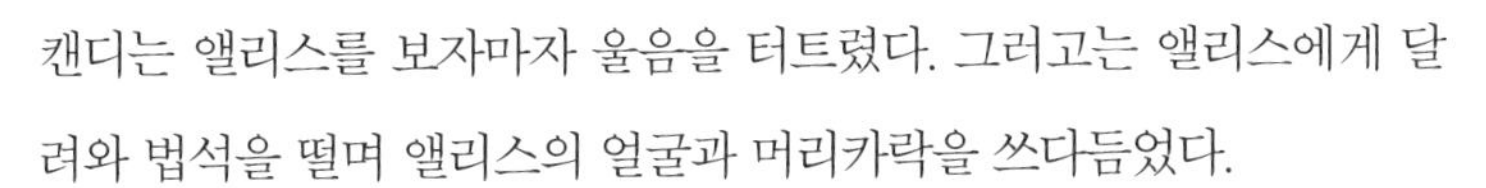

트윅은 뒤에 남아서 피우던 담배를 발밑에 떨어뜨려 신발 뒤꿈치로 비벼 껐다. 그러고 나서 앞으로 나와 앨리스를 품에 안았다.

차를 만드는 앨리스의 손이 바르르 떨렸다. 김이 앨리스의 살갗과 피부에 들러붙었다. 딜런의 분노가, 그의 얼굴에 역력히 드러난 혐오감과 해치려는 의도로 휘두른 완력이 앨리스의 머릿속을 끊임없이 어지럽히고 있었다.

앨리스는 캔디와 트윅이 앉아 있는 테이블로 찻잔 세 개를 가져갔

다. 참으로 익숙하면서도 사막에서 자신의 삶과는 너무나도 어울리지 않는 풍경이었다. 찻잔 세 개가 바르르 떨며 식탁에 내려앉았다.

"괜찮아?" 캔디가 팔을 뻗어 제 손을 앨리스의 손에 올려놓으며 말했다.

앨리스는 의자에 앉아서 잠깐 눈을 감으며 고개를 끄덕였다.

"저는 어떻게 찾아냈어요?" 앨리스가 중얼거리듯 말했다.

두 사람이 눈빛을 교환했다.

트윅이 차를 한 모금 홀짝였다. "모스 플레처."

"그 수의사요?" 앨리스가 화들짝 놀라며 소리쳤다. "아그네스 블러프에 있는?"

트윅이 고개를 끄덕였다. "너를 의사한테 데려갔을 때 네 트럭에 찍힌 문장을 봤대. 네 가족을 찾으려고 인터넷에서 손필드를 검색해서 우리한테 전화했었어. 그리고 최근에 너한테서 이메일을 받은 뒤에 우리한테 전화해서 네가 여기 있다고 알려줬어."

앨리스는 두 여인을 쳐다볼 수가 없었다. "아니, 그 사람은 무슨 권리로 그런 쓸데없는 짓을……." 그때 딜런의 목소리가 귀에 쟁쟁 울렸다. '넌 사람들을 무슨 악기 다루듯 가지고 놀지.'

"하지만 그 수의사가 전화해 준 덕에 우리는 마음을 놓을 수 있었어." 캔디가 눈물을 훔치며 말했다. "넌 그냥 떠나 버렸잖아, 스위트피. 우리가 얼마나 애를 태웠는지 알아? 하루도 빠짐없이 너한테 문자 보내고 전화하고 이메일을 보냈는데……." 캔디의 목소리가 갈라졌다. "넌 자취를 감춰 버렸어."

바깥에서는 퍼렇게 멍든 하늘 아래에서 꼬마전구들이 깜빡이고 있었다. '딜런이 전화했을까?' 앨리스의 머리가 욱신거렸다. 아드레날린이 앨리스의 몸에 토사 같은 피로만 남긴 채 서서히 사라지고 있었다.

"제가 왜 '자취를 감춰 버렸'는지 잘 아시잖아요." 앨리스가 말했다. "그럼, 제가 그 상황에서 달리 뭘 어떻게 해야 했죠?"

"네 입장에서는 이해하기 힘들겠지만, 준은 너를 보호하려고 그랬던 거야."

"오 맙소사. 이 무슨……." 앨리스는 갑자기 벌떡 일어나 의자를 뒤로 밀었다. "더는 못 듣겠어." 앨리스는 두 손을 들어 올리며 중얼거렸다. 앨리스는 더는 싸울 의지가 없었고, 두 사람과 마주 앉고 싶지도 않았다. 머릿속에는 오직 딜런 생각만으로 가득 차서 지난 추억이나 과거의 유령 따위를 생각할 여지가 없었다. 마음 한구석에서는 두 사람에게 너무 심하게 대하는 게 아닌가 하는 생각도 들었다. 이 두 여인이 무슨 죄가 있어서 다른 사람에 대한 공포와 고통과 분노를 오롯이 감내해야 한단 말인가. 앨리스는 그 자리를 피해 잠시 머리를 식히는 것이 모두를 위해 좋은 일이라 판단했다.

"잠시 저 혼자 있게 해 주세요." 앨리스는 돌아서서 샤워하러 욕실로 향했다. 막 욕실 문을 닫으려는데 캔디가 말했다.

"준이 돌아가셨어, 앨리스."

그 말이 기관총처럼 앨리스를 난사했다. 앨리스는 캔디의 입술이 움직이는 것은 볼 수 있었지만, 말소리는 마치 가위질당한 필름처럼 토막토막 끊기듯 들렸다.

"…… 심장마비를 일으켜서……."

앨리스는 캔디의 말을 제대로 들으려고 머리를 흔들었다. 다리에 감각이 없었다.

"…… 홍수 때문에 읍내로 가는 길이 끊겼지. 준은 밤이나 낮이나 물이 불어나는 광경을 지켜보며 뒤 베란다에 앉아 있었어. 우리가 발견했을 때, 준은 눈을 부릅뜨고 폐허가 된 꽃밭을 응시하고 있었어." 캔디가 텅 빈 표정으로 말했다.

앨리스는 두 사람을 바라보았다. 마치 처음 보는 것처럼. 이제야 두 여인의 모습이 제대로 보였다. 캔디의 눈은 핏발이 서 있었고, 파란색 머리카락은 칙칙하고 푸석푸석했다. 트윅은 귀밑머리가 하얘졌고, 몸매가 드러나지 않는 옷을 입고 있었으나 몸이 눈에 띄게 수척해 보였다.

준이 죽었다.

앨리스는 비틀비틀 욕실로 들어가 문을 닫고 욕실 문에 등을 기댔다. 그러자마자 다리에 힘이 풀려 주르르 미끄러져 바닥에 털썩 주저앉고 말았다. 앨리스는 어떻게든 위로받고 싶은 마음에 엉금엉금 기어가 샤워기를 틀고는 옷을 입은 채 쏟아지는 더운물 밑에 앉았다. 그리고 두 팔로 무릎을 감싼 채 얼굴을 쳐들고 물을 맞으며 흐느껴 울었다.

앨리스는 샤워를 마친 후에도 오랫동안 욕실에 머물러 있었다. 말 한마디도 하기 싫고 손가락 하나도 까딱하기 싫어 타월로 몸을 감싼 채 눈을 감고 물 빠진 욕조에 누워 있었다.

닫힌 욕실 문틈 사이로 트윅과 캔디가 거실에서 대화하는 소리가 웅웅 스며들어 왔다. 뒤 베란다로 통하는 미닫이문이 열리는 소리, 부엌 싱크대에서 찻잔 씻는 소리, 식탁 의자가 리놀륨 장판에 끼익 끌리는 소리, 그리고 욕실 문 쪽으로 다가오는 발소리…….

“앨리스.” 트윅의 목소리였다. “우리는 여기를 나가서 리조트에서 방을 잡는 게 좋을 것 같구나. 너한테 혼자만의 시간도 줄 겸. 아무 예고도 없이 이런 소식을 전한 게 큰 실수였다.” 잠시 침묵이 흘렀다. “정말로 미안하다.” 또 다른 침묵, 그리고 멀어지는 발소리. 이윽고 현관문이 열리는 소리가 나자 밀려드는 후회가 앨리스를 욕조 밖으로 밀쳐냈다. 앨리스가 욕실 문을 벌컥 열자 핍이 앨리스의 다리 사이를 통과해서 욕실 안으로 뛰어들어 왔다.

“잠깐만요.” 앨리스가 소리쳤다.

트윅과 캔디는 벌써 현관문을 열고 밖으로 나가려던 참이었다. 앨리스의 목소리가 들리자 두 사람은 문간에서 뒷걸음질 쳤다.

“그냥 여기서 지내세요. 이 집에 두 분이 주무실 방은 많아요. 저는 오늘부터 나흘 동안 휴무예요.” 앨리스는 턱을 들어 올리며 말을 이었다. “여기서 주무세요. 저랑 이야기 좀 해요.” 심장박동 소리가 앨리스의 귓전을 울렸다.

트윅과 캔디는 서로 눈짓을 주고받았다. 먼저 입을 연 것은 캔디였다. “내가 서둘러 저녁을 차리면 어떨까? 우리 둘 다 속이 비면 아무 구실도 못 해.”

캔디가 팔을 걷어붙이며 부엌으로 향하고 트윅은 담배를 피우러 뒤 베란다에 나가 있는 동안, 앨리스는 옷을 갈아입으러 침실로 들어갔다. 다리 하나 팔 하나 들어 올리기가 그렇게 고통스럽고 힘들 수가 없었다. 앨리스는 용을 쓰며 팬티를 입었다. 그리고 바지에 한쪽 다리를 넣었다. ‘준은 많이 고통스러웠을까?’ 다른 쪽 다리를 넣었다. ‘준은 심장마비를 일으켰을 때 자신이 죽는다는 것을 알았을까?’ 셔츠를 머리 위로 당겨 입었다. ‘준은 울거나 도와 달라고 소리 질렀을까? 두려웠을까?' 앨리스는 머리가 너무 무거워 목이 꺾일 것만 같았다. 잠시 머리를 베개에 누이고 휴식을 취하려고 침대로 기어올라 갔다. 그리고 몸을 동그랗게 웅크렸다.

거기 딜런이 있었다.

앨리스가 입은 셔츠에서 싱그런 초록빛을 닮은 딜런의 향수 냄새가 은은히 풍겨 나왔다. 그의 몸, 그의 꿈들, 그리고 흙먼지와 소금기가 스며 있는 그의 숨결…….

앨리스는 셔츠 목 부분을 끌어당겨 코에 갖다 대고 숨을 깊이 들이마셨다. 딜런은 맞불 작업에 제외되어 무척 화가 났던 거다. 그는 평소에도 남자들이 앨리스에게 관심을 보이거나 눈길을 줄 때마다 무척 예민하게 굴었다. '내가 좀 더 신경을 썼어야 했어. 딜런에게 가서 먼저 사과했어야 했어. 딜런은 그냥 화가 나서 그런 것뿐이야. 이따금 다들 그렇게 욱할 때가 있잖아.'

앨리스는 눈물을 참으려 애썼다. 그리고 일어나 앉아서 침대 옆 램프를 끄고, 모래언덕 저편에 있는 딜러의 집을 건너보았다. 딜런의 집은 불이 꺼진 채 별빛에 물든 하늘 아래 거대한 폐선처럼 웅크리고 있었다.

다음 날 아침에 일어나니 집 안이 커피 향으로 가득했고, 부엌에서 캔디와 트윅의 말소리가 두런두런 들렸다. 앨리스는 자신이 있는 곳이 어디인지 알 수 없었다. 공간적으로든 시간적으로든, 자기가 아홉 살인지, 열여섯인지, 아니면 스물일곱인지…….

“커피?” 앨리스가 눈을 게슴츠레 뜨고 거실로 터덜터덜 나오자 캔디가 물었다.

“예. 주세요.”

“잠은 잘 잤어?” 트윅이 물었다.

“네. 푹 잘 잤어요. 아주머니는요?”

“나도 잘 잤다.” 트윅이 고개를 끄덕이며 말했다.

“우린 캠핑 온 여학생처럼 들뜬 기분이었어. 이 나이에 주책없이.” 캔디가 싱긋 웃으며 김이 모락모락 나는 커피 잔을 건네주었다. 앨리스는 고맙다는 표시로 고개를 끄덕였다.

침묵이 내려앉았다. 바깥에서는 핍이 제 꼬리를 잡으려고 뱅뱅 맴을 돌았다.

“나가고 싶어서 저러는 거예요.” 앨리스가 커피를 한 모금 홀짝이며 말했다. “제가 가끔 걷는 산책로가 있거든요? 우리 집 뒷마당 울타리에서 운석공 외벽까지 이어진 길이죠. 그 길을 따라가면 경치가 기가 막힌 곳이 나오는데, 두 분 다 좋아하실 거예요.”

날쌔게 앞질러 가는 핍 뒤로 앨리스와 트윅과 캔디가 덤불 사이로 걸어갔다. 이따금 그들 중 한 명이 발걸음을 멈추고 사막장미나 그들 머리 위로 활공하는 쐐기꼬리수리를 가리켰다. 운석공 외벽으로 올라가는 길을 오르는 동안에는 셋 다 거의 아무 말도 하지 않았다. 마침내 전망대에 이르자 트윅이 가쁜 숨을 내쉬었다. 트윅은 숨을 고르려고 그늘에 앉았다.

"그게 다 온종일 피워 대는 담배 때문이라고요." 캔디가 나무라자 트윅이 그만하라는 듯 손을 휘저었다.

앨리스는 물병을 건네주고는 작은 그릇에 물을 따라 트윅 옆에 엎드려 헐떡이고 있는 핍에게 주었다. 아침 공기가 땀을 식혀 주었다. 그들은 돌아서서 운석공을 바라보았다. 사막완두밭이 선홍빛 물결을 이루고 있었다.

"정말 장관이구나." 캔디가 탄식하듯 말했다. "저렇게 많은 사막완두가 한곳에 피어 있는 모습은 내 평생 처음 보는 것 같아."

"바로 저 광경을 보려고 세계 곳곳에서 관광객들이 모여들죠."

"이즈음 피운 꽃이 여름을 지나 가을까지 쭉 이어지지." 트윅이 턱을 운석공 쪽으로 죽 내밀며 말했다. "내 고향에서는 '피의 꽃'이라고 불러." 트윅이 조용히 말했다. "쿠리 부족의 전설에 따르면, 피를 흘린 곳마다 저 꽃이 자란다고 해."

"그런 얘기, 나한테 한 번도 안 해 줬잖아요." 캔디가 말했다. "손필드에서 저 꽃을 그렇게 소중하게 키웠던 것도 바로 그 때문이었어요?"

트윅이 고개를 끄덕였다. "그런 이유도 있었지. 하지만 저 꽃을 보면 늘 잃어버린 내 가족이 생각나. 그리고……." 트윅의 목소리가 갈라졌다. "내가 찾은 가족도."

"용기를 가져, 힘을 내." 캔디가 중얼거렸다.

앨리스가 막대기 하나를 집어 들어서 운석공을 가리키며 말했다. "이곳 전설에 따르면 이곳은 어머니의 심장이 땅과 충돌해서 생긴 곳이에요. 아기가 하늘에서 떨어져 죽자, 천상의 어머니가 자식 곁에 있으려고 자기 몸에서 심장을 떼어 내서 땅에 던졌대요." 앨리스는 들고 있던 막대기를 뚝 부러뜨리며 말을 이었다. "사막완두는 일 년에 아홉 달 동안 꽃을 피워요. 완벽한 순환 주기를 따르죠. 이곳 사람들은 사막 완두꽃 하나하나가 천상과 지상을 이어 주는 어머니의 심장 조각이라고 믿어요." 앨리스는 막대기를 점점 더 잘게 뚝뚝 부러뜨렸다. 어느새 발밑에 조각들이 수북이 쌓여 있었다. "제 친구 루비가 그랬어요. 저 꽃들이 병들면, 자기 부족도 병이 든다고."

"일리 있는 말이야." 트윅이 말했다.

세 여인은 아무 말 없이 앉아 있었다.

"화장했어요, 아니면 매장했어요?" 앨리스가 아무도 쳐다보지 않고 물었다.

"화장했어." 캔디가 대답했다. "유골을 강에 뿌려 달라고 유언장에 남기셨어. 바다로 흘러갈 수 있게 말이야."

앨리스는 강에 뛰어들면서 강물을 따라 헤엄쳐서 바다로, 집으로 가는 꿈을 꾸었던 때를 떠올리며 머리를 내저었다.

"앨리스, 이제 집으로 돌아가는 게 어떠니? 너한테 줄 게 있어." 캔디가 말하자 트윅이 고개를 끄덕였다.

"좋아요." 앨리스는 휘파람을 불어 핍을 불렀다. 그리고 왔던 길을 다시 내려가 집으로 가는 길을 앞장서서 걸어갔다.

집에 도착했을 때는 해가 뜨겁게 내리쬐고 있었다. 앨리스는 유리컵에 시원한 물을 따라서 트윅과 캔디에게 건네주었다.

캔디가 밖으로 나가 렌터카에서 작은 보자기 꾸러미를 가지고 돌아왔다. 앨리스는 첫눈에 그게 무엇인지 알아챘다.

"오, 세상에."

"준이 너한테 이걸 물려준다고 유언장에 남기셨어." 캔디가 이렇게 말하며 앨리스의 두 손에 그 꾸러미를 내려놓았다.

앨리스가 보자기를 풀자 《손필드 사전》이 모습을 드러냈다. 수많은 기억이 밀려들었다. 캔디와 처음으로 작업장에 들어갔던 기억. 꽃 자르는 법을 가르쳐 줬던 트윅. 꽃송이를 누르는 법을 보여 주던 준. 책을 읽다가 고개를 들어 자기에게 손을 흔들어 주던 소년 오기.

"거의 이십 년의 세월이 걸렸지만, 결국 준은 약속을 지켰다." 트윅은 잠긴 목소리로 말했다. "네가 알고 싶어 했던 모든 사실이 그 속에 적혀 있어. 우리는 몰랐는데, 준은 돌아가시기 전 마지막 1년을 너의 부모 이야기를 포함해서 손필드에 관한 이야기를 기록하면서 보냈어."

앨리스는 그 책을 꼭 쥐었다.

"그걸 읽어 보면 루스 스톤의 유지에 대해 알게 될 거야." 캔디가 말했다. "손필드는 자격이 없는 남자에게는 절대 물려줘서는 안 된다는……." 캔디는 어휘 선택을 신중히 하려는 듯 잠시 말을 멈췄다. "앨리스, 너희 아버지 클렘이 어렸을 때 준이 심장마비를 일으킨 적이 있었어. 목숨이 위태로울 정도로 심각하지는 않았지만, 그 일을 계기로 유언장을 쓰시게 됐어. 하지만 준은 그걸 비밀로 하셨지." 캔디는 목이 멘 듯 쉰 목소리로 말을 이었다. "클렘에게 물려주지 않기로 하셨거든. 준은 너의 엄마에 대한 클렘의 집착이 얼마나 강한지를 두 사람이 어릴 때부터 익히 알고 계셨어. 그리고 클렘이 때로 우리에게 얼마나 공격적으로 대하는지도……. 클렘은 자신이 늘 사람들 관심의 초점이 되기를 바랐어. 만약 다른 사람이 관심을 받으면 질투심이 이만저만이 아니었고, 자기 뜻대로 되지 않으면 아주 못되게 굴었어. 화가 나면 폭력적으로 변하기도 했지. 준이 손필드는 언젠가 아그네스와 나, 그리고 트윅이 나누어 갖게 될 것이고, 클렘에게는 물려주지 않기로 했다는 얘기를 아그네스에게 털어놓으셨을 때 클렘은……. 클렘은 손필드를 떠나면서 다시는 준이나 우리 두 사람과 말을 섞지 않겠다고 맹세했어. 우린 그런 취급을 받아도 싸다면서……." 캔디의 목소리가 갈라졌다. "바로 그 때문에 네가 아홉 살이 될 때까지 우리가 너의 존재를 몰랐던 거야. 우리는 그 이후로 너의 부모와 만난 적도 없었고, 전화통화 한 번 한 적도 없었어."

"그러니까……." 앨리스는 말꼬리를 흐리면서 기억의 파편들을 이어붙였다. "부모님이 떠난 건, 할머니가 우리 아버지가 노여워할 게 뻔한 결정을 내렸기 때문이군요?"

"그게 그렇게 단순한 문제가 아니야. 준은 그런 결정을 내릴 만한 충분한 이유가 있다고 생각하셨어. 준은 클렘의 성격이 너무 걱정된 나머지 자신과 가문의 여인들이 평생을 바쳐 일구어 온 것을 클렘에게 물려줄 수 없었던 거야. 클렘은 때때로 말도 못 하게 난폭하게 굴었거든."

"네," 앨리스가 날카롭게 대꾸했다. "그건 저도 잘 아는 사실이죠." 관자놀이가 지근지근 아프기 시작했다. "하지만 우리 부모님이 떠난 이유가 그 때문이라는 걸 왜 저한테 얘기해 주지 않았어요?"

"난 그럴 수 없었어, 앨리스. 난 준을 배신할 수 없었어. 나를 살려주고 키워 주신 준한테 내가 어떻게 그럴 수 있겠어? 그건 준이 직접 하셔야 할 일이라 생각했어."

"그래서 두 분도 자신의 감정을 속이셨던 거예요? 할머니와 한통속이 되어 일을 이렇게 엉망진창으로 만든 거예요?"

"그쯤 해 둬." 트윅이 끼어들었다. "그만하자. 숨 좀 돌리자고."

앨리스가 일어서서 거실을 서성거렸다. 눈물이 캔디의 코를 타고 흘러내렸다.

"과거에 너무 집착하는 건 좋지 않아." 트윅이 천천히 말했다.

"과거에 집착한다고요?" 앨리스가 빽 소리쳤다. "난 과거가 뭔지도 모르는데 어떻게 과거에 집착할 수 있죠?"

"앨리스, 제발. 일단 좀 진정해. 긴히 할 이야기가 있어." 트윅이 차분하게 말했다.

"정확히 무슨 얘긴데요?" 앨리스가 쏘아붙였다.

"우선 앉아라." 트윅이 단호하게 말했다. 앨리스는 트윅의 표정을 읽을 수 없었다. 그건 캔디도 마찬가지였다. 싸한 예감이 분노로 뜨겁게 달궈진 앨리스의 몸을 차갑게 식혔다. 앨리스는 캔디와 트윅을 번갈아 가며 쳐다보았다.

"뭐예요?" 앨리스가 물었다. "무슨 얘기예요? 당장 말씀하세요."

"앨리스, 일단 앉아."

앨리스가 계속 뻗대려 하자 트윅이 한 손을 들어 올렸다. 결국 앨리스는 의자 하나를 빼서 앉았다.

"이건 네가 받아들이기 아주 힘든 얘기야. 우리는 가능하면 네가 안 다치게 하고 싶었어." 트윅이 자신의 두 손을 꽉 맞잡으며 말했다.

"그냥 말씀하세요." 앨리스가 이를 악물며 말했다.

"좋다." 트윅이 말했다.

캔디가 숨을 깊이 들이쉬었다.

"앨리스." 트윅이 말했다.

"뜸 들이지 말고 그냥 말씀하시라고요!"

"네 남동생이 화재에서 살아남았어." 트윅이 어깨를 축 늘어뜨린 채 말했다.

앨리스는 마치 뺨을 한 대 맞은 사람처럼 몸을 움찔했다. "뭐라고요?"

"태아였던 네 남동생 말이야. 살아 있어. 네가 손필드로 오고 나서 얼마 되지 않아 입양되었어."

앨리스는 멍하니 두 사람을 쳐다보았다.

"미숙아로 태어났고 아주 병약했어. 의사도 그 아이가 살 수 있을지 확신 못 했지. 준은 병약한 신생아를 보살필 자신이 없는데다가 만약 아이가 죽기라도 하면 네가 더 큰 슬픔에 빠질 거라고 판단했지."

앨리스가 고개를 절레절레 흔들었다. "그래서, 그 아이를 그냥 버려두었다고요?"

"오, 스위트피." 캔디가 앨리스에게 다가오며 말했다. "너무 충격적인 얘기라 받아들이기 힘들 거야. 그래, 시간이 걸리는 일이지. 우리랑 같이 손필드로 돌아가는 게 어떠냐, 응? 우리가 잘 보살펴 줄게. 그리고……."

앨리스는 화장실로 달려갔다. 그러고는 경련을 일으키며 변기를 부여잡고 웩웩 구역질했다.

트윅과 캔디는 두려움과 걱정과 사랑이 뒤섞인 표정으로 화장실 문간에 서서 앨리스의 이름을 불렀다.

캔디는 뒤 베란다로 통하는 문을 열고 파스타 두 접시를 들고 베란

다로 나갔다. 그러고는 트윅과 자기 앞에 파스타 접시를 내려놓고 꼬마전구가 반짝이는 기둥 아래에 앉았다. 한동안 둘은 말없이 먹기만 했다. 하늘은 파란색에서 황갈색으로, 그리고 분홍빛으로 변하고 있었다. 운석공이 하늘을 배경으로 해변에 닿은 배처럼 우뚝 서 있었다.

"언제쯤 깨워야 할까요?" 캔디가 물었다.

"그냥 푹 자게 놔둬." 트윅이 말했다.

"어제부터 줄곧 잠만 자잖아요."

"그래, 하지만 애 몰골이 휴식이 필요해 보였어." 트윅이 한숨을 지으며 말했다.

"그럼 전화는 어떻게 해요? 전화가 줄잡아 예닐곱 번은 울린 것 같은데."

"캔디……."

"그런데 대체 그 멍들은 어쩌다 생긴 걸까요?" 캔디가 낮은 목소리로 불쑥 물었다.

트윅이 고개를 내저었다. 그러고는 포크를 내려놓고 윗주머니를 뒤적여 담배쌈지를 꺼내며 말했다. "여기서 일하다가 생긴 걸 거야. 우리도 농장 일을 하다 보면 여기저기 멍들기 일쑤잖아."

"앨리스가 우리한테서 완전히 떠난 것 같은 기분이 들어요." 캔디가 조용히 말했다.

"앨리스가 떠난 뒤로 어떻게 지냈는지 모르기 때문에 그런 기분이 드는 걸 거야. 하지만 앨리스가 우리한테 그런 얘기를 해 줄 시간이 없었잖아, 안 그래? 우리가 너무 많은 소식을 가져오는 바람에……."

캔디는 아무 대꾸도 하지 않았다. 두 여인은 해가 지평선 아래로 가라앉는 광경을 지켜보았다.

잠시 뒤에 캔디가 입을 열었다. "준이 베란다에서 저 오기만 기다리다 돌아가셨다는 얘기를 앨리스한테 안 해 주셨죠?"

"자네도 안 해 줬잖아." 트윅이 말했다.

"맞아요." 캔디가 이마를 문지르며 말했다. "이 상황에 죄책감마저 들게 하고 싶지 않아서요."

일찍 나온 별들이 하늘에서 깜빡거렸다.

"앨리스의 공책 보셨어요?" 캔디가 물었다.

트윅은 담뱃불을 붙이며 또다시 고개를 내저었다.

"책장에 꽂혀 있었는데, 공책마다 꽃과 꽃말이 가득하더라고요. 스케치를 하기도 하고 압화를 붙여 놓기도 했더군요. 사전처럼 어떤 순서나 규칙이 있는 것 같지는 않았어요. 그냥 닥치는 대로 해 놓은 것 같은데, 끝까지 훽훽 넘겨 보니까 완전히 마구잡이 같지는 않았어요. 마치 한 편의 이야기책 같기도 했고요."

트윅은 담배 한 모금을 길게 빨아들더니 턱을 쳐들고 연기를 위쪽으로 내뿜으며 곁눈질로 캔디를 쏘아보았다.

"왜요?" 캔디가 말했다. "책장에 꽂혀 있길래 그냥 들여다본 것뿐이에요. 사실 궁금하기도 했고요." 캔디가 포크로 파스타를 쿡쿡 찌르며 말을 이었다. "걱정되니까."

트윅이 또다시 담배 한 모금을 들이마시며 말했다. "그건 나도 그래."

캔디가 포크를 파스타 접시 위에 내려놓으며 말했다. "앨리스한테 우리랑 같이 가자고 해요. 어쨌거나 손필드의 삼 분의 일은 앨리스 거잖아요."

트윅이 담뱃재를 털며 말했다. "좀 기다려 보자고. 우리가 어디 가는 게 아니잖아."

"하지만 앨리스한테 무슨 문제가 있는 것 같지 않아요? 우린 앨리스의 가족이잖아요. 앨리스는 우리가 필요해요." 캔디가 울먹이듯 말했다.

"우리만이 유일한 가족은 아니야." 트윅이 딱 부러지게 말했다.

캔디가 똑바로 앉으며 말했다. "하지만 우린 그 애를 키웠어요. 사랑으로요."

"앨리스가 마음의 준비가 되면, 그때 도움을 주면 돼. 하지만 지금은 아니야. 앨리스는 지금 시간이 필요해. 우리는 앨리스가 해야 할 일을 하도록 기다려 줘야 해."

"그게 뭔데요?"

"살아가는 일." 트윅이 간단히 말했다. "자네도 잘 알잖아. 자네는 지금 머리 따로 마음 따로 생각이 뒤죽박죽이야. 앨리스는 자신만의 삶을 살아 보려고 기를 쓰고 있어. 실수도 하고 쫄딱 망하기도 하겠지. 그래도 괜찮을 거라는 거 자네도 알고 있잖아."

"하지만," 캔디의 아랫입술이 바르르 떨렸다. "만약 괜찮지 않다면요?"

"그래서 어쩌자고? 우리도 준이 한 것처럼 보호한답시고 그 애를 질식시키자고? 이런 속담도 있잖아. '지옥으로 가는 길은……."[74] 트윅은 말꼬리를 흐리며 혀에 붙은 담배 부스러기를 떼어 냈다.

캔디는 침묵에 빠졌다. 근처 어딘가에서 개들이 우우 울부짖었다.

"앨리스가 또다시 우리를 저버리는 일은 없을 거야. 앨리스를 믿어 주자고." 트윅이 말했다.

74) 완벽한 문장은 '지옥으로 가는 길은 선의로 포장되어 있다'이다.

캔디는 고개를 끄덕이며 "알겠어요."라고 했지만, 미간에 생긴 깊은 주름은 캔디의 심란한 마음을 잘 대변해 주고 있었다.

"그래." 트윅이 다시 한 모금 길게 빨아들였다. 담배가 고요히 타들어 갔다.

앨리스는 소파에 앉아 커피를 마셨다. 몇 시간 동안 깨어 있었지만, 머리는 바깥 하늘처럼 텅 빈 것 같았다. 캔디가 앨리스에게 꼬박 이틀 동안 잤다고 알려 주며 말했다. "아마 정서적으로 충격이 너무 커서 잠이 필요했을 거야."

캔디와 트윅이 소지품을 렌터카로 나르는 동안 핍은 발밑에서 종종걸음을 치며 오락가락했다. 두 사람은 어두워지기 전에 아그네스 블러프로 돌아가기를 원했다. 다음 날 아침 일찍 돌아가는 비행기를 타야 했기 때문이었다.

"짐은 다 실은 것 같군." 트윅이 손을 털며 다시 집 안으로 들어와서 앨리스에게 말했다. "앨리스, 내가 이미 스무 번도 넘게 물었다만, 만일 우리가 옆에 있어 주길 원한다면……."

앨리스는 고개를 내저었다. "전 괜찮아요. 혼자서 받아들일 시간을 갖는 게 저한테도 좋을 거예요."

"우리한테 전화하겠다고 약속해." 캔디가 우거지상을 하며 말했다. "궁금한 게 있거나 대화가 필요할 때, 혹은 그냥 너를 알고 너를 사랑하는 사람과 얘기하고 싶으면 언제든지……."

앨리스는 소파에서 일어서서 캔디에게 다가갔다.

"작별 인사는 하고 싶지 않구나." 캔디가 앨리스를 껴안으며 말했다. "손필드로, 우리를 보러 오겠다고 약속해. 우리는 함께 다시 시작할 수 있어. 이제 곧 파종 시기가 시작돼. 손필드는 너의 집이야. 언제까지나."

앨리스는 캔디의 어깨에 머리를 기댄 채 바닐라 향이 밴 캔디의 체취를 맡으며 고개를 끄덕였다.

캔디가 뒤로 물러서며 말했다. "앨리스 블루." 그러고는 앨리스의 머리카락을 귀 뒤로 넘겨 주고는 자동차에 올라탔다.

이제 앨리스와 트윅 두 사람만 남겨졌다. 앨리스는 트윅의 눈을 똑바로 바라볼 수가 없었다.

"너, 괜찮니?" 트윅이 목청을 가다듬으며 말했다.

앨리스는 애써 고개를 들어 트윅을 쳐다보며 말했다. "괜찮을 거예요."

두 사람은 한동안 말없이 서로를 응시했다. 트윅이 뒷주머니에서 두툼한 봉투 하나를 꺼냈다.

"마음의 준비가 되면 꺼내 봐." 트윅이 말했다. "네가 알아야 할 사실들이 거기 다 들어 있어. 수년 전에 이걸 너한테 줬어야 했는데."

앨리스는 봉투를 받아들었다. 트윅이 앨리스를 당겨 꼭 껴안았다.

"고마워요." 앨리스가 말했다. 트윅이 고개를 끄덕였다.

앨리스는 렌터카가 시야에서 사라질 때까지 손을 흔들었다.

앨리스가 다시 집 안으로 들어가니 트윅과 캔디가 남긴 모든 말들이 기다리고 있었다. 준의 죽음. 남동생의 생존. 앨리스는 원을 그리고 걸으면서 어떻게든 그 말을 머릿속에 구겨 넣으려고 애를 썼다. 하지만 머릿속은 온통 덜런 생각으로 가득 차 있었다. 여러 날이 지났다.

'딜런은 어디 있을까?' 앨리스는 자기가 자는 동안 전화가 왔다는 걸 트윅과 캔디가 깜빡하고 말해 주지 않았을지도 모른다는 생각이 문득 들었다. 그래서 트윅이 준 봉투를 옆으로 치우고 허둥지둥 전화기를 찾았다. 아니나 다를까, 음성 메시지가 여러 통 남겨져 있었다. 모두 딜런의 메시지였다. 맨 처음은 사과의 메시지였다. 하지만 두 번째부터 딜런의 목소리가 점점 더 차가워졌다. 마지막 메시지를 듣는 순간 앨리스는 속이 메슥거렸다.

'나는 어른답게 행동했어. 먼저 숙이고 들어가서 너한테 전화도 하고 사과도 했어. 그런데 네가 나를 무시해? 그래 잘 해 봐.'

앨리스는 죄책감과 오해를 풀어 주고 싶은 마음에 열쇠를 움켜쥐고는 뒷문으로 나갔다. 그러고는 자기 집 울타리를 따라 딜런의 집을 향해 걸어갔다. 앨리스는 맞불 작업에 나간 것을 사과할 생각이었다. 그리고 그의 기분을 좀 더 헤아리지 않은 것과 좀 더 일찍 사과하러 오지 않은 것에 대해 사과할 생각이었다. 그리고 갑자기 가족이 방문했던 얘기를 딜런에게 해 줄 생각이었다. 지금까지 모르고 있었던 죽음과 생명에 관한 이야기를……. '그럼 딜런도 이해해 줄 거야.'

하지만 딜런의 집 문은 잠겨 있고 자물쇠까지 채워져 있었다. 진입로에는 그의 작업용 픽업트럭도 개인용 사륜구동 자동차도 보이지 않았다.

"딜런은 집에 없어." 룰루가 앨리스의 등 뒤에서 건조하게 말했다.

앨리스가 돌아보았다. 그들 둘은 몇 개월 동안이나 서로 대화를 나누지 않았다.

"딜런은 떠났어." 룰루가 두 손을 호주머니 깊숙이 찌르며 말했다. "본부에 가서 사라를 만나서 갑자기 떠날 일이 있다고 했대."

앨리스가 룰루의 표정을 살피며 물었다. "어, 언제?"

"어제 주유소에서 딜런을 봤어. 자동차에 기름을 채우고 있었어. 딜런이 자기한테 말 안 했어?"

앨리스는 고통스러운 울부짖음을 억누를 수가 없었다. 급한 일이 무엇일까? 딜런이 사라에게 작업장에서 있었던 일에 관해 얘기했을까? 딜런이 다친 건 아닐까? 혹시 어디 아픈 걸까? 그는 괜찮을까? 앨리스가 쓰러지기 직전에 룰루가 앨리스를 잡았다.

"내가 무슨 짓을 한 거지?" 앨리스는 멍 자국이 드러나 보인다는 사실을 깨닫지 못한 채 룰루의 어깨에 매달린 채 흐느꼈다.

"께 칭가도스(이런 미친)……." 룰루가 앨리스의 팔을 보며 입속말로 말했다. "빌어먹을, 대체 이게 뭐야, 앨리스? 딜런이 때린 거야? 여태 딜런한테 맞고 살았어?"

앨리스는 룰루의 품속으로 쓰러졌다.

"알겠어." 룰루의 목소리는 다정하면서도 단호했다. "우리 집으로 가자. 자, 어서."

Bat's wing coral tree 박쥐날개산호나무

마음의 병을 치유하다

Erythrina vespertilio | 오스트레일리아 중부, 북동부

피찬차차라어로 이닌티.
나무는 수렵용 창에서 그릇에 이르기까지
생활에 필요한 도구를 만드는 데 광범위하게 쓰인다.
껍질, 열매, 줄기 등은 민간 치료 요법에 사용되기도 한다.
건기가 지난 뒤 특이한 모양의 선명한 진홍색 꽃을 피운다.
반들반들 윤기가 나는 콩처럼 생긴 씨앗은 모양이 예쁠 뿐만 아니라
색깔도 진노랑에서 빨강까지 다양해서 장식물이나
액세서리를 만드는 데 많이 사용된다.

앨리스는 멍하니 룰루를 따라 집 안으로 들어갔다. 그리고 식탁 앞에 앉아서 자신의 두 손을 응시했다. 눈물이 뺨을 타고 주르르 흘러내렸다. 룰루는 부엌으로 가서 작은 컵에 담긴 음료수 두 잔을 가지고 돌아왔다. 보기에는 얼음을 넣은 탄산수에 레몬과 라임 조각을 띄운 것 같았다.

"마시면 좀 진정이 될 거야." 룰루는 한 모금 마시더니 고개를 끄덕이며 말했다. 앨리스도 룰루를 따라 한 모금 마셨다가 강한 진과 톡 쏘는 토닉이 목젖에 닿자마자 기침을 토해 냈다. "우리 할머니의 특제 심장병과 열병 치료 약이야." 룰루가 말했다.

얼음덩이가 쉭 소리를 내며 갈라졌다.

"그래…… 언제부터 그랬어?"

앨리스는 좀 더 길게 한 모금 마시다가 슬픔에 목이 메어 다시 컥컥

거렸다.

"내가 뭘 잘못했지?" 앨리스는 헛구역질이 나올 정도로 목 놓아 울부짖었다.

"오, 치카." 룰루가 부엌으로 들어가 물 한 컵을 가지고 와서 앨리스 앞에 내려놓으며 말했다. "자기는 잘못한 게 아무것도 없어." 그러고는 식탁 위로 손을 뻗어 앨리스의 손을 잡았다.

"다시 나한테 잘해 주는 이유가 뭐야?" 앨리스가 룰루의 손을 꼭 잡으며 물었다. "난 자기가 날 미워하는 줄 알았어."

"미안해." 룰루가 말했다. 그녀의 목소리는 후회와 뉘우침으로 묵직이 가라앉아 있었다. "난 두 사람이 처음 만나는 그 순간부터 서로에게 호감을 느끼고 있다는 걸 알았어. 자기한테 딜런을 조심하라고 경고는 했어도 그 이유는 설명해 주지 않았지. 그리고 두 사람이 함께 지낸다는 것을 알았을 때, 난 너무 두렵고 수치스러워서 그 사람과 나 사이에 있었던 일을 얘기해 줄 수가 없었어." 룰루는 말을 멈추고 초점 없는 눈으로 먼 곳을 바라보았다. "사실 아무한테도 얘기하지 않았어. 에이든조차 자세한 사정은 몰라. 딜런은 나를 혼란의 구렁텅이에 빠트렸어. 나는 현실을 부정했지. 심각한 일이 아니라고 말이야. 문제가 있다면 그건 나 때문이라고, 딜런이랑 잘 맞지 않는 건 나한테 문제가 있기 때문이라고 생각했어. 딜런이 그렇게나 화를 내고 폭력적으로 변하는 건, 다 내 탓이라고 말이야. 그래서 난 딜런이 자기와 있으면 다를 줄 알았어. 만일 조금이라도 눈치를 챘더라면, 그가 이런 짓을 하리라고……." 룰루는 앨리스의 팔을 흘깃 보며 말끝을 흐렸다.

두 사람이 손을 맞잡았을 때, 앨리스의 시선이 자신의 두 손목에 묶여 있는 가죽 줄에 쏠렸다. 그것은 딜런이 자기 손목에서 풀어서 앨리스의 손목에 묶어 준 것이었다. 앨리스는 가죽 줄을 떼어 내려고 세게 잡아당겼다.

"치카," 룰루가 소리쳤다. "그러지 마." 룰루는 얼른 부엌 조리대에 있는 통에서 가위를 가져왔다. 그러고는 앨리스의 손목을 속박에서 풀어 주기 위해 차가운 금속 날을 가죽 줄 밑에 넣고 썩둑 잘랐다. 앨리스는 벌게진 손목을 문질렀다.

"딜런이 떠나기 전에 사라에게 가서 무슨 말을 했는지 알아?" 앨리스가 물었다.

룰루가 고개를 내저었다. "하지만 내일 본부에 가 보면 알 수 있겠지." 그러고는 차분한 눈길로 앨리스의 목에 달고 있는 로켓을 가리키며 말했다. "용기. 맞지? 내일 나도 같이 가 줄게."

다음 날 아침, 앨리스는 룰루와 함께 공원 본부로 갔다. 차를 몰고 가는 동안 시선이 딜런의 집으로 향했다. 그 집 대문은 굳게 잠겨 있었고, 진입로는 텅 비어 있었다. 앨리스는 마음속으로 현관문을 지나 집 안으로 들어갔다. 앨리스의 칫솔이 욕실 선반 위 딜런의 칫솔 옆에 나란히 꽂혀 있었다. 앨리스의 여름 원피스는 딜런의 옷장에 걸려 있고, 창가의 어질러진 침대 위로 햇살이 쏟아져 내렸다. 아침 졸음에 겨운 그의 얼굴. 사랑을 나눌 때 앨리스의 머리를 부드럽게 받쳐 올리던 그의 손길. 앨리스의 텃밭. 딜런의 불 구덩이. 부서진 침실 문. 먼짓덩어리. 차는 이미 지나갔지만, 앨리스의 마음은 갈망과 욕구와 두려움이 뒤엉킨 채 내내 그곳에서 서성이고 있었다.

본부에 도착하자 앨리스는 머리를 내저었다.

"나 못 하겠어." 앨리스가 속삭였다.

잠시 둘 다 아무 말도 하지 않았다.

이윽고 룰루가 속삭였다. "아니, 할 수 있어."

앨리스와 룰루가 본부로 들어가니 사라가 앨리스의 책상 옆에서 기다리고 있었다. "앨리스," 사라가 무표정한 얼굴로 말했다. "내 사무실에서 얘기 좀 할까요?"

앨리스는 고개를 끄덕였다. 앨리스는 사라를 따라가며 룰루를 쳐다보았다.

"여기서 기다리고 있을게." 룰루가 입 모양으로 말했다.

사라가 앨리스에게 자기 책상 앞에 있는 의자에 앉으라고 손짓으로 말했다.

앨리스는 의자에 앉으면서 이곳에 도착한 첫날, 새로운 희망과 흥분에 들떠서 바로 그 의자에 앉아 계약서에 서명했던 기억을 떠올렸다.

"빙빙 둘러서 얘기하지 않을게요. 직원 한 명이 사건보고를 올렸어요." 사라가 누런 서류철 하나를 집어서 펼치며 말을 이었다. "딜런 리버스가 지난 화요일 맞불 작업 후 작업장 사무실에서 사고가 일어났다고 보고했어요. 앨리스가 딜런에게 물리적인 폭력을 행사했다고 적혀 있네요." 사라가 서류를 훑어보며 말했다. "딜런은 일을 크게 확대하고 싶지 않다고 입장을 분명히 밝히긴 했지만, 나한테 사건보고서를 제출하고 본사 인사팀에도 사본을 보냈어요." 사라는 서류철을 툭 던지고는 두 손가락으로 미간을 짚으며 의자 등받이에 기댔다. "앨리스, 유감이지만 나도 어쩔 수 없어요. 원칙대로 징계 조치를 할 수밖에. 이 말인즉 지금부터 앨리스는 직무 정지에 들어간다는 얘기예요."

앨리스는 꼿꼿이 앉아 있으려고 안간힘을 쓰느라 몸을 바르르 떨었다.

"앨리스 대신 일할 대원은 바로 알아볼 거예요." 사라가 말했다. "직무 정지 기간이 얼마나 될지는 오늘 중으로 본사에서 통보해 줄 거라 예상해요. 그리고 다음 주에 본사 직원 한 명이 파견될 거예요. 그때 사고에 대한 앨리스 본인의 입장을 피력할 기회가 있을 겁니다."

앨리스는 아무 말도 하지 않았다.

"보고서가 처리되는 동안 딜런과 어떠한 접촉도 해서는 안 돼요. 뭐, 그건 어렵지 않을 거예요. 이미 알고 있을 테지만, 딜런은 이곳을 떠나고 없으니까."

앨리스는 눈을 감았다.

"질문 있나요?"

앨리스는 고개를 내저었다.

"이봐요." 사라가 좀 더 부드러운 목소리로 말했다.

앨리스가 눈을 떴다.

"혹시 내가 알아야 할 사실이 있나요, 앨리스? 나한테만 털어놓고 싶은 얘기 같은 거?"

앨리스는 잠시 사라의 눈을 빤히 쳐다보았다. 그러고는 의자를 뒤로 밀고 일어선 뒤 아무 말 없이 사무실을 나갔다.

룰루가 바깥에서 시동을 켠 채 픽업트럭에 앉아 기다리고 있었다.

"집 안에 있지 마, 치카." 앨리스 집 앞에 도착했을 때 룰루가 말했다. "사복으로 갈아입고 나와서 내가 인솔하는 투어에 따라와. 바깥 공기 쐬며 걷는 게 자기한테 좋을 거야. 집 안에 있으면 속만 끓일 테니까."

앨리스는 얼굴은 자기 집 쪽을 향해 있었으나 머릿속으로는 딴생각을 하고 있었다. 딜런이 앨리스의 입을 막으려고 앨리스에게 불리한 보고서를 제출했다. 고의로. 악의적으로. '그땐 동화 속에서 어두운 숲속을 헤매는 소녀보다 더 위험해질 거야.' 예전에 룰루가 경고했었다.

앨리스는 젖은 뺨을 닦아 내고 차 문을 열었다. "5분만 줘."

앨리스는 룰루를 따라 운석공 산책로를 향해 가는 무리보다 뒤처져 걸어갔다. 룰루를 따라나선 건 큰 실수였다. 앨리스는 이제 더는 자기 입으로 설명할 수 없게 된 이야기를 듣고 싶지 않았고, 왜 그런 일이 일어났는지에 대해서도 생각하고 싶지 않았다. 머릿속에서 맴도는 딜런의 목소리도 듣고 싶지 않았고, 사라와의 대화도 되새김질하고 싶지 않았다. 수치스럽고 황당했다. 앨리스는 사라지고 싶었다. 카멜레온처럼 사막과 뒤섞여 자취를 감추고 싶었다.

"당신 때문에 일행이 기다리잖아요." 한 여자가 소리쳤다.

앨리스가 깜짝 놀라며 물었다. "네?"

"꾸물대지 말고 계속 걸어요." 여자가 까칠하게 말했다. 여자는 등산 지팡이 끝으로 끊임없이 붉은 흙을 쿡쿡 찔러 댔다.

"저 기다리실 필요 없어요. 먼저 가세요." 앨리스가 말했다.

여자는 방충망을 희끗희끗한 머리카락과 핑크빛 얼굴에 뒤집어 쓰며 말했다. "오지 여행 안내서를 읽어 본 사람은 다 알겠지만, 이곳은……." 여자는 등산지팡이를 살짝 휘두르며 말을 이었다. "보기보다 훨씬 더 위험하다고요."

"말씀 고마워요." 앨리스가 멍한 표정으로 말했다. "명심할게요."

여자는 앞으로 걸어가는 내내 등산지팡이로 나뭇가지들을 후려쳤다. 탁, 휙, 툭, 철썩, 휙, 탁. 등산지팡이가 나뭇가지를 후려치는 소리가 들릴 때마다 앨리스는 움찔했다. 혼자 있고 싶은 열망이 강렬해질수록 그 소리가 더욱더 귀에 거슬렸다. '숨을 쉬어.' 앨리스는 자기 자신에게 말했다.

하지만 생각은 거침없이 달렸다. 트윅과 캔디가 앨리스의 삶을 송두리째 헤집어 놓은 진실을 털어놓던 바로 그 주말, 딜런은 어딘가에 앉아서 노트북 혹은 연필과 종이로 앨리스의 입을 틀어막을 거짓 보고서를 쓰고 있었던 것이다. 딜런은 그 보고서를 쓰는 동안 커피를 마셨을까? 아니면 맥주 캔을 땄을까? 앨리스의 심장을 겨누는 화살 같은 글들을 한 자 한 자 써 내려가는 동안 어떤 기분이 들었을까? 딜런은 앨리스의 인생을, 앨리스의 몸과 마음을 송두리째 빼앗아서 제멋대로 찢고 부수고 집어삼켰다.

앨리스의 뱃속이 뒤틀리기 시작했다.

그의 마음이 흔들렸을까? 단 한순간이라도 양심의 가책을 느꼈을까? 앨리스의 심장을 겨눌 때 잠깐이라도 후회했을까? 보고서를 제출하면서 움찔했을까, 아니면 눈을 똑바로 뜨고 있었을까? 그리고 그날 이후로 어디에 있었을까? 어디로 갔을까? 그에게는 틀어박혀 숨을 어둡고 눅눅한 곳이 있을까? 등불 옆에서 지푸라기를 자아 금으로 만드는 곳, 그래서 완전히 다른 모습으로 변신해서 다시 나타날 수 있는 곳이?

그때 앞서가던 등산지팡이를 든 여자가 앨리스의 눈에 들어왔다. 여자는 보행로 옆에 웅크리고 앉아서 배낭을 열고 작은 병을 꺼냈다. 그러고는 몸을 앞으로 숙여서 붉은 흙을 한 움큼 떴다.

앨리스는 숨을 가쁘게 몰아쉬었다. "안 돼요!" 앨리스는 냅다 달려가서 여자의 손에 든 병을 세게 후려쳤다. 병이 근처 흙 속에 푹 박혔다. 관광객 몇 명이 뒤를 돌아보며 헉 소리를 냈다. 여자는 아연실색한 얼굴로 흙 위에 퍼질러 앉았다. 앨리스는 주먹을 불끈 쥐고 여자를 노려보았다.

"거기, 뒤에, 괜찮아요?" 룰루가 사람들을 헤치고 다가오며 물었다.

"아뇨! 전혀 괜찮지 않아요!" 여자가 일어서며 소리쳤다.

"앨리스, 무슨 일이야?" 룰루가 물었다.

"이분이 흙을 가져가려고 했어. 내가 봤어." 앨리스가 흙 밖으로 삐져나와 있는 병을 가리키며 떨리는 목소리로 말했다.

룰루가 안심하라는 듯 앨리스의 팔을 꽉 잡았다. "알았어." 룰루가 앨리스의 눈을 바라보며 말했다. 그런 다음 여자 쪽을 흘깃 쳐다보고는 다시 앨리스를 보고 물었다. "괜찮아?"

앨리스가 고개를 끄덕였다.

"선생님, 방금 선생님께서 하신 행위는 국립공원에서 벌금을 부과할 수 있는 위반 행위입니다. 저랑 같이 가시죠. 제가 그 이유를 설명해 드릴게요." 룰루가 걱정스레 얼굴을 찌푸리고 있는 앨리스를 흘깃 보면서 여자를 맨 앞으로 데리고 갔다.

앨리스는 그로부터 투어가 끝날 때까지 맨 뒤에서 침묵을 지키며 걸었다. 앨리스도 예상한 일이지만 아무도 앨리스와 말하려고 하지 않았다. 룰루는 앨리스가 손을 흔들어 줄 때까지 줄곧 뒤를 돌아보았다. 앨리스는 그냥 집으로 돌아가서 핍이랑 침대 속으로 기어들어 갈까 하는 생각을 몇 번 했지만, 그러면 또다시 사람들의 이목을 끌게 될 것 같아 그냥 묵묵히 따라갔다.

전망대에 다다랐을 때, 앨리스는 사람들과 멀찌감치 떨어져 앉았다. 룰루의 목소리가 바람결에 실려 귓전을 스치는 동안, 앨리스는 운석공 한복판에 붉게 타오르는 원형 꽃밭에서 눈을 떼지 않았다. 그러는 동안 그녀의 머릿속에서는 트윅, 캔디, 준의 얼굴이 번갈아 가며 나타났다가 사라졌고, 그다음에는 엄마의 모습이 떠올랐다. 늘 그렇듯이.

앨리스는 눈가에 맺힌 눈물이 마를 때까지 기다렸다가 자리에서 일어서서 쿠투투 카아나로 내려가는 사람들을 따라갔다.

운석공 내부의 산책로는 햇살을 가득 품고 있었다. 뜨거운 열기 속에서 사막완두 꽃밭이 아련히 반짝이며 출렁거렸다. 쐐기꼬리수리가 머리 위에서 빙빙 돌았고, 금정조들은 덤불 속에서 지저귀었다. 앨리스는 눈을 감고 귀를 기울였다. 룰루의 음색. 바람의 운율. 꽃과 잎사귀의 바스락거림. 그리고 맥박. 어머니의 심장에서 희미하게 들리던 심장박동.

그때 뭔가가 바닥을 끄는 소리가 앨리스의 미약한 평온을 깨뜨렸다. 등산지팡이를 든 여자가 일행에게서 떨어져서는 배낭에서 병을 꺼낸 뒤 사막완두꽃 옆에 웅크리고 앉았다. 그리고 앨리스가 지켜보는 가운데, 여자는 천천히 그리고 신중하게 병뚜껑을 열더니 사막완두꽃을 향해 펼친 손을 뻗었다.

앨리스는 전력을 다해 여자에게 달려갔다. 그리고 비명을 지르는 여자를 땅바닥에 눕히고 여자의 손에서 사막완두꽃을 빼앗기 위해 여자와 몸싸움을 벌였다.

한 시간 뒤 앨리스는 사라의 사무실 바깥에 있는 의자에 앉아 기다리고 있었다. 팔꿈치를 무릎 위에 올리고 양손으로 얼굴을 받친 채. 뙤약볕에 발갛게 익은 자신의 살냄새를 맡자 오래전 기억이 떠올랐다. 보드랍고 말갛고 시원했던 엄마의 살갗. 얇고 결 고운 엄마의 목소리. 양치류와 꽃이 가득 핀 자신의 정원에 있을 때 유난히 반짝이던 엄마의 눈동자. 위스키와 페퍼민트가 섞인 준의 냄새. 강물 냄새. 그리고 어릴 적 오기가 피웠던 모닥불.

딜런의 모습과 아버지의 모습이 겹쳐지면서 앨리스의 뇌리를 때렸다. 분노로 창백해진 두 얼굴. 딜런의 숨결에서 훅 끼치던 시큼한 냄새. 노기등등한 아버지에게서 나던 쉿내. 멍들고 꺾인 자신의 몸, 끔찍하게 차갑던 물, 당장 때릴 듯이 높이 쳐든 손……. 그때 본부 무전기에서 칙칙 소리가 들렸고, 그 소리가 갓난아기의 울음소리를 떠올리게 했다. '남동생은 누구의 손에서 자랐을까? 그 아이는 잘살고 있을까?

행복할까? 나의 존재를 알고 있을까?'

"앨리스."

앨리스는 고개를 들었다. 사라가 자기 사무실 문간에 서 있었다. 이번에는 사라의 얼굴에 언짢은 표정이 역력했다.

루비가 뒷마당 불가에 앉아 목걸이를 만들고 있을 때, 대문 앞에 트럭 한 대가 멈춰 서는 소리가 들렸다. 루비는 몸을 기울여 진입로 쪽을 내다보았다. 짐을 가득 실은 앨리스의 나비 트럭이 보였다. 루비는 목걸이 만드는 일에 다시 집중했다. 철사 옷걸이의 끝을 불에 넣어 벌겋게 달군 다음, 이넌티 씨앗 한복판에다 푹 찔러서 구멍을 뚫었다. 충분히 식자 누런 꼰 실에다 씨앗을 끼우고는 발밑에 쌓여 있는 씨앗 중 하나를 다시 집어 들었다. 앨리스가 트럭에서 내려 발꿈치에서 졸졸 따라오는 핍과 함께 뒷마당으로 걸어오고 있었다. 터벅터벅 무거운 발걸음과 벌겋게 충혈된 눈. 앨리스는 더도 덜도 말고 한순간에 사랑과 직장과 집을 몽땅 잃어버린 여인, 딱 그 모습이었다.

앨리스는 루비가 피워 놓은 모닥불 앞에 앉아서 타오르는 불꽃을 바라보았다. 핍은 쌩쌩 달리며 루비네 개와 잡기 놀이를 하고 있었다. 스치는 바람에 키 큰 사막오크 세 그루가 한숨을 지었다. 루비는 철사가 불에 달궈질 때까지 기다렸다가 시뻘겋게 달궈진 철사 끝부분을 이넌티 씨앗 한복판에 찔렀다. 앨리스는 조용히 입을 다물고 있었다. 입 밖으로 목소리를 내기까지 몇 번의 시도가 필요했다.

"루비, 저, 작별 인사드리러 왔어요."

루비는 구멍을 뚫은 씨앗을 꼰 실에 꿴 다음 다른 씨앗을 집어 들었다. 바람이 루비의 머리카락을 헝클었다. 북서쪽에서 불어오는 바람이었다. '그 바람은 널 아프게 해.' 루비의 아주머니들이 늘 하는 말이었다. '서쪽에서 부는 바람은 나쁜 바람이야. 마음을 병들게 하지. 병들지 않으려면 잘 듣는 약을 먹어 두어야 해.'

"핀타핀타, 전에 자네가 했던 말에 대해 생각해 봤는데……. 자네한테 불이 어떤 의미인지에 대해 했던 얘기 말이야." 루비가 불에 달군 철사로 또 다른 씨앗에 구멍을 낸 뒤 실에 꿰며 말을 이었다. "한 가지 묻고 싶은 게 있어. 자네의 아궁이는 어디 있나?"

"아궁이요?"

"응. 자네 아궁이. 자네가 사랑하는 사람들과 옹기종기 둘러앉는 곳. 다 함께 몸과 마음을 따듯이 데우는 곳. 자네가 속한 곳 말일세."

앨리스는 한참 동안 대답하지 못했다. 루비가 멀가 나뭇가지를 불구덩이에 집어넣었다.

"모르겠어요. 하지만 저한테…… 동생이 한 명 있어요." 앨리스의 목소리가 갈라졌다. "어린 남동생이오."

루비는 씨앗을 꿴 줄의 양 끝을 들어 올려 매듭을 묶었다. 불 냄새가 나는 빨갛고 반들반들한 이닌티 씨앗으로 만든 목걸이가 반짝거렸다. 루비가 목걸이를 앨리스에게 건넸다. 앨리스는 말문이 막혀 목걸이를 바라보기만 했다. 루비가 어서 받으라고 목걸이를 흔들었다. 루비가 오목하게 모은 앨리스의 두 손에 목걸이를 내려놓자 이닌티 씨앗들이 부딪치며 작게 잘그락거렸다.

"박쥐날개산호나무 씨앗." 앨리스가 가만히 중얼거렸다. "마음의 병을 치유하다." 앨리스의 눈시울이 붉어졌다.

“우리 집안 여자들은 의식 때마다 이걸 목에 걸지.” 루비가 말했다. “힘을 주거든.” 앨리스는 두 손의 엄지손가락으로 씨앗을 어루만지며 목걸이를 코 가까이에 대고 연기 냄새를 맡았다.

“아, 한 가지 더 있어.” 루비는 일어서서 집 안으로 들어가더니 잠시 뒤 면으로 된 작고 네모난 가방 하나를 들고 왔다. “줄무늬민트부시야.” 루비가 앨리스에게 가방을 건네며 말했다. “이걸 베개 속에 넣으면 자는 동안 정신이 맑아질 거야.”

“고맙습니다.” 앨리스는 면 가방의 냄새를 맡았다. “우리 가족에게…… 줄무늬민트부시는 치유가 아니라 버림받은 사랑이라는 의미로 통해요.” 앨리스가 말했다.

루비가 한동안 앨리스의 얼굴을 찬찬히 바라보았다. “버림받다. 치유되다.” 루비는 어깨를 으쓱이며 말을 이었다. “멋진 구절이야. 안 그런가?” 루비가 막대기로 불을 쑤시자, 모닥불이 타닥타닥 응답하며 오후의 하늘 위로 불꽃을 높이 피워 올렸다. 그 둘은 한동안 아무 말 없이 앉아 있었다.

“핀타핀타, 자네에게 해 줄 말이 있네.” 이윽고 루비가 말했다. “자기 자신을 믿어. 자신의 이야기를 믿으라고. 자네는 그냥 이야기를 있는 그대로 말하기만 하면 돼.” 루비는 희뿌연 연기 속에서 두 손을 비볐다.

앨리스는 이닌티 씨앗을 만지작거렸다.

“팔아?” 루비가 물었다.

“팔아.” 앨리스는 루비와 눈을 마주치며 대답했다.

루비가 빙긋 웃었다. 불꽃이 앨리스의 눈동자 속에서 환하게 빛나고 있었다.

앨리스는 킬릴피차라가 지평선의 신기루처럼 아득하게 보일 정도로 한참을 달린 뒤에야 트럭을 멈춰 세웠다. 앨리스는 트럭에서 내려 서늘한 붉은 모래 위를 핍과 나란히 걸었다. 스피니펙스 덤불 사이를 지나면서 손바닥으로 웃자란 노란 풀의 머리를 쓰다듬었다.

앨리스는 마음을 추스를 시간이 필요하다고 혼잣말로 되뇌었지만, 마음속 깊은 곳에서는 떠나는 게 옳은 판단인지 여전히 확신이 서지 않았다. 모든 생각이 딜런을 향한 사랑으로 물들어 있었다. 불과 며칠 전 오후 느지막이 딜런과 저녁 산책을 나섰던 때를 떠올리며 눈물을 닦아 냈다.

"언젠가 우리가 함께 서부 해안으로 간다면 말이야." 딜런이 사람 애간장을 녹이는 미소를 슬며시 지으며 앨리스에게 말했다. "짐을 꾸린 다음 트럭을 타고 밤낮을 달려 거기로 가는 거지. 일단 도착하면 뭘 할 거야?"

둘은 깍짓손을 끼고 키 큰 나무 아래에 앉아 있었다.

앨리스가 두 눈을 감고 상상의 나래를 펼치며 미소를 지었다. "오두막 한 채 사고, 신선한 해산물 잔뜩 먹어서 배불뚝이가 되는 거야. 직접 과일이랑 채소도 길러 먹고, 그리고……." 앨리스는 망설였다.

"그리고 뭐?"

"아이들도 낳고." 앨리스가 말했다. "활달하고, 다리가 포동포동한 맨발의 아이들. 붉은 흙과 흰 모래와 푸른 바다에서 자라난……." 앨리스는 딜런을 쳐다볼 수 없었다.

딜런이 검지를 앨리스의 턱에 대고는 앨리스의 얼굴을 자기 쪽으로 돌렸다. 딜런의 눈동자는 환한 빛으로 가득했다. "다리가 포동포동한……." 딜런이 싱긋 웃으며 앨리스를 끌어당겼다.

"평생 당신만 사랑할 거야." 앨리스가 속삭였다.

"그래, 우리 평생 사랑하자." 딜런이 대답했다. 그리고 앨리스가 마치 자기 인생의 공기인 양 절실하게 앨리스에게 키스를 퍼부었다.

앨리스는 펍과 단둘이 모래언덕들 사이에 서서 소리를 질렀다. 여기 계속 있어야 할까? 일자리를 지키기 위해 싸우고, 딜런과도 잘 풀기 위해 노력하면서? 딜런과는 이렇게 끝낼 수는 없었다. 옻칠과 금가루로 부서진 도자기 조각들을 붙이는 킨츠키 공예가처럼 앨리스는 부서진 둘의 관계를 다시 이어 붙일 수 있을 터였다. 앨리스는 확신했다. 자신이 딜런을 구할 수 있을 거라고. 두 사람의 사랑이 자신과 딜런을 구제할 수 있을 거라고. 어떻게 이대로 끝낼 수 있겠는가? 자기가 좀 더 노력해서 딜런이 원하는 모습으로, 딜런이 요구하는 행동을 하면 딜런을 더 나은 사람으로 만들 수 있을 것이다. 처음부터 딜런은 그걸 원하지 않았던가. 더 나은 사람이 되는 것. 게다가 여기를 떠나 어디로 가겠다는 말인가? 돌아갈 집도 없는데. 여기 있으면 안 되는 이유가 뭐란 말인가?

앨리스는 천천히 걸었다. 모래언덕들을 오르락내리락하면서.

사막이 정신을 혼미하게 만들었다. 그곳에는 세월의 흔적이 보이지 않았다. 어쩌면 지금이 수백 년 전의 어느 날 오전일지도 몰랐다. 매일매일 해가 뜨고 별이 빛났으며 계절이 수없이 바뀌었으나 세월의 흔적은 존재하지 않았다. 사막은 한 인간이 평생토록 인지할 수 있는 변화가 오직 자기 자신의 신체적 변화밖에 없을 정도로 부식과 창조의 과정이 너무도 느리게 진행되는 곳이었다. 사막은 앨리스를 집어삼켜 무의미한 존재로 만들었다. 앨리스는 붉은 사막을 이리저리 배회하다가 높은 모래언덕 위에 멈춰 섰다. 그리고 운석공의 거대한 실루엣을 떠올리며 눈으로 운석공으로 돌아가는 길을 좇았다. 제때 돌아갈 수 있을까? 모든 것을 되돌리고 처음부터 다시 시작할 수 있을까?

핍이 앨리스의 다리에 코를 비볐다. 앨리스는 핍의 귀 뒤를 긁어 주려고 쪼그리고 앉다가 자기 다리 뒤에 난 시퍼런 멍 자국을 발견했다. 어디서 그런 멍이 들었는지 알 수 없었다. 필시 딜런과 작업장에 있을 때 생긴 멍일 테지만, 어떻게 다리에 그런 멍이 들었는지는 기억이 나지 않았다.

그 순간 심장이 철렁 내려앉았다. 앨리스는 아홉 살 때의 눈으로, 온몸이 시퍼렇게 멍든 나신으로 바다에서 올라오고 있는 자기 엄마를 쳐다보고 있었다.

앨리스는 또다시 일본 동화를 떠올렸다. 이번에는 킨츠기 붓을 든 킨츠기 공예가나 금칠의 입장에서가 아니었다. 앨리스는 부서진 조각이었다. 붙여졌다가 다시 깨지기를 수도 없이 반복하는 도자기 조각. 끊임없이 자신을 부수고 망가뜨리는 남자를 넘어선 삶은 상상도 할 수 없었던 자신의 엄마처럼. 안전한 삶을 찾아 손필드로 온 꽃무리처럼. 앨리스는 지금껏 단 한 번도 자신을 그런 식으로 생각해 보지 않았다. 아니, 자신을 그런 식으로 생각하는 걸 스스로 용납할 수 없었다.

"버림받다. 치유되다." 루비가 어깨를 으쓱이며 말했었다. "멋진 구절이야. 안 그런가?"

펍이 조바심을 내며 앨리스의 얼굴을 핥았다. 앨리스는 눈물을 닦으며 싱긋 웃었다. 준이 펍을 봤다면 얼마나 사랑했을까? 해리만큼이나 펍을 사랑했으리라. 준이 해리와 함께 꽃밭을 걸어가던 모습을 떠올리자 다른 기억들이 꼬리에 꼬리를 물고 떠올랐다. 준이 앨리스를 학교에 데려갔던 날, 해리가 방귀를 뀌었을 때 함께 배를 잡고 웃었던 기억. 앨리스가 열 번째 생일 전날 밤에 잠을 설치며 한밤중에 깨어났을 때, 준이 컴컴한 방 한구석에 있는 책상 앞에 꾸부정하게 앉아서 앨리스에게 줄 깜짝 선물을 펼쳐 놓던 모습. 앨리스가 운전면허 시험을 마치고 돌아왔을 때, 경찰서 주차장에서 기다리던 준과 해리……. 앨리스의 입가에 은은하게 번지던 미소가 손필드에서 마지막 밤의 기억을 떠올리자 싹 사라졌다. 해리는 이미 죽었고, 술에 취해 있던 준은 앨리스가 집을 떠난다는 말에 충격과 절망감에 휩싸인 채 비틀거렸다. 그것이 앨리스가 기억하는 준의 마지막 모습이었다.

앨리스는 자기에게는 울타리가 되어 줄 사람도 장소도 없다는 냉엄한 현실에 절망하며 흙 위에 무너졌다. 펍이 괴로워하며 우우 울부짖기 시작했다.

"괜찮아." 앨리스가 펍의 옆구리를 쓰다듬으며 말했다. "괜찮아." 앨리스는 숨을 천천히 깊이 들이마셨다. 마음을 가라앉히려고, 이성적으로 생각하려고. 무엇보다 이제 어디로 갈지를 생각해 내야만 했다. 단 하룻밤이라도 묵을 곳을 생각해 내야만 했다.

마침내 땅에서 일어섰을 때, 트윅과 캔디가 떠나던 날 아침의 기억이 뇌리를 스쳤다.

"마음의 준비가 되면 꺼내 봐." 트윅이 말했었다. "네가 알아야 할 사실들이 거기 다 들어 있다."

앨리스는 그제야 깨달음의 눈이 떠지는 것을 느끼며 자기 트럭을 내려다보았다. 앨리스는 핍과 나란히 모래언덕을 질주하듯 내려가서 조수석 앞에 있는 사물함을 벌컥 열었다. 떨리는 손으로 봉투를 꺼낸 다음 봉투 입구를 찢어서 접혀 있는 서류 뭉치를 꺼냈다.

앨리스는 서류를 한 장 한 장 넘기며 빠르게 읽어 내려갔다. 그리고 종이에 적힌 글자들이 현실로, 진실로 다가올 때까지 서류를 반복해서 읽고 또 읽었다. 앨리스는 손가락으로 짚으며 빠르게 훑어 내렸다. 종이 위에 분명히 적혀 있었다.

"오, 맙소사." 앨리스가 작게 속삭였다. 핍이 마치 동의한다는 듯 캉캉 짖었다. 앨리스는 봉투를 다시 사물함에 집어넣고 차 시동을 켠 다음 기어를 고속으로 놓고 액셀러레이터를 밟았다. 그리고 해를 등지고 차를 몰았다. 앞으로 나아갈 방법을 찾기 위해 때로는 되돌아갈 수도 있는 것이다.

룰루는 모래언덕에 앉아 에이든이 저녁 순찰을 마치고 귀가하기를 기다리고 있었다. 무릎을 감싸 안고 포도주를 홀짝이며 따뜻한 붉은 모래에 묻은 발가락을 꼼지락거렸다.

별들이 반짝거렸지만 룰루의 시선이 머문 곳은 밤하늘이 아니었다. 룰루는 앨리스가 남기고 간 꼬마전구를 응시하고 있었다.

사라가 앨리스에게 해고를 통보했을 때, 룰루는 앨리스가 짐을 꾸리도록 집으로 데려다주었다. 룰루는 그들의 대화를 엿들었다. 사라가 앨리스에게 운 좋은 케이스라고 했다. 이틀 연속으로 사건보고가 들어갔는데도 고발 조치가 없었다면서. 앨리스는 룰루의 도움을 받아 사막에서의 삶을 닥치는 대로 상자에 집어넣으면서 거의 말을 하지 않았다. 앨리스가 프리다 칼로의 자화상 복사본을 룰루에게 돌려주려고 했지만, 룰루는 앨리스가 보지 않을 때 그녀의 트럭에 집어넣었다.

"어디에 있는지 나한테 알려 줄 거야?"

앨리스가 얼굴을 길 쪽으로 돌린 채 고개를 끄덕였다. 앨리스의 눈은 예전의 룰루처럼 아득히 멀어져 있었다.

"자기는 왜 아직 이곳에 머물러 있는 거야?" 앨리스가 룰루에게 물었다. "왜 떠나지 않았어? 그 사람한테 당한 뒤에?"

룰루는 잠시 침묵에 잠겼다가 입을 열었다. "왜냐하면 내 탓이라고 생각했으니까. 그렇지 않고는 도무지 납득이 되지 않았어." 룰루는 마치 자신의 대답이 듣고 싶지 않아 귀를 막으려는 듯 어깨를 움츠리며 말을 이었다. "그런 다음 에이든을 만났지. 이젠 이곳이 우리 삶의 터전이야. 그리고 또 하나, 별 때문이기도 하고." 룰루는 씁쓸히 웃었다. 스스로 눈을 가리고 있는데 예지력이 다 무슨 소용이겠는가?

룰루는 앨리스의 트럭이 멀어지는 것을 지켜본 뒤 집 안으로 들어갔다. 그리고 용기가 사라지기 전에 전화기를 집어 들었다. 사라가 룰루와의 미팅을 내일 오전의 첫 일정으로 잡아 주겠다고 말했다. 룰루는 떨리는 손으로 포도주 한 병과 유리잔을 들고 곧장 모래언덕으로 올라갔다. 그리고 에이든의 귀가를 기다리는 동안 불안감을 가라앉히려고 포도주를 연거푸 들이켰다.

얼마 있지 않아 에이든의 픽업트럭이 덜덜거리며 진입로로 들어섰다. 룰루는 빈 잔에 포도주를 따르지 않고 병째 벌컥벌컥 마셨다.

에이든은 뒷문으로 들어와서 부츠를 벗어 던지자마자 곧장 룰루가 있는 모래언덕으로 걸어왔다. 애정이 듬뿍 담긴 에이든의 미소를 보자 룰루의 불안감이 진정되었다. 할머니의 음성이 룰루의 귓전을 울렸다. '너에게 '작은 늑대'라는 이름을 지어 준 것도 바로 그 때문이란다. 너의 직감이 항상 너를 인도해 줄 거야. 하늘의 별처럼 말이야.'

"안녕, 미인." 에이든이 룰루 옆에 앉으며 말했다.

룰루는 에이든에게 키스한 다음 자신의 빈 잔을 건네주고 포도주를 따랐다.

"힘든 하루였어." 에이든이 말하며 한 모금 마셨다. "앨리스는 잘 갔어?"

룰루는 앨리스의 집 밖에서 반짝이는 꼬마전구를 바라보았다. 그러고는 고개를 내저었다.

"당신, 괜찮아?" 에이든이 물었다.

룰루는 에이든에게서 포도주 잔을 빼앗아 들고 남은 포도주를 들이켰다. "괜찮을 거야." 룰루는 하늘의 별을 쳐다보며 말했다.

에이든은 룰루의 손을 잡고 엄지손가락으로 룰루의 손바닥 가운데를 가만히 문질러 주었다. 룰루의 가슴이 따듯함과 감사함으로 가득 찼다. 룰루는 지금껏 비밀로 간직해 왔던 딜런과의 끔찍한 과거를 털어놓더라도 에이든이 변함없이 자신을 지지해 줄 거라는 확신이 들었다. 그리고 사막을 떠나 다른 곳에서 새 삶을 시작하자는 제안도 동의해 줄 거라 믿어 의심치 않았다. 사실 룰루는 벌써 태즈메이니아에 일자리를 알아보는 중이었다. 에이든이 그곳에서 살고 싶다고 입버릇처럼 말해 왔기 때문이었다. 이제 남은 일은 자기 이야기를 에이든에게 풀어놓는 것뿐이었다.

룰루는 목소리에 힘이 모일 때까지 기다렸다.

“내일 아침에 사라랑 미팅 잡아 놨어. 중요한 얘기가 있거든. 하지만 자기랑 먼저 상의해야 해.”

에이든은 룰루를 바라보며 기다렸다.

멀리서 앨리스의 꼬마전구들이 타닥타닥 타오르는 불똥처럼 하나씩 하나씩 밤하늘로 사라지고 있었다.

앨리스가 아그네스 블러프에 거의 다다랐을 즈음, 하늘에는 별이 총총 빛나고 있었다. 앨리스는 동물병원 쪽으로 차를 돌려 주차장에 세우고 시동을 켜 둔 채 차에서 내렸다. 앨리스는 동물병원 문 앞에 서서 유리문에 붙어 있는 모스의 이름을 손가락으로 어루만졌다. 그러고는 편지를 우편물 투입구에 밀어 넣고 문 안쪽 마룻바닥에 떨어지는 것을 지켜보았다. 앨리스가 자기 새 주소를 손으로 휘갈겨 쓴 쪽이 위로 향해 있었다.

앨리스는 차를 몰고 떠나면서 모스를 위해 그려서 편지 봉투에 접어 넣은 꽃 소묘를 떠올렸다. 빌리버튼[75]. 앨리스는 공처럼 생긴 샛노란 꽃과 가느다란 줄기를 종이가 꽉 차도록 그리고 또 그렸다. 그리고 맨 오른쪽 구석에는 꽃말을 적었다.

감사하는 마음.

75) 오스트레일리아가 원산지인 국화과의 여러해살이풀. 작은 꽃들이 공 모양으로 촘촘히 들어차 있어 북채 같기도 해서 ‘드럼스틱’이라고도 불린다.

연인이여, 그대는 내게 많은 꽃을 가져다주었죠.
…… 그 꽃을 받아 주세요. 내가 그대의 꽃을 받았듯이
그리고 시들지 않을 곳에 놓아두세요.
그대의 눈으로 하여금
꽃이 진실한 빛깔을 유지하는지 지켜보게 하고,
꽃의 뿌리가 내 영혼에 남아 있음을
그대의 영혼에게 알려 주세요.

- 엘리자베스 배릿 브라우닝

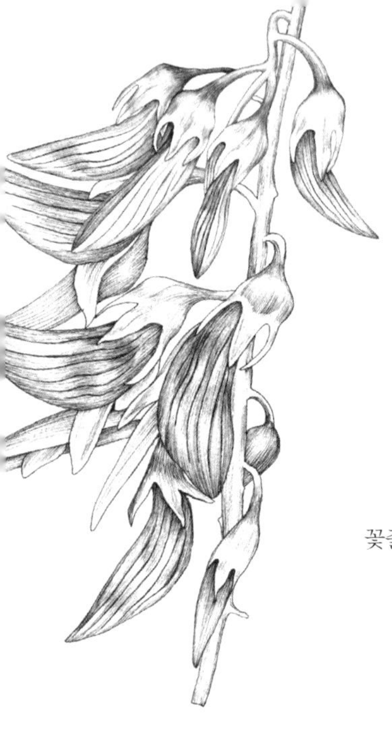

Green birdflower 초록벌새꽃

내 마음이 달아나네

Crotalaria cunninghamii | 오스트레일리아 중서부

오스트레일리아 원주민 공동체 구역인 멀가 지역의
모래흙과 모래언덕에 널리 분포하는 관목.
골이 진 굵은 줄기에 부드러운 잔털이 뒤덮여 있으며,
겨울과 봄에 작은 새를 닮은 꽃을 피운다.
꽃줄기에서 꽃받침으로 이어진 부분은 새의 부리와 닮았고,
꽃잎은 황록색 바탕에 가느다란 보라색 줄이 나 있다.
수분은 큰 벌과 새에 의해 이루어진다.

사흘 내내 차를 몰고 달리자 비로소 먼지투성이의 황량한 풍경은 신록이 우거진 풍경으로 바뀌었다. 여행 나흘째의 하루가 저물 무렵, 고속도로를 벗어나 해안을 따라 길게 이어진 좁다란 도로를 달려 마침내 어릴 때 떠났던 작은 마을에 도착했다. 앨리스는 중앙 교차로에 차를 멈추고 농장 트럭들이 덜커덕거리며 지나가는 모습을 지켜보았다. 못 보던 가게들이 중앙로에 군데군데 들어서 있었다. 문신 시술소, 휴대전화기 판매점, 빈티지 옷가게, 서프보드 직판점.

뒤편에 펼쳐진 사탕수수밭의 사탕수수 줄기들은 앨리스의 기억과 다름없는 선명한 초록색이었다. 사탕수수의 키는 예전보다 작아 보였지만, 공기는 여전히 달콤하고 눅눅했다. 맨발로 사탕수수 줄기들 사이를 달려서 사유지 경계를 넘어 이 흥미진진한 신세계로 살그머니 들어왔던 일곱 살의 자신이 머릿속에서 떠오르자 앨리스는 양팔로 제

몸을 감쌌다. 펍이 직감으로 앨리스의 기분을 읽고는 그녀의 다리를 핥았다. 앨리스가 펍을 쓰다듬었다.

"아가씨, 괜찮아요? 혹시 길을 잃었나요?" 옆에서 누군가가 다정한 목소리로 물었다. 앨리스가 돌아보니 어린아이를 안은 젊은 여자가 서 있었다.

"전 괜찮아요. 신경 써 주셔서 고마워요." 앨리스가 대답했다.

어린아이가 펍을 보고 우우 소리치자 여자가 싱긋 웃었다. 여자는 신호등 앞에서 아이를 내려놓고 보행 버튼을 눌렀다.

"저기요," 앨리스는 이미 답을 알고 있으면서도 긴장감을 떨쳐 내려고 여자에게 소리쳐 물었다. "도로 건너편에 도서관이 아직 있나요?"

"네, 물론이죠." 여자와 어린아이는 신호등이 초록색으로 바뀌자 손을 흔들며 도로를 건너갔다.

샐리 모건은 지난 수년간 앨리스 하트와 어떤 식으로 재회하게 될지 숱하게 상상해 왔지만, 평범한 화요일 오후에 이렇게나 간단히 일어나리라고는 한 번도 생각해 본 적이 없었다. 방학 시즌이라 도서관은 이용자들로 붐볐다. 아동용 서가 곁에 쪼그리고 앉아 책을 서가에 꽂고 있는데 샐리는 불현듯 등골이 오싹해짐을 느꼈다.

샐리는 천천히 일어섰다. 그때 샐리의 머릿속으로 수많은 기억의 파편들이 밀물처럼 밀려들었다. 추레한 잠옷 밑으로 삐져나온 꾀죄죄한 작은 샌들, 헝클어진 머리카락을 드리운 채 책을 탐독하던 머리, 옴폭 들어간 보조개, 형형한 초록 눈동자, 병원 침대 가장자리까지 어지러이 널려 있던 검은 머리카락, 아이의 몸에 산소를 공급하며 딸깍 윙윙거리던 인공호흡기 소리, 광대뼈가 날카롭게 불거져 나온 수척한 아이의 얼굴, 그리고 파리한 눈꺼풀 아래로 비쳐 보이던 가느다란 보랏빛 핏줄들.

샐리는 서가와 서가 사이를 살피며 조심스레 이동했다. 딱히 이상한 점은 눈에 띄지 않았다. 모든 것이 제자리에 있었다. 샐리는 단지 피곤해서 예민해진 것뿐이라고 생각했다. 몸이 피곤하면 과거의 역습에 더 쉽게 무너지는 그녀였지만, 그런데도 샐리는 도서관을 살피는 시선을 거둘 수가 없었다.

서가를 훑어보는 사람들. 아이들과 함께 온 부모들. 책 주위에 옹기종기 모여서 킥킥대는 고등학생들.

평소와 다른 것은 없었다. 샐리의 맥박이 다시 느려지기 시작했다.

샐리는 어리석은 기대를 품었던 자신을 책망하며, 서가 밖에 나와 있는 책들을 모아서 자기 책상을 향해 천천히 걸어갔다. 샐리의 두 볼은 실망감으로 붉어져 있었다.

그때 늦은 오후의 햇살이 스테인드글라스 창유리를 통해 쏟아져 들어왔다. 샐리가 자기 책상으로 돌아갈 때, 인어공주 꼬리에서 연한 청록색 햇살이 그녀의 눈에 곧장 내리비쳤다. 샐리는 고개를 숙이며 옆으로 물러섰다. 그리고 다시 고개를 들자 자기가 사랑했던 어린 소녀가 후줄근한 젊은 여인의 얼굴로 그녀의 눈앞에 서 있었다. 샐리의 손에 들려 있던 책들이 바닥에 투두둑 떨어졌다.

지난 스무 해 동안 이런 순간이 오기를 얼마나 간절히 바랐던가! 앨리스 하트가 자신의 삶 속으로 유성처럼 떨어지는 순간을.

바로 그 앨리스가 눈앞에 서 있었다.

앨리스는 트럭을 몰고 샐리의 해치백[76] 뒤를 따라 시내를 통과했다. 조금 전 도서관에서 있었던 일 때문에 아직도 얼떨떨한 상태였다. 샐리가 앨리스를 발견했을 때, 샐리의 눈동자는 마치 앨리스가 투명인간인 것처럼 초점을 잃고 방황했다. 하지만 샐리는 곧바로 앨리스를 와락 껴안고는 몸을 이리저리 흔들면서 앨리스의 이름을 반복해서 불렀다. 앨리스는 어떻게 반응해야 할지 몰라 꼼짝도 하지 않고 서서 밀물처럼 밀려드는 장미 향의 기억에 휩싸였다.

"어디 보자," 샐리는 뺨에 흐르는 눈물을 닦으며 울먹이는 목소리로 말을 이었다. "정말 아름다운 여인으로 자랐구나."

예상치 못한 칭찬에 앨리스의 얼굴이 붉어졌다.

"이게 몇 년 만이니? 우리 차 한잔할까? 그간의 회포를 풀면서?" 샐리가 눈동자를 반짝이며 물었다.

앨리스가 수줍게 고개를 끄덕였다.

"여러분! 죄송하지만 오늘은 사정상 도서관을 좀 일찍 닫게 되었어요." 샐리가 소리쳐 말했다. 그리고 사람들을 도서관 밖으로 서둘러 내몬 다음 앨리스를 데리고 주차장으로 갔다. "자, 앨리스, 어서 따라오렴."

이윽고 바다가 내려다보이는 절벽 위의 작은 집 앞에 도착하자 앨리스는 샐리의 자동차 옆에 트럭을 멈춰 세웠다. 집 둘레에 목재 데크가 빙 둘러 있고, 처마에 조가비와 바다 유리와 유목(流木)으로 만든 풍경이 매달려 있었다. 정원에는 플라밍고그레빌레아가 만발해 있었고,

76) 차체 뒤쪽에 위아래로 여닫을 수 있는 문이 있는 자동차.

실버와틀나무 아래에서는 닭들이 한가로이 풀을 쪼아 먹고 있었다.

"우아." 앨리스가 감탄했다.

"어서 들어와." 샐리가 손짓하며 소리쳤다. "너도 뭐 좀 먹고, 네 강아지도 뭐 좀 먹이자꾸나."

앨리스는 집 안으로 들어가서 핍을 발치에 앉히고 부엌 식탁 앞에 앉았다. 샐리가 차를 끓이고, 찬장에서 과일케이크를 꺼내 썬 뒤 버터를 듬뿍 발라서 내왔다. 바깥에서 바다의 아우성이 들렸다. 샐리는 의자를 끌어서 앨리스 곁에 앉더니 케이크 조각이 가득 담긴 접시와 김이 모락모락 나는 찻잔을 앨리스 쪽으로 밀었다.

"좀 먹어." 샐리가 말했다.

앨리스는 샐리와 함께 있는 동안 느껴지는 뜻밖의 편안함에 적잖이 당황했다. 샐리와는 20년 전 어느 날 오후 단 몇 분간의 짧은 만남 이후 단 한 번도 만난 적이 없었는데도, 샐리의 집에 들어서는 순간부터 마치 오래전에 헤어진 가족을 만난 것처럼 편안했다.

앨리스는 케이크 조각을 한 입 베어 물었다. 그제야 샐리도 케이크를 한 입 먹고는 앨리스를 조심스레 살피며 차를 한 모금 마셨다. 두 사람은 정다운 침묵 속에서 함께 앉아 있었다. 바닷소리가 어찌나 가까이에서 들리는지 마치 금방이라도 파도가 집 안으로 밀려 들어올 것만 같았다. 앨리스는 썰물에 쓸려 가는 부목처럼 기억 속으로 빨려 들어갔다. 가시들이 앨리스의 시야를 에워쌌다. 눈앞이 빙빙 돌자 앨리스는 몸을 가누려고 식탁을 움켜잡았다.

"앨리스, 왜 그래?" 샐리가 깜짝 놀라며 물었다.

앨리스는 대답하려고 애를 썼으나 입에서는 신음밖에 나오지 않았다. 샐리가 앨리스를 감싸 안으며 앨리스의 등을 쓸어 주었다.

“오, 앨리스. 진정해. 자, 천천히 숨을 크게 들이쉬어.”

앨리스는 바다를 응시했다. 그리고 청록색 물결이 해안으로 밀려 들어 은빛 포말로 부서지는 모습을 똑바로 바라보며 숨을 크게 들이쉬었다. ‘사막은 바다의 오랜 꿈이죠.’ 그의 목소리가 앨리스의 심장을 꿰뚫었다. ‘응아유쿠 핀타핀타.’ 겨울날 마당에 피워 놓은 모닥불 주위로 앨리스가 맨발로 춤을 추었고, 그가 앨리스에 흠뻑 취한 채 타오르는 불길 사이로 빙빙 도는 앨리스의 춤사위를 지켜보았다. ‘응아유쿠 핀타핀타. 나의 나비.’

“숨을 깊게 들이쉬어, 앨리스. 내 목소리에 집중해. 그냥 내 목소리만 들어.” 샐리가 손을 잡아 주자 앨리스의 머릿속에서 기억들이 되살아났다. ‘내 목소리를 들어 봐. 불바다. 잠자는 숲속의 미녀. 불타는 깃털들. 펄럭, 펄럭, 휙. 위로, 위로, 멀리, 멀리.’

앨리스는 몸에 묶인 밧줄이 풀려서 벼랑으로 떨어질 것 같은, 아니 세상 끝 너머로 떨어질 것 같은 두려움이 와락 덮쳐 오자 샐리의 셔츠 자락을 꽉 움켜잡으며 그녀에게 매달렸다.

땅거미가 내릴 무렵, 샐리가 리크와 감자로 수프를 만드는 동안 앨리스는 소파에 기대앉아 태양이 구름을 그리던 붓을 별들에게 넘겨주는 광경을 지켜보았다.

두 사람은 저녁을 먹으며 아무 말도 하지 않았다. 둘 사이의 침묵은 도자기 그릇에 숟가락이 부딪치는 소리, 처마 밑 풍경 소리, 밀려오는 파도 소리, 닭들이 꾹꾹 거리는 소리, 그리고 이따금 핍이 하품하는 소리로 채워졌다.

이윽고 샐리가 냅킨으로 손을 닦으며 말했다. "지낼 곳이 필요하겠구나."

앨리스는 그릇에 남은 수프를 싹 닦아 낸 빵을 씹으며 고개를 끄덕였다.

"존이 세상을 뜨고 없으니, 이 집이 너무 크게 느껴져." 샐리가 말했다. "빈방이 있는데, 여기서 지내는 게 어떠니? 아침에 볕이 가득 들고, 창밖으로 정원과 바다가 보이는 방이야." 샐리가 숟가락을 만지작거리며 말을 이었다. "잠자리도 다 마련해 놨어."

"말씀은 고맙지만……."

샐리가 팔을 뻗어 앨리스의 손 위에 자기 손을 포개 얹었다. 따스한 온기가 앨리스의 손목을 에워싸며 팔 위로 올라왔다.

"고맙습니다."

샐리가 고개를 끄덕이며 유리잔을 들어 올렸다. "너를 위해 건배." 샐리가 미소를 가득 머금은 눈으로 말했다.

앨리스도 샐리를 따라 유리잔을 들어 올리며 말했다.

"그리고 아주머니를 위하여."

저녁 식탁을 치우고 나서 샐리는 앨리스에게 지낼 방을 보여 주었다. 그리고 포근한 수건과 여분의 푹신한 베개도 가져다주었다.

"둘 다 뭐 또 필요한 거 없어?" 샐리가 핍의 머리를 쓰다듬으며 말했다. 앨리스가 고개를 내저었다.

"그럼 푹 자고, 내일 아침에 보자." 샐리가 앨리스를 꼭 껴안으며 말했다.

"네, 아침에 뵈어요."

앨리스는 전등은 껐지만 커튼은 치지 않고 그대로 놔두었다. 달빛이 창문을 통해 쏟아져 들어왔다. 큰 창이 드넓은 바다로 꽉 차 있었다. 앨리스는 침대에 누워 핍을 옆구리로 끌어당겼다. 그리고 눈물이 조수처럼 밀려왔다 밀려가는 동안 핍을 꼭 끌어안고 새근대는 핍의 숨소리를 들었다.

다음 날 아침, 앨리스는 샐리가 아직 일어나기 전에 혼자 부엌으로 가서 커피 한 잔을 탔다. 그리고 커피 잔을 들고 정원으로 나가서 평화롭고 고즈넉한 시간을 즐겼다. 연청색 하늘에는 구름 한 점 없었다. 바다는 고요히 반짝였다. 앨리스의 입가에 미소가 번졌다. 핍은 제 꼬리를 쫓으며 맴을 돌았고, 벌들은 꽃을 활짝 피운 릴리필리[77] 주위를 윙윙 날았다. 앨리스는 하품하며 눈을 비볐다. 간밤에 요란한 바닷소리와 선명한 기억들이 끊임없이 현실로 불러내는 바람에 자다 깨기를 반복해야 했다. 앨리스는 커피를 홀짝이면서 샐리의 정원을 어슬렁어슬렁 돌아다녔다. 가끔 멈춰 서서 그레빌레아꽃에 감탄하기도 하고 닭들과 대화하기도 하면서. 아침 공기가 차츰 따듯해짐에 따라 긴장해 있던 척추 근육도 차츰 풀리기 시작했다. 무성하게 자란 열대식물 화

77) 오스트레일리아 자생종 늘푸른나무로, 붉은색이 도는 진분홍빛 열매를 맺어 '오스트레일리아체리'라고도 불린다.

분이 집 외벽을 따라 줄지어 늘어서 있었다. 몬스테라, 극락조화, 용설란, 박쥐난.

앨리스의 가슴이 경이로움으로 부풀어 올랐다. 그곳은 주위 자연의 야성미와 대조적으로 세심하게 잘 손질된 정원 속의 정원이었다. 다양한 초록빛 색조의 풍부하고 호화로운 어울림. 각양각색으로 반들거리는 잎사귀들. 하지만 계속 걸어갈수록 경이감이 서서히 자취를 감추었다. 앨리스는 커피 잔 손잡이를 꽉 움켜쥐었다. 깨지고 변색한 플라스틱 장난감들이 화분의 흙 밖으로 삐죽 튀어나와 있었다. 손을 흔들고 있는 인어, 조가비, 웃고 있는 돌고래, 불가사리……. 앨리스의 걸음이 흔들렸다.

정원 한가운데에 실물 크기의 나무조각상이 서 있었다. 누군가에게 꽃을 바치는 어린 소녀의 조각상, 앨리스가 예전에 본 적이 있는 조각상이.

"앨리스."

앨리스는 위태롭게 뛰는 심장 소리를 들으며 아랫입술을 깨문 채 획 돌아보았다. 오솔길 입구에 샐리가 서 있었다. 잠으로 깊어진 주름에 슬픔을 켜켜이 담은 채.

"도대체 저게 왜 여기 있는 거죠?" 앨리스가 격앙된 목소리로 물었다. 나무조각상을 가리키고 있는 앨리스의 손이 부들부들 떨렸다. "우리 아버지 조각상이 왜 여기 있는 거죠?"

샐리가 한 발자국 물러서며 말했다. "안으로 들어오렴."

앨리스는 대답하지 않았다.

"안으로 들어와라, 앨리스. 새로 커피 내려 줄게. 앉아서 얘기 좀 하자."

안으로 들어가자 샐리가 새로 내린 커피를 담은 주전자를 소파 옆 탁자 위에 올려놓고는 앨리스에게 소파에 앉으라고 손짓했다. 앨리스는 그대로 따랐다.

"오, 이런." 샐리가 어색하게 웃으며 말했다. "너와 이런 대화를 나눌 기회를 얻게 해 달라고 몇 년 동안이나 기도했는데, 막상 닥치고 보니 말문이 막히는구나." 샐리가 손가락을 꼼지락대며 말했다. "어디서부터 얘기해야 할지 모르겠어. 앨리스, 나한테 질문하는 건 어떠니? 네가 알고 싶은 게 뭔지 물으면, 거기서부터 시작하도록 하자."

앨리스는 몸을 앞으로 숙여서 목소리를 침착하게 유지하려 애쓰며 입을 열었다. "먼저, 아주머니 정원에 왜 우리 아버지의 조각상이 있는지, 그 조각상의 소녀가 누구인지부터 말씀해 주세요. 또는 우리 엄마가 왜 유언장에다 아주머니를 저와 제 남동생의 후견인으로 정하셨는지부터 대답해 주셔도 좋고요." 트윅이 건네준 두툼한 서류 봉투를 열었던 순간부터 내내 앨리스의 머릿속에서 떠나지 않았던 질문이 불쑥 튀어나왔다.

샐리의 얼굴에서 핏기가 가셨다. "와우." 샐리가 말했다. "그래, 알겠다."

앨리스는 엄마의 유언장에 적힌 문장이 뇌리를 스치자 무릎을 움찔했다. '준 하트가 내 아이들을 키울 여건이 안 될 경우, 나 아그네스 하트는 내 아이들의 법적 후견인으로 샐리 모건을 지정한다.'

"우리 엄마와 예전부터 아는 사이셨나요?" 앨리스가 물었다.

"아니." 샐리가 대답했다. "아니다, 앨리스. 모르는 사이였어. 그냥 시내에서 가끔 마주치는 정도. 그냥 그 정도였어."

앨리스는 머리를 내저었다. "정말 이해가 안 돼요. 그렇다면 왜 엄마가 저희 남매를 아주머니에게 맡길 생각을 하셨을까요?"

"나는 너희 어머니를 몰랐지만, 너희 어머니는 나를 알고 있었단다, 앨리스" 샐리가 말했다. "너희 어머니는 나를 알고 있었어."

"그게 무슨 말씀이시죠?" 앨리스가 물었다. 갑자기 심장이 조여옴을 느꼈다.

"철없던 시절……." 샐리가 천천히 입을 열었다. "사랑에 빠졌단다. 사랑해서는 안 될 사람과……." 샐리가 고개를 내저으며 말을 이었다. "내 나이 열여덟, 남자에 대해 아무것도 모를 때였지. 그때 클렘, 그러니까 너희 아버지는 마을에 갓 등장한 젊은 사탕수수 농부였어. 읍내 여기저기에서 종종 마주치곤 했었지. 조용하고 근면하고 음울한 눈빛을 가진, 남과 어울리지 않는 젊은 남자. 너희 아버지한테는 어딘지 모르게 독특한 면이 있었어." 샐리는 잠시 말을 멈췄다. "나는 오랫동안 너희 아버지를 멀리서 지켜봤지. 너희 아버지는 읍내에서 친하게 지내는 사람이 한 명도 없었어. 손가락에 결혼반지도 끼고 있지 않았고. 딱 하룻밤이었어. 딱 한 번. 펍에서 내 친구들과 술을 마시고 약간 취해 있었지. 그때 너희 아버지가 바에 앉아 있는 걸 보고 술김에 용기를 내어 다가가서 물었어. 내가 술 한잔 사고 싶은데 어떠냐고……. 그리고 두 달 후 내가 임신한 걸 알았어."

앨리스가 샐리를 빤히 쳐다보았다. "그게 언제였어요?"

"네가 태어나고 일 년 뒤, 그때……."

"설마!" 앨리스가 끼어들며 말했다. "그럴 리가 없어요."

샐리가 진지하게 고개를 끄덕이며 대답했다. "사실이야."

"그럴 리가 없어요." 앨리스가 다시 말했다. 엄마의 이야기 속에는 다른 여성의 존재나 자신의 배다른 동생에 관한 이야기는 없었다. 엄마가 샐리를 알았을 리가 없었다.

샐리는 기다렸다. 정직한 얼굴과 우울한 눈빛으로.

앨리스의 머리가 어지럽게 돌았다. "아주머니와 우리 아버지 사이에 자식이 있다고요?"

"있었지." 샐리가 힘없이 말했다. "딸이었어." 샐리는 자기 손을 내려다보며 말을 이었다. "질리언은 다섯 살 때 세상을 떠났어. 백혈병으로."

앨리스는 차마 아무 대꾸도 할 수 없었다.

"질리언이 태어났을 때, 클렘에게 그 사실을 알려 줬어. 단지 그에게 질리언의 존재를 알리기 위해서. 하지만 난 그에게 아무것도 원치 않는다고 내 입장을 분명히 밝혔지. 그래도 모정은 어쩔 수 없는 것인지, 나는 클렘이 아이의 존재를 인정해 주었으면 하는 희망을 버릴 수가 없었어. 질리언이 죽던 날 밤, 이상하게 들릴지도 모르지만, 나는 아이의 머리카락을 잘라서 아이가 제일 좋아하던 리본으로 묶은 다음 그걸 클렘에게 보냈어. 비록 아이가 살아 있던 동안에는 클렘이 아이에게 아무것도 해 주지 못했을지라도 아이의 한 부분을 간직해 주길 원했어. 사실, 난 그때 제정신이 아니었어. 화가 났지. 그를 아프게 하고 싶었어. 그를 벌주고 싶었고, 그가 아이의 인생과 죽음에 대해 얼마나 무관심했는지를 상기시키고 싶었어."

아버지의 작업대 서랍장을 열어서 손필드의 사진과 빛바랜 리본에 묶인 머리카락 한 타래를 발견했던 기억을 떠올리자 등유 냄새가 코에 확 끼쳤다. 그것이 질리언, 바로 앨리스의 여동생 머리카락이었다.

"질리언의 장례식을 마치고 집에 돌아오니 현관문 앞에 질리언의 조각상이 놓여 있었어." 샐리가 말했다.

앨리스의 기억 속에서 램프 불빛이 준의 조각상 위로 너울거렸다. 그리고 앨리스가 자기라고 오해했던 어린 소녀의 조각상 위로도…….

"너희 엄마가 장례식에 왔었어."

앨리스가 화들짝 놀라며 샐리를 쳐다보았다.

"내가 봤어." 샐리가 말했다. "추모객들 맨 뒷줄에 있었어. 하지만 장례 예배가 끝났을 때는 보이지 않았어. 너희 엄마는 질리언의 무덤에 네 이름이 적힌 카드와 화분 하나를 남기고 떠났어."

앨리스는 남편 모르게 읍내로, 그리고 장례식장에 갔다가 집으로 돌아올 때 엄마의 심정이 어땠을지를 상상하며 두 손에 얼굴을 묻고 흐느꼈다. 남편의 끔찍한 배신을 알아채고서도 샐리에게 동정심을 느낄 수밖에 없었던 그 심정은 어땠을까? 앨리스가 배다른 여동생을 영영 만나지 못할 거라는 걸 알고 얼마나 마음 아파했을까? 그리고 샐리의 고상함에 엄마가 가졌을 신뢰감, 샐리를 자기 자식들의 후견인으로 결정할 정도로 엄마가 느꼈을 고립무원의 절박감, 유언장의 필요성을 느낄 만큼 극에 달했을 엄마의 공포감…….

"무슨 화분이었어요?"

"뭐라고?"

"엄마가 무덤에 남겼다는 화분요. 그게 무슨 화분이었어요?"

샐리는 열려 있는 창문 쪽으로 걸어가서 창밖으로 팔을 뻗어 꽃이 만발한 덤불에서 복숭앗빛 꽃 한 송이를 꺾었다. 그러고는 다시 식탁 곁으로 돌아와 앨리스에게 그 꽃을 주었다.

"비치히비스커스." 앨리스는 어릴 적 엄마가 오렌지빛 히비스커스로 만든 화관을 씌워 준 기억을 떠올리며 조용히 중얼거렸다. 그리고 《손필드 사전》에 적힌 그 꽃의 꽃말을 떠올렸다. *사랑이 우리 사이를 영원히 묶어 주네.*

"그로부터 1년 뒤 네가 도서관에 왔을 때," 샐리는 말을 이어 갔다. "나는 너를 단박에 알아보았어. 네가 클렘과 아그네스의 딸이라는 걸. 우리 질리언의 언니라는 걸. 화재가 난 뒤 나는 모든 일을 접고 너를 돌보는 일에 집중했다."

"저를 돌보셨다고요?"

"그래, 병원에서 네 곁을 지켰어." 샐리는 거의 들리지 않을 정도로 작게 말했다. "네가 혼수상태에 빠져 있을 때, 너한테 동화책을 읽어 주면서."

'내 목소리를 들어봐, 앨리스. 나 여기 있어.'

"너한테 동화책 한 상자도 보냈는데……." 샐리는 말꼬리를 흐렸다.

병원 간호사가 준이 보낸 선물이라고 했던 그 동화책들…….

"너희 할머니가 오실 거라는 얘기를 들을 때까지 네 곁에 있었어. 네가 할머니와 떠난 뒤에 간호사가 내게 전화해서 네 동생은 살아 있지만 너희 할머니가 그 아이를 데려가지 않았다고 하더구나. 그런 다음 변호사가 너희 엄마 유언과 관련해서 내게 연락을 해 왔어. 난 당장 존에게 네가 있는 곳을 알아보게 했지. 네가 안전한지 알아야 했거든. 일단 네가 손필드에 있다는 걸 알았을 때, 나는 너희 할머니의 요구사항을 받아들일 수밖에 없었어. 일을 시끄럽게 만들지 않으려면 그럴 수밖에 없었지."

앨리스가 멍하니 샐리를 바라보았다. "무슨 요구사항이었는데요?"

샐리는 한동안 앨리스의 얼굴을 찬찬히 살피고는 이윽고 말했다.

"오, 앨리스."

"요구사항이 뭐였어요?"

"너희 할머니는 네가 어떤 식으로든 나나 네 동생과 연락하는 걸 원치 않았어. 그래서 그렇게 했지."

"그렇게 하다니요, 어떻게요?"

샐리가 파리해진 얼굴로 말했다. "나는 편지를 보냈단다, 앨리스. 몇 년 동안이나. 네 동생이 성장하는 모습을 찍은 사진을 동봉해서 보냈어. 난 항상 너와 연락하고 싶었지만, 한 번도 답장을 받지 못했어. 네 할머니가 너의 법적 후견인이기 때문에, 내게는 요구할 권리가 없었어. 나로서는 그저 더 이상의 상처를 주지 않는 게 최선이었어. 특히 너와 네 동생에게 말이야."

앨리스는 좌절감에 휩싸여 소리 내어 울었다. 숨이 막힐 것 같아 벌떡 일어나 창문가로 갔다. 그리고 찬 유리창에 이마를 눌렀다.

잠시 후, 샐리가 목청을 가다듬었다. "나는 네 동생을 키우면서 입양했다는 사실을 숨기지 않았다." 샐리가 조용히 말했다. "네 동생은 예전부터 너에 대해 알고 있었어."

앨리스가 돌아보았다.

"이제 곧 스무 살이 될 거야. 비단결처럼 부드러운 아이지. 바로 얼마 전에 여자 친구와 살기 위해 독립했어. 조경사로 일해. 정원에 있을 때만큼은 세상에서 최고로 행복한 아이지."

앨리스는 다시 소파에 풀썩 주저앉았다. "이름이 뭐예요?" 앨리스가 속삭이듯 물었다.

"내가 '찰리'라고 지어 주었어." 샐리는 이 말을 하면서 그날 처음으로 미소를 지었다.

Foxtails 여우꼬리

내 피 중의 피

Ptilotus | 오스트레일리아 내륙

피찬차차라어로 출푼출푼파.
키 작은 관목으로, 꽃대에 하얀 솜털로 싸여 있는
자줏빛 꽃들이 솔방울 모양으로 피어난다.
잎사귀에는 별 모양의 솜털이 빽빽이 덮여 있는데,
그것이 수분 손실을 늦추는 역할을 한다.
옛날 원주민 여인들은 보드라운 솜털이 덮인 꽃을
아기를 태워 들고 다니는 함지박 내부에 까는 용도로 사용했다.

앨리스는 자전거 페달을 있는 힘껏 밟으며 언덕을 올랐다. 숨을 헉헉 몰아쉴 때마다 목걸이에 매달린 로켓이 앨리스의 가슴에 툭툭 부딪혔다. 앨리스는 읍내로 차를 몰고 나오지 않은 것을 몹시 후회했다. 지퍼가 닫히지 않을 정도로 그날 저녁거리가 꽉 들어찬 배낭은 어깨가 떨어져 나갈 것처럼 무거웠다. 하지만 샐리가 저녁 모임을 주선한 그 순간부터 잔뜩 긴장한 신경을 이완시키기 위해서는 땀 흘리는 운동이 필요했다. 그래서 오늘 아침 샐리의 차고에서 자전거를 발견하고 거미줄을 제거한 뒤 작정하고 차 대신 끌고 나온 것이다. 해안도로를 따라 자전거를 타고 읍내로 달려가는 동안, 옆으로 펼쳐진 바다가 터키석 빛깔로 반짝반짝 빛났다. 앨리스는 그게 좋은 징조라고 여겼다.

앨리스는 집으로 달려가면서 오늘 저녁 메뉴를 한 번 더 머릿속에 찬찬히 떠올려 보았다. 살사소스와 집에서 만든 과카몰레를 곁들인 배

러먼디[78]타코, 그리고 겉은 바싹하고 속은 쫄깃한 앤잭비스킷. 저녁상 차림 외에 다른 일은 모두 샐리가 맡아 했다. 샐리는 앨리스와 찰리가 자연스레 가까워지게 만들려고 작심을 한 듯 보였다.

샐리는 앨리스가 집에 온 뒤 몇 주 동안 앨리스가 자기 집처럼 편안하게 느낄 수 있도록 앨리스의 방을 꾸며 주었다. 앨리스가 가져온 책을 풀고 벽에다 룰루가 준 프리다 칼로의 초상화를 거는 것을 도와주었고, 앨리스가 울 때마다 곁을 지켜 주었다. 그리고 준이 앨리스의 부모 장례식 경비를 모두 지불했다는 사실도 알려 주었다. 샐리는 두 사람의 장례식에 모두 참석했다. 샐리는 또 앨리스를 어릴 적에 살았던 집이 있던 장소로 데려갔다. 사탕수수밭과 바다 사이에 호젓이 들어앉아 있던 그 집은 이제 사라지고 없었다. 지금 그 자리에는 햇볕에 그을린 관광객들로 북적이는 오션 뷰 바와 유스호스텔이 들어서 있었다. 앨리스 엄마의 정원도 사라지고 없었다. 앨리스는 차마 차에서 내리지 못했다. 하지만 샐리의 집으로 돌아와서는 해안으로 뛰어내려 가 숨을 깊게 들이쉬고 나서 바다를 향해 목청껏 고함을 질렀다. 샐리는 앨리스가 들려주는 화훼농장과 사막에서 있었던 이야기를 귀 기울여 듣고 나서, 과거 질리언이 세상을 떠났을 때 찾아갔던 심리 상담사를 앨리스에게 소개해 주었다. 앨리스는 매주 한 번씩 심리 상담사를 찾아갔고, 딜런이 이메일을 보내기 시작한 시점부터는 매주 두 번씩 갔다. 앨리스가 킬릴피차라를 떠난 지 한 달 만에 처음으로 이메일 계정을 확인했을 때, 딜런으로부터 온 이메일이 앨리스를 기다리고 있었다. 수천 개의 글자가 빼곡하게 적힌 이메일 수십 통이. 딜런은 처음에는 사과조로, 슬픔이 묻어나는 문체로 이메일을 보냈다. 하지만 답장을 못

78) 오스트레일리아와 서남아시아의 강에 사는 담수어.

받는 기간이 길어질수록 그의 글은 점점 더 격앙된 어조로 변해 갔다. "제발, 읽지 마. 마음만 상할 뿐이야." 샐리가 애원하듯 말했다. 하지만 샐리나 앨리스 자신이나 앨리스가 한 자 한 자 빠짐없이 읽을 거라는 것을 알고 있었다. 그것도 여러 번 반복해서. 샐리는 앨리스의 표정만 봐도 딜런에게서 언제 이메일이 왔는지를 알 수 있었다. 그럴 때마다 샐리는 앨리스와 거리를 두었다. 그러면서 과일케이크를 굽고, 혼자 해변을 따라 산책하며 시간을 보냈다. 앨리스가 먼저 얘기를 꺼낼 때까지 절대 묻지 않았다. 그 깊은 마음 씀씀이와 예리한 직관력……. 샐리는 마치 앨리스가 돌아오기를 기다리며 오랜 시간 준비해 온 사람 같았다.

앨리스는 슈퍼마켓에서 장을 본 다음, 며칠 전 룰루한테서 받은 편지의 답장을 보내려고 우체국에 들렀다. '여기는 비가 많이 오고, 숲이 무성하고, 안개 낀 꿈속 같아, 앨리스.' 룰루의 편지에 이렇게 적혀 있었다. '우리는 배불뚝이 화목 난로 하나, 염소 한 마리, 당나귀 한 마리(에이든이 뭐라고 이름을 지어 준 줄 알아? '프리다'야. 하하.), 젖소 두 마리, 그리고 닭 여섯 마리를 들였어. 조만간 우리 집에 한번 놀러 와. 그래서 함께 파이어즈만으로 하이킹 가자.' 앨리스는 편지 봉투에 우표를 붙이면서 편지에 적은 한 문장을 떠올리며 빙긋 웃었다. '나도 자기네 집에 놀러 가고 싶어.'

앨리스는 집으로 가는 길에 도서관에 들렀다. 도서관 로비를 가로질러 걸어가면 아직도 시간을 가로질러 가는 기분이 들었다. 오래전, 샐리가 처음으로 자기 인생에 빛을 비춰 주었던 소녀 적 그 시절로.

"너한테 편지가 왔어." 앨리스가 도서관으로 걸어 들어오자, 샐리가 환한 얼굴로 맞으며 말했다.

수신자는 앨리스 자기 이름인데 편지 봉투에 적힌 손글씨는 누구의 글씨인지 알 수 없었다. 우체국 도장에 '아그네스 블러프'라고 찍혀 있었다. 앨리스는 잠시 숨쉬기가 힘들었다. 딜런이 앨리스가 있는 곳을 알아낸 것일까? '아니, 그럴 리가 없어. 딜런은 내가 어디에 있는지 짐작도 못 할 거야. 그는 내 이메일 주소밖에 몰라.' 앨리스는 편지 봉투 덮개 밑에 살짝 벌어진 공간 속으로 손가락을 집어넣어 봉투를 찢었다. 봉투 속에 카드가 들어 있었다.

잘 지내길 바라요, 앨리스.
이 꽃, 용기와 마음을 위한 꽃 맞죠?
같은 맥락에서 '미래를 위하여'는 어때요?
모든 게 마음먹기 달렸듯, 모든 것에 미래가 있으니까요.

모스

앨리스가 봉투를 흔들자 사막완두 씨앗이 담긴 봉지 하나가 손바닥 위로 툭 떨어졌다.

"꼭 무슨 마술쇼 보는 것 같구나." 샐리가 말했다.

앨리스가 미소를 지으며 말했다. "그렇죠?" 앨리스는 씨앗 봉투를 살며시 쥐면서 씨앗들이 자라서 피워 낼 꽃송이 하나하나의 색과 모양을 머릿속으로 그렸다. '미래를 위하여.'

"앨리스, 괜찮니? 저녁 모임 때문에 계속 긴장돼?"

앨리스가 침을 꿀꺽 삼켰다. "저 괜찮아요. 조금 긴장되고, 속이 약간 울렁거리긴 하지만요." 앨리스는 한숨을 내쉬며 말을 이었다. "하지만 킬릴피차라를 떠나는 순간부터 내내 이 생각밖에 없었던걸요. 그 애를 만날 거라는. 그러니까…….”

“걱정하지 마. 아주 멋진 시간이 될 테니까.” 샐리는 일어나서 앨리스를 안아 주었다. “이제 집으로 갈 거니?”

“한 군데 더 들르고요.” 앨리스가 말했다.

앨리스는 페달을 힘껏 밟으며 집으로 가기 전의 마지막 언덕을 올라갔다. 허파가 불타는 듯 뜨끔거렸다. 머릿속에서는 부모님의 묘비가 자꾸 어른거렸다. 앨리스는 이를 악물고 계속 페달을 밟아 마침내 언덕 꼭대기에 다다랐다. 자전거를 멈춰 세우고, 땀투성이가 된 얼굴을 산들바람으로 식히며 눈앞에 펼쳐진 하늘과 바다를 바라보았다. 아, 이 광대함! 앨리스는 검정 리본 같은 해안도로를 눈으로 따라갔다. 검정 리본은 사탕수수밭 속으로 잠시 숨어들더니 곧바로 절벽 위로 기어올라 샐리의 집 쪽으로 갈라졌다. 좀 있으면 앨리스의 남동생도 바로 그 길을 따라 집으로 달려올 것이다.

앨리스는 자전거 안장에 올라앉았다. 그리고 한 번 더 바다를 향해 아쉬운 눈길을 던지고는 페달 위에 발을 올려 언덕을 내려가 터키석 빛깔의 평온함 속으로 들어갔다.

샐리는 일을 마친 뒤, 집으로 가기 전에 한 곳을 들르기 위해 샛길로

빠졌다. 그리고 자신이 좋아하는 하얀 스크리블리검[79] 곁에 차를 세웠다. 샐리는 텅 빈 길을 건너 화려하게 장식된 공원묘지 입구를 통과했다. 그런 다음 유칼립투스가 길게 늘어서 있는 길을 따라 걷다가 양 날개를 펼치고 있는 천사 조각상을 지나 진분홍색 부겐빌레아로 뒤덮인 통로를 통과했다. 그리고 종이껍질나무가 그늘을 드리우고 있는 둔덕을 향해 곧장 걸어갔다. 갈 때마다 늘 어깨를 축 떨어뜨리게 되는 곳으로.

샐리는 존과 질리언 사이에 앉아 허리를 곧게 펴고 불어오는 바닷바람을 맞았다. 바람이 얼굴에 흘러내린 머리카락을 뒤로 넘겨 주었다. 샐리는 묘비에 새겨진 존의 이름을 손가락으로 어루만졌다. 그러고는 질리언의 이름이 새겨진 찬 대리석에 입을 맞추었다. 샐리는 잠시 그렇게 앉아서 새들의 지저귐과 나무들의 속삭임을 들었다. 스프링클러에서 솨솨 물이 뿜어져 나오는 소리. 그리고 어딘가에서 나는 잔디 깎는 기계 소리. 하늘빛이 흐릿해지기 시작해서 시간을 확인했다.

차를 세운 곳으로 걸어가다가 문득 걸음을 멈추고 묘지의 북쪽 구역을 떠올렸다. 마지막으로 간 지 수년이 흘렀다. 샐리는 발길을 돌려 묘비에 적힌 이름들을 확인하며 줄줄이 늘어선 무덤 사이를 어슬렁어슬렁 걸어갔다.

클렘과 아그네스의 묘지가 보이자 샐리는 깜짝 놀랐다. 누군가가 다녀간 것 같았다. 클렘의 무덤 위에 낡은 스티커들이 흩뿌려져 있었다. 좀 더 가까이 다가가니 청록색 줄이 있는 나비 그림이 보였다. 앨리스가 트럭 문에서 떼어 낸 스티커를 찢어서 버린 게 분명했다. 그

79) 오스트레일리아 유칼립투스의 일종으로, 나방 애벌레들이 나무껍질 층 사이로 굴을 파고 이리저리 다닌 흔적이 마치 휘갈겨 쓴 낙서처럼 보인다 해서 붙여진 이름이다.

순간 샐리의 가슴 속에서 후회의 감정이 차올랐다. 샐리는 얼굴을 돌려 바람을 맞았다. 바람이 기억의 책장을 휘리릭 넘겨 순진한 눈을 가진 열여덟 소녀가 클렘 하트에게 완전히 빠져 있는 페이지를 펼칠 때까지.

클렘과 만나던 날 밤, 샐리는 플라스틱 데이지 귀걸이를 하고 나갔다. "내가 살던 곳에서는 그 꽃이 '나는 당신을 애착합니다.'라는 뜻이죠." 이것이 그가 샐리에게 던진 첫마디였다. 클렘이 샐리의 손을 잡았을 때, 샐리는 그의 손을 꽉 잡고 그의 곁에 바짝 다가갔다. 그들은 펍의 벽돌벽에 기댄 채 격렬하게 섹스를 했다. 샐리는 그때 등에 긁힌 상처들이 아물지 않기를 바랐다. 상처 하나하나가 클렘과 함께했던 그날 밤이 꿈이 아니었다는 증거였기에. 하지만 다음에 두 사람이 마주쳤을 때, 클렘은 샐리를 투명인간 취급하며 못 본 척했다.

그 후 얼마 되지 않아 샐리의 아버지가 도시에서 전근 온 젊은 경찰관 존 모건을 저녁 식사에 초대했다. 그의 친절한 눈동자를 보며 그의 따듯한 손을 잡고 악수하면서 샐리는 '바로 이 사람이다.'라는 생각이 들었다. 두 사람은 회오리바람 같은 구애 기간을 거쳐 곧바로 결혼했다. 샐리가 예식장에 입장하는 동안 추문을 쑥덕이는 사람은 단 한 명도 없었다. 사람들은 두 사람의 결합을 몹시 기뻐했다. 샐리는 자신의 거짓말에 완전히 몰입한 나머지, 태어날 아이가 존의 눈을 닮거나 그의 조용한 기질을 닮기를 바랐다. 비록 한때 자기가 마을의 농부 중 한 명에게 반했다는 사실을 존에게 숨기지는 않았지만, 질리언이 죽고 존이 크게 낙담하는 것을 보면서 클렘 하트에 관한 얘기는 존에게는 죽을 때까지 비밀로 해야겠다고 생각했다.

샐리는 눈을 뜨고 아그네스의 묘지 쪽을 쳐다보았다. 묘비가 메꽃과 레몬머틀과 한 움큼의 캥거루발톱으로 뒤덮여 있었다. 샐리는 앨리스가 저기 앉아서 자기 엄마를 위해 꽃의 신전을 꾸미는 모습을 상상했다.

잠시 후, 샐리는 목청을 가다듬었다. "아그네스." 샐리가 말했다. "그 애가 왔어요. 그 애가 집에 왔어요. 그리고 정말 아름다워요." 샐리는 떨어진 유칼립투스 잎사귀 하나를 집어서 똑똑 잘게 부수며 말을 이었다. "아이는 안전해요. 둘 다 안전해요. 그리고 아주 멋져요. 오, 아그네스. 둘 다 얼마나 멋지게 자랐는지 몰라요."

저 위, 유칼립투스 우듬지 사이에 숨어 있던 까치 한 마리가 책책 울었다.

"내가 아이들을 잘 돌볼게요." 샐리의 목소리가 점점 더 강해졌다. "약속해요."

그때 휴대전화기 벨 소리가 날카롭게 울렸다. 당황한 샐리는 허둥지둥 핸드백을 뒤져서 전화기를 찾아냈다.

"그래, 찰리." 샐리가 말했다.

샐리는 일어서서 잠시 아그네스의 묘비 위에 손을 짚고 서 있다가, 이윽고 돌아서서 아들의 달콤한 목소리를 들으며 그곳을 떠났다.

찰리는 가쁜 숨을 몰아쉬면서 자기가 자랐던 집 현관으로 가는 계단을 올라갔다.

"내가 왜 이렇게 떨리지? 정말 굉장할 거야!" 집을 나서는 찰리에게 캐시가 키스를 하며 말했다. "지금까지 자기가 오매불망 기다렸던 순간이잖아. 자기 가족을 만나는 거야, 찰리. 두려워하지 마."

찰리는 손에 든 꽃다발을 꼭 움켜쥐었다. 엄마에게서 전화를 받고 저녁 약속을 잡은 뒤, 찰리는 구글에서 그녀를 검색했다. 또다시. '앨리스 하트, 야생화가 피는 손필드 화훼농장의 꽃말 소통가.' 그리고 손필드 홈페이지에서 꽃말을 읽고 와라타 한 다발을 샀다. *행복의 귀환.*

찰리는 데크 위에 서서 귀를 기울였다. 귀에 익숙한 바닷소리, 풍경소리, 꼬꼬꼬 닭 울음소리, 나른하게 윙윙대는 벌 소리, 그리고 부엌에서 들리는 엄마의 목소리. 이 모든 소리는 그의 삶에 흐르는 배경음악이었다. 바로 그때 새로운 소리가 추가되었다. 캉캉 개 짖는 소리가.

"핍!" 웃음으로 가득 찬 목소리, 한 번도 들은 적 없는 목소리가 찰리를 향해 달려왔다.

찰리는 마른침을 꿀꺽 삼켰다. 그리고 땀에 젖은 손으로 꽃다발을 움켜잡았다.

목소리 주인공의 그림자가 현관 바깥을 기웃거렸다. 찰리가 스크린도어를 열었다. 그리고 잔뜩 힘이 들어간 어깨를 폈다. 콧날이 시큰해지면서 눈물이 핑 돌았다.

그의 눈앞에 그의 누나 앨리스가 있었다.

Wheel of fire 불바퀴

내 운명의 색

Stenocarpus sinuatus | 오스트레일리아 퀸즐랜드, 뉴사우스웨일스

불꽃처럼 선명한 빨강과 주황색 꽃들이
여름에서 가을까지 화려한 불꽃놀이를 펼친다.
꽃이 활짝 피기 전의 모양은 수레바퀴의 바큇살을 닮았다.
꽃 이름은 이처럼 대칭을 이루는 꽃 모양이
회전하는 불꽃을 닮았다고 하여 붙여졌다.

앨리스가 싱싱한 불바퀴 꽃 한 묶음을 들고 집으로 간 때는 한낮의 햇살이 사위어 갈 무렵이었다.

앨리스는 반갑게 반기는 핍을 쓰다듬어 주고 필요한 물건들을 가지러 자기 방으로 들어갔다. 책 한 묶음과 종이 뭉치들. 루비가 선물로 준 이닌티 목걸이는 목에 걸고 씨앗들이 품고 있는 연기 냄새를 들이마셨다. 그런 다음 펜 하나, 성냥갑 하나, 그리고 실뭉치를 호주머니 속에 집어넣었다. 그 모든 것을 들고 거실을 가로질러 베란다로 나와서 발치에 졸졸 따라오는 핍과 함께 계단을 내려가 정원으로 걸어갔다. 둘은 지난주 내내 구덩이를 파고 장작을 쌓아 올려서 만든 모닥불 앞에 나란히 앉았다. 앨리스가 물건들을 내려놓는 동안 핍이 앨리스의 팔을 핥았다.

앨리스는 정적 속에서 몸을 녹였다. 초가을의 햇살이 앨리스의 살

갖을 따스하게 어루만졌다. 청록빛 바다가 은은하게 빛났다. 앨리스는 정원 한구석을 흘깃 보았다. 사막완두가 처음 맞은 개화 기간 내내 풍성하게 꽃을 피우고 있었다. 앨리스는 최근에 모스에게 보낸 이메일에 이렇게 적었다. '사막완두는 키우기가 아주 까다롭기로 유명하죠. 하지만 당신이 보낸 씨앗은 한 번도 애먹이지 않고 잘 자랐어요.' 모스가 답장에다 연말에 콘퍼런스 참석차 해안으로 올 계획이라고 썼다. '한 번 들르기에는 너무 먼 거리 아니에요?' 앨리스는 이렇게 답장을 쓰며 입가에 미소가 번지는 것을 막을 수가 없었다.

북동쪽에서 불어오는 바람이 풍경을 울렸다. 앨리스는 시간을 확인했다. 곧 샐리가 퇴근해서 올 것이고, 찰리와 캐시도 앨리스가 월요일 출국하기 전에 주말을 함께 보내러 오기로 되어 있었다. 그들은 함께 모여 코펜하겐에 있는 창작 레지던시의 입주 작가로 선정되어 3개월간 떠나 있을 앨리스를 위해 축하 겸 환송 파티를 열 예정이었다. 앨리스가 알아보니, 코펜하겐은 공교롭게도 어머니 아그네스의 조상이 살던 땅이기도 했다. 입주 작가로 선정되었다는 이메일을 받고 나서 앨리스가 제일 먼저 소식을 알려 준 사람은 찰리였다. "누나 이제 진짜 인어공주를 만나겠네." 찰리가 자랑스레 말했다. "인어공주 만나면 내 안부도 전해 줘."

앨리스는 동생을 만난 뒤로는 찰리가 없는 인생은 더는 상상할 수 없었다. 샐리의 집에서 처음으로 저녁을 함께 먹던 날 밤, 남매는 식탁을 사이에 두고 마주 앉아 서로의 얼굴을 자세히 뜯어보면서 어색한 웃음을 터트리기도 하고 때로는 눈시울을 붉히기도 했다. 그날 이후 둘은 매주 두 차례 만나 함께 시간을 보냈다. 그리고 2주에 한 번씩 심리 상담사를 찾아가 상담을 받으면서 새로운 삶에 적응하기 위해 함께 노력했다. 앨리스는 찰리에게 어릴 적 부모님과 살았던 곳을 보여 주려고 유스호스텔로 데려갔다. 두 사람은 함께 해변을 걷기도 하고, 모래사장에 나란히 누워서 하늘의 구름이 변하는 모습을 지켜보기도 했다. 그렇게 해변에 누워 있는 동안 앨리스가 친엄마에 관한 이야기를 찰리에게 들려주었다. 엄마가 자기 정원을 얼마나 사랑했는지 얘기해 주자, 찰리는 자기가 거래하는 그 지역 묘목상과 꽃시장에 데려가 주겠다고 제안했다. 찰리가 식물과 꽃 사이에 있을 때 그의 얼굴에 경외의 빛이 가득 어리는 것을 목격한 뒤, 앨리스의 머릿속에 새로운 계획이 움텄다. 찰리가 집에 내려 주자마자 앨리스는 즉시 계획을 실행에 옮겼다.

몇 주 후 앨리스와 찰리가 트럭 뒤에 건축 자재를 가득 싣고 홍수 뒤의 지난한 재건축 과정의 마무리 작업을 도우러 손필드 진입로에 나타났을 때, 트윅과 캔디는 베란다에 나와 그들을 기다리고 있었다. 트윅은 억세고 야윈 모습이었지만 늘 그렇듯 다정했다. 캔디의 머리카락은 여전히 길고 꽃보다 더 선명한 파란색이었다. 앨리스는 마이프와 로빈을 비롯하여 농장에서 지내는 다른 꽃무리와 재회했고, 자기가 떠난 뒤에 새로 들어온 여인들과도 인사를 나누었다. 찰리는 주위 풍경과 자기 남매의 뿌리가 되는 이야기에 푹 빠져서 아무 말 없이 지켜보고 귀 기울여 들었다.

그들은 밤마다 식탁에 둘러앉아 캔디가 펼치는 맛의 향연을 즐기며 추억을 나누었다. 여인들은 찰리에게 손필드의 꽃말을 가르쳐 주었다. 앨리스는《손필드 사전》을 가져와서 꽃무리가 자리를 뜰 때까지 기다렸다가 이윽고 그들 네 명만 남자 그 사전을 찰리에게 보여 주었다. 손필드의 여인들은 찰리를 지나칠 정도로 살갑게 대했고, 특히 트윅은 모성이 지극한 암탉처럼 부산을 떨었다. 트윅의 표정에는 앨리스가 지금껏 한 번도 보지 못했던 기쁨이 가득 어려 있었다.

찰리는 준의 침대방에서 지냈고, 앨리스는 나선계단을 올라서 오래전 종탑이었던 예전의 자기 방에 머물렀다. 앨리스는 달빛이 방으로 쏟아지도록 방문을 활짝 열어 둔 채로 잠을 잤다.

다시 해안으로 돌아가기 며칠 전, 찰리가 앨리스에게 강을 보여 줄 수 있느냐고 물었다.

"손필드의 이야기는 모두 그 강과 관련이 있잖아. 떠나기 전에 그 강을 보고 싶은데, 거기로 데려다줄 수 있어?"

앨리스는 트윅과 캔디가 서로 눈짓을 주고받는 것을 알아챘다. "두 분이 눈짓을 주고받는 거 다 봤어요." 앨리스가 검지를 좌우로 까딱까딱 움직이며 말했다. "사실대로 말씀하세요. 뭐예요?"

트윅이 캔디를 보고 고개를 끄덕이자, 캔디가 방을 나갔다가 잠시 후 항아리 하나를 들고 돌아왔다.

"너 없이 우리끼리 하는 건 도리가 아닌 것 같아서……." 캔디가 말꼬리를 흐렸다.

그 의식을 치르던 날은 유난히 맑고 화창했다. 유칼립투스 우듬지를 통과한 에메랄드빛 광선이 흙길과 그들의 얼굴 위로 어룽졌다. 트윅과 캔디가 몇 마디 하고 난 뒤, 마침내 때가 되자 앨리스는 준의 뼛가루를 강에 흩뿌렸다. 잿빛 먼지들이 물결을 타고 둥둥 떠내려갔다. 앨리스는 뺨에 흐르는 눈물을 닦아 내고는 숨을 크게 내쉬었다. 마치 오랫동안 참고 있던 숨을 토해 내듯이. 앨리스는 트윅과 캔디를 꼭 껴안았다. 수많은 세월의 기억들이 그들 주위에서 흔들렸다. 이윽고 모두 집으로 돌아가려고 돌아섰을 때, 앨리스는 찰리의 소맷자락을 당기며 좀 더 남아 있자는 눈짓을 보냈다.

"너한테 보여 줄 게 있어." 앨리스가 말했다.

앨리스는 찰리를 거대한 리버레드검 앞으로 데려갔다.

"이곳이 우리 부모님이 만난 곳이야." 앨리스의 목소리가 흔들렸다. "이곳이 우리가 함께 있는 이유야. 좋든 나쁘든 간에, 그건 내 이야기이자 너의 이야기이기도 해."

찰리는 글자가 새겨져 있는 나무 몸통을 자세히 들여다보았다. 그러고는 아버지의 이름 옆에 나 있는 칼자국을 손가락으로 어루만졌다. 찰리는 턱을 떨면서도 앨리스를 보고 싱긋 웃었다. 찰리가 뒷주머니에서 휴대용 칼을 꺼낸 다음 질문하듯 한쪽 눈썹을 추켜세우자, 앨리스가 격하게 고개를 끄덕였다. 잠시 후, 둘은 리버레드검의 나무껍질과 수액 그리고 몸통에 새로 새겨 넣은 찰리의 엄마와 두 사람의 엄마 이름 냄새를 맡고는 팔짱을 낀 채 강에서 집으로 이어진 오솔길을 걸어갔다.

손필드를 떠나던 날 아침, 앨리스는 서류 몇 장을 들고 아침 식탁으로 왔다. 앨리스는 그 서류들을 맞은편에 앉은 찰리 쪽으로 밀었다. 찰리가 어리둥절한 표정으로 앨리스를 쳐다보았다. 미리 앨리스로부터 얘기를 들었던 트윅과 캔디는 빙긋 웃으며 그 광경을 지켜보았다. 앨리스가 그날 이후 평생토록 가장 소중하게 생각하는 기억은, 앨리스가 유산으로 받은 손필드 농장의 지분 가운데 삼 분의 일을 찰리에게 양도한다는 내용에 서명한 서류를 펼쳤을 때 찰리가 지었던 표정이었다.

앨리스는 불바퀴꽃을 옆에 내려놓고, 책 무더기 맨 위에 있는 책을 집어 들었다. 앨리스의 눈동자는 할머니가《손필드 사전》속에 쓴 글씨를 훑었다. 앨리스는 책장을 휙휙 넘기며 이미 수십 번도 더 읽었던 이야기들을 훑어보았다. 루스 스톤, 와틀 하트 그리고 준 자신의 이야기를. 또한 클렘과 아그네스, 캔디와 트윅의 이야기를. 앨리스는 불바퀴꽃의 줄기를 손가락으로 빙빙 돌리며 그 꽃의 의미를 곱씹어 보았다. *내 운명의 색.* 앨리스는 마음을 굳게 먹고《손필드 사전》을 멀찌감치 떨어진 정원 의자 위에 올려놓았다.

그런 다음 종이 뭉치를 휘릭 넘겼다. 앨리스가 사막을 떠난 이래 딜런이 매일, 매주 그리고 아직도 매달 보내오는 이메일을 프린트한 종이였다. 앨리스의 시선이 딜런이 초기에 보냈던 이메일의 문장에 툭 걸렸다. 이미 외울 정도로 익숙한 문장이었다.

> 당신은 떠났지만 아직 여기 있어. 내 눈앞에 나타났다 사라지기를 반복하면서. 당신이 마지막으로 사용했던 커피 잔. 내 옷들 사이에 있는 당신의 원피스. 내 칫솔 옆에 있는 당신의 칫솔. 어제는 온종일 비가 내렸어. 오늘은 바깥으로 나갈 수가 없었어. 붉은 흙에 찍힌 당신 발자국이 빗물에 씻겨 내려간 걸 보고 싶지 않았거든.

앨리스는 갈비뼈 아래까지 뻐근한 통증이 느껴질 정도로 숨을 몰아쉬면서 종이를 와락 구겼다. 그러고는 바다를 향해 얼굴을 들고 서늘한 바람에 얼굴을 식혔다. 앨리스는 곁눈질로《손필드 사전》을 흘깃 보았다. '잘 들어라, 앨리스.' 준이 쓴 글씨가 앨리스에게 말했다. '이것들이 우리의 생명줄이야.' 앨리스는 그 종이를 다시 반듯하게 펴서 서류철에 도로 집어넣은 다음 옆으로 치웠다.

마침내 앨리스가 쓴 공책 차례였다. 아그네스 블러프에 도착했을 때부터 꽃으로 이야기를 써 왔던 공책들. 사막에서 보냈던 몇 개월의 삶과 샐리의 집에서 지냈던 지난 1년 동안의 삶도 빼곡히 적혀 있었다. 앨리스는 바로 그 이야기로 창작 레지던시에 지원했었다. "누나가 소설책을 썼구나." 앨리스가 원고를 맨 처음 프린트해서 찰리와 샐리에게 보여 주자 찰리가 한 말이었다. 그리고 앨리스가 책 제목을 읽었을 때, 샐리는 고개를 살래살래 저으며 부드럽게 말했다. "네가 씨앗을 자아 금을 만들어 냈구나." 싱긋 웃는 샐리의 눈가에 눈물이 그렁그렁 맺혀 있었다.

앨리스는 공책 더미에서 한 권을 집어 들고 손으로 공책 표지를 쓰다듬었다. 공책을 펼치자마자 책장 사이에서 붉은 모래가 무릎 위에 떨어져 마치 별세계에서 온 것처럼 반짝거렸다. 앨리스는 공책을 펼쳐 들고 모래를 털어 냈다. 그러고는 공책 한복판, 바늘구멍 속에 갇혀 있는 붉은 알갱이들을 손가락으로 만졌다. 지금까지 그녀의 인생은 물론 다른 사람의 이야기도 모두 앨리스에게 너의 색은 파란색이라고 말해 주었다. 아버지의 눈동자. 바다. 앨리스 블루. 난초의 색. 어릴 때 신었던 파란색 장화. 동화 속 여왕의 드레스. 그리고 상실의 색. 하지만 앨리스의 가슴 한복판은 빨강이었다. 늘 그랬다. 불의 색. 땅의 색. 그리고 심장과 용기의 색.

앨리스는 공책들을 한 장 한 장 찬찬히 살펴보았다. 그리고 압화나 꽃 스케치 옆에 적힌 이름을 부르고 꽃말을 소리 내어 읽었다. 그것은 마음속에 내내 간직하며 살았던 말 못 한 이야기를 벗어던지는 주문, 인생의 무거운 짐에서 해방되는 주문이었다.

검은불난초: 소유욕

플란넬꽃: 잃어버린 것을 찾다

바스라기꽃: 내 사랑은 당신을 떠나지 않으리

푸른바늘집: 당신이 없어서 슬픕니다

채색깃털꽃: 눈물

줄무늬민트부시: 버림받은 사랑

노란종: 이방인에 대한 환대

바닐라백합: 사랑의 전령사

보라까마종: 매혹, 마술

가시상자: 소녀 시절

강백합: 숨겨진 사랑

쿠타문드라와틀: 내게는 치유해야 할 상처가 있다

구리잔: 항복

리버레드검: 황홀감

파란숙녀난초: 사랑에 사로잡히다

쓴오렌지가시곰작화: 심술궂은 미인

화려한방크시아: 나는 당신의 포로

오렌지밀짚국화: 정해진 운명

펄솔트부시: 나의 숨은 가치

허니그레빌레아: 예지력

스터트사막완두: 용기를 가져, 힘을 내

스피니펙스: 위험한 기쁨

사막히스머틀: 나는 불꽃으로 타오르네

활엽파라킬야: 너의 사랑으로 하여 살고 죽노라

사막오크: 부활

랜턴부시: 희망이 나를 눈멀게 할지도 모른다

박쥐날개산호나무: 마음의 병을 치유하다

초록벌새꽃: 내 마음이 달아나네

여우꼬리: 내 피 중의 피

불바퀴: 내 운명의 색

마음의 준비가 되었을 때, 앨리스는 펜 뚜껑을 열어서 공책의 표지마다 자기가 그린 꽃 그림 사이에다 두꺼운 글씨체로 단숨에 휘갈겨 썼다. 그러고는 공책들을 무릎 위에 차곡차곡 쌓아서 끈으로 한데 묶었다. 그리고 이메일 서류철과 합쳐서 모닥불 장작 위에 올려놓았다. 앨리스는 옆에 놓아둔 불바퀴 꽃다발을 집어 들면서 다른 손으로 호주머니 속에 든 성냥을 꺼냈다. 앨리스는 잠시 머뭇거렸다. '숨을 쉬어.' 앨리스는 성냥갑에서 성냥개비를 하나 꺼냈다. 그러고는 침착하게 성냥개비를 성냥갑의 마찰면에 대고 확 그었다. 불꽃이 화륵 피어오르면서 유황 냄새가 확 끼쳤다. 곧이어 쉭쉭 타닥타닥 소리와 함께 모닥불이 살아 움직이기 시작했다.

불길이 푸른 바다를 배경으로 활활 솟아올랐다. 앨리스는 꽃들이 빛을 붙잡아서 제 몸을 태우고, 딜런의 이메일 귀퉁이가 새까맣게 타들어 가고, 자신의 공책들이 찬란한 빛으로 변신하는 광경을 지켜보았다. 그리고 조금 전 공책 표지마다 휘갈겨 썼던 글씨들이 불길에 휩싸여 더는 읽을 수가 없을 때까지 눈을 떼지 않고 지켜보았다.

앨리스 하트의 잃어버린 꽃

잠시 뒤 앨리스는 정원 의자 쪽으로 가서 《손필드 사전》을 품에 안고 의자에 앉았다. 핍이 앨리스의 다리에 기댄 채 편안히 드러누웠다. 앨리스는 불꽃을 응시하며 소금과 연기와 꽃의 향기가 가득한 공기를 깊이 들이쉬었다. 그리고 가만히 지켜보았다. 끊임없이 변화하는 색깔들을. 그것들의 변신을. 자기 정원에 있을 때면 더없이 행복했던 아름다운 엄마를.

앨리스는 사막완두꽃 로켓과 이닌티 씨앗 목걸이를 손바닥으로 꾹 눌렀다. '자신의 이야기를 믿으라고. 자네는 그냥 이야기를 있는 그대로 말하기만 하면 돼.'

기억이 선명하게, 아무 거리낌 없이 앨리스의 머릿속에 되살아났다. 길 맨 끝에 비막이널을 댄 집이 있었다. 그리고 앨리스는 창가에 있는 책상 앞에 앉아 아버지를 불태우는 방법을 생각하고 있었다.

앨리스의 심장 박동이 느려졌다.

'나 여기 있어.'

'여기- 있어.'

'여기- 있어.'

한국의 독자들께

엘리스 하트의 이야기가 마음에 드시기를 바랍니다.

여러분의 삶에 용기와 사랑,

그리고 야생화가 함께하시길 빌며!

- 홀리 링랜드

To my dear Korean readers,

I hope you love
Alice Hart's story.
Wishing you courage,
love and all the
wildflowers.

Holly x

작가 노트

이 소설에 등장하는 이야기와 캐릭터들은 다양한 문화권에서 가져왔다. 이 소설의 저작에 도움과 영감을 준 너그러운 친구들과 작품들, 그리고 문화적 자원들을 소개하고자 한다.

첫 장에 나오는 "삶을 살아가려면 앞을 향해 나아가야 하지만, 인생을 이해하는 일은 뒤돌아보아야만 가능하다."라는 문장은 덴마크 철학자 쇠렌 키르케고르의 글에서 따온 말이다.

캔디가 제일 좋아하는, 사랑하는 남편이 돌아오기를 오매불망 기다리다 자신이 입고 있는 드레스에 그려진 난초로 변했다는 어느 여왕의 이야기는 필리핀에서 전해져 내려오는 '왈링왈링 전설'에서 영감을 받았다.

시타와 드라우파디 공주에 관한 이야기는 탄메이 바르할레에게서 전해 들은 인도의 민화다.

항상 똑같은 파란색 드레스를 입었던 공주의 이야기는 시어도어 루스벨트의 딸 앨리스 루스벨트 롱워스의 실화를 바탕으로 한 이야기다. 그녀는 늘 담청색 옷을 입었으며, 시대의 금기를 깨는 행동을 한 인물로 알려져 있다.

오기가 앨리스에게 쓴 편지에 언급한 이야기는 〈병자와 건강한 자〉라는 동화에서 가져왔다. 이는 늑대와 여우에 관한 불가리아 민담을 바탕으로 쓰인 불가리아 동화로, 이바 보네바가 번역하여 내게 소개해 주었다.

왕나비, 불의 전사, 태양의 딸에 관한 룰루의 이야기는 비리디아나 알폰소라라가 내게 전해 준 멕시코 민담에서 영감을 받았다.

이 소설은 오스트레일리아 중부 오지를 배경으로 하고 있지만, 앨리스가 방문하고, 살고, 일한 장소는 모두 허구다. 이 소설은 실화가 아닌 허구이기에 나는 그에 맞는 배경을 새로 창조하는 것이 바람직하다고 판단했다. 이를 위해 나는 얀쿠니차차라 원주민이자 세계적으로 저명한 시인인 알리 코비 에커만※을 찾아가 자문을 받았다. 에커만은 내 의견에 전적으로 동의하면서 이 소설에 등장하는 배경을 창조하는 데 많은 도움을 주었다.

킬릴피차라(언쇼 크레이터)에 관한 모든 것, 즉 지명, 풍경, 운석공에 얽힌 이야기 등은 모두 허구이다. '킬릴피차라'라는 지명은 아낭구 부족이 쓰는 언어로 내가 직접 지은 것이다. '킬릴피'는 '별'이라

※ 오스트레일리아 원주민들의 '빼앗긴 세대'가 겪은 정치적 도덕적 분노를 주제로 시를 쓰는 작가. 2017년에 오스트레일리아의 유력한 문학상인 윈덤캠벨상의 시 부문 상을 받았다.

는 뜻이며, '차라'는 어떤 큰 무리의 일부분을 의미한다. 따라서 '킬릴피차라'는 '별 무리의 일부'라고 해석할 수 있다. 내가 주로 참조한 사전은 IAD 프레스에서 출간한 《피찬차차라/얀쿠니차차라 영어사전(Pitjantjatjara/Yankunytjatjara to English Dictionary)》이다.

킬릴피차라의 지형적 특징은 칸디말랄(울프 크릭 크레이터)과 트노랄라(고스 블러프)에서 영감을 받았다. 하지만 그 거대한 위용과 엄청난 에너지는 내가 중부 사막에서 살면서 경험을 통해 직접 느끼고 얻은 사실이다.

2016년 퍼스에서 만났던 존 골드스미스 박사는 칸디말랄에서 겪었던 생생한 경험과 오스트레일리아 서부 사막에서 별 사진을 찍었던 이야기를 내게 들려주었다. 골드스미스 박사가 들려준 별과 거대한 운석공이 이루는 동심원에 관한 이야기는 내가 이 책에서 운석공 내부의 사막완두 꽃밭을 묘사하는 데 있어 주요한 영감의 원천이 되었다.

킬릴피차라의 탄생 설화는 아렌테 부족 사이에 전해지는 트노랄라의 전설에서 영감을 받은 것이다. 전설에 따르면, 하늘의 별들이 춤추는 동안 한 아기가 은하수를 떠다니는 배에서 땅으로 떨어졌고, 하늘에 있는 아기의 부모는 지금도 아기를 찾아 헤매고 있다고 한다.

루비가 앨리스에게 보여 주었던 '사죄의 꽃'과 그와 함께 보내온 관광객들의 편지는 울룰루 국립공원의 사례를 빌려 온 것이다. 울룰루 국립공원 직원들은 매일 죄책감을 느끼는 전 세계 관광객들로부터 '사죄의 암석'을 받는다고 한다.

루비가 쓴 〈씨앗〉이라는 시는 알리 코비 에커만이 쓴 것이다. 시인은 내가 그 시를 이 책에 사용하도록 흔쾌히 허락해 주었다. 20대 초반에 사막에서 사는 동안 나는 루비와 같은 여인을 많이 만나고 사귀는 기쁨을 누렸다. 그들이 나와 나누었던 이야기와 정신은 세상 어디에서도 배울 수 없는 귀한 교훈을 가르쳐 주었다. 오스트레일리아는 부끄러운 과거를 가지고 있다. 우리가 기억할 것은 오스트레일리아는 예전에도 그랬듯이 앞으로도 영원히 원주민의 땅이라는 사실이다.

옮긴이 **김난령**

출판 기획자, 에이전트, 번역가로 일하다가 런던예술대학교에서 인터랙티브 미디어 석사학위를 받았다. 그 후 대학에서 미디어 디자인과 디자인 문화에 관해 강의했으며, 디자인 칼럼니스트로 활동하면서 다수의 디자인 전시와 강연을 기획했다.
또한 30여 년간 전문 번역가로 활동하면서 300권이 넘는 문학, 동화, 미술, 역사, 디자인 전공 서적을 우리말로 옮겼다. 대표 작품으로는 찰스 디킨스의《크리스마스캐럴》, 로알드 달의《마틸다》, 유리 슐레비츠의《그림으로 글쓰기》 등이 있다. 현재 번역 작업과 더불어 스토리텔링 연구가로서 그림책 창작에 관한 강의를 하고 있다.

초판 1쇄 발행 2021년 6월 28일

지은이 홀리 링랜드
옮긴이 김난령
발행인 김태진, 승영란
마케팅 함송이
경영지원 이보혜
디자인 ALL design group
인쇄 다라니인쇄
제본 경문제책사
펴낸곳 에디터유한회사
주소 서울특별시 마포구 만리재로 80 예담빌딩 6층
전화 02-753-2700, 2778
팩스 02-753-2779
출판 등록 1991년 6월 18일 제1991-000074호

값 16,000원
ISBN 978-89-6744-234-7 03840

※ 잘못된 책은 구입하신 곳에서 바꾸어 드립니다.
※ '스토리텔러'는 에디터유한회사의 문학출판 임프린트입니다.